曼哈顿的中国女人

[美] 周励 著

作家出版社

1993年周励接受纽约海外电视台专访

周励在巴黎卢浮宫

周励与丈夫麦克

1949年周励的父亲
随军解放上海时留影

1988年柯比先生（左一）、
柯比夫人乔治娅和周励丈夫麦克博士

周励和妹妹周小莉（左一）、周锋、周玲玲（右一）在上海书城合影

陈思和、杨东平与周励
在复旦大学图书馆签署收藏协议书

周励与冀朝铸大使、刘碧伟大使、
华美协进社董事长甘维珍、
联合国中文组组长何勇博士在曼哈顿聚会

周励与中国极地中心、上海电影集团、
上海市作协的友人在"雪龙"号上

周励与夏志清、董鼎山先生
在纽约中央公园

1987年周励与美国乡村歌手
约翰·丹佛（右一）合影

1986年周励与纽约市长Edward Koch合影

周励在南极

周励在北极

周励在珠穆朗玛峰大本营

周励登攀马特洪峰

此书谨献给

    我的祖国

    和

    能在困境中发现自身价值的人

序

周 励

秋色斑斓的日子，阳光斜射进我在上海的书房，打开电脑，我准备写《曼哈顿的中国女人》三十年纪念版的序。赫见12月3日《新民晚报》刊登复旦大学中文系博导、文学评论家栾梅健的文章：《践行人文精神的理想——读周励的〈亲吻世界〉》，栾梅健教授写道："在《曼哈顿的中国女人》热销三十年以后，周励以其高扬的人文精神，又给读者贡献出这部近四十万字的历史文化散文《亲吻世界》——三十年匆匆过去，正如陈思和先生在该书的序言中所说：'周励仍然是一个富有人文情怀的作家，她在用生命来实践和追求自己一生的理想。'"读这些文字，我心里充满感恩。一本书出版了三十年，还在被读者和学者热议，这就是文学的力量。而这文学的力量就植根于我的生活。

记得在《鲁豫有约》访谈中，鲁豫曾问我为何写《曼哈顿的中国女人》，我回答，写书的宗旨就是在扉页上的那句话："此书谨献给我的祖国和能在困境中发现自身价值的人。"困境，我忘不了一望无际的田垄，忘不了对一个19岁女孩来说过于深重的档案袋，忘不了北大荒暴风雪中的眼泪。这些困境是书中爱情章节的根基。北大荒的岁月让我谨记孟德斯鸠《论法的精神》里的话："言语不构成罪，它仅仅栖息在思想里，有时候沉默不语，比许多的语言更能表示意义。"

回顾北大荒少女时代，我依然记得荒原上包猪饲料的旧报纸上印着尼克松演讲中的一句话："自由的精髓在于我们每一个人都能够参加决定自己的命运。"我如获至宝，剪下报纸。文学的力量温暖着孤独的心，鼓励我走过生命中的坎坷。

漫长无际的十年"土插队"后，又是两手空空的旅美"洋插队"，1985年，我携带着40美元自费赴美留学，到纽约州立大学攻读比较文学，后改读商学院MBA专业，举目无亲，学费和生活费完全靠艰苦打工。我在困境中寻找"激流"，我不认为我到美国，只为充当一个苦劳力，我坚信灿烂星空下，一定有属于我的光。

1987年，我成立了自己的贸易公司，在曼哈顿商场拼搏创业，美国客户给我取了一个好听的名字——曼哈顿的中国女人，因为他们此前没有接触过来自中国大陆的商业女性。

依旧是文学给我了不竭的动力。

1988年，我在纽约东方书店噙着泪水读完了莫言的《天堂蒜薹之歌》，我在惊叹中国"出了一个叙事天才莫言"的同时，更被莫言笔下蒜农的人间悲苦、人物命运深深震动，我下决心要把自己的北大荒故事写出来，我开始酝酿自传体小说《曼哈顿的中国女人》。

后来莫言获诺贝尔文学奖，诺贝尔奖官网摘录的莫言的作品内容就是《天堂蒜薹之歌》。令我感到幸运的是，陪同莫言去斯德哥尔摩领诺贝尔文学奖并发表演讲的中国著名文学评论家、复旦大学资深博导陈思和，正是《曼哈顿的中国女人》三十年纪念版的推荐人。

莫言，一位山东高密以种高粱、放牛为生的农村男孩；我，莫言的粉丝，一位在北大荒农场终日劳作的上海女知青，是文学，改变了我们的人生。

著名文学评论家董鼎山说："《曼哈顿的中国女人》展现了一个时代，亦影响了一个时代，影响了一代人。"

《曼哈顿的中国女人》1992年出版，发行一百六十万册，获当年《十月》长篇小说文学奖，入选90年代最具影响力的图书和中国百年畅销书。三十年来，无论我在美国，还是在俄罗斯、德国、法国、英国、澳大利亚、奥地利、日本、新西兰、希腊——都能遇到热情的中国读者告诉我，这本书陪伴了他们的青春或者改变了他们的命运，他们拿出磨破封面的书请我签名，让我感动万分。

我的德国作家朋友刘瑛在散文《在德国挖到的第一桶金》里，记述了这段往事：

> 初到德国的日子，心里时常忐忑不安。
>
> 那是1994年初，在国内正热销火爆的自传体小说《曼哈顿的中国女人》给了我启发，既然中国纺织品的质量达到了能够进入美国曼哈顿第五大道橱窗的水准，那么，同样也应该可以进入德国市场。
>
> 历经了种种艰难曲折，两年之后，我们终于成功将中国纺织品打入德国主流销售市场，并成为德国大型百货连锁巨头Kaufhof、Karstadt的固定供应商。

2019年5月，在德国法兰克福市举办的"第一届欧洲华文文学国际研讨会"上，我被请到主席台，为刘瑛会长在那本粘着胶带、已经泛黄的《曼哈顿的中国女人》书扉页上签名，我们俩紧紧拥抱，感叹文学带给我们生命的那一份丰厚馈赠。

加拿大著名作家，电影《唐山大地震》和《只有云知道》的原著作者张翎写道：

> 刚到北美留学的日子里，我对未来毫无把握，心情阴郁低落。就在那时，朋友给我带来一本畅销书《曼哈顿的中国女人》。我立刻被那个标题吸引了，花了一整个晚上看完，感觉震撼。那天看完书，我第一次跟朋友谈起了自己拖延了多年的作家梦。朋友沉默许久，才说："兴许，有一天，你也会像周励那样，写出自己的书。"
>
> 在终于铺平了漫长曲折的谋生之路后，我居然真的成

了作家。在十几年后，我竟然和周励相遇了。她如一条河流，从堵塞湍急之处，渐渐走向了浃然开阔境地。我有幸见证了这个过程。

2021年6月，一位担任山西汾酒集团理财顾问的剑桥大学博士在汾酒集团的宴会上对我举杯，说：

当年在英国留学的我们争相阅读你的书，可以说，你是我的精神导师。

目前担任携程网国际集团首席执行官的孙洁写道：

当我在一片掌声中走向领奖台，高高举起校长授予我的"最高荣誉毕业证书"时，我的眼睛湿润了，此时此刻，我真想伸出双臂，紧紧地拥抱一位曾经点燃我生命火花的人——我深深敬爱的周励阿姨。

2010年，北京进行"二十年内对被访者影响最大的书籍"调查，目的在于体现"经过岁月的淘洗，真正铭刻在读者心中的书籍的影响力"。调查者根据一千位被访者所列举书目进行综合统计，统计结果是：在1990—1992年间，居前三位的依次是《读者文摘》杂志、"金庸作品"、《红楼梦》，共有五部"新时期"小说榜上有名，分别是《平凡的世界》、"贾平凹作品"、《穆斯林的葬礼》、《白鹿原》，还有《曼哈顿的中国女人》。

世界各地的读者、学者常带给我惊喜。北大著名教授陈平原，曾在《吟到中华以外天——现代中国文人的域外书写》为题的讲座中，"以王韬、黄遵宪、梁启超、朱自清、徐志摩、萧乾、瞿秋白和周励等人的域外书写为例进行分析，指出了现代中国文人'开眼看世界'之于中国的多重意义"。当朋友转来那所大学的官网报道时，我几乎难以相信自己的眼睛，心里深深感谢陈平原教授，让《曼哈顿的中国女人》的文字能够得到与中华文化先辈相提并论的殊荣。

文学绵长，生活不止。

我细嗅纽约的文学味道：探访作家故居，追踪海明威、马克·吐温、阿瑟·米勒、德莱塞、莉莲·赫尔曼、杜鲁门·卡波特、梭罗、惠特曼、菲茨杰拉德等作家的足迹。我积极活动：作为纽约美华文学艺术之友联谊会的会长，与联合国中文组组长何勇博士一起主持了位于曼哈顿东65街华美协进社"中华文化系列讲座"的许多活动，多次受纽约市长布隆博格邀请参加在市长官邸的派对，他视我们为中美文化交流的民间大使。

有一次，哈佛毕业的美中关系全国委员会主席欧伦斯对我讲，他对北京比对纽约还要熟悉，让我感到美国精英人士对中美关系的珍视和对改革开放中国的热爱。

我坚持写作：先后撰写了《曼哈顿情商：我的美国生活与励志实录》和《亲吻世界——曼哈顿手记》，亦与本书合称"曼哈顿三部曲"。

三十多年来，我从曼哈顿出发，追随梦想游历了一百三十多个国家，去了南极四次，踏上人迹罕至的南极点阿蒙森–斯科特科考站，还去了北极一次，探索珠峰四次（一次航拍，三次登上大本营），攀登并坐飞伞横穿马特洪峰……这些回忆令人着迷。

2016年夏天，我和朋友乘坐俄罗斯五十周年胜利号核动力破冰船，抵达北纬九十度北极点，并在北极点跳水冰泳。2017年11月，我和队友们抵达向往已久的南极点，向探险家阿蒙森和斯科特致敬。我曾经站在偶像沙克尔顿的墓地，朗读墓志铭上的那句话：

人活着就是要努力获得生命的最好奖赏，而最大的失败就是不再去探索。

由于疫情，岁月的轨迹突然改变。记得2020年3月底我最后一次去纽约MOMA美术馆向凡·高的《星空》告别，接着在大都会歌剧院看了最后一场歌剧。金色帷幕徐徐拉开，舞台上出现了俄国沙皇之女芙朵拉·罗曼诺夫公主的浅蓝色的宫殿大厅，公主的未婚夫在婚礼之夜突然被多明戈主演的路易斯杀害，次日，沙皇亚历山大二世又被民意党人刺伤，而路易斯正在向芙朵拉——为寻找凶手而发愁的美丽公主表白爱情，多明戈深情地唱着：

> 当我碰到你的小手，
> 感到些微的颤抖
> 当你红唇嚅动说"不"，
> 但你那明亮的眼睛告诉我
> 你爱我……

政治谋杀还是情杀的悬念，富丽堂皇的宫殿，天籁般的咏叹调，一切如梦如幻，雷鸣般的掌声和一束束抛向舞台的鲜花，才使我又重回现实中。

三十多年来，纽约大都会歌剧院给我带来太多的美好回忆……我迷恋瓦格纳、威尔第、普契尼和多尼采蒂等的歌剧，欣赏歌剧构成我在曼哈顿重要的文化生活。如今，由于疫情，大都会歌剧院、纽约爱乐交响乐团、大都会博物馆和MOMA美术馆已关闭近两年了。救护车呼啸而过，死神挥镰收割的黑暗日子里，是文学照亮了我。

在纽约疫情最严重的八个月里，我奋笔疾书，常从白天写到深夜，再写到黎明的第一道光照亮书房，完成了近四十万字的《亲吻世界——曼哈顿手记》。我在序言里这样写道：

> 亲爱的读者，如果你爱好文学艺术和历史，爱好户外
> 运动和探险，请与我同行——到一个与人类辉煌历史进行

对话的安静世界去。我相信，你会因为心灵的盛宴而狂喜，因被天堂之光照射而陶醉，因与久违了的伟人相逢而重新唤起巨涛般的激情。

三十年中国崛起，改革开放让我们成为与世界交融的一部分，感谢作家出版社领导和责编，在2022年春天出版《曼哈顿的中国女人》三十周年纪念版。巴金先生说，心系读者。如果祖国的新老读者依然喜欢《曼哈顿的中国女人》，重温岁月的时光流影，让生命更加精彩，这对我即是最大的安慰了。

2021年12月7日　上海

代序（1992年版）

周　励

　　1989 年秋天，那是一个雨后初霁的傍晚。我漫步在纽约曼哈顿公园大道与48街交叉口的教堂处，眼望着街心一簇簇嫩黄与猩红的郁金香，以及灯火辉煌、炫目的Helmsley 大厦——这是纽约最特殊的一条大街，用繁华来形容过于简单。有人说，公园大道代表了美国的气派、豪华、慷慨和黄金帝国的威严。蒙蒙天空中飘着细细的雨丝，与天边黛红的晚霞及大道中流线般疾驶的轿车所映照的灯光相交织，混合成一团彩色的迷雾。我的心一下子飞到大洋彼岸，如烟的往事历历在目……那天，我决定想一想那些平凡的人，也想想我自己。从此，我就有了工作之余来公园大道散步的习惯。

　　当我散步时，一边走，一边不时与那些高鼻碧眼、脚踏高跟皮鞋的金发女郎和西装革履的美国上班族擦肩而过，一个过去时常在我脑中浮现的问题，又跳了出来：

　　为什么那些脖子上挂满金饰物，面似高傲，上帝又赐予一副"回眸一笑百媚生"的容貌的青年女性，生于斯，长于斯，然而在美国这块自己的土地上，只能争到一个给别人当秘书、接听电话，或者当售货员，替人跑腿等廉价的"打工饭碗"？

　　每当我在周末走进纽约洛克菲勒中心的溜冰场餐厅，看到那些可爱的女子们在四处照应来客、端水和记账，这时我就想：她们不能当演员吗？为什么干这一行？而且可能干一辈子！

　　当我在纽约第五大道我自己公司所属的客户大进口公司里，与总裁谈判着这一年度的款式、进货、开信用证、交期等业务时，总裁由于这些关系到全公司命运的订货，显得既紧张又严肃，仿佛是面临着一场滑铁卢大战；而我和总裁交谈间，总不时有人恭敬地端上咖啡，或者坐在边上作速记。往往一个小小的细节问题，就有一大批人前来帮助调案、对样、记录……我看着白发威严的总裁对我微笑和期待的眼光，以及他对那些皮肤白净、打着漂亮的领带的下属招之即来，挥之即去，有时还大声呵斥的样子；看着那些下属们恭恭敬敬，唯命是从，生怕一个不小心丢了自己的饭碗的神情——这时我常想：这些白皮肤蓝眼睛的土生土长的美国人，几乎从一出生就讲着一口发音纯正的美国英语，他们已经具备了上帝所赋予的种种优点，可是为什么反而生活得这么累，精神压力这么大？

有一次，我到弗吉尼亚州一个客户的仓库去。在五千平方米的仓库里，女工们在包装着像小山般堆着的女短裙。工人们流水操作，在整个二十米长的工作台上，有人烫，有人叠，有人装纸箱，却没有人讲话，大家都一声不响地拼命干着。这些女工几乎是清一色的美国白种年轻姑娘，其中有一位长得像玛丽莲·梦露。这些长着一头金发，有着一双双碧蓝的、灰色的、棕色的眼睛的女工们一声不吭地拼命干着，没有片刻或瞬间的停息。汗水从她们的脸颊上流淌下来，而她们竟全都站着劳动，在偌大的车间里竟然没有一只凳子！我对那位领我参观仓库的老板讲："这样的活儿是完全可以坐着干的。"

而老板却回答说："这是规定，从上班到下班必须站着工作，才能保持精力集中和工作质量的完美。"天哪！她们究竟是姑娘呢，还是机器？

而我—— 一个在 1985 年夏天闯入美国自费留学的异乡女子，虽然举目无亲，曾给美国人的家庭做过保姆，在中国餐馆端过盘子，却能在短短不到四年的时间，就取得了使那些天使般的美国姑娘羡慕不已的成功：创立了自己的公司，经营上千万美元的进出口贸易。我在曼哈顿中央公园边上拥有自己的寓所，并可以无忧无虑地去欧洲度假。当我在瑞士，在托尔斯泰写了《琉森》的湖畔大饭店里，还打电话给纽约第五大道的总裁们，指挥调度着在我和我的先生麦克度假期间仍源源不断地从太平洋远航而来的集装箱……

1985年8月21日，我从上海登上飞机时，身上只带着40美元。下飞机后正是深夜，我无依无靠，不知如何是好！我想在候机厅里倚椅过夜，机场却不允许。这时正好见到有中国总领事馆来接其他人的大卡车，我就如遇救星般地跳上去，糊里糊涂地进了中国驻纽约总领事馆，在那里住了一夜。第二天早上起来，工作人员要我付22美元，把我吓了一大跳！付账之后，口袋里只剩下18美元了。为了掩饰自己内心的窘迫，我立即想象着将18美元乘以6，等于108元人民币，这相当于那时一个中国工人一个月的工资；而这点钱不能让我在中国总领事馆再住上一夜！于是，我提起行李，迈出总领事馆大门，就这样开始了在美利坚第一天的生涯。这些情景发生在仅仅四年前，仿佛就是昨天的事……

公园大道的雨停了，我走到56街拐了个弯儿，向最熟悉的第五大道走去。眼前是"Trump Plaza""Trump Tower"。这个名叫Trump的人，比我大不了10岁，已经是风靡纽约、举世闻名的亿万富翁了。他有百万富翁的血统，他的父亲就是显赫的地产商人。而我呢，父母是跟着共产党从胶东打进上海的新四军。虽然在"文化大革命"中"干部子弟"这个称谓越来越官方化，可我始终认为我的父母官并不大，而且很穷。当年我去北大荒建设兵团时，只是在火车快开动的时刻，面带忧伤的父亲，才往我手里塞了5块钱。我知道父母没有钱，还背了债，因为家里一下子要有五个人下乡。下一部列车就载着我父亲、母亲、弟弟、妹妹开往北大荒呼玛县一个叫作河南屯的小山沟举家插队落户……我出国时，父母一分钱人民币都没有给我，我也坚决不要家里的钱。我到美国后寄回上海的第一张100美元，母亲压在玻璃板底下，邻居们争着来看，简直要排上了队。短短的四年啊，四年前，我根本不知美元是何物！

我又漫步到第五大道上国际著名的Tiffany's首饰店，踯躅在这个曾经拍摄过轰动一时的影片《蒂凡尼的早餐》的橱窗前，耳边响起了那首熟悉的《月亮河》乐曲。与其说我爱这部电影，不如说我爱主演这部影片的女演员奥黛丽·赫本。她太美了，我深深地迷恋着她在《战争与和平》中饰演的娜塔莎。我想到，如果托尔斯泰大师还活着，该如何感激这个把娜塔莎的灵魂奉献给本世纪的美国女人！当我 17 岁时，"文化大革命"正如火如荼。我偷偷地躲在一个僻静的角落里，贪婪地阅读着《战争与和平》，并写下了大量笔记。在那个同样冷冷的角落里，我又如饥似渴地读完《斯大林时代》《赫鲁晓夫主义》《联共（布）党史》，并且大胆地给《文汇报》投了一封信，批评这场"把国家和人民引向毁灭边缘的'文化大革命'"。这一下引来了学校发动的对我的批判。我的日记本，连同扉页上贴着的这位俄罗斯文豪托尔斯泰的画像，都被造反派搜去，付之一炬。开完批判会回来，我呆呆地躺在床上，泪水从面颊流淌下来，一时间，竟想到要去死……可我还太年轻了，才是 17 岁的少女啊！我咬了咬牙，抹了几把眼泪，就挺过来了。谁又能想到，今天，我在曼哈顿的夜晚，在 Tiffany's 首饰店的橱窗前，追思着托尔斯泰那颗伟大的心灵，而也许在明天，我又会到俄罗斯的大地上，去追寻那位老人的足迹……

当我在北大荒的风雪中绝望地哭喊着，泪水与呵出的水汽混合在一起，在眼睫毛上凝固成冰凌，又渐渐融化，又苦又涩地流到嘴边——那是因为造反派和工宣队把厚厚的批判材料悄悄地塞进我的档案，他们表面上批准我去兵团，而暗地里却想堵死我今后的一切道路，连我刚被全连评上的"兵团五好战士"，也因为"档案中有问题"而被拉下来！18 岁的我，向谁求助呢？只有一个人伫立在风雪中，尽情地哭泣……谁又会想到，有朝一日我会坐在欧洲 18 世纪宫廷建筑的白色市政大厅的椭圆形办公室中，与纽约市长侃侃而谈，或是在气氛欢乐而幽默的圣诞晚宴上，周旋在美国富商巨贾与社会名流之中？究竟是机遇或命运，还是一股什么力量，使一个异国女子能在美国这块竞争激烈的土地上站住了脚？

美国著名的成人教育家戴尔·卡耐基曾说过："一个人事业的成

功，只有15%是由于他的专业技术，另外的85%要靠人际关系和处世技巧。"他认为人的自信心与行为科学的结合，是事业成功、人生快乐的基础。我想，我之所以比那些生长在美国的白人同龄女子幸运，不仅是因为我的一生总是在奋斗，总是在设法改变命运，而且是由于我在自记事起受到的一连串磨难中逐渐养成的一种倔强的性格。我在艰难中仍然憧憬着未来，渴望着机遇；艰难的生活历程压抑不住心中的激情，不断地努力凝聚着改变自己命运的爆发力。我觉得自己犹如一只啄壳的雏鸡，用那尖尖的小嘴，不断啄破外壳，终于有一天伸了伸脚，展翅一跳，跳到了壳外面，看到一片葱绿。我终于不仅是被周围的世界所吸引，而且由于我自身的存在，也吸引了周围的世界——每当我去欧洲或南美度假旅游，或者是当我回到自己的故乡，穿梭于神州大地之时，我的纽约曼哈顿客户的电话便会像接上热线似的通到各个国家、各个城市、各大宾馆我的床头。

当我写这个序言时，除了手下这几张空白的稿纸外，周围尽是堆得满满的客户发来的英文传真、函电、国际快邮信件、来样、合同、信用证……我太忙了，如石油巨商哈默先生所说："一旦投入生意，就等于把自己拴在一列呼啸飞奔的战车上。"要静静地坐下来写一点体会或是传记式的东西，简直是不可能的。这本书是我前前后后思索了两年时间，今年6月份动笔，陆续写出的。虽然尽了努力，但文章仍有粗糙不足之处。另外，这里只是写我本人的经历和体会，以及试图描绘一幅美国社会生活的图画；作者本人无意涉及任何其他的真实人物，对于我们的生活和社会环境，也不下任何定义。

如果我的同龄人——从北大荒的"战友"，到"老三届"的同伴，直至我们的下一代，能够从这本书中得到一点启发，认识到自身存在的价值，认识到命运是可以改变的这个道理，那么对我来说便是极大的安慰了。

1991 年 11 月 30 日

纽约　曼哈顿

目　录

第一章
纽约商场风云

第一笔生意——成功

在《衣食住行》工作了几个月，我渐渐发现，在美国，任何一本华人刊物——无论是生活刊物或文学刊物，其在思想性、哲理性、文学性和可读性方面，都远远不如中国。与中国文坛相比，这里简直是一片文学沙漠，能把人闷死。我的工作主要是拉广告和撰稿，每打一个广告，就要连写稿带拍照。中国城那些从广东、福建来的移民老板对于上报拍照，在中国人中打"知名度"是乐此不疲的。于是我同时成了工商记者、摄影记者、撰稿人、收款人，在每个月提交给杂志老板的几千元广告费中，赚取我仅1000美元的工资和"佣金"。我尽力用自己的"权力"试图使这份刊物脱离中国城的老土味，而向国内的水平进军。这是我由美国向中国的第一次进军。我采访了胡晓平、张建一、王晓东、朱明瑛、詹曼华等一大批来美留学的中国艺术家。同时，我又利用记者身份，参加了各种社交活动，与市长、参议员、共和党、民主党、知名商人接触，也与一批新华社、《人民日报》、《文汇报》、《经济日报》驻美国和联合国的特派记者打得火热。然而我很清楚，虽然身份变了，但我的地位——指经济状况，并没有得到根本改变。

我和麦克住的房子是租来的两间一套室，就其气派和质量而言，还不如我在上海住的公寓。我想，住在纽约，起码得够上上海标准吧。美国人是以"钱"来论地位的，你要打入美国上层社会，首先得亮招牌——财产。如唐纳德·特朗普曾是两亿富翁，和老婆闹离婚后正值海湾战事，美国经济衰退，《纽约时报》及时报道他的身价已降为1亿，然后是6000万，然后是1000万，然后是银行逼债，之后电视台又报道说，如果没有银行贷款，这位前亿万富翁的现金账户是1000美元——和我这个穷记者一样，如此等等。而像麦克这样寒窗六载拿到博士学位，虽然有身份，但却不见地位。如在大学教书，最多挣三四万美元，而进入大公司工作，则可拿七八万美元。当了主管拿十几万——这就是最高阶层了。我从来不想发洋财，发财当然是件好事，但与我的思维却搭不上线。我只是想有些事做——指自己感兴趣的事，同时希望自己不要太穷。因为我从来不把麦克——我的丈夫的钱当作我自己的钱。我希望住进明亮宽敞的房子，有一辆随时可用、性能良好的小汽车，另外就是在去超级市场买东西时不要被价格所烦扰。

当然，最重要的一大愿望是能够有一笔钱周游世界。如此而已。而凭我这份当杂志记者的收入，我必然终日惶惑，而杂志又有随时倒闭的危险。因为杂志老板对我说过不止一次："自杀的最好办法只有一种，就是办杂志。"有一次，老板娘跑到公司来和老板吵："小孩钢琴不学了，房子也卖掉，全部用来挡你的大牌。"她把美术员刚设计好的我那份全页广告扔在地上，双眼冒出愤怒的火花，谴责她丈夫不惜牺牲全家利益来办这份倒霉透顶的杂志。

我决定"两条腿"走路，一面继续卖力拉广告，为杂志多赚钱，以避免杂志倒台的命运；另一方面，我开始进行自己最感兴趣的事——做生意。这件事从我一开始到美国，就跃跃欲试了，在选专业时也将比较文学改为读商业管理。可生意怎么做呢？我一无资本进货，二无仓库，三无推销员，而和国内做生意最重要的是关系，我也没有内线。但我隐隐约约却充满信心：第一，我是在纽约美国商业中心；第二，我的英语已经不错，我有了广泛的社交基础和社交能力。那么，剩下的就是找机会，或者是等机会了。虽然我学的是商业管理，但是真干起来，可真是崭新的一课——课堂上绝对没有人教你的！

一天，在一个偶然的时间、偶然的地点，我碰到了一位许久不见的熟人，这人一看见我就哇哇大叫："啊呀！像你这么有能力的人，怎么不做生意啊？你没听说人家拉到关系做军火的，赚了成千上万！还有纺织品！只要搞到配额，就是钱，配额你懂吗？Quota！你有关系吗？你能搞到配额吗？"她像连珠炮似的把我轰得头昏脑涨。我当时只是笑笑，作出对"军火"一窍不通，对"配额"也无戏可唱的样子。正准备转身，却被她身边一个人喊住了："对不起，请留下你的名片好吗？"我这才注意到这位熟人边上还有一个人。他看上去四十六七岁，秃顶，戴一副深度近视眼镜，镜片下是一对小小的三角眼，黑眼珠很小，难怪我没有注意到他。我按礼节匆匆地给了他我在杂志社的名片就走了。路上的点头之交一般是不会超过三分钟的，没想到这连三分钟都不到的"偶遇"，却成了我第一笔生意的起点。

第二天，有一个电话打到我办公室，自称是彼得，昨天遇到我的那位。他讲要约我见一个面，有"要紧事情"找我谈。我那天很忙，因为晚上还要采访靳羽西，并为海外电视节目制作一个商业采访。但那位先生在电话中坚持要尽快和我见一面，并说他已经非常了解我，并且非常佩服我，等等。无奈，我只好抽了空去曼哈顿中城和他见面。他见到我，蜡黄的脸已变得苍白而又激动，先是一番嗫嚅的自我介绍："我是从中国来的教师……不，是教授，不，不，是讲师。但如果我不走，现在可能已被评为副教授了。我在中国吃过许多苦，'文化大革命'把我害惨了。"然后他突然话锋一转，用变了调的声音拉直了声带说："我——搞——到——了——配——额！"他说这话时神经质地朝四下看看，仿佛怕有警察或侦探在通缉他，然后又说："那个人（指昨天碰到的那个女子），嘴巴太快，像大喇叭筒似的，我没有告诉她，我谁也没有告诉，一直在找可靠的人，找像你这样既可靠又能干的人帮我卖出去。你能帮我卖配额吗？

我可以和你签合同！"我的天哪！这不成了演戏一样？我想象中的做生意绝没有这么戏剧化。

"你从哪里搞来的配额？"我问他。他似乎很紧张地掏出手绢，擦了擦满是汗水的额头，又去擦布满水汽的镜片，说："对不起，周小姐…… 这……我暂时不能告诉你……这要保密……不过我可以告诉你，我还可以搞到许多配额！许许多多配额。"讲到这里，他重新戴上眼镜："我看到你写的文章啦，你都成了大名人了！"那小小的眼睛中发射出光芒。他说："现在我在手的是 30 万码坯布，顶抢手的，2464！"

我和纺织品唯一的接触是中学里参观纺织厂时，被织布机发出的震耳欲聋的响声搞得透不过气来。后来我盯着一位女师傅接线头，一分钟接几十个线头居然一根不断。我当时想要是我在这样的轰隆声中接线头，恐怕会出全匹次布。后来即使到了北大荒，我也仍然觉得纺织工人比北大荒的农工还要苦！而现在，面前这位先生居然要我去卖 30 万码坯布！"什么 2464？有坯布样品吗？"我竭力装着镇静，脑子里对坯布的感觉是一片空白。彼得急急忙忙地打开皮包，取出一片一尺见方的棉坯布样品。他说："2464 的经纬度是 22，密度是 40，布料宽 40 英寸，是市面上最抢手的，现在关键是要找买主，找开信用证的人。这个你行，我不行，我的英语有问题。再说，你一定有许多美国熟人，你的先生就是美国人。"天哪，我先生是搞电脑的，与坯布搭什么界？不过，我看出来这位彼得先生确实有配额（鬼知道是哪里来的），也急于卖掉，那么好吧，让我试试看。

"我试试吧，"我说，"一周之内给你回音，但你一定要保证有配额。"他把手架在脖子上，做了个杀头的姿态，说："用这个来保证。"那神情就仿佛 30 万码坯布的价值全部悬在那颗光秃秃的脑袋上了。他看上去仍然像个学者，不像个商人，或者说倒像个前途无着的穷人，手中捧着一张无法兑现的百万英镑支票。他起身道别时，用颤抖的声音说："谢谢！谢谢！我真是有幸能认识你！你一定能办成的！到时候，我们平分佣金，一人一半！我是说话算数的。"

好了，现在我手中有 30 万码坯布，去卖给谁呢？我尽量回想着在纽约州立大学学习商业管理时的市场销售学课程。记得教授曾讲：寻找客户，首先大公司是目标。我突然想起电视中经常播放时装的Burlington公司广告，既然做时装，就有工厂，就需要坏布，那么，去Burlington公司推销吧！我查了电话本，很快拨通了Burlington的电话，讲要见总裁。"你是谁？"秘书小姐在电话中问。"我是Meric公司的。"这是彼得那名片上的公司（那张名片上的地址看来是纽约皇后区的贫穷区域，一般公司均在曼哈顿，但我也只能将就用了，毕竟，我不能讲自己的身份是记者，是业余搞贸易的）。"我要和总裁谈一件重要的事，有关中国坏布的贸易。"秘书小姐在另一头把线接通了总裁，约好让我下午三点去会见。

我带着彼得那块一尺见方的坏布，走在美国大道（第六大道）中城，终于找到了一幢六十多层高的茶色玻璃现代建筑大厦，大门上是金光闪闪的"Burlington"公司字样。我推门进入大厅，穿着制服的门卫立即迎上来，笑容可掬地听候吩咐。我说明我有下午三点与总裁的约会，门卫告知还有四分钟，让我坐在沙发上等，然后一分不差地把我送进电梯，升到三十二楼，一位金发碧眼的小姐（看来是秘书）把我引进会见室。我在此前一个月刚见过纽约市长，因此对见一个大公司的总裁并没有什么紧张，只是感到一阵阵兴奋："我要打进美国纺织界了！"

总裁马歇尔先生仪表威严，鹤发童颜，一看就知道是一位纺织界的巨头。他和我握了手，交换了名片，又皱着眉头反复地看着手上这张不伦不类的名片，然后很有礼貌地放松，彬彬有礼地问我："您在电话中告诉我的秘书，你们公司有30万码2464坏布，请问这坏布是从哪里来的？""中国来的。"我说。"哪一个口岸来的？"总裁又问。"这我不能告诉你，但你可以确信我们的质量。"我递过去那块样品，总裁反复地仔细看着，又让秘书拿来纺织放大镜，细细地查看着经纬密度。"这是一片很不错的样品。"总裁说。我总算松了一口气。"我想留下一片样品，然后再答复您我们是否愿意购买。"秘书拿来一个托盘，总裁将半尺样品剪下，放进托盘，又写了一张条子，吩咐秘书一大套有关调查的事项，然后很高兴地请我喝咖啡。他告诉我，他是第一个随尼克松总统访华的美国商人，和中国贸易已经有十多年了。他们公司的大宗进口业务均由香港公司和内地的华润公司做，每年进口几千万美元。但目前遇到不少配额和质量问题，搞得他很头痛，现在既然有美国Meric公司直接上门，样品也不错，他愿意考虑。接着他问："多少钱一码？"我反问他："您问FOB中国口岸离岸价呢，还是问CIF美国口岸到岸价呢？"总裁讲："报CIF吧。"我拿出计算器，立即飞快地算了算早已预算过多次的数字，又临时加了一些码报给他："一码1块5角3美分。""嗯，价格还可以。"他欠起身子，又往我杯子里盛满咖啡，"你做多少年纺织贸易了？""我……"这下把我难住了，我总不能讲这是我的第一天吧？我急忙把话锋一转："我做的年数不长，但是生产这坯布的工厂已有一百多年历史，以后欢迎您去参观。"总裁又拿出名片，说："这个Peter（彼得）不是你的名字吧？"我讲："我叫Julia（朱莉亚），名片上的是我的合伙人，我的名片用完了。"我在心中一阵阵着急，真希望他不要再问了，我真是坐不住了。

我望着落地玻璃窗下百老汇大道繁忙的情景，突然向总裁提出一个要求："您能不能带我参观一下你们公司？"总裁讲："可以，但是我只有三分钟了，你如果还有什么问题，可以和我的助手谈。"他按了一下桌子上的电钮，马上进来一位蓝眼睛、身材高大的白人青年。他礼貌地向我伸出手，自我介绍叫约翰，然后遵照总裁吩咐带我到公司参观。一层楼和三十楼是样品陈列室及总裁办公室，几十间样品室摆设着各种各样的棉布、坯布、印花布及成千上万套服装。他向我介绍说："美国人喜欢穿Made in U.S.A.的服装，这就是我们不进口服装的原因，但我们的布料大多来自亚洲国家，尤其是中国。贵公司如果每年有固定的配额，我们将成为良好的合作伙伴。"

告别Burlington公司时，我简直认为这件事成功一半了！样品好，价格好，还需要什么呢？第二天，我的杂志编辑部办公桌上的电话响了，老板请我去接电话，并用狐疑的眼光问我："你和Burlington有什么关系?"我接过电话,只讲了一声"哈啰",就听到电话中总裁助手约翰的声音:"很对不起,马歇尔总裁让我打电话给您,我们调查了您的Meric公司,在纽约各大银行和中国银行纽约分行均没有信用。我们很遗憾不能开信用证给Meric公司,对这宗几十万美元的交易,我们无法承担任何小小的疏忽,十分抱歉。样品我们今天已寄回给您,请您原谅,很高兴能见到您。"我马上按彼得名片给他打电话,电话中一片噪声,好像是个住家,一个女人在大声叫彼得来听电话。我怒气冲冲地问:"你这是个什么公司,连一点银行信用都没有?把客户都吓跑了!"彼得在电话中战战兢兢地说:"这不瞒你说,这是我为了卖坏布,临时找律师成立的公司,花了500美元哪!等生意做成功了,不就有信用了吗?……你有办法!你一定有办法的,再找找吧!"

我对彼得的表现无可奈何,看来想把这30万码坏布卖出去,是不能再找大公司了。找小公司试试吧,如果他们急于要货,是不会在意Meric公司的银行信用的,开信用证取单提货就是了。但是,我一连打了几十个电话,又东奔西跑访问了七八家急于要坏布的中小型纺织品公司,别人一看到名片就皱眉头,仿佛我是个来路不明的人。有一个公司通过我反复说服,终于答应开信用证,但在开证前一天,又叫我到他公司,让我放下10000美元保证金,这真是令人哭笑不得。我哪有10000美元?彼得那Meric公司更不会有,于是白忙了一个星期,又吹了。我仍然不甘心,继续翻电话本,突然发现一家公司名称为"China Textiles America Inc",再一看,是中国政府官方派来的。我想,如果请他们为Meric公司做担保,那么客户不就没有疑虑了吗?我立即拨通了电话,听到一个熟悉亲切的中国人的声音:"你有什么事,请来公司面谈吧!"我跑到位于第八大道和第七大道之间,在40街上的中国纺织品公司,乘电梯到了五楼。一位姓田的先生热情地招待我坐下,没等我开口,就问:"你是留学生做生意吧?我可要告诉你,许多人一事无成,这么多时间如果去餐馆打工,赚钱也不少哟!"

我告诉他，我是一份杂志的记者兼公关经理，一位熟人托我为他推销30万码坯布，我找了许多公司，有不少公司急于购买，但又碍于Meric公司没有任何信用，对这么大笔美金的交易，总要有人担保守信才行。我于是拿出了布样及彼得给我的所有详情和报价。田先生认认真真地看后，问："你要怎么办？"我讲："请贵公司做信用担保，成交后我们付佣金给贵公司。"田先生哈哈大笑说："要中纺为你们作担保是不可能的。这批30万码配额的情况，我们是清楚的，你真是太巧了，回到娘家来了！"我听了莫名其妙，连忙问："那你认识一个叫彼得的人吗？"田先生讲："没听说。但你一定知道华鹏公司吧？""不！"我摇摇头，"什么华鹏？我从来没听说过。"田先生打开电脑，让我看了一行合同号码，讲："上个月国内某省来纽约访问，带队的拜访了一位老朋友——华鹏公司的老板。在纽约期间，华鹏老板热情接待。你知道，美国人做再大的生意也是不讲客套的，生意归生意，有时连一次午餐都没有，对任何客人都是一样东西——咖啡。而我们中国人又不喜欢喝咖啡，那么谁来招待呢，只有中国老乡——中国华侨商人了。华鹏老板把小组招待得非常妥帖，又冒着酷暑把小组带到大西洋赌场、华盛顿白宫，又带他们看55美元一张票的百老汇歌舞表演。临走时，做茶叶和食品生意的华鹏老板提出，纺织品市场看俏，能不能卖给他几十万码坯布。为了表示对华鹏公司的感谢，带队总经理当场和他签下了30万码坯布的合同。"原来是这样。"那么他自己不能卖吗？为什么要转这么多人手呢？"田先生说："这个我就不太清楚了，但我见过华鹏老板，有60多岁，讲一口福建话，也许是语言关系吧？这里有些华商，通常向香港买货，再卖给华人贸易公司以供应中国城的货源，他们一般是不谙英语的。"原来又是这个原因——英语，使30万码坯布落到我手中。

田先生站起身，抽了支烟，说："你叫朱莉亚吧？一讲你是记者，我就想起来了，上个月你和市长的照片登在杂志上呢！你们的杂志我常看，你的文章写得不错！……这样吧，我们公司虽然是政府派来的，但也是自负盈亏的经济实体。目前，也有不少纺织商向我们要买

2464。这 30 万码坯布，你有没有出售权？"我立即回答："当然有！"
田先生沉思了一下，讲："这批货源的来龙去脉，我们是了解的，肯
定是可靠的，既然你可以全权处理，那我们中纺公司和你立即签合
同，由我公司按你刚才的报价买进并负责售出。到货后六十天，我公
司将差价支付贵方。"田先生拿出合同纸，很快在打印机上打出合同
书，让我在每份复印件上签了名，又给了我一份地址："这是华鹏公
司的地址，请你告诉一下华鹏老板，他的货我们买进了。"

　　成功了！我拿着合同——同中纺公司的合同书，简直不相信这
笔生意终于成功了！我应当马上告诉彼得。彼得接到电话，气喘吁
吁地从皇后区跑到曼哈顿中城，我真担心他由于过度兴奋而突发心
脏病。我请他到麦当劳，叫了两份冰淇淋，把刚才和中纺签的合同
交给他看，对他讲："现在是我和你签合同了。"彼得忙从包里取出
一沓纸，讲："都在上面，都在上面，我早就准备好了。你看，30万
码，我们每码赚4分钱，共12000美元，一人一半，各6000美元，对
吗？"看来他还诚实。彼得在签字前，我突然想起那个呱呱叫嚷
"Quota！ Quota！"的熟人，便问彼得："那上次和你在一起的那位
女士呢？你可是通过她认识我的呀！"彼得拍着胸膛讲："这个你放
心，我会处理。我们……不是一般关系。"他突然觉得讲漏了嘴，又
嗫嚅着补充说："要不是她，我也不会有幸碰到你。我会感谢她的，
我会感谢她的。"说着，他用颤抖、兴奋的手在合同上签下了字。

　　我没有问彼得关于华鹏的事，既然中纺让我通知华鹏，那当然
应当由我去办。到了第八大道519号，乘电梯到三十六楼，在走廊尽
头有一间敞着大门的办公室，这就是华鹏公司了。华鹏老板是位看
上去文质彬彬的福建人，听我说明了来意，又惊讶又兴奋，搓着手
叫道："彼得天天来电话，讲有许多公司要买，弄了半天，是你在帮
他卖啊！……卖给中纺，也好，中纺是自己人，最可靠……哎呀，
你怎么不早来呀！"我对他讲，我今天中午才刚听说他这个华鹏公
司，并且很高兴能为他效劳。华鹏老板把我请到公司对面的中餐馆，
讲："你年轻，英语好，大有前途……唉！我们来二十多年了，也早

已是美国公民了，可就是讲不了英语，无法和洋人打交道，不然，这么抢手的配额，即使不找彼得帮忙，我也早就卖出去了。……也好，也好，总算办成了，皆大欢喜。"

三个月后，30万码坯布到达美国港口，美方商人付款提货。这笔生意，中纺赚了12000美元，华鹏赚了12000美元，我和彼得赚了12000美元。这一共36000美元的利润，是在30万码原售价基础上，由三方一码各加4分钱，共加了0.12美元，对美商来讲，每码加0.12美元是个小数字，可对我们三方，真是一笔不小的收获！

第二笔生意：遇到冒牌美商——失败

第一笔生意赚到6000美元，相当于我在杂志社半年的工资。我马上想到是否辞去杂志社的工作，全力搞贸易，因为信誉的问题太重要了，没有一张使人信得过的名片是不行的。拿着Meric公司这样一张名片，真使我吃够了苦头。有一天我从杂志社下班，去华鹏公司请教华鹏老板如何成立自己的公司。刚出电梯，在走廊上就听到一阵阵愤怒的喊声：

"你给我滚出去！"

"你欠我3000美元，你非还给我不可！"

走进华鹏公司，我惊讶地看到彼得正和华鹏老板在面红耳赤地争吵。彼得见了我便指着华鹏老板说："他同我有合约，生意做成后，他那12000美元中有我3000美元。我那女朋友天天吵着向我要钱，可他就是赖着不付账！"

华鹏老板也气得发抖："你把合同一转手，不费任何力气就拿到了6000美元！你还想从我这里拿！……如果你有本事，自己卖出去，还有话好讲。你找到朱莉亚小姐，全是她下的功夫，我有什么理由再付你钱？"

"你不付，我就找警察！"彼得愤愤地走了。

"你去找吧！警察五分局全是我的福建同乡，当心哪天把你赶走！"平时看上去文雅的二位儒士，在金钱面前谁也不让分毫。我心里一阵阵抽紧，真没想到贸易还带上这么多污秽的东西。我正想转身离开，华鹏老板叫住了我："朱莉亚你不要走。我正想找你呢。"他指着彼得的背影，讲："他这种人来路不明，胃口大，本事小，以后不要和他打交道。他要不是靠我，到哪里能挣这6000美元？"他把我带到一张大办公桌前，指着一份刚从香港来的传真："我现在手头有大生意，香港A&T公司搞来一份20万吨尿素的订单，如果我们能向美商买到，每吨挣0.5美元佣金，就是10万美元，我公司和你四六开，你能赚4万美元！"

"尿素？Urea？是化肥吗？"我想，搞贸易新事物、新名词可不少！

"是呵，中国每年向西方采购大量化肥。去年有一个县化肥不够，农民扛着大锄到邻县，硬是抢夺别人的化肥闹出了人命。化肥是农民的命根子呀，现在这20万吨化肥，关系到一个县，甚至一个省的粮食年产量。你一定要设法找到一家可靠的公司，能按我们的价格卖给我们化肥。"

"在我做这宗生意之前，我最好成立自己的公司，我想租你公司旁边这间空的房间，你能和房东商量一下吗？"

"这事我包下来，你什么时候搬进来都可以。"华鹏老板说。

第二天，我和麦克到州政府商务处登记。麦克出示了证件，我出示了中国护照，交了手续费，仅仅半小时时间，就登记成立了自己的公司。美国是个商业竞争社会，政府鼓励各种私营中小企业、家庭公司实行竞争，获利后向政府交税。每一个人只要你是公民，或者有绿卡，或者持有工作许可证，不论肤色、年龄、性别、贫富，均可以在同一起点向政府申请成立公司，而批准也只是几小时甚至几分钟的事。拿到了公司执照，我立即去定做了一块烫金的公司名牌："JMF America-China International Trading Co."。公司徽号是一个圆形地球。然后又去印名片、印信封。地址一看就令人舒适：曼哈顿的商业中心，第八大道519号。然后又去购买传真机、电脑、电传、电话、办公桌椅、会客谈判桌、文件柜、档案柜……再去付办公室租金、押金、保险金……在报上登开业广告。几天之内，公司走向正轨，而我也把刚挣到手的6000美元用得一分不剩。

公司成立后的第二件事，就是辞去《衣食住行》的记者工作。在美国，一个人被老板开除与一个人向老板辞职，均是平常的事，平均每个人的工作在两三年内换一次。如果你听说一个人在一个公司干了十年或二十年，那一定有什么特殊的原因。刊物老板沮丧地说："你在，我们也赔，赔得少些。你走了，我们也赔，赔得多些。所以，结果只有一条出路：杂志关门。你完成的这一期是我们的最后一期。" 离开工作了九个月的办公室，心里有些恋恋不舍，也隐隐有一种恐惧感、一种失落感，就像离开了大船的小舟，独自在风浪中扬帆了。我脑子里不断地想着：现在我没有工作了……我没有一份稳定收入了！一切全要靠我自己。6000美元已经全部用完，每个月还要面对一大笔账单，没有人会给我工资，这种感觉真太糟糕了。

我能成功吗？我能赚钱吗？我的公司能开多久？如果赔钱怎么办？没有钱赔怎么办？这正如一名年轻的、没有经验的登山运动员，面对一座高耸入云的山峰，咬了咬牙，横下一条心对自己说："上了！"我始终记得在1987年年初刚辞去工作时的那份恐惧感，谁也不知道我能不能成功。我自己不知道，麦克更不知道。不过眼下，我的第一个目标，是把这20万吨化肥做成功。如果真能挣进4万美元，那么第一年就不愁了！

我跑到纽约公共图书馆，在浩瀚的资料中寻找美国各州生产化肥的工厂。几十卷 Tomes（《汤姆斯》）搬得我胳膊酸痛。我抄下了几家大工厂的名字。在公司用了整整三天打昂贵的长途电话！那些鬼知道在哪个角落的化肥厂厂长用瓮声瓮气的鼻音说，他们每年只生产少量尿素，而这些尿素已与中国政府有合同，由化工进出口公司纽约公司统一购买。我又翻了许多有关化肥的资料，才知道全世界的尿素生产地主要在欧洲，特别是罗马尼亚、捷克、苏联，美国产量只占10%。既然工厂不能直接卖给我的公司——这时我已经用JMF公司询价、报价了——那么只能找代理商即贸易公司了。我又奔向公共图书馆的电脑房，付账后要了资料信息号码，吃力地寻找代理尿素的公司。结果发现在美国做尿素贸易最大的两家公司，居然是日本的三井、三菱公司，我立即给这两家公司打了电话。第二天，按约定时间跑到Park Ave的三井公司。

日本公司立即给人一种与美国公司不一样的感觉：下级见了上级，一律弯腰鞠躬，人人说话小声，办公室安静、整洁高雅而不豪华。一位叫三浦太子的业务经理，和另一位叫仓平健的副经理一见到我就礼貌地鞠躬，弄得我不知如何是好。我知道自己的打扮得体，轻粉淡妆，头发长而不散，提着公文皮箱，一眼就会给人一种舒适、信任的感觉。而我的英文又使人认为我是在美国多年的女商人，不会使人认为我才来美国两年！我内心拼命鼓励自己："要沉住气，要稳当。"于是我向三井公司报上我公司所需的20万吨尿素的规格、包装、交运期和出价。三浦太子笑着对我说："我接到了不少工厂的电话，现在美国市场上都知道有一份20万吨订单了！"三井公司讲他们对此非常感兴趣，但是中国方面出价太低，已低于市场价的十分之一，所以只有调整价格后才有可能进一步洽谈。

我又去了几条马路之隔的三菱公司，答复也是一样，愿意接单，但价格太低。这是中国进口的特点，用最低的价格买最紧俏的货，成不成功完全凭运气。两周下来，我搞得精疲力竭，而华鹏公司的老板天天跑来催。有一天半夜他打电话到我家告诉我："好好干吧！朱莉亚，香港那边的订单已经从20万吨增加到50万吨了！而且，信用证已经开给我了！"我大吃一惊："现在连1吨也没落实，你怎么能收50万吨信用证呢？"华鹏老板胸有成竹地说："我打听到一家公司，在加州，总裁叫尼古拉，是东欧人，专门经营尿素。"我兴奋得一夜没睡好觉。第二天我立即查找到这家公司的电话号码，一位美国小姐在电话中说："他出差到东欧去购买尿素了，下周一回来。"东欧的尿素比美国便宜三分之一，那么这笔生意有希望了！这一阵子，尿素把每个人搅昏了头脑，我的公司变成没有一粒尿素的尿素大本营了。电话，源源不断的电话来要尿素。湖北省驻纽约贸易中心来要尿素，中国五金矿产进出口总公司驻美国分公司来电话要尿素，短短几天内，手中的尿素订单已积累到100万吨！哪怕一吨挣一毛钱，就是10万美金。可是我连赚一分钱的把握也没有，只是怀着期待和紧张的心情，等待着尼古拉从东欧回来。

星期一下午，我接到了尼古拉从加州打来的电话。他在电话中讲，他已看到了我传真过去的订单，他手中已有上百万吨的尿素，愿意马上来纽约和我们洽谈。

"尼古拉要来了，尼古拉有尿素！"这个消息立即在纽约华人商界传开。首先是纽约中国贸易中心商务处打算好好热情地款待这位农民的救星。然后是湖北部已经准备好一份10万吨的信用证，打算会见谈妥后立即开证。华鹏老板更是把一份收到多月的50万吨信用证捏得发热，恨不得立即化为50万吨化肥！为了慎重起见，中国贸易中心咨询处特地在全美商业电脑资料网中调出了该公司的档案资料：公司在加州洛杉矶，二十六人，总裁尼古拉为捷克裔美国人，主要经营化肥、白糖贸易。

星期五下午，我和中国贸易中心的一位先生到肯尼迪机场把尼古拉接到贸易中心大楼。他身材魁梧，一头棕色的鬈发，深灰的眼睛，皮肤白皙，手指上戴满了钻戒，拎着一个特制的大号公文皮包，一看就是仪表非凡的股商。他在会客厅中给在场各位看了他和参议员的照片，在白宫宴会上的照片，表示多年来他一直想和中国建立贸易联系。至于尿素，他一定优先供应。他取出一份事先已准备好的合同，上面已按我报的价格打得整整齐齐：100万吨尿素，2000万美元合同金额，信用证在一周内全部开出。信用证开出后由尼古拉公司付5%保证金，即100万美元信用保证，如不交货，这笔款将作赔偿费用。在热情友好的气氛中，马上与华鹏公司、中国贸易中心湖北部、商务部的代表达成协议。讲好到5月份施肥播种时，化肥一定运到中国。当天晚上，尼古拉解囊，在下榻的希尔顿酒店设宴，招待100万吨化肥的买主。第二天，又由华鹏公司、中国贸易中心分别设宴招待这样一个"幸运之神"。华鹏公司和中国贸易中心又提出要派员同尼古拉一起到东欧去视察尿素工厂，尼古拉频频点头，胸有成竹。第三天，尼古拉离开纽约之前，在希尔顿和我作最后一次业务洽谈，确定了交货时间和付押金日期。突然，他很不好意思地对我说："我有一件急事，我的信用卡忘了带来，身边现金不够，你能不能设法借给我1500美元？"

我和麦克当时新婚不久，1500美元在存款金额中，也是一笔不小的数字。可是我立即表示，愿意帮助他。我几乎不能找出任何疑点来怀疑他，他是那么雍容高雅，令人信任，手里还捏着我们100万吨的订单。

我立即让麦克去银行取1500美元现金。麦克居然和我争执起来："我不认识他。再说，哪里有第一次见面就向别人借钱的，他到底是什么公司的老板？"

我生气地说："你没有同情心！你不知道人人都有遇到困难的时候，无论穷人还是富人！何况，他答应立即开一张支票给我们！"

麦克被说服了，他飞快地跑到银行，午饭都来不及吃，将崭新的一沓1500美元现金放在这位东欧巨人面前，尼古拉满意地笑了，迅速地签了他那张作为还给我们的1500美元私人支票。

在我和麦克刚结婚的半年里，麦克经常像这样被卷入我的商业社交旋涡之中。那时他已辞去Group 88公司的工作，他先后曾被派到Mobit和花旗银行电脑部做程序设计工程师。现在他工作的公司First Boston是美国最有名气的投资银行之一，在49街上第五大道和麦迪臣之间，离中国银行纽约分行只有几步之遥，又靠近华道夫饭店、希尔顿饭店这些商业人常住的一流大饭店。因此，他常常是和我一起到饭店参加谈判，谈判之中立即冲回公司，在电脑上打出合同，用激光复印机复印得精致、漂亮，然后夹在胳膊下冲回饭店，让客人在合同上签字。签好的文件，他又冲回公司，复印成一式几份交给各方代表。他那时管着七八名电脑程序设计师，担负着一项非常重要的、日后在华尔街股市上发生重要影响的电脑软件工程的设计。他一再对我讲："让我做生意，就像让一位数学家到百老汇的舞台上去跳舞一样。"在谈判中，他永远是瞪大一双蓝灰色的眼睛，全神贯注地听着，偶然一发问就会脸红，尽管他问的问题常常是关键性的。无论何时何地，只要我需要，一个电话他就会冲到我的身边，打合同，复印文件，或者冲向某个客户，冲向一次重要的晚宴……

我天天担心着尼古拉能不能交货，这可是我的JMF公司成立后的第一笔生意。我不免有些紧张，而麦克总是安慰我，他说即使这次做不成，付一次学费也没有什么不好。有一次我的一本名片本被小偷当作钱包偷去了，我急得快哭出来，麦克立即陪我到失落名片夹的世界贸易中心地铁站大厅找了又找，最后还是没找到。回到家里，他打开电脑，屏幕上展现一排排我的客户的名字、电话、地址……原来他已经帮我把所有重要的信息全部输进了永远不会遗落的电脑系统。"我想帮你找到那本名片本，这样你会快活起来，因为那是你的伙伴，可是既然已经再也找不到，那么，你可以立即买一本新名片本，把这些伙伴从电脑中再搬进去。"我展开臂膀，紧紧地抱住他那充满智慧、善良的脑袋。

在刚开展独立业务的困难阶段，麦克无形中成了我的精神支柱。周末，我们俩把一切撇开，沉浸在只有两人呼吸的天地里。我们并排躺着，听着巴赫、莫扎特的古典音乐。我抚摸着他那雪白细腻、光滑如瓷的皮肤，这白色的皮肤与窗外射进的阳光相映生辉。我简直不相信男人的皮肤能有这么高雅、细嫩。特别是那圆滚滚、线条优美的双臀。男人圆滚滚的臀峰，和女人圆滚滚、雪白的乳峰一样，同样是美不胜收、令人赞叹。麦克性情温和、体贴、幽默，是一个非常聪明的男子汉。和他在一起生活，使我忘记了许多生意上的烦恼。

尼古拉拿着我们的1500美元走了之后，有一个月没有任何音讯，给公司打电话，对方说他去东欧买尿素了，给东欧他的宾馆打电话又找不到人。他给我的那张支票被银行退了回来，并罚款10美金，说我们上缴了一张"无效支票"。我立即感觉事情不好。这位带走我们几千万美元信用证的"幸运之神"可能是在行骗！我立即告诉华鹏老板、中国贸易中心和湖北部。第二天，香港开证公司、湖北部立即派人飞往东欧追踪尼古拉，100万吨化肥连一公斤的影子也没见到。据说他每到一地就拿出他那三张由华鹏公司、湖北部和中国贸易中心开的信用证，但没有人卖给他一两化肥，并且讲他是"白俄"，要撵他出境，等等。他原来私下曾沟通好的一个化肥厂经理被调动工作。罗马尼亚、捷克和匈牙利几个生产尿素的国家，都在首都报刊上登了尼古拉的名字，讲他是一个"无耻的、贪婪的商贩"，而且强调因为东欧和中国有以货易货的化肥贸易协议，号召工厂连一公斤化肥都不要落入他的手中。1987年春天，辛辛苦苦了整整三个月，播种的季节即将过去，可是化肥仍然一粒也没有到手！整个贸易眼看转眼成空，至少，我本人的1500美元应当归还吧！我和麦克打了几十次电话，先是秘书接电话，后来说公司关门了，由太太接电话，然后是电话公司用电脑人的声音告诉你，这家电话线已经拆除……就这样，这笔化肥生意连一分钱也没赚进，反而赔出1500美元现金！

麦克没有责怪我，只是笑着讲了声："你太轻信了！当初听我的话就不至于如此了！"

那些日子，我简直不相信我是失败了！我无法进餐，无法入睡。我冲进华鹏公司问华鹏老板："你是从哪里搞来的这么一个叫尼古拉的倒霉公司？！现在砸了！"华鹏老板微笑着，慢吞吞地说："商场上本来就充满陷阱和泥坑，不要这么沉不住气，这家公司在《纽约时报》上登过广告。不错，我是从《纽约时报》上看来的，能登得起昂贵的《时报》广告的公司并不能小看吧。再说，中国贸易中心从电脑中查了他的档案，也无懈可击。他也确实是在做尿素生意，但是遭到了东欧国家的抵制。再说，几千万美元的信用证只是一纸空文而已，他既从中赚不到钱，也捞不到任何名利，那么，频频的东欧之行及公司庞大的开销只有靠他自己掏腰包，最后还是连一粒尿素也搞不到，只好关门宣布破产，演剧到此结束。你说，到底他是牺牲品呢，还是我们是牺牲者？不过，一般商人如果品行端正，是决不会骗去1500美元现金而给予废弃支票的，这也许是尼古拉本人失败的致命要害。他的品行不端，由此可能引起东欧国家对他的反感和联合抵制，1500美金绝不会是偶然的事件。"

尿素生意就这么失败了，华鹏公司、中国贸易中心、湖北部在无可奈何中接受了事实，而尼古拉连一美元的定金及罚款都没付，就关门了之。几年来，一提起尿素，我眼前就浮现着千百万个农民，伸出双手，在等着粮食般地等着尿素……后来，从香港来的订单仍然不断，尿素、氮肥、钾肥……我下决心再也不接这样的大宗产品了。一有这样的客户，我立即把他们介绍给中化美（中国化工进出口公司美国分公司），并且我和中化美公司的化肥进口权威陈教授交了朋友。他告诉我，不少国内化工公司为了牟利，私自将订单交给非专业性的香港公司，将信用证开给香港公司，到头来却拿不到一粒化肥，苦了农民。他据此亲自撰稿在《人民日报》经济版上登了文章，号召各家化工公司遵从规定，将化肥订单统一经中化美总公司从美国、东欧、日本进口，避免混乱和损失。

这样，购买大宗化肥的旋风，在纽约商界终于渐渐趋于平息。

从此以后，凡是像化肥、白糖、小麦、玉米这样的大宗订单，特别是从香港来的订单，我的公司一律不接。我开始设法脱离纽约华侨华商的圈子，直接打入美国市场，开辟一条属于自己的经商道路……

第三笔生意——诉讼获胜

在做化肥生意失败后，我即着手进行市场研究，找"看得见的公司，看得见的商品"。我发现美国大部分家用商品均是 Made in Taiwan（台湾制造），既然台湾可以制造，而台币又增值，劳动力昂贵，那么用中国大陆产品替代，一定能对市场形成冲击。我开始推销家用纺织品，样品是访问美国的国内纺织品公司留下的，有一种11×11厘米的全棉小毛巾，在大陆时，夏天人们常买来擦汗用，在美国却是家庭主妇少不了的厨房洗碗巾，又不用配额（后来改为需要配额），市场上到处都有，但均为台湾出品。我查找了经营这种产品的一家很大的公司，叫Jay Franro，就上门推销。每当我去一个新的公司，总是要求和总裁或负责进口的副总裁见面。由于我彬彬有礼，又是女性，一般公司均不会拒绝，见面后先交换名片，然后坐下谈样品，谈价格、包装、交货。客人永远是我的上宾，我静静地聆听客人的一切问题，然后细细加以解释。

在推销每项商品前，我都把这项商品搞得很熟，这样，当你推销新商品时，客户会认为是你经营多年的老商品，他们得到各方面都满意的回答后，就会下试订单，然后下连续大宗订单，甚至把一年的灵魂商品全包给你。Jay Franro要求用一种很漂亮的彩虹纸彩带来包装每包一打的毛巾，那种包装以前只有香港能印。为了解决在内地印这个包装，我找了许多工厂，最后，终于由福建省拿出了美观、合格的彩带，Jay Franro公司连续订了好几个货柜，我又开发了几家类似Jay Franro这样的专业公司，市场由台湾渐渐移向大陆。

这时，我的公司已经有了比较稳定的收入，业务范围也不断扩大到新泽西州、康州、马里兰州……我的公司成为在中国贸易中心大楼内小有名气的一家"留学生贸易公司"。

一天，中国贸易中心的年主任介绍我去见J省部刚来纽约才几天的一位徐先生。他身材不高，不到40岁，戴着一副眼镜，看上去诚实、精干。他一见到我，立即伸出双手，热情地说："朱莉亚，你好！我听中心的不少人谈到你，我很佩服你的才干！我刚从国内来，带来了一项任务：开拓皮鞋市场。"他从包里取出一双双锃亮的女皮鞋、男皮鞋，看得我眼花缭乱，一面又继续自我介绍，连坐都不坐下："我是J省轻工业品进出口公司的，以前做过皮鞋科科长。我刚到纽约，情况不熟悉，请你协助我，开拓皮鞋市场！"他镜片下的眼睛流露出焦急的光芒。在中国，一个公司派一个人"常驻美国"，是多么引人注目啊！如果干不出成绩，或打不开市场，也是很窘迫的。我仔细地看了一下皮鞋，确实做得很精致，款式也是美国式的，头很尖，跟又细又长。我问："多少钱一双？"徐先生讲："CIF纽约到岸价一双7美元。""啊！"我叫了起来，"在Macy's，这样的皮鞋，可是要卖一双35美元啊！"我和徐先生讲："7美元一双加海关税、进仓费，等于一双9美元。到进口商手中，由进口商到批发商变成一双18美元，由批发商到零售店又加了一倍一双36美元，这个价格可以打入市场。但是，客户呢？"徐先生叫起来："你去找啊！你到纽约时间长（两年！），对如何开拓市场比较了解，我保证提供你充足的货源，你做我的代理！我们签佣金协议，凡是做成一项，由我公司付你5%的佣金！如果做成100万美元的皮鞋，我们支付你5万美元佣金！"

5%的佣金是一个最普通的数字，因为这里还包括着所有的人工费、办公费、办公室房租，还要向美国政府交税。如果是5%佣金的话，纯利润有2.5%就不错了。我对徐先生手中一双双精美的皮鞋很有好感，我说："给我一个月时间，我来打一下市场看看！"

在这以前，我连皮鞋店也没进出过几次。我的皮鞋都是从上海带来的，又美观、又结实、又便宜。现在却要推销成千上万双的皮鞋，想一想，第五大道这些漂亮的皮鞋橱窗中意大利进口的、巴西进口的女皮鞋将被"请出去"，一律换上中国制造的女皮鞋！这可能吗？似乎不可能。因为这两个国家和台湾地区的皮鞋已对皮鞋市场垄断了二十年以上！可是，国内的皮鞋价格便宜，做工精良，即使不能进Macy's的高档橱窗，进连锁店的中、低档橱窗总可以吧！我又埋头在第五大道41街图书馆中，在浩瀚的商业资料库中，寻找皮鞋的制造商、进口商、代理商，并且很快理出了头绪：纽约的皮鞋进口商，都集中在帝国大厦（有一半鞋商）和34街第五、第六大道之间的几幢"皮鞋大楼"之中！

当你手中有了商品，又知道客户在哪里时，就如一个淘金的老汉，手持一把铁镐，站在一座高耸入云的大山面前，山上并不一定处处都是金子，山太大，山挡住了你的视线，你要不停地挖，因为金子就在这座山上！可是你挖的地方，可能挖三尺也见不到一点金！客户这么多，有几百家，怎么才能找到一家愿意进口中国大陆皮鞋的客户呢？谁敢冒这样的风险呢？——当时市场上中国大陆出口的女鞋几乎没有！就像让中国人用印度制造的手帕一样，几乎是不可思议！不过，毕竟国内的商品越来越有竞争性，而且，徐先生交给我去推销的这几十双女鞋，又是多么漂亮、精美！只有一个办法了，像淘金一样：一尺一尺地挖。背着女皮鞋样品，一家一家去敲门，连电话都不打，直上！

在美国，无论公事或私事，见人都要电话预约。可是，只要你在电话中一讲"我打算向贵公司推销中国女皮鞋"，电话立即就会被对方不耐烦地挂掉。只有上门，向门口的秘书小姐递上名片，等皮鞋公司的哪位大人物（总裁或副总裁）出来后，让他们亲自看一眼你手中这些漂亮的皮鞋，才有一点推销的可能。我凭着一种直觉，坚信中国皮鞋一定能打入美国市场。这不像做尿素，这是看得见的商品，看得见的客户。"这会是一次成功的交易。"每天上午，我背着一大包皮鞋走出519号办公大楼，冲向34街"皮鞋大楼"和第五大道帝国大厦，都充满信心地这样对自己说。在1987年盛夏的酷暑中，我跑了二百三十家皮鞋公司，每到一层楼，就一家一家地按铃，递名片，说明来意，等人接见。大多数公司都是看了几眼皮鞋，问了价钱，然后讲："目前不需要，今后需要再联系。"于是我客气地收起皮鞋，告别，再按隔壁一家的门铃……

有一天，我在帝国大厦密不透风的电梯中，由于过度疲劳再加闷热，突然昏倒了。幸亏有人扶我到通风的地方，才喘过气来。帝国大厦的电梯是30年代最老式的，从一楼升到八十七楼，慢慢地要几分钟，既没有空调，也没有电扇，而我还大汗淋漓地背着几十只皮鞋！我不由得想起达斯汀·霍夫曼主演的《推销员之死》。幸亏我没有完蛋，而且终于找到了三家愿意购买我手中皮鞋的公司：美国Vida公司、日本Jamaca公司和中国台湾的Wine公司。Vida公司的犹太老板在我访问的四次中，他问了无穷无尽的技术性问题，诸如：后跟、榫头的尺度啦，皮料的裁剪啦，鞣皮革的化学原料啦，这一系列问题在一个月之前对我来讲如天方夜谭，而现在我可以对答如流。客户问完之后，表示基本满意，愿意试订12000双；日本Jamaca公司则提出要六种不同颜色、不同型号的样品，然后访问工厂，再考虑下订单；台湾地区 Wine 公司的黄老板经营皮鞋二十年，和我洽谈三次后，表示要订购机票，亲自去工厂参观。黄老板要的样品，我立即告诉徐先生，徐先生再告诉国内打样寄来纽约，我一收到样品便健步如飞、刻不容缓地交到客户手中……

徐先生对我开拓的进展非常满意，有好几次他跟着我一起跑，又累又渴，满头大汗。他笑着说："我是军人出身，你曾是北大荒兵团战士，不然，这个洋罪可真是受不了啊！"

在这三家公司的样品全部打好，并经客户确认后，是订合同的时候了。徐先生在中国贸易中心打了一份整整齐齐的"开拓皮鞋市场协议书"：

　　经由中国贸易中心 J 省部和 JMF 美中国际贸易公司协商议定，由 JMF 公司负责推销 J 省轻工业进出口公司皮鞋，凡是经由 JMF 公司亲自开拓并成交的客户，由 J 省轻工业进出口公司在收到货款之后，付与 JMF 公司 5% 的佣金。J 省轻工保证尊重 JMF 公司的权益，在同 JMF 开拓的客户成交后将成交金额、交货日期等一切文件公开，信用证由 JMF 公司的客户直接开给 J 省轻工。买卖双方情况均保证向 JMF 公司公开，JMF 公司有权协助每次贸易的沟通与进展。

　　特立此约

　　生效日：1987 年 6 月 30 日

下面的签名是：

中国贸易中心 J 省部

J 省轻工业进出口公司驻美代表　徐泉华

JMF 美中国际贸易公司

总裁　Michael Fochler

佣金协议定好后，徐先生告诉我，J省轻工皮鞋科科长江先生、王先生来纽约访问了，让我去见见他们。那天夜晚，我离开自己的公司已经是九点了，再搭上地铁去布鲁伦J省轻工小组住的地方。那是一个很偏僻、不安全的区域，我一人在黑黝黝的地铁中坐着，吓得毛骨悚然，好不容易找到地方，已经是近十一点了。江科长和王科长及其他小组人员正围坐着吃西瓜。1987年的夏天是罕见地酷热，而我每天在酷暑下做的事只是一件：背着几十只皮鞋到处跑，到处推销！江科长见了我，热情地说："你尽力推销，我们保证提供你的货源！"王科长看到我半夜赶来心惊胆战的样子，说："想不到你们在国外创业还真比国内辛苦！"我向他们汇报了两个月来开拓的情况，又带着他们的许诺和鼓励，在深夜十二点半一人搭上回曼哈顿的地铁。在纽约，每二十五分钟发生一次抢劫，90%在黑夜。我坐在空无一人的地铁车厢中，内心充满恐惧。

万万没想到，一年之后，江科长和王科长——我冒险去拜访的人——居然硬要赖掉合同上明确规定的应当付给我的公司的佣金！在访问江科长和王科长之后，负责做女皮鞋的一位叫刘展的小姐也来了。她来到之前，徐先生特意告诉我，她是个关键人物，所有女鞋的具体业务都由她经手。我因为已经和刘展通过许多次电传，一见到她，我就把这两个月开拓出的一份共有九家有订货倾向的客户名单和三家立即要订货的客户详情告诉了她。第二天，我带她到日本Jamaca公司和总裁、副总裁会晤，洽谈皮鞋打样和价格、交货期；第四天，我请她和徐泉华先生在帝国大厦中餐馆吃饭。我只有一个愿望：希望这酷暑中的两个月血汗，能结出成果。美国商业部统计：全美每年有五十万家公司成立开张，每年亦有四十万家公司宣布倒闭。在这激烈的竞争世界中，不进则退，不进则亡。我双手空空，靠的是智慧，靠的是吃苦精神。无论如何，也要把公司撑起来！不让它列入倒闭之流！

在和刘展的接触中，我发现一个异常的现象，她对我的客户特别热情，而对我则特别冷淡。当徐先生交给她那份由他代表J省轻工和我的公司订的开拓协议书时，她一点表情都没有，冷冷地扫了一眼，就把合同还给了徐先生。我百思不解：这个和我年龄相仿的女同胞，为什么一见面就对我冷淡如冰？我得罪她了？没有。我在帮她开拓客户！瞧，当她和Vida总裁在订单上签字时，当她在Vida公司设的酒宴上敬酒时，她是多么眉飞色舞、志得意满啊！小小的、短胖的身子不停地扭动，给每个人送去她那张咧着嘴的笑脸。可是为什么这张笑脸一看到我就凝住了呢？我后来问徐先生："刘展小姐是怎么了？她和我前世有怨吗？"徐先生仍然是那个平和的微笑："疑心什么？女同志在一起，就是事多！"我已经几年没听到"同志"这个称呼，也笑了起来："我希望这位刘展同志看到女同胞同志的时候，也给点微笑，不然怪吓人的。"

刘展离开纽约后，Vida的合同在三个月后交了货。Vida老板是一位和善的犹太人，由于长期向中国台湾地区订货，他甚至学会了几句中文。有一天，他用中国话对我说："你是一名很能干的、不平凡的女人，你愿不愿意为我的公司工作？我出4万年薪。"这是我所遇到的第一个offer（开价），以后我又遇到过不少客户的总裁请我为他们工作。能有一份固定的工资是吸引人的，可是我深知你拿4万，必须干出100万！这份巨大的压力还是用来经营我自己的公司好。我相信我不久后就会挣上不止4万，远远不止4万美元！而且，最重要的一点：我是自由的。因为我自己就是老板！这份在金钱之外自由自在的感觉，是我所珍视的！Vida老板拿到货之后，非常满意。而他原来在中国台湾地区的皮鞋厂一直供应了他二十年的皮鞋，现在一看到他转向大陆买鞋，急坏了，立即取得香港护照，在珠海开了一家合资皮鞋厂，向Vida公司提供最好的价钱。这样，Vida又从J省转到珠海。在第一批也是Vida仅有的一批交货中，我拿到了5000美元佣金——因为Vida的合同是在纽约，当着我的面注明C5，并根据开拓协议书，我手中有一份合同副本。

但怪事很快发生了。正像我遇到刘展那副冷面孔时有所预感的那样：由我安排去J省访问刘展并参观鞋厂的日本Jamaca公司、中国台湾Wine公司，均去后再无音讯。有没有订货？订多少双皮鞋？什么价格？我一概不知。打了无数份传真、电传给刘展，一律不予答复。我脑子里立即想到："我被跳过了！真可怕，她果真这么干了！"我先去找了Wine公司，黄先生正在那里给刘展发传真。我对黄先生说："你这次去石城成交的数目、合同细则是应当告诉我的。不要忘记我是代理。你去石城访问都是我们JMF公司为你事先安排的。"黄先生一改以前热情的态度，冷冰冰地说："你去问刘展好了！"我咬住嘴唇一言不发，他们俩看来已串通好了！没料到，在一旁为黄先生打字的黄太太叫了起来："你这个没良心的东西！周小姐跑了一个夏天，连咱们门槛都快磨光了，现在订了6000双鞋，又不要我们付她一分钱佣金，为什么不告诉她？她的佣金该谁付谁就得付！在美国，谁不得靠生意吃饭？！"这一番话，说得黄先生既尴尬又脸红。他嗫嚅地对我讲："我去石城后，刘展连你的名字、你的公司，一个字都没有提起，并且让我今后一切业务直接和她联系。"他拿出那份正在发的传真说："可是，这份传真我连发了三天，她一个回音都没有，干脆，还是你去帮我催货吧！"他又取出一大堆文件，说："这是合同，这是打样书，你全拿去看看吧！我太太讲得对。干事要在理，要不是你来了这么多次，我也不会想到要去大陆买皮鞋。"

就这样，这位台湾同胞的"良心发现"，使我拿到了所有的订单和详细资料。我立即给刘展小姐写了信，向她声明：这批合同已由客户交给我，并催促发货。而刘展仍然沉默着，仿佛她根本不存在似的。无论发什么传真，一概不回音。我又打电话给日本Jamaca，一位美国副总裁透露了信息：用我递给他们的样品，他们向J省轻工订了80000双女皮鞋！看来，刘展真要把我一脚踢开了！

我找到中国贸易中心徐先生。"这怎么可能？"他说，"我们有开拓协议书，你花了这么多工夫，佣金一分也不会少的！"我已经很多日子没见到徐先生了，我问："你这些日子在哪里？我怎么找不到你！"徐先生的脸色变得苍白，他喝着茶，一言不发，看来有什么心事使他不安、忧愁。我又追问："究竟发生了什么事情啦？当初你找我帮你开拓皮鞋，不是雄心勃勃吗？这份合同难道不是代表你的公司和我签的吗？"徐先生叹了口气，终于慢慢地说："有人向J省轻工领导汇报了，说我在纽约和你——一个女留学生过于密切……请原谅，我不能常常见你，不然，我在纽约待不下去了……而且，我回到石城也待不下去了！"

"你这是在说什么？"我的脑子里轰的一声炸了起来，"那么，这份开拓合同也变成了一份情书，因而无效了，是吗？"

"请不要这样说，"徐先生语调沉重，"你、我都知道，那是无稽之谈，可是国内的情况你也知道，你怎么能说得清呢？下个月我就要回国内出差，现在我很忙，请你直接和刘展联系吧，她不回音，就找江科长、王科长，你是见过他们的……不要来找我了。我只告诉你一句话：这份开拓协议书是有效的。"

我望着徐先生那张消瘦的、痛苦的、苍白的脸，他来纽约一年都不到，已经瘦得那么厉害。有多少次，他跟着我跑，用他那不太流利的英语和我的客户谈判，常常忘了午餐，忍饥挨饿，每天吃的是从宿舍带来的一小碗白饭、一小盆酱菜、鸡蛋，连一罐汽水也不舍得喝；常常是为了节省地铁的一个硬币，他迈开那军人的步伐，在曼哈顿横跨几十条街，在烈日下走着、奔着，从一家客户到另一家客户。凡是经我开拓的客户，只要有希望、有诚意的，他都要亲自访问，而客户的打样一到，他就跑到我的公司，和我一起带着鞋样，冲向客户。半年多来，女鞋客户从无到有，订单已接了近10万双。而他从没有接受过我一分钱的礼物，却突然隐匿，突然避开我……

"徐先生，你放心！谁都不会相信这种胡说的！我先生麦克博士和中国贸易中心的人们都很熟悉，也常常来，你们也是朋友，怎么可能有人相信那种随意编造的谎话呢？"

徐先生的头低得更低了。他看来真的已经被伤害了。他讲："朱莉亚，如果你信任我、理解我，请你马上离开我的办公室，我没有办法讲清，我知道你和麦克先生会很生气，但是，这不是我的错。只有一个办法，我们以后再也不要见面了。"

一个月后，徐先生走了，而且再也没有回来。1988年我和麦克到石城去访问时，听说他已经被调离了J省轻工业品进出口公司。对这么一个老实、忠诚的复员军人的遭遇（他以前从军事外语学校毕业），我至今不能理解：究竟是一种什么魔力，把他一下子打入冷宫？

徐先生离开纽约后，我立即盯着日本Jamaca公司不放，那位告诉我在J省石城订购了80000双女鞋的副总裁大卫先生，是个蓝眼睛、金头发、生性快活开朗的美国人，我第一次"敲开"这家公司的门时，见到的就是他。当时我看那大理石的门厅，典雅的鞋廊布置，以为是一家有名望的美国名鞋公司。后来大卫告诉我：这是一家日本皮鞋公司，而这家公司的总部则和"三井""三菱"并驾齐驱，在全世界设有二十多个办公机构。以后，大卫把我介绍给这家公司的总裁和负责进口业务的副总裁。这些矮个子的日本人，讲着带浓重日本口音的英语，小眼睛转来转去，摸不透的样子。我来来回回发传真，递鞋样，设计包装……直到带刘展来访问，已来了不下几十次，直到两个月前安排好Jamaca访问石城和访问春江皮鞋厂的时间，告诉刘展接机时间、人员安排、行程……两个月后，一切竟化为泡影，无论是刘展，还是那两个日本人，都不再搭理我！我找到了Jamaca副总裁，蓝眼睛的大卫，因为我知道有着良好教养的人，是不太会干出那种卑鄙勾当的！

大卫果然不设城防，一五一十地告诉我Jamaca公司在J省下订单的情况，还把订货的各种款式、照片、价格全部指给我看——我来访问前，通过前台女秘书知道了那两个日本人不在，不然他们不会让我见大卫。而大卫也果真把他的两名东亚上司和刘展串通在一起企图跳越我一事和盘托出。在他眼中，我是第一个开拓人，我仍是代理。他认为我有必要知道一切订货详情，这样才能更有效地保证货物质量和准时出运。于是，用了一个下午的时间，我在大卫那里搞到了一份全套详细的订货资料。

1988年，当Wine刚开始订第二批货，Jamaca已经在订第三批货时，我和麦克来到石城。当我们从下榻的金陵饭店驱车来到J省轻工业品进出口公司时，人们刚刚上班，我马上拨通了电话，通报了我们的姓名，然后坐在办公室中等候。过了半个钟头，竟然不见一个人下来见我们。我又给刘展打了电话，对方讲刘展太忙，不能接待，于是我们又等了半个钟头。过了整整一个小时，在那个1987年夏天的深夜，我独自去拜访的江科长、王科长终于来到办公室，他们脸色深沉、冰冷，仿佛我们从来没见过面似的，坐下后第一句话就是："徐泉华和你们签的那份合同书无效，因为我们没有听说过，也没有看到过。"

"不对！"我立即纠正，"这份合同书签好的当天，就传真给了贵公司，而且刘展小姐来纽约时，我亲眼见到徐泉华又交给了她，她看后还给徐泉华，没有表示任何反对。"

"不表示反对，并不等于表示赞成。"王科长站了起来，"我们不能给佣金，你有什么意见和要求，向我们总经理反映好了。"

江科长和王科长就这么走了。见面连五分钟都不到，而刘展呢，直到傍晚下班时，她始终没有露面！再也没有露面！

我和麦克找了总经理林先生，拿出了徐泉华当时和我签的开拓协议书，我问："为什么到现在才是无效的呢？Vida公司做成了10000多双，佣金也付了，就是根据这份协议书付的，而不同的是Vida的合同是在纽约签的，而我的另外两个客户是通过我的公司安排来到石城签的。难道在纽约签合同，佣金就可以付，在石城签合同，佣金就可以逃掉？"

林经理连连说："要研究要研究。"他的建议是，让我们先回纽约，等他们了解情况、研究好了后再告诉我们结果。

我们回到纽约后，又通过海关查出了经J省轻工皮鞋部出口美国的数量、交货期，又不断地派遣我的亲友代表我的公司去和J省轻工打这场不上法院的官司。我写了厚厚几十页的材料，附有我的公司客户的旁证及一切合同文件，同时写信给J省外经贸委、J省委和《石城日报》报社，反映了这个公开违背合同的事件。终于，在1989年夏天，J省轻工承认错误，总经理林先生的调查结果是：

"由于刘展个人的作用，在这件事上引起了混乱，我公司予以道歉，立即支付JMF公司佣金，并请谅解、合作。"

刘展个人的作用，究竟是什么作用？是哪一根杠杆起作用？感情的？嫉妒的？女人与女人间的？而在她后面的又是什么？这是一团不可解的迷雾，正如徐先生突然隐匿，又突然离去一样，令人费解！令人感叹！令人深思！

　　复杂的人啊！复杂的人际关系！

　　在麦迪臣大道中国银行的窗前，当我把这张8500美元的佣金支票交给柜台小姐时，我告诉她：

　　"这张支票里，有一个人的故事，和另一个人的命运。"

　　我指的是我，还有他，那个至今不知去向的徐泉华先生。

在第五大道上骑自行车的女人

　　来美国四年，我仍然对纽约怀有深厚的感情。我从小在大城市上海长大，熟悉了南京路的繁华，淮海路的幽静。少女时期，当我心中不平静时，常常独自在附近的淮海路上散步。走过小时候曾朗诵过《渔夫和金鱼的故事》的盖斯康大楼幼儿园，如今已成了美国总领事馆的外宾公寓；走过音乐学院高大的红墙，聆听着从那幢哥特式尖顶的古老建筑中传出的一阵阵悦耳的肖邦的钢琴曲……当我在1985年决定要出国留学，骑着自行车到人民公园附近的上海图书馆查找美国大学的资料时，我抱定一个信念——纽约，只去纽约，只上纽约的学校！于是我把二十几所纽约市和纽约州的大学地址抄下，全部发了申请书，最后被纽约州立大学宾汉姆顿分校研究生院录取。我隐隐之中感到纽约和上海有着同一个灵魂。只有到了纽约，我才不寂寞，只有到了纽约，才有我施展才能开拓道路的天地！

　　"到纽约去！到纽约去！"1985年，这个呼唤在我心中，正如同曾经我和我的朋友们领到新发下的黄棉袄，跳着，喊着："到北大荒去！到兵团去！"到纽约那年，我已经是34岁，而不少见到我的美国人，包括我的美国担保人柯比夫妇，说我看上去最多像二十八九岁，这大大地增加了我的自信心。到了1987年秋天，当金黄的落叶飘落在纽约第五大道宽阔的路面时，我决定买一辆"詹尼"牌女自行车，用我在中国练就的娴熟的车技，为我的JMF公司创业开路。

1987年下半年，在为J省轻工推销女皮鞋的同时，我已经在开拓更广泛的家用商品市场。客户越来越多，来样订单、电话、会议……那些美国商人，都把我当成一个大公司。他们都太忙，从来都不到我519号的办公室来。何况，他们是买主，通常只有卖主访问买主，而那些买主们只要一个电话，我这个卖主或者是卖主的代理就必须立即赶到。可是从第八大道到客户集中的第五大道，要穿过第七大道、第六大道、百老汇，连走带跑也要半个钟头，而每天这样临时召集的会议不止三四个！我突然想起了自行车——在上海时我每天必不可少的好伙伴。

在纽约曼哈顿中城大街上，轿车如流不断，而夹在轿车的一点空隙中骑自行车的，通常只有两种人：送饭菜的饭店外卖工和给公司传递文件的信使。纽约的自行车可以闯红灯，可以随处停放，但骑车的人却几乎没有。因为要驾驶一辆自行车在四五十英里时速的疯狂的车流中穿行，不亚于在惊涛骇浪中驾一叶无帆小舟行驶一样冒险。但我深信我在上海淮海路、四川路、常熟路、静安寺——比纽约第五大道狭一半的马路上训练出来的车技，能使我骑于不败之地。1987年秋天，当金色的落叶飘落在第五大道的柏油马路上时，我穿着那身从上海华亭路时装街买来的红色衣裙，将文件皮箱往"詹尼"牌——一辆宝蓝色女式自行车的车座后一放，便冲进了第五大道的"车海"——从此，从1987年到1989年，每天上午，我都骑着我的宝蓝色的"詹尼"，让纽约的清风吹着我的长发，在第五大道上奔驰。我发现，我始终是这里骑自行车的唯一的女人！

"有自行车太方便了！一半的纽约在我手中了！"我感叹着，而这一切都归属于纽约的可爱。纽约是一个有一百多年历史的商业金融城市。全美国五十多个州的商品贸易，只有纽约是源头，是中枢，是纽带！而纽约这个商业中心，又规划得如此整齐——就看这一条街，世界闻名的第五大道吧：20街是礼品大厦，全美国、全世界的礼品商人都在这里打转；23街是玩具大厦；29街是家用纺织品大厦——我讲的做毛巾的Jay Franro和许多著名的海滩浴巾、窗帘、台布商，都集中在此；32街是集中皮鞋商和服装商的大楼；30街是专做皮包生意的皮包、皮箱大厦。每走进一个大厦，就有几十家、上百家公司展现在你面前，其中有经营百年的名牌公司，也有国际性连锁进口公司，而经营这些公司的，几乎都是身缠万贯的美国犹太人！1988年美国总统大选时，布什由一开始的劣势转为优势，其原因之一是有一大批美国犹太人商业财团的鼎力支持。这些犹太人大多是在美国出生，受过良好的教育，以家庭式或家族式的经商方法，在几十年中占据了美国商品社会的一块块重地。

　　而我，则拿着中国制造的产品，来敲这一块块重地的大门了！那时每当我敲开一扇大门，打出一项商品，我就想起小时候读过的一本书《上海——冒险家的乐园》。我想，纽约，也是冒险家的乐园，这里蕴藏着无数宝藏！需要的只是一项：开拓！我想，如果中国政府向第五大道派遣一万名业务人员，像我这样一家家地敲门、递样、打样、成交、运货，然后橱窗中、商店中的商品，都由"日本制造"……而变为"中国制造"；那么，中国不是也可以由外贸刺激而富裕起来了吗？随着国内产品地位的建立，中国人的威严和自尊、自信不也在美国这块土地上建立起来了吗？我曾遇到过一个美国人，他告诉我：他尊重日本人，因为他所有的家庭电器，包括他的TOYOTA小轿车，都是日本制造的。他是在纽约49街洛克菲勒街心花园对我讲这句话的，当时他把我误认为是一位日本姑娘。

　　1987年年初，我发现了一种新的商品，那是我在一家百货商店，由一瞬间的回忆和思维所得到的启示。"思维即是财富"，讲这句话的林语堂老人，当他叼着那根著名的烟斗，在他的书房写下《生活的艺术》这本书时，我还没有出世，我的父辈还只是孩提时代。七十多年后，当他已安眠九泉之下，那本常在我枕下的书，仍给我一种熨帖人心的温暖和人生启迪。我曾梦想成为文学家，而我脑子中那点文学的思维却成不了财富，思维出的产品——那一沓沓厚厚的稿子，都在我出国前送进了我们家门口的废品回收站。从此以后，我认为自己在文学的大门口永远是一个怀着崇敬的心情，抬起头来仰望的人。那些文学大师也不时地来到我这个大门口，对我洒下几滴智慧的泉水，或者伸出手抚慰一下我的心灵，使我灵魂中剩下的那几颗脆弱的文学细胞，不至于淹没在格格不入的商患之中。

我的灵魂，不是商人的灵魂，我早知道这点，因为我太眷恋我出国来美之前的一切生活痕迹。可是，在商场上，美国——这个黄金帝国，对"思维"所予以的慷慨馈赠，又使我不时惊叹！那天，我在百货商店中，发现了两条从天花板上垂吊下来的、用木珠穿起来的门帘。我望着这两条人工编串的、制作精美的门帘，不由回想起在中学下乡时，我在虹桥公社曾看到一个老奶奶，在黄昏中用一只只磨得很光滑的木珠和中间打通孔的桃核，穿编一个自家用的门帘。她穿得飞快，嘴巴还哼着一种农村小调。我问她："这是用来干啥的？""挂在门口上，好看啊。"不一会儿，她果然把一个散发着木竹清香的门帘挂在了我们住的那间屋的门口。"晚上不用关门啦。"老奶奶慈祥地对我说。那天夜晚，我躺在干草铺的地铺上，望着老奶奶编的门帘，望着门帘上的月亮在缓缓穿行，不由想起我那关在隔离室的妈妈和在干校受审查的爸爸。我睡不着，就这样躺着，望了大半夜的门帘——老奶奶亲手编串的门帘，和门帘外的一钩冷月……

"你想买这门帘吗？"一个售货员走到我面前，打断了我的沉思。

"不，我不买。"我急忙答道。那售货员微笑了一下走开了，我立即想到：这个商品，中国完全可以做！我迅速看了一下商标，果然，"Made in Korea"，又是韩国制造的。再一看价格，好贵！一条30美元！我立即想到了老奶奶那双飞快编帘的手，她一定是从做姑娘起，就熟悉了编这种乡间工艺品。木珠、竹珠、桃核，中国到处都有。对一个农业国来讲，这些原料几乎不需要什么成本！而美国人又偏爱手工编制的东西。在瞬间，我决定了："做木珠门帘！"

我拿出笔，迅速描画下木珠门帘的尺寸、款式。每次到百货商店，我都带着纸和笔，以便看到什么中国能够出口的商品，立即把款式和标价记录下来。

在美国，有一些公司还专门招了一些"间谍顾客"，他们每天到各大百货商店去，东看看，西走走，随时把新的产品，新的款式和标价、产地记下。这样来掌握市场动向，为设计和推出更新的产品做参考。而商店老板最反感的就是这种"间谍顾客"，因为一旦间谍顾客的公司设计出一种更有吸引力的类似款式，在大街对面另一家商店挂出，那么这家被侦察商店的成千上万件商品，转眼间便会变成为推销不出的库存货。商场的竞争，到了一家家商店，就变成了一个个前沿阵地，谁有顾客谁称王！

我拿着本子，精心描绘着木珠门帘的款式，又不时地向四周张望，提防着店堂经理发现我这名间谍顾客，把我撵出去，那心情真是紧张得不亚于一个真正的间谍在作案。画完后，我对尺寸的掌握还觉得不满意，又拿出皮包中的皮尺，丈量着木帘下摆的尺寸。

"你在干什么？"突然响起一声怒吼，把我吓了一大跳。只见一个长得五大三粗，没有系领带，白衬衣领敞开的西班牙裔男子汉，站在我身后。"你在画什么？"他指着我的本子问。"素描。"我说，从容地收起本子。"听着，你在这里转了半个钟头了，你到底要干什么？""我要买这条门帘，可是今天不能买，我的钱不够。"那人听了，放心地舒了口气。"那你画这个干吗？"他放低了声调问我。"因为……因为我太喜欢了！我怕被人买去。""不用担心。"那个大汉的脸上绽露出笑容，"我在韩国有工厂，每个月运来好几万条，有的是呢！什么款式都有！""好！"我急忙说，"明天，请你多拿出一些款式，我一定多买几条。""对啦对啦，一幢房子，前门后门、走廊、厨房都挂上这上等的手工艺品，才棒呢！"我一看他已经在向我推销，态度和气，一颗怦怦跳的心终于放下来了。

当天晚上，我给中国工艺品进出口公司发了传真，向他们发去我在商店中描绘的木珠门帘尺寸、款样和要求（每个20尺货柜可以装2000条）、报价。第二天，我就收到了回音，果真不出所料，每条只有6美元。如果按进口价、批发价到零售价倍增，也只有20美元。太棒了！第二天，我骑着自行车到了那家百货店一下子买了五条不同款式的门帘，架在自行车后，带回519号办公室。我跪在地下，把每种款式都重新设计了一下，因为绝不能复制别人的款式。我把每个经调整后的新款式，用颜色彩笔画在五张白纸上，再用胶布将每份新画样贴在原始样品上，然后跑到邮局，花了上百美元，把这些样品用国际快邮统统寄回国内，要求中国工艺品进出口公司在最短的时间内，拿出款式全新、质量上乘的门帘。

为了使这项产品打入市场，我既不能把价格提得太高，又不能卖得太低，而失去市场平衡。于是，我决定在每条上加2.5美元的差价，卖8.5美元一条。这样，到商店也只有25美元以下，比韩国货显然有竞争性。商品到手了，价格也敲定了，卖给谁呢？我不由想起那个魁梧的西班牙老板。"不，不能卖给他，他在韩国有工厂，当然只能出自己的货。"我花了两个星期的时间，给美国东岸所有的窗帘公司、门帘公司打电话，可经营这品种的公司实在太少了，有的公司只要几百条、几千条，而我的目标，是要找到一家每月固定进上万条的公司，才能和韩国货匹敌！

终于，我在第五大道找到了一家综合进口商，也是美国东口岸最大的门帘进口商。他原来每年都从韩国进口木珠门帘，由于价格高，又遇到那家在韩国自备工厂的西班牙商的竞争，正苦于没有出路。我开着车子，把从国内工艺品进出口公司快邮来的几十条木珠样品往D.C进口商面前一放，又报了价，那个花白头发的美国犹太人眼睛里放射出光芒："太好了！真想不到中国能做出这么好的门帘！"他把每一条门帘拿起，细细地摸着每一颗珠子，无论磨工、漆色还是款式，都不比韩国的差；而且在那五条门帘的基础上，我又和工艺品公司设计出了十几种全新的、更别致的款式，难怪这位做了几十年手工艺品的进口商爱不释手。但是，当他的视线停留在我刚才撤下的一大堆纸盒子上时，他的眉头皱紧了。他问我："包装呢？包装在哪里？"说着拿起一个粗糙的黄硬板纸盒："这就是包装吧？不！不！我们不能买这样的东西!"他走到另一个办公室,拿出一个有印花商标的彩盒,说:"要这样的包装!知道吗?包装像一个人的衣服,像这样的黄糙纸盒,不管里面装的是什么,没有一个顾客会要!绝没有人会要。也许在中国有人要,在美国,绝不会。"他神情坚定,一连说了许多个"不",眼睛里刚才放射的那片光芒,又被一片愁雾挡住了。

1981年,韩国工商部对日本和中国内地、香港等在欧洲市场的竞争能力,就价格便宜、品质优良、出口销售手段、交易信用、商品包装等十二个项目进行了调查。结果表明,只有"价格便宜"这条,中国得了第一,其余十项都名列末位。而商品包装一项更是标上了注脚:"因包装不符合欧美市场需要而未能成交的合同占20%以上。"好吧,我接过D.C进口商手中漂亮的包装盒,咬了咬牙,讲:"我会拿这样的盒子来见你的。"

中国幅员辽阔,几十个省,几百个城市,有的地方能出产漂亮的商品,却印不了包装;有的地方引进进口机器,能印出包装,却没有原料来源,出不了商品。我带着门帘、带着印花纸盒飞回国内四处寻找,终于在出产门帘的地区找到一家工厂。三周内印出了漂亮的、和进口商要求一致的纸盒。

当我赶回纽约,又驱车赶到华盛顿时,已经是一个月的最后两天了。如果这个进口商在韩国又找到了新货源,那么这些日子的心血就全部白费了!在D.C进口公司的展品厅中,我搬出几盒明亮夺目、印着漂亮图案的彩盒,又打开彩盒取出门帘,D.C老板哈哈地朗声大笑起来,他拍着我的肩膀,指着办公桌上一大摞电报电传说:"最后一天!最后一天!瞧,韩国的厂商都快急疯了!你要再不来,明天,我就要给他们下订单了。"说完,把那一大堆文件往旁边一推:"好吧!让他们爱卖给谁就卖给谁吧!我倒要看看,从今以后,中国的门帘和韩国的门帘哪个走俏!"

我用了整整一天的时间和D.C进口商讨论订单,回到519号办公室又将订单整理归类,然后骑车到33街邮局——两个月前我曾寄出五件木珠门帘样品的同一邮局,将订单装入快邮信封寄给国内工艺品进出口公司。走出邮局，我如释重负，跳上我的宝蓝色的自行车，唱起一首我在北大荒原野上爱唱的歌：

> 小鸟在前面带路，
> 风儿吹向我们，
> 我们像春天一样，
> 来到花园里，
> 来到草地上……

自此，到1989年年底，我向D.C进口公司出了50个货柜的木珠门帘，挣了一笔可观的佣金。今天，当你走进各个商店，只要你看到木珠门帘，我敢打赌，那上面的商标一定是"Made in China"！因为，自从D.C公司向国内购买木珠门帘后，国内各个口岸都竞相向美国出口门帘。由于价格、质量都占优势，短短几年时间，韩国的木珠门帘几乎不见踪影了！思维即是财富。瞧，由思维产生的花朵盛开得多么鲜艳！有时我想，如果在中学里我没有去虹桥公社劳动，如果我没有看到那个用手编串木珠门帘的老奶奶呢？如果我进了美国百货公司，就像千千万万的人一样，只是走马观花，漫不经心，或许根本不会注意到那两条悬挂在百货大厅中的门帘，那么，当然木珠门帘也绝不会给我带来这么丰硕的财富。

生活啊生活，不论什么样的生活，实际上都是由两种生活合成的——时间生活和价值生活，而我们的行为也显示出一种双重的忠诚。

我想起1985年夏天，我第一次来到美国佛罗里达州宇航中心，一进门看到那个用航空铝合金钢制作的巨大门扇上，刻着这样的一行字：

> 只要我们能梦想的，我们就能实现。

那时我到佛罗里达，是因为纽约中国城的一家职业介绍所介绍我到佛州棕榈海滩的一个百万富翁家当用人带孩子，干了不到一个月，就被老板娘解雇了。我的担保人知道后，立即买了机票让我飞到离棕榈海滩两小时航程的泰德市，然后，好心的担保人带我去参观、游览佛州各地。我那时几乎身无分文，打工的钱都寄回上海去还那张赴美机票的债了，心事重重地跟着担保人全家来到肯尼迪宇航中心，这句话一下震动了我，我立即铭刻在脑子里：

If we can dream it, we can do it.

我的一位老朋友在虹桥机场留给我的最后一句话是："在这里干不好，怪不得别人，怪你自己啊！"

商场风云：陷阱与泥坑

在 1984 年第四期《报告文学》杂志上，刊登着我采访上海市外贸局几位外销员的报告文学：《打开国际市场的人们》。其中有一段这样写道：

谈判，是外销员们每天要碰到的事。
——你看他举起了米兰红葡萄酒，席间闪烁其词，充溢着东道主的古道热肠。谈判桌上，却突然拍案而起，拂袖而去；——让随行递上他的名片，他懒怠地同你握手，脸上浮现出豪门贵族那种矜持的微笑。可你注意那双眼睛！瞳仁里闪烁着狡黠，目光像黑夜的电光，在瞥视你的瞬间，他已经洞察了你的才智、能力、追求以及成败的概率。
——他不和你谈生意，却和你谈毕加索，谈格什温，谈总统竞选和石油危机。突然间他沉下了脸，吐出了几个冷冰冰的字：退关、赔偿、诉讼！
美国人的幽默、法国人的豪爽、德国人的机警和日本人的圆滑，你都要应付自如。你既要有商人精于计算、巧于酬酢、入木三分的刻薄，又要有政治家那种熟谙人情世故、周旋于显赫人物中间谈笑风生的潇洒风度；你的思路应该是清晰的、集中的，你必须把抵御虚假的威胁和粉碎暗藏的诡计的本领训练得炉火纯青。

1984年，我还是上海外贸局的一名医生，每次外销员出国回来，都到医务室来津津有味地回顾他们的海外之行。我总是听得感叹，听得入迷。后来我想，为他们——这些外销员们，写一篇报告文学吧！于是，四个月后，我的这篇报告文学发表了。后来电视台、电影厂都来找过我，要我改编成电影剧本或电视剧本，我却已转念一心联系出国，终于没有完成……

而现在，我本身在美国已经卷入了这股商业竞争大潮，所见到的事，已比我在那篇报告文学中所写的更惊心动魄，特别是亲眼看见一些中国政府派来的公司的荣衰，体会到同行老友失落破产的焦虑和痛苦。在这股竞争大潮中，一个判断的错误，就可能断送整个公司的命运！

到了1989年，中国政府已陆续派出不少常驻美国的独立机构，世界贸易中心内各省的机构也陆续搬出中心大楼，另辟独立公司扩大业务。第五大道上，正像我1987年曾幻想过的那样，国内一个个省，在一个个美国商业集团对面安营扎寨起来。

17街是中国工艺品进出口公司，22街是天津市公司，29街是山东省公司，31街是广东省公司，36街是上海服装公司，37街是河北纺织品公司……而所有这些公司中，最令人注目的是第五大道32街上的美中技术公司。这是由中国成套设备进出口公司和纽约华商合资开办的一家公司，办公室占昂贵的第五大道办公大楼的整个两层楼面，每天该公司均登出醒目的广告。美中技术公司不仅做进出口贸易，还做旅游、国外买单国内取货，并设有礼品小卖部、电脑贸易部、商品陈列部……从中国来纽约的，几乎每一个人都去过这家公司，买廉价礼品、订机票、买大件、做贸易……那里的人川流不息。可是突然有一天，在报纸上报道了一则不起眼的消息："美中技术公司倒闭了。"

两笔生意的判断失误，决定了美中技术公司的命运。

有一次，华鹏公司老板向美中华经理推销一批马口铁。国内每年出口大量食品罐头，非常需要这种制罐头的金属材料，而华鹏老板从没见过马口铁，连马口铁是什么样子的东西也不知道便向美中推销。这时正好上海五矿来美国找美中技术公司买马口铁。美中华经理一听说华鹏老板有马口铁，忙说："买呀，我们正在找马口铁。上海五矿公司小组刚来过，要订500吨呢。"上海五矿来美国买马口铁，怎么不找五矿在新泽西州的总公司，而找美中呢？可能是美中规模大、影响大，才吸引了国内小组的订单吧。华鹏老板从来没有见过马口铁，只是听他的一位熟人穆先生讲的，那个姓穆的手中有马口铁。一听说美中感兴趣，华鹏老板立即把穆先生找来。穆先生讲，他也没有见过马口铁，是他认识的一位中国台湾的商人，在新泽西州经营废纸品和马口铁出口。这样，转了这么多个弯子，总算由姓穆的先生搞来了马口铁的规格、报价，正好符合美中技术公司的订单要求。

"买了！"华经理讲，"信用证开给谁？"

穆先生说"开给新泽西州台湾吴先生，那里一个月内交货"，并交给华经理一份由吴先生签字的售货合同书。

"好！"华经理很高兴交货这么快，他对穆先生说，"你打个电话，告诉那位吴先生，我们买下了。"

我在旁边捏了一把汗，根据我的直觉，这样转了几个弯子的订货常常无法驾驭。我忙说："华经理，先不要开信用证，要亲自看看货到底怎样才行！"

华经理对穆先生讲："你和吴先生约一下时间，下周一去看货，怎么样？"穆先生立即给吴先生打了电话，对方一口答应。

到了下周一，秘书小姐告诉华经理，吴先生病了，不能接待美中验货。又过了一周，吴先生又出差了。这样拖了两周，眼看影响交货期，上海那里的电报一份份急催，穆先生也口口声声向华经理保证货没有问题，质量包在他身上。华经理事务缠身，相信了穆先生的话，下了指示：立即开出200万美元信用证。并催对方立即出货。两个月之后，货到了上海，又过了一个星期，上海五矿公司提出了法律诉讼：他们收到的是一堆生锈的废铁。废铁的周围塞了些二等品马口铁，躲过了海关和商检局的检查，而打开货柜内箱，是一堆沉重的无法使用的钢铁垃圾！上海诉讼美中，美中立即转诉卖方，控告吴先生，而吴先生拿到了200万美元的货款已逃之夭夭，贸易公司也关门了事。美中委托的商务律师所，在追查了吴先生半年之后无结果无下落，只得告诉美中："此公司已关门停业。"

这样一桩生意，美中在赔了上海200万美元的基础上，又赔上一大笔律师费用。穆先生这时也不见了，美中与穆先生没有合同，也无法追究他。华经理后悔不已："当初去看一下货，就不至于上当了！"

又有一次，一位在中国城开诊所的上海籍医生，找到美中，告诉美中丽莎经理——她是合资的私方代表，他的一个病人是一位服装进口商人，想和中国做20万件丝绸服装的生意。这样巨大的数字，立即吸引了丽莎，她50多岁，精明干练，立即问："客户在哪里？我要亲自访问他的公司。"这家公司就在离美中只隔几条马路的曼哈顿第五大道附近。丽莎见了那位犹太老板，看到他的公司规模还不算小，以前专门从韩国进口女装，就立即和他详谈20万件丝绸女衫的订单。

"你必须开信用证，"丽莎告诉犹太商，"我们给你打样、报价。一旦经你确认，你要在三天内将信用证开到国内丝绸进出口公司。"同时又确定了佣金条款，由客户收到货后立即支付5%的佣金给美中。如果以每件女服10美元计算，20万件即200万美元，5%的佣金即10万美元，而国内再付5%的佣金。那么这笔生意如果做成，两面拿佣金，美中即可得20万美元。真是不可多得的良机！

一个月后，样品到了。丽莎拿着样品奔向犹太人，他看了很满意，对价格也表示接受，一切表现得谦恭、随和，丽莎被这个犹太老头那副胸有成竹的神态镇住了。一般成衣商总是挑剔、压价，可他不，你说什么价，就什么价，连争议都没有。三天之后，客户开出一份L/C，国内银行收到后，又用电报退回来。原来L/C上有一条款："在收货后六十天付款。"国内不接受，按惯例是收货后应立即付款。丽莎去找犹太老头，老头讲他和韩国做生意都是六十天付款，有的还九十天付款。"我们只能开这样的信用证，先卖货，再付款，不然……"犹太老头把订单从丽莎手中拿过来，说，"如果中国不接受，我们还是向韩国订，这个单子就算取消了。"丽莎一急："这怎么行？好不容易搞了一个月，一切都妥了，怎么能就此了结？"她立即伸手拿回那份订单，紧紧地攥住。"不，这个订单要做。"她斩钉截铁地说，"这样吧，我们公司开信用证给中国，你六十天后付款给我们。"犹太人闪着亮亮的蓝眼珠问："我公司不用开信用证了？""你开六十天也没用，我们签个合同吧，你保证到货后六十天付款！""行！行！"犹太老板让秘书打了一份合同，匆匆签上字递给丽莎，丽莎拿着合同直奔49街的中国银行纽约分行，使出她那50岁女人尚存的风韵和果断，同信用证部主任、经理周旋了一个下午，第二天又赶到中行，在种种贷款条约上签字，终于通过了信用贷款大关，向中行贷款200万美元，并立即开信用证给国内丝绸进出口公司。

货到了，丽莎清关、付税、组织几辆卡车运到犹太人公司。犹太人一拿到货，以前温和文雅的笑脸一下子全变了："怎么交这样的货？领子怎么这样？扣子怎么这样？……你拿回去吧，这样的货我们不能付款！"丽莎愤怒了："领子、扣子，一切都是你确认的！不要找借口！这笔货你必须收下，六十天后付款！"丽莎把货卸下就走了。

六十天中的每一天，她都焦急不安，向中行借的200万美元，到了六十天必须付清，如果犹太人赖账，她拿什么还中行？

六十天过去了，九十天过去了，半年过去了，犹太人始终一分钱也没付。丽莎逼急了，请了三个律师，正要拿案子上法庭对簿公堂时，犹太人在《纽约时报》上登了一则广告：

根据法律第十一章，本公司宣布合法破产。

在美国，宣布破产就意味着一切欠款可以由此一笔勾销，破产的只是公司，不必拿私人财产作抵押。

经过多方调查，这个犹太人经营韩国进口女装已亏本多年，并欠韩国厂商100万美元，这次拿了20万件中国女丝绸服，以二等品廉价卖出去，还了韩国的债，然后宣布破产，老头子到乡下领政府养老金去了。

这笔生意，犹如诈骗案，美中连本带利赔了215万美元。

马口铁和女丝绸服成了两个惨败的"滑铁卢"。失败的要害是轻信，因而陷入泥坑。1990年，美中由于负债过多，终于关上了它在第五大道32街上那炫目多时的铝合金大门。因为它是中资公司，它欠下的几百万、上千万美元的债务，都无法用美国法律《破产法》八条来包容。那么，中国损失的钱，该由谁付呢？

1990年，美国经济衰退，失业率迅速上升，在一个危机四伏的世界里，国际市场充满着坑洼和陷阱、虚弱和危机、祸害和混乱。而新的公司，仍然在不断地成立。人们雄心勃勃，每天在这块美利坚国土上施展着"雄才大略"，上演着一幕幕商界浮沉的悲喜剧。

1990年春天，在百老汇37街一幢著名的时装大厦的十八楼，一家新的公司开张了，公司总裁黄先生邀请我去参观他取名为"HBT"的公司。这家公司是H省服装进出口公司和美籍港商龙先生合资开办的。公司看上去就气派非凡，水晶玻璃的大门厅，门口是金发碧眼的秘书小姐，每一间办公室都摆设着崭新的桃木办公家具和西方气派豪华的皮沙发，墙上悬挂着烫金雕刻的古典西方油画。进进出出的除了两三个中国人外，都是蓝眼睛高鼻子、西装革履的美国人。我问黄先生："怎么公司里这么多美国人？"H省服装公司派来的黄先生爽朗一笑："这都是我们公司以高薪雇来的雇员，现在美国失业率这么高，我们一登广告就找到了一批高水平的推销员！""你付多少钱给推销经理？"我禁不住进一步问，对一家国内公司能给美国人工资颇感兴趣。"6万美元。"黄先生说。我真佩服他，当这位 HBT 国际公司总裁讲出"6万美元"这句话时，脸上竟没有嫉妒，而他的工资也是中国给的，正如中国付给美国推销员、推销经理一样——他的工资是 200 美元一个月，而周围竟站满了年薪五六万美元的美国人，在听候他的吩咐！

HBT 国际公司（英文翻译为 H 省纺织），由 H 省、港商龙先生合资并且雇了美国人彼得先生，在古巴南面的牙买加岛上开设了一个大规模的服装加工厂。因为中国出口棉布和服装到美国，受到配额限制，而对牙买加则不受任何限制。这样，由 H 省将布匹运往牙买加，在牙买加工厂染色、裁缝，制成服装，再贴上 Made in Jamaica 的商标，便可源源不断地运进对牙买加不设任何限制的美国了（牙买加的服装实际上是中国服装）。到了美国后，再雇高手推销员去卖。HBT 公司预计在第一年就可收益 500 万美元，就能不受任何配额限制地推销全棉男装。美国有一亿男子，HBT 计划让每人穿上一件 HBT 上衣！雄心勃勃的黄先生向国内下了指示："运 300 万码棉布到牙买加。"同时，龙先生和彼得先生又飞到牙买加岛视察工厂，新招收到的当地工人正排着长队在领取上班工卡呢。

推销经理找到了五家连锁商店，订了 100 万件度假男衣、50 万件童装。三个月交货，服装款式简单，但颜色却很鲜艳复杂。美国的男人和儿童，在假日中穿得和女人一样大花大绿，衬着白皮肤金头发，令人分不出是男是女。颜色要求有二十种，色卡全部寄到了牙买加工厂，由彼得先生向美国印染公司订购染料，工厂就地印染加工。

4月份，复活节一过，五家连锁商店就来催货了。4月交货，5月上橱窗，6、7月休假——这是假日男衫的销售规律。在西方，时装行业被称为"疯狂的行业"，时装市场被称为"疯狂的市场"。竞争激烈，大浪淘沙，关键是一个"时"字。时候到了，就得交货，一天也不能差！过了时节，时装就成了"跳楼价""自杀价"，成了一堆废物！HBT 公司由牙买加岛空运，交了第一批货。打开货柜，大家都惊呆了：每件服装上的颜色都像在雨水中浸泡了一个月，全部染成大雨花、大云团了！工艺更是粗糙不堪，针脚长、脱线的满眼都是。

黄先生在电话中骂彼得："你怎么搞的！这种染色怎么能交货？"彼得也在电话中吵嚷："我尽到了最大努力了。这里的水与美国的水不同，配上染料起化学作用，染好的布，一晒干就变色了。""换水！从美国运水去。那么人工呢？……工艺怎么这么粗糙？"黄先生叫道。"这些工人听不懂英语！我每天一个一个盯着干，在这岛上，都是生手啊！"彼得是拿工资的，他什么也不怕，你和他吵，他也和你吵，大不了辞职，从牙买加飞回美国另谋差事。

黄先生在电话中像求他似的："不行啊！第一批货不能卖！卖了就要砸光牌子了！你快点想办法，第二批货一定要正品！正品！听到吗？"

第二批货是次品，第三批、第四批……都是次品。五家连锁商店全部取消了订单，彼得也辞职不干了。

"彼得是你找来的，你立即到牙买加去看看！扭转一下生产情况！"黄先生对龙先生讲。龙先生多次保证彼得是一位有办厂及生产经验的专家。

龙先生飞去了牙买加，一周后回来说："工人不行，素质太差，一边踏缝纫机一边唱歌，一天里缝纫机就踏坏了几十台！这个工厂完蛋了，快关门吧！"于是HBT公司立即决定关闭工厂，可是已经运到纽约的近百万件男装、童装怎么办？HBT公司用了三个月时间推销，始终没有卖出一件！第四个月，辞退了所有的推销员；第五个月，辞掉了美国秘书小姐；第六个月，香港龙先生竟不辞而别，变得无影无踪。原讲定每月办公室房租1万元，由H省、港商各出5000，现在全部摊到H省纺织，H省当然不干，于是干脆不付房租；第七个月，百老汇时装大厦叫来了警察，查封了HBT公司，没收一切办公用品、办公用具，以抵押租债。仓库中的服装已开始变皱，牙买加的水质与染料的作用，使染色的雨点变成一片片霉点，500万美元的服装成了一大堆废布料。

黄先生在启程上机时，痛心疾首地对我说："选错了工厂！选错了地方！"短短不到一年时间，他头发白了许多，50多岁的人看上去有60多岁，身心交瘁地背着沉重的包袱回国去了。

　　现在美国政府明确规定，不准经过第三国转口倾销。

经商的艺术

　　有不少人问我："你一个女子，在美国和中国都没有任何背景，怎么会在竞争激烈的美国市场打开庞大的销售网？"也有人问："不少做生意的人都吃了亏，血本无归，你是怎么成功的？"

　　1985年，我来美国自费留学，身边只有40美元，举目无亲，孤身一人。短短四年，我的公司在中国银行纽约分行所转出的信用证和由我的公司客户直接开出的信用证，已达到几千万美元。我已经有了纺织、工艺、轻工等二十多家大规模美国进口商的固定销售网。有一次，我带国内一个外贸访美小组参观了曼哈顿的近十家著名商店："Macy's""Lord & Taylor""Saks Eifth""Bloomingdale's"等等。每家百货公司中都有经我开拓、推销的商品。当看到这些中国出产的商品标上昂贵的价格，摆设在装潢考究的名牌橱窗中，心里真有说不出的喜悦、安慰和自豪！美国著名的教育家和事业家，曾经作为洛克菲勒导师的卡耐基在他的著作《人性的弱点》中说，他很赞成这样一种观点，即一个人事业的成功，只有15%是由他的专业技术所决定，另外的85%要靠人际关系、处世技巧。经商是一门艺术，而这种艺术技巧，如同自信心一样，常常是与生俱来的，是一种天赋。法国著名雕塑家罗丹说："给我一块大理石，把多余的去掉。"专业知识——包括在美国研究生院学习的商业管理、销售学——即是一块大理石，而人际关系、处世技巧则是艺术家的手，能否雕出精湛的艺术品全决定于此。

　　小学二年级，我戴上了红领巾，当上了少先队中队文体委员。

那时，10 岁左右的我，经常组织班级的和年级的各种文艺演出，组织校外街道的学雷锋活动，当主持大会的小主席，在篝火晚会上当报幕员，任少先队合唱团演出的小指挥……而后稍大些，我又沉浸在各种中外文学名著中：《钢铁是怎样炼成的》《卓娅和舒拉的故事》《古丽雅的道路》，以后是《安娜·卡列尼娜》《约翰·克利斯朵夫》《大卫·科波菲尔》《悲惨世界》《九三年》……大量的阅读开阔了我的眼界和思维，正如大量的学生活动赋予我与日俱增的组织才能一样。如今，我仍然认为，如果一个人从孩童时代，就能组织他的伙伴，就能如饥似渴地阅读人类的精神财富，那么命运将注定他是个具有领袖素质的人。并不是人人都能成为领袖，也并不是人人都想当领袖，然而，领袖素质的具备，对于一个人的前途和命运、快乐和幸福，都是极为重要的。我至今仍然感谢我的祖国，给了我一个美好的童年，而这样的童年并不是人人都能得到的。尤其在美国这样一个以金钱物质为上帝的社会，许多美国孩子的童年是以丰富的物质生活与孤独的精神生活相伴随的。这就是为什么许多生于斯长于斯、金发碧眼的美国人，在大公司里只能充当秘书、跑腿的角色，拿着低廉的年薪；而我只来美国数年，就能与总裁对话，独树一帜。

做生意要能跑、能说、能写、能组织，再加上你手中可以驾驭的权力，那么就能在一片空白地上开出一个新天地来。1985 年——我来美国那一年的年初，我平静的生活突然发生了很大的变化。原来我是上海外贸局的一个医生，从北大荒兵团回来后，我在静静的医务室里坐了五年，犹如困在池子中的蛟龙，常有一种窒息感。我开始了写作，从刚进医务室的第一天起，我就觉得这个安静的、湖绿色的小小医务室，可以用来作一个日间书房。我把许多心爱的书搬进了医务室，又铺开了稿纸，只要没有人来找我看病，我就读、写，直至下班。

1983 至 1985 年，我陆续在报纸杂志上发表了一些散文、诗、报告文学，那是我精神生活极为丰富的日子。但我仍然渴望跳出医务室，冲向社会。1985 年，外贸局局长把我叫到他的办公室，对我说：

"周医生，你的文笔和观察力都不错，市里成立了《经济新闻报》，到外贸局来要人，你愿意去工作吗？"我一听当记者，十分高兴，立即表示愿意前往。到了《经济新闻报》，看到一切业务尚未正规，一片混乱，而下周就要出第一份报。负责人朱总编每天急得团团转，从这间办公室冲到另一间办公室，一会儿抓住一张纸，一会儿翻出一张照片，跑来跑去，而打字机还没有运来一部！朱总编见了我，第一句话就是："你负责第一版呢，还是负责文艺版？"同时不等我回答，就说："根据外贸局对你的介绍，我们决定让你当第一版首席记者，你年轻，脑子活，能拿出漂亮的第一版新闻！不过，文艺版现在还没人搞，你愿意当文艺版负责编辑也可以！"这一连串的"请君就位"，把我这个医务室的医生搞糊涂了。我这时想，十月革命时列宁在斯莫尔尼宫任命那些工人当他的财政部长、农业部长、交通部长，情景恐怕也是如此吧？而那些部长们还真干得不错，把苏维埃政权维持了下来。人的潜力，比你自己所能够想象的大得多得多！

我选择了文艺版——因为我喜欢采访人物和写人物传记。第二天，我就着手人物的采访。当天晚上，我参加了一个女友的婚礼，那位女友也是个记者。我正打算采访一个和《经济新闻报》有点关系的人物，她马上推荐：《经济日报》派了一个年轻人到上海来组织国际经济信息中心，那人叫韦梁，很有开拓精神，不妨去采访他。她还告诉了我他在上海宾馆的房间和电话。

马克·吐温在他的小说《神秘的陌生人》中说："一个人的一生，如同一环环套起来的锁链，如果其中一个锁链改变了位置，那么整个人生都由此改变……"以后我常常想：如果我没有因医务室的沉闷而写作，那么我现在还是在那里当医生，直到退休——外贸局医生的位置是许多安于现状的人所求之不得的；如果我没有写作，就不会到《经济新闻报》，就不会遇到韦梁，就不会去他那儿工作，就不会在上海宾馆自己找到我的自费留学担保人——那么，我现在恐怕还在上海。

命运是一出人间喜剧，命运把我带到韦梁面前。第三天我去采访他，他和我侃侃而谈，从来上海建立国际经济信息中心的规划，到整个经济特区改革的宏伟前景。他的谈吐展现了一个改革当前，任鲲鹏展翅的新天地，而采访也很快变成了双方的交流。我在外贸局几年，看的和听的都不少，使这位刚踏进上海滩的外省青年，在高谈阔论之后也静静地洗耳恭听。临别时，他突然提出："你既然刚从外贸局调到经济新闻报社，关系还没有过去，能不能马上调到我们《经济日报》上海国际信息中心来？""调来？"我怔了一下，没有思想准备。"对啊！调过来，我让市委组织部立即发调令！"韦梁说，"我需要像你这样的助手！能跑能写，思维敏捷，你来后给我当副总经理，让我们一起在上海开拓一番事业！"

在我来采访他之前，已经查阅了有关他的资料，上海各主要报刊都以大篇幅介绍了这位青年改革家，不久后将在锦江饭店召开上海国际经济信息中心成立大会，由上海市副市长到会致辞，各界要人都将出席祝贺。眼看他对我这么信任，又没有什么条条框框，我何不跟他闯一番呢？对将来写作也是一个难得的经历啊！于是我答应了："好！我去找报社和外贸局商量一下。"就这样，我在编出了第一期《经济新闻报》文艺版后，被正式调到《经济日报》上海国际经济信息中心担任副总经理。办公处暂时设在上海宾馆，我马不停蹄地奔忙于中心初建的各项工作中，同时一面小心地寻找机会，为我将来赴美留学做准备。不久，我在上海宾馆找到了一对来华旅游的慈善的美国夫妇，他们成了我的担保人和好朋友。

4月份，正值春暖花开时节，韦梁给了我一个任务。这个任务只有一句话："到深圳去看看有什么事情好做。"我登上了去广州的班机，到白天鹅宾馆住了一夜，第二天一大早赶到深圳。正像同年8月我到了美国，举目无亲、孤独一人一样，我到了深圳也是目无熟人。只见高楼林立，公路上穿梭而行着各种进口车辆，到处是高音喇叭播放的流行歌曲。我想起韦梁讲的一句话："中心的现时主要任务，一是吸引外国投资，盖一座上海国际经济信息大厦——带酒店和国际会议厅，一定要是上海最高建筑。第二件事，是与深圳建立横向联系。不能小看深圳，要想办法把深圳变成我们生存的经济命脉。"这两件事，盖大厦由韦梁去办，开拓深圳由我去办。而我不久前还穿着白大褂，在医务室给人抹红药水呢！

我在深圳市中心跳下了车，摸了一下口袋中用来开拓深圳的"武器"：一沓自己的名片、一张中心的现金支票和一沓空白介绍信。凭这名片和介绍信，我可以求见高层次的人物；有了钱，我可以挥手叫计程车，用最短的时间去办最多的事。我马上决定：去深圳市政府，要求见深圳市市长。我自己填写了介绍信，很快见到了市长秘书，他告诉我："很抱歉，市长出国了。"然后他又说："我可以把您介绍给副市长。"可是一打听，副市长因生病，没有来上班。"那么，到副市长家去吧。"我说。市长秘书问："事情很急吗？""很急！"而这时我在脑子中飞快地编织一件属十万火急的事由，以便进一步说服这位市长秘书。可是他已经笑容满面地拨上了副市长住处的电话，并且很快告诉我："副市长同意见你，我们派车送你去。"

坐上深圳市政府黑色的"奔驰"轿车，我心中阵阵焦急，和副市长谈什么？怎么谈？既然我是《经济日报》信息中心派来的副总经理，那么就得谈经济，谈信息。那么搞一个大规模的活动呢？比方讲，搞一个深圳、上海的经济信息交流会呢？对！就是这个方案：把深圳所有的大公司、大企业代表请到上海去，与上海的大公司、大企业面对面地交流信息、来料加工、做生意……"奔驰"车疾驰着，我已在脑子中拟好了几个提纲，不几分钟，轿车停在一片绿草如茵、鲜花盛开的面积广阔的花园前。远远望去，一幢幢别致的白色小洋房和橘红色的琉璃瓦，在阳光下熠熠闪烁。司机告诉我：市领导人都住在这里。到副市长家门前下了车，我抬眼一望：奶白色洋房外面是一圈雕花铁栏杆，大理石的拱门旁有两个小喷泉，水从驾着喷泉的小天使雕像嘴中汩汩奔出。洋房外面停着一部紫红色的轿车，从洋房落地玻璃窗的帷幔后，传来一阵阵钢琴声。我想，这哪是深圳？这哪是中国？这明明是西欧，一派西洋生活方式！我按了门铃，钢琴声停住了，一个女孩跑到阳台上问："你找谁？""找副市长。"女孩向屋内叫着："爸爸，有人来找你。"

在客厅中，副市长看了我的名片，让我坐下，我立即把刚才在轿车中拟好的几条设想讲给他听。"我在深圳时间不多，我打算召集各大公司的总经理开一个会，请副市长支持。""你刚才谈的方案很好，上海是有几百年工业传统的城市，与深圳应当有纵横向的密切联系。不过，你打算搞的那项交流活动，要有个章程和具体规划，那么我们市里就比较好向下面说话了。"我立即说："我明天就交给您章程和规划。""好吧！我和工业贸易部部长讲一下，明天你去找他，他会协助你的。"

从副市长家回到我下榻的饭店，我立即打电话向韦梁汇报，他认为这个主意很好，问用不用给我派助手。我说不用。放下电话，我立即拟起经济信息交流活动的章程和规划稿。稿子写完后，又立即翻电话本打电话给印刷、打字公司，付高价要求当天出稿。当天晚上，一份清晰漂亮的《上海—深圳经济信息交流会简章》出来了。第二天，我拿着简章去见工贸部长，工贸部长一副老干部派头。他看了简章后说："副市长让我们全力支持你，这儿是一份各大公司企业和负责人的名单，你去召集会议吧，我会出席的。"我回到饭店，照着名单一家家打电话，打不到电话就叫上计程车上门去找。用了两天时间，把三十多位各大公司总经理召集到深圳大酒店，有部长在上边坐镇，我又大胆地把简章作了更具体的发挥。先谈了"信息有如电脑的软件，我们生活在信息时代"等这些眼下时髦的理论，然后鼓动各大公司、企业带着他们的产品、设想、信息去上海，与上海的各个层面交流，一定会产生意想不到的成果。我还当即规定了参加这次交流会的费用：每个单位3000元，包括机票、住宿、广告。结果当场有二十多家公司参加。几天之后，中心收到了6万多元从深圳汇来的支票。以后半个月，我只身往返于上海与深圳之间，并且亲自带队，精疲力竭地把二十多个深圳代表团成员带到了上海。5月份，"上海—深圳经济信息交流会"在上海文化广场举行，历时一周，果然造成了轰动。成交合同、合作项目达3500万元。《经济日报》《解放日报》均在头版的醒目位置详细报道大会盛况。这次信息交流活动被复旦大学一位经济学权威称为"中国的华尔街效应"。而上海国际经济信息中心从这次活动的经费和成交佣金中也收到了几万元的纯利润。

5月底交流会一结束，我就在一片赞赏声中急流勇退。因为那时我已经收到了我的担保人寄来的经济担保，并且收到了纽约州立大学宾汉姆顿分校研究生院的录取通知书。现在关键的问题是英语了。我曾经抽空去过人民公园的英语角，在那里我发现，我在医学院学了五年的英语，几乎已是一片空白。英语角的青年们谈的政治、国际时势、电影艺术等，我几乎一句都听不懂。连中国人讲英语都听不懂，到美国后怎么办？我决定向中心请假，在家里闭门读书，全力攻读英语，为赴美留学做准备。

韦梁听说我要请假学英语，一口表示没问题。由于深圳这一战役立下了汗马功劳，他慷慨地表示我学习期间的工资可以照发，并且让我到美国后作为《经济日报》的特约记者，继续给《经济日报》写文章。从5月到8月，我夜以继日地钻在一大堆英语书本中，大段大段地背诵《美国现代口语》《托福词汇》《新概念英语》。7月份，拿到美领馆签证，韦梁向我表示热烈祝贺："短短几个月，没想到你打了这些个胜仗！"他召开了中心全体人员会议，让我向大家发表"告别演说"。赴美前一天，韦梁在上海宾馆为我举办了告别宴会，到会的除了上海国际经济信息中心的骨干外，还有复旦经济学院院长、《文汇报》副总编等社会名流。韦梁高举白兰地酒杯，说："我由衷地希望，并且相信你的才能在美利坚国土上能够开出鲜艳的花朵。我们等待一个老友，一颗明星，在太平洋彼岸发出光芒。"席间，大家向我频频敬酒、祝福（谁也不会想到几天之后，我在纽约唐人街为寻找一个保姆的位置而四处奔波，被生存危机威胁得惶惶不安）。告别宴会持续到深夜，人们仍然不愿散去。第二天一早，中心派出面包车、小轿车送我去虹桥机场。当我手捧着韦梁代表中心全体人员献给我的鲜花，热泪盈眶地登上飞机时，我更对即将告别的国土产生深深的依恋之情。

万万没有想到，这位自从第一天认识我就邀请我为他工作，直至分手登上赴美班机前，从来没有红过脸、争吵过的韦梁先生，竟然在欢送酒会之前，就已经在干一件令人吃惊、几乎是不可思议的事情。他起草了一份文件，文件中声明，我已被《经济日报》上海国际经济信息中心除名，我将来一切活动与中心无关，等等。这份文件在我登上飞机后的当天，就向各个认识我和不认识我的机构发出。而我还蒙在鼓里。到纽约后，给中心韦梁等人写了不少信都一概不见回信，正觉得奇怪纳闷时，家里来了一封信，告诉我除名的事。像晴天霹雳一样，把我震蒙了："这不和最后通牒一样吗？"我顿时从吃惊中感到一种莫大的污辱，立即写信给上海市委和北京《经济日报》，追问究竟。上海市有关部门立即找韦梁，问他：为什么搞这份东西？用意是什么？是否周励犯了什么错误才这样做的？而韦梁的回答是令人不解的："她的能力太强了，我想限制一下她而已。"上级有关部门告诉他，这种擅自发文除名的事情是不合乎纪律的，让他检查并撤销收回所有文件，这事才算了结。

后来听一位非常接近韦梁的人说，他是个表面上豁达大度、颇有气概，而内心却十分狭隘、忌妒的人。当我的深圳战役打得漂亮时，他主持的大厦计划却由于无法落实贷款而落空，而接下来我却急流而退，并继而赴美留学。"他倒并不是想害你，"那位熟人说，"他只是想浇一下心中满腔的妒火，才这么干的，以求得心理平衡。"这真是种东方式的嫉妒心态！在外国，你比我强，我向你学，同你竞争，努力赶上你。在国内，你比我强，我就搞你，把你搞完蛋，趴下为止。这位敬我美酒、赠我鲜花的总经理，在背后这么狠地捅了我一刀，使我猛醒：我再也不能回到这个中心去了！

从脚下开始，在这块陌生的土地上，我将另辟起点。我独自来到自由女神公园，踯躅在火炬的光环之下，我又想起那句话，那句我在北大荒草甸中放猪时，曾反复对自己说的话——那是一位美国总统的就职誓言——

"自由的精髓在于我们每个人都能参加决定自己的命运！"

我在美国了！——我望着自由女神那凝重、雍容的面容——那么，决定我的命运的，就是我自己了！

每当我向一个新的客户敲门，我仿佛就听见贝多芬《命运交响曲》开头的那段震撼心灵的命运的敲门声：

$$
\overset{(3)}{\underline{3\ 3\ 3}} \mid 1 - - \underset{\cdot}{\underline{2\ 2\ 2}} \mid \overset{(3)}{7} - - 0 \mid
$$

如果当你敲开一家客户的门，从门里走出来的人将你从头到尾打量一番，然后让你走开，再粗暴地把门关上，这种难堪是令人无法忍受的。那么，我决定做一个有魅力的女人，让所有向我开门的美国老板都喜欢我，即使不做生意，也能令人愉快地说一声"再见"。

我先生麦克认识我的时候，就认为我很有"Attractive"，他并且在这后面加了一句"Extraordinary"（不平凡的）。用中文来讲，就是"一个有魅力的、不平凡的女人"——而那时我只是纽约州立大学宾汉姆顿分校研究生院的自费留学生，穷得要命。听了他的话，我暗自叹了一口气，想起了在童年、少女时期，那长时间笼罩在我内心中的悲哀。

小时候，虽然我很聪明、活泼，但是在镜子中，和从照相馆冲出来的照片中，我发现自己长得太平凡，甚至是太难看了，简直是一只丑小鸭：胖胖的圆乎乎的脸，脸色黄黄的，一双小小的眼睛几乎没有睫毛，单眼皮，翘鼻子，嘴巴也挺厚，总之，没有人第一眼见到我时会喜欢我的。那时，当我看到我的小伙伴们在阳光下跳舞，她们的脸蛋又红又白，像瓷器般闪闪发亮；还有那又黑又大的眼睛，真令我羡慕。我儿时的小朋友都很漂亮，我有时候看着她们，会看得发呆。尤其到了少女时期，当春情在心中萌动，却没有一个男孩子对我看一眼时，心里真感到："长得不好看是少女最大的悲哀。"

后来到了北大荒，随着青春成熟的发育，自己的外貌也在渐渐地发生变化，特别是两个单眼皮居然在一夜之间成了双眼皮，我对着镜子把眼睛揉了又揉，因为当惯了"单眼皮"，眼部皮肤感觉很不舒服，可是眼皮仍然揉不回去。双眼皮双双的，把细细的一排睫毛也衬托出来，眼睛变得又黑又亮！真是"女大十八变"啊，连黄如菜色的皮肤，居然也在北大荒的冰雪中变得红润和白皙起来。我到北大荒那年，刚过18岁，短短的二三年，我发现自己从一只丑小鸭，变成了一个身穿军装、手握大镐、英姿焕发的少女！

1972年，我进了大连医学专科学院，有一次，电影制片厂准备拍摄《春苗》，到我们学校来挑选扮演春苗的演员，叫了几个学生去面试，居然把我也挑上了。在电影导演面前走步、回答问题，心中好不紧张。后来我们几个都落选了，李秀明扮演了春苗。在银幕上看着春苗，我想，她多么美，我怎么好和她比呢？然而，我的自我感觉好多了。那种少女时期的悲哀，渐渐地一去不复返了。

可毕竟，面部给人的感觉不是最主要的。18世纪法国著名哲学家孟德斯鸠说过："一个女人只有通过一种方式才能是美丽的，但她可以通过十万种方式使自己变得可爱。"一个女人是否可爱，主要在她的气质。而我，就是要在美国商人面前表现出一个东方女性的气质。我去见客户时，总是淡淡地施以脂粉，从来不浓妆（那样给人的形象只是秘书或女售货员）。除了结婚戒指外，尽量不戴其他首饰，衣着得体。我总是穿能体现出东方女子线条美的丝质连衣裙，有些是我自己设计的，但只是一条裙子而已，不戴金光闪闪、令人烁目的项链、手环、耳环，不珠光宝气，也不穿戴任何名牌——在美国商人面前，你是无法同他们所拥有的钱财和各种名牌货相比的，那么就做一个"清纯女子"好了，如日本电影中的那"纯情少女"——她们往往纯朴自然得如同清澈见底的一汪清泉，在当今这充满财富与权力竞争的社会中，犹如一股清新的风，令人神怡，令人心动。

如果一个东方清纯女子，操一口流利的英语，微笑着向客户推销自己国家的产品，专注地倾听客户的各种要求，然后以"欧美式的工作效率"迅速反馈各种信息，那么那些美国百万富豪、亿万富翁们怎么可能把她拒之于门外呢？只要他们在生意上有一点点需要，或者是有一点点可能的需要，他们都会倾心与她合作！

有一次，国内一个省公司给我的公司来电报，让我帮助推销他们库存的丝绸领带。这不是普通的印花丝绸领带，而是手绘图案领带，每一条领带上都有一幅不同的中国山水画。这原来是一个欧洲商人订的货，后来又突然取消订单，国内找我告急，让我在美国设法推销一下。

我找了一家在麦迪臣大道上专门经营男服和领带的公司，带着国内寄来的样品上门推销。按照事先查找的资料，我找到了这家叫伯玛的公司。一进公司，只见大厅内灯火辉煌，却不见一人，大理石的墙上，挂着一幅巨幅照片，那是《新闻周刊》的封面，封面上是一个美国商人的正面像，一行红字写着"年度人物"。我正在想着这个人物和伯玛公司有什么关系，里面出来了三个人，其中一个就是照片上的那个人，戴着贵族派头的领结——不是领带，白发稀疏，一副金丝眼镜。他在电梯门口和另外两个可能是前来洽谈生意的美国人告别，正要转身回去，他注意到了我。

"小姐，你来这儿有什么事吗？"他问，同时很客气地打量着我。

"我是JMF公司的，我到贵公司来，是想推销中国领带，但很抱歉，我没有事先打电话预约。"有的商品，你打电话预约根本没用，只有上门，以你本人和商品的魅力加在一起，才有打入的可能。

"哦，什么样的领带？"

我马上取出几条手绘山水画领带，并立即向他报了CIF的价格。他看了突然大笑起来："画！画！中国画！"我一看他有兴趣，立即对他讲："这是仿唐代的敦煌壁画，手工绘制的。""唐代？我喜欢那个年代！""你知道中国历史？"我有些惊喜地问。他反问我："你知道我是谁？"我指了一下大厅墙上的壁画："你是年代风云人物——照片上的。"他仿佛不在意，又问我："你叫什么名字?""朱莉亚。""我是阿道尔·舒格曼。"经他一讲，我想起了前天《纽约时报》上的一则消息，在著名的苏富比拍卖展示会上，一位叫阿道尔的美商以1000万美元购进了一幅中国宋代名画。消息在并不显眼的第六版上，但我不知怎么却仔细看了这条新闻。我立即叫起来："您在前天向苏富比公司买了宋朝名画，《纽约时报》上说，您还收集了许多中国古董。"这位老人爽朗地大笑起来，他看了看表，说："现在是十二点，午餐时间，你来得太晚了，也许太早了些……这样吧，我太太在家等我共进午餐，我就住在公园大道，离这儿很近，你如果愿意，可以到我家去看看我的宝贝——几乎全是中国和日本的宝贝家伙。"

遇到这么热情、第一次见面就邀请作私人访问的客户真不多，我当然要去，我还要和他谈我手中的任务——丝绸领带。于是我乘上了由他司机驾驶的轿车，一会儿就到了公园大道的公寓。这条街的南部住着许多极具声望和权势的百万富翁。走进这位风云人物的公寓住宅，犹如进入纽约大都会博物馆:室内装潢的法国19世纪路易十六年代的厚厚的紫红色的帷幔从天花板垂至地毯。虽是白天，水晶吊灯也开着，照着客厅墙上一幅雷诺阿的油画。他对一位打扮得雍容典雅的妇人说:"亲爱的，我今天带来了一位中国小姐，她向我推销中国画领带，还问我懂不懂中国的历史。"他指着陈列在红木玻璃框中的一件件古董说:"我请她来，让她看看这里中国的，还有日本的历史。"他夫人十分友好地招呼我，拿出了三明治、沙拉和葡萄酒，我这才发现百万富翁的午餐是这么简单，和在马路上花两美元买一个汉堡包、一瓶汽水几乎没有什么两样。我们匆匆地进完午餐，阿道尔先生把我带进他宽大的书房，墙上陈列着一幅幅唐、宋、元、明、清的古画，四周的雕花桃木壁橱中，摆着一排排古瓷花瓶、青铜器、古代石雕……在淡淡柔和的壁灯照射下，显得格外高贵、典雅。他顺手拿起一件青铜酒鼎说:"这是我父亲1920年从巴黎收藏家那里购买来的。这件青铜酒鼎是英军火烧圆明园时，搞到了伦敦，以后被巴黎收藏家买下，过了几十年又到了我父亲手中。那时我才1岁，随父亲去巴黎休假，然后又去了中国、日本。我父亲做了几十年的东亚外交官，他还见过你们的慈禧太后和李鸿章呢！"

　　1920年、圆明园、慈禧、李鸿章、东亚外交官……从公园大道阿道尔公寓的落地窗户往外看，只见一幢幢如几何图形的现代大楼鳞次栉比，顶端在正午的阳光下变得金碧辉煌，街心花团锦簇、鲜花盛开。多么奇妙啊！中国的古董，在这里成了价值连城的珍藏物！而中国的知识分子、留学生、访问学者、医生、教授……却骑着自行车，拎着一袋袋的饭菜，穿过车流，送着外卖，打着苦工。我陷于沉思之中。

　　阿道尔先生又指着一排古瓷花瓶，取出一根细细的特制的金属棒，指着说："光凭瓶子发出的声音，我就能鉴别出是哪个朝代的瓷瓶，唐朝的瓷薄声脆，明代的釉厚声锵……"他一边讲，一边用金属棒轻轻地敲着每一只古瓷花瓶，脸上自豪而又兴奋。我也懂一些古瓷的绘画烧窑。在北大荒时，我自己就出过几十窑红砖和带刻花的大碗。于是我就和他讲起烧窑制作过程，与声、色的关系，他大感兴趣。我不禁问："这些古玩，都是你去中国买的吗？""不，"阿道尔先生说，"我后来再没去过中国，所有的中国古董都是从美国、巴黎、伦敦的收藏家手中，或者像前天那样，从苏富比拍卖会上买来的。"看来，这些美国富翁对中国不感兴趣，而对中国的历史和中国的古董却颇有研究和嗜爱！阿道尔先生突然问我："你怎么会注意到那条消息的？而且看得这么仔细——居然能记住我的名字！我问了我的两位秘书，有没有看《纽约时报》上关于苏富比拍卖会的消息，她们都摇摇头……唉！纽约是个令人发疯的城市。我的一个朋友告诉我，他一月只看一次《纽约时报》，没有时间！"

　　就这样，近70岁的阿道尔先生和我聊起来，而我还时刻惦记着皮包里的那些领带样品。阿道尔先生递给我一杯咖啡，在沙发上坐下，问我："你看了昨天的副总统竞选人辩论吗？"那时是1988年，布什副总统和麻州州长马克·杜卡柯斯竞争，由他们提名的副总统候选人也在激烈地竞争，力图多拉选民选票。我说："看了。""你怎么认为？"他瞪着眼睛问我。"丹·奎尔不配做副总统。""为什么？""因为他不是肯尼迪……他什么也不是。"阿道尔先生呵呵大笑起来。那天的辩论会上，丹·奎尔——一位年仅40岁，年轻时以花花公子、不学无术出名的富裕家庭子弟，在回答民主党副总统候选人劳·班森的资格责问时，漫不经心地说："我有资格当副总统，肯尼迪也是在40多岁当了美国总统。"劳·班森立即反驳说："肯尼迪先生是我多年的朋友和同事，你——丹·奎尔，可不是肯尼迪。"台下顿时一片哄笑，丹·奎尔面红耳赤无以对答。我简直搞不明白，像这样腹内空空的人怎么能当美国副总统。难怪海湾战争刚一结束，布什心脏病发作，华尔街和道琼斯股票大跌，没有人可以设想，万一让这位丹·奎尔先生接替总统位置，美国，甚至全世界，将会出现怎样的混乱和谬误！

阿道尔先生说："我是共和党……不过，我不反对你的见解。"他站起身说："我也不明白，布什先生怎么选择了丹·奎尔做副总统，我和他见过面，他绝不是那种智商高的人物。"他突然问："朱莉亚小姐，你来美国多少年了？你是在美国长大的吗？"我说："不，我来美国三年。""哦！"他叹了口气说，"那么说来，你是在毛泽东时代长大的人了……我了解中国。但是，你是我所接触到的第一个中国女子……你很聪明。"

就这样，整个午餐拜访，他一个字都没有提到我那几条山水画领带，因为他下午要先去股票市场。他让司机把我送回我的公司。第二天，给我发了一份传真，说他将买下那一批全部库存的山水画领带。"我从来没见过，我公司也没有经营过这类领带，但是，我愿意尽最大的努力推销出去。"他在传真中说。他开了信用证，过了不久，货就运到纽约。两年之后，我参加了他举办的一次生日宴会，他胸前佩戴的，正是手绘山水画的中国丝绸领带！那时，伊拉克已经侵占科威特几个月，伊总统萨达姆·侯赛因扬言要让美军在血海中洗澡、抬着棺材回去，人人心中都很紧张和担忧，到处是一片沉郁的气氛。宴会上，大家也是一样心事重重，认为美国反击会赢，但要一年以上时间，会死去许多人。阿道尔先生不同意布什总统下令打。我则认为应当打，因为留下这个现代战争狂人的祸根，将祸及久远，甚至可能引发核战争。应当速战速决，以换取永久和平。我们这一战一和派，争论不休达两个多小时。宴会后一周，战争爆发了。又过了一个月，战争结束。萨达姆宣布无条件撤出科威特。而这位富有、清高的美国商人成了我的朋友和生意合作人。同时又引起我三思：既然中国的古玩古董能在纽约上流社会获得宝座，那么，为什么中国人不能和纽约上流社会平起平坐？总有一天，中国人也能竞选议员、竞选州长，中国人也能像像样样地当个美国一等公民！

　　中国人啊！海外的中国人！炎黄子孙的骄傲，什么时候能带进公园大道？

　　美国是个不设档案的国家，一切重在表现，以你的实际能力来确立你的社会地位。除了第一面的印象、谈吐、举止和气质至关重要外，更重要的是你在生意场上能否表现出高度的敏捷、快速的反馈效应和诚实的精神。有人说，和美国人做生意要有"钢缆般的神经"。在这个世界上效益最高的市场，任何一个微小的瑕疵，都会引起多米诺骨牌式的连锁反应！我的一个朋友的父亲，和美国做了近二十年的塑料原料生意，终日操劳，连星期天也不敢放松，结果因一批货的付款出了问题，他在高度紧张的情况下突然心脏病发作，逝世时还不到50岁，留下六个女儿一个老伴。"我父亲连一天的人生快乐都没有享受过！他攒了一大笔财产，可是对惯于粗茶淡饭的他，和一个普通员工又有什么两样？普通员工也许还可以活到七八十岁呢！"我听了深有感触，是呵，商场犹如战场，一旦投入生意，犹如被拴在一列呼啸飞奔的战车上。又好像一个全副武装的消防队员，到处扑火，一处刚扑灭，另一处又起火，常常被搞得精疲力竭、紧张不堪。

　　一笔国际贸易，从打样到成交，签合同，只是第一步，然后是开信用证。所谓信用证，就是买方把有价信用开到你的银行作现款抵押，一旦收到发货提单，如果每项文件均符合信用证条款即原始买卖合同条款，那么信用证就自动变成现款，由银行向买方托收结汇，付款给卖方，同时将卖方的提货文件交给买方，向港口提货、报关……进货之后，如果买方发现货物的质量或数量有问题，会在三十天之内提出索赔，或者有的客户不开即期付款信用证，而是开六十天信用证，或六十天见提单付款，那么，他一发现有点问题，或者是故意挑剔出问题，他干脆来个不付款，那时卖方损失就惨重了。因此，国内各大进出口公司都要求买方开即期信用证，这样国内可以控制收款主动权。可是由于国内不少工厂仍在吃"大锅饭"，差错频频不断，因此不少美国人说，和中国人做生意，不仅要有钢缆般的神经，还要有破产的准备。我的客户只要一下订单，就变得格外紧张，每一天都生怕发生什么意外。

有一次，我的一个客户，美国摩洛斯进口公司订了2万件全棉男衬衫，从订样到制合同，都讲好用30×30厘米、68×68厘米的经纬密度的细布料做。经过大量的电传、传真，讨论包装、辅料、交期，终于开了信用证，四十五天后交货。我由于一贯小心，担心出错，就发传真让国内在发货前再寄一件船样来，国内公司一再拖延，3月份该出的货拖到8月份还不交，到了8月份，终于寄来一件船样。我打开快邮包一看，发愣了：衬衫的面料比原来讲定的要薄一半。我拿出制合同时的打样一对比，简直是两样货色！船样的衬衫竟如纱布那样又软又薄，客户怎么会接受呢？我忙发传真告诉国内，船样不符合原合同，不要出货，可是国内来电讲，三天前船已出货，并且解释工厂因一时找不到合适的布料，为了赶交货，就用了另一批现成库存的布料，等等。我真是气炸了：怎么能视合同为儿戏？这笔生意是经我一手成交的，现在货已发出，怎么办？告诉客户，那客户一定会拒货，那么我这五个月的努力，近10000美元的佣金就全部完蛋。而不告诉客户呢，客户当然就不会知道，因为客户并没有要求寄船样，只是催促快交货，要货心切。那么过几天国内货物一到，客户付了款，我的佣金也就入了账……不，我想，我已经知道货物质量不行，决不能有任何隐瞒和欺骗行为，必须立即告诉客户，我有责任保护客户的利益。我把船样交给了客户。

那一天，我整日感到心扉痛彻，几个月的心血，就这样白费了……而国内又不断地来电报，称虽然工厂有错，但货已发出，让我的公司一定要收下货，想办法在当地市场出售解决……天哪！到哪儿去找要这种超薄型男衬衫的客户？衬衫都是用来佩上领带，正式穿去上班的。这种薄衬衫只有中东人、非洲人才会要，在美国根本不会有市场，而国内电报却一份连一份。是呵！2万件衬衫发出了，工厂总不能一分不收吧，再说如果不提货，让美国海关扣留，每天的滞仓费就是上千，最后还要中国承担！

于是，美国客户在指责国内工厂搞坏了他的供销计划，白白损失了2万件订单（百货商店见你不来货，当然就取消了订单）后，要求索赔——不仅不收货、不付款，还要索赔！而国内这面又十万火急，让我一定要设法卖掉这批正在大洋中漂来的不合格货。遇到这种情况，你就知道心脏病是怎么发作的了。我拿着船样，一连几天在赤日炎炎下跑遍了百老汇，总算找到一家中东贸易公司，他们以廉价买下这批货，到美国后立即转船运往中东。货总算脱手，但美国客户为索赔还紧盯不休，国内则根本不予理睬，认为你一件货也没收，一分钱也没付，哪来让我们赔钱给你的道理。可是客户的损失是确确实实的，他们损失了一个大的用户—— 一家专销男衬衫的大连锁百货公司，而这个公司原来每年都给进口商带来十几万美元的利润，现在百货公司以"交货时间信用不好"为理由，把我的美国进口商从供货名单上划掉了。那位叫摩洛斯的美国犹太总裁气得两眼发直，扬言要给北京的邓小平写信。为了安抚我的客户，我只好代人割己血，将一张5000美元的支票交给客户作为赔偿。结果这笔生意不仅一分钱没赚，还赔上一大笔精力、心血和美元。

但是，失之东隅，收之桑榆。这个客户对我的公司的诚实精神十分赞佩，我们又发展了其他的业务。几年来，和摩洛斯公司的业务已发展到每年几百万美元的订单。摩洛斯先生在圣诞节鸡尾酒会上，把我介绍给他的亲友们，说我是"最可以信赖的中国女人"。

　　风驰电掣地驰骋在商场风云之中，信誉比什么都重要。如果信誉不好，你的列车就得停止疾驰，靠边送废品站。有一次，我接到一个美方客户的电话，客户在电话中气急败坏地告诉我，他刚刚收到一个货柜的圣诞礼品。那是他两个月前向我订的货，圣诞节马上要上市，而打开40尺货柜一看，里面却装满了草垫！"是谁的草垫，怎么发到我公司来了？我的圣诞礼品在哪里？"当美商按圣诞礼品提单付了10万美元，收到的却是一大堆草垫时，他当然会有被欺骗的感觉。曾经发生过这样的事情：一位中国香港商人在收到美方买化学原料的信用证后，伪造了一整套文件、提单交给银行，银行立即按信用证（L/C）条款付了100万美元巨款，而船到后，发现里面是一大堆没有用的废塑料管，港商收到钱后已逃之夭夭。我的供货人全是中国政府主管的各省进出口公司，故意欺骗的事是鲜有的，但装错货、发错货却层出不穷。我立即给国内打电话追查。国内查明后告诉我，这个货柜的草垫应当发到佛罗里达州，却错发到了纽约，而把纽约客户的圣诞礼品发到佛罗里达州迈阿密市。纽约与迈阿密的距离，差不多相当于从上海到海南岛。我立即组织"交换货物行动"，先是飞到佛罗里达，找到国内公司提供给我的公司，而这个草货商也正对着这一个40尺货柜的圣诞礼品发愣。我向他解释后，办好各种提货手续，让他把货柜运到迈阿密港湾，然后飞回纽约，让两个货柜在同一天交换。一周后，两家公司都收到了自己的订货，一场"灭火"战斗总算结束。

　　每次从国内进口一批商品，从开证到成交，都像"走钢丝"一样紧张。有时问题出在中国卖方，有时问题出在美国买方，也有时双方都出了问题。有一次，银行通知我，在某项信用证下的一批提单已收到，但美方客户拒绝付款。我问是什么原因，银行讲供货的中国轻工业品进出口公司包装分公司没有按信用证规定送一份许可证正本、两份许可证副本，只送了一份许可证正本。这家进口包袋的客户，是我的一家西班牙新客户，开了一张7万美元的信用证，现在却因为两份副本不齐，拒绝付款。我立即打电话给客户：

"为什么拒绝付款？你不要货了吗？"

"单据文件和信用证不符合，没收到许可证副本，我们有权拒绝付款。"

"可这并不影响你提货！再说，我立即让卖方快邮两份副本来。"

"那没有用，信用证已到期了，两天内快邮不可能到。"对方懒懒地说。

"那你到底要不要货了？"我发火了。一般客户在这种情况下，是不会抓住文件中一点误差不付款的。

"包袋市场……目前有些疲软……要不要货都没有关系。"

"什么？这是你订的货，你的款式，不要货怎么可以！"

"谁让你们那边把文件搞错的？"对方仍装着漫不经心的样子，然后突然说，"付我6000美元支票，我就付款……让中国公司付我6000美元，电汇到我公司账号。不然，这批货怎么处理我就不管了！"

原来这家西班牙客户想搞讹诈，借着文件上的一点误差，想捞一笔，真是可恶卑鄙！我跑到中国银行纽约分行，找到信用证部负责人Staller小姐。"这个客户想搞讹诈，他是我的新客户，第一次做生意，在波士顿展览会上向我公司订购2万打中国包袋。现在却拒付，非要中国轻工业进出口公司出6000美元现金抵押文件差错，才付款结汇。我们要一起想想办法对付他，让他非付款不可！"

"信用证上明明规定一份正本、两份原件副本，为什么中国偏偏只寄一个正本？碰到这样的坏客户，他借法律搞你，我们银行又有什么办法？"Staller小姐说。

"我已经让国内快邮两份副本来纽约了。"

"可是从北京到纽约，最快也要四五天时间，而信用证后天就过期了！"

我也焦急不安，是啊，信用证一过期，连开证银行也无法控制付款了！那么，一切就要操纵在那个西班牙商人手中了！

"这样吧！"我立即有了一个主意，"Staller 小姐，你一定要帮帮我的忙，不能让那个家伙白白诈去国内 6000 美元啊！你有没有那张出口许可证的复印件？"

Staller 小姐说："我有啊！"

"那么快给我，我再去复印两张，马上给开证行送去！"

"可那是复印件啊，和副本不一样！"

"什么不一样？除了正本外，其余都是一样的！它们的功用是一样的，无非是做参考备档而已！"

Staller 想了想，说："那么好吧，你拿去复印，但是我告诉你，客户仍然会拒付的。"

"客户拒付有什么用，只要他的银行认为已经符合付款条件，就得立即付。Staller，请中行立即为我出一个文件！"

"什么文件？"

我迅速在纸上写下了一行英文，递给她，翻译成中文是：

　　根据我们向美国海关查询，只有许可证正本为美国政府所需，副本为进口商备案用。兹交上许可证复印件副本两张，请迅速付款提单。

我说："快拿去打印、盖章，我马上给开证行送去。"

Staller 看后，说："好吧，试试看吧！"她作为中国银行的雇员，也竭力帮助中国避免损失。

这样，下午我带着盖有中国银行红图章的文件，跑到开证银行——美国汉诺华银行。那个西装革履、身材高大的信用证负责人看了后，立即调出了这份信用证的所有文件，他仔细对照了每项条款，对我说："好了！现在全部符合付款条件，我们今天下午就付款结汇。"我马上又想到那个西班牙人奸诈的声音，问："那么如果开证人坚持拒付呢？""那也没用，在信用证有效期间，银行有权控制付款，不过，到明天就是最后一天了！超过期限，你可真得拿 6000

美元来啊！不然谁去收你的货？"

我走出汉诺华银行，如释重负，一块石头落地。第二天，Staller告诉我，收到了对方银行的全部货款。我立即给那个西班牙商人打了电话：

"你这个坏家伙，你听着，全中国今后都不屑再与你做生意！"

这时候，我在客户眼里可能已经不再是柔声细语的清纯女子，而是河东狮吼了。不过，遇到这么坏的客户，不要讲是河东狮吼，就是山呼海啸，也不过分。

我挂下电话，把这个客户从我电脑中的客户一栏中划掉了。

又过了三天，一份轻工业进出口公司的快邮到了，里面是两份信用证副本和一个公函，上面写着：

很抱歉遗漏了副本文件，现寄上，请速洽客户付款。

这两个副本被我扔进了垃圾桶。火已经扑灭，还要水龙头有什么用？我自嘲地想：干上进出口贸易这行，我这个消防队员，真不知道还有多少场大火等我去扑灭呢！

现在，我的公司手中有二十多家美国客户，近二十家中国进出口公司，形成了一个稳定的、强有力的销售网。有不少朋友问我："你是怎么处理这么庞大、复杂的人际关系的？"人际关系这门学问，你在研究生院是学不到的，国内广泛叫作"关系学"，所谓"烟酒开路""内线后门"，听说搞外贸的甚至还有在国外开账号和设金库的。不知怎么，我却与这些毫不沾边。首先是和美国人打交道，我觉得关系学太简单了。你的工作表现，就是最好的"关系学"基础。至于私人交往，和一般客户之间是每年圣诞节互赠卡片一张，如此而已。合作特别密切的客户，会请你去参加私人的宴会、舞会，或者把你介绍给他的其他生意伙伴。

五年来，我在美国客户身上花的钱，可以说加起来不超过100美元。作为一个女子，我从不轻易请美国客户吃饭，也不轻易送礼，因为这是完全不必要的。仅仅靠我的工作，我相信就能把客户紧紧地吸引在我的公司身边，而对合作不利、信用不好的客户，我马上从名单上删除。几年来，渐渐筛选出一个可靠的客户网，其中不少富商巨贾和社会名流都成了我的好朋友。

而对国内，就不这么简单了。因为中国太穷，那些外销员为国家经营着上百、上千万美元的生意，终年忙碌操劳，却领着刚够维持生活水平的低廉工资，有的连房子都分配不到。说心里话，我十分佩服他们。我在文章一开始就讲过，我在国内国外没有任何背景，一切从零开始，经常听到一些老朋友讲："我在外贸有关系！""我有亲戚在外贸！"而我不仅没有那些内线关系，也不想要什么内线关系，一切光明正大，明来明往。我需要什么货，就往国内发电函，而国内通过一两笔生意，在函、电的来往中了解了你的能力，信誉也就从无到有，从而建立了一个新的友好关系。或者到广交会去，那里的人对前来的外商是充满诚意和热情的，只要你需要他们能供应的商品，都会引起他们极大的兴趣，于是，新的关系又建立了……我感到中国有一支素质很好的外销员队伍，他们工作努力，生活俭朴，每个人头上都顶着创汇指标的巨大压力。我和他们中的不少人同样在红旗下长大，同样是老三届，同样去过北大荒兵团，如今，我是美国外商老板，他们是同我谈判的外销员，眼看着我一年年地强大，财富不断地扩展增长；而他们却拿着几乎不变的工资，穿着十年一袭的西装，手里拿着贴着橡皮膏的计算器……而他们能如此平静、友好地看待我，没有妒火，没有诡计，没有任何私人要求……这使我产生了极大的恻隐之心。我真想把命运之神赐给我的甘露，让每一个人都分享一下……

国内的外贸推销小组到美国来，我是不惜花钱的。国内小组一般总是四五个人，代表几个科室，而和我做生意的往往只是其中的一两个人，但我总是一律平等对待。我请他们吃饭，带他们去看自由女神、帝国大厦，送他们到大西洋赌场，再给他们每人50美元去赌个痛快——当然他们大多数只肯赌两三块钱，其余的钱则收起来。

有时我给每人买一架照相机，或者给每个女士买一条金项链……由于这都是不到百元的小礼物，而且是公开给访问小组的每一个人的，所以他们一开始总是推却，大家你看我，我看你，谁也不好意思收下，然后由领队的（往往是公司的行政领导，与我的业务没有什么直接关系）说："收下吧！"于是大家高高兴兴地收下礼物，终于皆大欢喜，也没有任何思想负担，我更没有行贿的思想恐惧。

纽约是一座美丽的城市，如果每天没有发生这么多的犯罪案件，可以说是全世界最美好的城市。高耸入云的世界贸易中心，典雅的大都会艺术博物馆，金碧辉煌的林肯艺术中心，绿草如茵、碧波荡漾的中央公园……每次贸易小组来，我都和他们分享着第一次看见纽约的惊叹和喜悦。我们在大街上大声地说着中国话，爽朗地笑着，闪光灯咔嚓咔嚓地响着，拍下一张张纽约街头的难忘镜头……这就是我的"关系学"——既不是香港式的，也不是美国式的。

不少香港商人一到内地就到处塞暗钱、访私线，结果使不少人上当，由于被金钱诱惑而下水，最后东窗事发被开除公职、判刑坐牢。港商的这种手段害人匪浅，不仅害个人，也害国家。有些人拿了港商的好处，便抛低价，结果引起市场混乱，竞相削价，肥水外流……香港式的关系学不足学矣！也不能是纯美国式的，美国客商最多是请小组吃一顿午餐，有的连宴请都没有，"来了，欢迎！欢迎！坐下"。于是端上一人一杯清咖啡，又苦又涩。有一个蓝眼睛的犹太商人对我说："从我祖父和中国做贸易，直到我父亲接班，然后又将公司传到我手里，我们从来、从来没有请过中国人吃饭，都是中国人请我们……"这句话令我恶心。这种视中国为肥肉，却对中国人民没有丝毫感情的人，我会毫不犹豫地从名单上划掉。而对大多数美国商人来说，只是一种习惯，他们要么挥金如土，大摆宴席，以显示他们的阔绰和社会地位；要么小气吝啬，啃一根酸黄瓜当作午餐，与东方民族的古道热肠、待人以礼的胸怀相比，在他们的咖啡桌上，只能冒出一股怪怪的焦煳气味……到了1988年，我向我的所有美国客户规定：只要有中国贸易小组来公司访问，一定要由总裁出面宴请，否则免谈生意。在我的压力下，硬是把美国人对中国人的"关系学"向前推了一步。

请国内外贸小组的代表团吃饭，我一般都选择在纽约第五大道上的"忆湘园"湖南饭店或者在中国城的"喜相逢"海鲜酒家。由于国内小组常常喜欢去中国城逛街买东西，因此，"喜相逢"也成了我的公司时常宴请的地方。这里冬天有各式火锅，五十几种海鲜琳琅满目，任意挑选；夏天有各种时令名菜、鲜果，店堂内红木雕刻的圆台和背椅及宽阔闪光的明镜，给人一种东方的舒适和明静的感觉。而在1986年，我的感觉却不是这样的。那年暑假我在"喜相逢"打工，端盘、擦桌、扫地，每天干得腰酸腿疼。为了挣足下一学期的学费，我咬紧牙关，白天给一个美国家庭看护孩子，晚上就跑到中国城"喜相逢"干到深夜。每天夜里，当我拖着沉重的脚步回去，路过街心花园的塑像时，我常常停下脚步，把头靠在塑像的大理石座上歇一口气。这时，我就会想起巴金在"激流三部曲"中的那段序言：

> 晚上十一点钟后，我和朋友 Jie 从夜校出来。脚踏着雨湿的寂静街道，眼望着杏红色的天空，望着两块墓碑似的圣母院钟楼，一股不能熄灭的火焰又在我心里燃烧起来。有一次，我走到了卢梭的铜像脚下，不由自然地伸手去抚摸那冰冷的石座，就像抚摸一个亲人，然后我抬起头，仰望着那个拿了书和草帽、站着的巨人，那个被托尔斯泰称为"18世纪全世界的良心"的思想家。我站了好一会儿，我完全忘记了我的痛苦……过去的回忆又来折磨我了，我想起上海的生活，想起了那些在斗争中的朋友。我想到过去的爱和恨、悲哀和欢乐、受苦和同情、希望和挣扎，我想到过去的一切，那股不能熄灭的火焰又猛烈地燃烧起来……

> 这激流永远动荡着，不曾有一个时候停止过，而且也不能够停止……

现在，我也站在这样一个塑像下面，像巴金当年在巴黎留学一样。那么，我的激流呢？我问自己：我到美国来，难道只是充当一个苦劳力吗？我抬眼望着纽约的星空，是这么湛蓝；夜，万籁俱寂，只有不远处世界贸易中心姐妹楼的大厦中，仍然放射出彻夜通明的灯光。我抬眼望去，想起了我那不止一遍的决心和诺言："总有一天，有一格窗子会是我的！"于是，我在黑夜中伸出手，让那些窗格的灯光映在我的手上，仿佛在指尖中跳动……"好不容易来到美国，我一定要成功！"我对自己不下一千次地说着，一时间，浑身又充满力量，我大踏步地向黑暗中那黑黝黝的地铁入口处走去……

不到两年，我真的成了"喜相逢"的座上客。每次一推门进店，那个胖头大脑的老板就大声相迎："周小姐！里面请！今天来多少人啊？" 或者说："周小姐，今天刚刚进了巴拿马的海参，是上等货，要不要做一个尝尝鲜？"随我来的贸易小组代表，谁也不会想到，不久之前，我曾穿着沾满油腻的饭店制服，在厨房、炒间忙碌，为一桌桌嘉宾食客端盘换碟。而我的师傅，现在仍微笑着，为小组的每个人斟酒。扫地的人还在扫地，洗碗的人还在洗碗，连"喜相逢"门口那个坐在街口卖粽子的，也还是那张小竹椅，和一个深色的竹蒸笼，只是他的头发开始变得花白……三年、四年、五年……为什么有的人的一生，永远一成不变呢？如果我不奋斗、不努力，会不会还在这里打工端盘，像门前那个卖粽子的人那样，一做到老呢？

时光倏然而逝，当我从自己购买的公寓的窗子往外望去，只见中央公园一片郁郁葱葱，如一片美丽的绿涛，映衬着曼哈顿摩登雄壮的大厦群，宛如一幅油画。中央公园！我是因为喜欢它，才买下了这个公寓。在这神秘的、一百多年的大公园里，耸立着全世界著名音乐家、诗人、文学家的铜塑像。我曾徘徊在贝多芬花坛前，在心中弹奏着他的《月光奏鸣曲》；瞻仰着莫扎特那睿智的鼻子，我在歌德塑像前背诵着他在《浮士德》中的诗篇；我抚摸着托尔斯泰冰凉的前额，从这里面涌出了伴随我度过少女时代的《安娜·卡列尼娜》《战争与和平》《复活》……

这时，我多么依恋我在国内度过的日子！和文学朋友倾谈到深夜，沉浸在《根》《百年孤独》《肮脏的手》的辩论中。在普陀山的电视剧创作学习班中，一群群怀抱文学志向、幽默风趣的"小作家"们在月色下的海滩上跳舞、豪饮，编着笑破肚皮的即兴诗；在上海电影制片厂的创作楼中，那些出了几十部电影的大编剧们，居然战战兢兢地跑上楼来，向我们这些"现代派准编剧"们讨教……在国内时的精神生活，对一个文学青年来讲，是多么丰富！尽管贫穷、官僚、许许多多条条框框包围着我们，但我们仍感到活得像个"精神贵族"。到了美国后才知道，那是为什么。因为我们是中国人啊！现在，尽管我们拿到绿卡，或者宣誓成为美国公民，但这块美利坚国土，在精神上是不属于我们的。我们不喜欢摇滚乐，不喜欢看到黑人染了黄发，男的扮成女相，抱着吉他在台上跺脚狂叫，我们不喜欢那千篇一律的肥皂剧、谋杀片。有了钱，我们也不会像美国人那样去买游艇、买飞机。穿全身名牌或全身没有名牌，对我们来讲也没有什么两样。我们不会让自己的孩子在14岁怀孕，或去搞同性恋，去吸毒、去酗酒……而这些都是美国生活方式的一部分！越是富有的人越要吸毒。几个现代名歌手、名演员都吸毒死了，或者是患艾滋病死了。我刚来美国时，在佛罗里达州一个百万富翁家工作，他的枕头下就放着海洛因！

正如罗素所说，在18世纪，作为西方世界"绅士"的标志之一，是对文学、绘画和音乐的鉴赏情趣，而现代西方社会，一个人挣钱的多少成了公认的衡量智力水平和社会等级的尺度。一个发了大财的人一定是个聪明的人，反之，这个人就肯定不聪明。美国的儿童从很小的时候起，便知道这是唯一要紧的事。如果哪一种教育、哪一门课程中没有金钱价值，他们才不愿为此下功夫呢！甚至有些孩子很羡慕那些能够吸大量毒品、为所欲为的富豪。甚至政治家也吸毒，美国首都华盛顿市的市长，号称有一天要竞选总统的莱瑞，就是因吸毒而被逮捕的。

我给自己定了一条原则：作为一个以美国商场为生活背景的人，

头脑，应当是商人的头脑；但灵魂，不是商人的灵魂；也不能把自己的灵魂和时间都卖给那些灵魂也是商人的商人！我时常抛下一大堆业务，跑入完全不同的生活圈子和社会圈子中。有一次，中国美术家协会到纽约来办"现代中国油画展"，由石油家海夫纳先生赞助。纽约海外电视台来找我，让我当这次展览开幕式的主持人。我一直喜欢油画，来参展的一些画家还是我在北大荒的"荒友"呢。那天，我采访了艾轩、王沂东、王怀庆……也采访了前来参加开幕式的美国电视台著名的女主持人芭芭拉·瓦尔特斯、国际著名乡村歌手约翰·丹佛。后来，我家里人给我来电话，说："我们在中央电视台播放的节目中看到你了，你在采访一大群中国画家和美国人！"那次节目不仅在全美播放，中国的中央电视台也做了全部转播。中国画家陈逸飞在纽约举办的几次画展，也是由我为纽约海外电视台主持的采访。我到靳羽西家和她尽情尽兴地聊天，她原来也在纽约海外电视台工作过，我们是同一个师傅带的。

我去欧洲旅游度假，眺望阿尔卑斯山脉时，使我想起了牛虻和琼玛；在瑞士又使我想起托尔斯泰的小说《琉森》——当我17岁看这本书时，多么羡慕琉森的美景！那时做梦也不会想到我会来到托尔斯泰曾经住过的大酒店，在阳台上观赏着和他老人家眼里同样的琉森的黄昏美景。我常常几小时沉浸在演奏古典音乐的"林肯艺术中心"，陶醉于天籁般的美妙旋律之中，让音乐洗涤我的心灵。而我最爱干的事就是一头钻进书店或图书馆，浏览各种各样的真实动人的传记，如当今红歌星、白宫的贵客桃莉·巴顿，出生在一个贫穷的有十一个孩子的农民家庭。少年时，她连件像样的衣服都没有，经过多年奋斗，终于用她热情、乐观的歌声征服了观众。电影电视明星露西·鲍尔被艺术学校开除，说她没有艺术天才。她历经挫折，到40岁那年才扮演到第一个角色，从此以她特别的幽默和演技，在舞台上红到逝世。声名显赫的洛克菲勒家族的溯源，是一个一天不能维持三餐的穷修理工家庭……而林肯总统在年轻时曾是个失业的、前途无望的人。后来他自己着手开办企业，可是不到一年，企业便倒闭。在以后的十七年时间里，他不得不为偿还因企业倒闭所欠下的债务而到处奔波，历尽挫折和苦难。从事政治生涯后，九次竞选九次失败，但他仍然不懈地追求，终于当上了总统，领导了伟大的南北战争。最后在剧院中被人暗杀……

我常常忘了周围的一切，在第五大道52街上的B.Dalton书店、在纽约公共图书馆、在洛克菲勒中心中华新闻文化图书馆、在哥伦比亚大学图书馆如饥似渴地沉浸在这些鼓舞人心的书籍中，仿佛又回到了在上海度过的"文学生涯"那种无忧无虑、寻找精神食粮的生活中。我同样迷恋于各种真实事件的传记电影，像《左拉传》《伟大公民》《玛丽·安东奈特皇后的一生》《一个女人的故事》《紫色》《矿工的女儿》……当我看到这些人从无声无息的普通人，经奋斗而成为搅动社会舞台的人物，成为政治家、作家、艺术家、金融企业家，我的内心便燃烧起一股抑制不住的火焰。正如培根所说：没有奋斗就没有人生！人是自己幸福的设计师。我不止一次地对自己说："奋斗，继续奋斗！"我打算写小说，反映我的同一代人的痛苦和挫折、希望和欢乐。我也打算写电影，写北大荒的风雪，写纽约第五大道的商场风云，写我和麦克东西融合的生活和爱情，写留学生的迷惘与追求……我多么希望有一天，把我的业务统统推开，去写小说、写剧本；去旅游，到非洲、印度、中东沙漠……而我最大的愿望，是回到自己的祖国——不是作为美国华裔商人，而是作为一个游子，一个女儿，一个70年代的北大荒兵团战士——回到我梦魂萦绕的故乡，报答祖国的同胞和这片可爱而又悲壮的、哺育了我的土地……

生活是美好的，尽情地享受生活，尽情地创造明天吧！我想起一位古希腊哲人的话："永远用炽热的、宝石般的火焰燃烧，并且保持这种高昂的境界，这便是人生的成功了！"

1991年6月20日

纽约　洛克菲勒中心

第二章

童　年

　　纽约的春天，是最容易叫人回忆往事的。清晨，一层稀薄的水汽从中央公园黑色的土地上冉冉升起，把解冻了的大地的气息——那种清新惬意而又浓郁醉人的春天的气息，混杂着初春的郁金香的芬芳，散布到空气中去。我时常感到连同这微妙的气息一起沁入我心中的，是甜蜜而温柔的春愁，是那种充满了不安的期待和朦胧的预感的春愁，是那种每一个女人和孩子在你眼里都显得妩媚动人、天真可爱的诗一般的意境，以及想要做什么的一种激动……

　　在那一瞬间，我想起在上海时，有一天当我在瑞华公寓我的房间弹完贝多芬的《月光奏鸣曲》的第一乐章后，我在日记本上随手写下的这样一句话：

　　　　我厌恶灰黯无味的精神生活！我不断地追求着激情的迸发和感情生活的满足。我渴慕友谊，渴慕爱情。

　　而这一切，都是从童年就开始的。

　　我的祖父祖母都是目不识丁的农民，他们节衣缩食，供我父亲读书，使他成了一名知书达理、富有理想的青年。祖父祖母在江苏省邳县一个叫"戴庄"的贫穷小山村里一辈子以种地谋生。后来我祖母来到上海，还不时地喜欢念叨："吃黄土，喝黄土，死了还黄土。"老家虽称"戴庄"，整个村子里的人却都姓周。据说是几百年前河堤决口，老祖宗—— 一家姓周的农民携妻带小，牵着几只牛羊，逃到一块高地上安营扎寨，后来又招了个姓戴的女婿，就这样繁衍下来。有时父母亲开玩笑说："如果老祖宗那年被决堤大水冲走了，不就没有戴庄，也就没有我们了吗？"后来我的一个妹妹去日本留学时反问父亲："如果你和母亲当年不是因为饱受土匪抢砸欺凌而离开戴庄、参加革命，现在还不是在戴庄当农民？"

除了我的大姐姐解放前出生在戴庄外，下面我们五个姐妹兄弟都是出生在上海、长在上海，谁也没有去过戴庄。不过我们的父母是来自中国贫瘠农村的家庭，我们对这点是最清楚不过的了。

我的外祖父出身书香门第，他本人是个秀才，他曾发誓一定要让他的女儿读书。因此，我母亲在私塾念过不少书，擅长吟诗作画，唱歌跳舞，抗战时期是一名相当活跃的青年妇救会会长。记得我很小的时候，母亲有一次在灯下给我念李白的《长相思》：

> 长相思，在长安。
> 络纬秋啼金井阑，
> 微霜凄凄簟色寒。
> 孤灯不明思欲绝，
> 卷帷望月空长叹。
> 美人如花隔云端！
> 上有青冥之高天，
> 下有渌水之波澜。
> 天长路远魂飞苦，
> 梦魂不到关山难。
> 长相思，摧心肝！

母亲对我讲，这是她最喜欢的李白的诗篇。从1945年到1949年的解放战争时期，她和父亲分开了整整五年，由于1945年刚生下大姐不便跟随部队行军，母亲就留在地方继续搞妇女救国会工作，当时戴庄已是解放区。到了1947年，新四军东撤，还乡团进庄，母亲三次被捕，其中一次被吊在树上三天三夜，惨遭各种严刑拷打；最后一次是母亲在逃跑去找父亲的路上被捕的，敌人已经挖好了活埋母亲的土坑，幸亏半夜被一位地下工作者救出，他背着被殴打得昏迷不醒的母亲逃出了戴庄。母亲的手背上至今还留着被还乡团用烧红的铁棍烙出的伤痕。在和父亲分离的日日夜夜，母亲常想起小时候在私塾念的《长相思》。

整整五年后，在解放上海大军南下的洪流中，母亲和父亲才又重逢，并且在上海的第二年有了我。我排行老二。母亲说我一生下来哭声特别响，小眼睛东转转西望望，充满了好奇的样子。父亲和母亲对于转战南北离别五年后生下的这个小宝宝特别疼爱。我不知道我父母年轻时是否有过什么浪漫史。长大后，我知道我父母亲是以农村老式的明媒正娶方式结婚的。当时还有吹喇叭坐轿子一类的排场，不知怎么这和我脑子中的想象不太符合；我一直认为我母亲年轻时一定像电影《柳堡的故事》里的女主角，在黛黛青山下和哗哗溪水旁为新四军洗衣服、抬担架，然后遇到了新四军队伍中的我父亲，两人开始相爱……我父母结婚时，父亲18岁，母亲19岁。结婚后，这一对农村的"读书人"同时进了新四军办的抗日联合学校，成了学校里的活跃分子。现在家里还珍藏着近五十年前的那张结婚照，母亲穿着像男人那样的黑色结婚长袍，剪着短发，头上戴着一顶古怪的帽子，像个乡下良家女孩那样羞涩地微笑着。谁也不会想到那古怪帽子的下面，会藏着那么多的诗……我觉得我的血液中继承着我母亲的秉性和对诗词的爱好，以及一种刚烈不屈的性格。

关于我父亲，我常听来我家玩的叔叔阿姨讲这么一个故事：

1949年2月，我父亲随部队南下攻打上海，经过几昼夜的激战，迫使守敌投降，终于占领了上海。在交战激烈、炮火纷飞中，上海国民党政府的大部分高级官员就已经携带全家妻小搭乘飞机匆匆逃往台湾。大军进城时，市政府大楼几乎是空的。进城第二天，一位高级首长（后来成为新政权第一任上海市长）将一串国民党上海市政府各机要办公室的钥匙，交给了我父亲——这位年轻的接管训导班班主任（训教遣旧国民党官员，并配合保卫科工作），让我父亲只身搜寻国民党党部各办公室，搜寻并获取那些对共产党新政府有价值的、国民党来不及毁掉或带走的文件。这个任务很重要，这关系到新政权能否了解、掌握旧上海市政府各种重要的原始材料，以便尽快地向上海市民发布施政纲领。那位首长拍拍我父亲的肩膀，指着窗外说："你看见了吗？那些大学生，那些工人，在跳在唱'解放区的天，是明朗的天，解放区的人民，好喜欢！'。他们对我们抱多大的希望啊！可是我们刚刚从农村、从沂蒙山走来，大部分人都是些农民，脚上是烂泥，怎么管好这么大一个城市，还真摸不清呢！"在一个风雨交加的深夜，我父亲潜入空无一人的市政厅，冒着生命的危险，终于将所需的重要文件搞到手，出色地完成了任务。

两天后，那位首长向上海市民发表了振奋人心的演说，列举了大量的国民党政府腐败、经济衰退、财政危机、民不聊生的事实，鼓励上海人民重建新的生活。上海人民对这位共产党新上海市长的学识见解、魄力以及对资料巨细的掌握和精辟分析无不叹服、敬佩不已！我父亲立了功，并提升为上海市政府部门的一名处长。1949年上海刚解放时，我父亲才24岁。（父亲解放后一直在上海市委、市政府工作，离休前任上海市政府财办正局级领导干部。后为上海市财贸系统老干部大学校长。）

从我在上海红十字会医院出生后，直到1957年，我家已经陆续有了五个姐妹和一个弟弟。从1949年起，我父母老家乡下的人知道我父亲进了，而且做了官，就源源不断地到上海来找我父亲。我们全家住进了解放前属法租界的瑞华公寓，听开电梯的伯伯说，瑞华公寓以前住的外国人或是资本家，不是逃跑了，就是被赶了出去，他们留下的家具也全部钉上了市政府的公家牌号。我们全家在那幢公寓住了几十年，至今还住在那里。虽然公寓里有明亮宽敞的房间、落地大玻璃门、光滑的打蜡地板和一切对一个乡下人不可想象的豪华设施，但我家仍然充满着与这所豪华房子毫不协调的老家乡下的气味：祖父和祖母仍然穿得破破烂烂，爷爷嘴里叼的大烟斗散发着古怪的、熏人的烟味。善良的母亲被我们六个孩子所拖累，皱纹过早地爬上了额头。她每天一大早都要挤 49 路公共汽车去外滩一家机关上班，她非常热爱自己的工作。虽然我们家雇有保姆，但母亲总是亲手给我们缝制衣服，老大穿了给老二，老二穿了给老三，就这么穿下去，每个孩子身上总免不了有几块补丁。乡下来上海找我父母的穷亲戚，知道我们家孩子多，总是背一大麻袋的手纳的布鞋来——那是用手拧麻绳一针针纳出的布鞋，鞋底又硬又大。但现在回想起来，那时的家庭，有着一种多么温馨的气氛！

在我的记忆中，那时家里的经济状况是窘迫和匮乏的。母亲后来常讲不该响应政府当时学习苏联"当光荣妈妈""子女越多对国家贡献越大"的号召，一下子养了六个，搞得每月工资都不够用，月月还得向机关借款。小时候，家里每天总是吃一样的饭菜：白饭青菜。只有周末，我们六个孩子和祖父祖母、父亲母亲围坐在一张大长桌边，合吃一盆猪头肉，那是我们几个小孩最快乐的时刻。我们家附近的淮海路上有一家永隆食品公司，玻璃橱窗里摆满了各种好吃的东西，特别是熟食部的玻璃窗里，整天看到一个穿着洁白制服、戴着白高帽的厨师在切红肠、烧鸡、烤鸭、火腿、熏鱼。玻璃窗里的一切对我们来讲像梦一样，每次路过那里，口水总是不住地往肚子里咽，眼睛也看得发直。但是我们谁也没有向父母亲提出过要求，就好像知道这些东西天生就不是准备来给我们吃的一样。

记得有一次，母亲把我从盖斯康幼儿园领出来，去眼耳鼻喉科医院看小儿鼻炎，在汾阳路上看到一个油炸大排骨的小摊贩，扑鼻的香味熏得我两眼发直，母亲望着脸色黄黄的我，咬了咬牙，狠下心买了一块大排骨，小心地递到我的小手上。我死命地咬了一口，不由得心花怒放，然后又递给母亲："妈妈吃。"

"妈妈不吃，乖孩子，快吃吧。"

就这样，在秋天一阵阵吹起落叶的凉风中，面对着不远处汾阳路三角花园的普希金雕像，母亲眼看着我一口一口地啃光了那块排骨，她始终也没有舍得尝一口。这是我印象中最深刻的，也是最香甜的一种母爱。

我们六个孩子个个是母亲的心头肉。母亲不仅爱自己的孩子，也爱别人家的、素不相识的孩子，在大街上她只要看到哪个孩子在哭，或者鞋带松了，母亲就会马上去给他擦眼泪，或者系鞋带。1962年，正是"三年困难时期"后期，我们一大家人每天吃胡萝卜煮稀饭，厨房间的墙上贴着纸条，规定根据每个人的年龄，每天准许吃几碗稀饭。有一天，保姆带我去五原路粮店买全家一个月的米，保姆把二十斤米倒入了一只大钢精锅，叫了辆三轮车放在上面，让我看住三轮车，然后又转身进粮店去背另一袋米。没想到保姆刚转身进店，蹬三轮车的那个大汉就拼命踏起三轮车载着那一锅大米逃掉了！我惊慌地大哭起来。晚上，母亲下班回家后，一句也没责怪我，她沉默了半晌说：

"那个蹬三轮车的，家里可能也有孩子在挨饿……算了吧，不要难过了。"母亲反过来安慰我，"谁吃了还不是一样？"

母亲对孩子的爱，也遗传给了我，我对自己的一个女儿、一个儿子也同样是爱得深沉。这种爱能够滋生出对全世界孩子的爱，以及对于整个人类的爱，使我在激烈的竞争和不息的奋斗过程中，有了一块可以栖息心灵的天堂般的伊甸园，使我感到一切奋斗都不会白费，一切代价都是应当付出的。有一天，我一手搂着女儿咪咪，一手搂着儿子小安德鲁，吟诵一首从心底涌出的半字诗：

儿女半聪半娇嗔，

工作半紧半悠闲，

生活半丰半勤俭，

读书半洋半轩辕，

心情半佛半神仙。

　　"工作半紧半悠闲，生活半丰半勤俭"这两句是指我常常可以抛下一大堆业务，随心所欲地去全世界的各个角落旅游；而在生活上，则不讲究排场虚名，以对内心的精神世界的追求和满足去抵御西方世界花天酒地的奢侈和虚荣。而这一切都是与我自幼年起就从母亲那里获得了一颗多情的心，以及我的家庭对我耳濡目染的影响分不开的。

　　虽然母爱的乳汁养育了我，然而我的童年却有一半是孤独和痛苦的。我很小就尝到了寂寞的滋味。由于父母工作很忙，我刚过一周岁就被送进了幼儿园，最难以忘却的痛苦是儿时在幼儿园里受到冷落。这是上海市政府机关专门为干部子女所设立的幼儿园，能进入幼儿园的孩子，父母的最低级别是处长级。这是座大资本家的豪华别墅，有绿草如茵、整洁宽广的草坪，草坪上有一个雕着汉白玉小天使的喷泉，喷泉旁边是一个大游泳池。小朋友睡觉时，阿姨专门轻轻地弹奏柔美的钢琴催眠曲，我们在一阵阵凉爽的穿堂风和钢琴声中午睡。我们每星期一一律换上幼儿园制服，早晨吃牛奶面包白脱油，中午也是西餐，只有晚上是中餐。每周的营养食谱定期寄给家长，一切都是按苏联的方法管理。幼儿园的园长，还专门乘飞机参观过莫斯科的一个干部子女幼儿园。

　　但是幼儿园对我的童年来说，只有孤独和痛苦的记忆。因为没有阿姨喜欢我，也没有人跟我说话。幼儿园的老师把孩子们无形中分成"乡下派"和"城市派"。所谓"乡下派"即是孩子的父母是从农村来的土八路、新四军，嘴里带着一股上海人讨厌的大蒜味儿。而"城市派"是指父母是城市知识分子、大学生、地下工作者，因此在老师眼里，犹如"公侯伯子男"那样界限分明。"乡下派"的孩子，尽管父母做了官，仍然是"乡下人"，摆脱不了一股土气。而只有"城市派"的孩子，才是真正的上海小姐、上海少爷，与过去国民党官员的子女没有什么不同。而我父亲又恰恰是"乡下派"中级别最低的，因为低于处级的干部子女就进不来了。每个周末，那些局长、部长的孩子，家里都会有高级小轿车来接，老师也在家长面前用上海话大大夸奖孩子一番，然后又把孩子亲了又亲。而我祖父祖母来接我时，总是穿着平常那身从老家带来的破旧褪色的衣服，有好几次被警卫拦在门口不准进来。我眼睁睁地望着小朋友们欢天喜地回家，却没人来接我，只好一个人在角落里伤心地哭泣。

记忆中我的幼儿园老师是位年轻漂亮的上海姑娘，常常喜欢唱很悦耳的苏联歌曲《喀秋莎》：

> 正当梨花开遍了天涯，
>
> 河上飘着柔曼的轻纱……

我总是悄悄地望着她一会儿抱着毛毛——毛毛爸爸是部长，一会儿又亲亲莎莎——莎莎爸爸是外交官，妈妈是翻译。我幻想着老师有一天也能抱我一下、亲我一下，但是在幼儿园的几年，老师连碰都没有碰过我一下。只是在每逢星期一，老师把我从家里穿来的衣服脱下，换上幼儿园的统一童服，总是抱怨："这些衣服又破又旧，哪里像市委大干部的孩子？简直像个乡下小瘪三！"她厌恶地看着我的目光，一直刺痛着我的心灵。然后她把一堆衣服朝角落里一扔，像扔掉一堆垃圾，而毛毛莎莎他们的衣服，她总是一面微笑一面欣赏着，小心地折叠好放起来。小朋友们几乎都不和我玩，只有一个叫宝宝的小女孩有时和我玩，她父亲也是"乡下派"，但她父亲的级别比我父亲大，可她生来有点缺陷，口齿不清，一讲话老是流口水，老师也不喜欢她。在这座森严、豪华的"贵族幼儿园"中，我自幼就感到自己像孤儿院的孤儿，一个不讨人喜欢的"丑小鸭"，孤独、凄凉的感觉浸透了我幼小的心。

直到快要毕业了，有一天幼儿园召开向家长汇报演出会，和以前几年一样，老师根本就不叫我参加任何演出，随便什么唱歌跳舞比赛都没有我的份，可这是最后一次向家长汇报演出会，我们马上就要上小学了，我父母、祖父祖母，还有乡下来的姑妈都要来观看这次毕业汇报演出。演出快要开始的时候，我鼓足勇气，跑到后台。

老师惊讶地看着我："你怎么到后台来了？快回去坐好！"

我坚定地说："老师，我不回去，我一次表演也没有参加过，我一定要参加这次表演！"

老师说："你疯了！你什么准备都没有，今天又是毕业生家长会，很重要的，这怎么行？"她命令我："快回原位坐好！马上要拉幕了！"

我站着不动，泪水快从眼眶中涌出，我从口袋里抽出一本已经很破旧的有插图的小书：

"我会背这个！普希金的《渔夫和金鱼的故事》，我会一口气背到底！"

老师拿过书，翻了一下问："这不是幼儿园的书。这是谁的书？"

我说："我姐姐的。她已经上小学五年级了！这是她送给我的！"

老师皱着眉头，望着倔强地站着不动、非要演出的我，这时演出铃声响了，台下传来市长部长局长们的咳嗽声，老师连忙把我拉到一旁，匆匆地说："好吧！你最后一个演出，如果你背不出来，照着读也行！"我4岁时就认字读书了，童年时我疯狂地爱上有插图的连环画，每逢从幼儿园回家经过永隆食品公司，我常常像卖火柴的小女孩那样望着五光十色的玻璃橱窗，梦想着长大了我要有一幢像永隆食品公司一样大的房子，里面堆满各种书籍，我可以趴在架子上整天看书，另外就是在这个大书房的中间有一架大钢琴，可以让我演奏各种美妙的曲子。

书和音乐的幻想，在我的一生中一直伴随着我。

当我站在台前时，我忘掉了台下的家长，忘掉了小朋友和老师，也忘掉了长年以来郁积在幼小心灵中的孤独。我的思绪来到那心爱的普希金的童话中，那里闪烁着大海的蔚蓝色的、壮丽的光芒。

在蔚蓝的大海边，住着一个老头儿和他的老太婆。老头儿出海打鱼，老太婆在家中纺线。

……

小金鱼对老头儿说："救救我吧，老爷爷，你要什么，马上就能够实现。"

……

老头儿回到蓝色的海边，天边已开始翻滚乌云，老头儿对小金鱼说："可怜可怜我吧，小金鱼，我那老太婆说住厌了宫殿，她要做海上的女霸王。"

……

大海停止了咆哮，小金鱼告别了老爷爷，回到海中，海边还是那座破草房，老太婆坐在那里纺线。

朗诵完了，我被一阵突然爆发的掌声惊醒，老师跑到台前，紧紧地抱住了我，激动地、喃喃地赞扬了我的表演，这是童年中的第一次，老师这么亲切地拥抱我！我想找一下台下的爸爸妈妈、爷爷奶奶和乡下姑妈，眼睛却什么也看不清楚了，泪水噙满了我的眼眶，我倒在老师怀里，我哭了。

我永远不会忘记那一天。

在幼儿园度过了六年后，我又被送进一所干部子弟集中的小学，这以后直到中学，我一直置身在这种环境之中。老师是政府精选出来的尖子教师，班主任对于每个学生的家长是干什么的、哪种级别、住在"瑞华公寓""100弄"还是"爱棠"，甚至坐什么牌子的车，都比对自己的教科书更加清楚。他面对的可不是普通的天真儿童，他们的家长掌握着一座城市，甚至国家的命运！可是，干部子弟内部，却有着明显的等级差别，我上小学的第一天就受到了侮辱。一个局长的女儿，穿得像跳芭蕾舞的小演员，她不知从哪儿弄来一只死蝴蝶，放在我头上，拍手大喊："看！快来看！她像不像小叫花子？身穿大补丁，头戴蝴蝶花!"我吓得大叫，不知什么软体动物在头上粘着，又不敢用手去捉，只能拼命地晃抖着头发。大家围着我一边怪叫，一边大笑。后来一个小朋友跳上桌子，拿下我头上的蝴蝶丢到窗外面，在他跳下桌子时拉了我一下，正好把我本来带补丁的袖子给扯破了，露出了我的肩膀。这时老师走进教室，把大家轰开，又皱着眉头用别针把我的袖子别上，命令小朋友们立即回到座位上去。我没有回到座位上，我走到那个穿得像小演员的小女孩面前，伸出拳头，一拳头朝她的脸上打去，然后忍着眼泪和满脸的委屈站在教室中间。我真不明白为什么别人老是欺侮我，难道就因为我爸爸官小、我穿得破吗?

那个小女孩吓呆了，咬着嘴唇不敢出声。老师开始点名。每点一次名，老师都要用加重的语气补充一句她认为是非常有意义的话。

"陈小雷。"

"到。"

"陈书记昨天给校长打了电话，他对我校建设十分关切。"老师说，"顾小农。"

"到。"

"顾部长上周给全市作了文化教育工作报告，特别提到了我们学校。

"李平平。"

"到。"

"李副市长刚从苏联访问回来，在机场就给学校挂了电话。"

然后老师宣布要开一次家长会，并且要统计将有多少家长坐轿车来，以便准备好停车位。全班许多同学刷地举起了手，我当然没有举手，和在幼儿园一样，我父亲是级别最低的（当然他也是最年轻的）。

在老师给我们上语文课时，顾小农和董毛毛打了起来。

顾小农举手对老师说："他吹牛! 他说他爸爸到克里姆林宫和斯大林握手，斯大林已经死了!"

董毛毛立即站起来说："我才不吹牛呢！你吹牛！我爸爸每年都乘飞机到苏联去！"董毛毛的父亲是一位外交官。

顾小农也不甘示弱："乘飞机去苏联有什么了不起？我爸爸到北京去乘专用飞机！你懂吗？专用飞机！只有爸爸一个人！我爸爸每星期都和毛主席见面！"

"我才不相信呢！"董毛毛又举手告诉老师，"他吹牛！上次他讲他爸爸是六级，实际上他爸爸只有七级！"

这时李平平站起来，伸出两只手一摆，说："你们都不要吵了！我爸爸是五级，比你们的都大！"老师窘迫地站在一边，完全无法控制越吵越大的局面。

一年以后，有一天学校里要选出十个小朋友参加市里合唱团，去欢迎苏联贵宾。有两个小朋友举手提了我的名字，说我唱歌好听，嗓音嘹亮。但立即遭到许多个反对的声音："不！她怎么能去？"

"她的鞋子是乡下人穿的，好难看。"大家哄笑起来。

我猛地站起来："我要去！我要参加演出！我叫我妈妈做新衣服！买皮鞋！"

我永远忘不了那一天晚上，妈妈向别人借了15元钱，买了花布，在灯下给我缝一件属于我自己的新衣服（不是我姐姐穿后给我的）。第二天是星期天，妈妈把我带到淮海路第二百货公司，左挑右挑，给我买了一双咖啡色的系鞋带的皮鞋。妈妈讲："系鞋带的皮鞋不容易坏，又结实，冬天又暖和。"她还专门买大了两个号，说可以让我多穿几年。

"你是几个孩子中第一个穿皮鞋的。"妈妈说，"要给苏联贵宾好好演出，为中国争光！"

来到学校，我自己也为自己的一身新衣服和那双特大皮鞋而不好意思。同学们一下子围上来，有的女孩子说："这件花衣服真好看。"我心里真高兴。男同学乱叫："这是男人的皮鞋！"还有一个男孩讲："喂！是不是你爹小时候穿的？"另外有两个同学干脆用脚在我的新皮鞋上乱踩起来。这时，老师实在看不下去，把胡闹的同学厉声喝退了："不准欺侮人！"她摸了摸我的头说："你下午四点钟留下来练唱，再过一周，我们就要欢迎苏联贵宾了！"

少年宫碧绿的大草坪上盛开着鲜艳的花朵，太阳用她金色的大手抚摸着梨花的骨朵，也抚摸着我的头。我们学校十个同学，和其他学校一百多名同学一起，站在草坪新搭的舞台上高唱欢迎苏联贵宾的歌曲，星星火炬，闪耀着光芒，这时我们觉得多么幸福，多么自豪！我穿着妈妈缝的新衣服和那双崭新的大皮鞋，摇晃着脑袋，心中的忧郁和孤独早已荡然无存，尽情地高唱着：

> 戴上鲜红的领巾，
> 穿起美丽的衣衫，
> 我们来到了花园，
> 快乐地跳舞歌唱。
> 谁给我金色的童年？
> 谁抚育我们成长？
> 少先队员都知道，
> 是毛主席和共产党！

我看到那十几个蓝眼睛、高鼻子的苏联贵宾，戴着鲜艳的红领巾，热情地向我们挥着手走来！走在最前面的那个高大肥硕的苏联人，报上讲他是苏联中央的一个什么主席，他的眼睛里闪耀着真正激动的、慈祥的光芒。突然，他同随员讲了几句话，面色很激动，然后竟然走上了我们的舞台！他用俄语向我们大喊了几句，然后躬下身子，亲吻起站在第一排的小朋友。我正好站在第一排左侧第三个的位置，我看到他正走向我！他那表情激动、红润的脸，那双仿佛被泪水润湿的眼睛看到我了！他走到我面前，突然把我抱在他宽阔的臂膀中，轻轻地在我的面颊上亲吻了一下……

我感到是在梦中！我被幸福震撼了！

我的小鼻子、小眼睛不再是那么难看了，我不再是一只丑小鸭了！
从那天以后，我的命运逐渐改变了！

小学二年级，我戴上了红领巾，由于我在班级的考试成绩总是名列前茅，老师让我做了中队文体委员。我参加了学校的戏剧队和游泳队，不久又考取了上海市少年宫小伙伴艺术团合唱队。我组织学校的"六一"篝火晚会，在熊熊的篝火前面朗诵莱蒙托夫的《白帆》；我又受校长的委托，在晨会上给全校小朋友讲苏联《青年近卫军》的故事。我的威信大增，再也没有人欺负我了，相反地，连班级最调皮捣蛋的顾小农、董毛毛他们都听我的了。他们再也不在我面前大吹大擂自己的父亲如何伟大了。我仍然常常穿着缝补丁的衣服，但我用小手把它洗得干干净净，我被学校推荐为"艰苦朴素，保持发扬革命传统"的好孩子，尽管从幼年起就开始的孤独忧郁有时还会像针刺一样扎痛我稚嫩的心，但我心中更多的是自信，是欢乐和骄傲。

国庆节，千万只白鸽飞翔，我们高举着鲜花，在人民广场观礼台前走过，心情激动万分，富有节奏地高呼："毛主席万岁！共产党万岁！"我和小伙伴们在游行队伍中放声高唱着嘹亮的歌曲：

> 千万只小手挥舞鲜花，
> 千万只白鸽满天飞翔，
> 我们红领巾的队伍，
> 行进在欢乐的广场上。
> 啦啦啦……
> 我们好好学习，
> 我们天天向上，
> 要把伟大祖国，
> 建设得更加繁荣富强！
> ……

至今我还感觉到，那金色的童年，是人间最美的图画，是我一生中最幸福、最珍贵的日子。从那时起，我血液中就浸透了对自己祖国的由衷热爱。夏天到了，父亲常带我们几个孩子到市委机关游泳池去游泳。那个游泳池现在已经卖给了日本一家大饭店的股东，市委机关大楼也变成了外国人经营的大宾馆。那时每次游泳后，父亲总是把我们带到机关大楼宽阔的阳台上，整个上海的黄昏都在我们的视野里。我们端来了凳子，围坐在父亲身旁，听父亲对着美好的黄昏暮色，唱他最喜欢的那支《新四军军歌》：

> 光荣北伐武昌城下，
> 血染着我们的姓名，
> 孤军奋战罗霄山上，
> 继承了先烈的殊勋。
> 千百次抗争，风雪饥寒；
> 千万里转战，穷山野营。
> ……
> 东进，东进！
> 我们是铁的新四军！
> ……

1963年秋天，我读小学五年级。那是一个阳光和煦的下午，我和我的小伙伴们放了学，在瑞华公寓的大院子里和草坪上尽情地玩耍。我们十几个女孩子中一个已经拍了电影《铁道游击队》，饰演芳林嫂的女儿，我和另外两个女孩，则参加了话剧《上海屋檐下》的演出和伴唱。我们在一起玩时，最喜欢自编自演话剧或独幕剧，要不就是跳从市少年宫舞蹈队学来的《小白雁》。那天，我们突然听到了收音机中广播员的声音：

美国总统肯尼迪遇刺死亡。

听到这个消息，我们十几个小伙伴顿时激动得拥抱成一团。在我们眼里，黑暗的、反动的帝国主义灭亡的日子终于来到了！我们都认为那个刺杀肯尼迪的人是一位了不起的英雄！接下来我们很快就一起为这位英雄的命运担忧：他会不会被逮捕？会不会被枪毙？他活着还是已经死了？我们激动地议论着、叹息着。到太阳快下山的时候，有人提议开个祈祷会。我们都不信上帝，也没有见过《圣经》一类的书，但是我们的祈祷是神圣的：我们十二个十二三岁的女孩跪在白杨树下，每个人拔下自己的一根头发，十二根细细的黑发放在我们面前的一张白纸上。我忘不了那一刻庄严的情景：色彩绚丽的夕阳映照着我们每一个人庄严、虔诚的表情，轻风吹动着白杨树，发出哗哗的声响，我们抬眼望着如血一般鲜红的夕阳，一起用稚嫩的声音唱起了《国际歌》……

可是，在大洋彼岸，在千千万万美国公民心中，那是一个历史上最黑暗、最悲惨的日子。人们心中响彻着他的呼唤："你能为国家做什么？"历史上写下他的名字——这个解决了导弹危机、拯救了美国经济、有所作为的、最年轻的美国总统的名字——肯尼迪！

我曾经和我的一些美国朋友一起来到阿灵顿公墓肯尼迪的墓前，望着那簇在风中摇曳的长明不灭的火焰，我想起了在美国刚上演不久的由奥利佛·斯通导演的《刺杀肯尼迪》。电影中有凶手同谋者这样一句话："人们应该知道肯尼迪为什么被杀，因为他是共产主义分子。"影片力图表明是由美国政府、联邦调查局、军方和社会邪恶势力联手谋杀了肯尼迪总统。我又不由得想起小时候的那次祈祷会。啊，历史！你究竟是谁写的？

有一次在曼哈顿公园大厦我的住宅中，我和我的台湾朋友们互相嬉笑怒骂，台湾朋友讲我是"吃共产党的奶长大的"，我则讲她们是"喝国民党的奶长大的"，我说刚到纽约时看到中国城挂满了庆祝双十节的国民党青天白日旗，感到毛骨悚然，台湾朋友则讲，听说我居然曾经是红卫兵，不由倒退三步，直抽冷气，无异于面对一个真正的杀人魔王。不过后来我们终于取得一致见解：我们都是中国人，我们属于未来，不属于过去。

1966年，我刚满15岁，"文化大革命"开始了。顷刻之间，全市铺天盖地地贴满了大字报，到处是毛主席穿着绿军装、戴着在天安门城楼上宋彬彬给套上的那个红卫兵袖章、挥舞着大手的照片。我们的热血在沸腾！我们再也不能坐在安静的教室里了！有人要颠覆我们的政权，我们必须紧紧地和党中央站在一起！那时候我们正是爱打扮爱漂亮的少女年龄，但我们毅然地剪去了辫子，脱下了裙子，全部换上旧军装。把家里的箱子翻遍，为的是找到一条父亲穿过的旧军裤，也为了标志我们的血统。我们满街跑来跑去，看大字报、抄大字报，又提着糨糊桶满街刷大字报。我们甚至自己搞来了一台刻字钢板和油印机，每天一听到"最新指示""最新消息""北京动向"，就立即刻写印刷，然后飞快地贴满大街小巷。

1966年8月底，上海要组织一支红卫兵去北京见毛主席，学校里每个班级选两名。我被选上了。那是我第一次乘上列车，我和伙伴们激动得彻夜不眠。8月31日，北京的夏日万里晴空，我亲眼见到毛主席走上天安门。我跳哇喊哪，泪水模糊了双眼。见到毛主席那天我戴的那个红卫兵袖章，现在我还保存在一只箱子里，麦克曾经惊讶地问我为什么还不丢掉，我回答他："这是历史。"你无法改变自己的历史。那个年龄的我们都是理想主义者，只要需要，上刀山下火海，我们也绝不会迟疑。

有人说我们是疯狂的一代，又有人说我们是被毁灭的一代。历史自有定论。

有一天深夜，我精疲力竭地回到家里，家里已是空空荡荡，所有的人都出去参加这场"史无前例的大革命"了，连最小的妹妹也参加了"红小兵"，整天在马路上唱《红卫兵之歌》《造反有理》。只有我祖母在家（我祖父已经去世），我已经一个星期没有回家、没有看见家人了。我刚拿起冷馒头咬了一口，父亲回来了。我高兴极了！我要向他汇报我和我的红卫兵伙伴们为了保卫党中央、保卫毛主席，是怎样夜以继日地奋战的！

我高兴地扑向父亲，却突然发现他面色苍白，眉头上凝聚着层层乌云，我从来没有看到父亲有过那种沮丧的、痛苦的表情！我大吃一惊，问：

"爸爸，你怎么了?"

父亲沉痛地坐下，那双昼夜未眠、布满细细的红血丝的眼睛凝视着我，闪出一种少见的慈蔼、哀婉的神色。他拉着我的手说：

"爸爸犯了错误……执行了'资产阶级反动路线'。爸爸要到机关去好好检讨，接受审查。你们在家要好好听妈妈的话，听奶奶的话，要积极参加运动。"

我父亲在"文化大革命"开始的前两年，又被提升了，每天工作开会到深夜，只是在星期六我姐姐从复旦大学回到家里时，才有空和我们几个孩子坐在一起谈谈话。当时他最关心的，似乎就是我们是否天天看报纸上的重要文章。父亲会犯什么错误呢?"文革"一开始，父亲部里的一位副部长就上吊自杀了。父亲会发生什么意外吗?

父亲连一口水都没有喝，他收拾了几件衣服，拿了些东西，走到门口，又回头看了看我和祖母。我听到他胸膛中发出一声沉重的撕裂肺腑的叹息! 他轻轻关上门，走了。

那一夜我一直没合眼，仿佛有生以来第一次面对着漆黑的、巨大的深渊。在静静的深夜里，我感到一种突如其来的、巨大的黑暗包围了我：我父亲会是敌人吗? 如果我父亲成了敌人，我怎么办? 明天将会怎样? 后天又会怎样? 巨大的恐惧吞噬着我，我呜呜地抽泣起来……

第二天，我拖着沉重的步子来到学校，我告诉大家：我父亲犯错误了。我已经不是"红五类"，不能当红卫兵了。然后我像木鸡般地坐下，呆呆地望着地板上的裂缝。原来，报纸上天天讲要抓的"党内资产阶级"，竟然不是别人，而是我们的父母!

我再也不能回到学校红卫兵总部去了。过了几天，更大的灾难降临到我们家：我亲爱的母亲被打成了叛徒，被机关造反派抓走了!

我在瞬间成了"黑帮子女"。隆冬来临，漫天的飞雪席卷着黑黝黝的上海，我已经完全被这个世界抛弃! 我想母亲! 我多么想见见我的母亲啊！我决定一个人走到外滩边上母亲的机关去，请求造反派让我看一眼我的母亲！

我身上一分钱也没有，只能沿着淮海路走到福州路，再走到外滩黄浦江边，当远处出现了我母亲工作机关的那幢灰色的十层建筑物时，我的心不由得一阵阵地紧缩抽搐：妈妈，我已经一个多月没见到妈妈了，她还在这里吗？她究竟怎么样了？

我心情沉重地拖着步子，走到离机关还有五分钟距离的街口时，看见一群人仰着头，摇晃着双手，朝着天空拼命叫喊："不要跳！不要跳楼！"我顿时有一种可怕的预感：又有人要跳楼自杀了！我向十层楼顶望去，不由得大吃一惊！一个40岁左右的男子站在阳台的边缘，他右臂夹住一个4岁大小的男孩，左臂夹着一个2岁大小的小女孩，两个孩子可能吃了安眠药，睡着了似的在父亲的双臂之下，这个男子一边哭一边大声叫喊："我没有罪！我不是反革命！……你们不让我活，就让我们全家一起死吧！"

他又撕心裂肺地嚎喊着一个人的名字，可能是他的妻子。鹅毛大雪盖过他那乱草般竖起的蓬发，他摘掉眼镜，然后更大声地哭喊："冤枉啊！……我没有罪啊！"他的声音在寒风中飘荡、扩散，像幽灵般地凄惨。那是一声神经崩裂的嚎喊，是一种面对猛兽时无助的、绝望的惨叫，他根本无视下面一群人包括一位民警大声命令："不准跳！"现实世界仿佛已与他隔绝，一个疯狂的、垂死的灵魂，在大雪纷飞中发出最后的吼叫和哭泣。然后，在一秒钟之内，一团庞大的黑影重重地从十层楼阳台摔下，发出震动地面的轰响。我吓得再也不敢走近一步，我怕看到那个刚才还在哭还在叫的中年男子，我怕看到那一对男孩女孩，更怕看到满地的鲜血和活生生的三个肉体最后的痉挛和挣扎……我哭泣着。这一幅悲惨的画面改变了我的一生：我再也不会回到天真烂漫的过去了。

我的童年，我的充满了幻想和鲜花的童年已经结束。

我换了一条马路，疯狂地飞奔到妈妈机关的后门，一种不祥的预感使我拼命地敲着铁门，大声地喊叫："妈妈！妈妈！我要见我的妈妈!"一位50多岁的男人开了门,他也许看到我满身雪花,满面是泪,动了恻隐之心。他抓住我冻得发僵、冰凉的手,把我带到机关走廊上。这里铺天盖地地贴满了大字报,有几条醒目的标语写着打倒大叛徒(加我母亲名字)的一长串口号。我母亲根本就不是什么高级干部,连中级干部也不是,怎么会一下子成了大叛徒呢?这些标语像鞭子一样抽打着我的心。我无论如何也不相信,我那慈祥、善良、辛辛苦苦把我们六个子女带大的亲爱的母亲,会是人民的敌人!

那个守门人把我带到地下室,穿过漆黑的阴暗的走廊,然后出现了一间间像仓库似的房间,每个门都紧锁着,只有门上部狭小的玻璃窗口露出依稀可见的一点灯光。我突然听到了一声惨叫,接着又是几声厉声呵斥和乱棒拷打的声音,那种悲惨的、哀求的男人的惨叫使我一阵阵战栗!不知道这儿究竟关了多少人。走到走廊尽头,守门人指着一个门,小声对我说:"这里是你妈妈。记住,千万不能发出任何声音!"我走进小门,心中夹杂着惊悸、恐怖、渴望,我踮起脚,扒在玻璃窗上,看到了一幅可怕的画面:这个不到十平方米的黑屋中央,放着一条长板凳,我母亲披头散发地跪在那条长板凳上!她低着头,我几乎不能看清楚她的脸,只见她双手反绑着,衣袖完全破碎,胳膊和脊背上是青一道紫一道被殴打的伤痕。那条窄窄的长板凳,我母亲要在那上面跪多长时间?受多少审讯?挨多少鞭打?眼泪顿时如泉水般地涌出,我真想放声大哭,扑向母亲!我忍住一阵阵抽泣,在心里一遍又一遍地暗暗呼唤着:"我亲爱的母亲!我善良的妈妈呀!你千万不能去死啊!"

守门人催促我赶快离开,我心如刀绞般地跟随他走出地下室,走到机关门口,只见一群人把血淋淋的三个塑料袋往一辆卡车上扔:那是刚才跳楼的那个男子和他的两个亲骨肉。我很惊讶:周围没有一个人脸上有眼泪,所有的面孔都像寒冬般死板、冰冷。多年之后,我母亲以及母亲那位夹着一双亲骨肉跳楼惨死的同事,终于都洗清冤案,彻底平反昭雪了!但是那一天,对我一生的震撼太大了!

从我母亲的机关出来,天色已是一片漆黑,猛烈的寒风卷着鹅毛大雪抽打在脸上，我只觉得浑身冻得哆嗦，额头又烫得要命，眼泪已经流干，脑袋疼得像要随时炸开，我的双脚发软无力，犹如被巨大的铁砣拖曳着，我脑子里迷迷糊糊地呼唤着妈妈。突然间，我只觉得一阵天昏地暗，一头栽倒在马路边上，失去了知觉……

等我苏醒过来，发现自己躺在一家简陋医院的病床上，护士告诉我几个下夜班的工人发现我躺在马路边，怎么也唤不醒，便急急忙忙地把我背到医院。医生讲我得的是轻微脑震荡，没有生命危险，并且问我住在哪里，要打电话让我父母来领我回去。我只觉得嗓子发干，胸口被什么巨物堵塞着，一句话也说不出来。当医生再次抚摸着我的头，一边安慰我，一边讲要我父母来领我回去时，我突然把头埋在医生那双大手里，悲天恸地地大哭起来，一边哭一边叫喊着："我的父母都被关起来了！……我的父母都被关起来了呀！"

几天后回到家里，那轻微的脑震荡却反倒突然使我清醒了许多。我翻出爸爸书橱中所有马克思、恩格斯、列宁的著作，翻出《联共（布）党史》，我的脑子里是一串连一串的问号：剧作家老舍跳湖死了，翻译家傅雷上吊死了，这些都是我心目中最崇敬的文学前辈，语文课上老师一提到他们的名字时，我们总是仰着头，一动也不动地聆听着……

"这是一场把国家拖向毁灭的运动！"一个念头跳到了我的脑子里，就再怎么也抹不掉了。

1967年整整一年，我一头钻进了书中。

1967年，当我刚满17岁时，我便向《文汇报》大胆地投书，我在信中写道："白色恐怖笼罩着曾经是阳光明媚的祖国。"并且列举了第二次世界大战中西班牙佛朗哥"第五纵队"的例子，呼吁党中央警惕个人野心家，立即结束这场摧残人性、亡党亡国的所谓"文化大革命"。在信的末尾，我郑重地写下了我所在中学的名称、地址，签上了自己的名字。

我——一个看《卓娅和舒拉的故事》和《列宁传》长大的、从小就懂得要做一个正直的人的17岁的女孩，立即成了这场革命矛头直指的斗争对象、批判对象！由于这封信，我曾经想到过要去死。由于这封信，在以后近十年中，我付出了整个青春的代价！

我不再是孩子了。

然而，这一次只是厄运的刚刚开始。

老头儿擦了擦那把戳死了好些条鲨鱼的长刀片，把桨放下，然后系上帆脚绳，张开了帆，把船顺着原来的航线驶去。

"天晓得，最后那一条鲨鱼撕去了我好多鱼肉。"他说。现在死鱼已经成为一切鲨鱼追踪的途径，宽阔得像海面上一条大路一样了。下一个来到的是一条犁头鲨，它来到的时候像一只奔向猪槽的猪。

他往海里啐了一口唾沫，说："吃吧，做你们的梦去，梦见你们弄死了一个人吧。"他知道终于被打败了，而且连一点补救的办法也没有。

老人八十五次出海，八十五次空手而归，最后一次拖到岸上的是一副雪白鳞鳞的鱼骨。

"它们把我打败啦，曼诺林。"老头儿走进岸边的茅屋，对等待他的小孩说，"它们真的打毁了我。"

当童年结束的时候，我总是想我已经被彻底打败，像海明威《老人与海》中那位老人一样。后来我才知道，我想象中被彻底打败的只是第一次出海捕鱼的经历，前面还有八十四次出海捕鱼的惊涛骇浪在等待着我。而我最终能不能拖一副雪白的鱼骨上岸，我不知道。

"人是可以被打败的，但你却不能毁灭他！"当我从童年走向少年，又从少年走向成年时，我一直记住了这句话。

正是由于这个，童年给我带来的理想的光环，至今仍然在照耀着我。

"我厌恶灰黯无味的精神生活！我不断地追求着激情的迸发和感情生活的满足。我渴慕友谊，渴慕爱情。"麦克后来在听我用英语念了我这段往日的日记后，曾经沉思了许久。我问他："你的童年是怎么样的呢？"麦克回答说："我的童年只做三件事——读书，读书，读书。"

这个在欧洲一个知识分子的富裕家庭成长的孩子，确确实实如父母期待的那样完成了他的历程：小学、中学、大学、硕士、博士，但这并不排除他对巴赫和瓦格纳有着痴迷的爱好，以及对德国古典音乐和古典文学的深厚修养。有一次，他心血来潮，拿起一根木棒，随着立体音响中的乐曲指挥起莫扎特的第二十号钢琴协奏曲，我则打开钢琴，立即随着钢琴独奏部分弹奏起来。末了，他不无惊讶地说："想不到中国人对西方的音乐和文化了解得这么多！"我立即答道："想不到西方人对东方的音乐和文化了解得这样少！"麦克意外地说了句："就是这个原因，我才要和你结婚！"

孤独也好，寂寞也好，动荡也好，然而童年这一朵单薄的花蕾，毕竟悄悄地吐蕊开放了。

1991年8月20日

欧洲

第三章
少女的初恋

    油画上的颜色，由于年代久了，有时候就斑驳了。当出现这种情况的时候，有一些画会露出最初勾勒的线条：透过一件女人的衣服露出一棵树，一个孩子让位给一只狗，一条大船不再漂浮在海面上。这叫作"原画再现"，因为画家"悔悟"了，改变了初衷。大概这也可以说，最初的看法被后来的抉择所取代，是一种观察和再观察的方式。

    这是我在这本书里描摹这些人物的用意。现在颜色已经老化了，我想看一看过去我有过什么机遇，现在我又有些什么可回忆的。

    我认为我对自己的回忆是一清二楚的。我知道什么时候，它是可信的，什么时候是愿望或者幻想占领了生活。而这种愿望，这种迫切的愿望会导致对实际生活的曲解。

    我不是有意过分谦虚地贬低自己的智力，我的智力常常是很高的。

以上是英国女作家莉连·海尔曼著的电影剧本《朱莉亚》的开头，裴阳曾在我面前大段大段地背诵着这部剧本，并且说上海电影译制厂陈叙一先生的翻译水平有多么了不起。到美国后，我又多次地看了这部在 1972 年获奥斯卡金像奖、由简·方达担任女主角的电影，它几乎成了我一生中最喜欢的电影。虽然它以二次世界大战反法西斯为背景，但是那隽永的风格、对友谊和人生的勾画，却影响了我一生的生活。我非常喜欢《朱莉亚》，以至于我一到纽约，在人人都需要有个英文名字的时候，我立即把我的名字改为朱莉亚（Julia），它正好与我的中文名字周励的发音相似。

裴阳有着惊人的记忆力，这是所有知道他的人都一致公认的。他曾经在我面前大声背诵维克多·雨果的《九三年》、托尔斯泰的《复活》、普希金的《叶甫盖尼·奥涅金》、亨利希·海涅的《德国宗教和哲学的历史》、罗曼·罗兰的《贝多芬传》、塔维尔的《拿破仑传》和保罗·萨特的《肮脏的手》。我之所以罗列这一大串书名，还不包括李白、杜甫、白居易的无数诗篇及屈原的《离骚》，是因为他确确实实、一字不漏地、满怀着激情背诵过它们中的精彩片段，就像沉浸在初见到尼亚加拉大瀑布那种狂欢的喜悦之中。有时背诵到令人哀伤之处，他的声音又变得无比低沉，就像一把在空旷的原野中拉响的大提琴。有时他为书中人物扼腕叹息，有时他会突然停止背诵，泪花在他那双深邃的、大大的黑眼睛中闪动，他挥了挥手，说："算了吧……还是你自己去看吧！"

随便他看了哪本好书，那本书便会像刀刻火烙般地印在他头脑中，而在谈话时，一本本书就会自然地打开，而那一行行"不朽的文字"，便很快地化为燃烧着的激情。有一次，他和我谈生物学家巴士德的传记时说："你能理解吗？这位发现了细菌的法国人说'细菌在我身上越多我就越舒服'。"说着，他扭动了一下上身，自然地展开双臂，做出了一个极其舒畅的动作，然后眨眼嘿嘿一笑："全身都是细菌，这是多么令人畅快的事啊！"

当我 17 岁初次和裴阳见面时，他正好 22 岁。我很快地就被他浑身散发的魅力和才气所吸引，从而陷入了如醉如痴的、不可遏止的单恋的狂焰之中。我还不懂得什么是恋爱。

从生理学上讲，我并不属于那种早熟型的女孩子，但是从十二三岁起，我便开始感觉到了一种青春的骚动。那时我小学四年级，是少先队中队委员，班级里一半男生，一半女生。老师规定"不能有分男女生的封建思想"，一定要一个男生、一个女生合坐一张课桌，这正是我们求之不得的。但糟糕的是，每次开学分位子的时候，女同学们都吵吵嚷嚷地争着要和一个长得文静而又秀气、戴着大队长标志的小男生同桌，他简直就是我们心中的白马王子，由于我比大队长稍高一点，我始终坐在他的后面，并且离得很远。我好羡慕抢到了他旁边位子的女生。终于在四年级下学期，他分坐到了我的前面，我可以天天欣赏他那颗长满乌黑浓发的脑袋了。我常常把课桌尽量地往前搬，以便更靠近他那张椅子。有时，我伸出两只脚，搁在他椅子下面的一根横木上，心中便溢出一股心满意足的感觉。终于，我想出了一个不安分的念头。我在下课时偷偷地塞给他一张小字条，上面的内容是：

你参加我们的学习雷锋小组好吗？

那时正是1962年，班里的同学自愿地组织了几个学习雷锋小组，大队长可以自己选定他愿意参加的小组。给他递了字条之后，我整整兴奋了一夜，脑子里充斥着种种激动人心的幻想：我和他一起在大街上搀扶老太太过马路，下课了一起帮同学补课，一起到街头演出、宣传，一起玩官兵捉强盗……只要和他在一起，只要看到他，我就是世界上最快乐的人！我期待着他也偷偷塞给我一张字条，并且答应参加我的小组。

但是他没有这么做，他仿佛根本没有看到我那张字条似的，他参加了别的小组。

那份失望，那种被忽视、被冷落的伤心及自尊心受到羞辱所带来的痛楚，至今还记忆犹新。直到几星期后，我忍不住问他为什么不参加我的小组时，他才告诉我说根本没有看到我的什么小字条。原来当我偷偷地把字条塞到他的台板底下时，被教室窗外吹来的一阵风刮到地上，卫生值班员当废纸垃圾一下子扫出了教室。

于是，那把可诅咒的扫帚，把我对大队长的莫名的热情也扫到了九霄云外！

这件事给我留下了很深的印象。从此以后，我才逐渐感觉到：我们已经不是小孩子了。虽然只有十二三岁的年龄，但内心常常被一种什么东西激动着，充满着骚动不安的情愫。特别是当春天来到的时候，你听不进课，你不知道老师在讲什么，你呆呆地盯着教室的窗外，望着正爆出一个个小嫩芽的垂拂着的柳枝，忽而又感到"风乍起，吹皱一池春水"。一阵怅惘之后，你突然感到，你多么希望有一个很好的男孩子和你手拉着手，在春天的原野上奔跑啊！

这种年龄，在美国叫"危险年龄"，而美国政府对这种"危险年龄"的唯一办法，就是发放避孕套。这种办法曾经遭到纽约一批华裔家长的反对，认为这是"教唆、引诱少男少女犯罪"。但是这个呼声毕竟太弱了，美国就是美国，你了解这点，就不会为在地铁中看到一个14岁的少女抱着一个婴儿而惊奇。"少女妈妈"在美国已经成了普遍的社会问题。每当想起我少女时期那段由生理发育所引起的青春骚动，我总是一遍又一遍地感激笼罩在我的祖国的那种严谨笃厚的儒家传统，那种深沉的克制力量和对精神生活的开导和追求。不然，将宝贵的青春毁坏，将少女的贞洁连同前途一起葬送，是一件多么容易的事情啊！

小学毕业了。我像一只发育成熟的小羚羊，不知是应当蹦跳着奔向波澜壮阔的大海呢，还是冲向原始古老的森林？是迈向那令人目眩的高山顶峰，还是走回一望无际、芳草萋萋的原野？我就这样带着激动、带着渺茫和几分惆怅跨进了中学的校门。那时，许多孩子的梦想是到苏联去，看红场，看克里姆林宫和列宁墓，而我更是懊恼自己为什么不是苏联人，为什么不是娜塔莎，或者是奥尔迦那样梳着金黄色辫子的苏联姑娘。苏联对我们来讲像天堂一样美，却又遥远不可及。正在这时，爆发了震惊世界的中苏两党的理论论战。我们守着收音机，一遍又一遍地收听零点广播，生怕漏掉一个字："赫鲁晓夫杜鲁门修正主义和平演变导弹核武器……"站在一大堆政治术语和历史的帷幕前，我们感到既庄重又敬畏，而在内心深处还是暗暗地想：做苏联人比做中国人要幸福。

案头上都是苏联小说：《古丽雅的道路》《卓娅和舒拉的故事》《青年近卫军》《真正的人》《列宁传》《红肩章》《马雅可夫斯基诗选》《普希金诗选》《钢铁是怎样炼成的》《黑面包干》，这些苏联小说成了我少女时期的精神食粮，点燃了我献身于人类一项什么伟大事业的熊熊理想之火，但我又不知道该怎么做。我不能回答最简单的问题：我是谁？我从哪儿来？我到底要什么？宇宙是否真的无限？等等。

有一天，我从我姐姐的书架上，翻到一本《赫尔岑选集》，我姐姐也完全是受苏联式教育的典型。她在12岁时，就和一个叫娜嘉的苏联大队长女孩子通信，互寄娃娃等礼物，她的书架上都是托尔斯泰、陀思妥耶夫斯基、屠格涅夫、契诃夫等作家的大部头作品。当我翻到这一页时，我的泪水不觉涌上眼眶：

当一个孩子意识到自己成为少年人并第一次要求在一切人类的活动中参加一份的时候，那可真是人生中美妙的时刻：活力沸腾着，心脏猛跳着，血是热的，力量是充沛的。世界也是那么地美好、新颖、光辉，充满着胜利、欢跃和生命……心灵中洋溢着阿喀琉斯的胆量，波查的理想，这是高尚的憧憬和自我牺牲的时期，是柏拉图主义以及对人类的热爱和天高地厚的友情的时期，是辉煌的序幕。可是跟在这序幕后面的却常常地、常常地是庸俗的市俗式的戏剧……

我发誓不让自己的一生变成一出庸俗的市俗式的戏剧。从16岁起——那时正好是"文化大革命"开始不久，我开始大量地阅读和历史有关的理论书籍。《联共（布）党史》在我父亲的书橱中放了十几年，从我记事起就记得那本厚厚的、精装的米褐色封面的册子。我从书橱中取出，如饥似渴地读着，我感到比读《大卫·科波菲尔》《安娜·卡列尼娜》更有一股特殊的、无法形容的强烈吸引力。我又读了普列汉诺夫的《一元论史观》、安娜·路易斯·斯特朗的《斯大林时代》《世界通史》和《法国大革命史》，随着书页的翻迭，在眼前出现的一幅幅壮丽而又悲壮的历史画面，不仅使人胸中产生一股扭转乾坤的力量，同时也能使人如此明晰地看到当今现实舞台上那种明争暗斗，翻手为云，覆手为雨，胜则为王，败则为寇的嘲讽式的阴暗面。斯大林时代和"文化大革命"简直像孪生兄弟一样，一个人的突然失踪，一个人的突然死去，以及一个家庭未知的命运，都是和党的要求、党的事业这些永远冠冕堂皇的辞令连在一起的。我开始考虑人的价值和人在政治以外的意义。

1967 年，当"文化大革命"正被武斗、互相残杀、打倒一切搅得昏天黑地时，我用两个昼夜时间，写了一封信寄给《文汇报》，要求发表我的信，并且呼吁结束这场"把人类推向毁灭边缘"的所谓政治大革命。如果不是获得了历史这一面镜子，我是绝不可能写那封几乎葬送了我整个青春的信的。

那青春骚动的情愫并没有在我的心中停止，作为一个妙龄时期的少女，我虽然穿着标志着血统的淡黄色军服——或者上半身，或者是下半身轮换着穿，有半年左右的时间，我还佩戴着红卫兵袖章。但我内心却像天使一样地渴望着爱，渴望着在赤裸裸的蓝天和赤裸裸的绿野中飞翔。我开始和一个比我高一年级的男孩子一起散步了，那时他初三，我初二。他长得很端正，有着那种吸引女孩子的颀长的身材，他是属于沉思型的男孩子，脸上常常带着忧郁的神情。有一次，当我和他谈了许多各自心爱的读物时，他提议我和他一起去看望他的姑夫——当时正在倒霉挨整的、大名鼎鼎的作家巴金。我至今还清晰地记着那位老人的形象：他穿着中间有一大排老式扣子的灰色布衫，看上去很像30年代的长衫大褂，老人弓着背，走到方桌的一边坐下，眼睛很细小，眼皮由于睡眠不足而浮肿，半耷拉着，就像在五原路小菜场随便碰上的任何一个老头，你简直难以想象他就是写了"激流三部曲"的大作家巴金。那天正是阴天，窗外阴霾重叠，小小的客厅里十分寒冷，他的儿女都去大串联了，可以想见老人的孤独和心境的凄惨。突然看到侄子带来了一个女孩前来探望，他获得的一点快慰可以从他慌慌忙忙地倒上两杯开水，又抓起一大把茶叶放进杯子的动作中看出来。

"你们怎么样，在学校好吧？"他嗫嚅地说，布满皱纹的脸上绽露出一丝微笑、正在这时，我看到了他的眼瞳中，发出了一道依然是聪明睿智的光芒。

我们坐了一个小时，他似乎不愿提起他写的任何一部作品，因为那时报刊上正连篇累牍地批判他的书皆为大毒草，并且诬称他是由于崇拜巴枯宁和克鲁泡特金的无政府主义，才把自己的名字改作了巴金。他的侄子一再地试图安慰他，让他当心身体，甚至提出让他不要看任何一份报纸。我则坚信他是没有罪的，我对面前这个老人像对一座丰碑一样充满了敬意。

从巴金家里出来，已经是华灯初上的黄昏了，没有晚霞，没有歌声，我的心中却充满了喜悦。我和他一直从武康路走到了永嘉路，在他家门口那棵法国梧桐树下，我们有谈不完的话，但大多时候是我在谈。我给他背诵《联共（布）党史》中的精彩片段，和他讲那份阻止斯大林掌权的《列宁遗嘱》，也谈对"文革"这场运动的种种焦虑，对当时中央"文革"小组中的某些大人物的怀疑与鄙视……他总是静静地、口角带着微笑地听我讲，他善解人意，却不喜欢表达。但是，当你看到他那双如小花鹿的眼睛般乌黑光亮的眼睛正盯着你，一动不动地盯着你，你就无法停止和他谈话，无法和他说一声"再见"。

那年夏天，我们在淮海路、常熟路、永嘉路上一共走了多少遍，我已经记不得了。每天看不到他的时候，我就会想他；每次见到他，我会觉得心怦怦跳，全身的血液在奔腾，可是一和他谈话就平静了下来。夜深人静的时候，我会产生一种渴望，我渴望去拉住他的手，啊，如果能拉起他的手，那该涌起多么幸福的波涛！

我从来没有拉过他的手，我们互相连一根手指头都没有碰过，他沉静的个性能够接受我的任何思想：从《斯巴达克思》到《奥赛罗》，从黑格尔到斯大林。当我告诉他，我给《文汇报》写了那封信时，他一点也没有表露出任何惊讶和恐慌，好像我早就应该写那封信似的。我们又一起去看了巴金几次，我不敢用自己满腹的疑问去打扰这位正在受难的老人，我深知任何一场严肃的谈话都会给他徒增更重的思想负担，我试图为他倒一杯开水，或是整理一下零乱的房间，尽量少说话地同他一起打发一个黄昏或一段时间。

有一次，他指着一大排空着的书架，那上面放着几只药瓶和杂物，他的胸膛里发出了嘶嘶的声音："那么多的书，都搜走了！……"那种发自肺腑的悲哀，使我难过了许久。还有一次，他对我的同伴说："小济（他的名字），要好好学习外语……外语是人生斗争的武器，这是马克思说的，你懂吗？"他特意提高了语调，强调"马克思"这三个字，仿佛这是他对侄子的某种期待的必不可缺的后盾。他瘦弱的身影在房间里摸索着，常常面对着一大堆检讨材料仰天叹息…… 二十年后，当我从美国回到上海，看到武康路上那所被层层护卫起来的住宅，心里真有说不出的万般感慨，耳边仿佛又响起了他的叹息声。

我的那封信很快被《文汇报》报社退回了学校，并且立即掀起了巨大波澜。我第一次看到自己的名字出现在大字报、黑板报连篇的批判檄文中。工宣队、军宣队、造反派如鱼贯般地轮流不息找我问话，对我进行审查，将我的学习笔记、日记通通搜去。有一天，学校里突然刷出了一条大标语："揪出'一封信'后面的黑手！"有人揭发在武康路巴金住宅门口看到我和小济，并且说我常常和他在一起。又过了几天，学校居然出现了批判巴金的大字报，而且宣称一个十六七岁的女孩，绝对写不出如此尖锐、引经据典、政论性极强的文章，后面一定有一个长胡子的黑手，连《文汇报》也不相信。我气极了，噩梦整夜整夜地缠绕着我，我生怕巴金会知道这一切，我生怕羸弱的老人会突然死掉……有一天，我从工宣队的审查室出来，刚跨出校门，一个声音喊住了我。是他，又是他，他曾经多次地等在离审查室不远的角落，我一出来，他便追上我的脚步——可是现在，校园里满是批判我和莫名其妙地批判他姑夫的大字报，我怎么能再授人以柄呢？

"等一下！"他跑了上来，"我不怕，你也不用怕……"

我不敢回头望他，我没有理睬他，加快脚步拼命地走着，直至走到高安路的弄堂口，我猛一回头，像发疯似的叫道："不要跟着我！……不要再和我讲话！你明白吗？你难道不知道这是在害你姑夫吗？……你难道愿意看到别人借着你和我，再往他身上砍一刀?!"

性格向来沉静的他，被我几乎失去常态的大叫震蒙了，他愣愣地站在那里，过了一会儿，他一转身跑掉了……

他比我高一年级，比我早一年下乡。从此以后，我再也没有看到那双如同小花鹿的眼睛一般乌黑发亮的眼睛。

如果连手指头也没有碰过，这算不算恋爱，我不知道。但是幻想的翅膀已经被砍掉，我郁郁寡言，心中充满痛苦，我知道我已经不能再回头：我不能放弃理性的思索。我渴望有一个比我更通事理、学识渊博的人，把我从思维的一片迷乱之中拯救出来；不管是什么人，男的或是女的，也不管年纪多大，只要我相信他、崇拜他。

我开始相信别人，不再相信我自己。

轮到我下乡之前，批判的浪潮已经过去，我成了可以教育好的子女。中学里的几个女友约我到杭州去散散心，在向北大荒进军之前，再看一看美丽的西子湖，登一下青翠葱茏的南高峰。

我和我的女友们，曾举着一面小旗，从陕西铜川步行到延安。我们在贫瘠苍凉、横亘天际的黄土高原上大声地向牧羊老人问路，晚上和农民家的孩子挤在一个炕上，我们第一次捧起破碗喝小米粥，我们惊叹农人如牛马般的劳作和满野裸露的贫穷。大串联把中国最底层的画面翻到了我们眼前，当我们展开双臂，欢呼着奔向走了七天七夜才终于见到的宝塔山时，又隐隐地感到理想同现实的距离是如此遥远……

没有什么事比离开上海更吸引我了，我立即答应去杭州作最后一次"串联"。

在钱塘江大桥上，我遇见了他——裴阳。每当我回想起和他的初次见面，我总会想起日本电影《啊，海军》中男女主人公在一座大桥上相逢又告别的特定镜头。我是我们四个女孩子中最忧郁的，几乎没有笑过。我们在钱塘江大桥上刚刚拍了两张合影，桥头堡里就走出了一个解放军，他几乎是奔着跑向我们，一把夺去了我们的相机，然后指着远处一块牌子大叫着："这里禁拍照片！"说着马上要打开相机将胶卷曝光。我们急着和他争辩，并且保证到上海后把两张禁拍的胶片寄回到桥头堡，但是他还是坚持要立即打开相机。正在争执不下时，我们身后响起了一个洪亮的声音："解放军同志，我们是复旦大学的，我们会负责监督执行这件事！"

我们得救了，我们保住了那卷对我们来说十分珍贵的胶卷。我回过头去仔细地望着这位"天外来客"，他看上去比我大四五岁，身材魁梧，气质潇洒，眉宇间充满一股英气，特别是那两道飞向两额角的浓浓的乌眉和明亮深邃的大眼睛，加上白皙细腻、胡子刮得很干净的面孔，给人一种人品出众的感觉："人杰地灵，江南才子。"好帅的复旦大学生！

"我们已经注意你们好久了，你们是从哪儿冒冒失失地闯上钱塘江大桥的？"他边上的那位同伴问。

"我们直接从蔡永祥纪念馆上来的，怎么？你们俩也偷偷拍了照吗？"我的一位女友和他的同伴交谈了起来。

不知怎么，他一句话也没说，只是望着我，我也默默地望着他。桥头上的风吹乱了他乌黑的头发，我就像看着一部电影似的望着他。多年以后，他对我说，我站在桥上，满脸忧伤的样子，使他困惑，并且不由产生了一种怜爱之心。几分钟后，他和同伴走向桥东面的蔡永祥纪念馆，我们走向西面桥尾，当我回过头去再望一眼那位复旦大学生时，我发现他也正回转头，在遥远的桥那头望着我。

原以为会像天上的流星转瞬即逝，很快地对桥头上发生的事也淡忘了（那两张胶卷寄回了桥头堡），没有想到几星期后在复旦又碰到他，而且知道了他就是在整个复旦校园，甚至整个上海都十分闻名的裴阳。

和他在复旦碰面纯属偶然。我姐姐是复旦大学化学系三年级的学生，我常常以我姐姐为骄傲。她一贯是正统的好学生，从不惹麻烦，父母亲十分喜爱她。在我10岁时，有一次爸爸带姐姐去看戏，爸爸讲我不懂京剧，怎么也不肯带上我，是市委的黑轿车来接他们的。半夜里我已经入睡，从剧院回来的姐姐拼命地把我摇醒："我见到了毛主席！……快起来呀！我见到了毛主席！"我一骨碌爬起来，惊呆地望着满面红光的姐姐兴奋地叙述："在京戏开幕前，报幕员讲，毛主席也来看戏了，我就拼命地挤进座位，冲到前面第一排，爸爸急急忙忙地紧追着我，毛主席就坐在第二排当中！我跑到毛主席面前，敬了队礼，毛主席和蔼地笑着说：'小鬼，你也来啦？'说着，用他那只温暖的大手，握住了我的手！……我是多么幸福啊！……你要摸一摸我的手吗？这是毛主席握过的手啊！"兴奋、羡慕、嫉妒、懊恼……我们两姐妹一夜也没睡好觉，我更加以我姐姐为骄傲了。不久，她在《中国少年报》上登了一篇作文，题目是《我见到了毛主席》。姐姐由同济附中考入复旦大学后，马上被选为班长和团支部书记，她的功课一直是拔尖的。每逢周末她回到家里，总是滔滔不绝地对我们讲述复旦校园发生的事。1964年，毛主席提出要培养无产阶级革命事业接班人，并且对全国几所著名的高等学府提出：要培养几个中央级的接班人，还提出要年轻，思想不要有框框……任务下达到复旦，复旦校长兼党委书记在人才济济的几千名大学生、研究生中，挑选了两名学生作为接班人重点培养：国际关系系的裴阳和新闻系的一位学生。1966年在复旦大学提到这两位学生的名字，就像

1991 年在波斯湾战争中提起美国鲍威尔将军一样。我姐姐每次回家，都要带回裴阳写的范文，或是裴阳和新闻系那位学生两人联名在全国各大报刊上发表的大篇文章。"这是复旦的骄傲！"我姐姐说。

那天我去复旦找我姐姐——我几乎每星期都骑着自行车往复旦跑。我要姐姐帮我搞一本约翰·里德的《震撼世界的十天》，带到北大荒去，我那时正在整理去兵团的行囊和书箱。姐姐对我说，这类政治史记性小说她们化学系没有，她让我去国际关系系问问，也许能碰上运气。那时社会上的图书馆差不多都已经砸烂了，许多书籍散落在大学生手中。

我走到距离化学系有两三幢楼的国际关系系，听我姐姐说，国际关系系培养三种人：资深的国际问题研究专家、外交人才和高等学府的教授。这是一幢五层楼的红色砖楼，我一直梦想自己哪天能够进入这个系，但是我将要奔赴北大荒，梦想总是梦想。当我走进这座楼时，仍恍若在梦幻中。楼梯和走廊间静得出奇，墙上也没有什么大字报，比起当时正在开展大批判运动如火如荼的复旦校园，这里简直像另一个世界，连一个人也没有。我一直走到四楼，终于看到一扇稍稍开着的门，大白天里面也亮着灯，我轻轻地敲了一下门上的玻璃，听到了一个声音"请进来"，便推开门走了进去。

这是一间在当时可以称作"典雅"的宽大的办公室，两扇大玻璃窗加上几支日光灯的照亮，房间内显得明亮开阔，四壁都是陈旧的棕色的木制老式书橱，透过书橱的玻璃，可以看到一排排中文和外文的、都是国际政治方面的书籍。最令人惊奇的是，窗台上还有一盆小而别致的万年松，这被照料得很好的盆景，给这屋子带来了一股盎然的生气。坐在一张很宽大的、堆满了书籍报刊的办公桌后面的那个人，正俯首疾书着什么，我想他在说"请进来"时，也不曾抬一下头。他写得很快，当他的笔画上了最后一个句号，并且把信笺塞进信封时，他抬起了头，几乎在同一瞬间，我们俩都发出了一个惊奇的声音："——是你?！在大桥上碰见的人？"

他比一个月前我在大桥上遇见他的时候更潇洒了，穿着一件雪白的衬衫，领子笔挺地翻开，套了一件米色开司米毛衣，他看人的时候，目光总是咄咄逼人，这是一双中国南方的、深深凹陷的眼睛，乌黑的眸子透过长长的睫毛发出摄人心魄的光芒，他的鼻子不很挺，嘴唇很厚，但棱角分明。他沉思的时候像个饱经沧桑的学者，"嘿嘿"一笑时，又像个孩子那样开朗自在。现在想起来，他那时只有22岁，而在当时只有17岁的我的眼里，他竟是如此伟岸得高不可攀。

"你怎么会到复旦来？"他站起身子到窗台旁去拿暖瓶沏茶。

"我想搞一本美国记者的《震撼世界的十天》，带到北大荒去。"

"什么？……你要去北大荒吗？……带约翰·里德的书去北大荒，很有意思！"他拿起一张纸头，刷刷地写了几行字，递给我，"你去找我的这个朋友，他会帮你搞到这本书的。"

我高兴地接过字条，他在钱塘江大桥上救了我们的胶卷，现在又为我找到了那本书，命运的机遇真是实在奇妙！我道谢后，电话铃声急促地响起来，看来他很忙，我本不该如此冒昧地打扰他。我想我应当马上离开，回到我姐姐那里去，可是这所房间竟像一块强大的磁石，使我站在那里一动不动，这是我冥冥之中一直向往的理想境界：满屋的书，明亮的窗，宽大的办公桌……我姐姐班上也有许多聪明幽默的男同学，但就气质来讲，没有一个能与他相比。我呆呆地凝视着他躬起身子去接电话，突然，我听到他在讲：

"是啊！我就是裴阳！……什么？去市里开会？晚上七点？"他一边回答，一边伸手拿铅笔在一张大月历上画着，那张平面月历上被红色或黑色的笔勾满了圈圈。

裴阳！他就是裴阳！我感到兴奋却并不惊讶。我心目中的裴阳，我姐姐常提起并且称为"复旦的骄傲"的裴阳，就应该是这样一种人！

我充满敬仰之心凝视着他打电话的神情，他一点也不兴奋，声音平静，带着很好听的喉音。他一面回答，一面翻着桌上的一大堆文件，边找边回答。我很惊讶他会在这么一个安静优雅的办公室里日理万机，好像复旦、上海每个角落都将电话线通到他的办公桌底下似的。

他终于放下了电话，望着我微笑着，他显然并没有忘记我一直笔直地站立在他的办公桌前。

"我早就听我姐姐讲到过你。"我说。

"你姐姐？"

我告诉他我姐姐是化学系三年级的，不是什么出名人物，但"文革"开始之前她是班长。

他看来对我姐姐并不感兴趣，因为他马上问我：

"你的神情看上去很忧郁，你能不能告诉我，发生了什么事情？"

这使我感到很窘迫，我心底的创伤是因为我被批判过，那种当人民的敌人——不是当你所针对的那几个家伙的敌人，而是当全体人民，哪怕是一个拎篮子上街买菜的老太太的敌人，那种感觉把我吓得半死，每一张新的大字报出来都让我胆战心惊，我这才理解为什么"文革"一开始许多人就抹了脖子跳了河。但我并不认为自己有什么错，于是罪上加罪，我变成态度顽固不肯悔改，直至送进北桥干部子女学习班。没有人愿意让更多人知道自己受批判和挨整挨斗，虽然思想上不肯悔改，但我心理上却笼罩了一层深深的自卑感、与众不同感：我羡慕马路上任何一个普通人，仅仅是因为他们没有被批斗过，他们的灵魂不曾受到过搅扰。

说，还是不说？为什么要把我的伤疤揭开来给这个闻名遐迩、处境完全与我不同的人看？这并不关他的事。

"我被批斗过……就在不久之前。"

"什么？坐喷气式飞机？挂牌子？"他露出无比惊讶又不可置信的神情。

"不，没有人碰我……但他们贴大字报，搜去了我的日记笔记。"于是，我把向《文汇报》写信那件事和信的内容详情叙述给他听。他听完，神情变得十分肃穆，踱着步子沉思了许久，回到办公桌后面，用手指指着我说：

"你错了！你完全错了！……第一，你对你并没有完全了解和理解的东西去进行批判，这本身就是荒谬的。第二……"他停顿了一下，眼睛紧紧地盯着我："第二，你还很年轻，你做这种傻事，那是会断送你的整个前途的呀！"

我的泪水不觉涌上眼眶，我确实不知道我将会面临怎样一条道路。中学里几千名学生，只有我一人受到批判，这是铁定的事实。我曾经是中队长，曾经是优秀学生和班级干部，不过这都已经一笔勾销，我觉得一个黑暗的洞穴正张着大口在等待着我。

而这间屋里，却是如此明亮、安宁，四壁书橱中的每一本书都使我感到阵阵刺痛：如果我能像过去一样，安静潜心地大量阅读，再写下心得笔记，那该多好！我为什么要发那封该死的信给《文汇报》呢？我为什么总想把思想变成行动？我为什么不仅仅是遨游在书籍中，然后等待历史去证明一切？

我咬住牙关不让泪水滴落下来，我不能让任何一个男人看到我在哭，我不是小姑娘。

"我们出去散散步好吗？"他提议说。

初春的时节乍暖还寒，我们并排走过复旦校园的一行行垂柳、一排排红砖楼，来到登辉堂前。"李登辉，复旦大学的奠基人。"他望着一座年深日久、黑黝黝的铜像说，"我常常来这里散步。……未经考究的生活是不值得过的，你可以去看看《论德国宗教和哲学的历史》，海涅写的，是本出色的书。有可能的话，你再去看一下车尔尼雪夫斯基的小说《怎么办？》，那些十二月党人的贵族，自愿到西伯利亚流放，那些伯爵夫人公爵夫人心甘情愿地跟随着她们的丈夫，十年二十年胼手胝足地度过漫长黑暗的流放岁月，那种理想主义和献身精神，长久以来一直鼓舞着我……今天的社会，政治风云变幻多端，对任何一个人来说，道路都不会是平坦的。你要有一种宽广的胸怀，如果你再多读些历史和哲学，你会懂得：个人的命运是微不足道的，关键在于，你是否建立了一个理想，一个目标？"

每一个字都好像径直从他的灵魂深处迸涌出来，燃烧起全部信仰的火焰。也许我并不确切明白他讲的是什么，但是我的胸臆为之掀动，好像有什么帷幕在我面前揭开，有什么光辉在我眼前闪耀……我低着头，一边走一边默默地听着他侃侃地讲的每一句话。当我偶尔抬头，看到他的眼睛时，我发现那里笼罩着一层沉思的雾。

我们离开登辉堂，来到复旦校园南部一个小湖边的时候，他用低沉的声音说："孟德斯鸠在《论法的精神》中写道：言语并不构成罪体，它们仅仅栖息在思想里，有时候沉默不言比一切言语表示的意义还更多，所以无论什么地方如果制定了言语是罪体这一项法律，那么不但不再有自由可言，甚至连自由的影子也看不见了。"他在讲这句话时往四下看了看，然后沉默了许久。

我多么渴望就这么一直走下去，一直听他谈下去啊！

黄昏中，鸟儿啼鸣着飞过校园，晚霞把天边染成一片黛红色和金黄色。他陪我向化学系楼走去，突然，他问我："你看过王国维的《人间词话》吗？"

我点点头。

"那你一定记得他讲的人生的三种境界了？"

我在记忆的河流中搜寻着，一边回忆一边缓缓地说：

"第一种境界：昨夜西风凋碧树，独上高楼，望断天涯路。"

"对！你的记忆不错！"

"第二种境界：衣带渐宽终不悔，为伊消得人憔悴。第三种境界：众里寻他千百度，蓦然回首，那人却在灯火阑珊处。"这时我真想叫出来：众里寻他千百度，蓦然回首，那人……这正是你啊！

我们站在化学系大楼前，他默默地凝视着我，我也睁大眼睛望着他。我心中一种消失了很久的情愫又开始骚动起来，如果为这样的人去死，我绝不会迟疑。然而晚霞已经消失，我必须自制，必须说再见，必须保持女性的尊严。

他写给了我他的电话号码，说如果有什么事可以随时去找他。末了，他握住我的手，说："记住，生活的激情很重要，它有时可以弥补才能的不足……不过，你的确是一个很有才能的女孩子……你不要低估了你自己。不要自卑，不要老是一副受难的样子。"说罢，他便回转身，消失在越来越暗淡下去的晚霞之中。

隔了一个星期，我给他的办公室挂了电话，我们很快又见面了。又过了几天，他约我走出复旦大学校园，一直向江湾镇五角场走去，他总是沉稳地边走边谈，他的谈话熔热烈的情感、精辟的哲理、渊博的知识和隽永的机智于一炉。对他越崇仰我就越感到自己才疏学浅。他自视极高而又不失谦恭，有一次，当我谈到我姐姐和她的同学认为他是属于一种很正派的人时，他说"正派人"的概念不能使他感到满足。在他眼里，"正派人"就是那些智力和道德水准相当于"集体水准"的人。他还说，不必对他有什么赞扬之辞，"躬逢其盛，躬任其劳"，他说，他总是觉得自己做得太少了。

一个周末，我姐姐一回家就叫："整个复旦都知道裴阳在和我的妹妹约会！……究竟是怎么回事？……你怎么会认识他的？连我都没有和他说过一句话啊！见面也只是在全校开大会时，看到他坐在校革委会的一排头头们的当中！"

听到我姐姐这么叫着，我心头涌起一股甜蜜的意味。确实，那种轻柔如水、飘忽如梦的缠绵柔情，已经使我销魄荡魂。不过，我又清醒地觉得一切是绝对不可能的，再过一个半月，我就要去北大荒，我就要告别上海，可能永远也不能回来了。

啊，在上路之前，遇到一个充满理想又才智横溢的人，对人的一生多么重要！复旦园那爆发枝芽的翠柳，那微波粼粼的小湖，通向五角场的那条幽静蜿蜒的小路，同他那如和谐的天籁一般的话语……这一切，像春天里一股清新的风，直吹我的胸襟，麻木、委顿、自卑、迷惘……统统被一扫而去！我要成为一个新人！我要到北大荒兵团去谱写我新的历史！

5月9日，正是春风桃李灿若火的季节，我和千千万万的兵团战士一起，离开了上海。裴阳没有送给我任何东西，只是给了我一大摞印有"复旦大学"抬头的空白信笺。

"给我来信。"他说。

从上海开往黑龙江的列车，整整晃荡了三天三夜。从第一天晚上，我就在同伴们鼾声大作进入睡梦时，一个人偷偷地溜进餐车，借着厨房里透过来的一点亮光给他写信。第一封信是这么开头的：

裴阳：

　　你好。我不知道该怎么称呼你，称你老师呢，还是朋友？不管怎么说，我们已经不再陌生了，和你的每一次谈话，都给了我一种能承受苦难的巨大力量。而在这之前，你是知道的，我就像受难的普罗米修斯，只是手中没有那一把火，我几乎要绝望了……

我写了满满三页纸，火车一到站我就把它投到邮筒里。当我投信的时候，把信捧在嘴上深深地吻了一下："多么幸运的信笺，它能够回到他的办公室，回到他的手中……"我吻信的时候，觉得脸在发红发烫，仿佛海浪亲吻着黄金般的沙滩，仿佛山泉洗濯着清波荡漾的月色。如果说过去和小济一起散步，我有过和他拉手的朦胧愿望，那么现在我可以说："爱情，一种真正的爱情，伴随着仰慕、敬畏和眷恋，已经开始照亮我的人生。它像大江奔腾，奇峰突起，它是海涛汹涌，一泻汪洋，如泛滥的春水一样融会着丰富、强烈的生命！"如果我在向他告别时，和他拥抱一下，那该多好！想到这儿，我的心怦怦地大跳起来。我过去全部教养教给我的关于爱情的观念，和我现在沉浸于其中的感情如此截然不同：这种爱情是如此温柔缱绻、含蓄隽永，深沉的情怀带有几分伤感和忧郁，就像一朵带露珠的嫩弱的康乃馨，又有着几分野气，甚至性幻想。

列车从哈尔滨转到齐齐哈尔，又从齐齐哈尔转到嫩江，最后再从嫩江搭上装运猪的几十辆卡车——因为附近有一个规模很大的专业养猪场——把我们送到克山县黑龙江生产建设兵团五师五十四团一营二十三连。一个又瘦又小、长得像一只鸟的当地人，自称是连长，把我们三十几个从15岁到19岁的上海女知青领进一个威虎厅一样的大草棚洞里，深处是一个大洞，横七竖八地支着几根大橡木，外面是枯黄的、厚厚的芦苇草搭起的延伸空间，里面仅有的是黑烂泥地上面垒起的两铺极长极大的土炕。

"欢迎你们到这里安家！"连长讲话很干脆，"革命不是请客吃饭，不是作文章，不是绘画绣花，不能那样温良恭俭让。"他拿出一只哨子晃了晃："休息一天，后天清早听到哨子声，集合下地！"又补充一句："这个屋子里的都属女一排！"说完就两手抄在身后走了。

世上再没有比种地更苦的事情了。单调、重复的动作，从六十秒到下一个一分钟，六十分钟到下一个一小时、两小时……直至十个小时太阳下山为止，始终在做同样一个动作。这不是动作，而是把人的心脏、肺腑、血脉、筋肉统统都扒出来，让每一根骨头裂开的、刀耕火种般的原始的劳作！

我们来到北大荒不久，正好碰上6月份铲大地季节。一眼望不到边的垄沟长得叫人心里打战，毒日头慷慨地馈赠给每个人，全身像小溪流一样无止无尽地流淌着汗水。我们像小虫子一样趴在一片杂绿、良莠不分的垄沟里，睁大眼睛去分辨什么是草什么是苗，然后用长满血泡的手狠狠地拉起锄具。十几里垄沟铲下来，背上像压负着沉重的十字架，抬眼一看，还有十几里垄沟在你眼前伸展……北大荒啊！真是又大又荒。不时听到又有谁谁谁昏过去了的叫声，你只觉得你的血，你的汗，全部都被这垄沟、锄头吮吸、榨干！唯一能够使自己坚持下去的，就是精神上的东西。

我一刻不停地想着保尔·柯察金，想着牛虻，好像只有他们才能给予我一股丹田之气，使我一步一铲地活下去、干下去。我也默默地背诵："……必先苦其心志，劳其筋骨，空乏其身……"我多么盼望裴阳给我来信啊！特别是每天清早，当哨子吹响，我们从迷蒙中惊醒，一骨碌爬起来时，不少女生用上海话讲："心惊别别跳！"真的，对每一个人来说，生存的压力从来没有这么重，就好像每天你一定要背着十字架去翻三座大山，才能活下来，否则就不能活。"今天他一定会来信！"每当清晨听到哨子，"心惊别别跳"时，我就立即这样想。可是他没有来信，一个多月了，我给他写了三封信，可他一封也没有回。

每天晚上放工回来，是一个小时的反帝反修军事训练，再加上一个小时的政治学习和革命大批判，上炕时已是十一点了。集体熄灯后，我在炕头箱子上架起一支小蜡烛，读他让我看的两本书：海涅的《论德国宗教和哲学的历史》和车尔尼雪夫斯基的《怎么办?》。我无法形容读书时心灵所受到的强烈震动。十五六世纪德国的思想家、哲学家，都是了不起的受难者，翻译了《圣经》的马丁·路德的父亲是曼斯菲尔德的一个矿工，儿童时代的路德经常跟随父亲来到地下矿场，那里积聚着巨大的金属矿石，清冽的矿泉潺潺地流着，这幼小的心灵也许在不知不觉间早已摄取了最为神秘的自然之力，或许还受到山中精灵们的魔法保护，也许正因为如此，他身上才凝聚了那么多的大地灵气，那么多的热情渣滓。

路德虽不再相信天主教的奇迹，但他却相信妖魔的存在。他的席间演说集充满着妖魔鬼怪的离奇故事，他本人在困难中就常常以为自己在和具有形体的魔鬼作斗争。他在瓦尔特堡翻译《新约》时，曾受到魔鬼的一再打扰，因此他就拿起墨水瓶猛力掷向魔鬼的头颅，从此以后，魔鬼对于墨水，尤其是对印刷用的油墨便产生了巨大的恐怖。

荣誉归于路德！海涅写道："永恒的荣誉归于这位敬爱的人物，多亏他拯救了我们最宝贵的财富！我们今天还靠他的善行恩德生活！我们绝不应当抱怨他的观点的局限性，站在巨人肩上的侏儒当然能够比这位巨人看得更远，特别是他戴上一副眼镜的时候。然而那被架高了的直观却缺乏崇高的感情，那种巨人的心灵，这是我们无法取得的，我们尤其不应对他的缺点轻下尖酸刻薄的断语。"

二十年之后，当我再看已经完全不同了的裴阳时，所想到的也正是这句话。

读斯宾诺莎的著作时，我们会产生一种感觉，好像看到一个在静态中生气勃勃的大自然。参天的思想树林，枝头开满了鲜花，不断地摇摆着，但那无法摇动的树干却深深地扎根在永恒的土壤里。在斯宾诺莎的著作中有一种难以说明的气息，人们仿佛感到一阵阵属于未来的微风。他心中有一种真诚，一种自觉的骄傲，一种思想的威严，这好像是从祖先那里继承下来的一份遗产：因为斯宾诺莎出身于一个殉道者的家庭，而这个家庭当时是被笃信天主教的君主从西班牙驱逐出境的。他的情人的父亲由于政治上的罪名，在尼德兰被处绞刑。你简直难以想象行刑之前要进行多少准备和举行多少仪式，长时间的等待使罪犯厌倦得要命，而旁观者却有了足够的余暇来进行思考，所以别涅狄克·斯宾诺莎对老人范·恩德的被处决是想得很多的，有如他以前由于宗教的长剑而理解了宗教一样，现在他又因为政治的绞索而理解了政治。

车尔尼雪夫斯基的《怎么办？》中的薇拉，就是他自己的夫人——一位伯爵夫人的写照。她相伴他遭沙皇驱逐，在西伯利亚整整流放了二十一年。他从来不允许别人怜悯自己，他怀着民主自由的乌托邦理想，一直走到生命的尽头……

我每天阅读到深夜一两点，并且写下大量的笔记。承受苦难、承受生存压力和笨重劳作的心理支撑越来越强大起来，每天深夜当我吹熄"威虎厅"的最后一支烛光，钻进冰冷的被窝时，我的心灵又充沛起来，我想起他，默默地念着他的名字入睡，我相信他一定会来信的，一定会来信的……

他终于来信了！那天下工回来，我正要端水洗脸，通信员跑进"威虎厅"嚷嚷："复旦大学！好神气的信封！周励！你的信，挂号的！"那时我姐姐已经被分配去了西安，裴阳留校。我一把夺过信，只见"复旦大学"四个红字跃入眼帘，我又紧张又兴奋地撕开信封，一口气读完。他写了整整十三页！在信里他告诉我他曾经给我寄过信，但不知是兵团信箱号码写错还是怎么回事，信被退回了复旦，所以这次他用挂号信寄出。他的字写得很大，是一种遒劲而又很怪的字体，他说我给他写的三封信，他都仔细地看了，"在那样艰苦的劳作中，你给我写了这么多信，我很感谢"。接着，他告诉我复旦大学正在开展批判H小集团的运动："他们曾经是同你一样有激情、有热情的大学生，怎么会走上一条反革命的道路呢？就因为他们的脑子里怀疑一切，他们不相信我们的党有能力克服困难，他们心怀不着边际的野心，他们想取而代之。这种悲剧发生在一群二十几岁的青年学生身上，是值得深思的……"第二天，我又收到了一大包他邮来的材料，里面是批判H小集团论文选1—5集，其中有一半是他亲自撰写和编辑的，他的信中没有什么甜言蜜语，只是鼓励我好好地干下去：

> 你不要被日复一日的单调劳作和枯燥生活所吓倒……你提起那个惊人心魄的晨间哨声，说明你仍然存在着胆怯、怕吃苦。不过，真正的光明绝不是永没有黑暗的时间，只是永不被黑暗掩蔽罢了，真正的英雄绝不是永没有卑下的情操，只是永不被卑下的情操所屈服罢了……

过了不久，他又给我寄来了批判论文选6—7集，他的文笔极好，不仅在复旦，就是在全国各重要报刊上也早已闻名遐迩，只不过被他所批判的那些思想，和我的思想倒十分相近，有的甚至就是我"一封信"中观点的翻版。"他为什么对我给予那么令人感动的同情，同时又要去批判别人呢？"我不禁感到困惑，但我深信他是天使，天使所做的一切都是有道理的。他在第二封信中向我推荐了一批书，其中包括《拿破仑传》《我的奋斗》《阿登纳回忆录》和《叶尔绍夫兄弟》《州委书记》《你到底要什么》等。"你没有的书，我可以马上设法寄来。"看来他对这些书推崇备至。而我，在以后和他接近的十八年里，只要他一讲起哪一本书，我就立即像一名橄榄球运动员一样地扑过去，抱住那本书！

复旦的来信成了我最重要的精神食粮，漫长的夏季铲地期终于过去了。8月初，全连开展总结评比，我们女一排评出了三名干得最好、最肯吃苦的战士，我是其中一名，我马上被选为班长。排长是连里指派来的，是一位来自鸡西市的女青年，父母都是煤矿工，叫邵燕琴，至今写下她的名字，我仍充满了怀念。她比我还小，只有16岁，红扑扑的脸上一双细长的眼睛，她是我所见到的最能吃苦的女孩子，干起活来又快又利索，和男人没有什么两样。她是那样朴实，又疾恶如仇。有一次，几个上海女孩把馒头丢掉，吃家里寄来的糖炒米粉，她把馒头捡起来大骂了她们一顿，然后竟剥了皮吃了下去！这个既能干又聪明的女排长，本来已经要提升为副连长，连任命书都下来了，但突然发现她的一个远房叔叔有什么历史问题，就永远也没有再提拔。我们很快成了好朋友，当看到她那痛苦的神情，我的心真像刀绞般地发痛。和裴阳通信的事，只有邵燕琴一个人知道，她就睡在我旁边。有一天半夜，"威虎厅"里大家都睡了，只有我还在写，她突然爬起来悄悄地对我侧过身子说："你的眼睛在发亮！你一定是在写情书！"

我从来没有写过情书，我决定给裴阳写我人生中的第一封情书，告诉他，我爱他！我再也无法抑制胸中溢满的感情，就像无法抵挡春天乌苏里江的潮汛。我用一张雪白的"复旦大学"的信笺，蘸着我内心涌出的激情写下白朗宁夫人的一首诗《我的棕榈树》，向他正式表白：

> 我想你，我的相思围抱住你，
>
> 绕着你而抽芽，
>
> 像蔓藤卷缠着树木
>
> 遍生硕大的叶瓣……
>
> 可是我的棕榈树呀，
>
> 你该明白
>
> 我怎愿怀着我的思念而失去了更亲更宝贵的你！
>
> 我宁可你显现你自己的存在，
>
> 像一株坚强的棕榈
>
> 沙沙地摇撼枝干

在你的阴影里呼吸着

清新的空气

洋溢着深深的喜悦

我再不想你

我是那么地贴近你

——我的棕榈树。

等待回信的日子长得绵绵无尽，发出信之后的每一天，我那颗被爱情充满的心像一只披着粉红色羽毛的小鸟，在诗一般的辉煌晴空中翱翔。一个星期之后的每一天，只要没有我的信我就揪心地失望，有时我会感到万分羞愧：我凭什么去爱他？我只是趴在地里的无数小虫子中的一个小虫子。他凭什么爱我？他身处高等学府，日理万机，他能给我写回信，寄学习材料，就已经不错了。他会不会认为我对他发出的爱情呼喊，是失去常态的自作多情？在上海，什么样的女孩子没有？在复旦校园，他不是令无数女大学生们痴迷和崇拜的偶像吗？

然而，你一旦爱上一个人，你就有幻想。你无法摆脱这种幻想，你无法摆脱罩在你头上的那个光环。两个星期后，正是麦收的季节，我和排长邵燕琴正领着十几个人在麦地里"喂"康拜因，为了赶在大雨来临之前把麦子全部割下脱粒入仓，我们已经突击了三天三夜，身上的汗水和谷粒扬场机喷出的麦壳灰尘粘腻在一起，我们都成了泥人。饿了咬一口馒头，渴了喝一口水，几十个小时不息地守在轰轰作响的康拜因前，把一捆捆的麦子往里丢。第三天黄昏时分才终于"喂饱"了康拜因，已经累得半死的我们爬上高高的谷堆麦垛，横七竖八地躺下。连里那时怕知青谈恋爱败坏连风，规定男女排分开作业，我们这个作业组全是女的，连康拜因手也是个40多岁的山东女职工，因此，我们十几个女孩子就肆无忌惮地索性解开衣扣，扒开粘满麦粒灰尘的上衣，露出一只只雪白的、粉红色的、浅绿色的乳罩，让我们的肌肤沐浴在北大荒黄昏的微风里。我们就这样人人裸露了上半身躺在麦垛上，像睡死了过去一样。突然，迷蒙中远处传来一个声音："信！……周励！你的挂号信！……复旦大学来的！"我们十几个女孩子惊吓得一骨碌爬起来，匆匆地扣上上衣纽扣，通信员的自行车已经骑近了。那是我印象中最美好的一个黄昏，绯红的晚霞照着一望无际的金色麦田，飘忽的云霓在远处地平线上呈现出一片海市蜃楼的奇观。当我们叽叽喳喳在慌忙中扣上纽扣时，我发现每一个女孩子的胸脯都是那么雪白，这些在城市里长大的娇嫩的姑娘啊，命运给我们什么，我们就得承受什么。

我跳下麦垛，心脏颤抖地接过那封挂号信，匆匆地拆开，邮包内是一本苏联小说《你到底要什么》，书中夹着三页信纸。

他在信中写道：

> 对你所表明的善意，我十分感激。我对爱情有很高的要求：第一，忠诚；第二，精神世界的美；第三，才华。正像我对人生的态度一样，爱情是两个相似的天性，在无限感觉中的和谐的交融。我完全理解你的心情，那是没有什么错的。问题在于，你还太年轻，正像我刚和你见面时说的那样，你对于你所追求的东西，还不甚了解……

收到这封信，我几天几夜没有睡好觉，他没有说爱我，也没有说不爱我。但是他明明写到了"爱情"，写到了"两个相似的天性"这些激动人心的字样！多么高贵的循循善诱。我发誓，尽管我的翅膀还很嫩很弱，但我要竭尽全力地拍打着翅膀向上飞，竭尽全力地接近他天性中那种"无限感觉中的和谐"。

面对着北大荒秋季辽阔壮丽的大地，生活赋予了我新的意义：为了我心目中的阿波罗神，我要加倍勤勉奋发，我要无愧于他！无愧于我决心为之献身的崇高感情！

麦收之后，进入了冬季农田水利大会战。五十四团党委发出了命令，各营各连组织人马从克山县步行拉练到位于甘南县的查哈阳五十五团，开展一场战天斗地的查哈阳农田水利大会战。出发前按团党委要求，每个人都交了决心书。

我们冒着大风雪，背着行囊，开始了数百里路的拉练，一路上不是唱语录歌就是高声背诵语录。邵燕琴拿着喊话筒，只要她说："毛主席教导我们——"我们就清脆响亮地应和："一不怕苦！二不怕死！"只要她一拉开嗓子："世界是……一——二！"我们就引吭高歌："世界是你们的，也是我们的，但是归根结底是你们的……"

来到查哈阳，我们用炸药和大镐在冻土块上挖干渠，我学会了装炸药、点火、一气几十锤砸在钢钎上，用娇嫩的肩膀挑起一百斤重的盛满冻土的柳条筐，光是扁担就压断了三根。晚上，回到冷如冰窖的临时搭架的地铺，扒开衬衫，只见肩膀上血迹、汗水和磨破的皮肤上渗出的分泌物已黏糊成一片。我匆匆地擦一擦，又跑来跑去组织连里晚上的宣传队演出。那真是精神亢奋的时期：人山人海，遍地都是十七八九、二十挂零的青年兵团战士，挥锤、点爆、挑着土筐疾步如飞……此起彼伏的歌声、语录声、豪言壮语的口号和幽默机智、不甘示弱的挑战声，和这大雪、冻土、汗水、黄棉袄混成一首至今难忘的查哈阳交响诗。

两个月的水利会战下来，共有三个知青被炸药燃爆时炸死，二十几人被炸起的冻土块砸伤。第二年春天，当人人怀念查哈阳，想知道查哈阳在春天是什么样子，水是否在干渠和支渠中流淌时，我们听到一个惊人的消息：兵团总部在选择农田水利大会战的地块上出了问题，由于地势偏高，连一滴水也没有蓄进。用冻土垒成的干渠和支渠在春天里开始融化，成了一堆堆软塌无力的烂泥，在阳光底下渗淌着泥浆。方圆几十里，到处是横七竖八的软土沟渠，既没有水，也看不到一个人。我们的血白流了……

那年冬天，从查哈阳大会战回到连队后，立即开展了全团性评比活动。我被连里评上兵团五好战士，并准备申报兵团总部参加全兵团五好战士代表大会。有一天，邵燕琴高兴地告诉我：营部宣传股看上了我，讲我不仅肯吃苦，而且能说能写，能唱能跳，要调我到宣传股当宣传干事。听了这消息，我真有种心旷神怡的感觉，只是很舍不得离开并肩战斗了这么久的班里的战士，舍不得离开女一排，更舍不得离开女排长邵燕琴。

可是不久，一个令人心寒的消息传来了：申报我参加兵团代表大会的报告被退了下来，原因是我的档案中装满了一袋子中学里的批判"一封信"的材料！我成了有历史问题的人！消息在连里传开，我感到蒙受了极大的侮辱，学校为什么要将我置于死地？为什么言而无信？我去兵团前，一个姓张、主管分配的造反派，拖着他那小儿麻痹后遗症的跛腿拍拍肩膀对我说："什么都没有！你的档案是很干净的，我们根据上面的指示，对中学生一律不设什么档案，不塞任何材料。"他还露出那口黄牙，对我"嘿嘿"一笑。

……我只觉得面临着一个黑暗的洞穴，在愤慨和羞辱之中，我不知道该怎么办。我的一切全都完了。我深夜独自一人跑出"威虎厅"，站在一片茫茫白雪的旷野中伤心恸哭。

"回学校去！找学校算账！让他们来公函抽调回那批材料！"邵燕琴一边为我难过，一边替我出主意，"周励！你只有19岁！不像我表叔都50岁了，他的历史问题还碍着我。你要为自己的前途想想，既然上面政策有规定，学校也没有给你戴任何政治帽子，凭什么塞档案？历史问题？你的历史还没写出一撇呢！"她伸出臂膀，抱住我的肩头，给痛苦中的我带来无限安慰。

是的，我不能束手待毙！我要回上海去！我决定立即动身！我向连长请假，当时连里还没有一个人回城探亲休假，我们来到兵团一年都没有满。连长不给假，我只好编造理由说我母亲得了急病，又让上海家中拍来电报，连长看了电报说："好吧！给你二十一天假，早去早回，准时归队！"

我没有什么钱，每月32元除了吃、零用，还给家里寄去。几十元一张从黑龙江到上海的火车票，在我眼里看来像天文数字一样贵。

我决定不买车票，像"大串联"时期那样扒车回上海。我到食堂买了三天吃的馒头，装了满满一书包，也没有带什么行李，把裴阳给我的信全部小心地包扎起来放进书包，又带了一本路上看的书，就步行几十里来到克山县火车站，趁别人不注意的时候，偷偷地挤上了南行的列车。

从克山开出的火车十分拥挤，混合着东北大烟枪味、尿酸味和其他稀奇古怪的味道。我挤在动弹不得的乘客中想，比起一年前刚迈上开向北大荒的列车时，我已经成熟多了。我不再是一个娇滴滴、温文尔雅的上海姑娘，我的手掌上长满了老茧，手臂和胳膊上有镰刀划破的刀痕，我挑过一百多斤重的担子，现在我也可以像一个野蛮女人一样地逃票、躲开查票员……

我父母亲那时已经到黑龙江呼玛县河南屯插队落户，上海家中只有奶奶和两个十三四岁的小妹妹。我身上的钱根本不够我买从黑龙江到上海的来回车票，我心里想：回上海找那些狗娘养的算账，也没有理由叫我因为买车票而破产。我四处警惕着，一看到穿列车制服的人过来，就拼命挤着往另一节车厢跑。

总算太太平平地到了沈阳，半夜里列车飞驰过黑山大虎山站时，突然听见有人叫开始查票了，不知为什么列车上专门爱深更半夜搞查票。不过这倒正好符合我的心意，我可以躲到车厢厕所里去，那里半夜的利用率远远不如白天，也不引人注意。我立即警觉地猫着腰，钻到车厢尽头，一扭身溜进了厕所，反扣上门，心里紧张得扑通扑通跳着。这个不到一平方米的小天地臭气熏天，到处湿腻黏滑。我用力打开长满铁锈的窗子，才算透过一口气来。列车轰隆隆地奔驰着，猛烈碰撞着的金属声撞击着我的心灵。我想起在复旦校园和裴阳并肩散步时背诵王国维《人间词话》中的人生三境时的情景，不由得自嘲地苦笑：躲在车厢厕所里逃票，也算是人生一境吧！

我把头伸出厕所的窗外，望着远处剪影式的黑黢黢的连绵大山，列车在黑夜中穿过几个大山洞，不一会儿开到了锦州。锦州是个大站，绝不能让人看到自己！我放下窗子，忍着满肚翻滚的阵阵恶心，侧着身子缩在厕所的角落里，紧紧地贴着厕所墙壁，心里不住地念叨：快开吧！快开车吧！过了几分钟，车身又轻轻一摇，缓缓开动了，我急忙打开厕所车窗，把头使劲伸向窗外大口大口贪婪地吞吐着新鲜空气。到锦西时，天已经蒙蒙发亮，重叠的大山峰峦中现出一丝鱼肚白。我睡眼蒙眬地算计着，再过两个小时就到天津了，到了天津，离上海就不远了，可以在天津溜下车，再换上一列快车……

正在这时，"砰！砰！砰！"，一阵厕所的敲门声把我吓得心惊胆战，"开门！开门！"，听上去是哪个乘客急着上厕所，大概他已经在门外等了很久，终于不耐烦了。我吓得大气不敢喘，竭力屏住呼吸，惊慌地听着自己的心跳声。挺身出去？换一个厕所？天已大亮，再遇到查票的怎么办？这样屏了足足有三分钟，我决定出去。正要打开门，突然听到一个尖锐的女人嗓门："开门！谁在里面哪？"接着是一串摸钥匙的叮当声响，我立即意识到，大事不好，那位憋不住的乘客把列车员找来了！我昨晚一夜都不在车厢里，她一开门就会看到我的脸上写着"逃票的"三个字！前面就是绥中车站，我的小姑夫就在绥中当营长，我可以去投奔他！不容再有片刻迟疑，就在列车缓缓减速，钥匙已经在锁眼里转动的那一刹那，我一脚踏上马桶沿，蹬上厕所窗口，然后使出全力向外纵身一跳……

事后我常常想那一跳就像在中学体育课上的跳远一样，我的跳远总是得五分，我没有摔伤，只是前额和手掌让铁路的基石擦破了一层皮，衣服被窗钩划破，一书包的馒头摔得满地都是。远远地望着前方已经停靠进站的火车，我距车尾还有几十米远，谁也不会到这里来捉我，我终于舒了一口气，爬起来去捡起最后一只馒头，迷迷糊糊刚咬了一口，突然间被一阵风驰电掣的巨响震蒙，原来是又一部列车从我身边擦过呼啸而去！由速度带来的内向力差点儿把我整个儿卷进车轮底下去！我用十指拼命抠住路基的铁轨，头发在列车飓风中飘散，我紧紧地屏着呼吸想：如果我被火车轧死了，我最后的几个字是："爸爸、妈妈、裴阳……"

我从路轨上爬了起来，这是一个晴朗的早晨，小鸟在枝头鸣叫，我没有一张火车票却已经到了绥中。我掏出一本小笔记本，找到两年前我记下的小姑夫的地址，由于不敢从车站出去，沿着铁轨又走了一个多小时，终于来到我小姑夫的军营，他把我教训了一顿，掏出100块钱硬塞进我手里，然后用吉普车把我送进绥中车站，堂堂正正地买了票把我送上火车……

　　我一走出上海火车站，没有乘坐开往常熟路瑞华公寓的15路电车，却乘上55路公共汽车直接来到复旦。一切依旧，连初春的柳枝也和一年前同他散步时一模一样。我跑进国际关系系的红砖楼，一口气登上四楼，推开他的办公室门，就这样带着额头上还在渗血的伤疤和刮得褴褛的衣衫，突然出现在他面前！他大吃一惊，从办公桌后面站起身子，呆呆地望着我，并没有兴奋的表情。这就是我日夜思念的裴阳！我回来了！你怎么啦？！

　　"我回来了，来不及写信告诉你……"于是我站在那里告诉他学校把材料塞进了我档案的事，还有兵团五好战士也被拉下来了。我还告诉他我要去找学校算账，我要用全力去澄清我自己和我的档案袋。

　　他像以前听我讲话时一样，一边沉思，一边目不转睛地盯着我。沉默了许久，他用缓缓的但是极其沉重的口气说："你以母亲生病的名义擅自回来，并且是不买车票扒车跳车回来，这是流氓无产者的行为。"接着，他解释说流氓无产者是一种未开化的、处于半野蛮状态的为所欲为的人。我心里想流氓无产者又没有档案袋，学校暗地整我，我当然要回来算账。

　　"你为什么不能先写封信给学校呢？"他慎重地说，"也许写一封信比你回来更有用……大家都在兵团，你一人回来了，别人会怎么看你？"

　　"不管别人怎么想我，我一定要把事情搞清楚！我在那里干得好好的，营里还要提我当宣传干事，一夜之间我成了全连唯一一个有历史问题的人！……"我哽咽了，话堵在嗓子里说不下去，"……如果这个问题不解决，我就不回去了!"

"怎么?! 你不回去留在上海干什么? ……到里弄加工组踏缝纫机? 拆纱头? ……我一直以为你是一个很有理想的人，你让我很失望。" 他在办公桌后面那张可以旋转的皮椅里坐下，脸色苍白，有点发青。这种冷峻的神情是我从来没有看见过的。我的视线落到他办公桌上几大摞的材料上，很多文件上勾了红圈。我突然产生一个念头：他可能也是每天把一大摞一大摞的材料，塞进H小集团那十几个大学生的档案中去的吧?

"我走了。"我说完，头也不回地离开了他的办公室。

回家的路上，我的心阵阵发疼，犹如几十只尖锥在那里猛扎。我思念了一年，渴望了一年，我差一点被火车轧死。幻想中的他应当是惊喜地扑向我，听我娓娓讲述，和我一起气愤，一起为一年来我在兵团所经历的一切或喜或泣。我仍然需仰着头望着他，我所见到的应当是充满着感情的、圣洁般的脸庞，就如最初他给予我的令人无限感动的同情一样。可现在他像一座冰冷的雕像，还说什么我像流氓无产者!

第二天，我急忙找到学校去，连老奶奶为我准备好的早餐都没有吃。裴阳的话很快得到了验证：我回来比我写一封信更没有用。老三届的学生已全部去农村工矿，工宣队和军宣队在一年内也全换了人，整个校园没有一张熟悉的面孔。我好不容易打听到那个姓张的跛足矮人——负责分配的造反派老师的地址，他脸色很窘迫，一面结结巴巴地大声说话，一面向空中喷射唾沫星子："我不知道! ……档案里塞了材料? 不是我干的。你可以去找区委问问……学生的全部档案都送到区里审查过。" 但是从他那张涨红的脸和面部肌肉歪扭的表情，我一看就知道是他干的!

"我一看就知道是你干的! 我的档案一直在你手里!"我愤愤地说，"你听着! 你带着这条跛腿见上帝的时候，会为你曾经残害了一个人并且毁坏了自己的灵魂而发抖!"

把这样一句话给他，我觉得就够了。

我又找到中学负责人，他摊开两手说："你让我怎么办？那只牛皮纸袋在黑龙江，又不在我手里，我从来没见过。我到学校只有五个月，你怎么可以要求我去讨回你档案袋里的东西呢？"

没有一个人对那只牛皮纸袋感兴趣，区里的人也是一样，所有管人事的干部脸上都挂着一具同样的面罩。你一跟他申诉，他就重复着同样的话："要相信群众，相信党嘛！"我恨不得把他们碾为齑粉！只有一个叫张兴东的，他管过我们北桥干部子弟学习班，对我说了一句认真的话："你又糊涂了！档案里的东西，不经上级党委批准，怎么可以随随便便地往外拿呢？"

我绝望地躺在床上，望着天花板泪流满面，我才19岁，我的一切都已经葬送。随便我走到哪里，别人一看到我的档案，我就立即变成一只魔鬼。我就是魔鬼，因为档案袋里躺着一只魔鬼。而我的全部关于未来的想法，都是由天使般的幻想和憧憬构成的。我不想活了。怎么死法？去买安眠药？一瓶药量够不够？用不用写一张遗书？泪水迷蒙中我想象当别人看到我已经成了一具尸体时的情景。最难过的是爸爸妈妈，还有姐姐妹妹，还有黑龙江的邵燕琴和排里的战士。但那只档案袋还在连长手上，魔鬼仍然在里面发笑，我的死并不能够驱逐那只魔鬼，只能证明我的软弱和无能。

唯有一个办法：当兵去！

瑞华公寓大楼已经有不少干部子女穿上了军装。住在八楼的修晓南在父母的老家山东烟台插队落户，她父亲写信把她招了回来，告诉她武汉军区正在招兵，她父亲的老战友是军区副司令员。

"和我一起去当兵吧！"修晓南是我小学和中学里的同班同学，从小就是好朋友，她十分同情我的遭遇，"军队里不管你什么档案，只要他们一吸收你，立即就会设立一份新的档案！"看来这是唯一的出路。

我们俩匆匆地准备了一些路上吃的食品，又跑到外滩买了两张开往武汉的轮船票，船票比火车票便宜多了，只要6元一张。第二天就可以动身了，说不定，等下次我们再回到上海，已经是身穿军装、英姿飒爽的女战士了。

我拿着船票，心情顿时好了许多。世界上没有比参军更吸引我的事情了！不仅是为了换一只档案袋，更重要的是我从小就一直梦想着穿上一身军装。《红肩章》已经被我翻烂，苏联军校生的生活让我向往不已。初中时，我就希冀着等高中毕业后考哈尔滨军事工程学院。帽徽领章在闪闪发光，强烈地诱惑着我，我和修晓南拥抱在一起，我多么感激我儿时的伙伴，在我已处绝境时给我带来了一片希望！我的好友修晓南现在在美国夏威夷大学。

那天下午，裴阳突然来了电话，让我到复旦去。我这才意识到我仍然是如此疯狂地爱着他，我爱他就像爱我的生命一样。我立即跑到复旦，啊，枝叶扶疏的复旦校园！我心中多么渴望他再和我并肩散步！我要和他告别了，等下次再见到我时，我已经是一名军人，说不定，我还能进入军事学院学习。我兴奋地推开他办公室的门，他看上去好像瘦了些，白皙的脸显得更白了，那双漆黑的眼睛凝视着我。

"你应当回兵团去，档案并不像你想象得那么可怕……政治运动是朝夕变幻，不可预测的……也许你的档案会成为对你明天的更有力的证明。"

他总是精确地预测到未来，他的语气中含有一种悲剧性的力量。1971年"林彪事件"的爆发，摧毁了千千万万人的政治幻想和宗教般的狂热。你是多么正确啊！我的裴阳！你一直有一颗隐隐不安的心，伴随着你头脑中千百幅历史的画卷和思索带来的严密逻辑。不过我不能回去，回到兵团就等于回到黑暗，一切劳作都将失去乐趣而变为一种奴役，何况我马上要去当兵，新里程的序幕就要拉开。

我正要告诉他我要去当兵，只见他挥了挥手烦恼地说了一声："我要告诉你的就是这些，你赶快回兵团去，二十一天的假期，你只剩下三天了。"我想辩解，我有一肚子的话要告诉他。但是，我一路奔向复旦时满怀着的爱，被他那冷漠的眼光堵塞住了，我听到他说了声："你回去吧，今后不要再到复旦来了。"

一阵寒噤透过我的全身。在55路公共汽车上，我紧握着车厢扶手，身子随着颠荡的车身摇晃。泪水顺着我的脸流到胳膊上，又顺着胳膊滴落在地上。最近一个时期来我的眼泪已经太多，我向来不是爱流眼泪的女孩。我不敢相信就这样和他分了手，不敢相信那道照亮了我苦难青春的光芒就这么迅速地黯淡下去。

回到家里，我重新读着他写给我的每一封信，一边读一边流泪，然后把信包扎好，放进后房间那个放着我在市委机关幼儿园时穿的制服的小壁橱里。

难道人的长大，就意味着要遭受苦难和折磨？

第二天，我拭干眼泪，和修晓南登上开往武汉的长江轮船。修晓南是个长得端庄可爱的女孩子，戴着一副眼镜，比我小1岁。她父母亲都是作家，小时候我常去她家借书看。她和我一样是中队委员，但她比我幸运多了。有一年，苏联海军军舰抵达上海黄浦江停留访问，一位苏联海军把她高举在头上让记者拍照，这幅照片在全国许多报纸上都刊登出来了。以后每次有外宾到上海，学校总是让她捧着鲜花去机场迎接外宾。她还见过赫鲁晓夫、班达拉奈克夫人以及许多世界各国元首。不过现在她像从山东烟台农村回来的傻大姐，她的上海口音都带上了山东腔，比如山东，她不叫"山东"，叫"陕——董——"；烟台她也不叫"烟台"，叫"眼——台——"。她甚至会说什么"俺那个村……"，她讲她一年来一共挣了65块钱，还有不少七大姑八大姨的亲戚要拉她和自己的儿子配亲。

"现在可好了，"她说，"我再也不回山东了。"我们俩倚着轮船栏杆，望着滚滚长江，满怀着美好的希冀和憧憬。经过两天两夜的航行，船终于到了武汉，已经是晚上十点了，我们立即上岸直奔武汉军区。

军区大院高墙矗立，警戒森严。站岗的哨兵硬是不让我们进去，说周副司令员在开会，还没有回来。我们俩饥肠辘辘地在墙外徘徊，一直等到十二点，哨兵还是讲没有回来。我马上警觉地意识到哨兵可能是在撒谎，武汉大军区招兵，一定有许许多多不愿让子女下乡的父母把孩子招回城市，让他们一人手里拿一张白条奔向这所大院，找父母亲的老战友、老上级、老部下。到那些首长们实在难以招架时，当然可以使出一个最简单的花招：让站岗的谎称不在。我和修晓南商量后，两人立即决定，跳墙进院，一定要见到周副司令员！

我们跑到远离哨兵的大院北面，那里树丛茂密，墙底杂草丛生，修晓南踩上一块石头，紧紧地扒住砖头裂缝，弯下腰身，我脱下鞋子爬到她的背上，用手指去抠墙头，墙上插满了一排排尖锐的玻璃，手立即被划破，流着鲜血，我顾不上这些，连连催促修晓南挺起腰身，现在我可以清楚地看到大院内的情景了：不少小楼的灯还亮着，门前停着黑色轿车和吉普车，我下意识地感到周副司令员一定在家。我爬上墙头，避开玻璃碴，咬了咬牙，像武侠小说中的侠客那样，屏住呼吸，用力往下一跳，打了个趔趄，就站到了军区大院内。修晓南怕眼镜被摔碎，不敢跳墙，她让我拿着字条去找周副司令员，如果在家，就让他到岗哨警卫处来领她进去。

我找到了4号楼，周副司令员果然在家里。他身材魁梧，白发苍苍，相貌威严，一副将军气派，他立即叫警卫员把修晓南带进来。

我们俩坐下，接过他剥开的橘子，听到的第一句话就让我们发蒙了：

"招兵工作已经结束，你们来晚了，一个指标也没有了。"

我的脑袋嗡嗡作响，又完蛋了！整个晚上我像傻了似的一言不发，修晓南又和周副司令员说什么我也听不进去了。在武汉待了三天后，修晓南对我说，周副司令员的爱人要把她介绍到武昌一家工厂工作。"你是兵团的，阿姨讲没有办法调档案，我爸爸已经去电报让县里马上把我的档案寄来。"她睁着那双秀气善良的眼睛望着我，"我不回去了，你一个人乘轮船回上海吧。明年还会招兵，以后我只要一有办法，就写信告诉你。"

我像一只丧家犬似的回到上海，泪水已经馨尽，我不知道哭，也不知道笑，我想起茨威格的话："我的神经像钢缆，但钢缆有时也会崩断。"我独自去了淮海路襄阳公园后面的那座教堂。那两个天蓝色的圆顶和耸立着的十字架，从儿时起就每每让我感到头昏目眩。我悄悄打开教堂的边门，平生第一次走进了教堂。殿堂里空空荡荡，那些按《圣经》故事制成的彩色玻璃窗，已经被砸碎了，风呼呼地刮进来，像一支歌似的在祭台上回旋。我脑子里响起了《牛虻》中蒙太尼里主教的声音："亚瑟！……那水是深的……"我抬起头，默默地望着钉在十字架上的耶稣。爱情、死亡，走错了路之后可以从头再开始生活的神秘途径使我眼花缭乱；天堂诸神迎接被恶人赶出教堂的灵魂的风歌，震动了我的心弦。我神魂颠倒地走出了教堂，默默无言地踯躅在淮海路上，好像一位明白了一切的老哲人一样。我并不是说那一天已经决定了我的命运，但是，裴阳也许是对的，我别无他路，只能再回到兵团去。

我在上海和祖母及两个小妹妹一起过了几天懵懵懂懂的日子，之后，买了张火车票，回北大荒去了，就好像一个人把自己的皮运到市场去，没有什么期待，只等着被剥似的。

回到连里，邵燕琴已经被调到团部武装连，我因为目无组织纪律，超假两个星期，被解除了班长职务，而且带有惩罚性质地被分配到离连队十几里的畜牧棚去放猪。那确实是人生中最黑暗的日子，心里在淌着血，没有一个人可以诉说，裴阳仿佛成了上一个世纪的人。伴随着我的只有黑色灰色白色噜噜叫唤、用嘴拱野草吃的几十只猪。我每天独自一人放猪、喂猪、起圈，成了一个满脸忧愁的地地道道的猪倌，后来索性连铺盖也搬到了猪棚。有一天下班，我捡起畜牧棚中一张包裹糠饼的报纸，摊开一看，那是一张《人民日报》国际版，内页有一个小角落里登载着美国总统尼克松的就职演说誓词，有一句话一下子攫住了我的心灵：

自由的精髓在于我们每一个人都能参加决定自己的命运。

我小心地剪下那块报纸，藏在身边。从那以后，这辽阔的荒原和一栏猪群，竟然不再使我沮丧，我心中又有了一股激情，一股期待着什么的愿望。冥冥之中有另一个美好的存在，就像地平线处的海市蜃楼，在我孤独封闭的灵魂中透过一股清风；像北大荒壮丽无比、金鳞满天的霞光，万木复苏，生灵雀跃。我为什么要让自己消沉下去？我不是可以照样读书吗？我不是可以尽情欣赏这美好的大自然吗？放猪难道不是最无拘无束、无人管制、最自由的工作？我能照看好我的猪群，同时我也能获得一种乐趣，一种不虚度光阴的乐趣！

我开始一手拿着赶猪鞭，一手拿着书本，在"大漠孤烟直，长河落日圆"的辽阔荒原上或吟诵背诗，或放声歌唱。在上海市少年宫合唱队，我训练出一副脆亮的高音嗓子，我唱着《山楂树》《红河谷》《三套车》和小时候所有会唱的歌。有时候摘几朵原野上的鸢尾花，编成花环戴在头上。更多的时候，我是大段大段地背诵唐诗宋词。我借助中国古代智慧的瑰宝和气贯长虹的诗句，来一扫我心中积郁的黯然神伤及失恋痛楚。记得最清楚的是在一个淅淅沥沥地洒着小雨的黄昏，我站在优哉游哉噘嘴吃野菜的猪群中间，大声地、一字不漏地背诵李白的《梦游天姥吟留别》：

> 海客谈瀛洲，烟涛微茫信难求。
>
> 越人语天姥，云霞明灭或可睹。
>
> 天姥连天向天横，势拔五岳掩赤城。
>
> 天台四万八千丈，对此欲倒东南倾。
>
> 我欲因之梦吴越，一夜飞度镜湖月。
>
> 湖月照我影，送我至剡溪。
>
> 谢公宿处今尚在，渌水荡漾清猿啼。
>
> 脚著谢公屐，身登青云梯。

半壁见海日，空中闻天鸡。

千岩万转路不定，迷花倚石忽已暝。

熊咆龙吟殷岩泉，栗深林兮惊层巅。

云青青兮欲雨，水澹澹兮生烟。

列缺霹雳，丘峦崩摧。

洞天石扉，訇然中开。

青冥浩荡不见底，日月照耀金银台。

霓为衣兮风为马，云之君兮纷纷而来下。

虎鼓瑟兮鸾回车，仙之人兮列如麻。

忽魂悸以魄动，恍惊起而长嗟。

惟觉时之枕席，失向来之烟霞。

世间行乐亦如此，古来万事东流水。

别君去兮何时还？

且放白鹿青崖间，须行即骑访名山。

安能摧眉折腰事权贵，使我不得开心颜！

　　我太喜爱李白的这首诗了！母亲说我3岁起就会背诵唐诗，但我直到现在才刚刚开始理解中国古代诗词的灵魂。我不由得想起临来北大荒之前，我和裴阳在迷人的春风中散步，走在由复旦通向江湾镇五角场的小径上，我问他："何谓'书不读秦汉以下，骈文是文章之正宗。诗要学建安七子，信学六朝人小札'？"裴阳说这是茅盾先生一踏进商务印书馆时说的话，气度不凡，使那些瞧不起他的董事们大吃一惊。秦汉以上即《大学》《中庸》《春秋》《左传》《离骚》……以下即《西厢记》《水浒传》等。他说茅盾先生对秦汉以上之文的造诣是很深的。后来我们在五角场一边吃1角5分一碗的菜肉小馄饨，我一边听他讲述史可法。他说史可法的老师在风雪破庙中发现他及他"石破天惊"的文章，推荐这个贫寒弟子入朝。后来老师蒙冤入狱，史可法探望唏嘘而泣，老师破口大骂："国破如此，匹夫何以涕泪?!"史可法冰冻脊骨，牢记师之铭。

从江湾镇回复旦时，已是繁星满天，在我们俩"沙沙沙"的脚步声中，他给我背诵起韩愈的《进学解》《祭十二郎文》。裴阳把韩愈之文比作"一字千钧，掷地有声，力透纸背"，并且讲韩愈为"唐诗之一大变，其力大，其思维，崛起为鼻祖"……我屏声静息地听着，望着他那张平静、侃侃而述的脸，心想有这样一个谈话对手，即使我不去吻他，这一生也无所遗憾了。第二天，他来电话让我去复旦，给了我一本刘勰的《文心雕龙》，一本王羲之的《兰亭集序》。

　　"带到北大荒去吧！"他说，"中国的盛唐时期永远不会再回来了……但更可悲的是许多青年将宝贵的中国古代文化弃如敝屣。你一定要读！要背！在师大附中读书时，当我把屈原《离骚》全诗二百七十三句二千四百九十字全部背出时，我的胸中充满一种无法形容的豪情与悲怀，那种感染力直到现在还感受得到……"

　　一想到裴阳，我的心就沉淀下来，隐隐作痛。我是不配他的，他只是把我当作一只依人小鸟，他真正需要的是一只火凤凰。让他在上海找火凤凰去吧，我只能在这里放猪。我不知不觉地把猪放到离连队几十里的一片大草甸子里，雨后一片清新，天边正是"霓为衣兮风为马，云之君兮纷纷而来下"。大自然的奇观每每都让我感动无比，既然活着，为什么不痛痛快快地唱一支歌？于是我放声歌唱起来：

　　　　蓝蓝的天上白云飘，
　　　　白云下面马儿跑……

我赶着猪群，边走边唱，迎面吹来了一阵令人振奋的风。

　　　　要是有人来问我，
　　　　这是什么地方？……

仿佛有千百个人在天边，在大地，在这荒原呼应着我，一起和声高唱：

> 我就骄傲地告诉他，
> 这是我的家乡……

一切劳累、悲伤、困惑，似乎都有了归宿。我并不孤独，我的心又被涌溢着的爱情充满了，围绕着我的苍穹四野，都显示出一种命定承受苦难的气概。

"裴阳！"我心中默默地呼唤着他的名字，"和你在一起，我没有徒手空待，你已经交给了我超越命运的力量。"

> 蓝蓝的天上白云飘……

我的歌声越来越远，远得他能够听到……

就这样，几个月下来，我将一本《宋词选》中差不多每一篇词都背熟了，从上海带来的三大箱书差不多也已看完。猪圈旁边的饲养棚成了我的"书房"，我在剁糠饼饲料用的一块长木板上，已经写下了满满两本笔记。有一天，风雪弥漫，鹅毛般的大雪给远近山峦罩上一层银色，地上的雪有一二尺厚。我喂好猪后就开始起猪圈，这活可不像放猪那么轻松自在，你得先把十几只猪赶到旁边另一个猪圈里，然后拿大铁锨铲起有半尺来厚的猪粪和污泥。除了铲起那又厚又腻又滑的猪粪和污泥十分吃力外，最糟糕的是每铲起一铁锨你都得亲自领受那一股股扑面而来的、暖烘烘的熏天臭气。把猪粪和污泥全部铲进一个粪车后，铺上一层干净的草，再撒上一层干泥，然后把十几头哄哄乱叫的猪再放进来，看着它们在干净的猪圈里翻身打滚，再去铲另一圈……

"这些猪崽啊！"我怜爱地看着猪群想，"养猪也像养孩子一样……"

突然，透过草棚外弥漫的风雪，隐约中看到一个人从远处走来。

等那人走近一看，我简直不敢相信自己的眼睛：是邵燕琴！她怎么到这个与世隔绝的地方来了？我的女排长，你还想着我啊！

"周励……"邵燕琴高喊着我的名字，在风雪中向我扑来，她还和以前一样，脸色红扑扑的，扎着两根很精神的小辫，汗气和呼吸蒸汽在她的狗皮帽上结了一层毛茸茸的、厚厚的冰凌，她跑进猪棚，脱下帽子，一把抱住我的肩膀：

"周励！多少时间没有见到你了！……"

她从书包里拿出一听冻猪肉罐头和几只冻梨，放在我面前："好想你啊！"这时候，我注视到她眼里闪出一道黯然神伤的目光。

"怎么样？你好吗？"看到老朋友我高兴极了，恨不得一下子知道她的一切，这几个月来她在干什么？"你在团部武装连好吗？比在连队有劲吧？"我一边忙着倒开水、烤土豆，一边急急地问着。

她没有吱声。我知道她一定又是在为远房表叔的事情难过。她曾经告诉我她这表叔是个右派，在"文化大革命"中又戴上了"反革命"帽子，兵团在外调中掌握了这些材料后，就再也没有提拔她。

"快喝水，我这儿还有几颗上海带来的朱古力。"我洗干净沾满猪粪的手，把她拉到我平时当作"书房"的饲料棚里坐下。

我愿意把一切都倒给她。我给她看我的笔记，我打开书包，把小镜子、小梳子、书，一件件在她面前摊开。

"裴阳呢？哪里是裴阳的信？"她问。以前睡在一个大炕上时，有时候我连裴阳的信也给她看，让她分享我的喜悦和对他的崇仰，我还给她读过我日记上写的一首小诗：

我愿意从高山上
呼喊着你的名字
飞奔下来
直到跪在
你的脚前……

望着她询问的目光，我摇摇头："他不来信了。从上海回来后，我们不通信了。"

她叹了口气，又翻出一张照片："这是谁？你姐姐吗？"

那是一张我姐姐从西安附近的兴平县给我寄来的照片，是她在县农机修配厂门口拍摄的。我姐姐是复旦化学系的高才生，年级考试时总是名列第一，她的理想是大学毕业后考研究生，然后成为一名化学工程师。可现在她被分配到陕西省兴平县一个只有二十几人的小工厂当修理工。一看到这张照片我就想：我的姐姐！那个臂上戴着大队长标志长大、在梦中摇醒我说见到毛主席的姐姐到哪里去了？那个在复旦校园意气风发的姐姐到哪里去了？她穿着一身沾着斑驳油腻的深蓝色工作制服站在工厂门口，头发没有光泽，眼角和嘴角已经开始流泻出一丝疲倦的鱼尾纹，眼里的目光是黯淡的，想来她一定和我一样有种排遣不尽的内心孤独吧。她一点笑容也没有，脸上充满忧郁，写着"困惑"两个大字，手上还土里土气地握着一本红语录。收到这张照片那天，我曾经大哭一场，为我心中所崇拜的姐姐的遭遇，也为我以往梦想的破灭……

看了我姐姐的照片，又看我父母亲的照片，那是他们在呼玛县河南屯居住的茅草泥屋前拍的。妈妈和爸爸在一起，妈妈穿着厚重的大棉袄，一脚跷在一大堆木柴上，一只手好像捂着棉裤，生怕棉裤要掉下来的样子，咧着嘴笑；爸爸戴着一顶毛茸茸的大狗皮帽，完全同当地老乡一样，他站在风里，也在笑。照片后面写着："接受再教育。呼玛河南屯家前留影，1970年11月。"邵燕琴看着，嘴角上露出淡淡一笑。

看完照片后，我给她看我的日记。有一页日记中写道："半夜里我在黑暗中醒来，听着一阵阵狂风呼啸，整个猪舍和我睡的那个小铺都在晃动。这时我多么想念我的父亲母亲和我的姐姐……我在黑暗中哭了，一直哭到天亮……"

她看了这篇日记后，哭了，后来竟推开日记本，一阵阵伤恸地抽泣起来。

"邵燕琴！发生了什么事？"我急忙抱住她的肩膀问，从她一见到我时的那种眼神，我就隐约不安地预感到有什么事情发生了。"不要哭！快告诉我！"我叫喊着，"发生了什么事？"

她一边哭，一边断断续续地叙述：她的团武装连和团部在同一幢黄砖砌的平房里，团里规定晚上一律由武装连女排站岗值班。有一天半夜，当她正在门口站岗值班时，团长走到她身后，拍了拍她的肩膀，让她到团长的小屋里去坐坐。团长是个军人，他是全团的最高首长，近50岁年纪，长得高大魁梧，宽阔的肩膀朝上端着，有一张长长的、长了两颗黑痣的大马脸，他光秃的头顶油光闪亮，只有几根一律朝右梳的、油亮的稀疏毛发。我在查哈阳水利大会战的誓师会上听过他的发言，他讲话铿锵有力，不时挥舞手臂带领全团高呼口号。他有一双名副其实的三角眼，目光锐利，眉毛又浓又粗，有一股不可征服的力量。他肚皮微腆，精力充沛。当时我们打着各连队旗子从五十四团克山县步行拉练到查哈阳时，他是走在队伍最前面的人。

邵燕琴啜泣着讲：团长先是给她倒了一杯开水，问了问她家的情况，并且表扬她把武装连女排带得很好。后来又搬了张凳子在她身边坐下，然后他一边谈话，一边把凳子越挪越近，突然他一把将她抱住，脸上露出淫威的狞笑，在她全身上下乱摸乱抓起来……

"我吓得要命，他的嘴里都是大烟味，要和我亲嘴……后来，又有几次，我一值班他就拉我到他办公室去，一进办公室他关上门就扒着我的衣服往下脱，他的办公桌上放着一把锃亮的手枪，我害怕死了！一听到轮到我值班，我心里就一直发抖……我谁也不敢讲，眼睛都哭肿了，白天别人问我是怎么回事，我只能说是想家想的……有时候在走廊上碰到团长，他还像往常一样给我敬个礼。这个畜生！……他是一头畜生！"邵燕琴耸动着肩膀，哭声越来越响，带着撕心裂肺的喊声。

"……我害怕！……我害怕呀！"

我全身怒火在燃烧，这头没有人性的畜生！我紧紧地抱着邵燕琴的双肩，我的排长！我的哪里有苦活累活，她总是第一个冲上去的女排长！我拿着喊话筒，在行军拉练中高喊着"一不怕苦、二不怕死"的女排长啊，现在像一个惊恐惶遽的孩子一样，大声哭嚎："我害怕呀！……我害怕呀！"

我的泪水止不住地滚落下来。20岁的我紧紧地抱住这个才18岁的鸡西女孩，我们两人索性一起放声大哭起来，哭声划破了大雪纷飞的荒野，连猪圈里的猪也安静了下来……

现在当我坐在面对着中央公园曼哈顿公寓的书桌前，写到这一段时，泪水仍然止不住地滚滚滴落在稿纸上。孤立无助的我们遭受的是什么样的罪呀！当我们两个女孩在猪圈的草棚里抱头痛哭，任凭草棚外的鹅毛雪片随着狂风阵阵刮来，落在我们的双肩、头发和已经穿破了的黄棉袄上的时候，又有谁能听见我们的哭喊声呢？不要说在克山，就是在小小的连队，又有谁会注意到十几里之外的养猪棚里所发出的怆天恸地的哭声呢？又有谁会把目光转向在大雪纷飞的荒原上，那饲养棚里发出的一丝微弱黯淡的灯光？

抱头痛哭之后，我和邵燕琴两人对着饲养棚里那盏黯淡的灯，目光凝滞、噙满泪水地唱起当时在兵团知青中流行的一支歌曲《小白菜》：

小白菜啊，黄又黄啊；

三岁两岁，没了娘啊。

跟着爹爹，好好地过啊；

就怕爹爹，要娶后娘。

娶了后娘，三年整啊；

生了弟弟，比我强啊。

弟弟吃面，我喝汤啊；

捧起汤碗，泪汪汪啊。

我想亲娘，我想亲娘……

猪棚外的大雪渐渐小了，狂风也停止了呼啸，只有我俩凄惨的歌声，伴着从心里往外流淌的泪水，在深夜的荒原中回荡：

> 桃花开了，杏花落了；
> 我想娘啊，谁知道啊。
> 亲娘想我，一阵阵的风啊；
> 我想亲娘，在梦中啊……

邵燕琴已经泣不成声，泪水像断了线似的从她那失去了光泽的、哭得红红的眼睛中滚落在地上：

> 我想亲娘，我想亲娘……

我们就这样哭够了，也唱累了，就两人抱在一起，在圈棚里的土垒小炕上，蜷着身睡去……

第二天一大早，邵燕琴走了，从此以后再也没有来过。两年后，五十四团团长以奸污了七名女知青的罪名被枪毙，这件事震动了整个兵团。

时光流逝，又过了几个月，我到连里去参加三天一次例行的政治学习和革命大批判。有文件下来，说二师、三师、四师这些靠近苏联边境的地方，已经有几起知识青年叛逃苏联的事件。四师一位来自北京的知青，父母曾经是50年代莫斯科大学的留学生，而且还双双在中国驻苏联大使馆做过一段时间外交官，后来被打成叛徒。我想这个北京青年的童年一定和我一样，充满着对苏联的种种憧憬和幻想，脑子里也全是苏联电影、苏联小说吧！他在一个深夜踩着冻结的冰河偷偷地越过乌苏里江逃到了苏联边境界线那边，却被苏联边境哨兵当作盲目流窜越境的山民一枪打死了！几天之后苏联那边提着一具冰冻的僵尸像一条死狗一样地扔到了中国边境线这边。兵团的红头文件强调要加强政治学习，提高革命警惕，严防叛逃……

"威虎厅"里，当地老乡们蹲在地上叼着大烟袋，男的女的都抽大旱烟。南边大炕上的男知青抽着香烟吞云吐雾，北边大炕上的女知青双腿盘着打毛线。长得像一只鸟一样的连长每念一段就停一停，强调一下这段的重要意义。有人开始在下面咒骂老毛子真狠心。这位由当地人提拔的连长念起文件来有一种特别全神贯注的神情，而且喜欢停顿下来加上几句一连之主所拥有的权威性解释。两年来他一直是这样，不过有一次连他自己也蒙住了。那是1970年秋天，全连集合学习《人的正确思想是从哪里来的》，他先教训了一番哄哄嚷嚷的人群，然后清了清嗓子，开始宣读演讲："人的正确思想是从哪里来的?"一个大问号，大家睁大眼睛听着。

他一手拿着那本小册子，眼睛顺溜瞄了一眼，语出惊人地大声道："是从天上掉下来的!"

大家屏息不动地看着他，只见他伸出手指用舌头舔了一舔，把手中的本子翻了一页，接着发出一声："吗? ——"他说了这一个"吗——"字，嘴角立即就愣愣地张着僵在那里。他马上蹙起眉头，充满疑惑，把手中那一页翻来翻去地看：原来前面第三页最后一句"是从天上掉下来的"接着背面第四页上的一个"吗"字（见1970年版本《人的正确思想是从哪里来的》），他显然是不知道，以为那句最高指示已经在第三页结束，于是在翻页之前加上了他常常爱用的感叹号。这样一来，"是从天上掉下来的吗?"就成了一句振振有词的"是从天上掉下来的!"。更加妙不可言的是，当他念出这句话时，还斜着脑袋伸出左手食指指了指天，作了一个加强动作，而当他发出一声拉长了的"吗——"时，这只挺直的指头同他那两片作"吗"状顿时僵凝住的嘴唇一样，在空间也僵凝地停留了几秒钟。

大家跟他一起愣了半晌，突然爆发出一阵哄笑，知青们笑得眼泪水也挤了出来，有的还前俯后仰地哇哇直叫肚子痛。知青们的笑声立即感染了蹲在地上的当地老乡们，他们也跟着知青一起哈哈大笑起来。有个东北大娘丢下手里的活儿，用双手捂住脸，笑得乐不可支，浑身抖动，简直喘不过气来，无法表达她的高兴。除了那倒霉的连长之外，人人都越来越感到一种欢天喜地的痛快。后来有一个人干脆开始模仿着连长庄严的声音喊："人的正确思想是从哪里来的？"

南边大炕上的男知青们就用粗粗的、低沉的嗓音随声跟上："是——从——天——上——掉——下——来——的——！"

全场立即又迸出一阵哄笑，北面大炕上的女知青们一齐用尖脆的嗓子，恰到好处地凑上了一声拖长了三拍的："吗——？"

会场上烟雾腾腾，弥漫着烟叶的味道，大伙兴致异常高涨，后来南边大炕的男知青干脆也像连长一样地切割文字，用嘲讽的声音，把这一句当作歌词唱起来："思——想——是——从——天——上——掉——下——来——的——呃——呃——呃"（省去"人的正确"）。

女孩子们则立即扯着尖嗓门，涨红着脸，伸长脖子，像对歌一样地加上"吗——"的尾声。

连长知道全是自己的错，搔着脑门站在那里傻笑。只要他一想开口解释，还不等发出声音，大家的哄笑立即又爆发了……

后来当我读到马克·吐温的《败坏了赫德莱堡名誉的人》一书时，我惊奇地发现那个众人同声齐唱"呃——快去悔过自新吧——你会因此入地狱或是赫德莱堡——希望你努力争取，还是入地狱为妙"的场面，和1971年秋天北大荒的那个夜晚竟如此相似。

我记忆中的那一夜，这样畅快地笑，如此淋漓尽致地笑，在二十三连是从来没有过的，打那以后起，不管知青还是当地老乡，大伙背后都管他叫"吗连长"。

那天学习完严防叛逃内容的兵团11号文件后，我在"威虎厅"里同原来女一排的女知青们聊了一会儿天，正要赶回猪棚去，突然看见通信员匆匆忙忙地跑了进来，大声叫道："周励！你的电话！……你的电话，快去接！"他走近我身边，神情紧张地小声说了声："师里来的！"

师里？师里有谁会打电话给我呢？除了查哈阳水利大会战之外，我连二十三连的边界都没有出过啊！

我走到连部去接电话，"吗连长"瞅我的神情也变了，我拿起电话，只听见里面一个浑厚洪亮、带着苏北口音的声音："你是周励吗？我是高思师长。"

师长？师长怎么会给我打电话呢？为了我的档案袋？又要搞大批判？我一时愣在那里，但是很快接下来的一句话，使我更加蒙了："兵团臧副司令员让我打电话问你好！"虽然我仍然感到莫名其妙，但是那颗悬着的、有挨整惯性的心总算落了下来。高师长在电话里告诉我，再过几天，师里会派来一辆小车，把我接到嫩江县双山五师师部，他要和我谈谈，"了解了解"我的思想。

这件事很快惊动了全连，连长也马上允许我把铺盖搬回"威虎厅"，并且开始点头哈腰地问我要不要回到女一排——结束隔离流放、荒野放猪的日子。我后来才知道，原来是我的在黑龙江呼玛县河南屯插队的父母，知道我扒车跳车回上海，又翻武汉军区院墙要当兵，生怕我再捅出什么娄子，甚或赔上性命，他们焦灼万分地写了封长信给他们的老战友方伯伯，爸爸和方伯伯是从一个家乡同时出来参加革命的。方伯伯就住在五原路，离我们家的常熟路瑞华公寓只隔一条街，方伯伯一直把我们家的孩子当作他自己的孩子，他是个和蔼、善良的人，他的一条腿是在孟良崮战役中被大炮炸断的。他到我家时总是不乘电梯，喜欢拖着一条假肢一格一格爬楼梯到四楼，他讲这是一种锻炼。方伯伯因为是荣誉军人，又是老干部，所以"文化大革命"中没有倒霉。不过有一次造反派也编了条理由要整他，让他写检讨，方伯伯气得一屁股坐下，把褪了色的黄军裤裤脚管往上一卷，将那条假肢"咔嚓"一声卸了下来，"嘣"的一声扔在造反派面前，怒斥道："检讨？这就是我的检讨！……我为共和国流血的时候，你小子还不知在哪里呢！"

方伯伯接到我父母那封对我表示万般焦急和担心的信之后，立即给他的老战友——兵团臧副司令员写了封信。在淮海战役中他俩一个是团长，一个是政委，有一次国民党轰炸团指挥部掩蔽哨所，多亏方伯伯一下子将正在打电话的臧伯伯扑倒在地，救了他一命。等他俩在一片硝烟弥漫中爬起来时，指挥部和电话机已成了冒着青烟的一堆废墟……

这个突如其来的电话，对我简直像一个奇迹！我一直以为我父母像报纸上讲的那样"走资派已经成了一条落水狗"，想不到他们还能从河南屯的小泥屋里把手曲线伸到兵团司令部！让师长直接给我这个眼看没有指望的放猪倌通电话！

我到了嫩江双山的师部后，五师师长高思热情地招待了我，还特意让炊事员做了几个好菜，这对每天喝清水豆腐汤、吃烤土豆的我无疑是一种奢侈的享受。我马上将桌上的菜、汤吃得一干二净，并且怀疑这世上怎么还有优哉游哉吃鱼吃肉的人存在。师长个子不高，身材臃肿，有一颗微红的酒糟鼻，头发全白了。他告诉我他的顶头上司——兵团臧副司令员已经来过几次电话，他好不容易才查到我在五十四团一营二十三连，所以给我打电话打晚了。他讲话时带着十分慈祥的神情，使你恨不得在他面前大哭一场。不过想到我的档案袋，我仍然十分谨慎，认真地听他讲，很少说话。突然他问我："你在连队的时间已经不短了，要不要调一下工作？……比方说，去《兵团战士报》？或者是去师部医院？臧副司令员的意思是让你去佳木斯《兵团战士报》，他讲你会写会说，能成为一名好记者，不过，如果你愿意留在五师，去师部医院也可以，那里正在扩建招人……"

我听了高思师长这番话，心里怦怦直跳，想起小时候看的童话书中灰姑娘在一夜之间变成公主，也不会有我那一时刻表现出这么多的惊异！我在脑子里飞快地思忖了十几秒钟：去《兵团战士报》，当一名记者，这不正是我从小就梦寐以求的愿望吗？而且我可以去六个师的各个连队采访，把兵团知青的迷惘、困惑、痛苦和希望统统用笔写出来，变成铅字在报上发表！但是，这时恰如有一只魔鬼用一只墨水瓶来投掷我的脑袋一样，我的心立即冷了下来：我的档案袋仍然表明我是一个有历史问题的人，谁也无法驱除躺在档案袋里的那只时刻可以吞噬我一生的魔鬼，我本能地产生了一种求生的愿望。不！笔、言论，永远是和政治连在一起的，我已经吃够了苦头。我庆幸在我神经尚健全，人也还没有被彻底摧毁之前能作出别的选择，还是走"白专道路"吧，到师部医院去——"我想到师部医院去。"我在十几秒钟之间，坚定地讲了这句话。

对我的一生来说，那十几秒钟的思索和选择竟发生了戏剧性的主导作用：如果我当时选择了《兵团战士报》，那后来我会成为一名医生吗？我会碰到于廉吗？当然也有可能我会被选送去复旦大学新闻系，那样的话，我和裴阳就不会弄到几乎决裂的程度，说不定我们还会结婚，因为我追求这个我一生中碰到的第一个男人——英俊潇洒，才华横溢的他，曾经一度到了神情恍惚的地步，那么如果真的结婚了，以后又会是怎么样呢？另外，如果那时去了《兵团战士报》，我会碰到张佩娣吗？

总之，在我表明我愿意去师部医院，即潜意识中走白专道路之后，高思师长立即刷刷地在一张白纸条上写了几行字，叫我第二天拿着字条去找师部医院院长。"好好干吧！"他临离开师部招待所时，拍了拍我的肩膀，笑着说，然后好像完成了一项大任务似的迈开大步走了，从此以后他再也没有来找过我。

回到连队后，匆匆办了转调手续，连长派了一头骡子拉的木板车送我上克山车站，我是二十三连第三个离开连队的。在这之前，一个北京知青拿着他父亲拍来的电报参军去了，后来又有个天津青年以什么名义返了城。我虽然还是在兵团，但对于整天在大田里辛苦劳作的连队战士来说，能上师部医院已经令人羡慕不已。女一排在"威虎厅"欢送我，大家动手包了酸菜豆干饺子，有几个女孩子提议唱《小白菜》，那时兵团知青都把自己比称是没娘的孤儿，而那些有办法离开兵团的是歌中的弟弟，因此常常是唱到了"弟弟吃面，我喝汤啊，捧起汤碗，泪汪汪啊"时，有的女知青干脆放声大哭起来。那支歌的末尾"亲娘想我，一阵阵的风啊，我想亲娘，在梦中啊"，大伙也是反复地唱，以表达思念父母的无限痛苦的心情。我和邵燕琴在猪棚抱头痛哭之后唱这首歌时，我体会到的也正是这种无依无靠、厄运重重的心境。吃完饺子，原来我班上的一个女知青对我说："现在你不是小白菜了，你成弟弟了。到了师部医院，可不要忘记我们啊！"

小骡车的蹄声划破了黄昏的寂静，颠颠晃晃地走在那条总是散发着马屎和马尿味儿的土路上，车轱辘发出嘎吱嘎吱的单调的声响。我紧紧地抱着我的三只书箱和行李铺盖，远望着旷野、钻天杨，幽蓝的雾霭和远近那些黑黢黢的呈现浑圆曲线的树林。赶车人唱起了一支歌，听不清是什么歌词，大多是"嘿呀……""啊呀……"和牛啊羊啊之类的，大概是一支牧歌。赶车人是个劳改就业人员，当地人称其为"二劳改"（二十三连过去是劳改农场）。他的一只眼睛瞎了，他那粗犷、苍凉的歌声在深秋时节的北大荒原野飘荡着。

小骡车走了一个多小时，这时天边已是云色如烟，落日如球，其色赤紫。我们经过千百年前已枯干了的河床，河床一直通向五大连池，河床两边是层层黑色波涛般的沟壑深峁，这里据说是由劳改农场的犯人们开拓出来种植大烟叶的，已经废弃多年了。

终于，我看到在地平线上冒出了那个陪伴着我度过无数日日夜夜的养猪棚，我仿佛听到那几十头猪在噜噜叫唤，连里派了"二劳改"去接我的班，我真担心他能不能把猪喂好。他会几天起一次猪圈？……再见了，二十三连，再见了，令人怜爱的小猪崽子！

再见了！我的春融洽、夏葳郁、秋疏薄、冬黯淡的一望无际的荒原！

到了师部医院，我才知道我干的活儿和放猪在性质上没有什么两样。医院里几乎都是走后门进来的青年，光是师、团长的子女就有十多个，他们当然是分配到化验室、X光室这类部门去工作，也有的当上了护士。我被分配到外科当卫生员，那里有个当地老女人刚退了休，我接替她的工作。我每天要换洗三十多个病人的被单被套，一清早起来到病房倒大小便、刷痰盂、扫地，最可怕的是如果有人死了，我还要负责收尸，把尸体运到医院西北角一个当作停尸房的小木棚里去，这是我从小就最最害怕的事情。我的手指头在水中都泡肿了，由于不停地洗，十个指头都渗着被洗衣板磨破的鲜血，不过我仍然像在连队放猪时那样，喜欢一边干活一边唱歌，我干活时的歌声很快吸引了病员，科里的医生和护士们也对我这个刚从连队上来的"土帽"越来越友好，年终总评时，我被评为全医院的卫生员标兵。

不久，"九一三"事件发生了，三叉戟的爆炸像惊雷一样震撼着我们，任何辩解和托词都掩盖不住那使人灵魂战栗的闪光！当一场深刻的精神危机降临在每个人头上时，我推开了医院组织科的玻璃门。

组织科干事张佩娣在办公桌后站了起来，望着我严肃的脸。她不知道我为什么要来组织科，在人们印象中，我只是个喜欢唱歌、洗被单很勤快的女孩。

"请你把我的档案拿出来。"我对张佩娣说。

她瞪着两只水汪汪的大眼睛望着我。她是老高三，比我大4岁，也是从上海来的知青，由于出身三代工人家庭，在高中就入了党，所以她是被上级分配到组织科管档案的。她后来成了我的知心朋友，我才知道即使在组织科人事干部那张呆板的面孔后面，也有一颗寂寞的、渴望爱情的心灵。

"你要档案干什么？"看她的神情，显然是没有看过我档案里的材料。

"林彪完蛋了，我要求组织科重新审理我的档案。"

"什么？……怎么回事？"她一边嗫嚅地说道，一边打开文件柜，找出了那个要了命的、泛着蜡黄颜色的牛皮纸袋。

她窸窸窣窣地从我的档案袋里抖出一大堆材料，默默地浏览着，那都是些批判稿，还有工宣队强迫我写的检讨，其中一大罪名是对英明、卓越的副统帅的不恭怀疑之词。

"这好办。"张佩娣把材料摞在一起，面色镇定地打开抽屉，取出一只火柴盒，在那一刹那间我简直不敢相信自己的眼睛，只见她"嚓"的一声点燃了火柴，一手攥着一大把材料，一手在纸上点燃了火，不到一分钟，那些在我档案袋中躺了整整三年的一大堆材料，那只占据在我忧郁的心中的魔鬼——顷刻间化为一团青烟，成了烧得焦煳发黑的纸末。我情不自禁地扑上去，抱住张佩娣的肩头，泪水扑扑地掉落下来……张佩娣！直到今天，我仍然怀着深情和感激呼唤着你的名字，你看上去是那么拘谨，在医院里没有什么人和你说话，可你办起事来竟这样果断得出奇！在你心中，也一定藏着一把火吧！

就这样，没有任何人知道，我的档案袋已经成了一只扁扁的、和别人一样的档案袋了。

有时候，和别人一样就是一种幸福！霎时间，北大荒的天空变得澄蓝，鸟儿在快活地啼鸣，高高的钻天杨哗啦啦地发出声响，内心的委顿和忧郁、那排遣不了的黑暗、那梦魇中的呼喊统统成为过去！解放了！我解放了！在人的尊严被恢复的第一个瞬间，我想到的就是，给他写信！给裴阳写信！

我仍然爱着他，发疯似的爱着他。我比张佩娣幸运多了，至少我还有一个幻想中的爱人，而在她近三十年的生涯中，异性始终是一片空白，无论在头脑还是在心灵中。有时候我看见她痴痴地发呆，有时候她又东忙西忙，魂不守舍的样子，我心里对她充满了同情。由于生理的成熟和那早已骚动不宁的青春情愫，她也和我一样需要爱，可是她只能在长期痛苦的自我禁锢中，带着无望的情欲和心灵的孤寂打发青春，回到上海时她已是33岁了，后来她和一个工人匆匆结了婚。

我给裴阳写了封长长的信，并且很快就收到了他的回信，他对

"九一三"事件和我档案材料的烧毁灭迹表现出来的那种洒脱态度使我暗暗吃惊，他在信中这样写道：

> 站在高岸上遥看颠簸于大海的行船是愉快的，站在堡垒中遥看激战中的战场也是愉快的。但是没有能比攀缘于真理的高峰之上，然后俯视来路上的层层迷嶂、烟雾和曲折更愉快了⋯⋯

他说"九一三"事件并没有使他像一般人那样感到震惊，并且讲他对政治已经不甚感兴趣，他已经退出了学校大批判组，虽然他还是校革委会委员，但他已经把兴趣和注意力转移到文学上。他大量地阅读，即使是在那些"长得令人厌倦的会议上"，他也阅读自己的笔记和摘要。

"世界上再没有比文学更高尚、更令人振奋的了！"他说他打算用英文翻译《论语》和《离骚》，末了他写道："木秀于林，风必摧之；堆出于岸，流必湍之；行高于人，众必非之⋯⋯"他说人切不可有狂妄得意之心，即使现在看来一切问题都迎刃而解，未来的一切仍将是不可预测的⋯⋯

我拿着这封信，心里快活得发抖，裴阳终于又站到了我的面前！从此之后，不管他回信不回信，我每三天给他写一封信，最快乐的时候就是捧着信跑到邮局，把信扔进邮筒里的那一刻。

1972年，当冰河刚刚开始在春汛中融化时，一个消息传到医院：大连医学专科学院向五师医院招收第一批工农兵学员。医院各科一个名额，我认为自己简直是没有希望的，不要说上大学，就是向上爬到护士都很困难，虽然我多次得到嘉奖，但我不是师长、团长的女儿，顺着溜滑的前程之梯往上爬的时候，在每一个阶梯上都有那些兵团和部队首长的儿女们挤我。然而，那一年却是通过严格的选举形式推荐青年上大学的，每一个高举的手都能决定一个人的命运。

当外科主任念到我的名字 "周励"时，我惊异地看到举起了一片手！连伸长脖子躲在门口看热闹的病员也举起了手——我的心从来没有这么剧烈地、因为荣誉过分地给了我而怦怦跳动，外科领导很快根据举手多少决定了把那一个名额给我。

我要上大学了！像做梦一样，我要走向那梦寐以求的明亮的课堂了！我才22岁，我还年轻，在中学成绩单上，我的功课一直名列前茅！那几天我兴奋得辗转反侧，难以入眠，我惊讶的是竟有这么多人选举我，而我不久前还在荒野放猪，提心吊胆地想着那只档案袋，到医院后一年来我也一直是在倒马桶洗被褥。高思师长早已消失，我什么背景也没有，父母还在呼玛河南屯种地，而我竟在一夜之间成了一名大学生！我感到一种人情的温暖，从此以后我相信梦想是能成真的，奇迹会发生在每一个人的身上！

政审顺利地通过了，我兴奋地开始打点行李，整理书籍。大连这个城市在我脑子里成了一片蔚蓝色的海洋，多少年没有看到大海了！我给裴阳写了封长信，告诉他我被选送到大连学医，我将成为一名医生。我曾经希望自己能成为一名作家，或是一名记者，但我做梦也没有想到我会成为一名穿着白大褂的医生，我告诉他我多么希望早点儿看到那美丽的大海……

在我给他发出那封信后的一个夜晚，我正在酣睡中，被话务室的一个话务员推醒，那个女孩披着大衣，睡眼惺忪地连连催促我："电话！你，电话！……上海来的长途！"

我一下子从床上跳起来，跑到话务室，我想一定是奶奶病了，或是上海的两个妹妹出了什么问题。拿起话筒，只听里面一个遥远的、熟悉的声音在竭力嘶喊着："你听得到吗？……我是裴阳啊！"

裴阳来的电话！天哪！他给我打长途！一股温情涌上我的心头，我霎时间确认了他是爱着我的，正如我疯狂地、痴迷地爱着他！心灵的战栗使我难以听清这遥远的、压在一片杂音下面的他的声音，隐约中听他说了这么一句："我在五角场给你拨了四个小时！……"

他显然是在使尽全力地希望我听清楚每一个字："等上海高校的

招生！……复旦和上海一医，再过几个月就要去东北招生了……你再等一等，不要去大连！……"

五角场！他站在寒风中给我足足拨了四个小时的电话，我一下子明白了。但是，提出不去大连不符合我的性格，可我又不愿意失去他（我已经强烈地感受到这是他向我示意的一次机会，而我正在失去它！）。我苦思冥想，经过几天的思想斗争，终于向科主任提出我想放弃去大连的名额，理由是我的男朋友（我已经这么称呼裴阳了）在上海，他希望我今后有机会回上海去读书。

外科主任瞪大着眼睛说："这怎么可以呢？你的材料已经送去大连，再说，你怎么知道上海的那些高校就一定会到我们医院来招生？"我感到万分羞愧，我觉得我辜负了那些高举着的手。我没有再多说一句，于1972年秋天来到了大连。

无论如何，那个从上海打到北大荒的长途电话，是我初恋的高潮，我就像被他吻过，被他拉着手走过森林那样，内心充满了甜蜜的感觉。一到大连，我就奔向大海，我看到那羞涩的夕阳泛起红晕，她马上就要吻那蓝得像宝石一般、剽悍而有力的大海了。那浪花不安地躁动，仿佛是大海还不适应这突如其来的幸福。

我面对着大海，一直想象着、揣测着他如何在五角场的深夜给我拨电话——他根本不知道双山五师医院的电话号码，甚至连我自己也不知道。因为这儿的电话除了通向各个连队或团营外，是不对外的，他居然挂到了我的床头。裴阳！我的裴阳！如醉如狂的自豪和欢欣的心理在大海壮丽的波涛前已经清醒过来，变为一种柔和的、甜蜜的、沉默的快感——我甚至想到我应当争取毕业以后回上海，那样我们就永远谁也不离开谁了！

他给我寄来了一封信，他并没有因为我没有放弃去大连而不悦，正好相反，他的信像一首散文诗：

你非常爱海，从你的信中可以看得出。我也有时独自到江湾海边散步，是的，海的确有一种魔力，当你看到那碧蓝发亮、一望无际的汹涌波涛时，一切世俗的烦恼、卑微与委琐，就会荡涤一尽，你的整个心胸就会敞开来与大海紧紧拥抱，你会感到雄浑、辽阔、庄严和心灵净化。你一定还记得《约翰·克利斯朵夫》中那段话，莫扎特像水一般的温柔，他的作品是海畔的一片草原，在江上飘浮的一层透明的薄雾；贝多芬像火一般热情，如烈焰飞腾，四面八方射出惊心动魄的霹雳。顺便讲一句，我很爱听古典音乐，包括钢琴协奏曲和交响乐，复旦有一种圆盘式的录音机，里面录满了我喜爱的音乐，你在医学院学习，能不能听到贝多芬，或者巴赫？……

我写信告诉他我既听不到贝多芬，也听不到巴赫，我被困顿在尸体堆中。一开学，解剖课教授就告诉我们尸体不够，要二十个学生合用一具，很快就发生了一件令我终生难忘的事，那天报上登出有十二个罪犯被判死刑，教授连忙设法给刑场打了电话，他在电话中叫嚷说，不能让第一批工农兵学员手中没有解剖学教具。第二天下午，一辆灰色的狱车开进校门，车中是刚刚被枪毙的那十二个犯人的尸体。有一个人是女的，看上去30多岁，很年轻，弹洞在她的左脑门上，已被凝结的血液堵塞，那是一个很深的弹洞——我第一次看到这样令人恐惧的弹洞。她穿着整齐的鞋和袜，不知道她那天早上穿上时是如何想的，她当然知道这是她的最后一个早晨，可她还是穿上了一双带条纹的尼龙袜和一双带襻纽的蓝布鞋。她胸前的牌子上写着"流氓犯"三个字，这令我想起霍桑的小说《红字》，同时涌起一个念头：她会不会是因为去和情人相见而被枪毙的？

那另外十一具尸体全是男人，有五十几岁的，也有三十几岁的，胸前挂着各种各样在当时所时兴的、不同的牌子。有的人脑门上留了两个弹洞，大概是死得不太痛快吧；有的人在胸口或背部还补了一枪。最可怕和令人难以忍受的是目睹这些身上还冒着热气的死刑犯的面部和如死鱼般惊恐地大睁着的眼睛。

教授穿着白大褂，戴着乳胶手套，兴奋地跑来跑去来回张罗。我是班长，不管我表现得多么害怕和恶心，我必须带领全班同学把尸体上的衣服脱掉，洗去血迹，然后把尸体搬进盛满福尔马林防腐液的浸泡缸中，以备解剖课用。等这一切干完，我突然失去知觉，昏倒在地，后来整整三天躺在学生宿舍的单人床上不能动弹，内科教授说我是"低血压性休克"。

从此以后，我特别害怕上解剖课。

几个月之后的生理课也堪称惊心动魄。教授在课上讲男女生殖系统功能，我们虽然都20出头，但是在这方面的知识除了幻想便是一片空白，老师指着触目的男女生殖器官大挂图，那些令人之心怦然大作的话就从他平静的口中吐出：勃起、高潮、黏液、充血……老师把人类繁殖手段最初过程的步骤详尽地、一步步地解释，还不断地拿着粉笔在黑板上画更为详尽的图示，全班四十个男女同学脸涨得通红，课堂上可以听到四十颗心跳的声音，大家屏声息气，几乎要昏了过去。不过那堂课并没有亵渎我们神圣的心灵。学校不允许恋爱，没有人敢公开恋爱，直到毕业时都是这样。当时有一条规定：如发现学生行为不轨，立即送回原地，开除校籍。

在课堂上，当我的心像揣着小兔子一样怦怦跳动，我的脸在发烧发烫时，我很惊讶我根本没有想到裴阳，没有一根神经把那张大挂图和他本人联系起来。我初恋中最高的愿望，也只不过是他能拉起我的手，并且给我一个真诚的、深情的吻。后来才证实连这一个吻也是永远不存在的。

整个求学大连期间，裴阳始终是我的青春偶像，是我疯狂、热烈地追求和爱恋的唯一。那时我在学校像一颗明星，优秀的学习成绩和繁忙的社会活动使我成了男孩子们心中注意的目标。我当然接到过偷偷写来的情书，或是晚自修后有人在图书馆外面久久地等我，我遇见过真挚动情的目光，有时候我可以闻到男孩子球衫下面散发出来的汗味和男人味道……但这一切都不能使我心动，我仍然每三天给他写封信，他的回信也愈来愈勤了。

他仍然是什么都谈。他在信中和我谈尼采的意志主义、柏格森的生命哲学、弗洛伊德的精神分析法和萨特的存在主义。他说他对这些哲人一直抱着敬畏之心，他们的智能因博览群书与深思冥想变得细密而精练，尤其是因为与美好世界作精神上的交流而染上灵气。这些神圣的人物，他在信里写道："他们虽然依然附着朝生暮死的皮囊，但他们的灵魂则早已步入到一个美好的永恒的世界中去了。"他说他虽然怕死，但不畏死，"如果祖国需要，我可以随时去死"。

在他给我的一封信中，居然开诚布公地写了复旦大学 H 小集团的某些大学生曾经引起他的某种钦佩，因为他们都是数学系、物理系的理工学生，却对社会学有着精细的研究，以至于 1970 年他主持大批判时，竟不知不觉写上了几句赞同的批语，幸而马上撕掉，不然真不知要惹出什么杀身之祸。

厚厚的信印着他遒劲的笔迹，一封封地从上海飞到大连我的手中，这些信成了我生命的安慰，每次收到他的信，那种幸福的感觉，就像夏天大连老虎滩初升的太阳一样，发出朦胧而热烈的光芒。那时的政治气氛仍然窒息，一到周末，我就带着他一封封厚厚的信札，走出城去，流连于山巅水畔，一人独自登高舒啸，背屈原的"登大坟而远望兮，聊以舒吾之忧心……"，背诵白朗宁夫人的诗篇。

那一时期我确实认为和他的交往是由最精致的情操和最隽永的幽默组成的，他的每一封信无不带上天才的烙印。有一次他在信中写到，复旦新年晚会上别人硬要他唱一支歌，他推不过，于是唱了一支：

王老三我问你
你的灵魂在哪里？

我的灵魂在山西
过了黄河还有二百里……

他用"灵魂"代替了这首民歌中的"家乡"两字，四座顿时均目瞪口呆，而他则哈哈大笑……他接着在信中说："灵魂在哪里，这本来就是当代的一个问题。"

他说他真羡慕我，能够随意去登山观海，"登山则情满于山，观海则意溢于海"，他说爱情和大自然，是他人生中的两座宝殿。而现在他又有了文学这一道照亮生命的光芒。他常常在信中用他奇特的工楷写到爱情两字，我则除了给他写过白朗宁夫人的那首诗《我的棕榈树》外，再没有斗胆公开地写到爱情——尽管我给他的每一个字，都代表着我对他热烈痴迷的爱。

有一次我这样写给他：

今天终于搞到了贝多芬的《命运交响曲》，波涛丰满的喧响把我带入柏拉图的幻境——啊！但愿你雄劲和坚定的桨能助我越过这汹涌浩瀚的生活之海——在与漩涡与礁岩搏击之后，终能抵达必然的彼岸……为理想殉难的人，不管是英勇地死于刀刃之下，还是悲苦地死于螺旋形历史思维的渊源之中；不论他沉溺于最初奔赴时骤起的飓风中，还是窒息在最后一步途中突来的漩涡里，他们都是不朽的。因为他们带着崇高的理想信念而死去。

裴阳！你教我吧！教我怎样生！教我如何死！

《命运》一曲奏完，我已是泪水涌流，裴阳，只有你，才能使我理解什么是命运，什么是生与死。你的力量比这首交响乐的力量更大，你明白吗？

……

在我毕业之前的半年，他在信中写到贝多芬的遗嘱，他写道："贝多芬的遗嘱中只字未提琪夏尔蒂和她给自己带来的隐痛，但这毕竟是他自杀的原因之一。这是贝多芬精神发生严重危机的时期，也是他一生中一个昏暗的收缩点。正如黑格尔所说：只有通过这个收缩点，人，才能确信一个更高贵的存在。"他说贝多芬在情意缠绵、簌簌泪珠的失恋中居然也写出了《英雄交响曲》，但毕竟"爱情带来的痛苦超过世界上任何痛苦"。和所有的书信一样，他并未把我们两人的事在笔下置于爱情之说，他从来没有写过"我爱你""我想你"之类的话。

有一次，我在提到争取毕业后回上海时，他回信写了句："在人的感受上，美好事物的向往比美好事物的获得更美一些"，他信中总是有种微妙的情愫，使人捉摸不定。但是我无法证实他不爱我。正如人有权用他自己的方式表示对上帝的信仰一样，也有权用他自己的方式表达爱情。

时光在书信来往中荡涤，转眼间三年过去了，再过五个月，我马上就要毕业了，学校通知要我留校。正在忐忑不安中接到了裴阳的信，信中他告诉了我一个令人兴奋的消息：尽管他时常沉湎于古今中外文学作品研究中，对复旦的政治圈已不再感兴趣，只是鉴于挂着校革委会委员第四把手的头衔，不得不常常去出席"冗长的令人厌倦的无数会议"，但是根据审核他历来的材料和旧党委在60年代"培养几个中央级接班人"的初衷，上级竟打算任命他担任复旦大学有史以来第一位30出头的年轻校长！而且进一步要往中央推荐。"既然中央里有工人，有农民，为什么不能有一位复旦的大学生呢？"这是上海市级领导的批示原文。他的喜悦之情洋溢于字里行间："……听到这个消息，我马上想到了李登辉校长，你还记得我们一起在登辉堂前散过步吗？我对这位复旦的创始人一直抱有崇仰之心，虽然我不堪这桂冠的重压，就像我一直对名利看得很淡薄一样，但我心中已经跃起一股雄心：能够继承李登辉校长的事业，献身于复旦，没有比这更光荣的了！"

裴阳就要成为复旦的校长，我的裴阳！我把信紧紧地捧在胸口，全身的血液在沸腾，就像他全身的血液在沸腾一样。那天我独自走了很久，来到大连老虎滩，这里静谧无人，奇松异柏围绕着巨大的礁岩，翻过礁岩后，在你面前展现的是一片金色的沙滩和蔚蓝色的大海。我一口气越过礁岩，对着海平线上美丽的太阳和大海中千万片闪烁着的白银般的粼波，在沙滩上用手指写下"裴阳"两个大字。

站起身来，我再也抑制不住，向着大海的另一端：上海——复旦园，向着登辉堂高声呼喊：

"裴阳——

"裴阳——"

我多么希望我呼唤裴阳的声音，能像《简·爱》中罗切斯特呼唤简的声音一样，传到他的耳畔！

"裴阳——"

我尽情地喊着，我的心已经被爱和崇仰所溢满。"不崇拜那个人，我的爱连一天也维持不了"，这是后来张洁在《爱，是不能忘记的》中说的。亦崇拜亦爱，这便是人生最大的幸福了！我不知道有多晚，才离开老虎滩。站在夜幕中的礁岩上，望着皓洁的月色下，那银色沙滩上"裴阳"两个大字，我只有一个愿望：我是你的，裴阳！我一定要回来，回到你身边！

我开始轮番找党委书记、副书记、学校校长、副校长，恳请分配回上海，唯一的理由是我已经25岁，我的男友30岁了，我们已经相识八年。正当他们一致对我表示同情，并进行研究时，有一天，一件意想不到的事情发生了。传达室的工友匆匆地往校长室递上一份急件，是兵团来的，那是一份盖着红图章、密密麻麻的两页正式文件。当天下午校长把我叫到校长室，将文件放在我面前，说："兵团来了文件，坚决要求将你分配回原地……看来他们很需要你……"我一听，如晴天霹雳，一下子愣住了，只听校长说："兵团对你的学习情况很关心，每学期都来信询问，这次学校决定让你留校，我们还专门去了函和兵团协商，现在来了一份急件，这恐怕就是答复了。"校长站起身，叹了口气："这确实很遗憾，前天我们还专门给上海第二医学院去了函，我们打算只要兵团放，我们学校也不留你。不过事情既然如此，兵团又给你发了第一年的工资，当然有优先权……

我看两地生活也可以，中国不是有成千上万对'牛郎织女'两地生活吗？我的老伴，也是分开十年才调在一起的呢！"

校长说完哈哈一笑，末了还捅了我一下说："和你男朋友说说，看他能不能调到哈尔滨工作。你也不用回五师医院了，我给你写个条，到兵团医院去报到，你们俩不就在一起了吗？哈尔滨是个好地方（兵团医院所在地），我从小就在那儿长大，哈尔滨的太阳岛，可比你们上海的黄浦江要美上一百倍！……"

我只觉得脑子里嗡嗡直响，再也听不清什么了。当天我跑到邮局给裴阳发了份电报："兵团坚决要人，如何办速回！励"。

我原以为他会像上次那样立即给我打长途电话，他没打来，直到两个星期后才收到了他的一封简短的信。信中说："人不能在同一条河流中蹚过两次，你当然应该争取不回兵团。回上海是上策，否则留校亦可考虑……"在信的末尾，他彬彬有礼地写上"祝好"两字。

他的整封简短的信，丝毫没有表露出那种把他和我的未来生活放在一起的可能性。在以后漫长的三个月时间里，竟没有他的一封信！我试图打了几次长途电话，但复旦均找不到他的人影。两个月后兵团来人，硬把我的档案材料带走，我已是属于"在押归境"，无论回上海或留在大连都没有一丝希望了。我昏昏沉沉地通过一系列毕业考试，唯一的愿望是希望收到他的信，得到他的鼓励……

他出差了？上北京了？交通事故？他……他为什么不来信？为什么？为什么？为什么？

终于，他来信了，那封信顿时使我感到天崩地裂、脚跟发软。他在信中告诉我，他要结婚了。

（后来他告诉我在收到我那封电报时，正好看到中央发的一个关于"社来社去"的文件，复旦第一批工农兵大学生也有不少分配回到原单位。他想既然他从来没有伤害过一个追求他的女孩子，那么他决定和任何一个女孩子结婚都是无可非议的。不过后来因为请多少人和怎么请的繁文缛节，他掀翻了结婚酒席，扬长而去，使得婚礼不得不推迟了一个月。等我举行完毕业典礼，匆匆地回到上海，他已经成了别人的丈夫。）那个女人是谁？是什么魅力使她夺走了我苦苦追求了八年的他？"爱情带来的痛苦超过世界上任何痛苦。"这句话是他说的，可撷取这苦果的却是我自己！我不认为因为我没有回上海而与他失之交臂，他不是那样的人，他一定深深地爱着那个女人才和她结婚。天哪，当他给我写着一封封催人落泪的书信时，他可能早已开始和另一个女人交往，他们在上海，天天都能见面，无论是复旦园，还是在外滩黄浦江畔的浓荫下……我回到上海的第二天，就跑到虹口区四川北路他的家，从大连回上海度暑假时，他带我来过。我不经任何事先预告，就按响了他家门上的电铃，我要看一看那个女人！

他开的门，脸上既没有惊讶，也没有兴奋。他把我引进屋里，对坐在桌边的一个女人说："小钱，这就是我对你说的周励。"

这是一个装饰典雅别致的新房，几只仿红木玻璃书橱中，一排排整齐地摆满了他常常在信中和我谈起的书籍。放着一套完整的《资治通鉴》的那个书橱里都是中国书籍；另一个摆着一套《大不列颠百科大全》的书橱，全是世界名著，有《柏拉图对话录》《歌德谈话录》《罗丹论艺术》《论法的精神》《论德国古典哲学和哲学的历史》和托尔斯泰、狄更斯、巴尔扎克、莎士比亚全集……一对大红的喜字放在五斗橱的玻璃镜前，边上是一张他俩的合影，我一下子就看出是在复旦登辉堂前李登辉的塑像前拍摄的。他睁着那双明亮深邃的眼睛英武地笑着，风吹拂着他浓密的黑发，她依偎在他身边，她没有看镜头，侧着脸，睁大眼睛深情地望着他。这张照片和这个从桌边站起身招呼我的青年女子是一模一样的，她的确长得很美（不过她没有我高），她和裴阳同样有一双被长长的睫毛覆盖着的传神的眼睛，头发很黑很长。我从来都没有搞清楚她的身份，有人说她是干部，有人说她也是写文章的，不过这对我都已经不重要了。她招待我在红木方桌边坐下后，就去沏茶。当她把盛在考究的景德镇重雕杯的热茶捧到他面前时，像真正的贤妻良母那样对他微微一笑，我的心就像被锥刺着一般疼痛，我的头发快要竖起来了，但我只能像一个傻瓜似的坐着。我能说什么呢？

裴阳稍稍问了我一下回兵团的准备情况（我没让校长写条去兵团医院，我宁愿回到原来的五师医院去），接着他马上表示出对这个话题不感兴趣，又扯到了他手指间的一小块鳞状皮肤病的问题，接着又是上海和大连的天气，风季的区别……总之，这是我一生中和他最糟糕的一次谈话。其实根本不是什么谈话，而是双方心理的交战：一个是应付，一个是挣扎。有几次我的眼泪眼看就要涌出，气氛突然变得沉重起来，这时他不看着我，只看她，而她则颦眉蹙额，一副这种谈话何时完了的神情。

窗外下起了淅沥沥的小雨，他打着伞送我去21路车站。我眼望着远处虹口公园黝黑的树丛，想起我们过去的散步和无数次书信交往，我多么希望独自和他在一起，大哭一场，向他倾诉埋藏在心中的无尽的悲伤啊！

刚走出十几步远，一个尖亮的声音在身后响起："裴阳——你的雨衣！"她穿着一件红色的雨衣跑来，手里拿着一件蓝色的雨衣，气喘吁吁地跑到裴阳面前。

"这么大的雨，一把伞怎么够两个人用？快把雨衣穿上。"她不容分说地就把两个雨衣袖子套进裴阳的胳膊，看上去十分麻利，然后她一把挽起裴阳的胳膊，带着甜蜜的笑容说，"我们一起送她吧！"我们三人默默地走着，听着雨声淅沥沥地愈下愈大，到了21路车站，面面相视、默默无语地等了五分钟，还不见电车来，我坚持让他俩回去，直到看到他俩的身影消失在四川北路拐角后，我马上离开了车站，在大雨中步行回去……

我永远不会忘记那个夜晚，我冒着大雨走过四川路桥，穿过西藏路，来到南京路，又穿过淮海路，走向常熟路……泪水掺和着雨水从如洗的面庞流淌下来。我不时闭上眼睛，忍声抽泣。她太精明了，连一分钟时间都没有给我！而当他看她时，那双眼睛分明在炯炯发亮，看我时却是心猿意马，黯淡无神，仿佛是面对一个过去了很久的古老故事。他冷淡的目光比她咯咯咯幸福的笑声更刺痛着我，我突然明白他们两人仿佛都是在下意识中同时提防着我。其实我根本是没有什么需要提防的，八年来我从来没有拉起过他的手，我只是在梦里吻他。那些往来的信件对他来讲已经无所谓，而对我来说则成了备受折磨的痛苦回忆……

我边走边哭泣，从四川北路到常熟路瑞华公寓，电车要开一个小时，我走了整整四个小时。在那四个小时中雨没有停过，风越刮越猛，夹着雨丝抽打着我的脸，除了泪，我还有什么呢？理想、失败、追求、幻灭、热情、劳顿、感动、鄙夷、爱情、快乐、孤独、痛苦、彷徨、惆怅，肉体的创痛和心灵的磨砺，绝望的情欲和复仇的心理，一切均化为软弱无力的泪水在一步一步中流淌、流淌……连绵不断的苦难穿透了我青春的生命，我几乎要相信，我是为苦难而生的了。

正像他给我的一封信中提到屠格涅夫的《罗亭》时说："在橺树上——橺树是一种坚强的树木——只是在新叶开始萌发的时候，旧叶才会脱落的。"

裴阳已经像一片旧叶子那样脱落。过了整整一年后，我在北大荒的小屋中遇见了于廉，我一个字也没有和他提起过裴阳，我们的恋爱也同样无可挽回地失败了。1978年，当我根据知青返城政策回到上海时，已经迈入了老姑娘的行列，眼看就要有嫁不出去的危险，在亲友的撮合下，我于1979年和第一个被介绍给我的人结了婚。

裴阳没有当上复旦校长，不但如此，而且倒霉的事像山间石崩那样一发不可收拾，接二连三地落到裴阳头上。1976年，"四人帮"被抓起来，原上海市领导班子也如大厦倾倒般地在一夜之间瓦解。已经被市里正式批准并待申报中央的任命书还放在市第一把手的办公桌上，而那位第一把手却被逮捕，关进上海市第一监狱。裴阳没有被逮捕，虽然已经纷纷扬扬传了大半年，但毕竟任命还没有正式下到复旦，他连复旦大学校长那把交椅的边都没有沾上过。可是他受到严格而冗长的审查，每天上午八点他必须到国际关系系图书馆报到，然后在一个密不透风、没有窗子的小屋里写交代和检讨。不仅如此，他还被撤销了一切职务，甚至丧失了一名普通教员或者普通学生的权利，除了写检讨和交代外，他每天的任务是打扫图书馆的走廊和地板。

这一切我本来并不知道，直到1979年秋天突然接到他打给我的一个电话时，瑞华公寓一间宽大的房间已布置成了我的新房。我丈夫在一家颇有名气的报社工作，他的名字时常出现在报纸的专栏中。裴阳第一次来我家时，居然卑微地弓下身子向我丈夫鞠了一个躬，我惊讶地发现他那气宇轩昂、睥睨一切的自信已全然不见，代之的是温和的微笑和时而凝滞的神情。他那浓密的黑发已变得蓬松稀软，声音变粗，只是他那双眼睛仍然没变，还是那么深邃，具有魅力，白衬衫的领子也依然很硬很挺。

在我家作了短时间的拜访后，过了一个月，他给我打了几次电话，并且约我到德大西餐馆共进晚餐。他先是到我工作的外贸大楼来找我，然后建议是否能沿着黄浦江畔走走，我默默地遵从了。不论我对他有过多少怨恨，都已经成为过去，何况他在我心目中，一直是一个具有非凡才华的人；不论什么时候，我不能抹杀他在我心中占有的特殊地位。

他的情绪已经完全平静，和他走在一起，不禁又使我想起十年前和他在复旦湖畔小径、登辉堂前散步的情景。那时我必须仰着头看他，现在我仍然仰着头看他，一看到他那双深不可测的惯于沉思着的眼睛，我心中便涌起一股对他的才华的敬意。

在外滩黄浦江畔，远望着SONY的霓虹灯广告洒在江面上的绚烂的倒影，望着一只只小驳轮鸣着响笛缓缓驶过江面，他用低沉的声音给我念起一首诗：

　　　　假如命运向你发动袭击，
　　　　你是倒下长久地哭泣，
　　　　还是咬住流血的嘴唇挺立？

有一天，你被一群战斗队员揪斗，
被赶出生活多年的故居。
马车上摇晃着被砸碎的箱笼，
荒凉的山林里卸下了行李。
你拿起你从未拿过的钝斧，
你拉起你从未拉过的龙锯。
伐木，也在砍伐着你的心；
伐木，也在砍伐着你的笔。
岁月伴随着落叶渐渐枯黄，
生命还能不能再伴枝条发绿？
你等待吧，你要等待，
总有一天会有繁花般的书籍。
……

他凝望着江面，江波在他的眼眸里滚动，他感情激动地继续背诵着这首顾工的诗：

你的书籍突然被判为毒草，
你的名字从此从报刊上消失。
一怒之下你和所有的文字绝交，
痛心疾首中把稿纸付诸一炬！
新一代的读者早已把你遗忘，
忠诚的朋友暗暗为你惋惜。
你想荡一叶扁舟随波逐流，
任它冲向礁石、峡谷、草地……
但风暴仍在吹乱你的蓬发，
严霜仍在冻凝你的胡须……
你等待吧，你要等待，
总有一天蜜蜂又会来你心中采蜜。

他把身躯悄悄挪近我，但是没有碰到我，从他雪白的衬衫里散发出一种多年以前我曾经熟悉的味道，他的喉音虽然已经有点粗哑，但却带有一种感人的韵味：

有一天你失散了妻子儿女，
不知他们在哪一个屋檐下淋风沐雨，
有多少又苦又涩的泪滴，
有多少锥心刺骨的回忆，
后来彼此又踏着泥泞走近，
却不幸在深谷中又跌滑下去，
星光是一盏盏点不旺的油灯，
云雾是一团团交不深的客旅，
哪个村哪家店为你开扇新门，
床榻上却仍铺满才折的荆棘……
你等待吧，你要等待，
异乡的窗口会传来亲人们的笑语。

他的眼睛湿润了，一层透明的泪笼罩了他的眼眶，他把头转向一边，我听到了一声发自肺腑的、轻声的叹息……过了许久，他说："学校对我这样，是不公平的，我从未觊觎权力，我的野心只是能够写出一本像样的书。"他对着江边，又沉默了许久。

"裴阳，你妻子好吗？"我问道，三年来，我脑子里时常涌现那次见到她的情景。我曾经嫉妒她的幸运和幸福，她对他甜蜜的、诱人的微笑，一直像一把刀锯在轻轻锯痛着我的心。

"她天天和我吵，不给我片刻的安宁。"裴阳嘴角上露出一丝苦笑，"三年了，为了复旦的事，她也吃了不少苦，我们有一个两岁的女儿，女儿一看见我们吵，就吓得躲到厕所里发抖……我不怪她，我没有给她带来她应当得到的幸福，不过，就婚姻而言，已经变成一个不折不扣的维持会了!"

我们来到离外滩不远的德大西餐馆,靠着垂挂着天鹅绒帷幔的落地玻璃窗旁坐下后,服务员端来了一尊蜡烛,烛光跳跃着,在茶色玻璃台面上映出倒影。我们点了甜酒、浓汤、葡国鸡和法式明虾。他的眼光一直紧追不舍地盯着我,对于我的外貌,他从来没有恭维过,从没有用过"美丽""漂亮"这一类字眼,但是从他那像黑夜里的星星一样发亮的眼睛里,可以看得出,我对于他,仍然有着深深的吸引力。

三年以来,我没有对他敞开过心扉,我们几乎已经形同路人,可是我的头脑是清醒的,正像我的智商常常是很高的一样。我举起酒杯,说:"为我们的重逢干杯。"他昂起头,一口气喝下了那一杯葡萄酒,又招手向服务员要了一杯白兰地。对于借酒浇愁的人,我在医院见得是很多的,我连忙伸出一个手指放在他的酒杯上,示意他放慢速度。我的心如被一堆乱草堵塞,如果三年前他要了我,我会和他一起喝得烂醉如泥。可是,现在我只有一颗带着深深创痛的心。

"裴阳,我很荣幸你还会来找我,而且这么热情地邀请我。"我说,"一个月以来我一直是在听你说,你愿意也听我说一点吗?"他含蓄地点点头,眼睛里闪烁着期待的目光。

"我记得在初中时,我姐姐教过我背诵普希金的一首诗,有些段落我已经忘记了,不过我还可以记起一些片段。"

他诧异地望着我,敏感的眼睛里露出不安的神色,他总是那么聪明。

于是,我断断续续地背诵起来。

> ……
> 够了,请你站起来,
> 我应当坦率地向你表明,奥涅金,
> 你是不是还记得那一天,
> 那时,在花园里,在林荫道边,

命运让我们相遇。

对你的教训

我当时多么顺从地恭听。

那么今天，

该轮到了我。

奥涅金，

那时候我更年轻，

好像那时候我还漂亮得多，

我那时候爱上了你。

可怎么样呢？

我在你心里找到什么呢？

你怎样回答我？

只是一本正经。

那时，一个温顺姑娘的爱情

难道不是吗？

对你并不新鲜？

如今，一想起你那冰冷的两眼，

还有你那套谆谆的教诲，

真让人血液发冷……

我并不怪你：

在那可怕的时辰，

你的所作所为非常高贵，

你在我面前

没有做错任何事情。

……

可是如今为什么你对我这般热恋？

为什么你苦苦地将我紧追？

是不是因为，在这上流社会，

如今我不得不去抛头露面，

因为我如今有名而且有钱，

因为我有个作战受伤的丈夫，

我们为此得到宫廷的宠信？

是不是因为，

如今我的不贞，

可能引起所有人的注目，

因此，可能为你在社会中

赢得一种声名狼藉的光荣？

我在哭……

如果你直到今天

还没有忘记你可怜的达吉雅娜，

那你应该知道：

和这些眼泪、书信，

这种令人羞辱的激情相比，

我更喜欢你那种尖刻的责骂

和你那次

冷酷的谈话

……

　　这是《叶甫盖尼·奥涅金》中最后一段达吉雅娜对奥涅金的表白，在我一字一句背诵给他听时，他的脸色越来越苍白，最后他再也忍不住了，不等我背诵完，霍地站了起来，推开杯盘，大步走了出去……

　　我望着德大西餐馆窗外上海街头稀疏的灯光，心中觉得很凄凉，我们都曾迷失过路，可是要回过头来再走一次，已经是不可能了。突然，我惊讶地发现他从门口折了回来，怀里抱着两瓶白兰地。他的眼睛里布着明显的暗红色的血丝，眼眶里闪动着泪花，他走到我面前叹了一口气，又在原位坐下。

"你可以轻蔑我，如果你愿意也可以教训我。"他说，"不过，我绝不会像奥涅金那样跪在你这个自认的达吉雅娜面前，我来找你只是因为我还信赖你！三年来我时常想起你，从第一次在大桥上见面到现在，我们已经整整相识了十年，有一件事我是确认无疑的——那就是你的心地。我没有什么人可以谈话，在复旦我以态度顽固、死不认错出名（裴阳！你总是出名，不管以什么方式），连找一个人下围棋都找不到。回到家里则是无休止的吵闹，我多次经过瑞华公寓，望着你家窗口明亮的灯光，我想你是不会拒绝我的，你不会拒绝和我作一次散步，或是作一次谈话……"

泪水从我眼睛里涌了出来，为了他的信赖，为了我的过去。

我们又恢复了过去那样的交往和长谈。

裴阳告诉我，被审查的这三年，使他懂得了人世沧桑，"既然连拿破仑那样伟大的人物都能够失败，我的失败算得了什么"。他一直很崇拜拿破仑。塔维尔的《拿破仑传》和约翰·霍兰罗斯的《拿破仑一世传》，他都读得滚瓜烂熟。"不要以为我没有像别人那样多愁善感的心，"裴阳喜欢重复拿破仑对他的情人所说的那句话，"我是相当善良的人，但是我从少年时代起，就尽力使这颗心平静下来，以至现在它不发出一点声响。"他用了很长时间和我讨论拿破仑，使这个平常只出现在"拿破仑酒"酒瓶上的金印饰像，成了一位活生生的、至今还影响着像裴阳这样命运的人的精神偶像——一如裴阳曾是我的精神偶像一样。

拿破仑的战略天才使得元帅们成了他的意志的最准确的执行者，但同时又不妨碍他们在战场上发挥独创性，善良的目不识丁的勇士勒费佛尔、冷酷的铁石心肠的贵族达玛、威风凛凛的骑兵将军缪拉、制图专家贝尔蒂埃，所有这些人都是出色的有独创精神的战术家，他们养成了一种完全独特的军人的大无畏精神。有一次，当人们对拉纳元帅多次率领骠骑兵团冲锋陷阵的英勇行为表示赞赏的时候，在场的拉纳却带着遗憾的神情喊道："一个骠骑兵，到了30岁还没有被打死，这不是骠骑兵，而是废物！"他说这话时才34岁，两年以后，他在战场上被炮弹击中阵亡了。裴阳讲到这段时，把他的帽子脱下抛向春天的天空，"拿破仑亲自选拔的最高将领，就是这样一些人！"。然后他兴奋地形容有一次格勒诺布尔保皇党人在逃出城前试图把大门锁上。"我只用我的烟盒就敲开了这些门。"拿破仑这样说起这件事。后来他想了想后说，他用不着拿烟盒去敲，"只要他一走近，大门就开了"。

谈起拿破仑一生的功绩，裴阳这样叙述道：

"人们有什么可感谢我的呢？我上台的时候他们是贫困的，离开时他们也是贫困的！"——这句话是滑铁卢战役之后有一次拿破仑脱口而出，当时很多建筑工人包围了宫廷，要求拿破仑留在皇位上。权力与荣誉——这就是拿破仑个人的激情，同时权力甚至超过荣誉，尽管遭受了惨重的失败，他在治理国家、焕发人民才智和运用战争艺术方面，完全是超群绝伦、伟大至极的。他的伟大，不但在于他那些最出色的业绩具有永恒的重要性，而且更在于他在创始以至完成所有这些业绩中投入了雄伟非凡的力量——这种力量，使得遍布他后半生征途上的那些巍然屹立的纪念碑，虽然饱受狂风暴雨的摧残，却还是雄奇壮丽。屈于奴役之下的民族不可能有这样的成就，人类毕竟不以最高桂冠授予那些谨小慎微、知难而退、毫无建树于后世的庸碌之辈，而是把它授予胸怀大志、敢作敢为、功勋卓著，甚至在自己和千百万人同遭大祸之际还主宰着千百万人之心的人，拿破仑就是这样一个奇迹的创造者。这个驾驭法国革命，改造了法国生活的人，这个给意大利、瑞士和德意志的新生活奠定了广泛而深厚的基础的人，这个发起了十字军东征以来最伟大的行动，这个最终把千百万人的思念引向南大西洋那块孤独岩石小岛上去的人，必将永远立于人类历史千古不朽者的最前列。

当裴阳谈到他可能会因为政治上的祸患而离开他生活学习了近二十年的复旦大学时，他又和我提起拿破仑，并且情不自禁地背诵起拿破仑与近卫队告别时的最后演说：

士兵们，你们是我的老战友，我始终陪伴你们走着光荣的道路，现在我必须同你们分别了，我可能还会留在你们当中，但是那样残酷的斗争就要继续进行，法国还会自相残杀，我不能够再去撕裂法国的胸脯了。不要为我惋惜，我负有使命，为了完成这个使命，我同意活下去，这个使命就是向后代述说我和你们共同为法兰西完成的伟大事业，我想拥抱你们所有的人，但是，还是让我吻这个代表你们全体的军旗吧……

拿破仑不能自已，他的声音中断了，他拥抱和吻了旗手和军旗，然后与近卫队告别，迅速走出去，坐上马车。马车在近卫队高呼"皇帝万岁"的口号中疾驶而去，很多近卫兵像孩子一样哭了。

裴阳赞叹道："拿破仑就是以这样一种现实态度，刚毅地接受了他命运中这个致命的挫折，他忘却了自己陨坠的痛苦，力求消除别人渺小得多的忧伤；他一生中表现得最伟大的也许就是这一次：当他登上船舷，踏上这艘即将把他载去圣赫勒拿岛过流放生活的'诺森伯兰'号军舰时，舰上全体水兵屏息肃静。这位伟大人物脱下帽子，接受敬礼，然后以坚定的语调说：'将军，我来了，听您的吩咐。'"

裴阳说他不会像一条丧家犬那样离开复旦。"我踏进复旦时，还不满18岁，是全上海市仅有的两名免考保送入复旦的高中毕业生之一，那时我是师大附中的学生会主席，复旦使我从青年走向成年，复旦给了我许多美好的回忆。"裴阳在淮海路的无数次散步中和我说，"有一次，我在夜色中走出家门，来到复旦登辉堂，我用冰凉的前额去紧贴李登辉校长同样冰凉的大理石雕像石座，我想，只要可能，我绝不离开复旦；但是如果有一天我必须离去，我会像拿破仑一样洒脱地向这哺育了我的校园告别。复旦可能恨我，因为那份红头文件玷污了它的荣誉，可是我爱复旦，我真的很爱复旦……"

回上海后的几年，我一直倾心于文学创作中，我想把我过去十年的泪和恨、爱与痛统统诉诸文字，我试图去描绘我们这一代所遭遇的历史性的一页，然而文学的创作是那样艰辛，屡次的失败使我几乎绝望，对自己的才能感到惶惑和猜疑。每次读了我的短篇小说初稿，裴阳总是摇摇头，叹一口气，然后说："你是有才华的，可你笔下的人物太理想化了，你记得黑格尔怎么说的吗？'一个有个性的艺术典型，可以有许多相异的性格特征，可以是许多相互矛盾的性格特征的充满生气的总和。'比如拿破仑就是这样，他是一个伟大的征服者，又是一个野心勃勃、充满权欲、走向失败的政客。"

又是拿破仑，裴阳！你就是拿破仑！

我拼命地写作，常常写着写着流下泪水；我撕碎一张又一张的稿纸，把那些不满意的文稿付之一炬；我废寝忘食，夜以继日地写，在一个月里体重下降了十磅；我取消了一切社会活动和社会交往，像一个真正的作家那样甘于寂寞地沉浸在如烟的往事中。过去的人和影子、北大荒的一把黑土、一只用旧的小碗、一个眼神都一一在眼前闪现。

三个月后，我终于完成了我从北大荒回上海后的第一部中篇小说《缩影》。我的第一个念头就是拿去给裴阳看。

那是在江湾海滨的沙滩边，一个周末的下午，天气非常寒冷，大海泛着银灰的波纹，连一个浪头也没有。他在礁石边找了一个地方坐下，我将头缩在脖子里，手插在口袋中在沙滩上来回走动，等待着他看完我写的《缩影》。我心里十分紧张。在写作上，我常常为自己的才能而惶惑，我时常想为什么带着火一般的热情写出来的东西会味同嚼蜡。我怀疑自己能否写出一部好小说。

就这样，我在沙滩上徘徊了足足一个多小时，他终于站了起来。

"怎么样？"我问。

"……"他低着头，久久没有回答。怎么了？我思忖，又失败了？他抬起头望着我，那深邃的、耐人寻味的眼睛里噙满了泪花。他喃喃地说道："这是一部了不起的中篇小说！……你真是一个不平凡的女人!"

"真的?!"我第一次听到他这样的评价,几乎不相信自己的耳朵。

"真的,我看小说从来不流泪,我知道你曾经是这样深深地爱我,我听到了那些在风雨交加中的绝望呼号。不只是这些,这部小说,是一部史诗!一代人的史诗!……"

他的语气变得热情而激烈,好像有一团烈火要从千年积聚的岩浆中迸发,他急促地说:

"你还记得我和你讲过的《圣西门传》吗?当圣西门看到斯塔尔夫人《论文学与社会制度》(1800年)这部新著时,他兴奋不已,他感到斯塔尔夫人的心就是自己的心,觉得她的才华与自己并驾齐驱,他甚至从巴黎跑到日内瓦湖畔她的住处,要求独居的斯塔尔夫人和自己结婚……"

我惊讶地望着他那无法控制的激动,只见他突然将左腿屈膝蹲在沙滩上,脸上带着恳求和期待的神情说:

"如果我离婚,你能响应吗?"说着,他伸出右手来拉我的手。

"不要碰我!"我大叫起来,缩回自己的手,像是受到一次真正的惊恐。

"现在,我才知道你是一个真正的叶甫盖尼·奥涅金!听着,我不会做别人的情妇,也永远不会和你在一起生活!那四个小时的倾盆大雨,早已把我的头脑浇醒了,你明白吗?"

我万万没有想到他的反应会如此激烈,我一直以为有着桀骜不驯的个性的他,不会再和我提爱情两字,而且我已是别人的妻子(尽管我不幸福,但我从未向他透露只字),他起码应当尊重这个现实(尽管我对婚姻觉得很怅惘,可我对谁也没提起过)。

我夺过稿子,拼命向沙滩的一头奔去,等我回过头来时,只见远处沙滩上,伫立着一具木雕般的灰色身影,一动不动地站在刚才我们说话的地方。

我靠着墙头,闭上了眼睛:"是的,他肯定了我的小说……他异常激动,可我为什么要去责怪他呢?现在他像我从前一样,是个可怜的男人，他渴望爱情——那种不可能从我这里得到的东西，正如以前他不可能给我的一样。可我为什么不能去舔舔他的伤口呢？就像搀扶一个病人似的，我应当去搀扶他。"

我回转身，向远处那个一动不动的身影走去。

他完全像一座石雕像，没有任何表情，苍凉的眼睛凝视着天空，一座火山瞬息变成了凝结成一团的岩浆。

"对不起，裴阳。"我说，然后伸出手去挽他的胳膊。

"不要碰我。"

……

我怀着难以名状的心情，头也不回地走了。

直到半年之后，我才又和他见面。他给我送来一沓文稿，那是他写的题名为《中断的四重奏》的电影剧本。我感到一阵惊喜，没有想到他居然也写起电影剧本。他在我的办公桌上丢下剧本，没说几句话就骤然离去。我觉得他比以前憔悴多了，头发更稀疏了。一下班我就打开电影剧本，贪婪地读了起来。这是一份已经打印好的稿件，日期是1982年10月25日至1983年4月30日。我突然记起1982年10月25日正是他在江湾海滨看我的小说，然后我们争吵后分手的那个日子（我的那部中篇小说由于种种原因没有能够发表，这件事曾经让我肝肠寸断）。这么说来他早已酝酿了很久，而在那天——正是那天动的笔！

我至今还清晰地记得当我一口气读完这个电影剧本的心情，我被深深地震撼了。这是一个关于我国著名翻译家和学者傅雷一生的故事，在极强的视觉效果下，有着和莉连·海尔曼的《朱莉亚》一样深邃隽永的风格。裴阳用细腻的手法和火一般奔涌的感情描写了傅雷一生中的击鼓之日，闪电之年，使我在"渐隐""渐显""淡入""淡出"这些电影文学剧本术语的后面，看到了在中国百年的困惑之下，一个不愿沉沦的灵魂的挣扎，和这位成就了非凡的学问和人格的大师在孤独中闪现的哲思的宁静。傅雷的一生，经历了1949年以前和1949年以后中国历史上最黑暗的那些年头，惊心动魄的历史画卷使人痛定思痛，忧国忧民的情怀又使人感到天地之间有正气。裴阳的文字醇醇沁人肺腑，又有着蒙太奇那大幅度的跳跃，思维和现实的分割与无比壮丽的奇特的意象，在描绘傅雷先生30年代末在巴黎的小阁楼中拼命翻译巴尔扎克的《搅水女人》《高老头》《欧也妮·葛朗台》《邦斯舅舅》时，常常被笔下的那些活生生的人物打扰得不得安宁，于是走到凡尔赛大街上呼吸一口新鲜的空气。这时，银幕外响起了傅雷内心中坚定的声音：

> 巴黎埋葬着罗伯斯庇尔、巴尔扎克、肖邦，然而法国最大的荣誉，是属于那些精神自由和自豪、有纯粹人道特点的人。对于人类来说，这些特点的价值远远超过艺术和文学才能。

当读到这段时，我不禁捧起那本剧本，深深地吻了一下它的扉页。

写到傅雷夫妇和傅聪、傅敏四口之家共享天伦之乐，奏起巴赫的《G弦上的咏叹调》和四重奏时，我听到了琴弦声在我耳畔回荡；仿佛见到了傅雷对双子幽默的谈笑和慈父的情怀；泪光中看到了傅雷给出走波兰的傅聪那一沓一沓心血凝结的家书；看到了"文革"开始时，傅雷抱着"士可杀，不可辱"的信念与夫人双双自杀，告别人世。我的泪水已随着静息无声的画面禁不住地涌出眼眶。

裴阳用这样的画外音结束了《中断的四重奏》：

> 四重奏中断了，但我们的哀思依然连绵不断……傅雷先生就是这样，将他的一生献给了一切又热烈又恬静、又深刻又朴素、又温柔又高傲、又微妙又率直的人们。

一部小说的最终考验，将是人们对它所怀有的情感。剧本中强烈充沛的人性特质深深打动了我，看完剧本，我的心怦然大动。裴阳！我为你文学艺术的才华而兴奋、而激动！这时我突然理解了裴阳在沙滩上为什么会突然向我跪下，从文学作品中产生的沟通，原来比语言的沟通和其他一切的沟通都具有更大的震撼力！

裴阳！裴阳！——有许多年，我没有这样呼唤他的名字了。突然，一张小纸条从夹页中落到地上，我捡起来，以为是裴阳用来作注脚的白纸，但是我立即又一次地吃惊并且激动无比。

那小纸条上写着：

风格迥异，功力非凡。

楼适夷

裴阳的剧本给翻译家、傅雷的挚友楼适夷先生看过了！记得1982年夏天他告诉我一件事，他从电视中看了由于是之主演的老舍的剧本《茶馆》后，对于是之的表演赞赏不已，唯觉遗憾的是全剧落幕时，于是之撒纸钱时手的姿势，裴阳认为颇有软弱无力之感，于是他提笔给北京人民艺术剧院写了封信嘱转于是之。本以为事情已经过去，想不到两周后收到了于是之一封长达三页的亲笔信，他谦恭地表示完全接受裴阳的意见，并在信中同他大谈表演艺术。后来他在演《茶馆》剧终前最后一幕中就改变了这个动作。而现在，楼适夷的仅仅八个字，又是多么有力地说明了他的才气！

我恨不得立刻去找他，向他祝贺，那种在我心中早已死去的对他的爱情，又在渐渐复苏。就像听了贝多芬的奏鸣曲会爱上贝多芬一样，读了裴阳的电影剧本，也会再次爱上裴阳！

一星期之后，我怀着一股涌溢着的激情，夹着电影剧本来到四川北路他的家。自从多年前这条路给我留下难以磨灭的伤痕之后，我再也没有来过。每次约会都是他来找我。在看到这个电影剧本之前，我可以发誓从未对他产生过任何激情，只感到他仍然是一个很好的谈话对象，一个可以交换知心的朋友。与他作一小时的促膝交谈，可以比一整天的沉思默想更令人聪明。和他散步时我若无其事却又怀着警戒，我不让他对我有丝毫过分的贴近。在爱情的大树上，他已经是一片枯黄了的檞树叶子，早已随风飘落。看了剧本后的那几天我又反复地问过自己：它是否又在萌发新绿？

那是一个明朗的下午，湛蓝的天空、和煦的阳光照着幽邃寂静的四川北路弄堂，只有两个小女孩一边唱着一边跳着橡皮筋。我走到弄堂深处，又拐了个弯，裴阳家就住在右侧边门里的3号。一拐弯我就隐隐听到了一些什么东西的碰撞声和躁动声，等我推开3号的黑铁门，我完全吃惊地愣住了：只见瓶罐、碗盆、肥皂盒和烟灰缸像雨点般地从裴阳家开着的玻璃窗里落下来，发出砰砰啪啪令人震骇的声音。窗内传来一个小女孩尖锐的哭喊，混夹着听不清的咒骂和怒吼……我的天！就像一只精致而熠熠生辉的水晶杯在我面前突然摔碎，我竟傻傻地伫立在那里，怀着震惊和心痛，呆呆地仰头望着他家的窗口。突然，更加令人发毛的事发生了，从窗子里扔出了一只九英寸的黑白电视机，呈弧线直朝我站的这棵树下砸来，只听"砰——"的一声巨响，屏幕和机身瞬间即爆炸般地遍地粉碎。哭声和吵声更响了，里面一定是糟成一团。

我深深叹了口气，转身正要离去，一个尖亮的女人的声音从窗口传出："她来干吗?!"我侧身抬头，只见她从窗口伸出头怒吼着："哼！你不是很欣赏她吗？为什么不和她结婚?!你当初就不该来找我！……看人家回东北就一脚踢开，势利鬼!"接着我听到"啪"的一记响亮的耳光声。

在一片哭叫和嘶喊声中，我快步地逃出了四川北路弄堂。

他的心绪越来越恶劣了，他到外贸大楼医务室来找过我几次。打印之后寄往几家电影制片厂的剧本都被退回来。一是由于傅雷的原因—— 不知什么原因，至今也没有一部关于傅雷的电影或小说问世，只有一本傅敏编撰的《傅雷家书》。第二当然是由于裴阳自己，他还在审查中，没有人愿意冒险用他的稿。裴阳无可奈何地引用司马迁《史记·仲尼弟子列传》说："学者多称七十子之徒，誉者或过其实，毁者或损其真。"其实那时我不像人家想象的那么好，现在我也不像人家想象的那么坏。

绵绵无尽、遥遥无期的审查在折磨着他的心灵和每一根神经。从1976年到1983年，整整七年时间，为了那份没有执行的红头文件，没完没了地问话、交代、检讨，加之每天带惩罚性质地在图书馆清扫地板、擦书橱桌椅，使他快要崩溃了，而他那时连个党员都不是（虽然文件中明确指明要突击发展他入党，以适应新的身份）。他说："我懒于抛头露面，对权力并不感兴趣，如果说那时我有过激动，那是从少年起就养成的一种理想在激励我。谁任命我，为什么任命我，我根本不知道。那时我正在专注于翻译《论语》，学校的政治活动能推就推……一股力量把我推到浪尖，连一分钟都没有停留；现在另一股力量又把我卷入海底，一下子就是令人窒息、无聊空虚的七年！我曾经告诫自己：把自己当正常人，不要去想什么审查清算了。于是全力写作，可是哪里会有人用我的剧本？这不等于宣布政审还没结束吗？"

他学会了抽烟，他拼命地抽，在浓重的烟雾后面的那个他，已经有点面貌不清了。有时我想，他就是我从17岁起就苦苦追求的那个白马王子？那个复旦大学意气昂扬、光彩熠熠的尖子？他喝酒喝得很厉害，已经不再碰什么葡萄酒、啤酒了，他喝五粮液，喝高度白酒，喝劣等进口酒，只要是烈酒，他就倒在杯里，一口干尽。唯一与众不同的是，他永远穿得整整齐齐，连衬衫领子都是他亲手烫过的。

有一次，他对我说，他想到过死。

那是在他和我长谈智利著名作家曼努埃尔·罗哈斯的短篇小说《不安的灵魂》时说的。

他先是像以往那样生动地给我讲述了小说的片段：

> 每逢穿上一件新衣服，他——巴勃罗·贡萨莱斯那黯淡的青春就会被一种伟大而强烈的爱情的希望照亮。他的心中既充满伟大的希望也保留着细小的记忆。每天早晨，只要闹钟用它那冒失的铃声把他惊醒，他就坐在床上这样问自己说："今天我希望什么呢？"（说到这里，裴阳的眼光

显得很黯淡。）

当他没什么可希望，当他考虑一会儿意识到这一天没有什么东西也没有什么人——一封信，一本书或一次约会——能够给他带来一种理由或动机，证明他应该生活下去的时候，他就感到一阵心酸。当办事员那六年（只有六年，不是七年！）的愚蠢生活为他留下的神经衰弱症就会从他那神秘的头脑传播到每根失调的神经上去。

但是，今天不同。他穿上了一件新外套，希望便油然而生，他有权利希望许多东西。

……神经衰弱症已经打开它那阴暗阁楼的门，嘲讽的微笑打消了他的新外套为他带来的一点快乐。事情往往如此：他关于生活的一切想法，总是转弯抹角、神不知鬼不觉地化为死的念头（说到这里，裴阳停顿了许久）。

死亡是一种生理现象吗？肉体死亡的时候，精神力量同时也消失吗？……贡萨莱斯虽然读过柏拉图的《苏格拉底的辩护词》，但还是很失望。他为什么失望呢？唯物主义者们的著作也没有能够用他们那泛神论的泥土填满贡萨莱斯那疑问重重的深坑。唯灵论者和生物学家们在他这个被迫充当思想家的银行小职员的疲惫头脑中挥舞着拳头。苏格拉底、梅特林克、柏克森、莫莱斯乔特……只给他的痛苦增加了哲理，他的思想却像抓着这两面对立的绝壁向悬崖下跌落下去……（裴阳又打开一包烟。）

他就这样思绪沉沉地穿过喧闹的中心大街，他的身体平静地向前行进，灵魂却烦躁不安。他想着死亡……世界上的一切痛苦，大地上的一切悲伤和大海上的全部孤独顿时像铁锤砸花生一样落在他身上，他觉得自己渺小不堪，痛哭起来，拼命抽泣……

他往哪里躲呢？他怎么能逃得开呢？他为什么一定要活着呢？为什么要每天穿上西装，穿过马路去上班，装出一个活人的样子，而满脑子想到的只是一个字——死。

裴阳讲到这里，脸色由苍白变为铁青，就像一个面对着墓冢的人那样呆滞，眼光里浮着迎接末日的那种淡淡的哀伤。"我一连读了几遍……我不怕死，我很早就对你讲过为了祖国我可以随时献身。但是现在，我的这副躯壳只能为自己停止痛苦作贡献了。"

这是他第一次和我谈到死。我理解他的心情，我并不当真，我为了档案袋的事也曾想到过死。我只是表示对苏格拉底的学生柏拉图写的《苏格拉底的辩护词》很感兴趣，我很久前就听说过，但一直没有读过它的全文。

又过了三个星期，裴阳又像往常那样突然降临到我的医务室（裴阳在受审查的第二年，即恢复了部分行动上的自由），并且提议去外滩走走，我拒绝了。自从上次在他家窗下目睹了其惊心动魄程度不亚于《星球大战》的"雨点战"，我已经吓得再也不敢和他一起散步了，生怕给他的家庭带来更大的灾难。由于我常常下班后仍然在安静的医务室写作或者看书，他只要路过外滩看到我的窗口亮着灯光，就会上来。他仍然是浑身散发着一股酒味，一坐下来就点烟，一声不响地抽上十几分钟；他仍然看上去心事很重，十年前他那深邃迷人的大眼睛里流露出来的孩子般的笑，仿佛已经永远消失了。他眯缝着眼睛吞云吐雾，当那支烟快要吸完的时候，他摁灭了烟头："上次从你这里回去后，我把《苏格拉底的辩护词》全部翻译出来了，你愿意听我念吗？"没等我回答，他已经用英语背诵起来了：（引自柏拉图对话录）

Let us reflect in another way, and we shall see that there is great reason to hope that death is a good, for one of two things--either death is a state of nothingness and utter uncon-sciousness, or, as men say, there is a change and migration of the soul from this world to another……

念到这里，他停了下来，烦恼地说："还是用中文背吧，你在医学院学的那几年英文也听不懂。"说着，他站起身，像这位在公元399年以"渎神违教"之罪被控入狱，不久被判毒死的苏格拉底一样，用肃穆、低沉的语调背诵起他临死之前的申辩：

　　我们如果从另一角度来思考死亡，就会发觉有绝大理由相信死亡是件好事。死亡可能是以下两种情形其中之一：或者完全没有知觉的虚无状态，或是人们常说的一套，灵魂经历变化，由这个世界移居到另一个世界。倘若你认为死后并无知觉，死亡犹如无梦相扰的安眠，那么死亡真是无可形容地得益了。如果某人要把安恬无梦的一夜跟一生中的其他日子相比，看有多少日子比这一夜更美妙愉快，我想他说不出有多少天。不要说平民，就是显赫的帝王也如此。如果这就是死亡的本质，永恒不过是一夜（裴阳重复这句：永恒不过是一夜）。倘若死亡一如人们常说的那样，只是迁徙到另一个世界，那里寄居了所有死去的人，那么，我的诸位朋友、法官，还有什么事情比这样来得更美妙呢？假若这游历者到达地下世界时，摆脱了尘世的审判官，却在这里碰见真淳正直的法官迈诺、拉达门塞斯、阿克斯、特立普托马斯，以及一生公正的诸神儿子，那么这历程就确实有意义了。如果可以跟俄耳甫斯、缪萨尤斯、赫西奥德、荷马相互交谈，谁不愿意舍弃一切？要是死亡真是这样，我愿意不断受死（裴阳又重复了一遍：要是死亡真是这样，我愿意不断受死）。
　　我很希望碰见帕拉默底斯、蒂拉蒙的儿子埃杰克斯以及受不公平审判而死的古代英雄，和他们一起交谈。我相信互相比较我们所受的苦难会是件痛快的事情，更重要的是，我可以像在这个世界时一样，在那个新世界里继续探求事物的真伪，我可以认清谁是真正的才智仁人，谁只是假装聪明。

法官们啊，谁也不愿舍弃一切，以换取机会研究这远征特洛伊的领袖——奥德修斯（《荷马史诗》中特洛伊远征领袖之一）、西绪福斯（希腊神话中奥德修斯之父，被罚不断从山下推动一块石头上山顶，来回往返）和无数其他的男男女女！跟他们交谈，向他们请教，将是何等快乐的事情！在那个世界里，绝不会有人仅仅因为发问而获死罪！如果传说属实，住在那里的人除了比我们快乐之外，还能得到永生。

我注视着裴阳的眼睛，他的眼睛是最深邃、最神秘、最丰富，也是最有魅力的，而他的眼神却是最忧郁、最阴沉、最渺茫，也是最冷漠的。

法官们啊，不必为死亡而感到丧气，要知道善良的人无论生前死后都不会遭恶果，他和家人不会被诸神抛弃。快要降临在我身上的结局绝非偶然。我清楚地知道现在对我来说，死亡比在世更佳。我可以摆脱一切烦恼，因为未有神谕显现。为了同样的理由，我不怨恨起诉者或是将我判死罪的人，他们虽对我不怀善意，却未令我受害。不过，我可要稍稍责怪他们的不怀善意。

可是我仍然要请你们为我做一件事情。诸位朋友，我的几个儿子成年后（苏格拉底死时儿子还很幼小），请为我教导他们。如果他们把财富或其他事物看得比品德重，请像我烦劝你们那样烦劝他们。如果他们自命不凡，那么，请像我谴责你们那样谴责他们，因为他们忽视了事物的本质，本属藐小而自命不凡。你们倘能这样做，我和我的儿子便会自你们手中得到公正。

离别的时刻到了，我们得各自上路——我走向死亡，你们继续活下去，至于生与死孰优，只有神明方知。

背诵完最后一句，裴阳感叹地大声叫道："你不感到那种勾魂摄魄的力量吗？……既然活着不能和尘世的烦恼、庸碌与屈辱告别，那么就做一个倒下去的苏格拉底吧！你以前不是很爱谈柏拉图式的精神恋爱吗？和苏格拉底死在同一个世界，这就是至高无上的精神恋爱！你不以为是这样吗？……"

从医生的角度我敏感地觉察出，他已经把自己同这个写了伟大不朽的辩护词的人混为一谈了。他有时不能控制住自己的神经，尽管他仍然有着令人惊叹的智慧、才气和记忆力。裴阳神经质地把烟灰倒在玻璃台板上，用微颤的手指再一把一把地捏回烟灰缸去，把这件事反反复复做了几次后，裴阳说："真闷啊！一种像整个心被掏空了似的闷！…… 有时候，我不知道究竟是得了心脏病发闷呢，还是人在消沉时那种无所事事的发闷？……"

他似乎并不想听我讲什么，问了一下我写作的情况，然后又抽了两支烟，就走了。

我站在医务室落地玻璃窗前，看着月色下他走向外白渡桥的身影。我问自己：我能为他做什么呢？也许，每隔几个星期，他到这里来抽上几支烟，像多年前那样大谈喜欢的书，或者像今天这样高声背诵，就是对他最大的安慰吧！

我想起了"友情"这两个字眼，它既不同于友谊，也不是爱情，却能在人生的道路上走得最远最长，即使是和一个异性。裴阳！我愿为你一掬同情之泪！但我知道你是恨眼泪的，我从来没有在你面前掉过一滴泪。

1983 年，我在上海医学院进修，秋季放假，我约了一位女友一起去黄山。"黄山归来不看岳，五岳归来不看山。"我向往黄山已经很多年了，现在总算有了一次机会，裴阳知道我俩要去黄山，就坚持要和我们一起去，我不同意，说："让你妻子知道怎么办？你家里还有什么东西可以提供爆炸的？"话一出口，我立即觉得不对，就改用劝说的口吻慢慢地对他说："裴阳，我真的很担心，你不考虑后果吗？"

"不用担心，我受审查时，有时几夜不能回家，她连问都不问一声……"我们在一起时，很少说到他妻子，也从来不提我的丈夫。我不多问了，自从那次去他家后，我才目睹了他婚姻的实情，我心中对他充满了同情，多年的怨恨早已消失。看了他剧本后那一时的冲动，那怀疑自己是否又会滋生新芽的柔情，也早已昙花一现，烟消云散。既然他闷得厉害，就让他和我们一起去吧！不做亏心事，半夜不怕鬼叫门。有什么可怕的！再说，除了第一次在杭州钱塘江大桥上相见，我还从来没和他去过外地呢！

"那好吧，我去补买一张票，下星期四出发。"

他并没有像我期待的那样变得高兴起来，沉默了一会儿，他突然说："黄山的鲫鱼背听说很危险，你敢爬吗？"

"敢！有什么不敢？当然敢！你不记得啦？我还扒过火车，跳过火车呢！"

裴阳叹了口气："当然记得，那是1970年的事。"他用手指弹去烟头的灰末，苦涩地笑了："一晃十三年过去了！"

一星期后，我们三人冲出了家庭的羁绊，终于踏上了赴黄山的旅途。祖国的大好河山早已向我们敞开胸怀，凭什么让我们锁在喧嚣的城市、拥挤的办公室内？走吧！踏遍祖国青山，这是炎黄子孙的权利！

在颠晃的车厢内，我们挤坐在最后一排。我眼前掠过市郊的绿树和田野，心中充满了兴奋和幸福。真正的幸福，应当是一生中回顾起来永远幸福，永远不黯淡失色的，在我一生中值得回忆的快乐的日子，也有过不少：

被市少年宫合唱队录取，参加话剧《枪》的演出（令人留恋的小学生活！），代表学校红卫兵赴京，初次和小济在淮海路上的散步，在二十三连和邵燕琴的无数次倾谈，在五师医院与女友们的友谊和温暖，上大学，初见大海的喜悦，大桥及复旦园与裴阳的邂逅，在五师白杨小径的漫步，画室炉火前的长谈，和于廉在一起的那个雪夜，建边绚烂的夕阳和高加索风光，静谧的心境，一位乡村医生的责任感和自豪感，生活有条不紊，大自然宽厚的陪伴与白桦树日夜的呢喃……而今天，女友、裴阳和我，奇迹般地偷偷溜出家门共赴黄山，岂不乐哉（女友和我的家庭都反对我们去黄山）！裴阳看上去仍然不很愉快，只是偶然露出一丝笑容，他说他费了九牛二虎之力才和审查组的几个人请了假，而且告诉他们不是去黄山，而是去外地看病——不久前医生诊断他得了"甲状腺功能亢进症"。两手前平举时手指和掌心颤抖得很厉害，眼睛也出现微凸症，医生讲如果他再拼命喝酒，就可能导致一种叫"甲状腺危象"的症状，它可能导致昏厥和失明——审查组出于同情，总算给了他四天假期。

颠簸了二十个小时后，我们离开了山清水秀的歙县，换上直达"黄山大门"的汽车。前一天傍晚在古色古香的"翻园"小镇吃饭时，他们两个每人交给我30元，推选我当管家，我当管家的宗旨是，力求俭朴——苦其筋骨，乐其心志。一般食用面包开水，一餐一个罐头（上海带去的），零钱尽量不用，杜绝浪费。

你好啊，黄山！嵯峨壮丽的黄山和流水潺潺的温泉送来了金秋的凉爽，我们买了三根挂棍——这是爬山必需的，便登上征程，第一站的目标——玉屏楼。

一位灵活的山里少年主动跑到我们面前要求给我们当向导兼挑脚（因行李、罐头较重），我不同意雇用，裴阳却主张雇用，女友只笑不表态。经过我和裴阳一番辩论，他赢了。于是他第一次露出了微笑，并且给这个十六七岁的少年取了一个名字："闪色"。因为他穿了一件橘红色的背心，在葱绿的山中很是明显。

"伞色？什么伞色？是降落伞用的颜色吗？"我问。

184

"怎么扯上降落伞了？闪色是最近巴黎服装设计师皮尔·卡丹推出的国际流行色，以耀目刺眼为特点，黄山农家的孩子都穿上了闪色，你这个大上海来的医生却不懂什么是闪色？"

我真的不懂，我一向不讲究服饰。每周六天，每天八小时总是白大褂一件，不过我很喜欢淡雅的粉红色。

很快地我又出了洋相。

当我们爬过令人头昏目眩的"云中阶"，翻过别名"卡桑德拉大桥"的桥，来到风光旖旎的玉屏楼，走到徐霞客首次登山的栖身处时，我们望着眼下呈现的一片空谷，裴阳吟诵道："空谷足音……"他像是思忖着什么，停住了。

我接下去："仙气袭人……"

"什么仙气袭人？胡说八道！……先知先觉才对！"

他又恢复了多年前那种咄咄逼人、不给人情面、恃才傲物的口吻。看到他这样，我觉得大自然使他心中有一种东西、一种秉性在复苏，听他的揶揄比看着他没有节制地抽烟喝酒要好受多了。

我们继续爬山，"闪色"不时停下为我们指点。天都峰、鲫鱼背、迎客松……一路尽有无穷乐趣，无数险境。爬鲫鱼背时，我望着脚下的万丈悬崖，心里倒抽了一口冷气。听说曾有游客不慎从这滑滑的圆背脊上跌落下去，粉身碎骨。鲫鱼背前竖着一块牌子，写着醒目的红色大字：小心！危险！当我和女友爬过鲫鱼背时，我们拼命叫跟在后面的裴阳，只见他双手双脚着地，在悬崖边上像豹子一般侧过头去一动也不动地望着那万丈深渊。

"裴阳！快过来啊！"我俩大声叫道。

他动作敏捷地"爬"向我们，情不自禁地说了声："确实惊险！"

黄山处处可见第四纪冰川的遗迹，前古博大的气势令人肃然。下午是莲花峰、西海、北海、清凉台……处处是虚渺的幻境，星汉灿烂，恍若隔世。我们置身于莲花峰的缥缈云雾中，轻柔的云海，雪白的波涛，时而徐徐漫过我们的额头，时而汹涌，遽然散去。跋涉到西海的途中，一步一移，奇观层出，气象万千。我不由得高声背诵起《梦游天姥吟留别》中的诗句：

"越人语天姥，云霞明灭或可睹。天姥连天向天横，势拔五岳掩赤城。天台四万八千丈，对此欲倒东南倾……"

在北大荒放猪时我一连几天对着荒原背下这首诗，现在面对着奇丽的黄山，我不由得高声叫着："天台四万八千丈，不如黄山一步移！……美哉！黄山！"

安静的女友看着狂喜的我，高兴地笑着。裴阳仍然寡言，他曾经说过大自然和爱情是他人生中的两座宝殿，现在他至少在其中一座宝殿中，他为什么不激动？他在默默地舔自己的伤口，不想发出一点儿声音吗？

此刻，我们经过了西海附近的一个大峡谷，这个幽深博大的峡谷是突然之间在我们脚下展现的。我们正通过的一条羊肠小道，两旁峭壁陡峭得惊人，令人想起美国拉什莫尔山那雕刻着美国历代总统像的岩壁。在这儿可以刻上十个总统头像，甚至二十个、三十个，只要削一个直面，就可以把全美国、全中国的历史都镌刻上去！

"这就是历史。"久久不语的裴阳站在我身边，突然说道。我索性俯下身去，全身紧紧贴着悬壁口，双手抓着崖面上露出的尖锐的石棱凸面，伸出头屏住呼吸，注视着眼下这个无比巨大、空灵的悬崖峭壁。我的思想凝固了。面对这样的悬崖，我只是一粒沙子，正如面对历史的长河，我只是一朵不起眼的浪花。苏格拉底在死刑前申辩说"永恒只不过是一夜"，每个人都走向永恒。我突然想起了一个念头，要是我死后能栖身于黄山任何一块岩石下，同这座大山一起，在今后的千千万万年中，沐浴这儿的云霓、雾霭，和朝霞一起升腾，和落日一起憩息，"脚著谢公屐，身登青云梯，半壁见海日，空中闻天鸡"，这样优哉游哉万千年，如果真能这样，岂不是真如苏格拉底所说：我愿不断受死？

等我爬起身来，看到的是裴阳脸上布着一层沉思的雾。

我很快忘记了悬崖。"西海到了！西海到了！""闪色"叫着。仙人指路、二仙下棋、西施梳妆、明镜台、倒靴门、书僮、天鸡鸣月……随着"闪色"的指点，一切若隐若现、云霓缭绕、千年奇松、深邃幽远。"日落！快看日落！我说我们会赶上的！""闪色"急急催促我们往西看，我们转过身子，只见如血的夕阳在云海中徐徐落下，层层的雾涛云霓仿佛为她的回归击响战鼓，连绵的峰峦，仿佛在风声中奏起凯旋的战歌：太阳下山了！太阳下山了！

如此的壮丽！如此的奇观！如此的落日！如此的黄山！我的泪水涌出了眼眶，我再看女友和裴阳，他们也被深深震慑，眼里浮着激动的泪花。

第二天，我们开始下山，处处都是游客，红男绿女点缀着苍郁的大山和缥缈的云间（在黄山，人常常在云间走路）。

有五个香港人跟我们结上了伙：三个姑娘，两个活泼的小伙子。披散的长发和奇异的带破洞拉须牛仔裤早已不足为怪，小憩时，在一块圆形岩石上，我们横七竖八地在秋日的阳光下躺下，一个皮肤晒得黝黑、眼睛大大的小伙子戴上耳机，随着耳机中只有他听得见的强烈节奏，跳起舞来——是单人扭摆舞：迪斯科。

"有《单程车票》吗？"我问。

"有，你听……"他倒转了一下磁带，递给我耳机。

喔，太美了！这是我第一次听到微型立体声耳机中的音乐。立体的具有强烈节奏和低音贝斯的乐曲从四面八方向你涌来，明快的节奏唤起你的足、你的手，血也在沸腾了——你情不自禁地想跳起来，想跟着感觉走，想和整个世界拥抱！

"嘿！你们听听！"我解下耳机递给裴阳，他听了，脸上露出一丝淡淡的微笑。他一直是喜欢古典音乐的，也许他不喜欢节奏强的现代歌曲。我又递给女友，安静的女友足足坐在那里听了十多分钟，直至使小伙子感到有"归属问题"的苗头，向她伸手示意，女友才急忙窘迫不安地解下耳机还给他。

"在香港，工作的时候拼命干，然后一年夏冬两次，休假旅游。不少人都去夏威夷结婚，我打算明年去希腊和意大利，看博物馆去。"小伙子得意地说。

唉！人家过得像个人的生活！我们呢？裴阳是以看病名义出来的，我和女友虽然医学院放假，但单位规定放假期间一律回单位上班，否则按天数扣发工资。唉！只有一个唉字……

这是我第一次强烈地感觉并且羡慕生活在港澳及国外的人们（虽然这种感觉现在看来具有片面性，生活在国外也有意想不到的艰辛、孤独和困惑），而那时，出国对我来讲，只是一个梦而已。

1983年，我根本没有想到过要出国。

第三天，一件意想不到的事情发生了。先是在白天，我和裴阳爆发了一场争吵，那是在黄山脚下温泉饭店旁的翡翠池边。池水像块幽绿的宝石，周围瀑布飞挂，涛声不绝，水流穿过怪异秀气的一块又一块岩石和峭洞。我们已经尽兴尽致地玩了三天，夜里十一点就要乘坐长途汽车返回上海。我先数了一下钱，发现洗一个温泉浴还绰绰有余，于是我们三个人痛快地洗了温泉浴。出来一身轻快，有飘飘欲仙之感。温泉四处都是天然雕琢的景致。阳光下的翡翠池完全名副其实，好一个幽雅的所在！

"拍照片留影！"拍完胶卷，这是我们剩下要做的最后一件事了。我们先是各自拍了几张单人照，然后我和女友合影了一张。拍完后，安静的女友突然抢过裴阳手中的照相机，跑出几步，对准向我走来的裴阳说："快点站好，你们这么老的老朋友，我给你们也拍一张留念。"眼看女友已经要按下快门，裴阳在我身边也摆出一副拍照的样子，我急忙伸出右手挡住镜头，大叫了一声："不！不准拍！"

我的女友吓呆了，裴阳像一头受到屈辱的狮子来回踱动着，脸气得铁青。我对女友说："你不明白！……你这是在授人以柄，制造证据，或者可以说是在制造伪证！"我又跑到裴阳面前："你怎么不想想，她不明白，你总该明白！"裴阳捡起一块石头，朝远处狠狠地扔去，他一句话也没说，以后的整个一天，他一直不理睬我。受了惊吓的女友也忧心忡忡，我则一再安慰她，向她解释一些她永远也不可能明白的东西。

吃晚饭时他不见了，我俩到处找他，招待所、浴室、售票处、翡翠池……可根本不见他的人影。他想留下再玩几天？可他的钱还在我这里啊！晚上的汽车票怎么办？汽车会不会等他？他来了，汽车开跑了怎么办？我急成一团，并且责备起自己：为什么为拍一张照片伤了他的心？照片出来后我们可以把它藏起来，不让任何人看见，或者是只留底片，照片则看后撕掉。十几年的交往，为了审查组，为了他太太，为了我先生，连拍一张照片都像惊弓之鸟般地大叫！你的勇敢、你跳火车翻墙头的那种勇气到哪里去了！难道就找不到一个地方收藏起这张照片？…… 我一边连连责骂自己，一边急得团团转，到处找他。突然我想起一个念头：他会不会上山？对，他一定又上山了！月亮很好，不少人还在山上，我连忙对女友说："你在这里等他，如果看到他就告诉他不要跑开，我去山上找他。"

我不知哪来的这股劲会爬得这么快，忘了带拐棍也浑然不觉。我一边跑一边竭力嘶喊："裴阳——！裴阳——！"就这样边爬边跑边叫，不知是过了一个小时还是两个小时，我突然发现鲫鱼背上站着一个人影！

那天经过鲫鱼背，我们三人都是伏身爬过去的，可是那个影子却直直地站立着，一动不动，就像竖立在一个圆球上顷刻就要倒下去的一根针杆！我突然惊醒：是裴阳！他要干什么?！

我发疯似的大声惊呼着奔过去，脱光鞋袜迅速爬上鲫鱼背，只听见一个低沉喑哑的声音在吟诵着屈原的《离骚》："长太息以掩涕兮…… 哀民生之多艰……不如归去……不如归去……" 我一下全明白了，他想在这里结束自己的生命！

我爬上了鲫鱼背，使出全力把他往身后那条小径下猛地一推，他跌倒在小径上。我跳下鲫鱼背，惊吓得声音发抖：

"你要干什么？……为了那张倒霉的照片，就值得赔上性命吗？"他在月光下像一具没有生命的雕塑，好像还没有从死亡的意境中苏醒过来。月光下他脸上那种厌恶的心情，被人损伤的自尊心，明显的失败情绪以及面临死亡的绝望的疯狂都让我震骇无比！

"你讲话啊……我吓死了！你讲话啊！"我哀叫着。

过了许久他才从胸膛里发出一个几乎听不见的低沉的声音："不要愚蠢！……我当然不会为照片，我不想回上海去了。士可杀，不可辱，屈原是这样，苏格拉底也是这样……还记得《中断的四重奏》吗？"

"你疯了！"我大叫道，"你不是屈原！不是苏格拉底！你差一点当上复旦校长，你是在为你破碎的昨天哀叹！……裴阳！……你！……我今天才看出你是一个软蛋！窝囊废！胆小鬼！你连我当初为一个档案袋去呼号扒车的勇气都没有……你害怕别人，你害怕审查组，你害怕你妻子！你害怕你周围的一切，你才会想出从这里跳下去！"我越叫越气愤，越叫越激烈："你跳哇，你去跳哇！……好一个倒下去的苏格拉底，你永远不会是苏格拉底！……你死了或者你活着，都是你自己——裴阳！"

他脸色苍白，从小径上站了起来，我发现他在滚下鲫鱼背时，右手被石笋划破了，向外淌着鲜血。我急忙忙扯下脖子上那条粉红色的丝围巾，紧紧地裹在他的右手背。突然，我在这静寂无人的月色下，拥抱了他，大声哭泣起来！

我全身发抖，他也浑身发颤，我紧紧地拥抱着他那魁梧的身躯，把冰凉的面颊贴在他同样也是冰凉的、三天没刮胡楂的面颊上。我放声哭嚎：为了我少女的初恋，为了我青春的偶像，为了他一切的不幸与颓丧，为了和死只差一步的这个夜晚，也为了十七年来这第一次的拥抱！

我感到他的一颗冰凉的泪珠掉到我的颈项上……

从黄山回来到上海后，有整整一年时间，他没有来找我，也许是为了被扭曲的自尊？或是再不能像以前那么容易地互相面对？

从外滩到复旦，两个灵魂互相沉默了一年。那一年，我和我先生的婚姻关系彻底破裂。

1985年春天，我开始把发表的小说、文章寄给美国大学，申请去美国自费留学。那年我被外贸局送到《经济新闻报》当记者，后来又被调去《经济日报》上海国际经济信息中心任副总经理。有一天，为了一份稿件我去上海外国语学院，办完事后正要回中心，突然想起复旦离这里只有几分钟路程，于是叫司机自己先回去，我又来到了曾经是那么熟悉又刺痛过我的复旦校园。几经询问，许多大学生表示从来没有听说过裴阳这个名字。好不容易找到了在校园中一个不引人注目的角落的国际关系系图书馆，推开门进去，空荡无人，寂静无声。可能正是学生上课时间吧？我问一个管理员裴阳在哪里，他用手指了指楼上。我走到二楼，一拐弯就看到他埋头于一大堆卡片中，看到他那颗智慧的脑袋已黑发稀疏，有些谢顶了。他抬起头来，仍然十分深邃的眼睛表露出一丝惊讶。

我看到他在往卡片上填写书名，归类编号，然后放入供查询用的书籍目录橱。他面前堆起的卡片起码有一千多张，身后是一个打开的目录橱，上面有许许多多装目录卡片的小抽屉。我在他面前坐下，我们互相凝视了足足三分钟，谁也说不出话来，我心里沉重得像压上一块铅砣。"你就干这个吗？"我终于忍不住脱口而出。

"这有什么不好？我可以看许多书。"裴阳叹息了一声，"这已经强多了，我再不用干扫地一类的事了。"

"怎么，审查结束了？"

"我想差不多了吧，反正也没有人来管我了。"

我一听立即站起身，一字一句坚定地对他说："你要离开复旦，你要马上设法离开这里！我现在是《经济日报》上海国际信息中心副总经理，我可以为你发调令，调你到《经济日报》我们中心来！"

"为什么要去《经济日报》？我不愿意离开复旦。"他说着又动手去整理那些卡片。

"裴阳！……看看你在这里干什么？看看你还剩几根头发？！你难道还葬送得不够？还要把自己统统葬送光吗？到《经济日报》来，你可以当记者，也可以当编辑，你可以发挥你的专长！……看书不错，可你整天看书，看书，你拿什么来回馈社会？你不觉得社会已经把你抛弃？人们已经把你忘记？！……现在你还不赶紧抓住一个机会离开这里？复旦！你有什么理由还要留恋复旦？！"他想了半天，同意让我试试。

一个星期后，司机又把我送到复旦。我拿着《经济日报》上海国际经济信息中心的介绍信，来到国际关系系楼。

久违了，红砖楼！转眼间十八年过去了，第一次来到这里时，我还是一个 17 岁的充满爱情幻想的小姑娘。走廊上一个学生告诉我，系领导办公室在四楼。我噔噔地跑上四楼，推开了那扇门——我曾经那么熟悉的门。我的心立即被震慑住了：十八年前那个被我称作"典雅"的办公室，两扇宽大的玻璃落地窗加上几只日光灯还是那么明亮，四壁的书橱也还在那里，那张桃心木的大办公桌——他曾经坐在后面一边和我谈话，一边转动转椅——也还在那里。只不过现在坐着另一个雍容肥硕、穿着灰色中山服的 50 岁开外的人，他正捧着一杯茶在看报，一旁的小桌子边坐着另一位 40 多岁、剪短发的妇女，也捧着一只杯子在看什么材料。

于是，在我少女的初恋中梦一般高不可攀的这个屋子里，我出示了那张介绍信，向两位面带惊讶神色的系领导商洽关于调裴阳离开复旦去《经济日报》的事宜。

他俩看了我的名片后，就不断地向我这位副总经理——裴阳"可能"的未来领导一而再，再而三地告诫说他有多么多么难弄，而且一再追问裴阳有什么广大神通居然能把手伸到了《经济日报》。谈到末了，他们表示实际上他们对裴阳已经失去兴趣，谢天谢地现在总算还有人要他，让他一走了之最爽快。于是，他们取出了他那份特大号的厚厚的档案袋，贴上红封条，表示第二天将派专人送往《经济日报》国际经济信息中心。

办完这件事后，我显然碍于身份不适合再去图书馆找他。于是便让司机驱车回去。没有想到，几个月后，我的签证下来并且立即动身去了美国。

就这样，我们断断续续地交往了十八年，从此以后我再也没有见过裴阳。

1985 年夏天到美国后，我曾马上给《经济日报》写了信，不久便听说《经济日报》上海国际信息中心查了他的档案后，认为他的问题还"留着一条尾巴"，以政审不合格为由拒绝接受，于是档案袋退回了复旦。

1986年冬天，在我和麦克结婚前夕，我突然收到了一封裴阳自复旦寄来纽约的圣诞卡，上面简单地写着：他的长达十年的审查终于彻底结束，他仍然在国际关系系图书馆当管理员，不过他最近写了一篇题为《论中世纪古罗马的衰落》的论文，得到了国内外西欧史学界的好评。圣诞卡的下边另有几行小字，上面写着：他已和妻子暂时分居，目前他独身一人，很安静，心境不错。最后一行他写道：复旦领导目前正在讨论研究让他恢复讲师身份，重新回到课堂教学。下面的日期是：1986年11月30日。

《少女的初恋》写到这儿，我放下笔，走出家门，到我住的公园大厦对面的中央公园去呼吸一下新鲜空气。深秋的公园，遍地都是金色的落叶，在夏天还是那么郁郁葱葱的绿色大森林，转眼间变成了枝杈稀疏的金色朦胧的一片。令人惊异的是，在一些树枝上，还仍然有着碧绿的叶瓣或霜红的叶簇，傲然俯望着地面上一层层的枯黄。我不由得想起了裴阳讲过的《罗亭》中的一句话："橡树是一种很坚强的树木，只是在新的枝芽爆发时，旧的叶子才会脱落。"我在公园宽大的道路上踯躅漫步，不时有闪耀着各色鲜艳的跑车服，弓身如箭的跑车队从身边飞驶而过，或有穿着溜冰鞋的金发少女拉着伴侣的手双双在面前滑过。我走过平日常爱和麦克一起去喝咖啡、吃新鲜法国生牡蛎的 Tavern on the Green（绿色酒吧）——那具有欧洲风格的别致庭园，穿过30年代林语堂常爱来这里躺下作遐想的 Sheep Meadow（牧羊草地），来到中央公园东面对着大都会博物馆的一片大森林中，这里有一条幽邃的小道，两旁竖立着几十座世界名人的铜塑像，我来到苏格拉底和柏拉图这两位公元前的理想主义者铜塑前，抚摸着落满枯叶的铜座，我耳边响起柏拉图对话录中那个不朽的《苏格拉底辩护词》，我想起黄山，想起裴阳，想起我的初恋和十八年那潮涨潮落、载沉载浮的湮没岁月。几年没有他的音讯了，我的朋友！不知你现在怎样？……

　　秋风卷着金色的叶片阵阵吹过，在中央公园黄昏扑朔迷离的夕阳和落叶中，我脑子里回响起裴阳曾经最为欣赏的那首诗《假如命运向你发动袭击》中的最后一段：

> ……
> 灿烂的华灯一盏盏熄灭，
> 金丝绒的幕布也徐徐关闭。
> 你梦幻中飘动的海市蜃楼，
> 又伴随着落日沉入海底。
> 孤岛上你向每张远帆呼叫，
> 沙滩上你只发现自己的足迹。
> 怎么再卷入汹涌澎湃的浪涛？
> 怎样再演出紧张曲折的戏剧？
> 失望吗？孤独拖长着细瘦的黑影，
> 羡慕吗？那些在阳光下跳舞的情侣，
> 你等待吧，你要等待，
> 总有一天许多人会来挽紧你的手臂。
> ……

　　　　　　　　　　1991年11月25日正午十二时

　　　　　　　　　　　　纽约　曼哈顿

第四章
北大荒的小屋

——于廉，你在哪里？

不管你在中国还是在美国，不论你年轻还是年老，喜欢文学的人是最幸福的。

歌德说："读书是和高尚人的谈话。"我不仅喜欢读书，还喜欢做笔记。常常是大段大段地摘录书中精彩的片段或精辟、幽默的警句，然后写下自己的感想。有时触书生情，感想如泉涌，创作冲动也随之而来，就由笔记而随意写开去，不知不觉便成了一篇散文、一个短篇小说或电影中的一个片段。当我神驰在这般境界时，常常忘记了世间的一切烦恼。

转眼间在曼哈顿已经住了五年。每天夜晚，当儿子小安德鲁酣睡在育婴室，先生麦克·伏赫勒在睡房中看录像电影时，我在书房，抛开白天的喧嚣和大堆文件，又和我那些可爱的书籍——中文的和英文的书籍生活在一起了。书是我亲密的忠实伙伴，我的藏书非常之多。从上海到北大荒那年，我才18岁，当东北老乡把别的知青的一只只箱子飞快地往小土炕上递的时候，遇到了我的箱子却愣住了，整整五大箱，沉甸甸的，挪不动。"是金子啊？这么死沉沉！"老乡们指着箱子问我。"不，是书。"从此，我的炕上炕下、床脚枕边到处堆满了书籍。二十年后，在我纽约曼哈顿寓所的客厅和书房里，直到天花板的书架上都装满了书籍。经常是这样：窗外是曼哈顿的湿雾和阴森森的刺骨寒流，而书房中却温馨暖人，奶油色的灯罩下，我捧着一本书躺在沙发上，心中充满了喜悦与满足。

从大都会博物馆回来后，我就翻阅着几年前写的关于于廉的笔记。十年过去了，他那双明亮、聪慧、长着长长睫毛的眼睛，仿佛已经离我十分遥远。他那略带苍白却充满魅力的脸庞，也渐渐地成为一幅模糊的肖像。

可是突然他又变得如此清晰起来……

我家住在纽约中央公园西面。离我家不远的中央公园东边 82 街，就是我和于廉当年在北大荒的小木屋里心驰神往的纽约大都会艺术博物馆。我常去那儿，而每次去那儿，我总是先去油画厅。这是一座灿烂辉煌的艺术宫殿，几十年来，大都会博物馆是靠着那些酷爱艺术的百万富翁、亿万富翁的慷慨捐款、捐画来维持和扩大的。从正厅的大理石台阶直上二楼，即是气势博大的西欧油画厅，迎面而来的第一幅巨幅油画是法国19世纪著名写实主义画家戴卫的传世之作《苏格拉底之死》。然后，沿着一个个布置得比宫殿还要典雅的大厅，你会看到雷诺阿的《芭蕾舞会》《琴课》，凡·高的《雏菊》《午餐》，德巴克的《朗格多克》《葡萄园的一角》和提香、伦勃朗、鲁本勒、莫奈、塞尚、米勒等人的绘画和罗丹等世界著名艺术大师的雕塑原作……在 18 世纪法国大革命时期的肖像馆里，有被断头的路易十六和他的皇后玛格丽特的肖像，有从法国卢浮宫借来的大卫所作的拿破仑与约瑟芬"加冕大典"的巨幅油画。我常常是一个人坐在油画前的沙发上，默默地仰面欣赏着这一幅幅人类艺术的瑰宝，细细地观赏着每一个局部、每一块颜色、每一笔都像是不经意地抹上去的线条和肌理……突然间，视线模糊了，出现了大雪覆盖的北大荒的小木屋。灯，像渔火般地漂流着……

冬夜，一幕动人的情景。既充满了热情的激动、强烈的吸引，甚至情欲的骚扰，又保持着端庄和矜持，一动不动，像两个相对的塑像。

……

地上全是油画印刷品：达·芬奇的《蒙娜丽莎》、凡·高的《向日葵》、雷诺阿的《舞会》……更多的是俄罗斯的油画：列宾的《意外归来》、布留洛夫的《庞贝末日》、普基廖夫的《不相称的婚姻》……这些油画和窗外到处可见的"批林批孔，把无产阶级革命事业进行到底""彻底批判右倾翻案风"的大幅标语口号如此格格不入。在这个凌乱的画室里，除了满地的油画资料——用于廉的话来说，这叫"我的大学"，便是各种各样打开的颜料、调色油、炭笔。整个屋子就像一块抹布，可以随时把弄脏的颜料往上抹，连靠屋角的一张小床上也全是斑驳陆离的颜料。

"画家都这么脏吗？"我问。

他正忙着用刮刀使劲地刮画布上的颜料，然后又持着调色板，思索着该如何添加一笔。

"嗯！"他微微一笑，"反正都一样，在你们穿白大褂的人眼里，这个世界没有干净的地方。"他说着，把一块油彩往画布上的一位女孩头发上轻轻一抹，那头发顿时便飞扬了起来。这是一幅题名为《浪遏飞舟》的油画，画面上是一望无际的金色麦海，两个女兵团战士正驾驶着康拜因割麦。夕阳下，晚风正吹着她们的脸和丰满的胸膛，显得那么英姿焕发，充满着青春气息。

"兵团都快解散了，还画这干吗？"我快快地问。

"这是上级指定的题材。高副司令员说，就是因为快解散了，所以才一定要在全国美展上，把兵团的最后一个奖状抱回来。"他说着突然叹了一口气，把画笔一扔，坐在地上的画册堆里。

1976年冬，在大返城的狂飙中，兵团五师师部只剩下我们两个上海知青了。我是师部医院的内科医生，他是师部俱乐部的画家，我们谁也走不掉。我们走不掉的原因是完全不同的。我是因为在别人眼里看来太顺利了，条件太好了。1972年被送到医学院上大学，回到兵团五师医院成了内科医生，国家干部编制。什么眼下时兴的办病退、困退都轮不到我了。他呢，是因为出身太差，父亲是在"文革"中自杀的资本家，美术学院几次来招生，他都是考第一名，却屡屡因出身不好被拉下。大学上不了，俱乐部又不放他走，硬把他的名字挂到了黑龙江省文艺联合会，这样他也成了编制内的干部，虽然拿着知青的32元，却没有资格享受知青的权利了。

"爆点黄豆吃吧！"于廉在画堆中站起身来，从一只脏污的旧书包中倒出一大堆豆子，放到床下的小炕洞里，火花噼噼啪啪地爆起来，映照着他那张天生优雅、漂亮、轮廓分明的面庞。他的头微垂着，那乌黑浓密的鬓发下，是如此白皙的颈项，雪白得令人目眩。"上海中学的高才生，确实气质非凡。"我心里想。他是上海中学的老高一，比我高两届。上海中学是上海最著名的重点中学之一，就像在美国，别人一听你是哈佛大学的便肃然起敬一样。在上海的中学生中，你只要佩戴着"上海中学"的校徽，别人便会投来羡慕和敬仰的目光。上海中学是荣誉和智慧的象征。我小学毕业那年，班主任和校长都让我考上海中学。"我们班级希望最大的就是周励。"班主任说。校长也说："考取'上中'，为我们小学争光。"我满怀信心地填写了志愿：第一志愿是"上中"，第二志愿是"上中"，第三志愿还是"上中"，看来非"上中"莫属了。可是不幸却发生了。在考试时我因为太紧张，审错了一道数学应用题，我这个平常在老师同学眼里的"天之骄子"一下子名落孙山，被分到一所非市重点中学。收到录取通知书那天，我平生第一次感受到了巨大震撼的痛苦。

爆豆子发出噼噼啪啪的声响，隆冬的小屋香味四溢。室外，黑暗笼罩着白雪皑皑的小山寨。我们的心情是压抑的，在这个凌乱不堪的画室里，就这样度过了最后一个冬天中最寒冷的一个夜晚。"怎么办？今后怎么办？"同样的问号萦绕在我们心头。老乡是热情的，山民是善良的，北大荒的黑土是肥沃的，但谁能回避笼罩着我们的愚昧呢？我们谈列宁、谈伦勃朗……我们劈来木柴烤豆子，交流着心底掩藏着的爱。深沉的克制力量，使我们装着不知道什么叫作爱情。地板上铺满的世界名画，和墙上悬挂的《乌苏里船歌》《麦收的日子》《兵团战士之歌》交相辉映。在劈柴的噼噼燃烧中和火光映照下，我心中有一种东西，像虫子般地噬咬着，我多么想距这个矜持而又深沉的他——我在内心深处千百次地叫着的于廉——更近一些呀！我为心中涌起的一股柔情和莫名的恐惧、羞涩激动不已，我尽量想让自己自然地和他说话。

"我看了你的日记了。"我指着桌上翻开的日记本，对他说，"你在意吗？我进来的时候，它是敞开的。"

他抬眼望了望我，那像黑夜中明星般的双眸丝毫没有责怪我的意思。"没有关系，我的日记像一份病历，只有诊断，没有处方。"

"别开玩笑了。"我说，"我在医院里是医生，离开了医院就什么也不是了。"我曾经想，如果他突然得了肝炎，住在我的病房，由我精心治疗照看，该多好啊！我确实已经想不出什么能使他和我更加接近的办法。我想起他不久前写的日记中有这样一段话："晓沫走了，我失去了这么多……"我问："晓沫是谁？"

他的眼光一下子变得黯淡起来："晓沫，她是北京青年，也是画画的，返城了。""是你的女朋友吗？"我问。"可以算是吧。不过，现在吹了。"

我们两人又久久地不语。我剥着豆子吃到嘴里，却一口也没有咽下去。晓沫，听这名字，一定是个有才华的女孩子。她为什么要离开他，他们为什么要分手？难道爱情的花蕾不能在这荒原上盛开？我的心燃烧了，真想马上扑到他的怀抱里。不，只要一句话，一个最微小的暗示，就会冲破我心中的自我设防。尽管他在荒山野林，孤身一人，但我认准了他是个出类拔萃的画家，是一个充满魅力的男子汉。

喔，如果我们自成天地，如果我们一起拥有那片树林、田野、雾霭和云霓，拥有北大荒这优美迷人的大自然，那么我们将会同萦绕着青春的孤独与寂寞告别！"于廉！"我心里默默地呼唤着他的名字，"于廉，你不孤独，我在你身边！"

"听说刘副师长把五十五团的团政委魏旭东介绍给你了？"沉默了许久的于廉突然问我。

"是的，不过没成。"我甩了一下辫子说。

"为什么？"

"刘副师长、严副政委，还有刘副师长的爱人轮番来做我的工作，说魏旭东是上海知青的扎根典型，就是在兵团解散通知下发那天，还坚决表示扎根边疆志不移。师里正准备提拔他当师级干部，相当于地方副局级的接班人呢！他们讲，我是师里唯一的上海女医生，和他算是很配对，还说魏旭东到师里来开会时，高副师长还专门安排他到内科病房玻璃窗外看了我……这种先入为主、隔窗相面的法子，我一听就很来气，甚至有一种被人捉弄的感觉。我干脆告诉这一大群红娘，我不准备扎根。"

"你不怕得罪他们？"于廉问。那年代，决定命运的档案掌握在他们手中，是开不得半点玩笑的。

"难道为了不得罪他们就得得罪自己？我又不准备做哪个大人物的花瓶，我是我自己，我就是不准备扎根。"

"那你打算到哪里去？"

"回南方，上海回不了就去安徽，我姑妈在马鞍山。或者去大连，那里有我父亲的老战友。你呢？你打算怎么办？"

"我只想上学读书，只要能上学，毕业后随便到哪里，哪怕回到这小屋也行。"

他的眼里充满着柔情，可是一点也不过分，使你感到他只是在友好地和你谈话。我的心中同样充满着柔情，可是又隐隐感到这是一种没有前途的爱。面对这股冲击心灵的浪潮，我死死地堵住了闸门，让它连一点儿水花都不溅出来。

我们就这样，你望着我，我望着你。眼前炕洞的火苗在跳跃着，没吃完的豆子渐渐焦了，房间里洋溢着一股暖暖的焦味儿。

他站起身来："屋里太闷了，我们出去散散步好吗？"他拉起我的手，把我从地上拽了起来。

也许是突兀地讲到"我们"，也许是突然间两只异性的手活生生地接触，我们一时都被内心的情愫震撼住了。于廉惊诧地抬起头来，漆黑清澈的眸子凝视着我。

他的眼睛映着燃烧的火，流露着一股爱抚之情，径直地冲进我的心窝。

我凝视着他。他很英俊，可以说漂亮得惊人。他蒙着一层黑色，他所给予人的一切感觉，就像夜一般地静谧、深邃。他的双眼宛如两个幽深的洞穴，闪烁着模糊而令人神往的光。

在这火光中，在这个温暖的画室里，我的心充满了仰慕之情。那些出神入化的油画，冬雪沉醉的夜晚，黑暗中搀扶起我的那只有力的、紧握的手，所有这一切，都在我情绪上酝酿着一种朦胧的欲望，我的心战栗着……

我赶紧抽出自己的手，说："好吧，都十二点了。反正明天是我轮休。"我们俩推开俱乐部的小门，走到室外，室外好静，空气好清新！

冬夜，在这个被寒月浸透的小木屋前，成排的钻天杨在小径上映出它们光秃的枝杈和纤弱的影子，那丛攀到木屋顶上去的枯萎的鸢尾花藤，仿佛吐出一阵阵荒原上的清气，使一种缱绻哀婉的情感在这积雪茫茫的夜色里飘浮。

雪很深，很新鲜，是那种洁白无瑕的雪。每走一步，都要花力气把靴子拔出来。我们并排走着，眼前的一切是这么静，这么美，只有靴子的沙沙的声音。不远处，是通向师部医院的小径。在这条小径上走了多少次，我已经记不清了。每当我从内科下班，脱下白大褂，踏上这条小径，向俱乐部那栋小屋的灯光走去，我心中便充满了渴望和温情的冲动，我多么希望见到他呀，哪怕是见一面也好！

我认识他的时间不长，最多只有半年时间。这半年是兵团上下人心骚动的日子，人人都变着法儿返城。上海的、北京的、哈尔滨的、天津的……当初怎么呼啦啦地来的，现在就怎么呼啦啦地走。不同的是当年红润的面孔，如今已布满着被北大荒的风雪雕蚀的皱纹。不少缩在穿了八年的破黄棉大衣领子里的脑袋上已是白发丛生，看上去像个小老头。五师双山的火车站上天天挤满了返城的知青，大箱、小箱、麻袋包、面粉、黄豆，弥漫着知青和当地老乡喷吐出的东北旱烟的呛味儿。

......

"给我开张化验单。"一个病人站在我面前。这是个身材高大的青年，沾满尘埃的狗皮帽子下面，露出两只冻得通红的耳朵。他那双布满血丝的眼睛惶惑地直愣愣地盯着我，一看就知道是乘了一昼夜卡车，从鬼知道的什么连队到这儿来办病退的。

由于职业关系，那个春天我每天都要接待大批办病退的知青。半年前的政策还卡得很紧，犹如一股洪流通过窄小的瓶颈处，掀起漩涡激湍，被打回去的是多数。因此，每个人站在医生面前总是提心吊胆，生怕那些愚蠢的花招露了馅。

差不多所有的冒充患者，很快就学会一种本领，驾驭自己的面部表情——他们会在破旧的翻毛领上挂起一副冷漠的假面，装出一副悲天悯人的神色；他们能抑制住嘴角纹路，咬紧牙关压下心头的紧张慌乱，镇定自若的眼神不露痕迹地掩饰内心的焦灼与急迫。他们能把自己脸上棱棱突暴的筋肉拉平下来，扮成满不在乎的模样。然而，恰恰因为他们竭力地控制面部神经，不使其暴露心意，却正好忘了两只手——在那双常常颤抖不已的手上，总是拿着伪造的化验单、假病史证明，或是别的什么玩意儿。

"不是这样的，小伙子，不是我给你开化验单，是你把手上的化验单给我。"

于是他颤颤悠悠地递给我一大摞病史报告，后面一连贴着十几张化验单，全是"RBC（红细胞）满视野、全血尿"。

"你一直患肾炎吗?"我问。

"我一直患肾炎。"

"你想让我再给你加一张化验单，而且是关键性的一张，是吗？"

"没有师部医院的证明，团里不给办病退。"他说，声音像女孩子一样轻微。

"把你的手伸出来给我看看。"

于是，凭着医生的视觉，在那只粗糙皲裂的中指上，我看到几条浅划的刀痕——刮胡刀划的、清晰的刀痕。

"你有肾炎，可能还有外伤。"我说。小伙子眼盯着地面，连看都不看我一眼。我拉开抽屉，取出一沓化验单，填好后交给了他。

他接过化验单，转过身快步地走了。走了十几步远，当我看到他那双神经战栗的手伸进大衣口袋时，突然大声喝住了他。

"站住！"

"什么事？医生。"

我一言不发地盯住他，一步步地走向他。

在他似乎被我的静默震慑住了的一瞬间，我迅速跨上前去，从他大衣口袋中掏出一只小瓶，我知道，想病退返城的知青常用小刀割破手指皮肉，让血滴入小瓶中，再倒入医院发的尿液化验纸杯中——这样一来，就能开到血尿红细胞满视野，急慢性肾炎的"病退证明"了。

那正是一只用来装青霉素粉的小瓶，内有半小瓶鲜血。

我攥起他的手臂，把他那布满刮胡刀伤痕的中指举在他面前使劲地摇晃着。"听着，医生可不是供你捣鬼的！"作为一个医生的神圣的职责感引起的愤怒使我咆哮起来，"混账！这些年，虚伪、狡诈、卑鄙，还未曾踏入医学的地盘，而你竟用这几滴血来玷污它！伪造病历！……"说罢，我举手把那只小瓶扔到走廊的窗外，把他那沓伪造的化验单和病情证明扯得粉碎。

他猝然垂首了片刻，面色苍白、脚步蹒跚地走了出去。

一小时后，当我离开内科门诊部去吃饭时，发现那个大个子，依旧默默地伫立在医院的大门外，他的肩头铺满了一层厚厚的雪花，那背影一动不动，像座凝冻住的冰雪坟头。

我被这景象怔住了，不由得呆立在那里。

神圣！什么是神圣？纯洁！什么是纯洁？医学吗？还是别的？面前这个病人（我已经不自觉地把他当作病人），难道他不是和我一样，是从这许多年的污秽和欺骗中爬出来吗？他不是和我一样，怀着沉重的痛苦、极端的压抑或者是真诚的愿望，来到了这个北大荒？难道他没有把汗水大把大把地洒在一望无际的人工堤坝的冻土上？或者是像虫子似的趴在长满杂草的垄沟里铲地？……"九一三"林彪"副统帅"出逃后，他不也同样震惊、绝望，被无数的问号缠绕着惊不醒的噩梦？……他难道不是和我同样地意识到已经被人骗够了吗？关键是再也不能自己欺骗自己了！

多么神圣啊！神圣的医学、洁白的医院，竟不能帮助他从污浊和欺骗中爬出来！竟堵住了他想寻求的另一条生路。或许，堵住了一个羸弱的生命仅有的希望？我走上去，对他说："你跟我来吧。"

我为他开了一张病退证明书。

从那以后，我开始为每一个到我这里来的知青开"通行证"，甚至主动为他们杜撰、造假病情病历。看着那些诚惶诚恐的知青们拿着轻易到手的一纸病退证明，满怀喜悦地离开师部医院，我的心中有一种向命运报复的快感。半年过去了，我的名声不知不觉地传开了。有一次，从一个连队一下子来了十二个知青，他们全部患着同样的病："腰肌劳损"。那个连队的连长给师部医院打了电话，说土豆烂在地里没人收了。到了1976年，谁还有心思去管土豆呢？

我像一个渡口艄公，把一个个人渡到了彼岸，自己却又回到了孤岛上。一点走的希望都没有，心情是压抑的，就像一头被困在空谷的狮子，真想怒吼几声来打破这可怕的寂寞。

有一天傍晚，我到化验室老李家去，她下夜班时对我说有事要告诉我。老李见了我，皱着眉头说："怎么从你这儿来的病人全是一种血型，一种血清呢？"我心中暗想，不知是哪位老兄发扬了共产主义风格，让难兄难弟们分享他用刀片割出来的，或是咬手指头咬出来的血，于是化验结果、病历证明也变得一模一样了。

老李是个善良的、认真的医务工作者，她拍了拍我的肩头，说：

"连队里的那些知青，为了返城是什么花招都想得出的，现在报上天天批判右倾翻案风，政治运动又要紧了，你还年轻，可不要为了那些素不相识的知青，白白地毁了自己的前途啊！"

从老李家回医院的路上，我就像背着十字架的耶稣，心情沉重得连脚都抬不起来。秋日的黄昏是何等沁人肺腑，一直沁入人的痛苦中。因为有些微妙的情愫，虽然恍惚迷离，却也是十分强烈……而现在，苍穹的深邃又使我惊恐不安，山峦的冷漠和这永恒不变的景色又激起我怒火满腔。

啊，难道就应该永远地痛苦下去、永远地迷失在渺茫中吗？

于是，这间俱乐部的小屋，因年深日久的腐蚀，那桦树皮的顶棚看样子快要塌陷的小屋，就像一个梦，出现在我面前。我渴极了，离医院还有十几分钟的路，我一眼看到了俱乐部阁楼上那片炽白的刺眼的灯光。不由得想起几天前听医院的文化干事说，有一个美术小组从基层连队搬到师部来了。据说师首长讲那些画画的在基层连队待了七八年，又为兵团在黑龙江省及全国美展中捧回了几个大奖，于是赐给他们一块宝地，把俱乐部中一间原来放道具器材的仓库腾出来，给这几个画画的当画室兼创作室用。

我从小爱画，也爱爱画画的人。小学时班里有个叫俞晓夫的男孩，整天就知道画画。老师派我这个戴中队长标志的小干部到他家去监督读书。他抱出一大堆画给我看，有他仿徐悲鸿画的《万马奔腾》图，有在课堂上画老师打喷嚏的速写。在他的影响下，我也拿起炭笔，坐在自家阳台的玻璃窗台上，画我家对面五原路口的一幢洋房、几棵梧桐，还有来回往返于小菜场买菜的市民。有一次，我心血来潮，画了幅"风萧萧兮易水寒，壮士一去兮不复还"的壮别图挂在墙上，幻想自己有一天能带着一支画笔，离家出走，到全世界去闯荡。稍大些，我又试着临摹贺友直的《山乡巨变》，终因画不得法，也无人指导而渐渐疏画弃笔。后来俞晓夫成了一名出色的画家。

"文化大革命"红卫兵大串联时，我认识了一群中央美院附中来上海串联的红卫兵，他们看见我们的第一件事，就是往我们手里塞一大堆油画印刷品。什么《造反有理》《希望在你们身上》《解放全人类》等，创作这些油画的艾轩、刘红年后来干脆在地上铺上一张大画布，说："上海小姑娘们，你们说吧，你们要画什么，我们就画什么。"当时最自然不过的当然是要画领袖像。于是不过十几分钟，伟大领袖便出现在面前了。作为索取这些油画的回报，中央美院附中这些自称的"大哥哥"们要我们跳舞，我们这几个十五六岁的女孩子便跳起《红日快快照遍全越南》，一舞跳毕，我们才有了那些在我们眼中灿烂无比的油画占有权。在我印象中，画画的人总是既聪明又快乐的。

于是，我向俱乐部小屋的灯光走去，我想去看看在那里画画的人。尽管那临时搭在仓库一角的舞台照明灯亮得耀眼，屋里却空无一人，只有那窗架上的红灯牌半导体收音机在播放着兵团禁听的莫斯科电台的广播，传来一遍遍重复的《莫斯科郊外的晚上》的主旋律。"好大的胆子！" 我想。我四下环视了一周，只见地上凌乱不堪地铺满了油画册、油画集和散开的油画印刷品，大多是俄罗斯油画和西欧油画，墙上用一根生锈的小铁钉钉了一幅列宾的《伏尔加河上的纤夫》，歪歪斜斜地挂在那里，几个竖着的一人多高的大画架上是未完成的油画稿。有的刚开始打底，有的已上了第二遍颜色，内容都是描写兵团生活的。不知为什么，油画上的主人公都是姑娘们——有扎着小山羊角短辫的，有梳着又黑又亮的大长辫的，有披着短发的，有戴着军帽的……一个个身材颀长匀称、鲜明夺目。

《莫斯科郊外的晚上》轻轻回荡在小屋内，我想找口水喝，但到处都是零乱的颜料和用来制画框的碎木料，却找不到一口水缸、一个茶杯。突然，我发现小桌上有一本摊开的日记本，这是本褐色的、看上去年代已久、厚厚的日记本，像这屋子里的一切东西一样，日记本的周围也沾上了斑驳陆离的颜料。它摊开着，就像这里摊开的每一张纸片、每一页油画一样，仿佛没有什么不能公开的秘密。在摊开的那页纸上，跃入我眼帘的是刚劲秀丽的钢笔字迹。"多么漂亮的字啊！画家都写得一手好字！"我不由得赞叹着，一股好奇心使我竟情不自禁地一页页地翻阅起来。

其中有一篇日记是这样的：

终于搞到了伦勃朗的宗教画集和米勒的风景画，是林斌在省文联偶然发现的。两本画册和其他东西一起塞在省文联地下室的炕洞里，幸亏那里从不生火！今天翻了一整天，伦勃朗的圣母圣子、天国人物肖像有着辉煌无比的光感效果，在16世纪就能把人体如摄影般精确、生动地描绘出来，真是令人惊叹。米勒的人物画大多是用精细的线条描绘的，他的《晚钟》和其他风景画中，每一片叶子仿佛都在摇动着，随时会随着秋风落地……西方绘画从文艺复兴时期的宗教绘画，17世纪的肖像画，19世纪的新古典主义、浪漫主义、写实主义、印象派直到本世纪的现代流派，都有着一脉相承、不可分割的渊源，越看越感到需要学的东西太多了。从上海中学画校刊墙报，到兵团整天搞命题画，是出不了什么成果的。我打算除了完成兵团宣传部的任务指标外，用大量时间练习素描。我跟林斌开玩笑，咱们两人轮流，每人一天脱光衣服当模特儿，让另一人画骨骼、肌体、线条……

这人对画画这么痴迷，我读着不禁扑哧一笑，又翻下去。

伦勃朗笔下的基督和圣母，以及异教诸神周围丝毫没有那种冷漠的、理想化的、虚无缥缈的气氛。他们是人，他们象征着抱负、斗争、梦想、成就、希望、失望、痛苦，而尤其体现了人类永恒的信仰和勇气。在伦勃朗的绘画中，基督不是神的儿子，而是人的孩子。

又是伦勃朗！

下一篇日记简直是诗画结合：

　　师里终于批准了我们的写生计划。昨天，和晓沫、沈加蔚来到大兴安岭，这里群山起伏，和我所期待的、所想象的一样，真是令人兴奋！画了一天的山。

　　山性是我性，山情是我情。流观是楚骚艺术的审美意识，屈原在《离骚》中写道："览相观于四极兮，周流乎天余乃下。"

　　"登苍天而高举兮，历众山而日远，观江河之纡曲兮，离四海之瞻濡。"

　　我极欣赏这里的行云大风，广漠大地。仰望大山，觉得自己是何等渺小，大山望我，又觉得人类是多么丰涵博大。寓激越的情感于淡泊平静的大山之中，这算是我画山的信念吧。

隔了两行又有：

　　果然托人搞到了一本明清笔记散文的结集，内全部《陶庵梦忆》，赫然在焉！

这个充满才气的人是谁呢？我想。

又翻到一篇《父奠》，那是在日记很前面的部分。

　　昨天是父亲去世五周年，我始终不能忘记在医院里看到的父亲那张最后的苍白的脸，和脖子上勒出一道深沟的痕迹。他被里弄居民小组长发现后，送到医院已经断气了，两小时后，我才获讯从上中赶来。

父亲的眼睛是睁着的，死不瞑目。可见父亲的冤屈有多么深重。

父亲曾经经营一家纺织印染厂，刚解放，就主动地交给人民政府了，连同厂里的资金；几十万元的财产和现金，全部由父亲亲自签字交政府清点接收。那时许多资本家都早已把财产移向海外，或是变卖换成金条去台湾、去香港。可父亲对母亲表示：上海是我的家园，是我白手起家的地方，我不走，我不亏待政府，相信政府也不会亏待我。父亲上交了全部财产后，被称为红色资本家，还当上了政协委员。可是到了1957年，他竟因为一篇劝党克服官僚主义的文章，而被打成了右派。父亲不服，为自己申诉，却又罪上加罪，成了资本家加右派的双料反革命。在"文革"刚开始时，经不起造反派皮鞭的抽打，一个人在夜里悄悄地走进厕所关起门，含冤上吊了……

父亲，你为什么从1957年以后，就变得那么不爱说话了！你是多么地爱我，可你总是呆呆地望着我，默默无语。父亲，你为什么不把你的冤屈、你满腹的冤屈，你满腔的泪水，告诉你的爱子，向你的爱子倾诉呢？

1957年被打下去的右派，大多是知识分子的精华，是像父亲这样刚直不阿、热爱自己国家的人。

我读后又难过又困惑。这位老人的悲惨遭遇使我心疼唏嘘。而"文革"中，又有多少这样的冤魂啊！但对"右派""知识分子的精华"这些词句，我迷惑了。一个人在6岁时就开始受到这样的教育，因而也相信右派是反党，是坏人。现在，到了25岁，却突然听说右派是好人，而且是精华，你能不困惑吗？

屋里静静的，晚霞已经完全消失了。玻璃窗外是一片黛紫色的天空，小屋的主人仍没有回来。我继续看下去。有一篇日记的题目是《知人论画》，像是一些警句：

人品不高，用墨无法。

泯没天真者，不可以作画。

外慕纷华者，不可以作画。

与世迎合者，不可以作画。

志气堕下者，不可以作画。

还有一句歌德的话：

在艺术和诗里，人格就是一切。

另一篇日记很奇怪，几乎什么也没有：

1976 年 2 月 8 日

……！

这个省略号和惊叹号，是什么意思呢？是为了一幅未完成的画？还是为了一个姑娘？

突然传来了一阵纷沓的脚步声，俱乐部仓库的小木门被推开了。三个小伙子见了我，惊诧地盯着我，我也同样惊诧地、有点不太好意思地盯着他们。毕竟是我，闯到人家这儿来了。

其中一个大个儿看样子足有一米八多，大阔脸盘上沾满了黑灰和焦炭末，一双小小的眼睛使劲瞪大着。他显然是把我当成贼，对我愣头愣脑地嚷嚷："你是谁？怎么钻到我们这里来啦？"边上一个瘦瘦的、眼睛也是小小的带着一点浮肿状、穿着一身黄军装的小伙子（沈加蔚无论什么时候，70 年代还是 80 年代，总是一概不变地穿着那套黄色军服）拉了拉大个子说："别把人家吓坏了，说不定她是师里的大干部，来咱们画室搞视察呢！"说罢，他故意咳嗽几声，作立正状。他那黄军裤上被扯破一个大口子，球鞋上沾满了各种颜色的油墨迹。我看了看他俩，他们都属于那种看上去其貌不扬，但思维敏捷、心地善良的人。

我的目光又转向第三个人，他没在看我，正盯着我面前小桌上那本翻开的日记本。我心里很慌乱，真像做了贼一样，心也怦怦地跳了起来。

"对不起，"我说，"我是来找水喝的……我是师部医院的，路过这里。" 我看着那本日记本，本来想说"我翻看了这本日记"，但终又不敢说出口。正在惶惶不安之时，他抬起头来了。我遇到了他的目光，第一次看到了他的目光。如果说安娜·卡列尼娜在火车站上第一次遇到渥伦斯基并且被他的目光所震撼，在那一瞬间我强烈的感觉也正是如此。他的眼睛深邃明亮，使整个屋子顿时更加明亮起来，而那被浓密的、长长的睫毛掩盖的眼神，更有一种对一切女孩子来说摄人心魄的力量。我屏住了呼吸，凝视他，下意识地感到他也在凝视我。"一定是他的日记！那秀气的钢笔字迹，那字里行间的风格，和他是多么吻合！真是不能再吻合了！"

"你在师部医院，是看病的，还是管人的？"他说话了，口吻轻松，既脆亮又浑厚，像多明戈的声音。我悬着的心放了下来。

"我是内科医生，只管病人，不管正常人。"我回答。在我们医院，保卫科、宣传科、人事科、组织科都有不少知青，大多是从基层连队或团里调上来的，但上海知青当医生的，只有我一个。

"怎么，你们也去过师部医院吗？"我问，同时奇怪为什么这三个画家都满面尘埃、衣衫扯破，像刚从废墟里钻出来似的，"你们从哪里来？怎么搞成这副狼狈样？"

"小挂彩。"大高个子说着，把外衣脱下往地上一扔，"下午糖厂着火了，来师部要人灭火，一时找不到什么人，我们仨到后勤部要了辆马车赶去。火势真凶得很，幸亏是在烧仓库里的几十吨糖，没烧着人。我们一边泼水一边从火里往外拖麻袋包，搞了半小时，师里又送来一个连队的人，不一会儿就扑灭了。瞧，虽然没烧着，但手被焦木板划破好几块皮呢！"他伸出手，我才看到十指上斑驳的血迹。

"你叫什么名字?"

"林斌,北京人。"大个子带着不可掩饰的骄傲自我介绍。

"林斌,你要立即包扎!立即打破伤风预防针!懂吗?"我又问边上两个,"你们有没有伤?快让我看看!火灾时的焦灰和铁锈末儿钻进创伤皮肤,是最容易引起破伤风杆菌侵入的!"果然,瘦个子和日记本的主人也是十指红肿、血迹斑斑。

"你们都在这儿别动,我立即去医院取纱布和破伤风针!"

我真怨自己在偷闯他人之室的慌乱心虚中,竟没有注意到站在面前的是三个救火归来的伤员!

我一路小跑冲到医院,背了急救箱,又到药房取了注射针便奔回俱乐部。

在包扎、打针中,我知道了那瘦瘦的、文弱的、牙齿有点往外突出的小伙子是沈阳人,叫沈加蔚。而那个一眼望去才貌出众的,叫于廉,不用说,从日记中我就知道他是上海人,上海中学的。

"你家住在上海什么地方?"我一面包扎,一面问他。

"住淮海路,淮海坊。"于廉回答,"你也是上海人吧?"

"我家也住在淮海路。你知道永隆食品公司和淮海大楼吗?我们就住在那后面的一幢大楼,叫瑞华公寓。"

"瑞华公寓,我知道,我经常路过,看见小轿车出出进进的,不是寻常百姓人家……怎么?看来你是上海哪位大干部的千金了,马上要回城了吧?"于廉眼望着伤口,问我。

"我不是什么大干部的千金,也绝对回不了上海。"我说,"只能在这里给死神当助手。"

"死神?什么死神?"林斌叫了起来,"不要开玩笑,刚才你讲的什么破伤风杆菌,还真怪吓人的。我小时候一个同学就是爬篱笆摔下,被铁丝网钩破了一个小口子,不几天就死了。死得好痛苦,抽搐了三天三夜……快告诉我们,刚才打的这一针管用吗?还来得及吗?如果破伤风杆菌已经进了血液怎么办?"

看到林斌这副惊慌的样子，我暗自好笑，故意说："如果破伤风杆菌已经进入血液的话，那就要看各位的运气了。今天晚上，如果你们身上任何一块肌肉有抽搐，请马上到内科急诊室来找我。"

将三个人包扎、注射完毕，我说："我以破伤风杆菌的名义保证，今天这针，既拯救你们的肉体，也拯救你们的灵魂。"说罢，我抬起头，欣赏着面前这三个刚才还是陌生的，现在却是我病人的人。

突然，三个人几乎不约而同地惊叫起来，林斌甚至跳了起来："该死，手指头上都缠上了纱布，怎么画画？"我说："你们几个的伤口都不深，只要不沾水，两天之内一定恢复。"

"两天不画画？"

"两天不画画。"

一阵叹息，是于廉的叹息，林斌的叹息，沈加蔚的叹息。

"当生命之星熄灭的时候……"于廉突然轻声地、像朗诵般地、带着沉思的语调说道，"米开朗琪罗对前来帮助他忏悔的萨尔维蒂红衣主教说：'在我刚刚对艺术有点入门时，我却要死了，我正打算创作我真正的作品……'"

沈加蔚接着说："达·芬奇，作为画家、雕塑家、音乐家、数学家、天文学家、哲学家，临死前说：'我从未完成一项工作。'"林斌讲："雷诺阿临死前，对病榻旁边陪守他的人说：'请拿一支笔给我。'那人走到隔壁房间去找笔，在他匆匆地拿着一支笔回到床边时，画家已经断了气。"

又轮到于廉，他说："科罗临死前，嘱咐别人在他的墓志铭上刻上：'希望天堂也有绘画。'"这三个人在讨论"死"时，对画的深厚恋情，使我的心灵受到震动。这三个人——北京的、沈阳的、上海的——从那天起，成了我的朋友。他们的博学、多才多艺和想象力，像北大荒原野上的春风，给我带来了快乐，温暖着我寂寞的心。而于廉，从我见到他的第一眼起，就有了一种从内心深处滋生起来的微妙的感觉，就像磁石对铁产生的吸引力一样。我总想常见到他，而每当我往俱乐部的小屋走去时，心里总是荡漾着一种混合着紧张、羞怯、渴望和骚动不安的情愫，而在见到他时，又立即烟消云散。

到了1976年冬天，林斌被借调到哈尔滨，沈加蔚被沈阳军区创作室录用，小屋里只剩下于廉一人了，而兵团五师师部只剩下于廉和我两个上海人了。我到俱乐部小屋来的次数更多了，只是于廉一次也没到师部医院来找过我。

我每次来到小屋，他总是一边往画布上抹颜色，一边和我侃侃而谈。他喜欢王国维的《人间词话》。他讲：读这本书之前，一定要熟读两晋六朝的文卷和苏词、杜诗。他说李白是天纵之才。他用苏轼的词"琼楼玉宇，高处不胜寒"来形容自己从小清高孤傲，自尊极强。他进了上海中学后，也一直是班级和年级的佼佼者。可父亲的突然自杀，使他一度对人生失去了兴趣。

"是画拯救了我。"他说，"一拿起画笔，你就非得想象，于是抽象的思维和想象便掩盖了现实中的痛苦。我常常逼自己作画，一画就是十几个小时。"就这样，我们常常谈到深夜十一二点。于廉总是在午夜前放下画笔，蹲在炕洞前爆豆子来充填我们两人的辘辘饥肠。我总是在午夜一点前离开，回到师部医院我那干净而又寂静得可怕的单身女宿舍。

雪地，沙沙沙地响。已是午夜两点，我们仍在那片一望无际的雪原上散步。师部俱乐部小屋的灯光，已经越来越远了，在光秃的白桦树枝杈中隐隐约约地闪现着。我们两个默默无语，我的心又开始战栗起来。我多么希望他靠近我，走近我，多么希望他挽起我的手，或者，在这万籁俱寂的夜，在这柔和的月光和白雪中，给我一个深深的、甜蜜的吻……几个月来，我不是一直在被他的才气、他的面貌、他的气质所深深吸引吗？我们两个人不是一样害怕孤独、害怕寂寞？而现在，在这远离上海万里的北大荒，不是只有我们两个人，才能交流双方心底的欢乐、希冀和创痛吗？

我咬紧嘴唇，机械地把靴子从一个雪坑里拔出来，又踩进一个新的雪坑。他离我有一个半人的距离，也是同样机械地拔出厚重的棉胶鞋，又踩进一个个雪坑，脚后已是两条长长的平行线，看来，这两条平行线只会延续，永远不会相交叉了。

沙沙沙，沙沙沙……

"你看过苏联小说《红肩章》吗？"我问他，"《红肩章》中也有在雪地散步沙沙沙的镜头。"我记得那是苏联军官学校的男生初次和女友约会的描写。

"没有。"于廉回答，"没看过《红肩章》。"

又一阵静默，只有沙沙沙的踏雪声。

"你认为《钢铁是怎样炼成的》这本书中，奥斯特洛夫斯基对保尔和冬尼娅、保尔和团委书记丽达、保尔和妻子这三部分的描述，哪一部分给你印象最深刻？"于廉突然打破沉默问我。

"当然是保尔和冬尼娅那段写得最好。"我说。

"为什么？"

"你说为什么？"我反问道。觉得深夜的雪，有些湿润而清新，好令人舒心！

"当一个人在纯真少年的时候，情感总是最美好的。冬尼娅是保尔生活中的一个片段、一个插曲。但那是一道美丽的闪光，是永远经久不衰的。"

于廉停下来，他凝视着我；我也停下脚步，凝视着他。

在雪地和月光辉映下的于廉，美得像阿波罗塑像。他那白皙文静、轮廓分明的面庞，柔情地面对着我。他的嘴唇翕动着，仿佛有千言万语呼之欲出，却欲言又止。我心中青春的潮水在涌动，一股不可知的力量在推着我，我向他迈出了一步，我要拉起他的手！拉起他的手！

突然，"啊"的一声，我一跤摔倒在两条平行线之间被雪掩盖着的一个坑洞中。于廉向我冲来，一把将我抱起，可没等他站稳，他也"扑通"一下跌在这个不小的坑洞里了。霎时间，我们竟挤跌在一个坑洞里！他距离我这么近，我能闻到他头发的气息、脖颈的气息、嘴唇的气息和他睫毛上凝冻着细细的冰凌的气息。这时，我做了个大胆的、近于疯狂的动作，我一把抓住他的手，盯住了他那双在雪夜中燃烧的眼睛："于廉！……"我轻声叫道。我想说："不走了，永远不走了！让我们一块占有这些树林、山峦、积雪和雾霭，让我们自成天地。萦绕着我们的孤独和寂寞一去不回头了！……"而且，我感觉到他那双手——那双清瘦白皙的手已紧紧地、有力地握住了我。我多么想一头扑进他的怀抱，多么想仰起头，闭上眼睛吻他，深深地吻他；也让他吻我……久久地吻我……可不知为什么，我的手松弛了。我站了起来，说："于廉，快爬出去，不然要被活埋了！"我说着爬出雪坑，他也跟着跳出雪坑，我们扑打着满身、满头的雪末，在雪地上一起哈哈大笑起来，笑声打破了黑夜的寂静……

爱一个人，真难！

回到俱乐部小屋，已是半夜两点半时分了。小屋冷得有零下十度，于廉从走廊上拖来一个大铁盆，把做画框剩下的杂木统统倒进去，点燃了火。火苗呼呼地蹿起来，小屋顿时变得又温暖又明亮。他冲了一杯上海麦乳精递给我："喝一点，暖暖身子再回医院吧。我还要继续画画呢。"

我想起医院那同样零下十度、冰冷的女单身宿舍，真依恋这儿的火、这儿的温暖，还有他。我说："我不走了，你画你的画，我给家里写信，很快就天亮了，我再回医院。"

他坐在画框前的木椅上，准备临摹达·芬奇的《蒙娜丽莎》。

他说："第一次遇见你，我们谈到死。对我来说，如果现在突然结束生命，最大的遗憾是没有看到一幅绘画大师的原作。我多么想去意大利罗马、佛罗伦萨，看看米开朗琪罗的雕塑和油画，多么想去纽约大都会博物馆去亲眼看看那里的无数收藏……这些对我来讲，可能一辈子只是梦想罢了。"

他不无遗憾地叹了口气，便又沉浸在全力以赴的临摹中了。他在谈到"去纽约大都会博物馆"的梦想时，眼睛里闪烁着奇异的、令人神驰的光芒。

不知什么时候，我写完信，抬头一看，他已在火炉前的木椅上睡着了。天色熹微，我凝视着靠在桦木椅上那张沉睡的脸，柔和的火光洒在浓密的黑发上。我现在说不上来是否该用"温柔"，或是"生动""魅力"这些字眼，不过那天晚上，在燃烧着木柴噼啪声的炉火旁，我确实认为，这是我有生以来见过的最美丽的脸。

我那时多么狂热地依恋着他，多么甘愿随他浪迹漂流到世界上任何一个角落，或者就在脚下共享北大荒的山峦、流萤、春融、冬雪。我那一股久久压抑的青春激情被他的辉煌无比、天使一般的面容和高贵的气质引导着不断高涨、升腾……我站起身子，轻轻地走近他，在他的面前跪下。举手之间，我便能摘到爱情的甘果，只要我轻轻地吻一下他的前额，或者是捧起他的手，把它放在自己胸前，对他说"我爱你"，他就是我的了！

像以前多次发生的那样，我的情绪突然坠跌下来。我羞愧，我害怕。当一个人仍然被痛苦和渺茫压抑着的时候，他是不能去摘取那轻易而得的幸福之果的，安多纳德是对的。"她不会依附一个没有来由和没有前途的爱，不会接受一个没有前途的吻。"在这黑暗的山峦，痛苦和幸福的意义，究竟又有什么两样呢？

我眼里涌满了泪水。我不知道我该做什么，也不知道该怎么做。我终于悄悄地站起身，捡起他滑落在地上的旧大衣，轻轻地为他盖上，然后，我小心地打开木门，离开了那个晨曦中的小屋……

第二天，我休息。我没有去找他。

第三天，我在内科病房值白班。下午，我去 X 光室取一张病人的摄片单，在走廊上遇到内科徐主任，他正在同院长谈话。我向他们点头打了下招呼，便走进了 X 光室。

当我翻第二张 X 光片时，徐主任出现在我身后。"小周，看什么片子？"

"302病床的。二尖瓣狭窄，肺水肿加心肌炎。"

"是突发性克山病的那位女病人吗？"

"是的。我给她用了大量维生素 C 静脉注射，昨天已经神志清楚了。"

"这一年来你研究克山病心肌坏死很有成效，刚才院长还专门谈到你。说你是很有前途的内科心脏病医生。内科要扩大，打算专门开设一个心脏病房。你好好干，说不定那时能当上心脏科主任呢！"

"徐主任过奖了。"我一边看Ｘ光片，一边说。谁都知道我已经打了几次请求调离回南方的报告，院长和科主任一概置之不理，当作没这回事儿。

徐主任拿过我手中的Ｘ光片，一边漫不经心地对着日光灯察看，一边对我说："这鬼地方没假没节的，难怪人人都想往城里跑……今天晚上，我请你吃饭，好吗？"

徐主任是1962年哈尔滨医科大学毕业生，40多岁，爱人孩子都在哈尔滨。他业务还行，很受院长推崇，只是处世圆滑，为人过于精明，还有一股滑腻腻的、令人不舒服的味儿。出于礼貌，我没有拒绝他。

这儿没有酒馆，也没有饭店。徐主任不知从哪儿搞来了几听罐头、两瓶酒，放在他宿舍的方桌上。同来的还有院长，他带来了一饭盒香味扑鼻的狗肉。

院长是位60岁的老人。早年曾经留学东京医学院，后来不知怎么落魄来到了北大荒。也许是岁月的蚀融和精神创伤，他总是醉醺醺的，大家背后叫他"二锅头院长"，或者干脆叫他"二锅头"。

"小周，喝吧。"徐主任递给我一杯烫温了的酒，"你毕业以后来医院一年多了，肯钻研，肯吃苦，干得不错。来，干一杯！"

我不会喝酒，只佯做样子，抿了抿酒杯边缘。

"这鬼地方，冬天全靠酒暖身、壮筋骨。小周啊，你得学会喝酒啊！"徐主任说，一边不断地给院长斟酒。院长只对我说了一句："留下来，好好干。"不一会儿就酩酊大醉了。徐主任也满脸通红得像猪肝，薄薄的眼皮耷拉着，里面不知是泪花，还是酒熏的蒸汽，湿腻腻地半睁半闭。

我站起身说："主任，我实在不会喝酒，我想回去了。"

"别走，别走。"徐主任把酒杯塞给我，说，"小周，你可能近来也听到了不少议论。首先，全师都知道你这里最容易开病退证明，有人讲你是……引渡出关……哈哈！引渡！你懂吗？只有偷渡国境的才需要引渡……小心啊！别帮了别人，却毁了自己的前途！"徐主任说着，突然凑近我，从他那两个鼻孔中冒出来的酒精味直冲我来，令人不堪忍受。

"……我说，都走得差不多了，可那个画画的，你怎么不帮他也引渡一下，开个病退证明呢？"

他用这样的语气提起他，我嗔怒地放下杯子。

"俱乐部那个画画的，才貌出众一点不假。不过，他父亲是个畏罪自杀的右派，我看他咋干也没什么奔头。听说你常常往他那儿跑……" 我转身要走，徐主任一把拉住我，说，"呵，别这样，我这人见多识广，把门关上画画裸体，或者琢磨一下什么线条，这都是艺术……只是别把人从画室带到床上，特别是像你这样的妙龄姑娘……"

一个人的克制是有限度的，特别是当有人亵渎了你心中认为神圣的东西。所以，在那瞬间，在徐主任和喝得酩酊大醉的院长面前，我觉得我所做的没有什么可奇怪的。我从桌面上探过身子去，打了徐主任一个耳光，站起来，把台子掀翻在地，就回自己宿舍去了。

夜幕降临了，天边飘起纷纷扬扬的大雪。女宿舍里冻得要命，土暖气片早已结了冰，修理工一周前就讲要来修，却不见踪影。我双手抱着胳膊伫立在玻璃窗前，望着漫天的大雪，一种遭受侮辱的愤怒使我全身战栗。眼泪不知不觉滴落下来。"我为什么要站在这里？"我对自己讲，"难道还有什么需要顾盼流连？还有什么需要犹豫的呢？你有什么理由，要和你所珍爱的东西失之交臂？……去对他说，对每一个人宣布，我爱他，是的，我是属于他的，我要永远和他在一起……"

两行泪水流淌在冰冷的面颊上，我向窗外望去，从医院的窗口是看不到俱乐部小屋的灯光的。这时我想，哪怕让我看到一点点小屋的灯光，即使是微弱的一闪现，也会给我受了伤的心灵带来多么大的慰藉！我披上大衣，沿着两天前和于廉散步的小径，冒着风雪向俱乐部小屋走去。我几乎发疯似的奔跑起来。我这才意识到，我，是我，在追求他。几个月来，我最害怕的，就是被他拒绝。今晚，我要大胆地对他说，我爱他。即使我父母亲反对，即使要在北大荒一辈子，我也要跟他在一起。这是我的选择！我的选择！我不能想象，没有他，我怎么生活下去。我奔跑着，向着北大荒小屋的灯光——那令我魂牵梦萦的灯光奔去。灯光，还是这么炽明透亮。他一定在那里，一定在画架前画画！

我的心剧烈地跳着，气喘吁吁地推开小屋的木门，屋里竟空无一人！大铁盆的炭火快要熄灭了，几颗已烧焦的豆子在冒烟。我大声喊着："于廉！……于廉！你在哪里？"没有回音。

突然，我看到画架上那幅已经临摹完的油画《蒙娜丽莎》。右下角写着：

临摹于北大荒五师俱乐部
For the Memory of Z.L

Z.L 是我的名字缩写！我的心怦然大动！注视着几乎逼真的《蒙娜丽莎》，她那入神的微笑和垂放着的十指，无论是艺术的完美，还是右下角题词所带来的激情，都使我激动不已。我在小桌前坐下，又遇到那本熟悉的、摊开着的日记本。我先翻了最后几天中的一篇，我想看看他是否也像我想他这么想我。

有一篇全部是关于蒙娜丽莎的：

尚未有情的眼光是最苛求的，如果真是爱了，那爱的顾盼有宽容、溺爱。它将容忍我们的缺陷，慰藉我们的尚未坚强，扎裹我们的创伤，而尚未有爱的顾盼则毫无纵容的余地，它瞄准我们，对我们的要求绝对严、无限大。它在无穷远的距离，向我们盯视、召唤。我们只能是一个无穷极的追求，无休止地奔驰。

达·芬奇是置身于这眼光中的第一个。

把我们有限的存在拉长，变成无穷极的恋者、追求者、奔驰者，像落在太空里的人造卫星，在星际、星云之际，永远下行，死在尚未触到她的时分、在她的裙裾之前三步的距离里。

我立即有了一种不幸的预感。

日记的最后一页有几行字：

她是个很好、很聪明的女孩子。几个月来，从她的眼睛里，我已经明白了一切，我知道她将向我说什么……但，那是不可能的事情，绝对不可能的。

我犹如被霹雳震撼了一下，呆呆地望着那"不可能的事情，绝对不可能的"清晰的字迹。只觉得头脑昏昏沉沉，脚下的薄冰在崩裂，整个身子在下沉、下沉……没有泪，没有期望，周围的一切变成了一个大空洞，我就这样呆呆地坐了十分钟、二十分钟、三十分钟，他一直没有回来。

我昏昏沉沉地回到了医院。

我病倒了，诊断是大叶性肺炎，躺了两个星期。于廉什么音讯都没有。两周后我痊愈上班时，院长宣布，把我调离到离师部医院五百华里以外，一个叫建边农场的小山庄卫生院去工作。我知道这意味着什么：调回南方的希望是完全破灭了，而在那个无人知晓的偏僻的小山庄，又不知道要度过多少漫长的岁月。而这一切，都是由我那一记耳光直接造成的。

离开五师医院去建边农场前，我决定去向于廉告别。最后一次看到俱乐部小屋的灯光，我有一种锥心刺骨的疼痛。我终于体验到了"心如刀绞"一类词汇的分量。

小屋的木门是敞开着的，他还是不在。我问一个每天为俱乐部拉水的老人才知道，就在那个夜晚，他被在哈尔滨省美协的林斌叫去了，省里让他俩合作一幅油画去参加全国美术展览。

而他给我留下的，就是最后那一篇日记。

骄傲的自尊和被拒绝的爱，都化作一股不可名状的羞惭和悲伤。当一个女人，不能获得她所心爱的男人的爱时，那种感觉不仅令人心碎，而且是撕裂神经的。那些天，我不知道是怎么度过的，那是我一生中最寒冷的日子。白天下雪，傍晚下雪，深夜也下雪，终日大雪弥漫，昏昏沉沉。我觉得自己陷入了一个不能自拔的无底深渊。离开师部医院那天，俱乐部的拉水老人，赶着一辆老破牛车送我上双山火车站。一路上牛车颠簸着，牛车轱辘辗轧着雪道，发出嘎吱嘎吱的、单调重复的声音。老人用鞭子轻轻地抽打着黑色的、瘦骨嶙峋的牛背，他叹了一口气说："画画的那小子，也不打声招呼，就腾的一下去了哈尔滨。唉，你俩整天在一起，这么一走，能让人好受吗?"我抬眼望着老人那张布满皱纹的、善良的面庞，又低下头去，呆呆地望着牛车轧出的雪辙轨迹，那嘎吱嘎吱的轱辘仿佛慢慢地、沉重地从我的心头辗过，辗了一圈又一圈……我强忍住泪水，这时如果身边没人，我多么想放声地在这雪地里大哭一场啊！

坐在双山火车站候车室等车，处处弥漫着东北旱烟呛人的辛辣味和尿酸味、马粪牛粪味。眼看着其他知青（已经剩不多了）高高兴兴地登上南驰的列车，而我却孤独一人扛着行李包，去一个从未听说过的、既偏僻又遥远的建边农场。这未知的命运、渺茫的前途和绝望的爱折磨着我，我再也忍不住了，索性趴在行李包上，呜呜地痛哭起来。

于廉，为了你，我流了多少泪。而你一滴也没看见。我不会让你看见，因为这毕竟与你无关。我已经承认，是我在追求你。

等哭了一场醒来之后，不知怎么，反而感觉到轻松了不少。

到了建边农场，才知道这真的是一个"被人遗忘的角落"。被称为场部卫生院的土坯屋里，只有几间黑黝黝的房间，分别是门诊室、女宿舍、小药库和仓库。仓库同时也是手术室。卫生院的门框外悬挂着一条破毡毯，风卷着雪花一个劲儿地往里灌，地面上都是被踩得湿腻腻的雪水。走廊的水缸早已冻结上一层薄冰。这儿的设备无法和师部医院相比。也没有什么知青，病人全都是当地老乡。听人讲，有一次，一位老乡患了急性阑尾炎，当地的李大夫想发挥一下手艺，没往县医院送。卫生院的麻醉药不够用，李大夫硬是扎了几下针灸就下了刀。哪知开到一半，阑尾还没取出，病人就疼得哇哇大叫、不住地翻滚，急得李大夫一时没了主意，索性一跃身跳到手术台上，叉开双腿，骑坐在病人的上半身，紧压着病人的身子和四处乱抓的双手，令助手取出阑尾，匆匆地缝合。幸亏那个老乡命大，发了几天烧就恢复了。从那时起，李大夫的"武术"（不是手术）也出了名。

建边农场虽然荒凉，但却有一股荒凉之美，一种返璞归真的田园风光。每天傍晚，田间里响起农妇的唤鸡唤猪声、装运水的牛车的铃铛声，山间泥坯屋顶升起一缕缕白色炊烟。而这一切都笼罩在绯红的晚霞中，衬在到处是密密的白桦树、钻天杨的黛色青山下。这里没有师部医院的迂腐和沉闷气息，人们对我——一个单身的上海姑娘都充满了友好和好奇心。为了心境的安宁，也为了回避任何感情色彩的冲击，我告诉老乡我在上海已经有了一个男朋友。在他们的眼光中，我看到一种由衷的祝福。我常常在下班后独自漫步在森林中，回忆着童年时的幻想：森林中的小房子、小红帽。有时蹲在地上，看着两只松鼠打逗，有时步上高山，望着不远处的中苏边界。我觉得这儿——眼前的一切，就像一幅幅俄罗斯油画，像克里米亚黑海之畔的山峦，像高加索壮丽的早春……深夜，皎洁的月光照在平静的建边河面上，粼粼的水波闪耀着银光，一望便使人想起范仲淹的"长烟一空，皓月千里"的名句。

大自然给我带来了无限慰藉，我也渐渐地爱上了这儿的老乡。

他们常常在深夜策马来到卫生院，拼命地敲打着窗棂。我常常披衣而起，提着"李玉和"式煤油灯，跌跌撞撞地跟在老乡后面跑。这里一概不分什么内科、外科、妇科、儿科，也不分医生护士，我什么病人都得看，也时常挽起袖子打静脉穿刺，挂吊瓶，扎小儿头皮针，给孕妇接产……

一年不觉过去了。生活在紧张的工作中，心胸逐渐充实起来。我仍然常常想到他，想到俱乐部的小屋和那些温馨的夜晚。我常问自己：我的未来呢？能永远待在这里吗？难道像现在这样永远孤独下去吗？

1977年，大学恢复了高考制度、正式招生的消息终于吹到了这个北疆的小山庄。所有适龄青年，都有资格报考。而且这对我说来无疑是另一个重要的途径：如果能考取大学，回到大城市，那么也许我还来得及抓住已经在逐渐消逝的青春。我在一连熬了几个通宵、啃读了三角几何一大堆理科书籍后，便急不可待地去场部"报名"。当我踏着厚厚的积雪，好不容易走到离卫生院十里远的场部，一位穿黑棉袄的当地干部拱着手，打着典型的东北大官腔说："你这工能（农）兵学员，毕业后回到北大荒，就该在这儿扎根一辈子，你懂吗？大学都上过了，还整个啥呀？"他拿起一支钢笔，以坚定不移的神情把我的名字从申请表格中划掉。天哪！我又一次尝到了那种孤独无助、一切道路都被堵塞了的滋味。当天黄昏，我就赶回到医院。我深一脚浅一脚地在雪地里往回走。越想越委屈，眼泪不由得又夺眶而出。遇到这种事情，对一个女孩子来说，除了哭，还有什么办法呢？泪一颗颗地跌落在雪地上，化着一朵朵小雪花。我突然想起龚自珍的那句诗：

　　落红不是无情物，
　　化作春泥更护花。

既然走不了，那么就让泪水——孤独的泪、伤心的泪，全化作北大荒的春泥吧！我干脆在雪地里放声大哭，边哭边走，任飞雪落进我张开的嘴里。反正这里是荒山，方圆几里地也没有人看见。哭着哭着，漫天的大雪突然停住了，远远近近的雪山雪原，又出现了那永远令人惊叹的黄昏景色：广漠的原野，如血的夕阳，绯红色的晚霞映照着无边无际的白雪，从云层中钻出的金光把云朵镶嵌成一片片金红的鳞絮。我不由得停下脚步，呆呆地望着大自然的壮丽奇观，真想融身于天地之间，哪怕变成一片云。我想哭，也哭不出了。后来我想，干脆唱一支歌吧。于是不知怎么，我面对着美丽的黄昏景色唱起了小时候心爱的歌《让我们荡起双桨》：

> 让我们荡起双桨，
> 小船儿推开波浪。
> 海面倒映着美丽的白塔，
> 四周环绕着绿树红墙……

绿树红墙的北京，高楼耸立的上海，多么远哪！远得就像天边一片云，远得就像一个梦。而我身边，是实实在在的广漠原野和荒凉的山庄，是实实在在的建边老乡和病人。在病房里，还有一位心脏病患者在等我呢！

这位心脏病妇女是一天前从屯子里被家人背来的。她丈夫讲着口音浓重的山东话，用这里的话来说，他们叫山东盲流，盲目流动到东北来谋生的。两人破衣烂衫，穷得要命。那妇女不住地吐黄水，心律紊乱，心音微弱。我一看就知道又是"克山病"。这种叫"克山病"的心肌急性损坏症，在70年代蔓延很广，夺去了许多中年妇女的生命。我在师部医院时，通过对病情的一系列摸索，决定大胆采用维生素C静脉注射，以缓解急性心肌坏死，果然很有效。在这建边农场，没有心电图，这里离县医院有好几百里，要翻几座山脉，就是连夜赶到，病人的生命也难保住。因此，只能靠我不断地将听诊器放在病人胸前，一边观察心律波动，一边决定用药。尽管那个妇女很脏，甚至有好几只虱子在她的破旧棉袄中爬进爬出，但我只有一个信念：一定要抢救回她的生命。从场部大哭一场后回到医院，我立即全身心地投入到抢救中，一连几夜没睡觉，守在那兼作仓库和手术室，现在又临时改为急救病房的小屋里，日日夜夜地监护着病人，间歇注射维生素C和其他抗心力衰竭的药物。经过两周的抢救，病人终于出现了正常的心律，水肿消退。当她丈夫拉着三个未成年的孩子来接母亲回家时，病人流着泪，紧紧地拉住我的手久久地不放……望着这一家五口逐渐远去的身影，我不由得热泪盈眶……

有一次，县放映队到山庄来放电影，放的是苏联电影故事片《山村女教师》，这是我一生中所看到的最好的电影。影片中俄罗斯大地那和煦的风，哗啦啦的白杨树，孩子们在金色的阳光下高声背诵着普希金的诗走向考场，那山村女教师的美丽、善良，对孩子们真挚的爱和谆谆的教导……我深深地被这部电影迷住了。没想到第二天，许多到卫生院来"串门"的老乡们说："你就像乡村女教师呀！"有一次，我巡诊回来，一个孩子在田地里竟模仿着电影中的口气，大声叫我："瓦里瓦拉·瓦西里耶夫娜！"

人的热力，是能够点燃世界上任何一个冰冷的角落的。冬去春来，我宿舍的窗台上常常出现一把大葱，一包新鲜猪肉，或者是一小篮鸡蛋。都不知道是谁送的。

整整两年之后，我终于收到了上海市政府发来的根据知青新政策调回上海的通知。当我临登上开往嫩江的大卡车时，一位老乡跌跌撞撞地跑到我面前，递上他家刚刚烙出的、滚烫的葱油饼……我又一次热泪盈眶了。

再见了，荒凉而美丽的建边！再见了，贫穷而淳朴的建边老乡！

回上海路过哈尔滨，我决定去看一看于廉。在建边的许多日日夜夜，我常想起他。有时夜半梦醒，他仿佛又站在我的面前画画，他最后一页日记中所写的"那是不可能的事，绝对不可能的"这句话，曾反复多次地折磨着我。这时痛苦已经减小了——时间是能使世界上一切痛苦减轻的——剩下的只是思维中的困惑。凭良心讲，如果当时他从我眼睛中清楚地看出了那种含义，那么我从他的眼睛——那双深邃而又明亮的眼睛中——所看到的，难道不是同样的东西吗？在小屋中的炉火前，他拉起我的瞬间，还有在雪夜散步时突然陷落到大雪坑中那近得闻得到双方呼吸的时刻，他那双眼睛里，不是明显地充满着爱慕和那荡人心魄的万种柔情吗？他究竟为什么要拒绝我呢？

　　早就隐约听说于廉已从五师调到了黑龙江省美术协会，和林斌在一起。我就先写了一封信给林斌，让他转交给于廉，告诉他我回上海的途中想停留哈尔滨看看他。不久后收到了一封简短的回信。一看到那熟悉、秀气而遒劲的笔迹，我的心禁不住怦怦跳起来。他在信中祝贺我终于返回上海父母身边，并且告诉我他在南岗区的一个地址。说他很忙，我下了火车可以直接按这个地址找他。他说他很想见到我，好好聊聊。

　　到哈尔滨下了火车后，我很快地按信上的地址找到了那个地方。像哈尔滨南岗区的许多白俄时期的建筑一样，这是一所陈旧的、石灰剥落的俄罗斯式小洋房。墙上也像每条街所见到的一样，刷着许多大标语，只是那些标语已被雨水和冬日的雪水洗刷得只剩下斑斑痕迹。我按了电铃，紧张地期待着，过了一会儿，一个女孩子出来开了门，她看到我的第一句话就是："你就是周励吧？请进来吧！"

　　我跟着女孩走进门厅，悄悄地四下环视：这里不像房外所见的那样陈旧和零乱，从走廊到内室都布置得很优雅，房间宽敞而明亮，阳光从落地玻璃窗射进，照着墙上的一幅字画："宁静致远"。而走廊的另一头，居然有个摆着一架大三角钢琴的客厅！我去过兵团不少哈尔滨知青的家庭，都是低矮小屋一铺大炕，没想到哈尔滨还有如此儒雅相宜的所在！我又端详了一下那位老是盯住我看的、微笑的姑娘，她看上去比我要小三四岁，细细的、秀气的眼睛，剪短的头发，面色有些苍白，是那种一眼望去十分文雅的女孩。她把我引入内室，我一眼看到那里有一幅画架。她倒了一杯水放在我面前，说："于廉上午去省美协画室了，他给你留了张条子。"我接过条子一看，上面写着："先休息一下，下午三点到湖滨2号码头找我，于廉。""美协离湖滨很近，你知道怎么走吗？"她很热情地问我，一边取出一份哈尔滨市区地图摊在我面前。

"你叫什么名字？"

"邵莉，我也是从兵团返城的。"

邵莉，周励，我们的名字发音倒很相近。于是，我很快地，今后便也永久地记住了这个名字。

"你也画油画？"

"刚刚开始学……"邵莉眼睛里突然露出一道羞涩的光芒，"于廉在教我呢！"

然后，她又马上问我："你和于廉很熟是不是？他常常提到你，你回上海打算干什么？还当医生吗？"没等我回答，她又是一个问题："听说你很喜欢于廉的油画，我也很喜欢他的油画，你们上海人真聪明……你说，上海美术家协会会不会来调他回去呢？"邵莉眼里又流露出一股焦虑不安的神情。

我只好告诉她，我已经有两年没见到他了，对他的情况远不如她知道得多。我隐隐感觉到，不，是一种越来越强烈的感觉，她，这个叫邵莉的女孩，在追求于廉。和我当初一样，她也深深地被他的气质和神采所迷住，那一声声"于廉""于廉"，都在告诉我，她已不能从青春女性的爱慕之情中自拔了。

何况，她比我小。

下午三点，我在湖滨码头看到了于廉，他站在那儿等我，好像已经来了很久，当他看到我，大叫了一声"周励！"向我快步走来。他穿着一件咖啡奶油色夹克衫，雪白的衬领翻在外面，上面仍有几片颜料的痕迹。他的头发还是那么乌黑浓密，随风扬起，面庞依然那么白皙细腻，那双被长长的睫毛掩盖着的深邃的眼睛，依然是那么明亮，显示出一种人品非凡的高贵气质。每次见到他，我都觉得任何形容词都显得软弱无力。我默默地望着他，他也默默地望着我，我们就这样呆呆地伫立相视了几分钟。然后他说："我们到太阳岛去划船好吗？哈尔滨难得有这么好的天气！"

我们来到了太阳岛上。正像以后一首歌中唱的：

> 明媚的夏日里天空多么晴朗，
> 美丽的太阳岛多么令人神往。
> 带着垂钓的渔竿，
> 带着露营的篷帐。
> 我们来到了太阳岛上……

来到美国后，我去过许多世界著名的海滩度假：长岛的约翰斯海滩，佛罗里达州的棕榈海滩，夏威夷的瓦克柯海滩以及西欧瑞士的日内瓦湖畔、琉森湖畔……海滩上是豪华的白色私人游艇和五颜六色的帆船，沙滩上处处躺着抹着海滩油、把皮肤晒成橄榄色的白人大腿，几乎透明的比基尼，披散着的金长发，胸罩、大墨镜、太阳伞。天上，直升飞机隆隆地来回巡逻，地上，穿着雪白制服，托着香槟、鳕鱼、杜松子酒的侍应生匆匆地往返侍候。但是，这一切都比不上太阳岛。

我并不是指海滩的美丽而言。美国和西欧的海滩是十分美丽而又昂贵的，每小时的花费都是上百美元以上。我是指感觉上，没有什么地方，比我在太阳岛所见的更亲切、更令人舒畅的了。正如一个闯关东的山东大汉，觉得天底下没有什么比沂蒙山下清河中的水更甜、更熨帖人心的了。

那天的太阳岛上，花团锦簇，游人如织。有带着洗澡的小木盆来给孙子嬉水的老爷爷，也有背着一个个大橡皮囊，囊内盛满啤酒，一面划船，一面豪饮的小伙子，不时看到穿着红色泳衣的姑娘跃入水中的健美身影。岛上岸边，处处是笑声——那种朴实无华的、无忧无虑的、普通善良的哈尔滨人的笑声。而我和于廉，就在这周围一片欢乐的喧笑中，慢慢地划着小舟，任小船在碧波荡漾的水面上漂移……

"在师部时听说，你在建边农场干得不错，是吗？"于廉问。

"那里的老乡很好，地方也很美……比在师部医院有意思。"我说。

"我一直觉得，你会有这一天，你会回上海的。"于廉说，"祝福你。"我沉默了许久，低着头。我突然问他："于廉，我想问你一下，这两年来，我一直无法找到答案。"

他的脸一下子红了，眼睛敏感地低垂下去。

"你去哈尔滨那天夜里，放在小屋桌上的日记本，我看了，请原谅。你是翻开来让我看的，因为你知道我会随时随地冲到你面前，对你讲那句话。你说你从我眼睛里，早已明白了我要说的那句话。'但，那是不可能的事情，绝对不可能的。'为什么？你能告诉我，为什么？为什么是不可能的？"我几乎低声地叫起来，锥心刺骨的剧痛又包围了我。我想起了孤零零地蜷缩在双山火车站的那一夜，想起多少个不眠之夜的爱的折磨，不由得流下了眼泪。

"周励！你不要哭！"他一把抓住了我的手，颤抖地摇着，"你会觉得我冷漠无情！你会怨我走时连告别一下都没有！可是，我也在斗争着，我也在被折磨着，你懂吗？……在火炉前，我把你拉起来的那一刻，在雪坑里，我们几乎是双双要拥抱在一起的瞬间，我看出你在犹豫！你在感情和理智之间挣扎着，你以为我就看不出来吗？有一次，你和我讨论《约翰·克利斯朵夫》，你说：'安多纳德是对的，她不会依附一个没有来由的爱，不会接受一个没有前途的吻。'我把这句话想了上百遍！每次见到你，我都担心自己是否会把握不住，于是我拼命地画画，思维想着你，眼睛在画布上，你以为我不痛苦吗？我也是一个需要爱、渴望温柔的男人啊！……"

"那你为什么？"我触着他的指头，心头引起一阵阵战栗。

他抽出自己的手，夕阳的余晖在他的眼里洒上一层肃穆和庄重的色彩，他的语气仿佛是在宣判一项不可避免的死刑："我们出身太悬殊，而且，和一个没有着落的艺术家一起生活，是一件很苦的事。

也许命运一开始就注定，我们只能做好朋友的。"

我盯着他那黯然的眼睛："于廉，你好为别人着想！我不怕吃苦！建边农场那么苦，我不是也过来了吗？"

"那是不一样的。在建边，你或许是靠着热情和幻想来过日子的。而结婚成家，则会面临实实在在的琐事。你走后，我曾经多次打听你的下落，打听关于你的消息，也有几次提起了笔，想给你写信，但我怕伤你的心。我们之间，除了出身太悬殊之外，还有一点，就是我可能属于那种根本不应该把一个女人的命运和自身连在一起的男人。"

我疑惑地看着他。

"你看过好莱坞明星琼·克劳馥主演的《银海香魂》这部电影吗？女主角有一句话：'自杀的办法有三百种，和艺术家结婚是其中一种。'不少大画家，像毕加索、凡·高，像罗丹，他们的爱情或婚姻的结局都是很悲惨的。更确切地讲，是画家害了那些曾经痴迷地爱着他们的女人。"

"可是，那个叫邵莉的女孩子，看起来对你很有好感，她是谁？是你的女朋友吗？"

"目前只能说是朋友，"于廉将木桨划动得更快些，穿过了一座绿色雕花的木桥，一边思索着，一边说，"她是个不错的女孩子，有理想，喜欢幻想。和你一样，她也很真挚。不过，有一点她倒很像我，她也常常有忧郁的时候。"

"为什么？"我问，"她的家庭，看上去有一定的社会地位呢，和普通的哈尔滨市民根本不一样。"

"邵莉的父亲是黑龙江省歌剧院院长，母亲是歌剧院的编剧。但在1957年都被打成了右派。她姐姐也在歌剧院，是唱女高音的。姐夫和我一起在美协工作，不过姐夫也是个'摘帽'右派。这是个'右派之家'，和我的背景倒相似。"于廉自嘲地说，"邵莉的舅公，是编写了《雷雨》的曹禺先生，她还有不少亲戚在香港电影界，很活跃。她姐夫把我介绍给她，让我教她画画。他们全家人对我都很好。现在，姐姐和姐夫又极力促成我和她的事。我很矛盾，很困惑。在她的家里，我是感到很温暖的。他们直言不讳地同情我父亲，他们憎恨人整人的、荒谬又残酷的政治运动。但，对邵莉这个女孩子的热情，我感到一种沉重的责任感。对女孩子的感情，就像那时对你一样，这种沉重的责任感，使我不敢超越雷池半步。我多次问自己：我能给她带来欢乐吗？她能在我身上，得到她所期望的吗？"于廉抬起头，凝视着我说："两年前，在北大荒那个小屋里，我也多次问过自己同样的问题，答案是否定的。可是现在，我还不能马上找到答案。"

"于廉！难道你要做一个殉道者吗？你都快30岁了！……"他那种深沉的含蓄，这时不仅没有使我叹服，反而引起我的愤慨，"你不能爱我，那么就爱她吧！不要再去碾碎另一个女孩子的心！难道为你，女孩子吃的苦还不够吗？"我讲的吃苦，当然是指感情上的苦：苦思，苦等，苦恋。我是希望邵莉再也不要经历我所经历过的可怕的一切。

夕阳的余晖染红了地平线，云朵镶上金色和紫色的饰边，暮霭柔和而宁静，乡愁如水，柔情似水，佳期如梦。太阳岛的黄昏是迷人的，一切相逢的喜悦和离别的怅惘，都和着烟霞轻抹的黄昏，洒在这处处浮光耀金、烟波氤氲的太阳岛上了。

小船轻轻地随风漂荡。我们并肩坐着，白鸥飞绕在头顶，远处传来在岛上露营的姑娘和小伙子们的歌声。我们距离得这么近，但仿佛又隔着千山万水。我知道，一切都已经太晚了。我们是只能做好朋友的。

从此以后，我再也没有见到过他。

回到上海后，我被分配到上海市外贸局当医生。整天与奔忙于世界各国各地的外销员打交道，在他们的影响下，我对"对外贸易"发生了极大的兴趣。有一天，我收到了一封寄自北京的信，打开一看，竟是于廉写来的。他告诉我，他已考取中央美术学院研究生，他还告诉了我一个好消息，他的画《枫》在全国美术展览会上，评上了一等奖！他还在信中附上了《枫》的照片。我将信看了一遍又一遍，然后紧紧地捧在胸前，我为他骄傲，我也为自己骄傲：我为之付出了青春代价的于廉，终于发出了耀眼的光芒！而这一道光芒，是我早在北大荒的小木屋，在炉火燃烧的画架前，就看到了！我给他写了一封长长的信，并且给他寄去了我根据北大荒兵团生活的回忆，在业余时间写的一个电影文学剧本。

又过了很长时间，大约有一年，他给我回了信。他讲了他仔细地阅读了我的电影文学剧本手稿，觉得像闻到了一股北大荒土地的气息。但他对我的人物塑造提出了许多看法，说我把人物写得太理想化了，"由各种不同的个性和品质糅合在一起的人，才是真正的人"。末了，他告诉我一个消息，他和邵莉结婚了。像上封信一样，他附来一张照片，穿着时髦新潮的邵莉在一个装饰华丽的门厅内的摄影。她还是和过去一样，只是那张原来略显苍白的脸上，抹了脂粉，使她看上去生动了一些。"邵莉去香港了，这是她在香港叔父家的留影。"他在照片背后写着。信中他告诉我，他是在度完蜜月的最后一天，送邵莉去香港的。至于他，现在还在中央美术学院学习，等拿到硕士学位后，他会去香港和邵莉团聚。

"但是还很难说清楚批得下来还是批不下来，政府对去香港的签证一直控制得很严。况且邵莉自己又没有身份，只是短暂的探亲而已。"

这是我收到他的最后一封信。

1985年8月，我离开上海去美国。在申请念美国大学研究生时，我变换了自己的专业——我要求学习商业管理和国际贸易。

在上海淮海中路美国驻沪总领馆签证处的小窗口，那个身材高大、金黄色的头发梳得光光滑滑的美国领事，瞪着一双疑惑的蓝眼睛问我："你读过医学院，写过论文，你是医生，为什么要改行？"第一次我回答不出来，于是签证被拒绝了。一个月后，美国总领事馆又来信让我去面试签证。我坦然地陈述了自己的理由，于是签证被立即批准了。

谈到弃医改行，实际上理由很简单：就像一个人在屋里坐久了，想出门到外面去呼吸一下新鲜空气一样。而我在医学这个屋子里已经坐了整整十年。医学是一项崇高的事业，尤其崇高和不易的是，它要求牺牲人的一切快乐。十年来，当我和我的心脏病人、癌症病人、晚期肺心病人、克山病人和一切内科疾病病人打交道时，我是绝对快乐不起来的。在我心头上压着的，是那些病人的生命，是他们一阵阵的呻吟，即使在治疗之后把他们从死神翅膀之下抢救回人间，也还担心着下一次病变，提心吊胆地害怕死神翅膀的黑影再次压来……最难以忍受的是送治疗无效的临终病人去上帝那儿的时刻，他们的脸上明明白白地写着："我要活，我要活！去上帝那里还太早！"可我却做不到。每一个病人的死亡，都会使我几天无法进食和入眠，常常在梦中被呼天抢地的家属哭声惊醒。

这时，我心中充满了内疚感、罪恶感和对死者无法割舍的那种痛惜。

我的心肠太软。

不少美国医生从病人那里赚取的是钱。我从病人那里赚取的是焦虑、内疚和罪恶感。当然，也有欣慰。

更实际地说，即使我愿意在医学领域继续深造，美国医学院惊人昂贵的学费也会让我望而却步，更何况美国医学院只收绿卡居住者和美国公民，对外国人则只收交流访问学者。我这个两手空空来美国的自费留学生，根本不可能走进医学院的大门。我开辟了一个对我来说全新的领域：商业国际贸易。我相信，和在医学上一样，我绝对得不了诺贝尔奖，但我也不会干得差劲。

在纽约州立大学研究生院，我一边打工，一边读商业管理课程。在学校里，我认识了刚从加利福尼亚大学研究生院取得数学博士学位的麦克·伏赫勒。他是个身材高大、很有幽默感、蓝眼睛的欧洲小伙子。我是专门着眼于男子的智力和气质来爱的，当然，形象和谈吐可以让我一眼就看出他是否具备才华。我们结了婚。

现在，我已经经营着自己的JMF国际贸易公司。1987年注册成立公司时，麦克建议以我们两人英文名字 Julia Michael Fochler 的字首为公司名称。于是，我们在报上登了JMF公司成立的大幅广告。麦克挂着总裁的职称，实际上他完全专注于他的新领域——电脑软件设计之中。他在一个华尔街公司领导一个部门。JMF公司的业务全部由我承揽。我奔走于美国各公司、各州进口商、中国广交会和欧洲各国之间。我们的JMF公司在几年中已经小有名气。我也常常出入美国各种高级社交场合，周旋于社会名流、巨商富贾之中。

有一次，在纽约著名的公园大道参加完一个宴会回来，我走在46街和百老汇交口处，想叫一辆计程车。突然，有一个人从身后叫住了我，用带着北京口音的中国话说："小姐，请停步！小姐，画一张画吧，画得不好不要钱。"我回头一看，是一个面色清瘦憔悴的青年，手中拿着一支用做写生的炭笔，带着请求的眼神望着我。我再往四周一看，在他身后竟有六七个画家，带着折叠的小凳子和画架，在街头招揽行人卖画。

天气很冷，纽约的秋末，风像刀子般地刮。那个拉我画画的青年—— 看上去和我年龄相似，穿着一件国内制的薄衫，头发在寒风中抖动着，内衣领上也有几道颜料蹭上的明显痕迹。我想起于廉。在自己的同胞面前，我为自己的貂皮大衣和珠光宝气的宴会礼服深感不安。我立即答应说："好吧，就在这儿画吗？"

"就在这儿画！"他突然变得像孩子般地高兴，指着街头一排生锈的铁制折叠椅，叫我坐下。他又摊开自己的小折叠凳坐下，把画架往双腿上一架，叫我往右侧看，头不要动，于是便忽而看我，忽而看纸，刷刷画起来。看起来他并不愿意多说话，只是专心地画着。由于我的头必须固定在右侧，正好是那一排空铁椅的方向，在我面前展现了一幅图画：那五六个还没有拉到客人的画家们，各自夹着画夹，四处走动顾盼，只要一个人路过，就纷纷拥上去，有时是三四个围着一个人讨价还价；有时是一人跟一个。有一个穿着牛仔夹克衫的青年追着一位美国妇人出了两个街口，那位美国妇人一开始微笑着摆着手，但后来听到那个中国青年飞快地把25美元降到20美元，又降到15美元。明白这似乎非拉她不可时，那妇人便露出睥睨不屑的神情说了声"sorry"（对不起），挥手叫了辆计程车钻进去逃走了。街头的风刮得很猛，好不容易又有两人拉到了客，我边上多了两个人，脸也向右看。使我刚才那种独自在街头展览的尴尬不安稍稍平定了些。我禁不住问为我画画的青年：

"听你口音是北京人，你来美国几年了？"

"来四年了。"

来四年了！比我来美国时间还要长！

"你天天到这儿来画画吗？"

"天天来，白天读书，晚上到街上卖画。唉！四年了！不这么干拿什么交学费？喝西北风？"

"那像你这样干一天，又能挣多少钱呢？"我心里充满同情，毕竟我也是靠给餐馆洗碗、给美国人带孩子过来的。

"遇到天气好，行人多，特别是旅游旺季，一夜可以挣六七十元以上，但碰到今天这种倒霉的刮刀子风，三四十元也挣不到……不管怎么说，总比去餐馆洗碗好，自己的专业总是在手里……"

"你在国内是什么学校毕业的？"我问。

"中央美术学院。"他仍匆匆地画着，不经意地说。

"中央美术学院？"我一听又惊又喜，顿时对他产生一片敬意，"那你认识一个叫于廉的吗？"

"认识，我们是一个系的，同届毕业。"

"他在哪儿？"我急促地问着。真没有想到在纽约街头会碰上于廉的同学！

"毕业之后，他又分回黑龙江了。"

"黑龙江？他不是要到香港去和他太太团聚吗？"

"听说他申请了几次都没被批准，后来他主动要求回哈尔滨，他太太的家在哈尔滨。"

"那么他现在还在黑龙江省美协?"

"不知道,都分开这么多年了,怎么?你认识他吗?你可以写信到黑龙江省去问问,他是挺有才气的,几次画展都得到奖,你不难找到他。" 说着,他把一幅人物素描从双膝的画板上抽出来,递到我面前,果然像我!还来不及听我的赞叹,他又匆匆地不带任何表情,像背书似的说:"如果要裱,加15美元;纸制画框加20美元;木制画框加30美元。"说着从小木凳下抽出三副东西,要我挑一副,我选了副白色纸制画框,刚给他付了钱,突然见他惊慌失色,拎起画框和小木凳,叫了声:"警察来了!"便和其他几个画画的一起如惊弓之鸟四下逃散,一会儿便无影无踪了。

闪着刺眼的白红两色灯的蓝色警车在街口上停了下来,警车中跳出一个身材肥胖高大的女警察。她走到我面前,斜睨了一下我手中的肖像,指着那排空铁皮椅说:"这是不合法的!"

我立即问:"为什么?他们只是画家而已!"

那女警察用恶狠狠的口气说:"不!他们是小贩!小贩!你懂吗?小贩要向政府注册,要交销售税!他们在违反美国法律!警察局已经惩罚他们好几次了,可是这些中国人,不知羞耻!"

对一个人的谩骂——不论是警察,或不是警察——我的脸"刷"的一下子红起来,一种民族尊严的受辱使我愤慨万分,我大声地反驳:"你们那些贩毒的、抢劫的、杀人的、强暴的人不都犯法吗?你怎么不管他们,不惩罚他们呢?……这些画家,只是为了交学费,为了生活,他们靠手上一支笔挣钱,总没有伤害任何人吧!"

"他们逃税!……逃税!"那女警察的眼睛瞪出来,粗声地吼着。

"什么逃税?"我大声叫道,"他们是签证的留学生,不是本地居民,他们连一张交税的工卡也没有,你让他们怎么注册?怎么交税!"

那个女警察被问得哑口无言,只得狠狠地把那六七个铁皮折叠椅收起,扔进警车后座,然后呼拉着刺耳的鸣笛走了。

那天夜里,我一夜没入眠,对美国法律专治好人不治坏人,我早有怒气,但更重要的是,在那个脸色苍白而又毫无表情的画画青年身上，我似乎隐约地看到了另一个人的影子——于廉的影子。他们曾经是同窗，而今那个北京画家的命运，竟是这样。于廉呢？他在哪里？毕业这么多年，他有没有在"出国潮"中出国了？他会在美国吗？他的命运又如何呢？我决定寻找于廉。

我先给黑龙江省美术家协会写了封信，信不久被退回来了。邮件盖了一个图章："查无此人。"我又给中央美术学院负责人写了一封信，打听于廉的去向，竟然三个月也没回信，是不是因为寄往美国的邮资太贵，没有必要为我这个不相干的人回信？我纳闷不解。

1988年，美国石油企业家海夫纳先生在纽约举办了首届"中国现代油画展"，消息发布后轰动一时。在纽约的海外电视台罗总裁打电话来，让我去做开幕式的电视节目主持人。因我和罗先生曾合作过一年，罗先生也是靳羽西的导师，为人诚恳热心，我便一口答应了。那天，我放下一办公桌的商业贸易业务，去曼哈顿72街一幢由海夫纳先生为办画展租下来的洋楼，刚进展览大厅，就碰上了二十几年前红卫兵大串联时认识的艾轩。

"艾轩！"我惊喜地叫着，二十多年，真是弹指一挥间！

"哎！是你呀！周励！你怎么也在纽约？"艾轩也一眼认出了我，高兴地大叫着。那天的开幕式，美国很多名流都来了。电视主播芭芭拉·瓦尔特斯，还有歌星约翰·丹佛。觥筹交错，一片珠光宝气。海夫纳希望美国的名流和百万富翁，能够慷慨解囊，高价购买他从中国一手"办"来的油画，而对我来讲，在按程序主持了电视访问后，就是和艾轩大聊，我们分别的时间太长了！

艾轩那幅《西藏女孩》，第二天在《纽约时报》上以醒目位置刊登出来。我主持的"中国油画展"电视节目开幕式，也被中国中央电视台立即全部转播了。我真希望于廉——如果他还在中国的话——能看到这个长达几十分钟的节目！可他为什么没有来？陈逸飞、刘红年、王沂东、王怀庆、李丹心……他们的画都挂在大厅里，镶在名贵装潢的框架中，我一幅幅地留意着，却没有于廉的作品。

画展闭幕后的一个星期天，我去了艾轩在纽约的"家"——位于昆市的一个贫民区。这时，艾轩已不像在展览会上那么西装革履、全身发亮了。他邋遢地披着一件沾满颜料斑迹的黑外衣，把我请到屋内。我大吃一惊，房屋又小又暗，像一个多年无人问津的小仓库，室内凌乱不堪，玻璃窗破了一大半，用纸糊着不见亮光。这样的房子，不要说在美国，就是在上海也不太会找到！在这个四平方米的地上，堆满着轰动了纽约画界的青年油画家艾轩那些正在创作之中的油画精品！

"海夫纳是条狼，"艾轩对我说，"他用我们的画大把赚钱，只付给我们一点点可怜的数目。在北京时不知道，只想来美国总是好事，就什么都答应了。哪想到像杨白劳画押一样，现在得不停地为他画、为他挣，你说混账不混账？"

和艾轩挤在一个小屋的王沂东也讲："开幕式上我得意忘形了一阵，想这么多美国名流都看上了我们的画，在美国可以风光风光了！没想到第二天就住到这个鬼地方来，真像个流浪汉，要什么没什么！"王沂东是出身山东的一个杰出的画家，《纽约时报》以显著位置介绍了他。他说着，打开冰箱："听说你和艾轩是老朋友，我烧条豆腐鱼，献献手艺吧！"艾轩叫着："这几天，天天吃沂东烧的豆腐鱼，只可惜是冻豆腐冻鱼，没在国内那么好吃！"

我说："艾轩，你还记得红卫兵大串联那会儿，你逼我们表演节目，才肯送给我们一点儿画？后来我朗诵了一首艾青的诗《大堰河》，你听完后说：'那是我父亲写的诗，他正隔离审查呢。'然后我们几个小女孩万分感动地烧了一碗糖醋黄鱼请你吃。"

艾轩说："记得记得！杨鲁华呢？周锋呢？熊晓群呢？那些上海的小红卫兵们都在哪里？"

我忙回答："她们都还在上海，都成家了。"然后我说："艾轩，你认识于廉吗？"

"当然认识！他是我们中央美术学院的才子呢！"

"他在哪里？……你知道他现在在哪里？"

"不知道。只听说他曾经在深圳和太太邵莉一起住了一阵，后来邵莉回了香港，不久后又去了法国留学，而于廉始终没法拿到签证，还留在国内，可能又回黑龙江去了吧！"又是黑龙江！我叹了口气，为什么线索一到黑龙江就断了呢？

我又到了刘红年在纽约的"家"，同样是昆市住宅低廉的贫民区，同样是窄小、零乱，除了放张床外，只够放下几个画架。刘红年的油画《当我们年轻时》，描绘了北大荒的一铺大炕上知识青年的各种姿态。其中一个青年还自得其乐地往烧开的水中打了一只鸡蛋。这幅画曾震撼过一代知青的心灵，在全国美术展览上得了大奖。他也是"文革"串联中自称"大哥哥"和我认识的。现在我们又串联到世界的另一个角落——纽约来了。

他的生活看上去很清苦，虽然由于他在中央美术学院得到的深刻造诣和才能，使他的画已被曼哈顿57街的一家画廊所接纳，但出售率很低，远远不能和极少数运气好的中国画家相比。他节衣缩食，还要资助接济在北京病卧在医院的妻子和5岁的女儿，常常陷入"断炊"之忧虑中。我把他的情况和我的担保人讲了，我的担保人威廉·柯比先生很有钱，也很爱好艺术，他希望自己哪一天也能在佛罗里达州办一个中国油画画廊，于是他让我转告刘红年，以每个月1300美元的固定工资，收购刘红年所画的任何油画。有了这笔固定收入，搬去刘红年心上的一大块石头。纽约画廊需要时，他为画廊画；而画廊没有"任务"时，他为佛州柯比先生画。由于柯比先生生性善良，又很惜才，对画的大小尺寸、题材内容从不挑剔，在没有人买的前提下一律先收进他的画，并且还用飞机把刘红年接到佛罗里达州兜风游览。他们俩渐渐成了忘年之交。

刘红年为我四处打听于廉的去向和下落。有一次他打电话告诉我：

"周励，有消息了！有消息了！"

"快，有什么消息！快讲！"

"于廉到日本去了。"

于是，在我的脑海中，邵莉在法国，于廉去日本。他俩为什么不去一个国家呢？于廉在日本，在东京呢，还是大阪？地址在哪里？

我继续寻找于廉。在寻找过程中，既有对一个老友的关怀和思念，也有对青春时期一段感情经历的深深怀念。看到电视上纽约市政府在中学里普遍发放避孕套的决定，在纽约地铁里，看到那些号召青少年用避孕套寻乐发泄的官方广告，这里是性的泛滥伴随着精神空虚，智力低下，物质欲、占有欲无穷无止的海洋。比起北大荒小屋里的缱绻的柔情和理性的抉择，那种对知识如饥似渴的探求精神和对人生意义的追求，是那些滥用避孕套，在摇滚乐中扭摆狂叫，用熏灰的手指一个接一个地传递着、贪婪无厌地抽吸着毒品，喷吐出一圈圈烟雾，和以能用针头往静脉里注射昂贵的上等可卡因为自豪的美国青年所根本无法理解，也根本无法比拟的。想想在60年代，还有好莱坞明星简·方达那样头戴北越钢盔在河内公开阻止美军狂轰滥炸的理想主义者，而到了八九十年代，剩下的只有毒品、酗酒、醉生梦死和对物质无止境的追求了。1989年，当一部名为《性·谎言·录影带》的电影风靡美国的时候，有位年迈的评论家说：这部电影的名称，就足够概括美国当今失落的一代人。

什么是毒品？什么是同性恋？我不知道。在这些方面，我属于美国的无知无识者。

于廉，你在哪里？

我又找李丹心询问于廉的消息。我是在刘红年的画展上遇到李丹心的。我的担保人也特地从佛罗里达州赶到纽约参加刘红年的画展。可惜，几十幅油画只卖出四五幅。画廊取去50%的利润后，到刘红年手中的只有几千元。这样的画展每年只办一次，根本不够维持在纽约一年的生活开销及购买昂贵的画布、颜料等绘画材料。幸亏有柯比先生的"固定工资"，所以刘红年的心情好多了，否则也只有一个方法——架着小木凳到街上卖写生画了。

李丹心正处于情绪的极度低落和内心的苦闷之中。这个以《西藏组画》而享誉中国美术界的中央美术学院研究生，现在竟连一张画也卖不出去！生活已经到了极度穷困的地步，他的妻子和女儿均在北京，对家人的思念和那种摆脱不了的孤独感、失落感，使他感到已经走到了生活的尽头。他对我说，他的精神快要崩溃了。

在油画展大厅听了他的这番话，我立即把他也介绍给我那正坐着轮椅、一张张欣赏刘红年油画的担保人柯比。柯比这个善良的美国老人，深表同情，请李丹心一起到咖啡厅好好聊聊。

"我觉得自己完蛋了，"在咖啡厅里，这位曾经由于国内报告文学《妙笔丹青》而一时风靡全国的青年油画家用手使劲地抓着脑袋，痛苦地说，"什么也画不出了！既卖不出！也画不出！……我不知道今后该怎么办！"

我听了既吃惊，又难过，一句句地翻译给柯比先生听。李丹心在国内是较早出国的一批画家，很多人羡慕他的才能和运气。可谁又会想到，他在咖啡厅中这一番撕裂肺腑的痛苦呻吟？柯比先生说："我到你家去看看吧！"

当天夜里，我推着担保人的轮椅（他的双腿已瘫痪），到了李丹心家。同样在昆市区一所价格低廉的小屋内，比刘红年和艾轩的地方稍稍大一些，一房一厅，但同样是很狭小，光线黑暗，床上、地上、墙角、桌下到处都堆着他画的那些卖不出去的油画。

"把这些全收拾起来吧！……你开个价钱，我全部买了。"担保人柯比先生说。"我……"李丹心却惊讶地瞪大着眼睛，简直不相信这是真的。

"不要放弃，小伙子！"柯比先生说，"我是为了让你不放弃油画，才买下这些画的。美国不像中国，在中国，也许油画是你的爱好，或你有天才可以任意发挥。在美国，任何一种爱好或者特长，都只是你的谋生手段而已。不要放弃，不要去餐馆打工，听我的话，也许这段最困难的时期过去之后，你就会成功的。"

就这样，李丹心意外地得到了一张2万美元的支票。他没有放弃，至今还在作画。（艾轩、王沂东、王怀庆都已回国，并在国内外画坛继续获得成功。）

有一天，李丹心告诉了我一个惊人的消息："于廉和邵莉离婚了！""为什么？他们为什么离婚？"我又惊讶又悲伤。难道世界上竟没有持久的、永恒的爱情吗？

"据说是邵莉在法国提出离婚的，长期以来他们一直两地生活，对她来讲，可能太吃力，也太寂寞了……听说于廉马上接受离婚，他还在日本。"

"他在日本怎么样？你知道他的情况吗？"

"不太清楚，"李丹心说，"有一个日本来的朋友告诉我，于廉曾举办过一次画展，但是没有成功。"

我继续寻找于廉。1989年我回国时路经日本东京，听说新宿有一家中国画馆，常举办中国画家的画展。我匆匆地登上电气火车来到新宿。近年来，新宿以声色犬马闻名于世，其知名度已经超过东京的银座和纽约的百老汇。这里灯火辉煌，钟鼓齐鸣，喧哗纷乱的夜总会沉浸在一片醉生梦死的享乐之中。一幢幢摩天大楼中红灯摇曳，烈酒喷溢，来自世界各地的绅士贵人们，都在这里纵欲无度地挥霍着自己的金钱和生命，他们嬉戏着、豪饮着、狂叫着，做着人生长乐的幻梦。……我走过一家一家酒店、舞厅、卡拉OK，打听着哪儿是中国画馆。

直到九点多，终于在一幢大厦底层的地库中，找到了那个挂着一块小木牌的中国画馆。我敲了半天门，才缓缓地从里面出来了一个日本老人。他上下打量了我一番，见我身穿奶油色的风衣，脚蹬高跟皮鞋，手里提着一只紫色的鳄鱼皮名贵公文箱，头发长长地披在肩上，一副打扮入时的样子，他把我当成了日本女人，或是日本公关小姐，嘴里咕噜噜地讲了一大堆日文，我一句都听不懂。于是我试着用英文和他对话，这一来他又把我当成了美国人，眼睛里一副既恭敬又慌张的神色，可他一句英文也听不懂。正在这时一个穿着西装的日本中年人路过，我立即用英文叫住了他，幸亏他会英语。我让他翻译着问老人："你知道有个叫于廉的中国画家，到这儿来过吗？"我并且拿出笔记本，在一张纸上大大地写下于廉两个字。他看了后，想了半天，说："大概三个月前吧，有两个中国来的画家，一个就是于廉，另一个大概是姓林吧，在这儿办过一次画展，但没有卖出去几张画。他们手头很拮据，画展还没到结束日期，就提前关门了，因为付不出展览厅租金。"

"那么，现在他们在哪里呢？"我急促地问。

"不知道。听说是去了横滨，说是去读书，还要教人画画什么的……我是这儿看门的，很抱歉。"

天空下着蒙蒙细雨，日本老人匆匆跑进去关起了门。我鞠躬谢了那位有绅士风度的日本中年人，他对我说可以到警视厅或者移民局去查地址，我微笑着谢绝了。

回到纽约后，有一天，我突然接到一个电话，我简直不能相信，那是林斌——北大荒小屋中和于廉在一起的林斌打来的电话。

"我刚从日本来纽约一个多月。"林斌在电话中说，"于廉离婚后，情绪很不好，我和他一起办的画展也失败了。我的日本签证眼看就要到期了，就借着美国一个美术团体的开会邀请，来纽约了。于廉的日本签证也到期了，日本那地方是待不了人的，移民局警察整天成批成批地在街上抓黑户口。于廉也在设法来美国，原来讲比我晚一个星期就可以出来，现在又没有音讯了。不知是已经到纽约了呢，还是仍然在日本。"如此说来，于廉很可能就在纽约？

"林斌，那你现在干什么呢？上学，还是工作？""还干什么？街头卖画呗，还有啥办法？在别人国家，你不成功，就只能在精神上跪着。"

每一个戴过红卫兵袖章的人，不管你以什么心情去回忆"文化大革命"初期，你总会记得这个日子——8月18日。毛主席登上天安门城楼接见红卫兵。二十五年前，我们狂热、幼稚，被每一个政治口号搞得热血沸腾，脑子里充满了为解放全人类献身的理想。二十五年后的8月18日，我们却在美国，冷静地看着自己的同胞，自己的兄弟，仅仅为了谋生而在歹徒的枪口下中弹死去，我们能说什么？

欲哭无泪。即使有泪，中国人的泪又值几个钱？

1991年8月18日凌晨两点，六个中国画家又像往常一样，为了躲避警察的突然袭击和"违法"惩罚，悄悄地在深夜来到纽约时代广场中心的45街，为行人写生卖画。当上海画家林林被歹徒枪杀之后，有个美国电视观众打电话给电视台说："怎么能在半夜里去时代广场呢？那里是个地狱啊！"是啊，在美国，谁不知道那里是红灯区，充满贩毒、卖淫、犯罪，歹徒如走兽横行霸道？但那些中国画家为什么偏偏要去呢？为什么"明知山有虎，偏向虎山行"呢？

中国画家有自己的苦衷：白天相对安全，可白天有警察，白天要上学，白天不属于他们。傍晚也不行，警车在傍晚最多，只要那白红两色的灯照到你，轻则没收画椅画架，挨一顿骂；重则罚款。你要顶撞的话，警棍和皮鞭、拳头就会立即上来"助罚"。美国歹徒不怕警察，只有中国人怕警察。歹徒即使杀了人，也不会被判死刑，有法律保护生命安全。多少抢劫、强暴、谋杀的歹徒在进了监狱之后，当天即按"美国法律"发一套整洁的被套被单和一个席梦思软床，午餐和晚餐中的肉类和营养按美国食品法严格执行。据《纽约时报》1991年7月报道：纽约监狱人满为患、财政危机，原因是每个犯人光吃不干，平均要花去纳税人每年6万美金，相当于一个博士生的年薪。监狱里有健身房、康乐球，常常可以听到这样的声音："哈?！查利！你又回来啦？欢迎！"或者是"再见，山姆！明年再见，照料好你自己，多吃早睡"。《纽约时报》还统计：平均每一百个黑人成年人中，有二十五人是坐过监狱的。也就是说，一百万人中有二十五万人曾是罪犯！（我也见过不少很有教养、卓有成就的美国黑人，以及贫穷善良的黑人群众。）加之还有不少的白人犯罪分子，这足以让生活在纽约的人毛骨悚然！难怪有人说，半夜在纽约街头走路，就像半夜在野生动物园一样，时刻提心吊胆会不会被野兽一口吃掉。美国犯罪分子既然有这么"人道"的法律保护，多抢几个、多杀几个又算得了什么？

当上海画家林林刚刚把小木凳放下，和同来的几个画家准备招揽行人画画时，就有几个不三不四的人上来挑衅，粗声粗气地说："嘿！画贩子！我们去叫警察啦！"林林他们并不搭理这些，他们已经习惯了。他们也知道，只有这时，深更半夜一两点，警车才很少光顾。而这点对他们来讲，似乎就是"最安全"的了。

你无法同时抵挡歹徒和警察，于是在选择躲避对象时，林林他们选择了警察。否则，他们便无选择。于是歹徒便更加狂妄无忌了。

半夜两点，当林林正为一对年轻行人画素描，史基纳和三个同伙不断地在林林的身后用吃剩的鸡骨头拽林林，甚至从地上捡起肮脏的鸡骨头放在林林的头上，引起周围一群人的哄笑。这伙人知道，中国画家怕警察，他们当然不敢去叫警察，于是便放肆寻乐子，欺侮这些一脸书生相的中国人。在上海长大的林林，1982年毕业于浙江美术学院油画系，1985年来美国自费留学，并且取得纽约市视觉艺术学院美术硕士学位。他在纽约曾办过多次画展，《纽约时报》还专门载文评论过他那些风格独特、富有创见的现代绘画。

但是，在美国，一个艺术家的才能并不等于财富。来美六年，他仍无法摆脱穷困，仍然住在纽约哈莱姆黑人区一所破旧的公寓里。所有的钱都用来做艺术创作了。而日甚一日的生活来源匮乏，只好驱使他走向街头，在这半夜三更孤注一掷。史基纳的挑衅使他怒火万丈，可他只得在野兽面前，忍气吞声地强低着自己的头继续作画。但是，一个自命清高的知识分子的忍耐毕竟是极有限度的。当黑人小子史基纳第三次把脏秽的鸡骨头置放在他脖颈里的时候，他爆发了，愤怒地跳起来，指责这伙人，并将一杯冷水向史基纳泼去。于是，史基纳拔出一把金黄色的三八口径左轮小手枪，毫不犹豫地按下扳机，轻轻一扣，便将他—— 一个带着他的美国梦，来美六年的中国画家射杀了。

林林死了。他死在纽约街头的血泊中时，只有34岁。画架、画椅、画布上，都是他如火般喷射出的鲜血！

林林遇害后，杀人者史基纳被押送到法庭。史基纳不但毫无愧疚，相反却在法庭上大叫"无罪"，并且开口大骂林林用水泼湿了他的衣服。史基纳的辩护律师宣称被告的心智及精神状态有问题，需要进行心理检查。于是，在受害者家属无权发表一句评论和疑义的情况下，法庭宣布休庭，史基纳送心理医师作"人道的、全面的心理检查"（美国法律规定，有心理、精神状态不正常，杀人在疯狂状态下进行，便可判无罪），于是，在电视台沸沸扬扬了几天的中国画家惨死街头的人命案也就不了了之，无人问津了。

史基纳当然是在清醒状态下杀人的，发了疯的只是这个"杀人不偿命"的法律！

林林死后，我度过许多梦魇频扰之夜。我更加紧寻找于廉，我要用我的一切能力来帮助他，来保护他！我问遍了纽约的画家，也走遍了中国画家们常去的百老汇、时代广场、苏荷区、格林威治村。我的心情是如此矛盾，我真希望立即看到于廉，同时，也深深地担心，哪一天会在街头被一个熟悉的声音叫住："小姐，画一张画吧！……画得不好不要钱。"而那人，竟是我青春时期完美无瑕的精神偶像——于廉！

于廉，你在哪里？

我们总是在举手之间便轻易地割舍了历史，我们总是在永远失去之后，才想起珍惜往日曾挥霍和厌倦的一切，包括故乡，也包括自己的过去，时光之船载着我们向前漂流，却不知不觉又回到了原点。我离开于廉整整十年了，晨钟暮鼓中，我脑海里又隐隐浮现了在北大荒小屋里第一次见到他时所看到的那篇日记：

> 人品不高，用墨无法。
> 泯没天真者，不可以作画。
> 外慕纷华者，不可以作画。
> 与世迎合者，不可以作画。
> 志气堕下者，不可以作画。

还有日记中歌德的一句注脚：

　　在艺术和诗里，人格就是一切。

　　于廉，你仍然怀念北大荒的小屋吗？你还记得太阳岛上的歌声吗？
　　祖国啊，我的祖国，为什么要让你优秀的儿女，在异国流浪？

1991 年 12 月 30 日
纽约　曼哈顿

第五章
留学美国

——遇到一个蓝眼睛的欧洲小伙子

那是在1990年春天，我们又回到了欧洲，回到了麦克的故乡——慕尼黑。这个古老的城市带着它的圣斯蒂芬教堂的尖顶和一群群华丽建筑屹立在德国南部，围绕着多瑙河的无数支流，整个城市矗立在开遍鲜花的群山之间。

我和麦克在慕尼黑郊外度过了无数个美好的黄昏。一幢白色的别墅像座城堡般地矗立在夕阳照射的草坪上，别墅周围是一道旧式的、散发着清香的木栅栏，正中有一条宽阔的、由鹅卵石子铺成的通道，一直通向别墅前面那无穷无尽、走不到头的一片大森林……麦克从小就喜欢骑马，才3岁时，他那担任警视厅长的父亲就喜欢把他放在马鞍前面让他戴上黑丝绒制成的、像钢盔那样的"骑士小帽"，脚蹬小马靴，带着他在慕尼黑郊外森林的清晨和黄昏中慢慢溜达。而后，在他成为少年时，他成了一名骑手，得到了慕尼黑—柏林—法兰克福三城少年骑马联赛的冠军，当然这并不妨碍他以后又迷上了橄榄球和冰球。他在高中时当过橄榄球队队长，上柏林大学时在冰球队打前锋，他们的冰球队曾经到美国与哈佛大学比赛过一场，虽然被哈佛队打败了，但哈佛队的守门员赛后握住麦克的手说："我一看到你，就吓坏了。"

麦克身高一米八十五，眼睛里闪着蓝色的光芒和坚强的意志，他正是以这种决心把我夺到手的。

那天，我和麦克骑了一个下午的马，傍晚时分我们俩从森林中骑马而归，回到了住所。在我的印象中，那个黄昏是一片无涯无际的浓绿，像是一个虚无缥缈的、混沌的梦境，又像是一泓深不可测的湖水。眼前的这幢白色的城堡像披上了一层暗红色的霓裳羽纱。落日的余晖透过树林浓密的枝叶，将点点光斑落在麦克那张白皙的、轮廓分明的脸上……他的眼睛和天空一样，一片耀眼的碧蓝。

在那个时刻，我不知怎么突然想起了 Daphne Du Maurier 的《蝴蝶梦》，开头的那几句一下子跳进了我的脑际：

> 昨天晚上我梦见我又回到了曼德丽。浮云遮住月亮，又掠了过去，我仿佛站在通向那条道路的铁门前。我一眼看到了那宅子，宅前的道路被一大簇乱生乱长的异样灌木覆盖了，我伫立着，心儿在胸中怦怦剧跳，眼眶里泪花滚动，带来一阵异样的痛楚。
>
> 曼德丽！我的曼德丽，你还是像过去一样神秘而又静谧……
>
> ……

麦克后来常常谈起他和我第一次见面的情景。他说我给他的第一面的印象是，我非常像电影《蝴蝶梦》中的女演员琼·芳登。

"你不要误会，我并不是说你长得像琼·芳登，我知道西方人和东方人在长相上的差别，我是指气质方面，很少看到像你这样的东方女子。" 我猜想他也许是指我不爱打扮，又酷爱打网球（《蝴蝶梦》中的女主角也爱打网球），所以才这样说的吧？

麦克这人性格内向，但热情爆发起来像火山一样不可收拾。他非常喜爱伍迪·艾伦。他说伍迪·艾伦有一副病恹恹的丑脸，这使他在任何一部电影中都变得格外生动，每一句台词都富有魅力。麦克曾经梦想成为像伍迪·艾伦那样自编自演的导演。有一次他对我说："如果我是导演，一定要把你的经历拍成电影，一定会轰动！我的小琼·芳登！"

又是琼·芳登！我哪里像琼·芳登呢？

我们第一次见面是在纽约州立大学宾汉姆顿研究生院的网球场上。研究生打网球可以不付钱，因此我每个星期都抽出时间来打上一两个小时。每次只要我一穿上雪白的网球衫及白色短裤，再往前额刘海上扎一条白色防汗毛巾，一扬起网球拍，我的心情就豁然开朗，精神也立即随之抖擞！读书的压力、校园内打工的劳累顿时随着网球的弹落而烟消云散。不过这对我来说毕竟是一种奢侈，我每打一会儿就要看一下表。那天正是这样，我正同天文物理系的几个小伙子打双打，眼看我和我的搭档要把对面那两个撒野似的对手打垮了，他俩气喘吁吁，徒劳地在场地那边跑来跑去，嘴里发出狂叫，却老也接不住我发过去的球。那个金黄头发留得像女孩子一样长，又往脑后一扎的物理系研究生发誓，不到两个回合就把我们彻底打败。我的搭档是个加州大汉，他可不是好惹的，无论网球落到哪一个角落，他都像一只灵敏的猎犬那样冲过去，救起那只球；而一轮到我发球，加州大汉就露出一丝得意的眼光，因为对面那两个死对头已经惊慌失措，我的球还没有发出，他们就已紧张得连网球拍都拿不稳了。加州大汉——天文物理系三年级学生，红扑扑的脸上汗水直淌，那双灰色的眼睛不住地被流淌下的汗水淹得直眨巴。他脱下了汗衫，露出那雪白的前胸和一簇簇黑色的胸毛，往右手掌上吐了下唾沫："干得棒！把他们揍趴下！"

我看了看表，急忙丢下球拍："对不起，我要走了！"

"怎么？怎么不打了？"搭档大声叫喊着，慌忙地捡起汗水浸透的汗衫重新套进脖子，"是不是因为我脱衣服啦？……对不起！对不起！……你得打下去，不到一个回合，我们就全赢啦！"

对面两个气喘吁吁的对手也大声喊着："不要走啊！等下一盘换了场地你们就完蛋啦！"

"不！我得到学生餐厅打工去！"我指着手表说，"五点半，还差五分钟啦！"我连前额上系的小白毛巾都来不及解下，扔下网球拍，就向学生餐厅那幢灰色大楼奔去。

刚奔出网球场，在那条浓荫遮蔽的通向网球场的大道上，迎面撞见贝妮丝。贝妮丝是我的美国女友，会讲一口漂亮的中文，她身旁是一位身材高大的小伙子。

"朱莉亚！"贝妮丝叫着我的英文名字，她的发音带有很浓重的西部口音。她刚从加利福尼亚州圣地亚哥分校转到我们学校两年，是社会学系的博士研究生。她披着一头如瀑布般的亚麻色长发，那双栗色的、覆盖着一层又浓又密的睫毛的眼睛老是瞪得大大的，精致的鼻梁上架着一副眼镜。贝妮丝一把拉住我的手："朱莉亚！慌什么？给你介绍一下，这是我的男朋友——麦克，他在华尔街工作。"我匆匆地看了那人一眼，我至今也记不起第一眼见到他时的印象。我几乎根本没有把他放在心上，一心只惦记着学生餐厅里那台一到五点半就准时开动，连一秒钟也不差的自动洗碗机。我这个站在2号窗口专接学生送来的盘子、倒干净后再往洗碗机送的人如果不到位，出不了两分钟，一切就要乱套；如果学生把吃剩的鸡骨头也送进了传送带，那么整个洗碗机就要卡住停下，并且发出刺耳的震颤，学生也就会随手把盘子刀叉扔得满地都是。可是我现在急需贝妮丝帮忙，我的电脑时间（用钱买来的使用电脑的时间）用完了，贝妮丝有奖学金，我需要借用她的电脑，其他同学也经常向她借用。于是我拉下前额上的白毛巾，一边拧汗水一边急匆匆地对贝妮丝说："你的电脑能不能借我用一下？"

"你什么时候需要？"

"我现在去学生餐厅打工，八点半结束，八点三刻用行不行？"不等她回答，我就跑了起来，我的手表离五点半只差三分钟了！贝妮丝对着我叫道："哎，朱莉亚，我的男朋友说你网球打得真棒！"

又是男朋友！整个宾汉姆顿研究生院都知道贝妮丝在和一个韩国学生运动领袖——那人也是社会学系博士生——大谈恋爱，她还和美国一位参议员的儿子过从甚密，他是空军少尉飞行员，曾经有一次把飞机直接从安德鲁空军基地开到宾汉姆顿机场，为的是来看她。现在又出现了一位什么华尔街的麦克，美国女孩可真是够浪漫的。

这时我听到一个声音，显然是贝妮丝那位男朋友在说："这个中国女孩可真是体态袅娜！"

然后是贝妮丝清晰的、尖声的反驳："她可不是什么女孩！她结过婚，离婚了！"

我很讨厌别人在背后议论我的私事，于是我回转头，大叫了一声："贝妮丝！闭嘴！"

她没有闭嘴，朝我哈哈大笑了一阵，然后扬了扬手臂说："晚上八点三刻我在电脑房等你，我还有事情找你呢。"

在纽约州立大学宾汉姆顿研究生院最令人开心的事就是认识贝妮丝。别人管这位比我还大两岁的美国女孩叫"中国学生联谊会副主席"，其实中国学生会是不设什么副主席的，只设主席。主席朱庆波，是一个来自北京的博士生，他曾经这样对我说："如果我有贝妮丝这么多献身公益的热情，我恐怕就不是宾汉姆顿研究生院的学生会主席，而是全美中国学生会主席了！"贝妮丝热情开朗，既有良好的教养，又有一副美好的身段和讨人欢喜的脸孔。和她那过于注重打扮的外表及服饰截然不同的是，她满脑子都是新思想。这个社会学系博士生不稀罕金钱，她的整个价值观与现代社会尖锐对立，是一个对金钱根本不屑一顾的理想主义者。她们家三个姐妹都是美国少见的理想主义者：一个妹妹在非洲的一个部落搞普及教育，大部分是她自己掏钱，联合国基金会给了一点点补助，她在非洲一待就是七年！另一个妹妹拿到医学博士学位后，不到曼哈顿或洛杉矶开私人诊所，反而跑到印度从事儿童慈善事业，并且和一个印度男友同居了三年。贝妮丝自己则声称，她希望"来世变成一个中国人"。贝妮丝5岁时就被她父亲—— 一位搞进出口贸易的美国股商——带到了中国台湾，并且在那里受了小学教育，后来又回到美国读完中学和大学。她会讲一口标准的中国话。正如学校里人人都知道贝妮丝有许多男朋友一样，大家也知道贝妮丝已经结了婚，她丈夫是一个中国人，目前在台湾监狱中，已经关了许多年。具体究竟是怎么回事，为什么她的中国丈夫被送进监狱，贝妮丝总是讳莫如深，闭口不谈。尽管如此，她对纽约州立大学的中国同学的表现确实像一位中国人的太太，我刚从纽约市乘"灰狗"到宾汉姆顿时，第一个开车来车站接我的就是贝妮丝，她向我伸出手，用让我惊讶的中国话说："欢迎你！周励！"

我们很快就成了好朋友。她开车带我找了十几个地方，才找到一处最便宜的阁楼临时落下脚，又领我到学校行政大楼注了册。并自我介绍说，学校里所有中国学生的事她都管，无论什么困难都可以随时找她。不知为什么她对我特别热情，也许是因为那时学校的中国女留学生还不多的缘故吧。开学后不久，她主动提出和我结成"一帮一，一对红"，因为中国学生会主席提出让每个中国学生找一个美国同学交朋友，不仅提高英语听说水平，也锻炼与美国社会打交道的能力。贝妮丝第一个找到我，她对我眨了眨眼睛，说："我喜欢你。再说，我总不能老是交男朋友啊！"人人都知道，贝妮丝是一个性欲很强的女人，不过在美国，没有人管你这个。

那天我在洗碗间一刻不歇地干到晚上八点半，我快累瘫了。我真佩服和我一起洗碗的两个美国学生，真是基础不一样，心情不一样，他们一边洗碗一边轻松地随着餐厅的广播喇叭唱着流行歌曲 *Say you Say me*。餐厅里每天都不断地重复放这支歌曲。我一听到这曲子就心里发毛，就像以前在北大荒听到起床哨子声一样。没有什么活比洗碗工更吃力不讨好的了。美国学生用餐浪费得惊人，你得飞快地把盘子里剩下的香肠火腿乃至沙拉面包统统倒进垃圾桶，再递到传送带上，当那些脏盘刀叉通过洗碗机，变成一只只干干净净烘干的盘叉时，又得用最快的速度从窗口跑到洗碗机尽头，用力端起那只足有二十磅重的、盛满盘叉的塑料架，把它送到学生领干净刀盘的另一个窗口，然后飞快地再跑回自己负责的这个窗口，收拾积压的脏盘刀叉。打工的人每人负责一个窗口，"各占一段"，所以三个小时内没有一个人说一分钟话。你的手、你的身体完全成了洗碗机的辅助部分，连上厕所间都不可能。洗碗间墙上挂着一块牌子明确指示："工作之前，请上厕所。"

学生餐厅的工资是每小时3块钱，从星期一到星期天，我每天在学生洗碗间工作三小时。除此以外，只要学生餐厅有什么宴会，或者大型活动，我都马上向餐厅经理要求临时工作，以便攒钱来支付我在学校期间的生活费用。从上海到纽约，我身上带了40美元，在佛罗里达当保姆，挣了3000美元，等到了注册处交了学费，口袋里又只剩下40美元！当我数着我用血汗挣来的一张张暖乎乎的、带着体温的绿色纸币，把它们交给注册台上那个面无表情的美国人时，真感到如同小时候读过的那本书《半夜鸡叫》里所描写的高玉宝上学那样的一阵阵酸楚。

在美国自费读书，真难啊！剩下来的问题是，我的学费交了，可是我在学校吃什么？怎么住？如何生活下去？没有钱寸步难行，连买一本教科书都不可能。只有一个办法，参加校园内打工。

校方怕影响学生学习，规定学生每天最多打工三小时。这样，每周七天二十一个小时，我立即毫不犹豫地全包了，并且飞快地算了一笔账：每周21小时乘3美元等于63美元，扣去交税还剩50美元，每个月可以挣得220美元，用120美元交最低廉的房租水电，剩下的100美元中用15美元买书买邮票，另外50美元买日常食品及生活用品。并且我定出一个宏伟的目标：争取每个月节约下35美元往上海家里寄，我的女儿还在上海，需要经济抚养。为了节省钱，我想出的第一个计划就是"从肚子里节约"——鸡最便宜，那么只吃鸡。美国的鸡由于人工饲养大机器生产，远远不如上海的鸡那么香嫩。烤鸡、白煮鸡、炒鸡、鸡片、鸡丁，以至吃到后来一闻到鸡味就恶心。由于鸡本身有油，那么连买油的钱都可以省去，白饭一煮一大锅，分七个塑料盒装起来，每天早上打开冰箱，取出一个饭盒，装上两块鸡肉，中午往学校走廊上处处设立的学生微波炉烤箱中一加热，就可以充饥了！

在洗碗间工作有一个晚餐免费的好处，每天不仅可以改换一下口味，又省去做晚饭的钱和工夫。所以我每天中午吃白饭鸡，晚上就大吃各种各样的蔬菜沙拉，并且填饱各种高蛋白、高热量的香肠牛肉，以至于我的胃肠能够保证第二天的早餐可以不吃——我到学校后从来不吃早餐，既节省钱，也节省时间。

那天晚上我在洗碗间干得晕头转向，中午那顿白饭鸡提供的热量早已无影无踪，我简直怀疑自己会不会发生低血糖休克，要不是窗口上不断有学生们送来用过的盘叉，我真想从任何一个盘子里捡起一根剩下的香肠或者一片火腿往肚子里吞。餐厅规定必须在打工之后才能进晚餐，于是四到七点钟，我就忍着饿得发慌的肚子，一分一分地计算着时间。我无数遍地对自己说："今天我要吃它五根香肠，两碗沙拉，再加两大块牛排！"实际上我连这一半都吃不掉，不过这么一想，心理上显然是起了安慰作用，使我能产生出气功般的丹田之力，去不断地端起那几十磅重的大碗架，在窗口和机器终端之间一刻不停地来回奔跑。

好不容易在八点半饱餐了一顿之后——我尽量用十分钟时间塞下所有含能量和热量的食物，便匆匆忙忙拎起书包往电脑房奔去。明天是电脑测验，每人按要求要编至少三个电脑程序，我一个还没完成呢！我冲进电脑房，贝妮丝已经在那里等我了。她交给了我她的电脑密码和电脑台启动钥匙。"别像前天那样，搞到半夜两点钟再回去！"贝妮丝拍拍我的肩膀说。在电脑房或者图书馆待到半夜二三点钟，对中国留学生来讲是常有的事，我有时干脆在电脑房或者图书馆的地板上过夜。读书才是最最苦的事情——我是指在脑力上和精力上。读书好坏关系到你的前程，否则到美国来干吗？

我对贝妮丝说："我今天不回去了，不然明天测验无法交卷。"要不是为了这该死的每天三小时洗碗——这正是我的同班同学在图书馆大啃笔记本或者在电脑房编程序的黄金时间——我也许不必经常熬夜。我坐上电脑台，打开机器，把书包里一大堆计算机教科书和笔记本摊开，贝妮丝又拍了一下我的肩膀："朱莉亚！帮一下忙！下个星期学校要组织一次'中国之夜'演出会，你能不能出一个节目？"然后她凑近我的脖子说："弹一段钢琴怎么样？《少女的祈祷》，我最喜欢你弹那段！"我连连摇头，这时我已经心烦意乱："贝妮丝，我跟你说过多少次了，除了打工，就是读书，别的什么活动我都不参加！……我求求你，不要缠着我什么演出不演出了！"

贝妮丝走到我面前，拿过电脑台上那把钥匙，"啪"的一下关掉了我的电脑，她的眼睛里带着一种指责和愠怒："我要对演出会负责！你知道吗？我们请了纽约州州长和两位参议员参加这次活动，可节目连一半都没有组织到！所有的中国学生都说一个字：忙！忙！忙！这是'中国之夜'！可不是什么'纽约之夜'！也不是'宾汉姆顿之夜'！……"我望着贝妮丝那双充满焦急的眼睛，她为了中国学生——那些与她原本素不相识的人，花去多少个日日夜夜。有一个中国学生病了，想吃一条黄鱼，她竟连奔带跑，硬是在离学校十里路远的一家韩国人开的杂货店中，找到了一条活蹦乱跳的黄鱼。我感到一股愧疚袭上心头，我抓住她的手，拿过那把钥匙："好吧！让我练习练习，我弹《少女的祈祷》。"

纽约州立大学艺术学院的外形和林肯艺术中心差不多，雪白的几十根大理石圆柱上是古罗马天堂诸神的艺术造型及爱神维纳斯的塑像。经过正厅直上二楼，那里有几十间琴房，钢琴系的学生每天在这里上课。我到了"中国之夜"演出会的那天下午，才不得不抽出时间，来到这座已是如此生疏而又引起我无限回忆的艺术殿堂，匆匆练习一下荒疏已久的钢琴。关于弹琴，后来麦克曾经问我："你是从小就开始学习钢琴的吗？"我回答："不，我是30岁才开始学习钢琴的。"他的眼睛露出了惊讶的神情。

1978年我从北大荒一回到上海，就立即投入到业余文学创作之中，我一心想把我们这一代人，也包括我自己的经历写出来。有时写着写着就流下了泪水，我写过十几篇短篇小说、三十篇中篇小说和两个电影剧本，但是统统失败了，没有一家杂志愿意接受，几乎所有寄出的稿件最后都原封不动地被退回，附加编辑寥寥几字措辞客气的一张字条。有一天我经过外贸花园——那是坐落在外滩外白渡桥边上的一幢白色洋房，周围是一片茵绿的草坪，当我心情沉重地经过那幢小楼时，突然听到一阵钢琴声，从紧闭的窗子里透过来的遥远的音乐使我打了个寒噤，久已枯竭的眼泪居然淌了出来，我对着那窗子，一边听一边流泪。琴声好似雨水，一点一滴渗透了我被不断的失败压得喘不过气来的心灵，我重新见到了天空、明星、夏夜……

那时候，我的婚姻是不成功的。我一从北大荒回到上海，父母、亲戚就算计着我已是二十八九、快"嫁不出去"的年龄，全家人心急如焚地帮我找对象。就在亲友的撮合催促下，我匆匆地结婚了。我的第一位丈夫，是个地地道道的好人，老实忠厚，小心谨慎，人品和社会地位都不错。但我们性格不合，我是个有点儿任性，又好幻想，并且喜欢把幻想变为行动的人。个性的不合带来婚姻的明显不和谐，我们曾经互相讨论像车尔尼雪夫斯基小说《怎么办？》中的女主人薇拉和她的第一任丈夫那样，平平静静地分手。但是在80年代初期，离婚是一件令全家人感到羞耻的事，和门庭受辱的意义简直是一样。直到我在1985年出国后，我们俩才通过律师办了离婚手续，后来各自又组建了幸福美满的家庭。

我推开那幢白色小楼的雕花铁门，循着琴声来到二楼，是一个女孩子在练琴。从钢琴前的琴谱上看出她在弹肖邦的《E大调小夜曲》（作品第九号），我和她攀谈起来。她5岁就在私人教师那里学钢琴，现在在外贸单证科打字。她说她将来想成为一名外销员，但也不愿意放弃她心爱的钢琴。我这才知道，小楼里的这架钢琴原来是不上锁的，我们在外贸工作的人随时都可以来练琴。

"学习钢琴！"30岁的我立即产生了一股强烈的愿望。许久以来，我一直迷恋贝多芬的《月光奏鸣曲》《第三钢琴协奏曲》《皇帝钢琴协奏曲》，迷恋拉赫玛尼诺夫的《第二钢琴协奏曲》、柴可夫斯基的

《第一钢琴协奏曲》、莫扎特的《第二十号钢琴协奏曲》以及格什温的《蓝色狂想曲》。我常常一边写作，一边听着这些"此曲只应天上有，人间能得几回闻"的钢琴作品，但我还不会弹奏任何一首曲子，甚至连五线谱都不识。我难道不是从幼年起，就梦想着坐在钢琴前面，对着五线谱，像像样样地弹奏一首曲子吗？文学梦看来是破灭了，我不会停止写作，我还是要写——不论写出来的东西送到杂志编辑部也好，或者送到家对面五原路废品回收站也好——我这人倔，不到黄河心不死，在写作上也是一样。但是我多么渴望生活中开出一朵鲜花啊！而钢琴正是这样一朵鲜花，它能抚慰我这颗寂寥而又苦恼不安的灵魂，恢复我的安静、坚定、欢乐，能使我感受到贝多芬、肖邦那些伟人们的呼吸，能让我的头枕在他们的双膝之上，聆听一下贝多芬在一百多年前发出的那个声音："噢，人啊，你当自助！"

　　我疯狂地迷恋上了钢琴，拼命地读着那些似乎比医学书还艰深难懂的五线谱，有时看得眼睛直发涩。一到中午，我就一个人悄悄地溜到外贸花园的小楼上，一个人对着五线谱，用手指头一个一个地按着琴键。这种学法显然是毫无成效，弹出来的东西简直不是什么音乐，我真担心看门的老伯伯有一天会因为讨厌这些噪声而把我撵出去。

　　"必须找一个老师。没有老师是学不成的。"我叹着气关上琴盖，"到哪里去找老师呢？"他，出现在我的面前。我是在上海音乐学院这座艺术殿堂的走廊上碰到他的。那天我到音乐学院去向一个熟人借一本钢琴入门《拜尔练习曲》。音乐学院理论系的一位讲师是我的好朋友，他在图书馆为我找到了这本册子，我拿着书正要离开音乐学院，在走廊上被一个浑厚的、带着一点儿文气的声音叫住：

　　"你是音乐学院的吗？"

　　"不是。"我反问那个人，"你呢？"

　　"不是。我来找作曲系的谭教授，他办公室的门锁了。"他露出焦虑的神情，"他和我约好的，不知到哪里去了？"

我仔细打量了他一下，他中等身材，五官长得很端正，鼻梁高高的，显得十分文雅，有一张诚挚的脸，和一双清澈明亮的眼睛。不过他的衣服很奇怪，好像是那种车间工作制服，在音乐学院不太见到穿这种带四个大口袋制服的人。

　　"你是作曲家吗？"我问，他的衣着使我缩短了心理上和一位作曲家的距离。

　　"不是，我只是业余爱好。"他态度柔和地对我说。从他的眼神中，我立即感觉出一种很不平凡的气质。

　　一听到"业余"这两个字，很容易使人联想到"失败"。因为真正成功的人，总是很快地走上专业的道路，我做了两年失败的业余文学爱好者，现在我要开始学习钢琴，我一下子产生了一个念头：这个穿着四个大口袋衣服的人，能不能成为我的老师呢？

　　"你也许还是等一下谭教授比较好，他一定会回来的。"我翻开了《拜尔练习曲》的封面，对他说，"我在学《拜尔》，你会弹《拜尔》吗？"他忍俊不禁地笑了起来。他的笑那么动人，露出了好看的、洁白的牙齿。我不由得想起在那些遥远的年代，裴阳和于廉也有过这样动人的微笑，我叹了一口气。他一定是误解了我的叹息，因为他立即热情地说："走廊两旁都是琴房，你有时间的话，我可以给你弹弹。"

　　他坐到了钢琴前，开始他沉默了一阵，全身一动也不动，仿佛沉浸在乐思的冥想之中；然后，他用左手猛地敲了两三下低音，右手猛然一抬，两只手在琴键上跳动起来，琴声宛如远山深谷里吹起的一股清风，越过了沟壑，飘向旷野中的一棵白桦树；时而激情如火，感人心怀；时而柔情似水，婉约缠绵。他对不同的音色表现出一种超凡的灵感，对节奏鲜明的旋律，流露出近乎痴迷的喜悦。他演奏的指法坚定而又轻柔，富有表现力。在他那长长的灵活有力的十指之下，旋律色彩丰富，充满了魅力。他弹的是贝多芬的《热情奏鸣曲》，我还从来没有被这么感动过。他弹奏的时候，嘴唇的轮廓变得更加清晰，眼角的阴影也似乎更加深沉，他那急促的呼吸和激昂的内心不断地把人的感情带到一个又一个旋律的高峰。曲终之后，他两手搁在膝上，一动也不动地默默地坐在那儿。

我说不出一句话来，在这突然变得如此寂静的琴房，我几乎不敢直视他的眼睛。过了很久，我才怯怯地说："你愿意教我吗?"

就这样，他成了我的钢琴老师。

他有一个英文发音的名字——乔耐。后来，在我采访音乐学院作曲系主任和院长时，他们带着深深惋惜的口吻告诉我，乔耐的钢琴演奏磁带曾经送去参加国际柴可夫斯基钢琴比赛的预选，评委会认为他的弹奏"有相当的力度和惊人的表现力"，但很可惜，他已经超过了国际比赛规定的年龄界限，他已过30岁了。事实上他比我大5岁，参加任何一个国际钢琴比赛都是不可能的了，他只能在自己的工厂里当技术员（由于他工作能力很强，人缘颇佳，后来又被破格提升为厂长）。

乔耐的出身正好同我相反，他是一名国民党少将军官的后代。1949年当我父亲随新四军在战火中接管上海时，他的父母亲携一家老小逃上了开往台湾的轮船。死活也不肯离开上海的老祖母，在船快要启航的瞬间，硬是从乔耐父亲手中接过了刚刚牙牙学语的乔耐。乔耐上面有两个哥哥，下面有一个弟弟，于是父母亲便忍痛割爱，留下一个老祖母最疼爱的孙子陪伴她度过晚年。

"如果你乘那条大船走了呢? 现在不是台湾的阔少吗?"我有一次问他。

"我对台湾并不感兴趣，"乔耐认真地说，"我的双亲在50年代就先后去世了，我们几个兄弟由于无法通信来往，也已感情疏远，我最可惜的是没有机会上音乐学院。由于我不可能选择的血缘关系，我被抛在社会的最底层，周围的一切道路统统都被堵死了。"

在我认识他之后不久，有一天他搬来一只大纸箱，里面是九首钢琴协奏曲、五首交响乐、二十八首钢琴奏鸣曲和七首钢琴小提琴二重奏，全部是他业余创作的！我惊呆了，心中不禁对命运的不公感到一阵阵不可抵挡的压抑和怒火。而他则仍然像没事似的又沉浸于音乐之中……

"在高洁的、感情丰富的、睿智的、宁静的、温和的肖邦和粗犷的、闪电般的、火山似的、天崩地裂的李斯特之间，对比非常鲜明，更鲜明的对比是无法设想的！"有一次，在弹了肖邦的《第二钢琴协奏曲》之后，他这样对我说。

我见过肖邦的肖像，那是他在同法国女作家乔治·桑同居时，由意大利的一位画家画的。肖邦的脸廓有着秀美的外形，眼神带有几分忧郁，我突然感到乔耐和肖邦有相似之处，特别是他那清秀的侧影，和高高的希腊式的鼻梁。有时我又觉得他很像日本电影《砂之器》中的孤儿钢琴家和贺英良。他文静深沉，有一颗敏感多情的心。"我能创作，我是自由的！一切属于我，我是我自己的各种痛苦的主人。"乔耐说。我知道他的婚姻也很不幸，他和他妻子常常是几天都讲不上一两句话，两人隔阂很深，但他十分疼爱他的儿子。

"生活是艰难的，对于那些不能容忍灵魂平庸的人，生活是每天进行着的斗争，而且经常是可悲的斗争。"罗曼·罗兰在情绪最低落的时候曾这样说过。乔耐十分欣赏罗曼·罗兰，他藏有一套罗曼·罗兰全集，他说他不太喜欢《约翰·克利斯朵夫》，他更加喜欢罗曼·罗兰的《贝多芬传》。"我喜欢贝多芬那种刚烈的个性，以及在爱情死亡时所表现出的那种干脆、坚强。"

密切的交往和融洽的志趣使我和乔耐成了知心朋友。每个周六下午练完钢琴后，我们就一起在夕阳照射的绿茵茵的大草坪上散步。有两次我们走到了外滩江畔，我们低头默默地望着倒映在黄浦江水面霓虹灯广告的粉红色波澜，谁也不说一句话。我知道我心中有一种东西在不断滋长，随着他每个星期六的到来，随着他的琴声，随着他耐心的谆谆指导，也伴随着我们无数次的散步，谈论音乐、文学……那种东西在噬咬着我的心，有时使我感到一阵阵甜蜜的哀愁和迷惘，有时又像熊熊烈火一样燃烧得我彻夜难眠，我在一片汪洋中驾驭着自己的感情……

我被燃烧起来了，那火焰是这样炽烈灼人！有一天我独自来到外滩公园，我和他在这里进行过无数次推心置腹的交谈。看到公园的柳枝抽出了嫩黄的叶芽，远远望去婆娑一片，如金黄色的雨丝，我多么想把这初春的柳枝摘下在手中挥舞，把它作为青春和友情的旗帜——我幻想高举着春天的柳枝，欢笑着扑进他的怀抱，在他的琴声中陶醉、亲吻、交融，这该是多么甜蜜、荡人心旌的梦！——我结过婚！我有孩子！我要对家庭负责，也要对社会负责！如果不能光明正大地去爱，那么就不要爱！另一个声音在说。

我是人！追求幸福是人与生俱来的权利！没有爱情的人生是不完整的！未经思考的生活是不值得过的！人怎能在孤独和寂寞中长久地生存下去！

在内心的挣扎和矛盾之中，我尽力地表现出一个女性所应有的矜持，我把所有的热情都倾注到了练琴上。在1981年8月7日的日记中，我写道：

啊啊，你不知道第七十五、七十六号作品是多么难弹，我坐在钢琴旁，汗水顺着面颊、背脊流水般地淌下。这是我首次弹 D 大调练习曲，原来一向很有旋律的音符变成了一个个古怪而又难以捉摸的东西，怎么也无法将它变成和悦的声调，我失望了！……难道我就此屈服下去了吗？难道我的毅力竟如此薄弱？难道我的老师所花的精力统统白费了吗？……我想起了他弹奏的贝多芬的《悲怆》，一定要战胜它！一定要战胜键盘！指尖在跳动，心儿在炎热的盛夏中接受洗礼——音乐的洗礼，意志的洗礼；还有，恕我在此说出吧——爱的洗礼！仿佛乔耐就站在我面前，我命令自己决不后退半步！就这样，整整一个晚上，从六点半到九点半，我坐在钢琴前面没有挪动，琴凳都被润湿了，我终于使 D 大调奏鸣曲变成了我和谐的朋友。

啊啊，我终于冲出了险滩，多么艰难不易！但通过今天的练琴，我深感：

一、学琴能锻炼人的意志，使人能体会到贝多芬那超人的毅力：唯有苦难，才有欢乐。

二、锻炼使人善于学习。

三、没有冲不出的险滩！

从夏天到秋天，外贸花园里的白色小楼上响彻着我的琴声，在乔耐一步步的指导下，我的弹奏有了明显的进步。到了1982年春天，我不仅完成了基本指法训练课程，而且弹了《致爱丽丝》《土耳其进行曲》《船歌》，并且开始弹贝多芬的《月光奏鸣曲》的第一乐章了。乔耐在指导我弹这一乐章之前，照例先示范了一遍，我拼命地咬着嘴唇，无法抑止住心中奔涌的情感。他低着头，悠然地弹着。音节之间出现拖长的停顿，令人感到心焦、渴慕的主题，一个在月光下迷失的孤独的声音，轻轻地诉说它的疑问，接着是一阵沉默和等待……突然，伴随那一串被压抑的加强琶音，好像一股被禁锢的热情猛烈振奋，狂喜地迸发出来。如贝多芬所有的钢琴奏鸣曲那样，爱情的主题被引了进来，它高扬起来，如醉如痴地、美妙地向高处挣扎，直飞那情谊交织的顶峰……接着，他左手下声调深沉的低音部愈来愈响，连绵不断的色彩一直延宕着，犹如月光已浸没在云端，黎明即将出现……乔耐细腻而虔诚地弹奏着，每一个细节、每一个音符都跟随他亢奋的呼吸起伏跌宕，他的眼里噙满泪水……

我望着他，无法说出一年来我对他已有多少温存的眷恋，特别是每当他弹完一首奏鸣曲，默默地坐在琴前的那一瞬间，我被他的深沉和才华所震撼。听他的演奏，比听任何一位著名的钢琴家的演奏都更加使我感到那股命运的冲击力量。他的琴声能抵御一切外界的不幸和内心灵魂深处的暴风骤雨！节奏中仿佛总有那一个声音："追求！追求！"……除了追求，我们还有什么呢？

他开始教我弹奏《月光》。

紧紧注视着眼前翻开的琴谱，我试着凭直觉在钢琴上找音阶，我的左手无名指在低音部按错了键盘，他轻轻地把手指放到我的无名指上。"这儿你错了。"他说。

他并不挪开他的手指，我的心开始颤抖，全身的血液顿时被激发冲动起来。他那深情的柔和而又炯炯的目光注视着我，只要一瞬间，他就能捧起我的整个双手，我便能倒入他的怀中——如同我多少个夜晚的夙愿那样！无名指的电流不断冲击着我的心胸，冲击着我全身的灵魂，我的每一根神经都被他那温柔的触摸所击中！我多么希望闭上眼睛，忘情地亲吻他那坚毅的、可爱的嘴唇。

为什么我这一生中遇到的，都是没有婚姻的爱情，要不就是没有爱情的婚姻呢？我没有正视他，也没有挪开我的无名指，泪水很快就要涌出我的眼眶，我对着琴谱闭上了眼睛，我眼前出现了四个人：我的丈夫、女儿，他的妻子、儿子。没有什么东西比这个事实更加严酷了，除非我打算把我们所生存的这个社会的屋顶掀翻，并且冒着身败名裂的危险，否则，我就没有勇气投入他的怀抱！不能光明正大地去爱，那么就没有资格爱！

我挪动了我的无名指，轻轻地从他的手指下抽出，把两只手放在膝上，面对钢琴默默地坐着。我那时已经柔肠寸断，如果可以像古典文学中所描写的那样私奔，我一定会和他私奔，哪怕浪迹到天涯海角，只要我们两人在一起！

可是他在琴课后要去参加儿子学校的家长会，我的女儿也在等我回去烧饭。私奔是不可能的，只是天方夜谭而已，而我又不愿也很畏惧偷偷摸摸地爱和偷偷摸摸地被爱。我强忍住涌入眼眶的泪水，像什么事也没发生一样，用几乎颤抖的声音说了声："让我重新开始弹吧！" 他的感情受到了明显的挫折，我不知道他是如何想象的，也许他觉得我太脆弱，或者太胆怯。在他教完我《月光奏鸣曲》之后，他来得越来越少了，他是个自尊心很强的人。

不久以后，我听说他被提升为厂长。

多年之后的1986年1月，当我在美国佛罗里达州我的担保人家里，在客厅中那个巨幅电视屏幕前看奥斯卡奖电影《苏菲的抉择》，当看到结尾中苏菲和她的男友双双自杀在布鲁克林公寓中时，我泪如泉涌，并且禁不住低声抽泣起来。担保人柯比先生还以为发生了什么事情，急得直问我："怎么了？发生了什么事？"我那时举目无亲，刚刚来到美国，正处于一生中最孤独的时刻，《苏菲的抉择》又使我想起了他，想起了我和我的钢琴老师那一段痛苦绝望的、埋藏在我们心中整整一年的爱情。"当我们要扑向森林、阳光和鲜花时，我们往往又被拉了回来，那是凝固的教律对我们的心的禁锢。我们的社会太古老了！"如果是过了几年，我一定会大胆地扑向他的怀抱！我何必要遮掩自己呢？托尔斯泰不是说过嘛："要是我败坏了名誉，我可以超脱我们社会的荣誉观而蔑视它！"可是当初我为什么不敢呢？我为什么要抽出那根无名指？

我无视自己的年华和感情已经很久，那时候我是个结了婚的孤独的女人，现在我是个离了婚的孤独的女人，我怎么对柯比先生讲呢？我能对柯比先生讲什么呢？

《苏菲的抉择》也好，泪水也好，一切回忆只能是对自己的一种更深的鞭挞：在爱情面前逃避，这不是我的性格！

在纽约州立大学艺术学院的钢琴房里，我开始练习弹奏《少女的祈祷》，我非常喜欢这首钢琴曲，在乔耐离开了我之后，我自己选择弹奏的第一首曲子就是《少女的祈祷》，这支钢琴曲曾经给我的心灵带来了许多安慰。现在我像乔耐一样，一动不动地坐在钢琴前，微闭着眼睛，眼前仿佛出现了那个少女，那就是我自己。如泣如诉的倾吐，哀婉的柔情，如火山一般迸发的爱情和茫茫的、不知伸向何处的小路……我伸出两只手，手指在各跨跃八度的高音和低音部猛地弹跳起来，明亮的琴房和手下一连串美妙的琶音，不禁使我心花怒放。这间琴房非常大，墙的四周各有一根圆柱通向高高的天花板，圆柱上镶嵌着古色古香的欧洲装饰图案，墙的一面有一幅大镜子，使艺术系的学生在这里既可弹琴，又可练习舞蹈。有两次贝妮丝把我拉到这间琴房，她说这样的地方能够滋生爱情。她和那个韩国学生常到这里约会谈恋爱，他俩谁都不会弹琴，但是"看看这样的琴房就够了！最美妙的东西都能从这里滋生出来！"。我也有同感，自从我第一次给贝妮丝弹奏了《少女的祈祷》后，我的心情明显地好多了。虽然我每天疲于奔命，在洗碗机和图书馆、教室、电脑房之间像冲锋陷阵似的跑来跑去，但是我至少知道有一座辉煌的宫殿在不远处向我敞开着大门，只要我愿意并且条件许可，我随时随地都可以来到这里，坐在钢琴前弹上几首奏鸣曲……

我正一遍遍地练着《少女的祈祷》，贝妮丝推门而入，在她身后，又是那个身材高大的小伙子。我停下弹琴，只听贝妮丝说："你是第三个节目，第三个上场！只要第二个节目一上场，你就立即到后台来，明白了？"

贝妮丝今天打扮得特别漂亮，她和中国学生会主席共同主持今晚的"中国之夜"演出。白色的锦缎紧贴她的腰身两侧和胸部，像滑腻的皮肤一直遮住颈部，显出端庄的样子，这种纯洁的白色配上她那如白雪一般细腻的皮肤是非常令人销魂的。我望着贝妮丝，她那秀美的脸庞和纤细的身子，却不能掩住她那狂放不羁的气质。我对她的这种打扮感到吃惊，又有点羡慕。贝妮丝眼里射出一种兴奋的光芒："麦克特地开车从纽约曼哈顿赶来了！他平常每两个星期来一次宾汉姆顿，现在一个星期中就已经来了三次！"她说着，得意地努出嘴唇亲了一下那个小伙子，然后把头搁在他宽阔的、打着领带的胸前。"朱莉亚，好好弹啊！"她带着几分陶醉的声音说，"《纽约时报》也来采访呢！"

那个小伙子向我伸出了手："我叫麦克·伏赫勒，很高兴认识你。"我也大大方方地伸出手："我叫朱莉亚，很高兴认识你。"他们俩站在一旁，听我又练习了一些钢琴曲，就离开了。

我送他俩到走廊，望着一片白色花边的环绕中移动脚步的贝妮丝的背影，以及她紧紧地挽住那个小伙子的样子，我心中不由得生出一股黯然的孤独和淡淡的凄凉，这是所有离婚的女人都常有的那种情绪。他们走到走廊尽头，不知为什么那个小伙子又突然回过头来看了我一眼，然后他们就消失了。

"中国之夜"在纽约州立大学新落成的白色大理石音乐厅举行，四层包厢中满座都是盛装的宾客，连每一个中国学生都打扮得漂漂亮亮，格外精神。两盏金碧辉煌的巨型吊灯从高高的淡红金色的天花板垂下，吊灯上的无数个玻璃圆灯大放光明；散发着新油漆味儿的墙上，装饰华丽的壁灯闪光耀目。宾汉姆顿学院对中国和中国学生特别友好，不久前这座崭新的音乐厅中接待的第一批艺术嘉宾，是由中国著名的舞蹈家白淑湘带队的中央芭蕾舞团。现在又大张旗鼓地举办"中国之夜"。中国留学生中，90%以上都有学校的奖学金（或是中国政府的经济资助），我因为学医改行，从头学起，自然什么也拿不到，但我仍然能随处感受到学校里那种友好和温暖的气氛。

我穿着从上海带来的那身雪白的连衣裙，又往长长的黑发上系了一根红色的发带。在贝妮丝用英文报幕之后，走到台上，我的钢琴演奏得到了热烈的掌声，观众们大声叫着"再来一个"，可是我什么准备都没有，只好匆匆地退到了台下。我还没有走出后台回到自己的座位上，就被贝妮丝一把拖住："朱莉亚，你不要走！你要帮我一下忙！"

我惊讶地望着贝妮丝，不知她有什么事这么着急，她按了我一把说："你在这儿等一下，我报了幕再和你讲！"

报了下一个节目，一位中国学生的琵琶表演之后，贝妮丝带着哀求的神情望着我："没想到时间过得这么快，原来按每个节目五分钟排的计划，结果只有两三分钟就完了，总不能让我们的观众只看半小时的节目就走啊！……你一定要再出一个节目！"我的天哪！贝妮丝可真难对付！

中国学生会主席也匆匆地跑来，他手里捧着一大堆磁带，帮贝妮丝劝我："周励，你嗓子不错，再来一个独唱吧，我们还没有独唱节目呢！看，我这里有许多磁带，可以放进音响里当音乐伴奏，你看看！苏小明的、远征的、成方圆的……你能唱哪个？歌词这儿都有！"

看来这两人非逼我就范了。好在我小时候经常参加少年宫的演出，从不怯场，上就上吧！我挑了一首《大海啊，故乡》的管弦乐磁带，交给贝妮丝。"中国之夜"最后一个临时加进的节目，是我的独唱，我带着忧郁、迷惘和无穷的思念，唱道：

> 小时候妈妈对我讲，
> 大海是我故乡。
> 海边出生，
> 海里成长。
> 大海啊大海，
> 是我生活的地方。
> 海风吹，海浪涌，
> 随我漂流四方。

在一阵阵暴风雨般的掌声中（无论什么节目，这里的观众都给予暴风雨般的掌声），我突然看到坐在第一排特别席位上贝妮丝的那位男友也在拼命地鼓掌。贝妮丝自己当主持人，把男友安排到了特别席位上，这样也许他就可以更清楚地欣赏她那身如同新娘般的白色缎裙了。

在观众的拼命鼓掌中，我又用英语唱了一首约翰·丹佛的《送我回家，乡间的路》，不等大幕拉下，我就匆匆忙忙地跑下后台。同以往许多次一样，在演出后例行的鸡尾酒会上，我有一份工要打，我匆匆地换下连衫裙，套上早在书包中准备好的我的那套洗得发白的餐厅制服和裙子，在演出大厅外的长廊中，我站在酒吧后面，给大声喧嚷的观众和学生们斟倒各种各样的香槟酒、葡萄酒、白兰地和苏打水。贝妮丝兴奋地端着酒杯在熟人中穿梭着，咯咯大笑着，今晚她是个成功的主持人。她把酒滴在一个棕色头发的男孩子头上，又咯咯地狂笑着，亲吻了一下那个男孩子的脸颊。转眼间，她又挽起另一个高个子金头发的学生的胳膊，把头放在他的肩膀上，一边抖动一边狂笑着，她差不多快要喝醉了。她的男友呢？那个从纽约曼哈顿开车来的男友到哪里去了？我看到他了，他完全像局外人一样地站在一个角落里，手持着一个酒杯，在一大群自顾狂欢、陶醉的学生中，他显出一种毫不协调的冷静，他甚至没有去看他的女友贝妮丝，只是默默地站在那里想着什么。

不知什么时候他站到了我的身边。

"你的歌唱得真好，比你弹的钢琴更加感人。"他带着真挚的目光，用带有欧洲口音的、好听的英语对我说。

"谢谢！"在美国，随便你听到什么样的赞扬，只用这个词作回答就够了。我问他："你要香槟，还是要苏打水？"他说他要一点度数很高的白兰地。于是他喝他的白兰地，我打我的工，我们再没有讲一句话。

过了一年，我们结婚之后，他告诉我那个夜晚他的情绪很不好，他和贝妮丝之间爆发了一场大争吵，他给我叙述那夜的情景：

深夜，酒会之后，月光照着车中贝妮丝酒后兴奋的脸和麦克严肃压抑的神情，车子在雪地中缓缓开动着，开得很慢很慢。

"在你的睡房中，有一件男人的夹克衫和内衣，你能告诉我他是谁吗？"

贝妮丝又照例咯咯地大笑起来，她的醉意未消，抖动着肩膀说："你来了，你是主人；你不来，我是主人。你在曼哈顿和哪个姑娘睡觉，我也管不着。"

麦克抽搐般痛苦地大叫着："住口！"他猛地刹住了车，两道锐利的目光紧盯着贝妮丝由于醉酒而微微发红的脸颊和那双蒙眬不清的眼睛。

"我不和你玩游戏！告诉我，还是那个韩国人吗？你不是说已经和他断了吗？"麦克猛地打开车门，跳下车，独自向雪地中走去……

汽车的马达在微微震抖，寒风一阵阵刮进车内。贝妮丝哆嗦了一下身子，她的酒意让冷风吹散了不少，不知是悔意还是震惊，泪水从贝妮丝的眼眶中涌出，她缩成一团，从车前窗中默默地注视着在雪地月光下消失了的那个大个子的身影……

麦克后来告诉我，他在雪地中整整走了两个钟头，到半夜两点才回到了贝妮丝的宿舍。他们俩都哭了，痛哭了一场之后，他们又做爱和好了。

"伤疤总是在那里。"麦克说，"我一直以为她很爱我，她为什么要那么做呢？"

"中国之夜"收到了良好的效果，连《纽约时报》在内的许多报纸都作了报道，有一张小报上还登了我拿着麦克风唱歌的照片。在学校里总是这样，中国学生越是被人注目，身上的压力也就越大，成绩才是衡量你的标志！我最常做的噩梦就是考试。美国的考试是题海战术，考验你的理解和应变能力。电脑考试让我考砸了。那段时间我在电脑房一连熬了几个通宵之后，白天又到教工餐厅去打一份临时工。"一夜不睡，十夜不醒"，我一边干活，一边在似醒非醒中记错了考试时间，等我大叫了一声"糟糕！"然后脱下制服冲向考场时，考试已经进行了半个多小时。我一上场就完全乱了方寸，甚至连在电脑上编了十几次、早已滚瓜烂熟的程序都一下子乱了套。我如同落进了一个大冰窟："这下全完了！"我为什么要去打那份该死的工呢？打三个小时才9美元，而为上电脑课我可是交了900美元啊！我懊悔不已——电脑考试我得了"C"。

电脑考试之后是英语高级班的论文考试，这也是商学院对学生规定的一门必修课。商学院希望培养出不仅能够经商，同时也具有高等文化素养、敏锐洞察力和幽默感的人。不是已有许多在商场上叱咤风云的人物成了历届美国总统吗？论文考试和在课堂里的那种考试不一样，教授布置了论文题目，然后给你们一星期时间，准备一份不少于二十页的论文。这次考试教授布置的题目是：写几件发生在你身边的真实事件。要求带有文学性，并且有自己的观点。

我决心考"A"，我一定要把电脑考"C"的耻辱挽救回来！写什么真实事件呢？来美国后就是打工，当然不能写"打工一日"，那样太浅薄。我想起我在上海时曾写的中篇小说《医生日记》中的两个故事，那里面的主人公全是我的病人，是发生在北大荒兵团的真人真事。于是我立即拟好了两个题目，一篇是《隆冬里的轰响》，另一篇是《破碎的晨曦》。我一头扎进图书馆，一连干了三个通宵，最后把它交给贝妮丝—— 我经常找她替我修改论文作业。

结果正如我所希望的那样，我的这两篇论文不仅得了"A"，而且成了系里的范文，教授让我站在阶梯教室的讲台前给大家念这两篇他认为是"极为出色"的论文。

当一个婴儿哭喊着向母亲伸出双臂，哪一个母亲会拒绝呢？但这一代人却被母亲拒绝了，他们是一群在荒野上哇哇哭喊的婴儿，他们唯一能牺牲的是自己的内心世界。无望的情欲与难以排遣的孤独和苦闷使他们心灵扭曲，走向死亡……是谁拿起第一块石头，砸他们脚的呢？

在《隆冬里的轰响》中，我写了这样一件事：

当我还在北大荒兵团当医生时，有一天山民们从冰河窟洞中扛来了两具尸体，男的是武装连伐木排的班长，一位天津老高三的知识青年，女的是山上伐木小屋守林人的孙女，一个中俄混血的少女。两人脸色铁青，眼球充血，被抬到师部医院抢救时早已断了气。就在一个多月前，武装连上下都传说着伐木排班长大刘和那个人们称为"二毛子"的羞涩而安静漂亮的女孩"搞上了"。

武装连全连七十六个人全是清一色的光头，平时往身上露出破棉花的黄棉袄外扎一根草绳，一起上山一起下山，连小便都不背人，一晃几年过去了。有一次，武装连的一个当地青年把一个路过山林往加格达奇方向去探亲的娘们给强奸了。那人立即被戴上了手铐脚镣，发送到劳改营。武装连中数大刘最爱打扮，平常出工总是在小袋中揣着小镜子、梳子，一有空就对着镜子梳起来，他那头黑发是没说的，要是在天津，保准有一大群姑娘在后面追着。自从守林老人的女儿——"二毛子"她娘得病去世后，老人把孙女带到了林子里，每天给伐木排烧水蒸馒头。大刘近水楼台先得月，和她搞上了，人们一开始只是嫉妒，讲几句闲话，但连长知道这事后，事情就大不一样了。

有人向连里汇报，说看到大刘把那小妞压在身子底下，有人还煞有介事地证实大刘和那个"漂亮得勾魂"的女孩（她刚满20岁，比大刘小10岁）两天两夜无影无踪，私奔了又回来了。全连都被桃色新闻搞得不得安宁，那些大汉子们都无心伐木了，一入夜，草棚里大家都翻来覆去地长吁短叹，第二天人人脸上像断了秧的倭瓜，提不起神。很早就有人提出让团里送几个女的上山，不干活，不伐木，光养着，哪怕给大家扫一下窝棚，捉一下被窝里的虱子也行，只要使这帮血气方刚的大男子汉闻到面前有女人味儿，听到女人的尖叫或者歌声，看到女人晃动的身影，他们就不会感到自己是生活在大庙中的和尚了，那么革命干劲也就会在女人面前随之而来。可是团里无动于衷，说派几个女的上山是瞎扯淡，是小资产阶级的异想天开和不健康情调，于是后来谁也不再提了。现在眼看整个武装连全都一个个病恹恹的，怎么办？一个女人上山就这样，再有几个女人就要反了天，树都不知该让谁去伐了。连里立即召开紧急骨干会议，决定开展大批判，拿大刘和"二毛子"女孩当活靶子、活典型。

本来连里批判批判也就算了，也就不会出现后来的悲剧了。大家都知道大刘是个好人，不就是年龄大了憋不住了吗？再说那小丫头确实漂亮，逗人喜爱。大伙有气无力地呼拉了几下口号，轮流拿着小纸片上台发言而已，可是没过几天，团里派来了工作组，说要"好好整顿"一下武装连的不正之风，要"稳、准、狠"地打击坏人坏事，不能避重就轻，姑息迁就。于是工作组带头，大会小会天天批，还撤了大刘的班长职务，扬言批判会后送他进"劳改营"。他的"乱搞男女关系"也升格成了"引诱奸污少女"。那个女孩子更是每天吓得哭哭啼啼，守林老伯也跟着她一起吓得发抖。

悲剧终于发生了。在一个大雪纷飞的冬夜，大刘撬开铁锁逃出关押他的小屋，借着火柴的微光来到武装连备战用的弹药库，他打开地窖的门，取出四颗手榴弹，在夜色中悄悄推开睡得呼呼的团部工作组的屋门，把那四颗手榴弹迅速放在炕洞下，然后跑到门外，拉响了引爆线……在猛烈的轰响声和冲天的火光中，工作组的四个人乱尸横飞，一片血肉模糊。大刘在火光中咬牙切齿地喊："你们逼我走到这步！你们逼我走到这步！"然后他头也不回地飞快地往山上跑，背起了沉睡中的"二毛子"姑娘就往山下冲，他们决定逃到冰河那边的苏联边境去！

晨曦微露，他脚步越来越慢，"二毛子"女孩也早已从他的肩头爬下，两人手拉着手地一起朝苏联方向跑。连里早已被惊动，荷枪实弹来追赶他们的人越跑越近，还不时传来猎犬的狂叫声。冰河太宽，眼看着跑不到冰河那边——那里有一座像剪影似的在晨曦中若隐若现的苏联哨所小屋。他们就要束手被擒了，大刘突然拉着女孩换了个方向，朝着冰河中央那个砸了个大洞用来捕鱼的冰窟奔去！

就在子弹在他们耳边嗖嗖作响的一瞬间，大刘紧紧地拥抱自己心爱的女孩跳进了无底的冰窟。

当那两具尸体被抬到师部医院那天，正好我值班。团里要我开一张"死亡证明"，我觉得提不起笔来，我心中有一种窒息的感觉。从山民们告诉我的故事中，我仿佛看到那个长着一头秀美的长发、眼睛又大又亮的姑娘，和大刘站在一棵白桦树下，斜射进森林的阳光照射着他们那两张洋溢着青春活力的、美好的脸庞……

在这篇论文中我提出了一个观点：杀人不仅可以出于恨，也可以出于爱。如果大刘仅仅自己跳入冰河，而将那女孩的生命留下，那么几年之后，女孩的命运也许会完全改变。我还举例说，美国有不少失业者自杀时，连同自己的妻子儿女一起下手，也是杀人者在绝望后，出于爱的同例。

我的问题是：是谁造就了杀人凶手？

《破碎的晨曦》中的女主人公是我在北大荒当医生时的一名病人，她患有严重的神经官能症，也就是通常所说的神经病。她是上海知识青年，长得非常美，身材纤细，一双漆黑的杏眼，一头黑缎子般柔软的、闪着光泽的长发，皮肤光滑白嫩。如果她不是得了这种病，可以说是一副标准的上海小姐模样。这样的女孩如果走在淮海路或者南京路上，人们一定会回过头来多看她几眼。她是被屯子里的人连绑带押地架到我的内科办公室的，她得的是狂躁型精神病。当屯子里的人将她"松绑"后，她一把抓起我办公桌上的听诊器，连声大叫着："我从小就想当医生！我从小就想当医生！"

　　陪她来的老乡对我说："她的药吃完了，症状一点不见好，能不能住院治疗？"这时，只见她两道细眉剧烈地一抖，眼睛惊惶地瞪着，大叫道："我不是精神病！我不是精神病！不要听他们胡说！"

　　在我给她检查的过程中，她有时全身颤抖，惊骇不已，并且拳打脚踢地对触及她身体的听诊器进行激烈反抗。有时又出现迥然不同的神情，如同一个怯生生的、文静的小女孩，不胜娇羞地对着我笑，甚至伸出一只手不停地抚摸着我的肩膀。我看到一滴眼泪，从她的深色发黑的眼眶中滴落下来……

　　她的病历上有一个好听的名字：陈一璃，27岁。也许命运注定了她像玻璃一样光洁而易碎。她的故事，并不是一个美丽、漂亮，而又悲哀的童话……

　　她到北大荒那年，和我一样，18岁。七年之后，她在北大荒的风雪和飞沙中长成为一名亭亭玉立的大姑娘。那一年她被分配到畜牧连配种站放牛，和她一起工作的，是一位学过几天兽医的30岁的当地妇女，她早已结婚，但是一直没有孩子。她丈夫在齐齐哈尔开车拉大木，户口在兵团，每个月回来几次。因此她对一璃特别友好热情，常常从家里带几个酸菜肉包给她吃，要不就是为她炒两个香喷喷的葱花蛋，这对长期离家、孤身在外的上海女孩，无疑是精神上的极大安慰。她们俩整天谈笑风生，一起扬鞭子放牛，成了工作上的好伙伴。

可是一璃放牛不到两个月，事情就发生了。25岁的女孩，又长得那么灵秀，本来心中就有一股躁动不宁的情欲，每次在天苍苍野茫茫的荒野中放牛，她都感到自己像置身在一部电影中。烟尘滚滚，近百头牛在原野上互相冲撞，互相追逐，奔驰着的无数只前蹄扬起一阵阵扑人面的风尘，动了情的公牛昂起两个前蹄，骑跨在被追逐得精疲力竭的母牛背上，随着雄牛和雌牛生殖器官的交合，黏液滴落在地上，浸湿了一大片沾满尘埃的土地。雄牛发出一声声震撼荒原的、尽兴尽致的鸣吼……

是那个30多岁的当地女人先勾引了她。有一天晚上下班后，她叫一璃到她的那幢红砖砌成的小屋去，像往常一样给她做了几样可口的饭菜，然后又烧了热水，让满身风尘的上海姑娘舒舒服服地洗了个澡。当她从挡着澡盆的门帘后出来时，全身雪白耀眼的皮肤、美丽的身段和丰满的胸乳，不禁使那位当地女人看呆了，一璃在处女羞涩的笑中慌忙拿起浴巾来遮掩自己的身体。由于天色已晚，当地女人劝她不要回连里知青宿舍去了，反正早上起来还不是一样去放牛？当她爬上烧得暖烘烘的舒服的大炕上睡觉时，那女人拿出两只小瓶，她趴到一璃的肩头，告诉那个女孩，她丈夫一年有八九个月不在她身边，她常常用这两样东西搅和在一起制造润滑剂来安慰自己。女孩子惊呆了，一时愣在那里，当地女人更加凑近她："你不要怕，人都是一样的，人人都想要那个东西，没有男人照样也能快活！"接着，她把满脸通红、发呆发蒙的一璃摆布在大炕上，先是吻她的脸颊、嘴唇，然后开始用那样东西来抚慰她。

她紧张到了极点，后来一阵阵电击般的感觉使她战栗，使她麻醉。她哭了，泪珠随着扭歪的脸淌下，一直流到那个女人伸来的两只雪白的、有力的手臂上。

这以后，这两个被连里的当地人叫着"放牛婆娘"的女人，白天，在原野上追打、逐赶、吃喝着近百只牛，晚上就回到暖烘烘的大炕上相互抚爱。直到有一天清晨，那女人的丈夫突然从齐齐哈尔回到了家……那是一个和煦的春天。清晨，太阳还没有完全升起，天边涌着玫瑰色的晨曦。她的丈夫气急败坏地和一位男友敲着门。那位男友几天前写信告诉他，屯子里很早就觉得他的老婆行迹不太正常，一到傍晚天黑时分，就有一个人影往她家钻。当时连队知青宿舍离老乡宿舍很远，犹如两个世界，谁也不会想到那个人影就是陈一璃。

司机义愤填膺地推开房门冲进卧室，按下电灯开关，小屋里顿时一片通明透亮。他怒吼道："你他妈的给我滚出来！你这狗养的！"

床上响起几句含糊不清的呓语。

司机一把上前，掀翻了大炕上的毯子，眼前的一切立即使他呆若木鸡，犹如一尊泥塑木雕。他本来是捉奸的，哪里想到大炕上却是两张女人的面孔！

女人浑身哆嗦地紧贴着一璃，突然，她顺手举起炕头上一只烘干的棉胶鞋，朝愣在那儿的丈夫猛地扔去：

"你这个老混蛋！你要把我们吓死不成啊！……杀啊！你来杀吧！可不准碰她一根汗毛！……你一年到头在外面喝西北风，你老婆找个人陪陪，拉拉话，免得像个木头鸡巴那样地活着，就不成了？"她干脆号啕大哭起来，一副哭天抢地的可怜模样，搞得司机大汉直搔头皮，进也不是，退也不是。倒是边上的男友说了话："大嫂！小弟向你赔一千个不是！一万个不是！……咱原来以为……以为是那事……嗯……别哭！别哭了！"

那个男友一眼看到了一璃的身体，像一塑白玉一样地光滑，只穿着一条薄薄的小背心和一条花三角裤衩。他想尽力不去看她，集中精力劝鼻涕一把眼泪一把的大嫂，但他的眼神还是不时落到一璃那如一尊玉雕女神似的身上，只见她双手捂着脸，全身颤抖，不知道是在哭呢，还是感到惊恐不已？

从这以后，司机丈夫仿佛悟出了一点道道，他辞去了齐齐哈尔市的工作，调到连里来开康拜因，在那个当地女人和她丈夫的竭力撮合下，那天清晨一同来"捉奸"的那个男友开始不断地找一璃。

277

他是老农场场长的独养儿子，家里条件很优越，再加上他在嫩江演过《智取威虎山》中的杨子荣，长相也不错。一璃明明有返城的机会，但她再也禁不住已经打开了闸门的情欲的一再攻击。她不能回到那个女人身边，那么她一定要回到一个男人身边，否则她不能活下去，她不能忍受孤独。更糟糕的是她不能忍受使她感到和通常人不一样的那种内疚感、罪恶感。一到深夜，她的神经就要撕裂开来，她全身翻动，一分一秒对她整个身心都是痛苦难熬的折磨……

他们俩结婚了。但结婚对她来讲无异于一场灾难，因为她像一具冰冷的木雕一样毫无感情。她的公公急于抱孙子，可是整整过了两年仍然一点动静都没有。她什么活也不干，什么事也不做，像个木头人那样整天呆呆无语。有一天，她丈夫把她揍了一顿，说她白长了这么一副身坯，其实什么都没有，还不如一头牛一头猪。也许是因为骂到了牛，她一个人又跑到放牧的荒原，看了一整天的牛。第二年春天，她精神失常，语无伦次，一开始唱啊跳啊，到野地里捡一把花戴在头上，后来发展成谁跟她讲话，或者只要看她一眼，她就随手拿过一样什么家伙去砸人家。她丈夫的胳膊被她搞得青一道紫一道，连老公公的下身都遭她狠狠地踢了几脚。等他们父子俩和邻里一起把她绑架到医院来时，她已经口吐白沫两手乱抓，成了真正的疯女人……

后来他们离了婚，她返城回到了上海。我在上海时曾经去看过她，她被关在上海市精神病医院，在医院探视部的铁栅栏后面，她瞪着那双秀气的，却早已失去了光泽的大眼睛，像一个罪人似的呆呆地望着我，不久就被护士带走了……

我在这篇文章的结尾写道：

（1）什么是同性恋？作为一个医生我不能完全解释，至少从我个人的体验来讲是绝对不能理解的；

（2）人们认为艾滋病是大自然对人类的惩罚，这话值得深思；

（3）同性恋是不是人性的扭曲？

（4）社会是否应当承担责任？

论文的结论是：（1）压抑"性"和虐待孩子本质是一样的，每个人都可以按照自己对"性"的理解去生活，越是有文化教养的人，越是应该在"性"的方面不打败仗；（2）艾滋病泛滥的民族，是一个心理不健康的民族，是一个前途充满凶险的民族……

为了我的英语论文考试得了"A"，而且两篇文章都在校刊上登载，贝妮丝特地去买了龙虾和香槟，来庆祝我的这一个"小小的胜仗"，实际上这个胜仗至少有三分之一的功劳应归于贝妮丝，要不是她对我的语法病句在电脑上作了这么多修改，我还不知道教授能否看懂我的文章呢！我真不知该怎么感谢贝妮丝。我翻箱倒柜，把我临走时母亲送给我的一件淡粉红的羊毛衫送给了她，她立即套在身上。她皮肤白，穿什么衣服都好看。高兴了一阵之后，她问我："你舍得吗？你这 One dollar（一块钱）！"因为我总是到离学校不远的"救世军"去买1美元一件的旧衣服穿，那里的衣服都是各种各样的美国家庭送来的，款式新颖，色彩艳丽，我一挑就是一大包，平常就穿这些"美国化"的衣服，只是逢到盛大场合，才把从上海买来的时装或连衣裙穿在身上。为了这个，每换出一套款式不同的衣服，贝妮丝就和我开玩笑，叫我"一块钱"！

期末考试一门门紧张地进行着，在考完了市场销售学之后的一天下午，我来到校园南部的湖畔，惊讶地发现树枝上已经爆出了新的绿芽。我深深叹了口气，4月！孤独女人最害怕的4月又到来了！对有爱情的人来讲，4月是充满幻想和诗意的季节——那绽放着灿烂的丁香花和嫩芽满枝的垂柳，把无限柔情如春雨般地洒在被爱情滋润的心灵上……而对没有爱情，特别是懂得爱情却又得不到爱情的人来讲，4月是残忍的季节。那死寂的荒原爆发出了新芽，只能把人带向一件件痛心疾首的往事回忆中，空中吹来的春风使你感到更加孤独、更加迷惘，仿佛又向衰老的年轮迈进了一步……

就在这天晚上，我收到了家里的一封信，他们告诉我一个沉痛的消息：晶晶死了。

晶晶是我的好朋友，她有一副银铃般的嗓子，1966 年在上海南洋模范中学唱《红卫兵组歌》时，她领唱的歌声，至今还留在我们同一代许多人的心中：

云望穿

看破天

盼望心

急似火……

她的父母和我父母一样是南下干部，她 12 岁时就能把《胡笳十八拍》全部背诵出来。她长成少女后，有人这样形容她那姣好的形象：她像阳光般耀目，白皙发亮的皮肤，红润的嘴唇，乌黑的头发，以及一双如星星闪烁般的明亮眼睛，使你不敢正面直视她。她是康平路100弄公认的最漂亮的姑娘，无论走到哪里总是举止优雅，惹人注目。我和她在16岁时分手，整整十四年后才偶然重新相逢。

那时她已从大学中文系毕业，在《文学报》担任小说版编辑。在我投稿连连失败时，未料到《文学报》竟突然登了我的小说《影子与灵魂随想曲》。发表的当天我收到一张字迹清秀的信笺，约我到《文学报》去谈谈。信中说："建立一个爱才若渴的编辑部，是身为编辑的最大愿望。"我拿着那封备受鼓舞的信，跑到文学报社一看，两人不由得同时高兴地大叫起来，原来这位编辑正是我少女时代的女友晶晶！

那时我已经结婚，但她还是单身，年过30的她为此万分苦恼。我们由编辑和作者之间的关系，转而成了倾吐衷肠的挚友。炎热的夏天，100弄大院传来一阵阵蝉噪声，整个大院阒寂得没有一个人影。我和她在宽阔的阳台上一谈就谈到深更半夜，我这时才感到她比我要不幸得多了，我至少还有个女儿，还有个可以称之为家的小屋。而她呢，却什么也没有。青春在她眼前闪过，她那美丽的双颊和胸脯，没有被吻过，她像开在幽邃寂悄的园子里的一株黄玫瑰，在风中摇曳，脱落了叶瓣。在插队落户中发生的那些不堪回首的往事又不时刺痛她的心，使她举棋不定，不敢越雷池半步。

"我已经整整孤独了八年！"有一次她对我说，"我把所有的热情都扑到工作上，才能喘过一口气，觉得活得像个人样。"我完全理解她，如果我不是在1979年匆匆结婚，不也同她一样的命运吗？然而从更深一层来说，我和她其实同样是孤独的。

有一阵子，她对一个北京的青年作者产生了幻想，这种幻想是这么强烈，以至于使她觉得非得到北京去一趟，与那位仅仅见过一面的英俊青年谈个清楚不可。"两地生活有什么关系？就是调到北京去也可以！"晶晶大胆地宣称，仿佛她已经真的找到了爱人，我心中不由得为她感到庆幸。

那个青年来信了，信中客气地告诉她，他对她只是好感而已，何况她比他大4岁，结婚是不可能的事，他让她把所有他写给她的"冲动的、不成熟的情书"统统毁掉。晶晶打电话把我叫去，在锥肌剔骨的痛楚中她苦苦思索着，沉吟着。那封令人心碎的信早已被揉成一团……

为了忘却这些痛苦，她参加了一个在北戴河举办的作家、编辑学习班，学习班内有许多蜚声文坛的作家，并且她与贾平凹等结成了好友。人们发现她总是文静地微笑着，默默地沉思着，谁也不会想到她心中多年来积压着这么多沉重的焦虑和痛苦。她多么希望找到一个丈夫，有一个孩子啊！她盼望这个人最普通的权利和幸福，已经盼得要发疯了。但是她又绝不迁就，她用了张洁的《爱，是不能忘记的》中的那句话："不崇拜那个人，爱连一天都维持不了！"

从学习班回来后，她突然发现自己腋下长了一个肿块。她给我打电话，我让她立即去检查，千万不要耽搁。但她直到报社的新闻职称考完后才去检查。

她父亲的老朋友，一位外科专家，对她坦诚地说："你来得晚了，你可能得的是乳腺癌。"

"这怎么可能?!"晶晶浑身轻轻一颤，美丽的眼睛中闪烁着的光芒倏地熄灭了，"我还没有结婚！我怎么可能得乳腺癌?!"

外科专家难过地低下头。是啊，乳腺癌通常由雌性荷尔蒙过多刺激引起，一般都发生在中年之后的已婚妇女身上。面对着这个对未来满怀憧憬的年轻姑娘，他又能说什么呢？

晶晶在病床上仍然保持着仪态优雅的风度，从不诉苦。因为化疗，使水仙花一般的晶晶迅速地枯萎了，躺在肿瘤医院病床上的她脸色苍白。因为很少得到阳光，也很少得到新鲜空气的拂煦，她那秀美的头发枯黄了、脱落了，最后不得不用一条丝巾把头部包裹起来。她的床头旁总是放着一束束鲜花，那一朵朵刚摘下的郁金香，金黄的像锦缎，深红的像丝绒，花下面放着她最喜爱读的书籍。她读过许多的书，她最欣赏苏联作家鲍尔斯·瓦西里耶夫的《这里的黎明静悄悄》、茨威格的《一个女人一生中的二十四小时》以及东欧作家的《娜嘉》、略萨的《胡利娅姨妈与作家》等作品。作为编辑，晶晶为别人发表了几十篇小说，可自己却一篇也未曾发表过。她写作勤奋，像一只知命鸟。在她作了乳房切除手术后，仍然埋头修改她那篇已经几易其稿的中篇小说。在我拿到美国签证后，去上海肿瘤医院和她最后一次告别时，她勉强地支起羸弱的身子，脸上作出轻松的微笑，对我说了一句使我终生难忘的话：

"周励，你记得吗？你曾经对我说过，你的墓志铭要像司汤达那样，再加上一句：活过、写过、爱过、没有发表过。我想我应该是活过、写过、没有爱过、没有发表过。"（司汤达墓志铭：活过、写过、爱过。）说完，她脸上露出一丝令人心碎的苦笑。

她生病以来从来没有当众流过眼泪，这时两滴泪珠慢慢地从她眼里流了出来，她忍住泪，对我说："你到美国去好好干吧！……有空给我来信。"

我紧紧地抓住她那双瘦骨嶙峋的手，心头一阵一阵地抽紧，我知道她活不长了，我这一走，就再也见不到她了。眼看着往日亲密的女友的生命活力在悄悄离去，在一丝丝、一缕缕地消散、挥发。我不由得在心中喟然长叹："无望的、被折磨的情欲啊，你也会杀人，会制造癌症！"我强忍住往外涌的泪水，把额头紧紧地贴在她那冰凉的面颊上。就这样，我俩一言不发，紧紧地互相依偎着，好久好久……面对事业、爱情和死亡，只能用两个字来形容她：坚强。

家中告诉我，文学报社为晶晶举办了隆重的追悼会，《青年一代》还发表了悼念她短暂一生的文章。

回到宿舍，我拿着家信扑在床上恸哭起来。我的楼下住着两个美国青年，一个叫布拉英，他从宾汉姆顿学院音乐理论系毕业后一直找不到工作，最后回到学校餐厅洗碗，一干就是十一年。由于工资低廉，他至今仍单身一人，住在这简陋廉价的小公寓中，经常独自一人抱着把吉他在那里自弹自唱。我很可怜他——在中国，哪一个音乐理论系毕业的人没有份像样的工作！谁会去洗碗？另一位住在地下室的也是个倒霉不走运的人，杰姆斯同样是在宾汉姆顿学院毕业，学的是电影理论，毕业后同样没有哪家公司录用他。别人认为他性格发展不全面，没有主动进取精神。失业一年后，他总算找了份半夜到大公司清扫垃圾的工作。我第二次和他见面时，听说他是电影理论系毕业，非常激动，立即问他现在在哪儿工作。我对搞电影一向很感兴趣。

"收垃圾！我是收垃圾的！"他瞪着那双蓝眼睛对我说。

我听了这话，半张着嘴愣在那里。这就是美国啊！万物竞争，优胜劣汰，实际能力比学历重要一百倍！

越是孤独清高的人，越是用一层厚厚的盔甲把自己包裹起来。我和这两个搞音乐理论和电影理论的美国人关系融洽，但他们除了生活琐事之外，从来不和我谈一句理论问题。

那时中国留学生之间十分友好，和中国学生生活在一起可以得到不少轻松快乐。可是我还是搬到了这个小阁楼上来。我抱定一个信念：为了尽快提高英语，走出中国人的圈子，和美国人生活在一起！

布拉英在楼下客厅边弹边唱，杰姆斯收垃圾还没有回来。我在床上一阵阵抽泣，为晶晶的死，也为我们过去的友谊。突然间，一个熟悉的敲门声响起："朱莉亚！快开门！"

是贝妮丝！怎么每当我痛苦无助的时候，她就出现在我面前呢？我扑上去打开门，扑在她的肩上，伤心地哭了起来。我告诉了她晶晶的一生……

那天晚上，我们俩并排躺在床上，谈得很晚很晚。我告诉她我是那么怀念晶晶，为她的匆匆离去而扼腕痛惜，特别是在我离婚之后，在精神上极其孤独的时候，我更体会到她33岁英年早逝的全部痛楚。

"贝妮丝，你知道吗？晶晶不仅是我的好朋友，同时也是我的编辑，自从她在《文学报》上发表了我的第一篇小说后，全国各报刊杂志登载了我二十多篇作品，是她为我打开了一扇文学大门啊！……那时候，我们常常约三四个文学知交聚集在她家，豪饮着啤酒，谈作品的构思，谈人生的感受，嬉笑怒骂，幽默风趣。她让我们看她的藏书，她有几百本书店里难以买到的经典之作！……贝妮丝，在中国的那段时间，才是我精神生活最丰富的时期。到美国之后，我常常担心是否会失落了自我。特别是现在，她永远离开了我，我的心灵是多么空虚啊！……"说完，泪水又禁不住簌簌滴落下来。

贝妮丝抱住我的双肩，她的神情是这样真诚坦白，明朗温柔的眼睛里透出一丝丝同情。她第一次和我谈到她的丈夫：

"他两次入狱，先后被关了二十多年了！……他比我大8岁，我佩服他。就在他们来抓他的前一个星期，我们结婚了。你说怪不怪，那时还有一个女孩，也是美国人，比我漂亮，也死活缠着要和他结婚呢！……在他被捕入狱之后，我被驱赶出台湾。回到美国，我反而感到像来到一个异国。我孤独，没有一个人可以说心里话，我想念我的丈夫，整夜整夜地哭泣，每天清晨枕头哭湿一大片……后来我想通了，我何必要做感情的奴隶呢？我是女人，一个漂亮的女人，我有使男人倾倒的魅力，为什么像个土拨鼠那样躲在黑屋子里哭泣呢？只要我的丈夫一出狱，我就是他的妻子！只要他还关在牢狱中，我就要活得像个女人！……后来我有了许多男朋友，我越来越感到离开了男人我无法生活下去！……我仍然时常怀念我的丈夫，分别都快七年了，听说他在监狱里绝食，而我仍然爱着他，无论住到哪儿，我都把我们婚礼上的那块红缎挂在墙上，如果哪个男友对我的丈夫表示不恭，我就立即请他吃拳头！……朱莉亚，你们中国女孩子太老实了，你们是没有性欲吗？你们的情欲该怎样发泄呢？你的女友死了，你为她惋惜、痛苦，我全理解，可你应当去找个男友啊！活一天，快活一天，有了男朋友，你就不空虚了！"这个社会学系的女博士，现在完全像小孩子玩过家家似的怂恿我去找一个"伴"。她睁大那双深邃明亮、妖冶妩媚的栗色眼睛说："不要找中国人！要找就找美国人！不然你在中国人那个圈子里永远混不出来！你知道纽约中国城里，许多华人来了几十年都不会讲一句英文，就是因为他们死抱着中国人的圈子，不和美国社会打交道！"

我支起手臂，用手扶撑着前额，拂去随意滑落下来的头发："找男朋友，找美国人，到哪里去找呢？万一他有艾滋病呢？"来美国之后的很长一段时期，我已经认定自己丧失了情欲——如果说我还有什么欲的话，那就是拼命挣钱交学费。

"我的性欲到哪里去了？我是一个没有性欲的女人吗？"有时我扪心自问。可是在心头一层层重压着生存危机、学习压力，在每一天都担心着下一天该怎么过的时候，还有什么心思去谈"性"不"性"的呢？

对贝妮丝的好意，我只能报以无奈的微笑。

总有一天，我会找到一个丈夫，但不是性伴，贝妮丝。

考试终于全部结束，我的企业管理学、市场销售学和高级英语论文都得了"A"，只有电脑课因那次倒霉的迟到考了"C"。暑假到了，我又乘"灰狗"从宾汉姆顿研究生院回到纽约寻找机会打工。

我做梦也没想到，我会和麦克一起生活了两个星期。

这全是贝妮丝的主意。她一片好心，认为到纽约打工，房子不好找，曼哈顿昂贵的房价全世界排名第一。她给我写了一个小字条，让我先到麦克在曼哈顿下城租住的公寓去对付一下。"你可以住在客厅的沙发上，客厅和睡房是完全分开的。"贝妮丝平时每星期去一次纽约曼哈顿和麦克聚会，那里就像她自己的家一样，"我过一个礼拜写完论文就去纽约，那时候你可能已经找到房子了。"

好心的贝妮丝怎么也不会想到，这个热心的主意会给她日后带来多少泪水！

"我不能让这个外国人碰我一根小指头，谁也别想占我的便宜！我一找到房子就走！"我气喘吁吁地提着两件行李，站在一座灰色旧砖五层楼的公寓前，拿着贝妮丝的小字条拼命按响门铃时，我就是这么想的。

汗水一串串从我的脸颊上流淌下来，纽约市比纽约州的宾汉姆顿闷热多了。

我满心焦虑。"自费留学"可真是擦一段萝卜吃一段，在学生餐厅打工的钱交完了最后一个月的房租和生活费，兜里又只剩下了40美元！还不够美国人上馆子吃一顿饭的！真是实实在在的"洋插队"啊！在他乡异国，无依无靠，比当年插队落户还要苦啊！

过了许久，终于从三层楼窗户中探出一个脑袋来，那正是一头褐色鬈发的麦克。他好像已经不记得我，贝妮丝也没有和他事先打声招呼，他在窗口伸着脖子犹犹豫豫地打量了我老半天。我心里又烦又急，好不容易等他关上窗户，脚步嗒嗒响地跑下楼，当他惊异地瞪大了一双蓝色的、睫毛长长的眼睛时，劈头第一句话就是："是你啊！"

"是我，我是朱莉亚，还记得吗？"我礼貌地伸出手，交给他贝妮丝的那张字条。他匆匆地浏览了一下，脸上绽露出孩子般生动的笑容，和一种难以言喻的喜悦之情。

"我当是谁呢，吓得门都不敢开。"他扶了一下金丝边眼镜，歉疚地笑着说，"原来是你！上次你在台上表演钢琴和独唱时，不就是穿这身白色连衣裙吗？"

我不好意思地挪了挪双脚，我穿着从上海带来的塑料凉鞋，连袜子也没穿，十个脚指头全露在凉鞋外面；不过我很喜欢这套合身文雅的连衣裙，在上海瑞金路妇女用品商店买的，18美元一件，它是我在重要场合穿的"礼服"。今天是放假第一天到纽约找工作，为了给自己鼓一鼓气，我穿上了这条裙子。

"快上来吧！"他伸出两只粗壮有力的胳膊，一下子提起我所有的行李，噔噔噔地跑到三楼，脚步震得楼梯直摇晃。在一扇洁白的门前，他放下行李说："请进吧！"

他把行李往客厅的沙发旁一放："今晚你就睡在这沙发上，这是客人的'专用'床。贝妮丝常常搞突然袭击，让我为她接待客人。冰箱里的东西随便用，钥匙两把，一把大门，一把内门。记住：不搞清来人不要开门。"

没想到他还真热情，我刚才还担心这家伙会找个借口把我支走呢！

我悄悄环视了一下客厅，到底是在华尔街工作的雅皮阶层，和布拉英、杰姆斯的客厅气氛完全不一样。房间很宽很明亮，落地窗上挂着厚重的帷幔，墙角是两盆碧绿的芭蕉兰，一缕缕阳光穿过紧闭的百叶窗射进来，使客厅变成一片若明若暗的绿洲。客厅的右边是一大排书架，这又使房间里弥漫着书房的气息。一只宽大的转圈沙发放在客厅中央，就是比我个再高的人也能在上面睡个舒服。客厅左边有一张硕大的橡木书台，上面放着一台亮着刺眼的彩色图像的电脑，旁边那台显然是激光打印机了。我来不及多看，匆匆喝了杯麦克递来的苏打水，起身想走。

"喂，你这么急，到哪里去啊！"

"今天是星期天，我得马上到中国城去找工作！星期天餐馆的工作最好找！"我已经算了几十遍了，到纽约不管什么工作先干起来，即使每天干十小时挣30美元，干一星期也就有了210美元，那时再翻翻报纸找个最便宜的阁楼房子，房租押金就没问题了；不然凭我口袋里揣的40美元，天下人都不会把房子租给我，那么等下星期贝妮丝一来，我就要到大街上，像流浪汉那样在中央公园长板凳上过夜！一天都不能耽误，时间就是房子！今天就必须找到工作！

麦克自告奋勇地说："我对中国城最熟悉，我和贝妮丝把那里的中国饭店早就吃遍了，我带你去！"

我惊讶地望着他。他穿着假日的T恤衫，因为没有戴领带，看上去很随便。他为什么要陪我去呢，不是说时间就是金钱吗？再说我找工作身后跟一个外国人，多不方便。

"你不必去了，你忙你的吧。不管怎样，很谢谢你！"我来不及多说，飞快地跑下楼去。

他也跟着飞快地跑了下来，追上我说："反正我没事，到中国城咱就分手，好吗？"

中国城，酷暑，蝉鸣，肮脏不堪的街道，红字烫金的牌楼，中国餐馆一家连一家，使人感到目不暇接。中国人也好，美国人也好；穷人也好，富人也好，在纽约绝不会不知道中国城的。我惊诧这里的肮脏，可是肮脏中却散发着生气。这里有一堆一堆小山般堆起的新鲜瓜果以及各式各样的海鲜，书摊上都是些封面印有乱七八糟的港台裸体女人照的刊物。广东和上海的移民在这里叫卖葱油饼、菜肉包等各式各样的风味小吃，酷暑下人们排着一条条长龙等候着小报亭出售乐透彩票。如果你仔细研究一下这些中国人的脸，你会感到揪心的失望和切肤的痛心：每个人的脸都像是木雕般地呆板，人与人之间都不讲话。也许是美国社会的感情淡薄症传到了每一个角落，也包括中国城吧！他们忍受着酷暑，静静地，像美国人那样排着长队，死板的表情下面人人藏着发财的美梦。

我推开一家家餐馆的门，第一句话就是："对不起，有打工的位置吗？"常常是把看门的侍应生吓了一大跳。

麦克没有像他一开始讲的那样——到中国城就分手。他说他认识两家餐馆的老板，也许可以给我介绍一下。不过他要找的那俩老板都不在，经理说他们打麻将去了。麦克跟在我后面是个大麻烦，因为有几次还不等我推开门，饭店里的侍应生就恭恭敬敬地拉开门，连看都不看我一眼，直冲着麦克点头哈腰："先生，几位啊？"然后用戴着雪白耀眼的手套的手指着餐厅内的红木雕花座位，一副匆忙带位的样子。

麦克这时总是忙着摆手，局促不安地说："不……我是陪这位小姐找工作。"

侍应生叫来老板，鹰钩鼻的老板将麦克和我仔仔细细上下打量一番，刚才堆起的笑容一下子变成了满脸狐疑的不屑神情，真比好莱坞的任何一个演员都更加真实、自然。片刻，他挥一下大手，用鼻腔重重地甩出一个声音："没有工作！没有工作！"头也不回地扬长而去。

我一边对麦克盛情难却，一边又为找不到工作发急发愁。在中国老板看来，外国人百分之百是来吃饭的顾客，哪有中国留学生找工作时后面跟了个老外的？我只好对麦克说："对不起，请你离我二十步远，二十步！"尽管如此，每当我从一个饭店出来，马路对面的麦克还是一下子就看到了我的沮丧神情。我一家餐馆一家餐馆地硬着头皮上，他也一个街口一个街口地在对面跟着。我真搞不懂，这事有什么好玩的？他为什么白白浪费时间？

终于，在下午四点，我推开了"喜相逢海鲜酒家"的朱红漆门。那个穿雪白衬衫、戴黑领结的领班听我说要打工，把我从头到脚上下端详了一阵，问："干过吗？"

"干过。"

"干过什么？"

"端盘、洗碗，什么都行。"

"要会讲英语、广东话、上海话、闽南话……"

"我全都会。"其实我根本不会讲广东话、闽南话，这时也只能硬撑了。

"我们要请一个 bus girl 端盘子，每天早上十一点到晚上十点，十一个小时，打烊前打扫地板，每小时3块5，你要干，明天可以来上班。"我喜出望外，比我预想的还要好！我差一点跳起来，留下了名字就冲出饭店："我有工作了！我有工作了！"

麦克也欣喜地从马路对面向我跑来："你运气不错！……这种找工作的方法我还是第一次看到，想不到还起作用！"他拍拍肚子说："怎么，你请我，还是我请你？"

请客？这我可没想到，我自己几天来一直是一个面包当一顿饭，哪来钱请这位华尔街的外国人？不过我脑子马上转了过来，我口袋里不是还有40美元吗？你白住人家里一星期，这40美元还不是省下的？再说也难为他"跟梢"了我一个下午，这几小时也是要用钱来计算的呀！于是，我马上说："OK！我请你!"我跑到小摊上买了四只炸鸡腿，我们俩就站在马路当中大啃起来。

回到麦克的公寓，已经夜幕降临。我在沙发上铺好了床，又试了试客厅的门，确实能紧紧关上，只不过门上端不知为什么留空了一大截，因此与外面睡房和餐厅是"不隔音"的，而且门上也没有锁。"算了，凑合吧！他看来正派，该不会打扰我。"我舒了口气，女孩子一人在外最担心的是被人"捞一把"占便宜。拍拍大腿，拧你一下，美国男人最爱干这事，对我来说就是污辱，不过这个麦克看来不会。

明天就要上班了！我心中充满了兴奋的感觉，跑进浴室尽情地沐浴在舒服的凉水中，冲刷一天来途中的劳顿和找工的疲惫，水哗哗地冲洗着我的身体，我突然捂起脸，想着："他为什么要跟着我呢？……他的眼睛好像很蓝。"

我很快又感到这是无稽之谈，我放开双手，兴奋地张开嘴接着甜美的凉水，任凭猛烈的流水冲击着我的头发、脸及赤裸的全身……

洗好澡，我换上带扣子的粉红色旧睡衣。从浴室出来，经过睡房时，突然发现那张大床上有一只肥大笨重、全身雪白的小猫，一动也不动地趴在枕头边。我伸出手摸着小猫，心里涌起一股怜爱之情，多么可爱的小猫啊，它也很怕孤独，要躺在人的枕边。我抚摸了一会儿小猫，刚站起身，发现床下有吱吱的声响。啊，原来床底下有一只精致的小木笼，笼里有四只同样雪白的、我在医学院时常用来做动物实验的小白鼠！看着这幅床上床下猫鼠相安的画面，我心里顿时产生了一种难以形容的感觉，看来他喜爱小动物，喜爱小动物的人是善良的。这一只猫和四只小白鼠，就是他平日生活的伴侣吗？

我走进客厅，看见他背对着我坐在电脑前。突然他转过身，一动不动地望着我，他什么话也不说。过了片刻，他又像是顿悟过来，不好意思地抓着前额的头发："对不起，你想休息了吗？"

"还早呢。"我说。

我不知道他为什么要这样看我。我在宾汉姆顿学院洗澡后也穿这件旧睡衣，布拉英和杰姆斯从来没有像他这样子看我。后来的日子里他对我说：那一瞬间，他仿佛是在一片红尘之中突然被一位清纯靓丽的东方女子惊呆了。

我神态自若地走到宽大的书桌前，猛然发现书桌上放着宾汉姆顿研究生院的校刊，上面十分醒目地登着我那两篇"医生日记"的文章！一定是贝妮丝带回来的。

"这是贝妮丝带回来的吗？"我拿起校刊问他。

"当然，这是我的作品！"麦克指着我的文章说。

我咯咯笑起来："这怎么会是你的作品？这是我的作品！"

"我知道这是你的作品，可是谁帮你修改那一大串病句、错字的，你知道吗？"

"当然知道，是贝妮丝！"

他用手指头指了指鼻子："Me（我）。"

"怎么？怎么会是你修改的？"我真不好意思，那上面有写同性恋的啊！我每次写完后，明明是交给贝妮丝的。

"贝妮丝忙得要命，哪有时间去改你的作业？"麦克笑着说，"你以前写的所有东西，都是我一手修改的，你收到的那些修改传真，就是我在这里发出的。"我这时才注意到他的电脑旁还有一台 Canon 传真机。

"传真?"我确实记得，每次贝妮丝还给我修改稿时，都是印在传真纸上的，我一直以为她是用学校那台可用来复印的传真机复印给我的。

"可传真纸上应当有你的传真号码呀?"

"没有吗?"

"当然没有!"

一周后我问贝妮丝，她哈哈一笑，扬起头说："剪掉了，让我剪掉了!我当然不会让你知道是麦克在修改!我是个嫉妒心很强的女人，知道吗?"

"你写的故事都是《城南旧事》!"麦克突然语出惊人地说，"城南旧事……我真惊讶你的眼睛能包含那么多过去的事情!"

《城南旧事》?我惊奇了，他怎么会知道《城南旧事》?这时我突然发现电脑架上放着两本书，一本是英译本的《家庭、私有制与国家的起源》，另一本是英译本《城南旧事》。我伸手拿过这两本书，书上赫然写有贝妮丝的名字。

"真棒!你还能同时看恩格斯和中国文学!"

他连忙说："这两本书是贝妮丝向我推荐的，恩格斯的书还没有拜读，《城南旧事》刚刚看完。"

我记得在上海，我是多么喜欢电影《城南旧事》中的小英子啊!我正追忆着《城南旧事》，突然听到麦克说："比起林海音的《城南旧事》，我更加喜欢你的作品，我喜欢你小说中那种一会儿像在梦境，一会儿又回到现实中的描写，我能感受到中国一代人在孤陌中开辟道路的巨大艰辛。"

我简直惊呆了!我第一次听别人这样赞扬我的作品!而且是个外国人!

"你别瞎说了，林海音是大作家，我怎么可以和她比?"我嘴上虽然这么说，但内心却有一种"空谷足音，跫然而喜"的感觉。我仔细地望着我面前这位数学博士——更准确地说，是位电脑专家。他很英俊，是个显然比我年轻，30出头的男子。他那双深邃的、在灯光下发出蓝灰色光芒的眼睛，深深凹陷在宽大洁白的前额下面，两道飞向鬓角的浓眉有着古希腊武士的威严；鼻子很高，像一座削尖的小山峰，嘴唇很薄，典型的欧洲嘴唇，棱角分明又不失柔和。"贝妮丝多么幸运啊，丈夫在监狱，还有这么一位既聪明又英俊的男朋友！"我不由得想。人的感觉是奇妙的，在他谈了《城南旧事》之后，我和他的距离好像一下子缩小了，我奇怪为什么以前我遇到他时总是不屑一顾，甚至没有想到要和他攀谈几句。

"你养猫，又养老鼠，好有意思！"我说。

"猫已经养了两年了，它快要生小宝宝了；小白鼠是我从纽约大学实验室弄来代养的，我的一位朋友在那里当医生，过几天他就要来拿回去了，这些小白鼠真是比电影里的米老鼠还要可爱！"他说罢，关上电脑，站起身，"我要去照看小猫了，它今天一整天不吃不动，能熬到下星期贝妮丝回来就好了。你好好睡觉，Bye-bye！"他轻轻带上门走了。

我感到屋里好大，好安静，好舒服！我有睡觉前看书的习惯，顺手拿起那本英文版的《家庭、私有制与国家的起源》翻起来，我还从来没碰过英文版的恩格斯著作。躺在沙发上，柔和的落地灯光洒在书本上，多像我以前在上海躺在沙发上看书时的情景啊。人有个家该有多好！我不由得感叹着，谁知道我还要漂泊到何时？我翻着翻着，发现贝妮丝在书上画了许多红线、感叹号，还有密密麻麻的像是注脚的英文以及不时出现的"Excellent（好极了）！"的批语。我不由得会心地笑了，回想在宾汉姆顿学院的一次学生集会上，那些一直受美国正统教育的学生大声指责贝妮丝是"共产主义分子"的时候，贝妮丝站起来反驳道："我不是共产主义分子，我是马克思主义者！"下面爆发出一阵哄笑和吹哨声。

纽约州立大学宾汉姆顿分院社会学系是美国著名的研究马克思主义和社会主义理论的一座堡垒，这里不少著名的美国教授都自称是"社会主义者"，70年代中期流行于西方世界的《红都女皇》一书也出自我们大学一位美国教授之手笔，他曾多次采访江青。博士生贝妮丝早已能够流利地背诵《资本论》《法兰西内战》《家庭、私有制与国家的起源》中的部分章节。在一次圣诞晚会上，她把《共产党宣言》的开头几句稍稍改编，变成了一首声调亢奋的歌："一个幽灵在美国游荡，马克思主义的幽灵。"

凡是不利于美国利益或给美国政府名誉带来损毁的事，诸如越战、水门事件等，她都特别起劲，她是学校里第一个站起来公开咒骂"美帝国主义"的美国女人。美国派兵前往格林纳达时，她曾组织了一支抗议的游行队伍。她说艾滋病在美国蔓延，政府光找疫苗不找社会腐败的病根；搞反吸毒光派警察抓人，却不向青少年教育。物欲横流，犯罪猖狂，阴霾遮天。"这个国家在走向死亡！"贝妮丝常常大声疾呼，"美国有全世界最优秀的人才，却在走一条最丑恶的道路！"只要一提起美国政府，她马上就摆出一副作家左拉《我控诉》的架势。有一次，不少中国留学生拿美国以及欧洲经济发达国家与中国相比，证明"资本主义比社会主义好"时，她立即瞪大眼睛，摘下那副细框眼镜，大声嚷道："不对不对！怎么能拿中国和西方比呢？中国有80%的农民，经济基础和人口素质都不一样！应当拿中国和印度比！"贝妮丝去印度搞过两次社会调查，写过不少文章，她还有张在孟买和一群瘦骨嶙峋的印度灾民的合影。"为什么不拿中国和印度比呢？这两个国家不同样是农业国吗？你们一比就知道，社会主义比资本主义好！"

贝妮丝博士论文的题目是《30年代中国妇女问题研究》。我有时候简直搞不明白：她究竟是美国人呢，还是中国人？有一点是明白无疑的：在性方面，她是纯粹美国化的美国女人。

多么奇妙的美国女人啊！

我搁下书本进入梦乡，睡到深更半夜的时刻，突然被一阵动静惊醒，迷蒙之中我想睁开眼睛，可睡意还是不肯散去。突然听到一阵更响的敲门声，不等我从沙发上爬起来，只见麦克披了条被单冲了进来，他用被单紧紧地裹住他的全身，站在我面前，急促地说："怎么办？怎么办？它生了！它已经开始生了！"

看来这个大个子是被小猫生产给难住了。我立即跳起来，随他跑进睡房，只见大床上的白猫一声声嗷嗷叫，产道已经打开，我命令麦克："快！拿纱布、剪刀、酒精！再找把镊子！"

麦克匆匆地找出了所有的东西，焦急不安地蹲在我身边；我用酒精洗了手，帮助白猫开大产门，不一会儿，一只血球团掉出来了——是一只猫宝宝。

麦克惊喜地大叫，伸手要去摸蠕动着的猫宝宝。"不要动！不要惊动白猫，还有几个没下来呢！"我大声叫道。

又过了几分钟，第二个猫宝宝掉下来了，然后第三个猫宝宝也掉下来了，我一看产门已经收缩，命令麦克："递剪刀！"

麦克用酒精擦了擦镊子，递给了我。我一把将镊子扔得老远，连看都不看他一眼："剪刀！我要的是剪刀！"

他慌忙又消毒了剪刀递给我，说："你好厉害！"

我很快地剪断了白猫的脐带，消毒后又用温水给猫宝宝擦擦身，把它们送回白猫的肚子底下。

"你当过医生？"

"当过医生。"

"你接过产？"

"接过。"

"你动过手术？"

"Yes. Dr. Fochler."（"是的，伏赫勒博士。"）

"So, you are Dr. too?"（那么你也是博士了？）（注：在英文中医生和博士都是用 Doctor 一词）

"我不知道，我现在洗碗、端盘子、刷地板。"我站起身来，"困极了，我得回去睡觉了，明天还要上班呢！"

第二天我起个大早，我要在麦克起床之前离开，到中央公园去走走。我早就听说纽约中央公园了，可我还一次没去过。我梳洗完毕，在餐厅喝牛奶时看到睡房门没有关，麦克香甜地睡在大床上，他的身边是那只白猫和三只猫宝宝。

我心中燃起了一股蓝蓝的火焰：多么动人的一幅图画呀！多么善良的一个欧洲人（我早就听贝妮丝说麦克是西德人）！喝完牛奶，我关上门悄悄地走了。

以后我每天都在他起床之前离开公寓。一来不打扰他，二来我可以乘地铁到中央公园去看几小时书。下学期我打算修五门课，比这学期多一门。现在准备一下，以后就可以省掉几次在图书馆地板上过夜了。一到十点半，我就准时离开中央公园，十一点整到餐馆开始打工，一直到晚上十点。

bus girl 中文翻译是"汽车女孩"，意思是你要像汽车一样不停地来回奔走，把菜端来端去，十一个小时中没有一分钟停歇，顾客一走就得擦桌子、拖地板，这时我真恨不得自己有一个铁打的腰和两条铜铸的腿！唯一可以歇口气的是吃饭时间，老板这时总把各种大鱼大肉放在我面前，但这时我已经倒了胃口。端了一天端出敌对情绪的佳肴怎么也送不下口，放松一下全身的筋骨，喝一口白水，扒几口饭，十几分钟一过，又在老板的催促声中上阵了！

每天深夜，我拖着沉重的脚步走回去，就像我在第一章《纽约商场风云》中写的那样，每当经过街心花园，我总是在雕像前面歇一歇脚，我常常想起巴金"激流三部曲"中的序言，望着不远处世界贸易中心姐妹楼的灯光，我不止一次地发誓："总有一天，有一格窗子会是我的！"可是人生的脚步是多么艰难啊！距离理想境界又是多么遥远啊！望着街心花园对面那日夜不停的人工瀑布，我曾经一度醉心于柏格森的生命哲学，觉得人的生命力要有像瀑布倾泻下来时那种雄伟的气势；那飞腾的水花，那迷蒙的雾气，那雷鸣般的轰响，多么壮丽！多么有声有色！难道我的生命力只能在无止境的打工中枯竭？难道我到美国仅仅是提供一个苦劳力？不！"一定会变的！只要你想去改变它！一定会变的！"我无数次地对自己说。

大约是过了四天，这天傍晚，我正在端盘子，突然透过餐馆宽大的玻璃窗，发现马路对面站着一个人，西装领带笔挺，在看一张报纸，那人像是麦克。又过了几分钟，那人放下报纸，朝餐馆这边张望，果然是麦克！他来这儿干什么？

我瞅个空子跑到马路对面："嘿！麦克，你怎么来了？"

"等你。"

"等我？我还早呢，我不要你等。"

"OK！"他耸耸肩，收起报纸，"那我走了。"

我又追上去："嘿，你干吗要等我？"

"干吗？不干吗，你不喜欢有人陪你回去吗？"

当然，在纽约，一个人坐地铁回去很危险，不过，他干吗等我呢？他一定是一下了班就从华尔街径直走过来了，华尔街离中国城不远，可离晚上我下班还有四个小时呢！

"OK！你喜欢等就等吧。"我想我每天回到家就筋疲力尽地躺下，第二天不等他起床就出门，还没机会和他聊聊呢，看来他这人很有意思，会是个不错的谈话伴侣，"快进饭店！干吗站在马路上？"

我把他带进饭店坐下，饭店是不能白坐的，麦克叫了碗川式酸辣汤，边看报边慢慢啜；我干我的活，谁也不知道我是他的"房客"，到了十点，一切收拾完毕，他的账单上写着——五碗酸辣汤！

回去的路上，我坚持要付给他钱，他不仅不收，还问为什么要我付账。

"废话！你不是为了等我才喝五大碗酸辣汤的吗？"我笑着说。

"等你搬走时，请我吃饭好吗？"他说，伸出一个指头，"听着，可不是吃鸡腿！"

以后，他每天都来，有时穿灰色的西装，有时是黑色的，也有时是白色的，领带也按美国"上班族"的习惯，每天变换。那些领带真是笔挺，鲜艳夺目，他一到六点就站在"喜相逢"对面的马路上，看一会儿报纸，再穿过马路进店堂。每天晚上十点以后，我就穿着沾满油腻的衣裙（饭店给的制服），踏着露出十个脚趾的上海塑料凉鞋，同他肩并肩地走回去。一路走一路谈。他的英语发音很浓厚，带有一种好听的欧洲口音，并且喜欢在带"Ch"的字母前加重音。比方说 Church，他说 Ch-urch（教堂），有一次我们经过第五大道圣派屈克大教堂，那里正在做夜间弥撒，管风琴奏出的圣歌震撼着教堂的圆形拱顶，只有四五个人静静地跪在长凳下。

从教堂出来，麦克说他小时候父母常带他去教堂，稍稍长大后他母亲规定他每个星期天上午都要自己去教堂，他时常悄悄溜出教堂和朋友去喝咖啡。尽管如此，他仍然认为宗教是一个新世界，是一种最有生命力、历史最渊长的思想体系。他用那种浓厚的喉音说："费尔巴哈说'上帝即人'，贝多芬说'上帝即是我'，人类最优秀的文化艺术都来自宗教。达·芬奇的《最后的晚餐》来自《圣经》，亨德尔的作品来自《新约全书》，巴赫的作品来自《旧约全书》，贝多芬的奏鸣曲以歌唱上帝为多，还有海顿那著名的清唱《创世纪》。"麦克问我："你相信上帝吗？"

"我不信。你呢？"

他点点头。

"那么你的上帝是谁呢？"我好奇地问。

他想了一下，然后说："我的上帝是一个无形的精神之体，我想我的上帝是贝多芬，贝多芬的灵魂和音乐是我的上帝！"

上帝！这个数学家这么喜欢音乐！原来他和我有同一个"上帝"！难怪他的客厅中有一个放激光唱片的专柜，我那时还不知怎么用呢！

"那天我和贝妮丝经过艺术学院琴房，听见你在弹贝多芬的《月光奏鸣曲》，你的神色很悲伤，这种悲伤的《月光》我第一次听到，它深深地打动了我。"麦克用低低的声音说。

是啊，我想起那次晚会为了演奏《少女的祈祷》，我练了许多不同的曲子，其中也包括《月光奏鸣曲》。一弹起《月光》，我眼前总是浮现乔耐的影子，怎么也摆脱不掉和他分手的悲伤。于是，我告诉了麦克乔耐的事；他也告诉我，他在西德时曾经有过两个女友。第一个女友是18岁就认识的，他们在一起生活了五年，后来因为他考上硕士而不愿马上结婚，那个女友离开了他。另一个女友是医学院的学生，是在全西德优秀大学生夏令营认识的，她在法兰克福学医，他上柏林大学，他们相爱了两年，每个周末不是她开车来柏林，就是他开车去法兰克福。不过这种"两地生活"并没有能够滋长爱情，她又有了男友，他们分手了。他那时非常悲伤，直到来美国遇到贝妮丝。

麦克说他到加利福尼亚大学读博士时，租住在一位物理系女教授的度假小屋里，贝妮丝就是他的"房东"——那位女教授的女儿，那时她在加利福尼亚大学攻读社会学硕士。

"她和我所见过的美国女孩子都不一样。她有许多动人之处，思想也很独特，我们很快陷入恋爱之中……后来，她告诉我她有个中国丈夫，关在中国台湾监狱中，也许是怕引起忧伤，她以后很少和我谈起她的丈夫。"

我问他取得博士学位后为什么不回西德，为什么要留在纽约，他说，柏林大学曾经来信邀请他回去当数学教授，但他婉拒了。"欧洲美丽、安静，具有悠久的文化艺术历史，但是欧洲太保守，我喜欢美国人的开放、豪爽，和像旋风一样的激烈竞争，它使人感到自己生命的存在，每天都有一种新鲜感。"说起纽约，他认为纽约是全世界最有魅力的城市。

"喔，比起巴黎、伦敦、罗马、柏林……比起欧洲所有的都市，纽约更具有她特殊非凡的吸引力，她是我所见到的最美丽的城市。"然后他耸了耸肩，叹口气说，"当然，也是最丑恶的犯罪城市。"

他说他以前的女友都会弹钢琴，他不会弹钢琴，可是他从初中开始吹双簧管，后来又吹小号，高中毕业时，他在选择上慕尼黑国家音乐学院还是上柏林大学数学系之间犹豫了好久，后来他在校长的极力推崇下上了柏林大学。"我的校长像父亲一样地待我，我还记得每次学期结束，他总是把我带上讲台表扬一番。"麦克在小学、中学，直至大学都是"A"等尖子生，读完数学硕士后获得美国联邦政府的一笔特殊荣誉奖学金，来到加州大学攻读数学博士。

"你知道吗？在那些数学线性方程中我可以发现音乐！发现文

学！发现哲学！……我越来越迷恋数学，就像我越来越迷恋我的小号一样，在完成了数学博士论文的那年夏天，我参加了洛杉矶奥运会！你不要误会，我早已不打橄榄球和冰球了，我是作为小号手，参加了开幕式上格什温《蓝色狂想曲》的演出！"啊，我当然记得！1984年出国前一年，我在电视上看到洛杉矶奥运会的开幕式，有五十架大钢琴与乐队同时演奏了《蓝色狂想曲》，我当然记得，那时，我是多么激动啊！

　　每天晚上，我们都觉得纽约一条条马路消失得那么快，两个小时的谈话是这样短暂！我忘记了我的劳累和困顿，只想谈下去，无休止地谈下去。他说德国古典音乐、古典哲学和古典文学像是橡树上的三颗露珠结合在一起。"说到头来，马克思也是德国哲学的一部分呢！"他不仅喜欢德国古典哲学，也喜欢尼采的那句话："我经历了一百个灵魂、一百个摇篮、一百次分娩的阵痛，我的创造意志和命运甘愿如此。"——他读过英、德、法不同版本的《孤独的尼采》。

　　在音乐会上，除了贝多芬之外，他最喜欢巴赫和瓦格纳，"他们全都是德国人，这是我的骄傲"。小时候他父亲曾经带他去德国的爱森那赫市，为的是瞻仰巴赫的诞生地，这个小都会的城门上刻着这样的字句：

音乐常在我们的市镇照耀。

　　他讲到少年时贫穷的巴赫以顽强的毅力花了六个月工夫，靠着黯淡的月光抄完了一本钢琴乐谱，后来终于在32岁任皇家宫廷乐长。他的弥撒曲和奏鸣曲在四分五裂、茫茫黑暗的德国吹响了光明的号角。他讲巴赫的音乐是"以悲伤唤起光明"。"你去听听《G弦上的咏叹调》，你就知道巴赫了！"他也非常喜欢瓦格纳，特别是他的歌剧《特里斯坦》，我们沿着纽约东河走回去时，他情不自禁地哼唱起其中男中音的片段。他不知为什么像孩子般地高兴，这种情绪也感染了朝虑夕、夕虑朝的我。

"你那天演唱的歌真好听，我从来没听过中国歌，你再唱一首好么？"我怎么好拒绝呢？我唱了首最简单的但是曲调很美的儿歌：

> 花园里，
> 篱笆下，
> 我种下一朵小红花。
> 春天的太阳当头照，
> 春天的小雨沙沙下。
> 啦……啦……
> 我就是党的一朵小红花。

"什么？什么'党的一朵小红花'？"麦克疑惑地问。

怎么解释呢？我耸耸肩膀说："你别管！反正我喜欢这歌！我6岁起就唱这首歌了！"

每一次散步，他都像一把嘹亮的小号那样驱散了我的忧愁。从他那浓浑的、好听的英语和深邃、真挚的眼神中，我无形中获得了一种安慰，我突然感到，如果没有麦克，生活该是多么单调啊！

一个星期很快过去，猫宝宝们已经跳下床活泼地在地毯上打滚。贝妮丝回来的第一件事就是一次又一次地拥抱亲吻白猫和三只猫宝宝，她的眼睛里闪着激动的泪花，嘴里不断地叫着"Dear，Dear"！美国人太爱宠物了，麦克每周去超级市场买新鲜的猪肝和小白鱼来喂猫，比我吃得还好。贝妮丝先是大大地赞扬了我的接生技术，然后又说其实猫根本不用接生，它会自己咬断脐带，我说我没有养过猫，我怎么知道。

贝妮丝的到来给小公寓里带来了欢乐。她注重打扮，亚麻色的头发已染成浅浅的金黄色，蓝眼圈涂得很深，裙子胸口敞开得很大，露出一片雪白的胸部，颈上佩戴着好几样装饰项链。她注意到床下的小木笼已空，急得大叫："我的小白鼠呢？小白鼠哪里去了？"

麦克只好告诉她："被纽约大学实验室的朋友带走了。"

"喔，你为什么要放走它们呢?"贝妮丝一副伤心欲绝的样子，她一定认为小白鼠已经死了。

晚上入睡前，贝妮丝跑到客厅我的沙发旁，一本正经地说:"朱莉亚，晚上我们那儿会有一点声音，你不要在意，如果你要上洗手间，最好在清早，我们早晨不做爱。"

洗手间和睡房连在一起，所以麦克不关门，我用时总是轻手轻脚，从不打扰麦克。

我满脸通红，窘迫地点点头，贝妮丝又问:"我的睡衣怎么样?好看吗?"她自我欣赏地转了个圈。"睡衣对性是很重要的，美国男人喜欢粉红色，东方男人喜欢白色。睡衣要柔软，最好是丝织的，男人还没碰你，只要看一眼，就立即爆发得不可收拾了! ……啊呀!你为什么这么看着我? 和我睡觉的男人不多啊，全部加起来还不够一个排呢! …… 不过，我不能离开麦克，我爱他，他是个甜蜜的男子汉! 晚安!"她吻了一下我的前额道晚安，随手把门关上了。

入夜，我不知怎么睡不着，窗外的月光穿过云层，又浮掠过去，我闭着眼睛，睁开，又闭上，又睁开。从睡房那边透过客厅门上的空端传过来的声音可不是"有一点"，床在摇晃，人在喘息，那钢丝床架发出的金属碰撞声和人的粗重喘息交织在一起，有节律地刺着我的耳朵。我拉上毯子罩上自己的头部，全身紧缩在一起……过了一段时间，那边总算停止了骚动，安静下来。房间又笼罩着夜的静谧，我从毯子中伸出头，长长地吸了口气，不知为什么觉得有点儿悲伤。正在这时，从睡房那边传来了贝妮丝的声音:"东方男人胸前没毛! 东方女人胸部像飞机场!"接着是麦克的声音:"快睡觉，不要胡说八道了。"

我下意识地将双手移到胸前，紧紧地捂住自己的两个乳房，然后猛地将毯子盖上头部，翻身睡去……

第二天，我不打算像以往那样去中央公园，我想翻一下报纸开始找房子，到十点半再去中国城饭店。那天我起得较迟，我起来时贝妮丝已经起来了，她坐在镜子前面，把卷曲的头发一会儿梳成一条垂辫马尾，一会儿梳成波浪式，可怎么也不满意，她不耐烦地拆了又梳，梳了又拆，最后干脆把头发盘成一团，顶在前额上，看上去有点儿像法国的跳大腿舞女郎，她总算满意了。于是又开始化妆，往脸上涂了一层又一层，五六个瓶子轮着用，然后用镊子死命地拔眉毛，将眉毛画得又细又弯，最后开始用颜料涂眼圈，她将眼圈用力地涂成湖蓝色，仿佛一轮蓝色的满月。她回转头问："怎么？你喜欢吗？"

我想说："贝妮丝，你最好是不要涂这些玩意才好看。"可没有想到她并不是在问我，而是在问不知何时已站到我身后的麦克，他正在打一条领带。

"随便怎么都行，I don't care。"

贝妮丝忙说："喔！这么说来你不喜欢！这太糟糕了！"她拿起纸巾把眼上的蓝色三下两下擦得精光，又开始涂上绿色；不一会儿，她又转过头，现在成了两只熠熠闪烁的绿色猫眼，她问麦克："亲爱的，告诉我，这下好些了吧？"

贝妮丝早就告诉我，不打扮她是从不见人的，这是每一个美国女人早上顶顶重要的事情。

麦克一边用电剃刀刮面颊，一边不经意地说了声："OK。"

贝妮丝见麦克连看都没有看她一眼，气恼地"哼"了一声，她对着镜子看了看自己浓妆的模样，然后拉开抽屉取出一根白珍珠项链戴在颈上，回转头对麦克说："今天我戴白珍珠，你不是最喜欢白珍珠吗？下班后我到华尔街来等你，我们一起去泰德饭店吃你最喜欢的牛排，怎么样？"

麦克一边把手伸进西装，一边漫不经心地说："我不想吃牛排，我吃腻了牛排……"

贝妮丝被麦克的冷漠激怒了，跳了起来叫道："麦克！怎么回事？"

麦克拎起皮箱，匆匆吻了贝妮丝一下前额，又歉意地瞥了我一眼，走了。

那天傍晚六点钟，我又习惯地一边干活一边往饭店窗外的对面马路上看。他当然不会再来了，我也会更加谨慎地回避他，我只是暂时的过客，我知道稍作旁骛之举，即降低了我自己的尊严。夜里十点半后我一个人疲惫地走回去，客厅里非常温暖，麦克和贝妮丝坐在沙发前看录像，他们在放迪斯尼动画片《斑比》。贝妮丝穿着黑色丝绸的睡袍，更显得绰约多姿，她裸露着粉红色的前胸，那如大理石般洁白的两臂，宛如奥林匹斯山女神的胳膊，围在麦克那富有弹性的、雪白的肩上。顿时，一种心烦意乱的困惑感猛烈向我袭来，我恍惚觉得贝妮丝的确很美，她看见我时那闪动的眸子，就像一泓清澈的秋水；她微笑时，露出了白石榴般的牙齿。

她已经完全卸妆，头发如缎子般柔软地披在肩上，虽然她已是37岁的年龄，但她身上随处闪现的青春活力着实使人入迷。这个生性善良的女博士身上总是有一种刺人心弦的废墟般的魔力，任何一个男人只要一接近她，就想走进去看个究竟。

"他们如果天天做爱，这是对我的折磨！我要走，而且越快越好！"我不由得想。可是今天上午乘地铁到皇后区找的那家小阁楼，老房客要下周才搬出，我还要等一星期。我决定每晚睡觉前用棉花球塞住耳朵，实在不行那就干脆告诉贝妮丝，让她忍几天，等我走后再干那事。

可是接下来的几个夜晚却是异常地安静，就在贝妮丝回来的一个星期之后，也就是我就要搬出去的最后一个星期五，一连发生了好几件事。

那天上午，我正要急匆匆出门去饭店打工，麦克当着贝妮丝的面突然对我说，他要在六点钟到"喜相逢"饭店来等我。那时贝妮丝正用油、胡椒面、西红柿和碎肉末和着搅一堆面团。"好了。"她温柔地说，用匙子舀进更多的番茄酱和肉末，"算是弄好了，麦克……你想晚上回来吃比萨吗？"

"啊……晚上？比萨？"他说。

"你晚上不能吃？那么现在就请你尝尝这个吧！"这个女马克思主义者拿着面团朝麦克的脸直直地甩了过去。

麦克身子猛地一歪，面团粘到了他身后的墙壁上。

我看了看他俩，心怀不安和内疚地关门走了。

贝妮丝越来越不快活了，是因为我吗？可是我并没有爱麦克啊，我对他只是有好感而已。我从来不认为我和他会发展到爱情，这一方面是因为我穷，不过我宁愿做一个独立的穷学生，也不愿意牵强附会得到那种不可靠的爱情；最主要的是贝妮丝是我的好朋友，她爱着麦克，我在这里只是暂时落一下脚，只要我拔腿一走，他们就会一切如常了。

六点钟，我没有等他进门就冲到马路对面："我不要你等我，你听到吗？你为什么要使我和贝妮丝不愉快？"

麦克沉默了很久，他下巴紧绷，前额低垂，我第一次看到他浓眉下的眼睛变得这样阴沉。他对我说了声："你不要搬走。"

"这是不可能的！请你回去吧。"于是我头也不回地跑回饭店。

深夜回到公寓，他俩谁也没睡。我开始收拾箱子，把各种衣服塞进一只大帆布箱，各种书籍塞进一只小帆布箱。无意中落出一份校刊，那上面有我的两篇作文，我想起麦克说的："你所有的东西，都是经我一手修改的。"我突然对这地方产生了一种深深的眷恋，我耳畔响起刚来第一天时麦克拿起校刊说："当然！这是我的作品！"……

我咯咯笑起来："这怎么会是你的作品？这是我的作品！"……

多么快啊，两个星期一闪而过，皇后区的小阁楼在等我，我住在这里的时间已经超过预料，实在是太长了。我正一边收拾一边想着，贝妮丝走了进来，这几天她没有给我好脸色看，她也许以为我要偷走她的男人，她在我的行李边溜达了一圈，不知怎么莫名其妙地咕哝了一句："我和麦克都知道，中国女人的胸部像飞机场。"

我最不能忍受的就是别人当着我的面污辱中国人，她已经不止一次说这话了。因此这时我猛地掀开我的粉红色的睡衣，露出两个乳房，对她大声喊叫："你看看！你看看！是不是飞机场？……你睁开眼睛好好看看！"

贝妮丝被我的举动震呆了，一时愣在那里讲不出一句话来，她也许是第一次看到中国女人有这么雪白耀眼、美好丰满的乳房！

麦克也许是听到了客厅的喊声随即推门进来，我迅速放下睡衣，对贝妮丝说了声："对不起，我要睡觉了。"然后我从书包里取出一个狮子玉章，上面用中英文刻着贝妮丝的名字，我知道她最喜欢这个，我递给她，拥抱着她的双肩。

"贝妮丝，谢谢你！……你不知道我是永远那么感谢你，我明天走了后，一切都会好起来的，你不要难过……"

我紧紧地拥抱着她，一股泪水涌入我的眼眶。命运总是这样，你越是舍不得离开的人，你越是必须马上离开。

这是最后一个夜晚，我翻来覆去睡不着，直到走廊上的法国立钟敲了两下，才蒙眬睡去。睡梦中我突然被一阵响动惊醒，迷迷糊糊地睁开眼睛，只见麦克披着睡衣，紧张而又激动地站在我面前。

我支撑着胳膊爬起来："怎么，发生了什么事情？"

麦克"扑通"一声跪在我面前，用哀求的口吻对我说："你不要走！你不要走！我已经告诉贝妮丝了，我告诉她我爱你！我不能再和她在一起了！……不管你同意不同意，请给我一个机会，我要和你好好谈谈！……你不要走！"他突然拉起我的双手，放在他的嘴唇上狂吻起来，我看见他一条赤裸的腿跪在地上。

我一下惊呆了！我怎么也没有想到他会爆发得这么快、这么激烈。贝妮丝呢？贝妮丝在哪里？我透过打开的门向睡房那边一瞥，那里安静得出奇，一点声响也没有。我抽出我的手，我完全没有全身颤抖、血液奔腾的那种感觉，我默默地望着他，我知道他的眼睛不会骗人，他确实爱上了我，这怎么可能呢？叫我怎么办呢？我还不懂西方人的爱情，也许他过了两星期后一觉醒来，搔搔头皮对自己说："这是多么荒唐呵……她全身都是酸辣汤和鸡捞面的味道！"

"麦克，明天一大早我要搬家，十一点钟还要赶到餐馆，我们能不能明天谈？好吗？明天谈？"

麦克站起身，披着睡衣关上门回到自己的睡房。

我再也睡不着了，我强迫自己躺在床上，直到清晨四点半，听了一下睡房那边没有动静，就蹑手蹑脚地爬起来，穿好衣服，拎起已经整理好的两个箱子，悄悄地离开了麦克的公寓。

　　天亮了，我的头脑已经完全清醒，我这才发现我的思想、我的情绪已经完全被搅乱！到美国这么多日子以来我从来没想到有哪个外国人会爱上我，而且麦克——他的言谈举止、他的聪慧修养又是多么具有男人的魅力！我能知道他为什么会爱上我——我能猜到一些，从我们一起散步时我就有这种感觉了。但我更知道我为什么不能去爱他，我不能去撕裂贝妮丝的心，她虽然有丈夫，但麦克现在是她的爱人，她爱他爱得发狂，而且从她扔面粉团起，我就可以看出她决不放人的决心。麦克休想得到我的爱，贝妮丝这么说，我也这么说。可是，他的眼睛是多么蓝啊，还有那些好听的、令人着迷的话语，什么"德国古典哲学、德国古典音乐、德国古典文学是一棵橡树上的三颗结合在一起的露珠"，睿智幽默中又不失质朴。为了等我，他每天得喝下去五大碗酸辣汤！

　　我的小阁楼在十五分钟内就收拾好了，阁楼里除了一张床一个空柜什么都没有，只有站到三角阁楼中央才能挺直身来。我坐到阁楼的一小扇玻璃窗前，只有这扇玻璃窗我喜欢，一打开就迎面扑来清新的空气，并且可以看到窗外不远处的皇后公园。找房子时我最注重的是能从窗外看到什么，但现在这一片郁郁葱葱的绿色却增添了我的无限忧郁：我是多么孤独啊！我孤独一人在这片异土上开拓着未来的道路。未来在哪里？我不知道，命运在我手中吗？我不是一直讲要牢牢抓住命运的翅膀吗？现在命运把我带到这里，带到这个四壁因年深日久被熏得发黑、散发着一股股潮湿味的小阁楼上。房东还在收押金时就郑重宣布：不准烧中国菜，他们讨厌油烟，他们讨厌中国菜中味精的味道，他们有过敏症。

　　一切就绪，我看了下小闹钟只有八点，离打工时间还有三个小时。我搭乘地铁来到中央公园。我已经深深地爱上了中央公园，有许多穿着运动服的人在水库边慢跑，我可不能慢跑，我还要在"强迫慢跑"中耗去一天中其余十一个小时呢。我坐在水库旁的长凳上，柳枝摇曳，桃花鲜红，椴树上鼓起一个个快要绽裂的花蕾，湖面在没有太阳的早晨泛着灰色的涟漪，只有不时掠过的慢跑者的脚步声在沉寂的跑道上响着、响着……我无声地凝视着远处缥缈的雾霭和黯淡的白云……

我爱他吗？我难道不爱他吗？不要骗自己了！从第一天早晨看到他与白猫和猫宝宝同床共枕的那一刻，我不就已经爱上他了吗？不，那只是好感，我没有心跳，也没有呼吸急促。可是你为什么一到六点就要往饭店窗外看呢？为什么他不来你就会感到失望？贝妮丝回来后，你为什么用棉花塞住自己的耳朵？为什么他们做爱使你五脏六腑翻搅，痛苦不安？难道仅仅是因为长期没有做爱你生理上产生的反应？还是因为你爱他，你觉得那种声音搅碎了你的心？无论如何我不能爱他，那样太对不起贝妮丝，可贝妮丝有丈夫！她有什么权利既占着丈夫也占着一个爱其他女人的男人？可是麦克真的爱你吗，还是像许多美国人那样只是玩玩而已？你能让他玩吗？你不是在第一天就发誓决不让他碰你一根手头吗？

我在恍惚状态中打了一天的工。回到皇后区，打开小阁楼的门，惊讶地发现他坐在那里（我走前留了地址，让他把我打给上海的长途电话费单邮给我）。

我惊呆在门口，只见他慢慢地站起身，向我走来。"朱莉亚！……"他保持着和我有两步的距离，那声音——从肺腑发出的声音——一字一字地深深震撼着我的心。

"朱莉亚！……从我第一次看到你，在网球场上，我就喜欢你了！现在我们早已熟悉，并且，我更加了解你。你弹奏的《少女的祈祷》《月光》，你唱中国歌和唱约翰·丹佛，这都使我惊异贝妮丝的这位中国女友的魅力，可是直到我看了你的这么多作文，修改了你的"医生日记"——我才真的发现在你身上有一个我从不知道的世界！这个世界是这么强烈地吸引了我！你知道吗？因为你是一个有魅力的不平凡的女人！……你的这一束光芒一直在照耀着我，不管你在学校鸡尾酒会上给我斟酒，或是在中国城餐馆打工，这一束光芒一直没有熄灭过……朱莉亚，我们能做好朋友吗？……你能让我每天看到你吗？哪怕只有一次？"

"麦克，请你不要打搅我。"我这时猛然高涨的心绪又跌宕下来，"你知道的，我要抓紧每一分钟打工，开学后我有繁重的学业，放假时我又要打工……我要靠自己完成学业，这不是华尔街的雅皮能体会到的！你以为我爱你吗？你错了！我绝不会依附你这奶油面孔、金丝眼镜和这一套烫得笔挺令人乏味的西装！"

"朱莉亚，"他向我走近了一步，声音中包含着那种明显能察觉的痛苦，"朱莉亚，你告诉我，你怎么想我？"他眼睛里有一种祈求的神色。

我想了一想，叹了口气说："你？——还用说吗？你聪明、年轻，投资银行的精英，华尔街的骄傲，还有许多加起来的最顶上的前十！OK？"

麦克的脸色变得很严肃："朱莉亚，你在说谎。"

……

静默了几秒钟，我扬起头说："你很孤独。"

他走近我，把我抱在怀里。"朱莉亚！你为什么不爱我？我看得出你是爱我的，你是爱我的……"他像小孩子那样喃喃地说着。这时我全身每一个细胞、每一根神经和每一滴热血都像被泼上十加仑汽油，熊熊燃烧起来，我闭上眼睛，去接受他那疯狂的热吻，那一次次狂热的吻如电流一样猛烈捶击着我的全身！我听到他的一声声喃喃的、模糊不清的叹息："上帝、噢！我的上帝！"这样拥抱着、亲吻着不知有多久，麦克放松我，开始拿起我的衣服和行李往箱子里放。

"你怎么啦，麦克？"我问。

"回去。我已经付了一个月房钱给房东（我只搬来一天！），你的押金也拿回来了。"

"麦克！"我叫道，"我不能回去！……你真的要让我走你那条生活轨道吗?"

"不!你继续打工,继续打工攒你的学费!听到吗?我不会给你一分钱!这下你该满意了吧?我真不明白,难道一个穷学生就不能有自己的爱情?"他不由分说地拎起我的两个帆布箱,命令式地让我跟他走。

"我不走。"我站在那里不动。

"怎么了?"他诧异地望着我。

"我不跟你同居。"

"只要你愿意,我永远不会碰一下你的身体。"他无奈地笑着说。

深夜十二点,我跟他回到了他的公寓。贝妮丝睡在沙发上。

"贝妮丝!"我叫了声,跑到她床前,只见两行晶莹的泪水挂在她苍白的面颊上。我不知道该说什么好,抱着她的肩膀跪在地上。

过了许久,她用勉强听得到的声音哽咽着说:"他真的很爱你,他爱你爱得发疯了,有好几个夜晚他在梦中呼喊着你的名字……他迟早要结婚的。"她斟酌地说,很难抑制住那种内心的凄凉,她问我:"你会和他结婚吗?"

我低着头说:"我不知道,我们没有谈这个。"

那天夜里,我和麦克睡到了麦克的大床上。贝妮丝睡在沙发上,我们这样一直睡了一个星期。每天夜里,万籁俱寂,只是偶尔传来客厅沙发上贝妮丝的抽泣声。麦克已经和她谈了许多次,他们俩都哭了,贝妮丝说她不想离开麦克和我,她希望另找一个有两间独立睡房的公寓,这样既不打扰我们,又能和我们生活在一起。

那天我们三人一起到曼哈顿下城的炮台公园附近去找公寓,有一间公寓从窗外可以看到艾丽斯岛上的自由女神,我很喜欢,于是我们讲定了下星期搬来。

在回曼哈顿上城的地铁中,麦克不能自已地吻了我一下,而且把我脸颊捧得很紧,他吻起来总是不要命。我无法抵挡他,我知道我应当抵挡他。就在那一瞬间,只见贝妮丝把《纽约时报》拧成一团，朝麦克的身上狠狠扔来，她咒骂了一声："狗养的！"然后便靠着车窗门呜呜地哭泣起来。贝妮丝已经不知哭泣过多少次了，如果我能让她知道我们根本没有干那件事，他甚至连碰都没碰我一下就好了。但是让我怎么说呢？一看到她哭得红肿的眼睛我就很难过，是我害了贝妮丝，我用双手捂住脸，陷入深深的困惑中……

我们没有搬去炮台公园，看房子的三天后贝妮丝来了个电话，在电话中她说她已经有了男朋友了，那人是她的老朋友，搞比较文学的，哥伦比亚大学的研究生。她说她不回来住了，并且让我们把预订的公寓退掉。

我衷心地为贝妮丝祝福，我再也不想看到她流眼泪了。

日记：

1986年7月4日

今天第一次感到自己是自由了，今天不用去饭店打工了！这是我一生中第一次在美国过国庆节，也是自由女神一百周年诞生日，我向饭店老板请了假，我不能在樊笼中向她祝贺啊！

一大早睁开眼睛，好一个晴朗的天气！我叫醒酣睡中的麦克："快，起来听新闻！"ABC台的电视播音员亲切激动地说：

"女士们！先生们！自由女神周末开始了！"

纽约市为庆祝自由女神从法国运到纽约一百周年，安排了盛况空前的生日典礼。美国人是举办大型活动的能手，何况这是一次世界瞩目的活动。我和麦克决定上午到纽约东河看来自世界各国的一百多艘帆船"自由女神百帆竞赛"，下午去新泽西州的自由女神公园参加波士顿交响乐团的音乐会，晚上在那里参加盛大的国庆焰火典礼。我太激动太幸福了，感谢自由女神的节日给了我自由！

我们打电话让贝妮丝来共度假日，她说一切美国国庆节之类的活动都是垃圾，她根本没有兴趣。

麦克说要好好拍些照片，我仍然穿着从上海带来的那套白连衫裙，脚上依然是那双旧塑料凉鞋，但我略抹了点脂粉口红。来到东河Fragano大桥，只见各国帆船飘扬着色彩奇异的旗帜，高耸的桅杆上是白色、红色、蓝色的篷帆，水手们挥舞着帽子爬在高高的桅杆上向远处的人潮挥手致敬。十一点半，来自美国和欧洲的三十五艘军舰驶入港湾，进行国际军舰检阅典礼。当大炮轰响时，我望着在千帆竞发之中的自由女神像，一种搏斗的欲望，一种跳出窄小圈子，打入美国社会，一种不成功誓不罢休的决心重又燃烧着我历尽艰辛的心灵……

中午，我们在自由女神公园附近的一片林子里享用了一顿丰盛的野餐，有我从餐馆带来的炸虾球，有麦克做的意大利奶酪饼，还有一杯小香槟。饱餐之后我们在大松树下躺下休憩，这时，我发现他那双在阳光下闪烁的眼睛是如此美丽，我不由得俯下身子，轻轻地、一次又一次地亲吻着这双蔚蓝的眼睛……

麦克的眼睛闭着的时候，像一层雪白的白玉薄瓷，一旦张开，上眼睑的几十根睫毛如绒毡般向上伸开，将眼皮分切成几十片黑白相间的、闪烁的玉片，映着那如湖水般透澈见底的深蓝的眼瞳，眼瞳旁边则是中层的一圈蓝灰色和外层的一层天蓝色，三层不同的蓝色在阳光照耀下，又变成了几十层辐射着不同光束的蓝宝石钻球！他的眼睛深情地凝望着我，像大海那样激滟、荡漾、变幻无穷，眼睑上浓密的一排睫毛忽而盖去，忽而张开，如峡谷幽湖，涟漪层层。这是我一生中离得最近、最美丽动人的一双男人的眼睛，我不由得把头靠在他的胸前，说："麦克，你真好。"

入夜，美国国庆音乐演唱会在焰火齐放中开幕，当波士顿乐团的演奏家们演奏到《星条旗永不落》时，美国人的热情几乎到了疯狂的程度，到处是狂舞着的美国国旗，踩脚、蹦跳、拥抱、鼓掌，比美国人看棒球锦标赛还疯狂十倍。我在这无比激动的节日狂欢中，不禁感到这种崇高的爱国激情，这种公民的自豪与自信，多么像"文化大革命"初期，我们拼命挥舞着红旗，在天安门广场接受毛主席检阅的时刻啊！突然之间我感到：全世界的人原来是一样的。

人啊！多么奇妙的美国人，多么奇妙的中国人！

没有激情的民族，不会蹦跳的民族，那一定是生了病。

当乐队的《星条旗永不落》奏到尾声时，麦克在众人一片浪潮奔涌般的激情中突然紧紧地把我拥抱住。就在这时，焰火伴随着轰响穿入夜空，迸放出千万朵灿烂的金穗礼花，整个天空被映照得通明透亮，麦克的脸紧贴着我的脸，我看见焰火在他的蓝眼睛中蹿升、迸放，那里盈满着泪水，他对我说：

"朱莉亚，请你嫁给我，做我的妻子，好吗？"

7月5日

我们挪掉了隔在我们中间睡觉的白猫和三个小猫宝宝，它们不干，还是一次次活泼地跳回我们中间的空当中，但是现在再也没有空当了。洁白的月光洒在他敞开着的胸膛上。我看见他躯体上的那两个乳头，如同一片白雪中盛开着的两朵娇艳的蔷薇，小小的圆晶体透明地泛出亮亮的粉红。而他的胸膛和胳膊如玉瓷般细腻洁白，几处涌出金黄色卷曲的体毛。只有在西方古典油画中，我才看到这样的西方男子的胴体。白嫩而不失刚健，细腻又充满张力，我全身陶醉，像被烈酒熏醉了一般，一股烈焰呼啦啦地从体内升腾，我们俩呻吟着，喘息着，在爱河中泛舟，尽情尽致……

麦克温柔极了，每一个动作都出于发自内心的爱，他把我的全身都轻轻吻遍。他给了我一种真正男性气概的刚柔相济的温暖。我给他讲北大荒千百万知识青年的故事，讲北大荒的小屋，他的眼睛在月光下闪烁，像听神话故事般地着了迷，他甚至羡慕我们能有这样一段铁血史。

月光下，他完全是一具真正的古罗马雕像，我这才明白，原来米开朗琪罗的《大卫》、拉斐尔的《阿波罗》都是从麦克这样的躯体上自然得来。我从不盲目崇拜任何白人，但我崇拜麦克的洁白无瑕的躯体！给我一块大理石，让我成为雕塑家吧！

我心灵的禁锢彻底崩溃了！回到亘古洪荒的年代，做一个返璞归真、赤身裸体的人吧！人有血有肉有爱有欲，为什么要遮掩作为人的自己呢？如果爱了，就尽情地去爱，和你的所爱融为一体，尽情地颤抖、呻吟、吼叫吧！雪白的女性的胸脯同长满金色卷毛的男性的胸脯上，布满汗珠，全身如水洗。当岩浆冲出地面崩裂之后，我们又如同躺在一叶小舟上，疲劳地喘息，一任波浪逐流，穿过小溪，越过峡谷，来到一片美丽无边的大草地上……

有一本书里说："好的女人是性的魅力与人的魅力的统一，好的爱情是性的吸引与人的吸引的统一。"

为什么直到35岁，我才第一次感受到这样强烈的性的冲击？

我本以为我是一个没有性欲的女人，不久前我还认为我的性欲已经全部死掉。

7月6日

清晨，晨曦透过客厅的帷幔薄纱，映照着刚刚从浴室出来的麦克，照亮着他那高大的身躯和雪白的映着淡粉红色的新鲜肌肤。他是 1953 年 1 月出生的，比我小两岁零两个月。我欣赏地望着一米八五的他，躯干突出的部位如胸脯、双臂、大腿和丰满白皙的臀部，都映着一层光泽，在未干的水汽中跳跃，仿佛是清晨的露珠，滴落到了新鲜的琼脂上。他的脸因为刚刚在浴室刮过，显得红扑扑的，水汽也使他那双蓝眼睛蒙上一片烟水迷蒙的幽梦，他多么像是一个梦呀，我的麦克！

他轻轻向我走来，深情地瞥了我一眼。他走到窗前，拉上厚窗幔，我觉得他有多么美——一个雕塑的男子体形，生气勃勃、暖滋滋的，我没有想到一个西方男子在追求一个中国女子时，会显示出这样无比的柔情、幽默、体贴和潇洒的风度。他真有征服我的本领吗？我是独立的，我的独立比起我对他的爱更加宝贵，只有在精神的同等位置上互相照耀，才能谈得上爱！

麦克，我的麦克，这不是《蝴蝶梦》，也没有什么琼·芳登，我还仍然是个穷留学生，一个 1985 年 8 月 21 日孤身一人来美国自费留学的上海女子，一个离了婚的女子，一个有个 5 岁女儿、日思夜想着亲生骨肉的女子……我相信总有一天我会成功的。

美国国庆周末一过，饭店老板说生意旺季已过，把我打工的十一个小时砍为三个小时，从晚上七点到十点，这就意味着我的收入被砍掉四分之三！我连一天也不耽误，立即找到中国城东百老汇街的莉莉职业介绍所，那个叫莉莉的老板一眼看到我就大嚷道："周小姐啊，好久不见了！要当保姆吗？"

1985 年 8 月，我到纽约的第二天，就是通过这家莉莉介绍所，当天就被介绍给 53 街上一家佛罗里达百万富翁家当保姆的。现在我又来当保姆了！职业介绍所用最有效的速度——莉莉说我有好记录——为我在 72 街第二大道找了一个美国家庭，莉莉说："正好昨天这家太太来电话，要找个年轻保姆每天十二点去接6岁的儿子从私人学校回家，一直陪他到下午五点，每天五小时，每月600美元，你愿意吗?"

我当然愿意！这时就是有个倒马桶的活儿我也愿意，不要讲陪孩子玩玩了，这简直太轻松了。我拿着介绍信找到72街那幢豪华漂亮的大厦，推着旋转玻璃门进入门厅，只见大厅里富丽高雅，沙发和植物对比排列，墙上是古色古香的东方绘画，戴白手套的侍应生拉开电梯请你上去。到了二十八楼，我按了门铃，夫人是位非常标致漂亮的美国中年妇女，边上有一个长得极像母亲、如天使般可爱的小男孩。她领我介绍她的三个房间，我这才发现房间里空空荡荡，客厅中除了一只沙发一台电视外一无所有，四壁空荡；走进厨房打开冰箱，里面除了给这个有意大利血统、名叫小约翰的男孩准备的苹果水和一块沙丁鱼、三明治外，什么也没有，既不见肉类也不见蔬菜瓜果。"这就是曼哈顿的中产阶级！"我心里想。他们节衣缩食，花昂贵的钱住高级公寓，只是为了维持门面和送孩子上富裕人家子弟集中的私人学校！

我每天中午乘地铁赶到公园大道一座天主教堂贵族子弟幼儿园，在一大群金发娃娃中找到小约翰，把他带回家，料理他吃午餐后再把他带到东河公园去玩。孩子们都认识小约翰，保姆们也互相认识，只是没有人和我讲话。有一天，是学校规定的"互相串门"活动，我按照太太预先给的地址，把小约翰送到公园大道另一个小男孩家。这是个真正阔佬的家庭，客厅中一架黑色大三角钢琴，四壁全是装潢精致的书橱及摆设橱，男孩的父亲是一位显赫的老板，可是那个脸上长雀斑的男孩傲慢骄横，居然拿着玩具来打羞涩的小约翰。小约翰吓得往我怀里钻，哇哇大哭，站在豪华的游戏室中间全身发抖。我不禁想起自己的童年：等级差别！原来全世界都是一样的！即使在美国贵族子弟私人学校，也有被欺侮的孩子！我当着那小男孩母亲的面，夺过他用来打人的玩具，狠狠地教训了他一顿，然后领着小约翰回家。下午五点小约翰的父亲下班，用钥匙开门时，小约翰突然大哭起来。当父亲向小儿子走来时，小约翰竟扑向我，连哭带叫，眼睛里充满恐惧，我惊呆了，只好连连哄他别哭。第二天下午在东河公园，我问小约翰为什么看见父亲就哭，他说怕爸爸，因为爸爸从来不笑，而且经常和母亲吵架，还打过他。我叹了口气，感到在这个竞争激烈的社会中，美国中产阶级的压力——心理的、经济的压力，给幼儿的心灵笼罩上一层多么浓厚的阴影啊！

我竭力使生性胆小、羞怯的小约翰快乐。我天生爱孩子，我太爱孩子了！每天下午，我牵着小约翰的小手走向公园，我给他哼我小时候唱的无数儿歌；每当在路上遇到小鸽子，或者小松鼠，我就和小约翰一起蹲下，喂它们面包和甜饼。这时小约翰那天使般的脸庞才会展现出快乐的、无忧无虑的神采，咯咯的笑声响彻了小树林，周围的一切顿时变得清新明丽，夕阳透过森林的缝隙，照射着小约翰追赶小松鼠的身影。当他满脸通红地跑回来，扑在我的怀里，我就轻轻搂着他，坐在一棵大树下，一边替他擦汗，一边望着他那张无与伦比、美丽纯洁的面庞和罩在长长睫毛下的大眼睛："他多么像麦克小时候啊！"我轻轻吻了一下他的前额，抱起他，为他轻轻哼着歌曲。

"朱莉亚，你唱的歌我怎么都听不懂呢？"小约翰用稚嫩的英语问。

"那是中国儿歌。"

"什么是中国啊？……"

"中国在一个遥远的地方，那里有美丽的大森林，有小松鼠，有许多许多的小朋友……"

周围的野花、小溪流和静静的纽约东河小树林都在为我怀里的小约翰祈祷。

小约翰，你现在长大了吗？你快活吗？

就这样，为了攒足下一学期的学费，我白天当保姆，晚上到"喜相逢"当 bus girl，一直干到深夜回去。可是从小约翰家五点下班，到餐馆七点上班，这中间要浪费两个小时啊！整整两小时，多么可惜啊！

"每天两小时，我教你开车！"麦克说。

从此以后，麦克六点钟从华尔街一下班，就开着他的雪佛兰车到纽约市政厅花园喷水池边等我，教我开车。第一次握着方向盘，踩下油门那一刻，别提多激动了。可是我慌得要命，感觉都不知跑到哪里去了，连一条直线都开得摇摇晃晃，最糟糕的是应当踩刹车的时候，我却踩了油门，车子一下冲出，差点撞上人！

"笨蛋！笨蛋！你的聪明劲儿都上哪儿去了？"麦克骂着。

我一看到美国老太太开车上超级市场就来气，我想我这一辈子连老太太都不如，肯定是学不会开车了！不会开车就等于不会走路，如果我不住在纽约而住在其他地方，那么就全完蛋了。我一定要学会开车！被麦克骂了那一顿之后，我的感觉也给骂上来了，左转右转前进倒退打灯刹车加油熄火换挡超车，一课课地通过，过了两个星期，麦克带我上高速公路了。第一次开车上高速公路，风呼呼地在耳畔刮过，感觉有多么得意、多么自豪！仿佛自己已是驾驭生活的主人！和所有的美国人一样，你加入了高时速的车流之中！你感到你和他们一样是平等的！你在高速公路上竞争得过他们，那么你在意志上、生活上、经济上也能竞争得过他们！超过他们吧！超过一部车，又超过一部车……这种精神上的亢奋状态，对一个穷留学生来讲是多么需要啊！

麦克非常严格，一个驾驶员稍一疏忽就会出人命。去考车牌前他不断地一次又一次地训练我的细节问题，如红灯停车、"STOP"标志牌、打灯转弯和平行停车。他要求我把他当成一名纽约交通局的考官，每一个步骤都是在执行对我的考核。

我们俩校对后镜、系安全带，然后我这个考生向考官介绍我的名字："Julia Zhou, from China."。

他说："走吧！"

我起动时太快，又忘了回头看，于是重新来过。然后又是忘了打灯，又是左转时压了线，又是没有在"STOP"标志牌前停下左右看看就冲了过去……"你真让我失望，重来！"

每重来一次，我就得一本正经地再向这位考官介绍一下我的名字，结果麦克说："你只有介绍自己是'Julia Zhou, from China'时，才是对的！"

他真幽默！我们俩抱着哈哈大笑，他又板起面孔，重新来过……在"欧洲式"的严格训练下（欧洲开车时速比美国快一倍，道路也比美国狭窄一倍至几倍，因此对驾驶技术要求相当严格），我终于考取了驾车牌照！走出考场时，麦克把车钥匙向我一扔，高兴地说了声："你自己开回去吧！我去公司了。"

现在，我每天十二点开车去幼儿园接小约翰，七点再开车去"喜相逢"打工，半夜开车回去，乘地铁的恐惧也没有了。麦克仍然常常在下班后，西装笔挺地来到餐馆门前看我，吻我一下。我们仍然疯狂地相爱着，但我内心总是被一种力图改变现状的焦虑所笼罩。可是这一瞬间仿佛社会上所有的大门都对我紧闭了。怎么办？我发誓过，即使在最苦最坏的环境下，也要按最好的人生信念和道德标准来走自己的生活道路，我要用自己的双手来叩开美国的大门！

终于有一天，我决定自己叩门去了！

我在《纽约时报》上看到一条消息，有一家叫凯密斯的国际贸易公司要招聘会中英文、懂国际贸易的雇员。我一大早就打扮整齐地跑去了。这是坐落在华尔街的一家公司，已有八九个人在应聘，我交了自己的履历表，很快被叫去面试。主考人是我以后在纽约商场上常常见到的副总裁的那种人物，他先问了我"F.O.B""C.I.F""L/C"这些国际贸易方面的常识，又让我当场在 IBM 电脑上打一份英文信函，他对我曾在上海国际经济信息中心当过副总经理，现在又在攻读商业硕士这一经历很感兴趣，然后他叫来一位女秘书，领我去见公司总裁。

公司总裁在考问了我半小时五花八门的问题之后，说我反应快。他说他的公司有一项很急的业务，必须马上派人去中国处理，而且今后的任务就是常常在美国和中国之间飞来飞去处理合资过程中一系列棘手的问题，他最后问我："你能常飞中国和美国吗？"

"我没有绿卡，"我摊开双手说，"你们能帮我办绿卡吗？"一切白费。两分钟后我被请了出去，下一个香港人进来。

虽然这次尝试没有成功，却大大增强了我的信心，我为什么不抓住机会呢？美国到处是机会！机会对每一个人都是平等的呀！

机会终于来了！这是我非常偶然地发现的一个机会。

我在"喜相逢"擦地板时，发现地上有一份《衣食住行》的中文杂志，封面设计得文雅别致，全然不同于街摊上的下流刊物。我忘了干活，居然聚精会神地看起来，一边看一边涌上一种莫名的喜悦，我想不到在美国纽约华人社会的一片文化沙漠中，还能看到写得这么漂亮的文章！这些文章中有移民的惶惑，有美国上层社会的精华、名人成功史、生动的小传记和精辟的典故。直到老板跑到我面前敲台子："关门了！还在这儿看什么？"我才抬起头，老板看见我手里拿着一本《衣食住行》杂志时，不屑地挥挥手说："这是免费杂志！每个月有人拿来几十本呢！……"我拿着杂志回公寓又读了一遍，不禁想："如果能有一档《中国留学生专栏》就好了，一定会有许多人投稿，我就会投稿！"转念又想："我为什么不去试试呢？我不是当过记者吗？也许杂志社录用我。去！去试试！"

第二天，按杂志封底印的地址，我找到了这家英文叫"One And Only Magazine"的广告公司。在乘电梯时，我想，在国内，哪怕你是个名演员、名教授，甚至是个市长，只要在美国"不对路"的话，照样一溜子降到最底层，更何况我没有任何社会背景，完全凭着理想和幻想，闯进了美国社会！可是一旦"对上路"，你的实际能力被美国社会接受，那么就茅塞顿开，峰回路转了！

广告公司老板是一个看上去很精干的美籍香港人，操着一口流利的英语。他翻阅了一下我准备好的过去在上海发表过的一些文章后，就开门见山地说："你的文笔不错，不过，你能给我拉广告吗？"

拉广告？这完全是新名词、新玩意儿。我不禁微微一怔，原来办免费杂志靠做广告赚钱！只听他又接着说："你每个月能给我拉到5000美元广告，我就雇你。"我一时不知如何回答是好，美国这个社会太实际了，意想不到地实际！我到哪儿去拉这 5000 美元的广告？谁认识我啊？我又认识谁啊？广告公司老板搬出一大堆中文杂志和十几种中文报纸，指着这些报纸杂志对我说："所有的报纸杂志都是靠广告吃饭的！你拿去看看，你替我把这些报纸杂志上的广告客户都拉过来！……你能替我干这个吗？这也是一种创作才能！"

他连一个字都没有提让我写文章的事，那些漂亮的文章都是谁写的呢？

"这里面的文章是谁写的？"我拿着《衣食住行》杂志问。

"我们自会请人写，你以后也可以写一些啊！"他笑着说。

"什么？你决定雇我了？"

"由你自己决定，"他伸出一个手指在空中摇晃，"5000 美元一个月广告费，拉得到，你就马上上班，你可以过三天告诉我你的决定。"

就这样，不到二十分钟的会见结束了。我抱着一大堆杂志报纸走出了这幢大楼。好一个"另一种创作才能"！好一个"由你自己决定"！——这是在中国的任何一所学校都学习不到的"谋生手段"！我匆匆跑到百老汇街心花园，在长凳上坐下，摊开一张张报纸：《联合日报》《星岛日报》《世界日报》《中报》《华侨日报》……是啊，自己两手空空刚到美国的第一天，不也是靠这些报纸上的广告才找到工作的吗？在自由竞争的社会，广告深刻地影响着人们的生活，这些各式各样的中文广告栏里，挤满了巴掌大小的、文字奇特的广告。

有的征婚广告只有一句话："向幸福作最后冲刺！"

租房广告也只有一行话："地室大，光猛，近地，不烧，限单身。"意思是你住在有光线近地铁的地下室不准烧饭。

当然，《衣食住行》不需要这样的小分类广告。那位叫厄尼斯的总裁要的是像布明黛公司在《纽约时报》上刊登的那种能挣大钱的广告，而且月月不断，每月进账5000美元！我把报刊上所有的全版广告和半版广告都一张张地裁下，全放进一个塑料袋。我抓起这个塑料袋想："我要让这些广告，全都出现在《衣食住行》杂志上！"我看了看表，距我离开广告公司只有一小时，我挟起那摞挑剩下的报纸，把它们统统扔进垃圾桶，然后匆匆穿过百老汇，又来到那幢大楼，随一群白人上班族上了电梯。当我重新推开厄尼斯总裁的办公室门时，他惊诧地看着我："你怎么又回来了？"

"我决定了！不用再等三天了！……请你立即帮我印一套名片，我明天就上班！"

厄尼斯金丝眼镜下那锐利而冷静的目光变得柔和了，他摁灭了烟头："好吧！我先试你一个月！"

我终于脱离了餐馆和保姆的工作！我可以每天穿着整齐的服装上班了！晚上我推开门，兴奋地叫着："麦克！麦克！我有工作了！"麦克正坐在沙发上看贝妮丝给我们寄来的一张卡片。卡片上有一只大老鼠和两只小老鼠，贝妮丝潦草地写着：大老鼠祝贺两只小老鼠订婚。贝妮丝经常来电话，她和麦克及我经常像老朋友那样交谈。她说她和那个搞比较文学的男友关系相处得很不错，只是她很想念比她小四岁的麦克，也想我。7月4日国庆回来后，麦克就自作主张地给贝妮丝打电话，告诉她我们订婚了。我真觉得好笑，没有仪式，没有订婚戒指，什么也没有，只是他趁着一片欢腾在我耳边讲了声："你愿意做我的妻子吗？"也不等我正式答应，就算订婚了？麦克有时真倔呵！你从他那斯文的外表下怎么也看不出他还有这么一股子倔劲！

"麦克！你听见了吗？我要去杂志社当记者了！"

麦克懵懂地问："什么杂志？什么记者？"

"《衣食住行》啊！中文杂志！我的任务是拉广告，写文章！"麦克把他的大手放在我的肩膀上。"你能拉广告吗？……那是很苦的差事啊！"

"我不怕苦……我要让老板看看，我能够干出什么样的事情！"

我辞去了餐馆的工作，告别了可爱的恋恋不舍的小约翰，开始去杂志社上班了。才工作了两天，高跟鞋就被我扔到了墙角，因为几乎没有任何时间坐在办公桌前，连写文章都是在地铁车厢或是在车站赶写出的。早上去公司只是报一下到，向总裁汇报工作进展，匆匆地交稿或改稿，然后就出去"冲刺"了。拉广告！广告可真是"拉"来的啊，中文中这个"拉"有多么贴切！我跑遍中国城的一家家旅行社、汽车行、英语学校、移民律师楼、美容院、理发厅、餐馆、华资银行、地毯商、装修公司、驾驶学校、会计所、牙医诊所、保险公司……我的旗帜是："你出同样的钱，报纸只登一天，我们的月刊杂志则认认真真地帮你宣传一个月！"我带着照相机、纸和笔，随时把客户要宣传的资料拍下来。在餐馆就请大厨和经理在炉台前合影，在车行立即请销售员和新车合影，在英语学校拍华人上课的照片，在旅行社当场被拉进旅游巴士，什么准备也没有就去了华盛顿、大西洋城，沿途拍照……然后立即就要拉出商业采访文章，照片交给"一小时"柯达冲印时，广告稿也已经完成。最后连奔带跑地跑回公司，告诉总裁设计广告版面的建议，将手稿交打字房，一直搞到七八点钟回到公寓。第二天一大早又面临着新的"冲刺日"……

好不容易熬过了一个月，中国城几乎每家餐馆，每家银行，每家贸易行、律师所、保险公司……都知道了有这么一本《衣食住行》的杂志，还有一位中国来的能写能拍能跑能讲能缠能磨的记者周小姐。第一个月我拉到3000美元广告，没有"过线"，但厄尼斯还是给了我1000美元的工资，还拍着我的肩膀把我大大赞扬了一番，并且为我重新印了一套精致的名片，我的头衔已成了：

Vice-President of Public Relations
（公共关系副总裁、记者）

就这样在杂志社一直干了九个月，在广告达到固定销售额之后，我就着手改版，增加移民、留学生等栏目，并且以记者这个无冕之王的身份出入于市政厅、联合国总部、AT&T、联邦法院及各国驻纽约领馆，参加各种各样的社交活动。我采访了纽约郭德华市长，同时也采访了国内来的一批著名作家和艺术家，和中国派驻联合国的、派驻美国的一批官员、记者们打得火热，我的生活完全改变了！刊物上登出了我同市长的合影照片，刊载了我的一篇篇抨击时弊的文章和大量采访。我的撰稿已经小有名气，纽约海外电视台的罗总裁把我找去，让我为他主持每周一次的夜间新闻节目！不久前还在餐馆端盘子、为接小约翰东奔西跑的我，骤然出现在纽约州康纳迪克州新泽西州的电视屏幕上了：

"女士们、先生们，晚上好，我是周励。现在向你们介绍本周的新闻节目。" 命运的变幻是多么奇妙啊！

九个月后，我在一次偶然的机会中做成了第一笔坯布生意，最终辞去了杂志社的工作，开创了自己的进出口贸易公司。

1986年8月21日——我来美国整整一周年的日子，麦克向他的公司请假飞回西德，去告诉他父母我们订婚的事情。那时我刚在杂志社上班一个多月，正是忙得不可开交的时候，也没顾得上多问。他去了三个星期就回来了，什么也没告诉我。这时，麦克已经被升为项目经理，工作繁忙得很，我们每天各忙各的，只有在周末一起去中央公园，或者就在家躺在床上听激光唱盘的古典交响乐。日子飞快逝去，天上飘起了雪花，圣诞节快要到了。

有一天，麦克突然对我说："朱莉亚，我要你送给我一个圣诞礼物！"

"什么圣诞礼物？"我问，我不知他又会搞什么花样。

"结婚！我们在圣诞节前结婚！"他满脸通红，兴奋地说，然后一把将我抱起来。

"麦克！你胡说什么？"我怎么也没想到会来得这么快。从我拎着行李走下"灰狗"巴士来敲门，到现在连六个月还不到呢！怎么就要结婚了？"我父母还不知道呢！再说，这也太'闪电式'了呀！"我被他呼哧带喘地抱着，一面挣扎着说。

"我们各自给父母写信！"他放下我，吻了我一下，"我这就写，我让他们在12月10日赶到纽约！"

麦克这人倔，说干啥就干啥。有一次他把我刚刚从中国城买来的一瓶豆腐乳扔掉了，"这玩意儿有一股发霉的怪味，不合食品卫生"。我马上如法炮制，把他平时喜爱的那些各种各样的美式德式奶酪统统扔进垃圾箱，"这也有一股发霉的怪味！"这是我们之间发生的第一次"文化冲突"。现在他又说干就干，马上要结婚了。他说着，立即坐在电脑前，先用英文打了一封信，接着又用德文打了一封，一直打到深夜一点，密密麻麻的六大张电脑纸！

他怎么写那么多呢？又不是调查报告。我实在有点儿弄不清。直到在半夜两点上床时，他才告诉我，他要说服他的父母。

1986年12月10日，在肯尼迪机场，我第一次见到了麦克的父母。麦克母亲穿着一件华贵的貂皮大衣，系着一条银狐，耳垂下是两颗硕大的白色珍珠坠。我一身中国服装，走上前去亲了她一下，我看到她的蓝眼睛里闪出一瞬间的困惑，然后她张开双臂拥抱了我。麦克的父亲是个有着典型的日耳曼人脸廓、鼻梁挺直、神态威严、目光锐利的老人，他担任慕尼黑警视厅长和刑事专家已三十多年，刚刚退休。他看我的时候像一个老警官在看他的审视对象，而不是他未来的儿媳妇。也许慕尼黑郊外看不到中国人，所以他才这么咄咄逼人地看着我吧？

虽然麦克这个宝贝独养儿子是他们的心头肉，但麦克要结婚，他们无法阻挡，他毕竟已是成年人，可以决定自己的事。

　　三天之后，当我正在为婚礼四处奔跑张罗的时候，老警官和他的夫人向儿子提出了以下问题：

　　为什么不找美国人欧洲人找中国人？

　　为什么不找比自己小的而找比自己年龄大的？

　　为什么不找没有结过婚的却找结过婚并且离了婚的？

　　为什么要找离了婚的并且还有一个女儿的？

　　不过没有那一条：为什么找穷的不找富的？

　　麦克只回答了一句："她和我一样，是 Doctor，我爱她。"

　　两位老人认为，他们眼中的小王子——既有博士头衔，又有主管职位，还会讲英语、法语、德语、意大利语及所有的欧洲语言，而且又有男子气，很富有浪漫气质，完全可以不费吹灰之力找到一个出身富有的美国金发姑娘。

　　尽管如此，他们还是一步不离地紧随我们去市政厅结婚登记处作了登记，到教堂去为一对狂喜的、流着泪的青年人举行了简单的宣誓仪式，最后，又参加了我和麦克在纽约国际中心举行的大型婚礼晚会。

　　这次晚会完全是由我一手操办的。中国驻纽约总领馆的周总领事是主婚人，中国贸易中心的一位总裁是翻译，联合国大使和夫人，《文汇报》、《人民日报》、新华社驻美国记者全部到齐。还有麦克公司的副总裁和夫人，麦克部里的美国朋友。我的担保人柯比先生专程空运送来了鲜花。我们事先邀请贝妮丝参加，但是她说："我不能来，我的心会碎的，我相信你们是世界上我所知道的最好的一对，我祝你们白头偕老，相爱终生。"贝妮丝在电话中说着说着就哭泣起来，她叫我们不要误会，她说她是高兴而泣，蜜月结束后她会来看我们的。

　　在上海音乐学院青年钢琴家朱贤杰弹奏的《婚礼进行曲》的乐曲声中，我和麦克走向舞台，从总领事手中接过结婚戒指，互相交换、接吻。我们俩都热泪盈眶，他是第一次成为一位心爱女人的丈夫，我则是第二次成为别人的妻子。我百感交集，泪水涌流，感谢命运给了我这么好的一个丈夫。我穿着镶着抽纱花边的丝质粉红色的曳地纱裙，头上戴着白色的花环，紧紧地挽住麦克的胳膊，听着总领事对我们的祝福辞。他在贺辞中还提到中国《婚姻法》第二十三章第十八条，引起满堂哄笑。后来又不断有人上台宣读贺辞，有美国人，也有中国人。这架势逼得麦克父亲也不得不上台讲几句。事实上早已被这儿的氛围所感动的他，这时出人意外地讲了一大篇话，意思是他第一次看到这么多中国人和这么多美国人聚集在一起，气氛热烈地参加他儿子的婚礼，他祝这对中西结合的青年白头到老。他讲话的时候，麦克母亲正坐在那里抹眼泪，是快乐的眼泪呢，还是伤心的眼泪？我不知道。

最后是来自上海芭蕾舞团的徐小芳的孔雀舞和胡小平的独唱《我爱你，中国》，在上海我最喜欢听她唱这首歌。全部节目结束后，大家鼓掌欢迎一对新人来一个节目，麦克早有准备，他大踏步地走上舞台，亮起了他的那把在洛杉矶奥运会上吹响过的小号，他吹奏起约翰·丹佛的 Annie's Song！那首歌他一直非常喜欢，歌词是这样的：

> 你占据着我的心灵，
> 像夜幕笼罩森林，
> 像山峦尽享春令，
> 犹如雨雾中的漫行，
> 犹如荒漠上的飓风，
> 如同沉睡的碧海，
> 你占据我的心灵。
> 来吧，让我们心心相印，
> 让我爱你，
> 用我的生命。

我宁愿淹没于你的笑声中，

我宁愿长眠在你的怀抱里。

你占据我的心灵，

来吧，让我们心心相印！

小号吹完，全场寂静。小号手的两滴泪珠落到了闪闪发亮的金色铜号上，我心头一颤，一股爱的柔情涌上心头。在突然响起的掌声中，我——新娘上场了，我用英文念了一首亨利·朗费罗的诗：

我常常想起那美丽的小城它就坐落在海岸；

我常常幻想走进古老的小城，

于是旧日的友谊和青春的恋情，

带着安息的乐音流淌在我的小道上，

像是鸽子回旋在寂静里，

那甜蜜的古老歌词起伏低唱：

"少年的愿望好似风的愿望，

啊，青春的心思是多么、多么绵长。"

家乡森林幽静、新鲜，美丽宽广，

我的心怀着一种

近似痛楚的快乐重又飞回到森林旁，

当我萦绕于那往日的梦迹，

我又找回了失去的青春。

那奇异而美丽的歌，

在树林里发出回响：

"少年的愿望好似风的愿望，

啊，青春的心思是多么、多么绵长。"

诗朗诵完毕，在人们一阵阵的掌声和悠扬的钢琴声中，我——整整 36 岁的我，挽着 34 岁的麦克，走下铺撒着白色鲜花的红地毯。

纽约国际中心的大钟敲响了，人们向我们祝福，麦克不断低下他的脑袋，一遍又一遍地吻我，我热泪盈眶，全然不觉正对着我们的这么多的闪光灯……

婚礼之后，柯比先生和夫人及其一家在佛罗里达迎接我们去度新婚蜜月，这是我第三次来佛罗里达。第一次是我结束了在佛州棕榈海滩那百万富翁家的保姆工作后，柯比先生请我到奥兰多去看迪斯尼乐园和未来世界及肯尼迪宇航中心的表演。第二次是柯比先生特地买飞机票让我去佛州看"挑战者"号上天，正是那次出了大悲剧。现在我带来了我的新婚丈夫，以及他的父母。柯比夫妇每天盛情地接待，安排游览、宴会，他们的十几对美国朋友也络绎不绝地轮番邀请。美国人的开放热忱，我的担保人一家对我如亲生子女般的关系，使麦克父母这对保守的欧洲夫妇大为感动。他们没有想到这个中国儿媳妇不仅吸引纽约的中国人，还能着魔般地吸引了一大片佛罗里达富翁住宅区的美国人。常常是晚上由我下厨做中国饭菜，柯比先生翻着一本厚厚的中英文对照的《中国菜谱》与我"合作"。

"今天吃第几页？"我操着烧锅问。

"205页、108页、17页、23页！"柯比先生边翻菜谱边说。

我在上海根本不会做饭，现在硬着头皮上，再说在中国餐馆整天端盘子也使我"悟"出点烹饪的道道。于是，每天对着菜谱居然也能搞出一桌桌佳宴酒席！吃惯了面包奶酪的老警官夫妇先是看呆了，然后吃呆了："好吃！好吃！中国菜真妙啊！"蜜月结束后，我们回到了纽约，麦克父母在动身回西德的前一夜晚，请我们到洛克菲勒中心顶楼的"Rainbow Room"（彩虹屋）去跳舞吃夜宵。幽暗柔和的彩色光线笼罩在圆形舞池中央，几个铜管乐手在吹奏古典的狐步舞曲。麦克父亲把我搂在手臂中，麦克搂着他母亲，我们在《时光流转》的乐曲声中悠然起舞。音乐停下了，我放下手臂。老警官注视着我，他的目光在彩虹般的光线下已经显得那么柔和，我看到有一滴浑浊的泪，从他那涌起皱纹的眼角中流淌了出来。

第二天，麦克母亲在肯尼迪机场候机室中硬要把她那两只珍珠耳坠子——她戴了十几年的心爱之物——送给我，我争执不过，索性顺从地转过脸让她戴上。机场的大玻璃镜正对着我，麦克望着那两个白晃晃、沉甸甸的大坠子，叫嚷道："哎呀呀！看你看你！瞧你耳朵都拉长了！"我们拥抱在一起，笑了。

倔强的麦克没有多说什么话，就让他父母顺从地来到纽约，又高高兴兴地飞回欧洲。

我们结婚后不久，有一天贝妮丝抱着一大把鲜花来了。她脸色红润，早已恢复在学校里那种亢奋的精神状态。一进门就情不自禁地大声叫着："麦克！朱莉亚！你们知道吗？他们把我丈夫给放出来了！我丈夫出狱了！"

贝妮丝丈夫是谁？我们一直都不知道。现在贝妮丝大概没有什么恐惧和顾虑了。

贝妮丝捧着鲜花激动地说："我就要见到他了！……我们整整八年没见面了！这是我给他写的第一封信，你们要听听吗？"说着，她站在客厅中央，把她心中以往的秘密毫无遮掩地袒露出来。

当贝妮丝刚一说出她丈夫的名字时，我们都大吃了一惊。原来她的丈夫正是那位在国际上小有名气、被台湾当局先后关禁了二十五年的"美丽岛事件"发起人——石诺雷！他现在要竞选台湾第二大党——民进党主席。这个49岁生涯中有二十五年在监狱度过的台湾高雄人的战略目标，就像曾经是狱中作家的捷克总统哈维尔那样，成为一名台湾"总统"！不久后，纽约报刊的一段奇特的报道吸引住了我们：

异国婚姻　敌对观点　奇妙感情

石诺雷贝妮丝手牵手

忆往事谈将来皆坦然

报道说：台北，一千多人高举着蜡烛欢迎石诺雷的美籍妻子贝妮丝，面对着大群记者和千百支在黑夜中闪烁的烛光，阔别十年，昨日终于在台北机场相逢，贝妮丝的感觉是"非常感动"，石诺雷却说："掀不起巨大浪花。"这对异国夫妻昨天面对记者坦然地表达了他们对感情和婚姻的态度，这对夫妻彼此都有精彩的看法。

贝妮丝首先表示她是"大女人主义"，同时又离不开男人，石诺雷则称自己一贯是"大男人主义"。

石诺雷说，他当年认识的外国女友中，贝妮丝并不是最漂亮，学历也并非最高。但是，他强调他观察一个人，并不是靠单纯的条件，而是"当成十项全能运动，总分加起来，贝妮丝分数最高"。他形容贝妮丝是一位有风度的女人，在最困难的时刻毅然嫁给他，并且想尽妙计让他躲避逮捕。但石诺雷也指出异国婚姻的困扰，他说贝妮丝拒绝在中秋节陪他去看月亮，而贝妮丝感到兴奋的圣诞节，他却丝毫没有兴趣。石诺雷坦率地说，如果需要一位贤妻，他会把贝妮丝首先"删除掉"。

对于两人的未来，石诺雷笑着说："可能离婚也说不定。"贝妮丝则讲她欣赏石诺雷的理想和刚强毅力，她认为他才是她生活和精神上的支柱。但是，她不愿再当这位英雄感情上的"监狱官"，"我是女人，我有自己的感情需要"。贝妮丝坦白地说，毕竟已分开了十年，她希望外界不该对他们过于期望。"这样，我可以写一下自己的浪漫史，不过现在暂时不愿意再浪漫了。"贝妮丝含情脉脉地望着丈夫，他们两手紧握。

感恩节前夕，贝妮丝飞回纽约，去宾汉姆顿学院办事，顺便来到曼哈顿公寓看望我们。原本我烤了火鸡准备高举香槟庆贺老友重又相聚，但那天却和贝妮丝爆发了一场几乎不可收拾的争论。原因是我在报上看了她丈夫那个党的竞选纲领，对这位"未来'总统'夫人"不满地责问道："嘿！你和你那位先生想搞'台独'是不是？……他是中国人不是？"我虽然很佩服她先生在狱中的刚强毅力，但对他现在搞的"台独"——要把中国和台湾永久地分割开,却有一种自然滋长的民族感情的逆反心理。

"不许你指责我的丈夫!"贝妮丝嗔怒了,我很少看见她震怒的样子,她前胸起伏,双手微微颤抖,"我是中国人的妻子,我了解中国,也了解台湾……"

我们围绕"台独"问题,争论得面红耳赤,但谁也没能把对方说服。观点的对立并不妨碍我们仍是一对要好的朋友。当室内飘来烤火鸡的香味时,我们之间的火药味顿时消散和好如初了。

我把烤得金黄香脆的大火鸡往餐桌上一放,对贝妮丝说:"好了,等下次你到中国来,我带你到南翔去吃小笼包!"

台湾!这个相距得多么近,又多么遥远的小岛啊!我们相互约定,将来一定要去台湾看看,去看看美丽岛,看看高雄,也去看看贝妮丝那个她为之骄傲的家。

1988年,也就在我们结婚两年之后,我带着麦克回到了日夜思念的祖国。我拼命地拥抱亲吻久别三年的女儿,麦克也久久地拥抱着我女儿。一眼就看得出来,他爱她,她也喜欢他。在短短的一个多月里,我们背起行囊,马不停蹄地按照麦克事先拟定的路线,跑遍了万里长城、故宫、颐和园、景山和北海白塔(因为我喜欢唱"海面倒映着美丽的白塔"。),参观了孔庙、中山陵、西安兵马俑馆,流连于桂林山水、云南石林、西湖风景、苏州园林和哈尔滨太阳岛,我们还登上了黄山、泰山。因为麦克走得太慢,我们总是差点错过班机。他几乎每走几步就要停下,拿起摄影机拍个不停。

"中国太美了!中国太大了!从德国到瑞士,只要一小时,从德国到法国,也只要两小时;可是从西湖到兵马俑,却要整整三天!"他对中国的山水古迹、风土人情赞叹不已。有一天我们来到浓荫遮掩的四川眉山三苏祠,祠宇回廊,亭台楼阁,竹影摇曳,疏密错落,一片幽静。我告诉他,"三苏"即苏洵、苏轼、苏辙,父子三人都是北宋名噪一时的大文学家,尤以苏轼为一代文豪。"中国历代的文学家并不比歌德、席勒差！"接着我又问麦克，为什么在中国，人人都知道贝多芬、莫扎特，而在西方却少有人知道孔子、老子？麦克连连摆手说："你又要打'文化战'了吗？在中国游览期间我可是宣布停了战的！"说罢，他爬到三苏祠庙台上，让我给他拍照，他说要把这张照片挂到他在慕尼黑的那个宅子中。

他非常喜爱我从小生长的城市上海。他喜欢在幽静的淮海路上和我并肩散步，路过音乐学院的红墙时仔细听听有没有肖邦或德彪西的声音；他踮起脚看我小时候朗诵过《渔夫和金鱼的故事》的盖斯康幼儿园，想看看我曾经躲在哪个角落里孤独哭泣；路过外滩上海外贸局的那幢花岗岩大楼，我就指给他看医务室的玻璃窗，从那里我曾经飞出许多文学梦想……

有一次，我们来到了上海老城隍庙，正好遇到一个乡下老人蹲在地边爆米花，边上有几个孩子用手指塞住耳朵，瞪大眼望着黑铁制的圆形爆米桶，只听那老人高声喊叫："爆——炒——米花——喽！"

随即他用脚使劲跺了下爆米桶下的黑铁杠，只听"嘭"的一声轰响，白色炒米花如烟火迸出，撒了遍地。爆米花老人的一举一动，连同孩子们的欢叫声，都引起了我对小时候的回忆。麦克则激动不已地大声叫着："在中国度过童年太有意思了！太有意思了！"

一个没有抢到足够米花的小男孩，前襟上还挂着几颗嘴里掉下的白色米花，两只小手捂住脸，站在那里呜呜哭了起来。麦克跑过去把他抱起来，这孩子有着红扑扑、非常可爱的圆脸，一双又大又亮的黑眼睛里满含着泪花，麦克看了又是怜爱又是可笑，和蔼地问他："你为什么哭啊？"

那个男孩立即止住了声，泪水还挂在他的面颊上，他瞪起那双又黑又亮的大眼睛，突然问麦克："咦，你的眼睛怎么会是蓝的？"麦克哈哈大笑起来："因为它一生下来就是蓝的！"

这笑声响彻在天空，响彻在圆明园、黄山、泰山、长江……在我的可爱的祖国的上空，处处都有麦克那豪放动人、无忧无虑的笑声！

伏尔泰说：上帝赐给人类两样东西：希望和梦想。麦克——我的蓝眼睛的欧洲小伙子，你的心地像水晶般透明善良！

此刻，慕尼黑郊外的森林如《蝴蝶梦》中那样幽深寂静，在那匹叫作"劳伦斯"的奥地利黑色种马的马背上，又多了一个小麦克——我们的小安德鲁，这个欧亚混血的1岁小男孩，也像麦克小时候那样戴着一顶黑丝绒的小骑帽。

又是一个晴朗的早晨，我们三人骑着马，向森林中那一片无涯无际的浓绿中驰去……

1992年1月4日—1月20日

慕尼黑、纽约

第六章

曼哈顿的中国女人

曼哈顿是个奇迹。

曼哈顿是无数现代派建筑高耸的"钻石森林"。中央公园则是"钻石森林"中的翡翠。

纽约——美国第一大城市，濒临大西洋，位于美国东北部纽约州的哈德逊河口上，1897年以前的纽约市就是曼哈顿的一个岛，后来，相继有几个区并入纽约市，才成了今天包括曼哈顿、布朗士、布鲁克林、皇后和史泰坦岛五区的大纽约市。

曼哈顿比上海小得多，占地只有二十三平方公里。1620年，欧洲大陆首批移民乘"五月花"号，越过大西洋的惊涛骇浪，登陆美国。而欧洲人首次来纽约，却要比"五月花"号更早一百年，意大利航海家韦拉扎诺最先于1524年发现纽约港是个风和日丽的良港。今天横跨在布鲁克林与史泰坦岛之间的世界第二长吊桥，便是为了纪念他而命名为韦拉扎诺大桥；而著名的哈德逊河的命名，则是为了纪念另一位于1609年来纽约探险的英国航海家哈德逊。

荷兰人于1624年首先在此建立殖民地，称曼哈顿为"新阿姆斯特丹"。英国人于1664年夺下这片土地，改名"纽约"。荷兰人一度又于1673年夺回，改名为"新灯"（New Light），意即照亮世界的灯塔，这里于第二年即1674年又落入英国手中，正式复名为"New York"（纽约），直至如今。

在独立战争中，纽约是反英的十三个殖民地之一。1776年长岛战役，华盛顿被英军击败后，纽约市曾经成为美国的第一首都，美国第一任总统宣誓仪式，就是在纽约曼哈顿召开第一届国会的联邦大楼举行的。那时整个纽约——也就是整个曼哈顿只有一座教堂、十几座磨坊、一幢用来召开联邦会议的维多利亚殖民期的小楼房。然而仅仅二十年后，曼哈顿南端的华尔街上高楼林立，诞生了全世界最早的纽约股票市场！不久后又诞生了哥伦比亚大学、纽约大学。在以后的年代里又如雨后春笋般地出现了大都会歌剧院、大都会博物馆、百老汇商业中心，直至今天蜚声于全世界的帝国大厦、中央公园、洛克菲勒中心、第五大道、联合国大厦、世界贸易中心……

曼哈顿是一个奇迹！

因为人生本来也是一个奇迹！

创造了曼哈顿的昨天和今天的人，就是一个奇迹！

美国担保人

——威廉·柯比（William Kirby）

不可否认，我从小就梦想周游全世界，这是许多孩子都有的梦想。可是如果没有红卫兵大串联和上山下乡，我连上海都别想迈出一步。在大串联中，我看到了西湖苏堤、白堤如人间天堂般的图画；也看到了黄土高原赤裸的贫瘠、寒鸦飞绕的孤村、凄凉的院落。后来我又去了黄山，在惊叹黄山之壮丽幽美之时，又提心吊胆地想着自己的钱袋：玩一天黄山就要扣一天工资。

每当我的病人们——那些上海外贸局的外销员们出国归来，和我讲他们在国外的所见所闻，以及在国际商场中斡旋拼搏，大展身手为国家创汇时，我听了都激动得不能自已。后来我动手为他们——这些外销员们写报告文学和电影剧本。可是我能写什么呢？在我写《德黑兰的雪，真热》时，我就胡思乱想德黑兰是什么样子的，怎样去描写那些街道、城堡和波斯湾民族古老的历史遗迹，不然别人怎么知道这是在德黑兰而不是在葡萄牙发生的事情呢？写上海丝绸进出口公司参加东京和巴黎的时装表演时，我也是挖空心思去回想电影中或者干脆是在梦中所知道的东京和巴黎。当我描写银座和香榭丽舍大街、塞纳河时，我觉得我就像一个盲人在摸着琴键弹琴一样。

有一天，我跑进党委办公室，突然出现在党委书记面前："我要当外销员！我请求领导改变我的职务，我可以现在就旁听外贸学院的课程，两年之后，我一定会是一名好外销员！"党委书记先是大吃一惊，当他明白过来之后便哈哈大笑起来："周医生，你真会异想天开！一会儿写作，一会儿又要当外销员。这怎么可能呢？"然后他话锋一转："计划生育统计表都登记全了没有？局工会在催呢！另外，单证科有一名打字员想生第二胎，你得好好去做做工作，这是根本大计！千万别让她生啊！"

这就是我的"生活轨迹"，你只能回到你原来的"生活轨迹"上去。

我那时还没有想到要申请出国自费留学，我那时还认为：出国就要像外销员那样，或者像演员、作家代表团那样，代表国家出去，堂堂正正，让外国人抬起头来看我们。至于到国外当保姆、打苦工，那简直是耻辱，不堪想象。经常在我脑子里转着一个问号："为什么中国人就不能周游世界？"像日本的那些工人那样，堂堂正正地到世界各地去旅游？我敢打赌，如果那时准许个人出国旅游，我会立即把家里的彩电、"聂耳"牌钢琴、洗衣机统统卖掉，哪怕四处借债也要张罗一张出国机票！当然我的"堂堂正正"的出国梦想在当时是不可能实现的。

我曾经反复地思考过法国 18 世纪哲学家伏尔泰的一句话，他说这句话时是在 1758 年：

> 据说在某些国家里禁止公民离开命运使他们降生的地方，这条法律的用意是很明显的："这个国家太坏了，治理得太糟糕了，因此我们不许任何个人离开，以防所有的人都跑光。"

人们当然不会从中国跑光，从今天来讲，即使跑走了，最终还是要再跑回去，为什么国家就不开明点呢？为什么国家就不考虑考虑许多人——特别是我这样喜欢幻想、把精神生活考虑得比生命还要重要的人的需要呢？

每一个人来到美国前都有一个故事。我的故事已经十分明了，既然我不能堂堂正正地出国，既然我连跨出上海一步都如此艰难，那么我一定要设法改变它：改变自己的命运，改变自己的生活。

这个念头是逐日增加并且逐日强烈起来的。

1982年年初，有个外销员从虹桥机场接外宾回来，对我说："周医生，好多人出国留学啊！每天机场上都有不少跟你年龄差不多的人，拎着大箱小箱的。你怎么不想出国留学呢？"又有一次，另一名女外销员到医务室，兴奋地说："你猜我看到谁了？在虹桥机场我看到陈冲了！她去美国留学！"1983年，当我向党委书记提出要当外销员遭婉拒后，我的一名外销员朋友小林——他后来考取了研究生，对我说："周励，你想到外贸学院旁听，当外销员，这是一个很奇怪的念头。你有这个决心，有这点魄力，为什么不出国自费留学呢？"

外贸局的小林——他是大家公认的最聪明最有前途的男孩；小顾——外贸局业务考试第一名、大家公认的最漂亮最善良的女孩——他们两人现在都在香港不同的公司担任要职，成了我终身的知交。我挚烈地爱着我的朋友们，分担着他们的喜悦和忧愁，倾听他们内心的声音。我讨厌小市民。我记得黄药眠的自传中有一句生动的描写：

> 有一次在船上，我看见一对油头粉面的青年夫妇，一

天到晚捧着茶壶喫着壶嘴，口里不停地嗑着瓜子，这无知
的小市民，是多么令人厌恶！

那些人并不会因为你的厌恶感而消失。我有健全的灵魂，我总
是喜欢幻想，并且爱把幻想变为现实。

当我的外销员朋友们不断地把祖国开放的气息带进我的小小医
务室时，我终于在1984年下决心申请赴美自费留学。我要把幻想变
为行动，我要改变生活，看看世界！

有时候幻想对生活是多么重要啊！在这幻想中集中了我所有的
精力和全部情感。我又一次感到自己是一个真正的人，因为，我感
到了一股强烈的热情，像蓝色的火焰一样在燃烧。

那时候没有什么出国留学指南一类的书籍，我的一位在上海歌
舞团的朋友曾经请求我找外销员为他打一份入学申请表格——那份
杨百翰大学的申请表格也就是我第一次看到的美国大学入学申请书。
从梦想到现实仿佛有十万八千里。所有出国留学的朋友都有亲戚在
美国，或是在香港澳门，能为他们提供担保及生活费用。也有个别
极优秀的学生通过了李政道主持的出国训练考核，就提全免奖学金。
我一无所有，我是一个没有任何海外关系的人，这反而使我产生了跃
跃欲试的一种兴奋。从复旦大学一位刚刚通过李政道博士出国考核的
研究生那里，我知道了要找美国的学校，只要到上海图书馆四楼资料
室即可找到。于是我骑自行车到了人民公园边上的上海图书馆，一口
气抄下了纽约二十多个学校，将二十几封外销员帮我打的英文信统统
发出，连同我发表的二十来篇翻译成英文的作品——我知道，我的唯
一资格就是这些发表的作品。我既不能学医——美国医学院不收外
国临床学生，也不能直接学商——因为我没有外贸学院或经济学院
背景。那么我想来想去，只有一条路好走——报考文学院，申请攻
读比较文学研究生，到了美国再转学商业管理。

还记得1984年盛夏时节，一天下午，家门口地上有一封信，我

339

捡起一看：是纽约州立大学宾汉姆顿分院文学系主任来的！整整三页长信，表示他对我的作品非常感兴趣，他认为我一切条件具备，现在只是依美国法律需要一份经济担保书。他并且随信附来了一份空白的经济担保书，让我请担保人填好了寄回学校，以便在秋季尽快入学。

只见担保书上的英文写着：

U.S.Department of Justice

Immigration and Naturalization Service Affidavit of Support

Form I-134（Rev.12-1-84）Y

中文意即：美国司法部移民公证处　　担保宣誓书

I-134 表格

最严格具体的是其中第十一项：

11.（Complete this block only if the person named in item 3 will be in the United States temporarily.）

That I □ do intend □ do not intend, to make specific contributions to the support of the person named in item 3.

（If you check "do intend" , indicate the exact nature and duration of the contributions.

For example, if you intend to furnish room and board, state for how long and, if money，state the amount in United States dollars and state whether it is to be given in a lump sum，weekly, or monthly, or for how long.）

翻译成中文即是：

我愿意（或我不愿意）提供特别的援助给这位被我担保来美利坚的人，包括确切的金额和年份。例如：提供房间膳宿（标明多长时间），如果提供现金，请指明美金数额。是一次付清或按周、月定期支付，支付至何时为止。

这样的担保书我后来替不少朋友填写过，帮助他们来美。可是在1984年整整一年里，我无法给那位教授回信：我上哪里去找一位担保人？祖宗八代都在中国。写信给已去美国、加拿大留学的朋友，均回信说外国人不愿为没有见过面素不相识的人担保，再说那些朋友们自己也很困难。这事已经成了我出国留学不可逾越的障碍，没有担保人我就永远出不了国！

1985 年春天我到北京出差，那时我已调到《经济日报》，为《经济日报》上海国际经济信息中心办事。办完事后的一个星期日，我登上了香山"鬼见愁"高峰。和我一起登上鬼见愁的有美国驻中国大使馆领事道格拉斯先生和他的太太凯伦，我们原是在美国驻上海总领事馆认识的。凯伦是文化秘书，她邀请了一批中国朋友到美国总领事馆看当时热门的美国原版电影《E.T.外星人》，看完电影后在鸡尾酒会上，道格拉斯和凯伦看了纽约州立大学教授给我写来的热情洋溢的信后说："我们很遗憾，我们很高兴为你担保，但是美国政府规定不允许外交官为任何外国公民作担保。"

尽管我没有提出任何要求，但他们夫妇的真诚很让我感动。以后他们又几次邀请我去美驻上海总领事馆看获奥斯卡奖的影片，并且邀请我去上海盖斯康外交官公寓参加他们与其他几对美国夫妇一起举办的万圣节化装舞会。我最初和他们交朋友的唯一目的是学习英语口语。因为他们两人都是修养很深的"中国通"，我们竟很快成了好朋友。里根来上海访问时，道格拉斯担任里根总统的中文翻译。他们夫妇极爱中国，对中国朋友热情诚恳。后来他们调到北京美国大使馆，特地给我留下电话，让我去找他们。

现在他们驱车把我带到了香山，又一起爬上了"鬼见愁"。我的心情和他们的心情是完全不一样的，他们只是假日的休憩，而我，则为找不到担保人而困扰。我甚至想到自己是不是要放弃去美国自费留学的努力。

那天的天气十分奇妙。一开始浓雾重重，当我们快爬到山顶，却突然云开雾散，一片清新。美丽清幽的峡谷，野玫瑰花、野迎春花丛绕在嶙峋奇异的岩石边；小溪流对岸的峭壁上，雪白的瀑布奔腾直泻，发出震心的喧响。"鬼见愁"山壁陡峭。爬到写着"鬼见愁"三个红色大字的悬壁上，我抬起了头——啊，我紧缩的心突然充血了、涨大了。我心中阵阵震颤：这是何等奇丽壮观的景色啊！远处香山山峦在破云而出的丽日照射下，闪烁着瑰丽变幻的色彩。云在静穆的群山之间缥缈；云与日相接的地方，是一个金色的彩虹光环，光环中隐约现出一座光彩夺目的顶峰——那正是"鬼见愁"由风霓作用反射出来的顶峰！泪水刷的一下夺眶而出，就像我后来到了加拿大，第一次看到尼亚加拉大瀑布一样。神圣璀璨的峰巅让人如痴如醉。我心中有两股激流交织在一起：一种是虚度年华的感觉萦绕在我的心头；另一种便是那种执拗的幻想——我一定要成功。我的欢乐，我的意志，我的追求，我的希望，一下子都集中到这险峻光辉的"鬼见愁"顶峰上了！在那一瞬间，我突然生了一个念头：

我自己找美国担保人！我自己能找到！我工作的上海宾馆（上海国际经济信息中心临时设在那里）每天有成批成批的美国游客，他们面慈目善，他们之中一定有一个人会帮助我的！

告别了道格拉斯和凯伦夫妇后（现在他们已回到美国，我们仍是十分亲密的好朋友），我回到上海，开始抓紧步伐寻找担保人——对每一个申请赴美留学的人来说，这是最最关键的问题。

在上海宾馆的办公室下班后，我没有像往常那样直接回家，而是在上海宾馆的大厅中转来转去，或者是回家后再回到上海宾馆。我脑子里准备好了用来对话的英语——相当生硬。我的眼睛敏锐地射向在我面前走过的每一个美国人：金头发的、棕色头发的，蓝眼睛的、灰眼睛的，男的、女的，我暗自想，最好能找到一对美国夫妇为我作担保。

在上海宾馆大厅转了三天后，有一天晚上我注意到一个坐在轮椅中的美国人，旁边有一位面容端庄秀丽的夫人。他们俩正在礼品柜前挑选礼品，他们挑了很长时间，选了一大堆东西。我仔细观察了这位双腿残疾的美国人，他看上去50岁左右，面部很慈善，五官和谐，一双深邃的蓝眼睛给人一种友好而可信赖的感觉。而旁边那位夫人看上去美丽娴雅，出身高贵。能坐在轮椅上飞过大洋来中国旅游的人一定是位富翁！富翁加上善心，这就是我要寻找的担保人！

我的心紧张得怦怦直跳，上去！上去和他说！我内心在命令自己。在上海宾馆转了这几天，这是我决定开口和他说话的第一个美国人。现在回想起来简直像梦一样。想一想，我们素不相识；想一想，他会怎样惊讶地望着我！可是在那一瞬间，我逼着自己一步步走上去："先生，"我用英语说，"很高兴看到您到中国来旅游，我能和您谈一谈吗？"

我请他到离服务台较远的一个角落，这时他太太正在礼品柜台付款。

"OK，你想说什么呢？"他看上去很和善，但目光中掩不住对一个陌生女孩的惊讶。

"是这样的，先生。我申请去纽约州立大学读书，读比较文学。学校里一切都通过了，教授来了好几封信……可是……可是我没法去……事情是这样的：我没有担保人。"

他望着我，我也望着他。我当时十分紧张，我怕他会生气，我也怕我会在美国人面前失去自己的尊严。他思忖了一下，说："你是想让我为你担保吗？"

"是的，"我低着头说，"我绝不会要你一分钱，我有两只手，我什么都能干。我只请求你为我作名义担保，当我获得成功那天，我一定会感谢你的。"

这时那位夫人也走到他身边，很好奇地望着我。他回转过头去和夫人讲了一大串我当时还听不懂的英语，然后让我和他们一起到上海宾馆二十楼的客房去。

在客房里那一盏奶油色的落地灯下，他仔细地看了学校给我的所有的文件及教授热情洋溢的信，并且看了我在报刊上发表的作品。最后我几乎有些颤抖地拿出了美国政府司法部印制的那份I-134经济担保书。我看到他戴上眼镜，眯缝起一双蓝眼睛仔细阅读着每一项严格的条款。他看得那么慢，那么认真，看完一张就递给那位夫人。那位夫人也慢慢地看，细细地琢磨。他们显然是第一次遇到这样的事。

在一片沉默和纸片窸窣中度过漫长的二十分钟后，那个美国人抬起了头问我："你说你一分钱也不要，那么你到美国怎么养活自己呢？学校并没有给你奖学金啊！"

我说："我已经有不少朋友在美国和加拿大，他们会帮助我。另外，我能自——力——更——生地创造出我所需要的费用。"

当我讲出"independent make living"这句话时，他们夫妇俩的目光直视着我，仿佛只有他们才理解这个词的分量。然后，他取出一张白纸，递给我说："请写上纽约州立大学教授的名字和电话，也写上你在美国、加拿大朋友的姓名和电话。我们回美国后会同他们联系，到那时候我们会作出决定。"从他的目光中，我感到一种明显的信心。

他递给我一张他和他夫人印在一起的烫金名片，我看到了那上面印着他们夫妇的名字，他的名字是：William Kirby（威廉·柯比），那位漂亮的夫人叫乔治娅·柯比。

谈完这件事，这对美国夫妇开始放松地和我聊起天，并且给我看他们在中国各地旅游时拍的照片。有一张照片是乔治娅拍的，有五六个穿着蓝色衣服的中国人正笑哈哈地把威廉·柯比先生的轮椅搬上长城。

"我们在中国到处碰到好人，"柯比说，"不管在兵马俑还是在紫禁城，只要我一出现在楼梯口上，马上就有成群的中国人拥上来把我抬到观光处。"他深深地叹了口气："要不是这么多善良的中国人，我恐怕还不能见到一半多的东西呢。"

后来，当我到了美国，并且在漫长的岁月中和柯比、乔治娅结成了亲如一家的挚友时，他还老是和他的美国朋友反反复复地提起这件事，他想要报答中国人，却正好碰到一个陌生的中国女孩闯到他的面前！我临离开上海宾馆柯比夫妇的客房时，邀请他们来我家访问，他们立即表示很有兴趣看一看中国人的家庭。两天后我请了一位北大荒兵团时的朋友小胡——他现在是上海美心酒家的大厨师，为柯比夫妇烹饪了一桌色佳味美的中国菜肴。那时窗外正飘着雪花，可是我的公寓很温暖。柯比夫妇美餐了一顿 home style 的午餐之后，我打开琴盖，开始弹了一首《致爱丽丝》，又弹了一首《土耳其进行曲》。那时我英语口语还很糟，但我一下子发现用音乐来交流比结结巴巴地交谈更舒心，全世界的人都熟悉贝多芬、莫扎特的声音。乔治娅在我弹琴时"啪啪啪"地横竖给我拍了许多照片，有一张照片至今还挂在她家佛罗里达别墅的墙上。乔治娅坐着听我弹琴时是相当美丽的，她总是给人一个赏心悦目的印象，后来到了美国也是这样：她那雍容华贵的仪表中呈现出一种宁静端庄的奇妙风采。她是我所见到的一个非常内向的美国女人。

认识这一对热爱中国、热爱中国人的美国夫妇，成了我好运道的开始。一个月之后，我收到了一份盖着钢印的经济担保书。担保书下有力地签着 William Kirby 的名字！

我拿到担保书了！

我的愿望实现了！

与热情、善良的威廉·柯比先生形成强烈对比的，是我到美国后的第一位老板——费罗洛斯先生。现在回想起来，一切依然历历在目……那是我工作的第一天，也是我离开临时过了一夜的中国驻纽约总领馆、到达美利坚的第二天，这是中国城莉莉职业介绍所为我找的第一份保姆工作。我穿上了像英国小说中女仆穿的那种白色抽纱围裙。第一件事就是跪在地上擦厨房间的地板，然后又是擦浴室，擦客厅玻璃，擦家具，吸地毯，一刻不停地干到晚上十一点，夫人才对我说："你干得不错，你可以休息了。看看，是不是一切大变样了？一切亮亮堂堂！"而我则筋骨散开，腰酸背痛，这还不算，我还从内心产生了一种平生第一次的屈辱感。人就是这么怪：没到美国拼命要到美国，没工作时拼命要找工作；可来到美国，找到工作又有一肚子委屈，一肚子奴隶的怒火！中国城的中文报纸上经常登载哪个移民或者哪个留学生长期打工打出神经病的报道。我完全理解这种心境是会把人折磨疯的。

从今天起，我就有住所了——纽约曼哈顿57街的豪华公寓。这位金发贵妇人瞪着猫儿般的蓝眼，反复地说她的丈夫是个非常非常重要的商界大亨。可我该怎么当管家呢？我想起我小时候的保姆，她管我们六个孩子很严。不过我也许不会那么认真，我会努力去干夫人交给我的一切粗活。对我来说更重要的是——睁大眼睛看看美国社会究竟是个什么样子。

又过了几天，我和费罗洛斯太太一起乘她的直升飞机，飞到了佛罗里达州棕榈海滩上。以后的一个月我成了美国直升飞机的"常客"，在曼哈顿至佛罗里达棕榈海滩之间飞来飞去。下机后由一辆"劳斯莱斯"轿车把我们载到一幢奶黄色的古老豪华的城堡前面。我立即看到有一排和我一样穿着白色抽纱制服的女仆和戴着领结的男仆站在城堡前，和我在电影《简·爱》中看到的情景一模一样。司机停车打开车门，一位带队的女管家上前向费罗洛斯太太行了一个优雅的屈膝礼，"为您效劳，夫人。"我听到她用很浓重的英国口音说。"这位小姐，Julia。"夫人指着刚从司机座旁跳出来的我说，"她是我刚从纽约雇来照顾布拉英的。"她话音刚落，只见一个金发的6岁男孩从城堡的大门中冲了出来："妈咪！……"他飞快地跑来，扑在母亲怀里。

我们走进了城堡，我这才知道刚才那个铜色的城堡大门只是个后门，而雄伟的前门，面对着佛罗里达西棕海滩碧蓝的大海。如果不是到这里来为费罗洛斯家当保姆，我真要为置身于如此阔绰奢华、风景如画的环境中感到一阵强烈的陶醉！佛罗里达的海同大连老虎滩的海水一样蓝如宝石，不同的是这里的沙滩宽阔又漫长，细软的沙子在阳光下发出金色的光芒。从海滩到费罗洛斯别墅中间隔着一个花园，花园中是碧绿的草坪和十座欧洲18世纪风格的人体雕像。花园南部有一个游泳池——他们可以在海中游泳，也可以在游泳池中游泳。花园北部是一个网球场，还有一个露天酒吧，在鲜艳的太阳伞下随便放着几把鹅黄色的帆布椅。

费罗洛斯太太让小布拉英带我参观每一间房间。我们来到底层兼做舞厅的大客厅，客厅中间有一架白色的三角钢琴，在宽大的玻璃窗前，映衬着一片天蓝的大海，使整个客厅看上去也发出一片莹蓝色。后来我发现这幢城堡分为前后两个部分：前面的全是主人住的，无论卧房还是书房，从每一个房间的窗子看出去都是一片蔚蓝色的大海；后面那一部分则是仆人和司机、花匠住的，我的小卧房也在那里，这里连我一共有八个仆人。前后两部分由走廊甬道连在一起。不久，我听花匠说，那个我从未见过面的主人——费罗洛斯先生十分苛刻。花匠的父亲为他干了二十年，手指砸掉后退休，由他接替。他又用电锯在修剪树木时出了事故，和他父亲一样失去了一个小指。但费罗洛斯先生不提供任何医疗费用，反而扣去他一个星期的伤假工资。其他女仆则告诉我说费罗洛斯太太比较善良，她唯一的爱，就是她的儿子。她是费罗洛斯先生的第二任妻子，她整天担心费罗洛斯会抛下她再去找别的女人。

我在那里照顾小布拉英的起居，给他洗澡洗衣烫衣。早晨早早起来准备好早餐，送布拉英去一所贵族学校上学，然后和别的女仆一起干永远干不完的清洁活儿。处处是擦擦擦、洗洗洗、刷刷刷。我不禁反复地想着列宁的那句名言："家务劳动是使人变得愚昧的劳作。"

可是你有什么办法呢？不像一条母牛似的拼命干，你哪来钱去上学呢？

两个星期过去了。在一个星期天的早晨，我看到了费罗洛斯先生，他正在海边花园的太阳伞下喝咖啡。我把牛奶壶递给他，他的眼睛在我的脸上停留了一分钟。

他长得很丑陋，谈不上一点儿美感。眉毛粗得像一只鹰，眼睛深凹，深棕色，脸上的皱纹很粗，唇上是故做出来的两撇浓须。眼皮惺忪，一看就是个性欲不正常或是吸毒品的人（后来证实他每天吸大麻）。

"Julia，你叫 Julia 吗?"他问。

"是的。"

"听我太太说你干得不错。"他跷了一下戴着只大钻戒的中指，轻轻弹着桌面。

"Thank you。"我觉得没有什么好跟他多说的，我很不喜欢他的那个动作。

"朱莉亚，你好好干，我可以帮你办绿卡。"他挪了挪身子说。

我一听就知道他在撒谎，他的眼睛后面还有一个眼睛。我快步地走回厨房。

星期天的傍晚，他差一个仆人把我叫到客厅。窗外的海洋泛着黛色的波浪，一盏柔和的壁灯照着客厅书橱中精装的书籍和一些古董摆设。另一盏落地灯照着坐在皮椅中的他，他的皮椅放在那架白色的三角钢琴旁边。

"费罗洛斯先生，有什么吩咐?"我问。

他还是那样死死地盯着我，我是这儿女仆中最年轻的。

"费罗洛斯太太参加舞会去了。"他用缓慢的声音说，一面抚摸着手指上的那颗钻戒。

"你看上去很伶俐。"他抬起头望着我，"你会弹钢琴吗?" 我这时看见三角钢琴的琴盖已经打开。在那一瞬间，我突然觉得此情此景就像《简·爱》中罗彻斯特和简·爱初遇的情景一模一样，不过这是个什么样的罗彻斯特啊！他苛刻，而且一脸丑相。

"我不会弹。"我低着头说了声，然后转身就走。

"请停步!"

我停下来，没有回头。

"请你把我这个拿去洗洗。"

我只好回去，这是他白天喝咖啡弄脏的一条白色丝手帕。"You very tough, ya ?"（你很倔，是不是?）

我一声不响，连看都没有看他一眼，快速走出客厅。

在我拿到了第一个月的工资——1000美元的那天，费罗洛斯先生因为一位老女仆把他的咖啡烧煳了而在大发雷霆。那位老女仆吓得恳求他扣去她一个月的工资，但是费罗洛斯先生命令她立即滚蛋，并且用最粗最脏的词来污辱她。晚上我到老女仆的卧房中帮她收拾行李，她一个劲儿地怪自己："我煮了十几年咖啡，怎么会煮焦了呢?"她的泪水如断了线的珍珠滚滚流下，她是位波兰裔妇女，英文懂得有限，她甚至不知道该怎么去买一张飞机票去投奔她在迈阿密的弟弟。

我花了一天的时间帮她买机票，并且把她送到直达机场的汽车上。当我回到别墅，费罗洛斯太太告诉我：我被解雇了。

现在又轮到我自己去张罗机票，而且这意味着：我1000美元的工资事实上只剩下700美元，因为300美元要买回纽约的机票。

我怒火中烧，我一天也不想再干了。正在这时，我接到了我的担保人柯比先生的电话——自从我来费罗洛斯家打工后，他每个星期给我打一次电话。

"我被解雇了，柯比先生，我要回纽约重新找工作。"我在电话中对他说。

"你被解雇了？太好了!"柯比先生在电话那头叫道，"我马上给你买机票，到泰德市来! ……先不要回纽约，听见没有?" 我真想看看我的担保人! 他的脸庞是多么善良，多么富有教养! 柯比先生立即在五分钟之内订妥了我由棕榈海滩飞往泰德市的机票。我挂下电话，发现费罗洛斯先生站在我后面!

我不知道他要干什么，在那一刻我再也忍不住，便用他辱骂那位老女仆的话——我刚刚学到的一句英语，对他说了句："You son of a bitch !"（你这狗养的!）

费罗洛斯愣在那里，完全被震慑住了。我提起行李，快步离开了这座城堡。

现在我不是女佣，也不是管家了。我坐在泛美航空公司班机上，到泰德市去看我的担保人一家！

我的担保人威廉·柯比先生的双腿是在越战中残疾的。参战前他是爱荷华州一家建筑材料贸易公司的老板，退伍后他仍是一位殷实的富商，并且和佛罗里达州州长、参议员关系过从甚密。

不少美国的富有人家，在佛罗里达州迷人的黄金海滩都有自己的度假别墅，其豪华、宽敞和游艇等设施比纽约曼哈顿公寓生活更有吸引力。泰德市在奥伦多附近，到了奥伦多机场，我一眼看到坐在自动轮椅中的柯比先生和他太太乔治娅，旁边有三个小天使般的儿女：金发的玛茜儿、克里斯佛和班尼。他们全家人都来了！大女儿17岁，两个儿子是11岁和6岁。我们坐上柯比先生的敞篷车，飞快地驶向他的别墅。

柯比先生家的别墅不靠海滨，可是靠近闻名遐迩的迪斯尼乐园和未来世界。他的房子非常大，地面上到处铺着大理石，这样便于他的轮椅驶向任何一个房间。室内游泳池旁是一间宽敞的游戏室。孩子们在这里打康乐球、玩电子游戏机，或是用程控机在巨大的屏幕上放映任何一部自己喜欢的电影。我简直搞不懂：难道在美国，每个人都这样生活吗？为什么处处都是这么富裕豪华？

"乔治娅，我有一个问题，"来担保人家的第二天我对夫人说，"你能带我看看附近其他美国人的家庭吗？……我是指……经济情况不像你们这么好的。"

乔治娅立即说："当然可以！你要去多少家都行！这里可不像纽约，我们这儿的邻居关系都十分亲密！"

在两天的时间里，柯比先生和乔治娅带我去了十一个朋友的家里，并且把我介绍给他们的美国朋友。我第一次像雷击般地被震动了：原来每一座房子的外形不同，但里面全部都是那种豪华设施，每家的客厅中都有名贵的油画和大钢琴，客厅之外是起居室、书房。主人房之后又有育儿房、客人房。家家都有举办鸡尾酒会的酒吧，每家都有室内游泳池和游戏室，再加上车库、地下室、储存室……房前的草坪鲜花盛开，房后的果树橘橙累累，河中有他们的游艇，不远处是绿茵茵的高尔夫球场……这一切使我眼花缭乱，使我震惊，他们的生活与中国人的生活，有着多么不可想象的距离啊！

对柯比先生的热忱我感动无比。我抓紧一切时间包揽他们家的各种家务活。柯比夫妇并不反对我干，但他们已经把我的日程排得满满无隙：

一、去迪斯尼乐园、未来世界，游玩两天

二、参观美国宇航中心宇航火箭发射表演

三、参加市政厅举办的鸡尾酒会和舞会

四、参观玛茜儿的学校，去牧马场骑马，再去观看游艇比赛

五、到各位美国朋友家赴家庭晚宴……

印象最深的是宇航火箭表演。乘坐游艇到佛州波拿那海湾，便可望见全美宇航中心的白色巨厦。这座大厦如金字塔般雄伟地屹立在海湾上，大厦的一侧壁镶嵌着一面占整个面壁的巨大的美国国旗，就像将整个长城饭店的千百只窗口变成一面美国星条国旗一样，令人惊叹！星条旗在日光照射下放射出像景泰蓝般的绚丽光彩。美国宇航中心的口号是：

"只要我们能梦想的，我们就能实现。"

美国宇航中心每隔两年举行一次宇航火箭发射表演，对佛州的美国人来讲是一次不花钱的超级聚会和享受。那天当柯比先生全家带我乘着他的私人游艇破浪向全美宇航中心飞驰而去时，我举目仰天，不由得吃惊：黛蓝色的夜空中，竟然密密麻麻地挤满了等待观赏火箭的私人直升飞机和私人小飞机！随着嗡嗡的声响如星星般在夜空中游弋，各色闪烁的机灯与银河星汉交相辉映。夜间八时整，宇航中心上空出现了一片橘黄色烟云，火箭腾空而起，那金色尾带的光芒映亮天空。霎时间，游艇上和岸边观赏的人们高举相机，千万只闪光灯射出一道道青白色的光箭。在这仿佛置身于银河的一片光辉之中，我激动

351

地感受到美国人的自豪感、美国人的富足和那份满足感！

在柯比家畅畅快快地玩了一周之后，我必须告辞了。我还要继续打工，像梦一样轻松的日子不属于我，但我对柯比先生及周围一大群既富有又善良、与费罗洛斯先生截然不同的美国人产生了深深的挚爱和友谊。

每一个中国人都可以交一个美国朋友，像我一样。

刚到纽约州立大学，商业管理主课还没开始，我突然接到柯比先生的一个电话，他说他又帮我买了一张飞回佛罗里达州的机票！

"你一定要来啊！……"他的话语带命令口气，"'挑战者'号上天，我和乔治娅在宇航中心订了全家人和你的席位，七个宇航员上天！不是什么火箭表演！和'阿波罗'号一样是真人上天！"

"可我的学习怎么办啊？"我既感激又犹豫。

"一天！只需要一天！"乔治娅接过电话说，"朱莉亚，你从来没见过的！你早上飞来，晚上飞回去，不会耽误课的！"

我又飞回了佛罗里达，这是我第二次到佛罗里达。这天是1986年1月28日，我们仰天望着碧蓝的天空，手中挥舞着美国星条旗，等待"挑战者"号上天。到了下午三点，终于在一片金黄色的烟云奔涌中，"挑战者"号上了天。柯比一家人和我一起激动地拥抱着、蹦跳着、欢叫着。突然，天空中出现了可怕的景象：那个像一个金片般闪烁升腾的"挑战者"号宇宙飞船突然爆裂开来，向四面崩散，变成一团充满焦烟的灰色云团！我们吃惊地捂上嘴巴，刚才欢腾一片的宇航中心观礼台，瞬时间死寂得如一片坟墓。

我们望着天空中那一团要熄灭的火球，几乎被混混沌沌的雾气遮没了。我们全都哭泣起来。

那天晚上，里根总统向全国发表演说，他要求全体美国人民向为美利坚捐躯的七名不幸受难的宇航员致哀……

我和柯比一家人在泪水中度过剩下的时光，我又赶回了学校。如今只要一想起那天，泪水仍然不觉涌上心头……

像七名美国宇航员那样的人是不会死的，正像人间的爱不会死去一样。我想起了美国电影《青山翠谷》中那个男孩子的一句话："像我父亲这样的人是不会死的。只有怀着一颗爱心，才能在人生的道路上走得最长、最久……"

威廉·柯比！乔治娅！你们对我——一个异国的陌生女孩所给予的爱，已经播撒出一片葱绿：现在我把你们接到纽约曼哈顿我的公司，或是我和麦克一起陪你们到欧洲各国旅游。你们总是以骄傲的口吻向别人介绍："这是朱莉亚，是我们担保她来美国的。1985年我们在上海宾馆认识，那时她还不怎么会说英语，她就向我们走来了……"

我的绿色峡谷！我的开遍鲜花的生活之谷！这难道不是一个奇迹吗？正像曼哈顿是一个奇迹一样，人生也是个奇迹！

帮助我实现了这个奇迹的，是他——我的美国担保人威廉·柯比，还有他的太太乔治娅。

周游世界

各人对生活的看法自有不同。有的人愿意守住一份温馨的家园，有的人不习惯异国的生活方式。如我父母双亲，我把他们接来美国，他们在美国各地只玩了几个月，便急于要返回上海。说起来，陶渊明"采菊东篱下，悠然见南山"，李白也未出国门，照样写下了流芳百世的不朽诗篇。但对于现代青年来说，周游世界总是他们的第一个梦想。我是一名现代青年，我喜欢像鸟儿一样在全世界的天空自由地飞来飞去。

世界是一本书，一个人如果只居住在自己的国家，那么只看了这本书的第一页。

周游世界，一定要趁年轻。周游世界，也一定要有幻想和激情，张开双臂去拥抱不同的国家、不同的种族、不同的山峦、不同的星辰明月……有一次，我在上海的一个女朋友不断地来信请求我为她作担保，并且在信中描叙当我们在尼亚加拉瀑布前相聚时会是多么激动，望着水花四处奔溅，在震心的喧响中拥抱欢笑。我把她担保出来了，而且第一件事就是驾车去尼亚加拉大瀑布。那时正值冬天，大瀑布的水帘上挂着形状各异的冰柱，雾气和水花从冰柱下面喷射出来，充满着荡人心魄的银色魅力。从北大荒到美国、欧洲、加拿大，人的足迹是多么奇妙啊！

周游世界对我来说，就像儿时看《格兰特船长的儿女》一样，带有几分冒险的心情。纽约的各家报纸每天都登满不同名称的旅行社广告，如：欧洲七国游，7月9日—7月18日。希腊地中海，10月13日—10月20日。苏联八日游，3月25日—4月3日。百慕大—加勒比海，每月一团。可我从来不参加这样的旅行社。我总是先把办公桌上的一只地球仪拿在手里转来转去，一边转动着地球仪，一边在纸上画出行程路线，然后拿起电话订机票，再给各国领事馆打电话约定签证时间。每年春天的复活节期间和每年冬天的感恩节圣诞节期间，总是我周游世界的日程。由于麦克的双亲在德国，所以我们的第一个起点往往总是先飞往欧洲……

慕尼黑

慕尼黑是德国各省中最大的巴伐利亚省首府。这座历史名城创建于1158年，为了纪念12世纪唯一的慕尼黑修道院而命名，它位于开满鲜花的多瑙河支流依萨尔河的左岸。历年的皇室大婚、隆重的仪式与嘉年华会的欢庆都在这座美丽古老的城市举行。但20世纪30年代，这里的一个啤酒吧中心却制造出一个杀人魔王——希特勒，并且把慕尼黑变为两次世界大战的纳粹总部。当魔王本人最后在柏林化为灰烬时，可悲的慕尼黑也被联军的炸弹夷为平地，全城几近全毁。

1972年，举世瞩目的世界运动会在慕尼黑举行，各国报纸纷纷报道：华丽而充满现代化设施的运动场之下，堆垒的竟全是战时被炸毁的颓垣废砾！仅仅三十多年，西德人就用一只巨手把如同《庞贝末日》的一个废墟城市抛到天上、地下，又捧出了一个全新的、骄傲闪烁的慕尼黑！

自从麦克父母在纽约参加了我们的婚礼，又在佛罗里达州受到我的担保人柯比夫妇的欢迎之后，他们对我——这个突如其来的中国儿媳的态度便发生了戏剧性的变化。首先是麦克父亲请我们到了纽约洛克菲勒中心的"彩虹屋"，共度了一次私人舞会，然后是麦克母亲那双充满疑惑的、走到哪里都瞪得大大的蓝眼睛开始变得柔和似水。在机场，她把那对镶嵌钻石的硕大珍珠耳环摘下，挂在我的耳朵上。接下去的几个月中，他们接二连三地打电报让我们一起去西德，并且说在维也纳、在瑞士、在巴黎的所有亲戚都在等候我们！

麦克姑妈在维也纳热烈地欢迎我们。她有一个和马克思夫人一样的名字——燕妮。燕妮姑妈有皇家血统，头发高高地盘在头上，对我讲话时用夹带着英语的德语。她讲几个月来已经听麦克父母讲了许多关于我的故事。第二天，按他们早就作好的安排，麦克父母乘一辆马车，燕妮姑妈和法兰克姑夫乘一辆马车，我和麦克乘一辆马车，驶向维也纳大森林。我们刚到慕尼黑，麦克父母就讲燕妮姑妈特地租来了马车，并且还要带我们去参观维也纳皇宫，由于姑妈没有退休，仍在自己拥有的一家公司上班，她专门和姑夫一起请了假，来陪我们这对新婚夫妇，所以我们在到达慕尼黑的第二天就赶到了我盼望已久的维也纳。

维也纳

随着马蹄有节律的声响和马车夫的吆喝，大车轮发出嘎吱嘎吱悦耳的声音。这是和纽约中央公园一样的旅游马车，马背上衬垫着丝绒搭，马车夫打着19世纪的黑色小领结，戴着高帽，车座十分宽大。我们一上车，马车夫就把一块传统的绿色绒毯盖在我们腿上，真让人想起电影《飘》中郝思嘉和白船长在马车中奔逃的情景。不一会儿，我们已置身在大片大片的森林之中了。马车夫低垂着头，马车有规则地一步步向前走着、走着。空中，微露的日光透过密密的绿色丛林，渐渐照射进来，各种小鸟在婉转动听地鸣啼，路边叫不出名字的绚丽花朵在微风中摇摆荡漾，似乎在欢迎远道而来的陌生的客人。维也纳森林比慕尼黑郊外的森林更浓密、更动人、更美妙，一阵阵新鲜的清风吹向我的胸怀，百鸟啭鸣，不禁使我心旷神怡，胸怀激荡。突然，我听到身后马车上的燕妮姑妈说："Julia，施特劳斯的《维也纳森林》《皇帝圆舞曲》就是在这片森林、这条驿道上写的呀！……麦克小时候一放暑假就爱到这森林来捉小松鼠呢！……"

在维也纳大森林转了两个小时，并且下车吃了燕妮姑妈准备好的丰盛的野餐之后，下午，我们来到著名的维也纳香布伦皇宫。燕妮姑妈讲，每年2月至6月间，维也纳市政厅在旧皇宫和国家歌剧院举办盛大的传统交谊舞会。这是维也纳人引以为荣的社交大事，舞会之夜有几个大乐队轮流演出施特劳斯的华尔兹舞曲，奥地利总统和联邦总理也参加并翩翩起舞。燕妮姑妈坚持说她与总统助理跳过舞并哈哈大笑。德国人的谈话既幽默又聪明，有这样一句话形容德国人：一个人喝啤酒，两个人辩论，三个人组织一个社团。

一路上，他们不时爆发出哈哈的大笑声，而且一笑就笑出眼泪。

多么热爱生活的欧洲人啊！

风景如画的维也纳是个建城已有一千八百多年的欧洲古老城市，我们来到维也纳著名的香布伦宫，她是欧洲最美丽的宫殿，宫殿外面是宽阔的广场，花坛中绿草如茵，簇簇郁金香晶莹透亮，绚丽缤纷，广场两边相衔着一望无际的维也纳大森林。皇宫四周处处是喷泉和精美的雕像——全是根据欧洲自然人体雕刻出来的天使和诸神、神女。香布伦宫自1695年始建造，几经数位奥匈帝国君王的增修，皇宫里有一千四百多间房间。

1805年，这里曾经是拿破仑节节胜仗的指挥中心。拿破仑唯一的儿子、年轻的罗马王就是在这里去世的。后花园有一个气宇轩昂、气势庞大、造型比巴黎凯旋门更胜一筹的巨大门庭牌坊——Glory，为纪念拿破仑而立。

千百年来，欧洲各国都以王子公主交换配婚，以维持整个欧洲的强盛不衰。香布伦宫里有一间珠宝屋，里面收藏了无数珠宝，并且摆满了中国的陶瓷和瓷器花瓶。离珠宝屋不远，有一间维护得很好的"少女屋"，那位有着一双星星般黑色大眼睛的女孩——奥地利公主，在16岁时离开了这座皇宫，嫁给了法国国王路易十六，她的名字是玛丽·安东尼特。在法国大革命中，她和她丈夫一起被送上断头台，电影《玛丽·安东尼特皇后的一生》即叙述了这个哀婉悲壮的故事。

另一部好莱坞传记影片《茜茜公主》的女主角也是香布伦宫的主人。她美丽无比、典雅高贵，出嫁前是巴伐利亚公主。巴伐利亚年轻的国王——茜茜公主的表哥，一心要娶表妹为妻，但17岁的茜茜已奉命嫁给奥匈帝国国王弗兰茨·约瑟夫一世，致使巴伐利亚国王忧郁成疾，变成精神病跳湖身亡，成为德国历史上唯一的"疯子国王"。茜茜公主从德国巴伐利亚来到奥地利维也纳，以美貌和善良为人民所热爱，可茜茜皇后却不幸又在日内瓦湖畔被一名疯子用利刀刺杀。弗兰茨国王孤独地度过晚年，他临终时告诉牧师，希望在天堂和爱妻及他们的独子相聚。国王和茜茜皇后唯一的儿子，原来是要继承王位的，却为了一位与之无法结合的平民女子，在维也纳附近的梅耶林自杀。电影《魂断梅耶林》即追叙了这段王子哀史。

我一边参观皇宫，一边想：世间名利，即或当国王公主，也未必会有真正的幸福。他们身居皇宫，却和普通平民一样有自己的悲欢哀乐。有多少普通人的一生，生活得却要比这些国王、皇后和王子幸福几十倍！自由几十倍！

踯躅在人去楼空的皇宫，踱步在宫廷御苑的地毯上和一幅幅陈年肖像油画前，我不由感到浮世繁华，南柯一梦。人生的价值只建立在你自己的心中。你的心房才是一座真正的王宫！

从香布伦宫出来，我们通过鲜花盛开的甬道走向高坡上的拿破仑纪念碑。麦克和我谈起贝多芬的女友贝蒂娜撰写的回忆录，麦克说那件全世界人人都知道的事就是发生在皇宫花园的这条甬道上。

那天，宫廷乐师贝多芬和诗人歌德在这条甬道上散步，远远地走来皇家的一群人，他们也来花园散步。歌德连忙抚摸领结清嗓子，一副慌乱的样子。贝多芬——我们的这位"乐圣"则平静地对歌德说："他们也许可以给某一个人挂勋章，但是这个人丝毫也不会因此而变得好些；他们也许可以任命一个宫廷参议或者枢密参议，但是他们绝对创造不出一个歌德，也创造不出一个贝多芬……他们应该学得尊敬一点，这对他们是有好处的。"正在这时，女皇带着皇室人员和公爵向他们漫步而来，贝多芬说："你尽管挽着我的手臂走，他们应该给我们让路，我们不让。"歌德深感惶惑地挣脱了贝多芬的手臂，脱下帽子站在一边，贝多芬却垂着两手在公爵中间穿过，仅仅稍微转动了一下帽子，这些公爵们倒闪向两旁，给他让路，并且一个个客气地和贝多芬打招呼。贝多芬走在前面，等着歌德，歌德一躬到地，等候公爵走过去。"出身贫穷的贝多芬和出身富贵的歌德，有着多么不同的个性！"麦克边走边说。

麦克挽着我的手臂，穿过甬道，来到拿破仑纪念碑，浏览了标志着几次重大战役的浮雕后，我们又来到皇宫后花园的一个小湖旁，燕妮姑妈事先预订了一条木船，上面有一个侍应生划桨，并提供葡萄酒、点心。小船在湖面上漂荡，麦克、麦克的父母、燕妮姑妈、法兰克姑夫一起用德语唱起了舒伯特的《小夜曲》。

> 我的歌声，穿过黑夜，
> 向你轻轻飞去。
> 在这幽静的小树林里，
> 亲爱的我等待你……
> 皎洁月光普照大地，
> 树梢在耳语……

我用中文和他们一道唱着。
这就是我记忆中的第一次维也纳之行。

后来我又多次来到维也纳，我瞻仰了贝多芬故居，也走访了歌德、席勒的故居。贝多芬的故居是满眼清贫，只有大堆的乐谱使这间灰黯的旧屋大放光辉并且世代不朽；歌德的故居则富丽堂皇，书房中放着歌德的《铁手骑士》手稿，他写这部著作时只有22岁，墙上的镜框中有歌德写给席勒的一封信："和你在热那亚相逢的一天，是划时代的一天。"处于贫穷和疾病中的席勒能够不受周围困境的影响，坚持不懈地创作，这种精神大大地鼓舞了条件优越的歌德，他说："你给了我第二次青春，使我作为诗人而复活了。"歌德要求死后同席勒葬在一起。

在歌德故居中还有一句话：

谁不指望有成百万读者，他就不应该写出一行文字来。

瞻仰这些伟人的故居，感受他们的天生资禀和生活激情，对我在不久之后决心写出一本书有着极大的影响。

萨尔斯堡

由于是莫扎特和卡拉扬的故乡，奥地利的萨尔斯堡闻名全球，而使它那连绵的群山、蜿蜒的小河和古老的城堡在全世界的银幕上出现在每个人的生活中的，则是电影《音乐之声》。走遍全世界，人人都会唱《哆来咪》，而我刚到萨尔斯堡的莫扎特广场时，竟迎面碰上四五十个10岁左右的奥地利儿童，他们齐声唱着《音乐之声》中的《哆来咪》，一边唱一边欢跳着，后面则是一位25岁左右的女教师，拉着手风琴为这群孩子伴奏。

麦克说，他小时候就是这样长大的，老师常把全班孩子带到郊外，尽情地唱歌、演奏或者背诵诗歌……

《音乐之声》讲的是一位爱唱歌的贫穷女孩爱上了一位反纳粹的贵族军官的故事，这是发生在萨尔斯堡的真实故事，在第二次世界大战中鼓舞人民反抗法西斯。这部电影获得奥斯卡奖后，至今仍是盛演不衰……

"莫扎特的故居在哪儿？"我催促着所有的人，所有的人也跟着我跑。现在，不是我按麦克亲人们的安排，而是他们"按"我的安排了，因为他们没有把参观莫扎特故居的日程放进去，取而代之是安排去看莫扎特的《费加罗的婚礼》。

"《费加罗的婚礼》？我在纽约林肯中心可以看啊，我先要去莫扎特故居！"莫扎特的故居坐落在一条狭小的小巷里，是一幢漆成黄白两色的五层楼砖房，莫扎特住在第四层。房间宽大，靠窗台有一架莫扎特在20岁时经常使用的手工制三角钢琴，墙上挂着莫扎特那由于贫穷而早夭的两个儿子的肖像和妻子的油画像。1791年12月5日，莫扎特在36岁死于风雪贫寒时，这位向全人类提供了天籁般无限优美的音乐、给世世代代的人们编织了绚丽的花环和音乐瑰宝的大师，是葬在公众墓中的，更确切地说，他是被人用一张床单包裹着扔进赤贫的死人坑的，唯一需要的花费就是买一把石灰粉撒在他的遗体上。莫扎特妻子改嫁后，仍然坚持要别人称她为莫扎特太太，她死后埋在一座荒凉的墓园中。墓碑旁杂草丛生，还能勉强看得见经风雨侵蚀的一行字：

这里埋葬着莫扎特的妻子。

一生贫苦的莫扎特，和一生贫苦的贝多芬一样，用他们的心灵给全世界的人们带来了无法计数的巨大、永恒的财富。如今，我们每个人都生活在他们的恩泽之中，我们的下一代，我们下一代的下一代也将生活在他们所创造的优美音乐的恩泽之中。

柏林

一到柏林，我的第一件事就是去看那座刚刚被推翻的柏林墙，这是本世纪最重大的事件之一。里根总统曾经发表演说："戈尔巴乔夫先生，你有没有本事把柏林墙推翻。"不出几年，戈尔巴乔夫就把这个本事显示出来了，并且因而获得了一枚诺贝尔和平奖，可惜的是，接下来他自己也被推翻了。随着柏林墙的倒塌，全世界发生了并正在发生着一系列划时代的变化。

在柏林听到的第一句话就是："冷战结束了，俄国人来了！"大街小巷里，处处是拥向柏林找面包香肠、找生计、找出路的东欧人、俄国人。超级市场中的一位女服务员望着抢购一空的柜台，摊开双手说："我能说什么呢？我有什么办法呢？他们也许背着枪来更好些，可是他们背着麻袋来……"

她讲这句话的时候正是黄昏，落日照着柏林的"第五大道"——柯夫斯坦姆大街和被炸削去一半尖顶的圣彼得大教堂。西德政府修复了所有的废墟，建立起无数条崭新的街道，但政府下令不准修复这座教堂，让它保持原状，让人们永远记住法西斯纳粹主义给这个国家带来的精神创伤。

伦敦

从欧洲大陆飞越英吉利海峡，眼前很快就展现出一片广袤的雄伟建筑群，飞机渐渐降落，泰晤士河、议会大厦、举世闻名的大钟 Big Ben 和白金汉宫呈现在眼前，甚为壮观。这就是伦敦了！

伦敦多雾多雨，街上建筑与上海外滩十分相似，令人惊讶的是在相当于南京路的伦敦闹区皮卡迪利大街，可以见到每个阳台、每个窗子都有人向你有节奏地招手，或唱歌，或舞蹈，仔细一看，原来都是些和真人大小一样的蜡像。为了吸引游客，伦敦人使出了他们制造蜡人世界第一的拿手好戏！

我们参观了写了《大卫·科波菲尔》和《双城记》的狄更斯纪念馆，又来到位于"罗素街"的大英博物馆。这栋仿古罗马神殿的雄伟建筑由四十四根圆形大理石柱擎天撑起，显得庄严典雅。走进博物馆即成为一次真正的周游世界，从彼得大帝奠基礼的皇袍到哪一个小爪哇岛国的风土人情，无不包含在内。在中国馆展出的古物中，有一份乾隆皇帝亲手批的奏折，几行苍劲的书法赫然在目："弗兴徭役加赋税以病民……" 我在这里停留了很久，仿佛看到了中国五千年来那幅缓缓沉重的画卷。中国清朝的一只瓶子都被全世界的皇宫、博物馆争抢珍藏，而中国人真正的价值与世界地位呢？

伦敦唐宁街10号和白宫一样对外开放，以昭示英国首相是人民的仆人而不是人民的主子。我到伦敦时正值"铁娘子"撒切尔夫人下台，报纸上她满含泪水面对国会议员的吼叫和喧嚣，一个一国之首就这么太太平平地下台了，既没有什么政变，也不用枪杆子里出政权。最近听说撒切尔夫人正与前总统里根、前总统戈尔巴乔夫协商成立一个"世界和平咨询团"。他们也像中国的老年人退休之后想干点事，办画院啦、搞个老人大学什么的，看来全世界的人都是一样的，总统或是平民，都是一种心态：希望自己有用，不要成为累赘。

罗马

在罗马圣彼得大教堂欣赏米开朗琪罗的《母爱》雕像时，那晶莹洁白的石雕经过百年仍然透露出艺术生命的光泽。来到埋葬着古罗马帝国皇帝和大艺术家的万神庙，在一盏长明火焰中仿佛看见米开朗琪罗、拉斐尔、达·芬奇伟大的灵魂。由二十八根螺旋形大理石雕塑构成的壮丽圆柱矗立的广场，使我联想起《斯巴达克斯》斗牛士角斗和奴隶起义的地方，古罗马斗牛场的遗址上建立了罗马圆形剧场，不远处耸立着著名的拉奥孔群像和阿波罗立像。罗马是全意大利、全欧洲的艺术宝库，绘画雕塑艺术的源头起源于这里。从罗马出发，我和麦克又去了梵蒂冈、米兰。在威尼斯，我们坐在漆成金黄色浮雕状的游船上，纵观河流环绕的水上明珠之城。在佛罗伦萨的阿诺河畔，观赏意大利人跳热情的民族舞蹈，我们驱车去了都灵，热那亚壮丽的海湾和凉爽的晚风，使我们心旷神怡……

罗马！条条大路通罗马！我们度过了充满浪漫色彩的罗马假日。

日内瓦

日内瓦最引人注目的是到处都是超巨型的日本"SONY"广告，走到哪里都看得到"SONY"的大霓虹灯字母。一到夜晚，它们便映照在市中心日内瓦湖的水面上，将那根著名的喷泉柱也映照得五颜六色、绚丽炫目。

日本的经济战，打到了全球各个角落，连世界和平之城也不可免战。

麦克的舅舅伏尔奥汉在瑞士的银行当经理，他先后用法语、德语和英语问我要到哪里去参观，而我的回答使他的眼镜差点落地。我说："我想看看列宁故居！"

"谁？"他大声说，"你在说谁？"

"弗拉基米尔·伊里奇·乌里扬诺夫·列宁。"我说。

他惊讶的灰眼珠瞪得像颗核桃大，麦克在边上直笑。我只好对他讲，我知道列宁在日内瓦和苏黎世流亡了很长一段时间，写了许多名著，我很想瞻仰一下列宁故居及一切有关的东西。

伏尔奥汉舅舅把他那颗脑袋在我面前用力摇来摇去："没有，关于列宁，什么都没有！……列宁只是一个符号，人们已把他忘记了！"

我只好表示既然没有列宁故居，那么随便到哪里都可以。于是我们驱车去美丽的琉森玩了两夜之后，便到终年积雪不化的阿尔卑斯山脉滑雪。

滑雪场在阿尔卑斯山中部的一片山峦上，海拔高度约三千零五十米，是瑞士中部的最高点。我们下了山中缆车，换上了五颜六色、鲜艳夺目的滑雪服，系上滑雪冰刀，就从白雪皑皑的阿尔卑斯山脉的高处滑下。滑雪是一种全身性激烈运动，能锻炼人的意志、胆量和判断力。在纽约，我每年冬天都去洛克菲勒中心滑冰，或去纽约的 Great Bear Mountain 滑雪。对美国人来说，滑雪是冬天必不可少的运动项目，现在当我撑着滑雪器的锐利杆杠，飞速地越过一大片白雪山峦，只觉得充满竞争的生活就像这滑雪一样，多么有声有色，多么美好！突然，一团鹅黄色的影子在我身边嗖的一下穿过，是麦克！他追上我了，还不等我思索，只见前面一片大峡谷，我屏住呼吸全身用力往前一跃，冰刀载着双脚落到了低谷。又有一团红色影子从我头部右侧越过，那是麦克舅舅在距离我不到四米的后面，我的距离在麦克和伏尔奥汉舅舅中间！

自从那次在阿尔卑斯山脉滑雪之后，我才明白纽约人为什么要到瑞士来滑雪。在阿尔卑斯山尽情地滑雪、飞跃峡谷之后，我们又回到日内瓦，尝一尝伏尔奥汉舅舅拿手的日内瓦烤牛排，一杯啤酒、一盘烤肉，大快朵颐……

埃及

麦克英姿飒爽，干练而又文雅，他还有另一个广阔的内在世界，那里蕴藏丰富，有时会闪现出只有诗人才可能有的激情火花。当他对我说："到埃及去！"我立即跳了起来，很久以来我就想瞻仰暮色中的金字塔了！我们到达埃及金字塔时正是傍晚，将行李飞快地在希尔顿酒店扔下，就冲向慕名已久的金字塔。我们眼前出现了奇妙的景象：骆驼队在城郊的沙漠中穿过，带队人穿着像埃及远征军那样古老的带垂穗的制服，仿佛带的不是一队骆驼，而是一支大兵。入夜，浅蓝色的火束照亮了金字塔，照亮了沉默端庄的狮身人面像，我深深地被它那古老的色彩和严峻的形象所震撼，它给人留下幼发拉底河两岸一个伟大民族难以忘怀的强烈形象，我和麦克自由自在地踯躅在历史的奇迹之中。

第二天一清早，风和日丽，我们再次奔向金字塔，这回我们要像电影《尼罗河上的惨案》中那样，数着阶梯一格一格地攀缘登上金字塔顶端！

"金字塔两千三百一十九格阶梯！"我学着电影中女主角的声音叫着，风正呼呼地吹着我的长发和衣裙，"麦克！现在你要干什么？"

麦克从大石块阶梯上站起，在金字塔的半腰间，一把将我抱起，他呼哧哧地喘着气说："我要……我要所罗门王的鼻子朝向大马士革！"

（《旧约》中所罗门王把所爱人的鼻子比作大马士革的一座塔。）

他吻着我，将我抱在他宽大有力的手臂中，我们的目光射向远处，在那座叫作雅典的大门口，一位祭司女神向我们走来，她穿着白色的纱袍，手持一把火炬，她越走越近，直至火光照耀得我们睁不开眼，我们看到火光映照在天空中，那里也出现了一座金字塔，金字塔在海市蜃楼的天边，它也在我们脚下。我们又激动地互相吻着，人生是这么充实，它在天边，也在你的脚下……自由自在地活着是多么美好啊！

布鲁塞尔

比利时王国的首都布鲁塞尔是个繁花似锦、教堂林立的城市，市中心广场有一块铺满鲜花的"花毯"，面积和上海人民广场中央差不多。一到节日盛典，国王王后便在花毯上点燃照亮首都的火炬，在"国王万岁！"的欢呼声中，千万支火焰蹿入空中，天上烟花和地上花毯相辉映，比利时人穿着节日盛装载歌载舞，通宵达旦……

比利时和其他欧洲各国一样，几乎看不到外国人。比利时人有着幽默自信的性格，而这个性格据说是来一个撒尿的小男孩。因此，我们一下飞机，就朝最精彩的地方奔去，我们要去看看那个吓退了敌军的撒尿小宝贝。

这个小宝贝是个耸立在花坛中的铜像，身后是标志着祖国铜墙铁壁坚不可攻的浮雕，他的铜像和真正的3岁男孩一般大小，卷曲的头发，大大的眼睛，很好看的翘鼻子和小嘴，正站在城堡上向侵犯祖国的敌军头上撒尿！那一道表示蔑视的尿据称已经撒了几百年，终年不断……

在布鲁塞尔等候飞往法兰克福的班机时，在机场我遇到了一位"白雪公主"。这位看上去十七八岁的女孩，满头披着卷曲的金发，皮肤雪白，有着鲜红的嘴唇和一双湖水般碧蓝的眼睛，我看着她，几乎看呆了。只要换一身衣服，她就能立即变成真正的"白雪公主"，但是她穿着机场餐厅的制服，白短袖，黑短裤，没有穿袜子，脚上是一双橡胶底的男式系带黑皮鞋，她胸前挂着机场餐厅的牌子，她所站的窗口其实不是什么餐厅，而是机场快卖部。整个快卖部带厨房只有她一个人，这位"白雪公主"始终满脸微笑，动作麻利，一刻不停。她先问排到跟前的顾客要什么，然后根据订单，炸薯条，烤牛肉饼，拌沙拉，一切都是从冰箱拿出的冷冻食品，一份份单制给每个人。当这一份饭"烧"好后，她在客人面前包好，问客人付西德马克、比利时法郎还是美元，然后根据当日牌价飞快地换算、找钱，再招呼下一个顾客，再去烤下一个顾客的炸鱼、吐司和意大利通心粉，再找不同的外币，再下一个顾客则要炸虾和煎鸡蛋、洋葱圈，于是"白雪公主"又把这些冷冻食品从冰库飞快取出，炸、翻、煎、包，将全部食品递给顾客并找了钱后，再低下她美丽的金发脑袋说一声"谢谢"。我注意到她的手指，她的手指十分粗糙，和她娇嫩的脸蛋完全是两回事，多么能吃苦的比利时小女孩！面前这位"白雪公主"始终微笑，总是"谢谢"，双脚双手不停地奔来奔去、烧来烧去、包来包去……像一个美丽的影子在不停地舞蹈。

欧洲怎么会富强？欧洲怎么会文明？就是因为在各个岗位上，有千千万万这样的"白雪公主"！

远方的比利时"白雪公主"你好吗？可不要累坏了身体呀！

巴黎

法国是现代化欧洲的隆盛之邦，巴黎是世界的"花都"，当我站在花团锦簇的香榭丽舍大街，前面是威武典雅的凯旋门，抬头仰望着埃菲尔铁塔，耳畔传来巴黎圣母院的一阵阵沉重的钟声，我心中不禁一阵阵兴奋：我终于来到巴黎了！

就像当初刚看到自由女神像，终于来到了纽约一样，现在我终于又来到了巴黎！我的文学之梦、音乐之梦早已魂牵梦绕的巴黎！五光十色的巴黎，将一幅欧洲现代生活的图画投射在我的面前，但我更感兴趣的是立即去找一找那些点亮了我生活之路的伟人们的足迹……

罗曼·罗兰是我所崇拜的人。他在巴黎当学生时期，生活是相当苦闷的，他讲唯有三个方面能使他抑郁的精神得到调剂，孱弱的身体得到休养：

一、大自然、森林、罗马灿烂的阳光；

二、欣赏音乐；

三、泛览文学作品，尤其是名著。

巴黎的灿烂阳光晒暖了他的心胸，使情绪低落的他获得了和命运拼搏的勇气，重新获得活力。1908年，罗曼·罗兰在给苏菲亚的信中说："没有任何人，不论他多么伟大，能够孤独地生活，和你爱的人分离之后，没有任何人能够活得有意义、能活下去。"

他是多么渴望生活中友谊的安慰，后来在罗马，青年罗兰第一次感受到友谊和爱情。他的女友是位70多岁白发苍苍的老太太，这位常常端坐在文艺沙龙中间的女主人，极欣赏罗曼·罗兰的钢琴演奏，她就是巴黎和罗马的社交界不可一世的精神贵族之首：玛尔维达·梅森堡，她十分赏识罗曼·罗兰的音乐天才，同时也钦佩罗兰的智慧、才华和道德品格。她常常和罗兰推心置腹地交谈到深夜，这位老妇人点燃了罗兰心中的生活火焰。

每个人一生中都需要有一位玛尔维达，以点燃他的生活之火。

罗曼·罗兰的这位指引者是出身非凡的，她有着传奇般的经历。才华横溢的作曲家瓦格纳曾经和玛尔维达发生过炽烈的爱情，多年后瓦格纳仍然满怀深情地回忆："她永远是我唯一的爱；随着岁月的流逝，我愈来愈感觉到这一点，那是我一生中的顶点。"歌剧《特里斯坦》中即有玛尔维达的倩影在舞动。她年轻时也曾和尼采熟识，同时，意大利革命家玛志尼、俄国的赫尔岑，都是她的好朋友。罗曼·罗兰从少年时起就深感需要一个互相倾吐、肝胆相照的好朋友。直到玛尔维达站在他面前他才如愿以偿，他们陷入了心境复杂的爱情之中。罗曼·罗兰说："这位女友是我的第二母亲，她爱我，我也爱她，我们的感情充实而又笃厚……"

我来到了罗曼·罗兰和玛尔维达作倾心交谈的客厅，一个圆形镜框中是她少女时的相片，那双美丽睿智的眼睛吸引过瓦格纳、尼采、赫尔岑……我仿佛看到22岁的罗曼·罗兰和70岁的玛尔维达在亲密地侃侃而谈，探讨人生……

我们又去了乔治·桑在诺昂的故居。

乔治·桑是19世纪杰出的浪漫主义作家，她一生追求自由、平等、个性解放，恩格斯曾经高度赞扬过她的作品……1832年，28岁的乔治·桑以发表了《安蒂亚娜》一举成名，不久后，便与诗人缪塞陷入如火如荼的婚外恋之中。她一生漂泊动荡，她那热烈追求爱情和美好生活的火焰始终不减，但与当时社会的道德准则却格格不入，每一次狂热的爱情，带来的只是更深的痛苦、矛盾、分裂……

在李斯特的介绍下，乔治·桑结识了波兰大钢琴家、作曲家肖邦。每天晚上，肖邦在城堡底楼大厅中弹琴作曲，乔治·桑则在楼上埋首在一大堆稿纸中，在楼下传来的优美的钢琴声陪伴下，写出大量的剧本、小说……他们相爱了八年，最后却因生活琐事不断争吵，感情恶化而分手，悲伤的肖邦经不起这个打击，不久便去世，他死前曾这样形容乔治·桑："奥罗尔（乔治·桑昵称）的眼睛平时是黯淡的，只有在我弹琴的时候，这双眼睛才闪闪发光，于是，世界变得明亮又美好，我的手指在钢琴上弹奏，她的笔在纸上快速飞舞！她竟能一边听钢琴一边写作……"

我在这架肖邦常常弹奏的三角钢琴前久久伫立，我眼前浮现了鼻子长得和肖邦很相似的、我的才华横溢的钢琴老师乔耐，以及我们那没有成功的恋情；黄昏暮色射进乔治·桑故居空荡的四壁，我好像又看到乔治·桑写累了，走下楼来在肖邦伴奏下唱起她心爱的、亨德尔的《绿叶青葱的树荫》：

绿叶青葱，多么可爱，
我最亲爱的枫树，
你照亮了我的生命。

雷鸣闪电，

或暴风雨都不能侵犯，

从来没有一片大树荫，

有这样可爱和美丽……

　　维克多·雨果的巴黎是与巴尔扎克、莫泊桑、大仲马、乔治·
桑、福楼拜、左拉、法朗士、都德、梅里美、司汤达的巴黎汇合在
一起的，也有人把它叫作"罗曼·罗兰–托尔斯泰"的巴黎，那是
因为当罗兰刚从巴黎师院毕业，为抉择道路而苦恼彷徨时，看到
了托尔斯泰的一本小册子《我们到底应该怎么办？》，其中谈到
"文学……是一种巧妙的剥削"，罗兰先是震惊后又迷惑，于是他决
定写信请教托尔斯泰，回信的希望几乎没有，因为世界闻名的托尔
斯泰不一定会注意到像罗曼·罗兰那样默默无名的与他毫不相干的
法国青年！

　　可是过了几个星期，托尔斯泰给罗曼·罗兰回信了，信是用法
文写的，写了三十八页！

　　"亲爱的朋友，"托尔斯泰写道，"我收到你给我的第一封信，它
打动了我的心，我含着眼泪读完了它……"

　　信中谈到了艺术的价值和人生的价值，托尔斯泰向罗兰说：
"不是对艺术的爱，而是对人类的爱，才能使艺术家创造出自己的
价值……"

　　托尔斯泰的回信对年轻的罗曼·罗兰给予了决定性的影响，改
变了他的一生……

　　巴黎五区，写了《包法利夫人》的福楼拜故居并不宽大，但墙
上挂着几幅珍贵而又生动的照片，使人感到这间房间曾经充满了快
活的情趣，在巴黎的作家们常到这儿聚会，大家都带着刚刚出版的
书。福楼拜拿来的是《圣安东尼的诱惑》和《三个故事》，龚古尔是
《勾栏女艾丽萨》，屠格涅夫是《处女地》，他们真诚地分享成功的快
乐，又尖锐地挑出书中的毛病，争辩，畅叙，毫无隔阂……

在一个阳光灿烂的早晨，我来到巴黎圣母院，向巴黎告别。望着那使许多人为之目眩、灵感迸射的圣母院钟楼，我想起了雨果，他的灵魂总是在这里散发出震撼世界的光芒。从圣母院，我又走向凯旋门。拿破仑在遗嘱中说："请将我的骨灰运回我终身热爱的法国。"他死后二十年，遗体从凯旋门下隆重地运回巴黎，许多身经百战的老将军半跪在香榭丽舍大街旁默默哭泣，为一位伟人祈祷。1885年，维克多·雨果去世时，法国在凯旋门下为他举行国葬，两百万法国人民护送他的灵柩，背诵他的不朽篇章。我又想起《少女的初恋》中的一句话：

> 巴黎埋葬着罗伯斯庇尔、巴尔扎克、肖邦，然而法国最大的荣誉，是属于那些精神自由和自豪、有纯粹人道特点的人。对人类来说，这些特点的价值远远超过艺术和文学的才能。

再见了！香榭丽舍大街！再见了，巴黎！

苏联

我至今对苏联仍充满幻想。

我这人不到黄河不死心。

就在我写下这一章这一段的前一个星期，我到纽约中国城珠江百货公司录像部，去借几盘1991年中央电视台春节大联欢的录像看，我每年在这时都邀几个朋友过一过瘾，特别是看看陈佩斯和朱时茂那令人捧腹的小品。我借完了录像带，突然看到架上放着一排陈年影带，其中有一个录像带上写着《丹娘》，架下是一行中文字："处理录像带，特价5美元。"我立即将《丹娘》买下。回到家里，我想：这还是我小学三年级时看的电影，现在我已经40多岁了，我再看《丹娘》时，会是一种什么样的心情呢？

我打开录像机，屏幕上出现丹娘（即卓娅）小时候的画面，她指着窗外克里姆林宫的五角星，问母亲那是什么，妈妈说那是列宁、斯大林在照耀。她小时候也朗诵普希金的《渔夫与金鱼的故事》，她戴着鲜艳的领巾参加红场前的国庆检阅。在莫斯科二〇一中学，她举手请求老师把被纳粹烧毁的书都借给她读一读，她和我小时候一样每天写日记，她和我一样对祖国、对党充满了崇仰和美好的理想。后来她死了，死在法西斯德寇的绞刑架下。死前她高呼："不要难过！不要为我哭泣，斯大林会来的！"而我，在和她差不多同样的年龄时，向报社写了一封怀疑"文化大革命"的信，并在信后工工整整地签下了自己的学校和名字，却招来对一个女孩子残酷的批判斗争。我也差点死去，但不是死在法西斯的绞刑架下，而是死在对突如其来的大批判的恐惧和无穷冤屈之中……

我像丹娘那样地长大。我边看边流泪，为了这个英雄姑娘的死，为了她那颗晶莹正直的灵魂，也为了另一个丹娘而哭泣。我没有去参军，也没有战争，却突然赶上了运动。由于她为了突然失去的亲人和周围善良人的哭泣声，向党发了一个问号，发出了一封信，就立即被恶风席卷，差点儿被置于死地……我的眼睛哭得肿肿的。电影中的一切，红场、列宁墓、涅瓦大道、莫斯科郊外河畔的晨曦，曾经给了我多少梦想，曾经给了我一个多么光辉灿烂的金色童年！小时候，我翻破了两本书，一本书是《卓娅和舒拉的故事》，另一本是《古丽雅的道路》，却做梦也没有想到在17岁上时，会遭受到那样的厄运！我更没想到二十年后在美国看《丹娘》时仍有这么多的泪水、激动和战栗！

我无法形容我走向中年时再看《丹娘》的心境。我的梦想曾经两次破碎：一次是"文化大革命"，一次是现在——因为苏联已经解体，它不存在了。红场上飘扬着的已不是卓娅每天向它敬礼的镰刀斧头红旗，而是沙皇时代的三色旗，甚至还有人提出要拍卖列宁的遗体来换取饥肠辘辘的人民所需要的牛油和面包。于是，实现我儿时的梦想，去看一看列宁，看一看红场，成了我在1991年圣诞前最强烈的愿望！

1991 年 12 月 20 日，我和麦克再次飞往欧洲时，正是独联体成立不久、苏联解体前夕，全世界都不知道下一步又会出现什么戏剧性的变化，或者是更大的灾难，而我看到麦克父母的第一句话就是："我一定要去苏联！"

在我飞往德国前一星期，就打电话让麦克父亲为我预订从柏林飞往莫斯科的机票和饭店房间，但是他们惊慌失措。慕尼黑、柏林、维也纳、日内瓦所有的亲戚都知道了麦克父亲——"老警官"的这句话："我们的中国公主要去莫斯科！她说非要去看看列宁不可！"这些在完全不同的社会制度和宣传下长大的亲友们，一个个目瞪口呆，怎么也不明白我怎么会在苏联正陷入一片混乱时冒出了这么一个念头，于是，从欧洲各城市来的电话不断，维也纳的燕妮姑妈和日内瓦的伏尔奥汉舅舅甚至专程飞到慕尼黑劝我不要冒险。我并不是想去冒险，很久以来，我都一直想着：我们小时候的梦想和光辉都到哪里去了？《列宁在十月》《列宁在一九一八》，瓦西里也好，那个冲进《天鹅湖》演出的剧院宣布苏维埃诞生的警卫队长也好，他们都到哪里去了？难道红场会变成纽约 42 街的时代广场？难道演出了十月革命雄壮剧幕的斯莫尔尼宫会变成纸糊的、倒塌的偶像？

我一定要到苏联去！在有人企图搬走列宁之前！在我脑海中，什么都不怕，即便会有大乱。美国记者约翰·里德不是在大乱中写下了《震撼世界的十天》吗？波斯湾战争中，美国 ABC、CNN、CBS 电视台记者，不是也冒着生命危险采访吗？我甚至希望看到一些精彩的东西，诸如一幢大厦的倒塌、千百人的逃散，甚至炮火、坦克……我当过记者，我想看看我是否仍然具备一个记者应有的冷静和机警。

圣诞节一过，我一个人去了柏林，再从那儿去莫斯科。

从慕尼黑到柏林的电气火车上，我翻阅着十几年前写的厚厚的日记本，除了几本日记本之外，我带了满满一袋食品，火腿、熏肠、腊肚、奶酪、面包、橘汁。"当一种巨大的贫穷和匮乏降临的时候，罪犯也就随之降临！"麦克母亲还硬让我在这个信条之下带上一把牛角刀以防不测。麦克已经飞回纽约公司去指挥他的那个部门。麦克父母曾向儿子保证不会让我去俄罗斯，但我还是去了。我是一个无法禁锢的人。所以，过了几天麦克又飞了回来。

在舒适明亮的西德电气列车软包厢中，我翻开以前的日记，那是我20岁时记的读书感想，我细心地看着书中的摘录：

《黑面包干》德伯拉金娜
有这样一个党

采烈尼里的发言到了顶点，他用力地伸开手臂，用完全控制了听众的声调说下去：

"那时，"他说，"在俄国没有一个政党会说：把政权交给我们手里，走开吧，让我们来代替你们的位置，这样的政党在俄国是没有的！"

留着长发的社会革命党人的脑袋摇晃着表示赞同，孟什维克也抖动着稀疏的胡须，唯唯称是。但是，一个响亮而清晰的声音突然划破了这一片寂静：

"有！"

那是列宁从自己的座位上站起来，盯着这位卖身求荣的部长、社会党人，喊道：

"有这样一个党！"

于是，在这因为出其不意而沉寂下来的大厅里，在俄罗斯，在全世界都响彻着他那气势雄伟、热情洋溢的声音：

"有！有这样一个党，那就是：布尔什维克党！"

……

圣诞节前夜

"执行命令，"他说，"快！"

我把两手放到了伯爵夫人大理石般的肩头上，由于仇恨和反感，我们两人都哆嗦起来：她对于我，是由于我这双风吹日晒的粗糙的手；而我对于她，是因为她那柔软得像蛇似的身体和滑得像绸子似的皮肤。

"你细搜！"库兹米切夫说，"要搜得仔细！"

我克制住心头的厌恶，对轻软蓬松的花边的每一个皱褶都做了仔细的检查。忽然我发现伯爵夫人的左胳膊不知为什么总紧贴在身上，我轻轻把它拉开，伯爵夫人就反抗，我猛然一拉，把手硬伸进去，摸到了一根密封的小管子。

"当心！"廖尼亚叫了起来。

廖尼亚，我的朋友廖尼亚！四分之一世纪以后，在伟大的卫国战争的日子里，你，苏联著名的将军陷入了重围，可是你要受伤的战士们坐上派来接你的飞机，自己却留在战场上牺牲了——被法西斯匪徒打死了。

那时候也是这样，在逮捕沃龙卓夫伯爵夫妇时，你扑了过来，用自己的身体掩护我。就在这一刹那，我看到了从墙底的裂口中伸出来的左轮手枪的枪口，枪声响了，子弹射穿了你的大衣，但我们仍牢牢抓住伯爵夫人不放。

我仔细地看了我当时怀着激动的心情写下的大段感想。《黑面包干》这本书，我从上海带到北大荒，后来又带到纽约。这时一位西德小姐走来，向我面前的杯里加了点咖啡，车厢里开始播放一首德国流行歌曲。

我又翻了下一页，那是我摘录的柯切托夫的《叶尔绍夫兄弟》中的一段：

当廖丽亚唱起一支和先前唱的那些迥然不同的歌曲时，季米特里好像给刺了一下。他非常喜欢这支歌，它是这样地激动着他，使他一听到这首歌就想站起来，在黑夜里迎着风，漫无目的地走着——让风使他的胸怀凉爽，让漫无目的的散步给他带来安慰，使他忘却过去经受的一切。

廖丽亚唱道：

敌人烧毁了故乡的草房，

杀害了我的全家，

战士啊，现在你将走向何方？

去向谁倾诉自己的悲伤？

季米特里站起来，走到窗前，凝视着窗外的一片黑暗。

普拉斯柯维亚，

请原谅我，

就这样来到你的身旁。

本该为人们的健康而畅饮，

我却为死去的亲人洒下了祭觞。

在那广阔的俄罗斯大地上，它为那个民族哺育了多么富丽堂皇的文学艺术和音乐啊！托尔斯泰、屠格涅夫、陀思妥耶夫斯基的文学名著，柴可夫斯基的《如歌的行板》《第一钢琴协奏曲》，拉赫玛尼诺夫的《第二钢琴协奏曲》，俄国画家列宾、列维坦、希什金……没有俄罗斯就没有我们这一代的精神世界！我仿佛独自来到莫斯科郊外，站在卓娅和她的男友一起散步的暮色笼罩着的涅瓦河畔，在金色的晚霞中听她大声朗诵马雅可夫斯基的诗：

我赞美，祖国的现在

我

三倍地赞美

祖国的将来……

我仿佛看到一辆三套马车在冰雪覆盖的伏尔加河上颠簸缓驶

（在北大荒兵团时我们无数遍地唱那首《三套车》），还有那给了普希金灵感的彼得堡郊外金色的秋天，落叶纷纷飘落，覆盖着诗人奶娘的墓地……

俄罗斯！儿时的梦就要出现在眼前！

"柏林到了"

"柏林到了！"有人叫道。我擦了擦泪水，我不知道为什么对马上就要看到的景象会那么激动，在柏林搭上飞机只需瞬间，我就要置身在我儿时的梦——在红场上！在列宁墓前！

我一眼看到了柏林古教堂顶端的断瓦残垣，我赶紧收拾行李，下火车后叫上一辆轿车直奔机场。

"护照呢？"一位海关人员叫住我。

我拿出了我的护照。

"不行。"那位高大的俄国人说，"你是美国绿卡中国护照，你不可以免签证，除了中国官方人员和其他社会主义国家官方人员的护照免签外，其他各国护照都要签证。要等三个星期。"我一下子愣在通向莫斯科的机场入口处！

我的一位朋友从香港打电话来纽约，他刚去过俄罗斯，说可以免签证，却没有告诉我他用的是中国官方护照！

三个星期当然不行，我的休假期有限。我沮丧地走出了柏林机场的海关监视站。"真是官僚啊！"我心里咒骂着，"真官僚，盖一个图章要等三个星期！"

这真是周游世界中最长的签证！

我没有到黄河，我没有看到莫斯科。

因此我的心还不死。

后来，1992年11月，及1995年、1998年，我三次去了莫斯科，并去了圣彼得堡，我终于实现了儿时的梦想：看到了克里姆林宫、红场并且瞻仰了列宁墓，我离开了美国旅游团，独自一人跑到莫斯科新圣女公墓，为的是看一看在我成长的里程中起了重要作用的俄罗斯人民的英雄儿女——卓娅和舒拉之墓，以及看一看奥斯特洛夫斯基之墓。印象最深的另一件事是，当我站在莫斯科俄罗斯艺术博物馆的油画廊前，看着那些伟大的艺术原作：《伏尔加河上的纤夫》《弥撒游行的队伍》《庞贝末日》《意外归来》……我眼前不禁又浮现了北大荒的小屋，炉火噼啪燃烧的小炕洞前，地上堆满了这些伟大的俄罗斯油画的图片。于廉从这儿汲取艺术营养，我从这些画作中汲取的是精神力量和刻骨铭心的对青春足迹的记忆……望着呈现在眼前一幅幅那么熟悉的油画，我又想起于廉，我的眼眶不禁地湿润了。我这时多么希望他也同我在一起，站在这些油画前面啊！我仿佛看到他从北大荒的小屋向我走来，这是一股如同冬夜的篝火一样永远斩割不断的北大荒情思，它已远远超过个人的感情而具有更深刻的含意。

在圣彼得堡，我去了冬宫，去了普希金的故园，又在大雪中去寻找托尔斯泰的生活足迹。我深深地被伟大的俄罗斯历史、文化艺术和这个民族的人民不屈不挠的精神所打动，我相信俄罗斯是世界上最伟大的民族之一，她的精神养育了我们这一代人。

东欧

到东德和波兰都不需要签证，所以我一回到慕尼黑的那座城堡里，"老警官"就说是上帝把我给送回来了，谢天谢地。为了安抚我的沮丧，他立即表示驾车带我去波兰和东德。麦克后来因听说我去俄罗斯，吓得从纽约赶回，他认为这是一件最不适时、最不值得的冒险行径，于是麦克母亲、燕妮姑妈、麦克和我一起乘上"老警官"亲自驾驶的"奔驰"开往东欧。

在东欧，我一看到列宁雕像的头像或全身像就喜形于色，并且立即跑上去和列宁雕像一起合影，或者是把这些屹立在花丛中的大理石像、花岗石像拍了又拍，有时还抱着列宁那著名的宽大光洁的额头吻一下，好像我真的见到了列宁一样。真的，在国内，过去可以看到许多毛泽东像，却从来见不到一座列宁像。"马克思列宁主义"在报纸上，但绝对不在大街上。东欧各国则处处是高大雄伟的列宁像，无论在街心花园、学校、广场、博物馆前或剧院前面……

我的这一切"行径"，使跟随我的一大群欧洲亲戚们——慕尼黑的、维也纳的、日内瓦的，穿着貂皮大衣、打扮得珠光宝气、皮肤娇嫩的、像伯爵夫人一样的亲戚们个个目瞪口呆、面面相觑。

有一次麦克终于忍不住，悄悄对我说了声："别太浪费你的时间和胶卷，列宁在夺取政权时曾经杀了许多人，特别是农民。"

我立即变得愤慨起来："请你不要那么说……列宁在我心中坚如磐石，他杀的不是农民，是富农。"我仍清楚地记得小学四年级看到的盖达尔小说《少年鼓手的命运》中，那个少年鼓手揭发了他的富农叔父囤积粮食破坏革命，后来被叔父暗杀。

我和麦克经常为这类事发生争执，这可能是我们各自出身、成长的背景不同。有一次，他放一盘录像带——麦克收集了五百多部故事影片和文献片。那部录像放的是斯大林在新经济政策时期农村饿殍遍野的纪录片，我看了不到五分钟，就一挥手说："这是政治宣传！我不要看！"我跑上去把录像关掉，然后取出一盘《大逃亡》放上，对麦克说："看看这个吧！奥斯维辛集中营！这才是历史！"

麦克耸了耸肩膀说："亲爱的……这儿又没人管你，你何必把自己套在一个框子里？……反对新经济政策的布哈林，不是也平反了吗？"

《大逃亡》讲的是第二次世界大战中，犹太人波兰人从希特勒奥斯维辛集中营逃亡求生的真实故事。麦克不动声色地看起来，并且很快沉浸在故事情节中，他已经看了许多遍这部电影。我们到德国后的第一个参观项目，就是他带我去参观纪念二次大战犹太死难者的历史博物馆和集中营旧址。他讲还有许多德国青年恨希特勒，同我们恨"四人帮"没有两样。

我望着麦克凝视屏幕的眼睛在想：我还能讲他什么呢？他总是那么平静地对待自己祖国的过去，不怕否认任何东西。我突然感到我们的思维方式也许生来就不同：他的思维是自由的，他可以在任何时候选择相信什么，不相信什么。没有什么东西可以使他为自己的选择恐惧，或烦躁不安，他的选择思维就像选择到海滨去游泳，还是去一条河中游泳一样自然而又洒脱；而我的思维中则有某种天生固有的压力：什么是黑暗的、反动的，什么东西一看到一听到就会像看到毛毛虫一样令人恶心、毛骨悚然；在另一方面，有的事物则像阳光一样灿烂、完美无瑕，永远正确，任何人都不准碰一下。

我跑上去关上斯大林时代的录像时，看到麦克那双惊讶的眼睛。他也许会奇怪我—— 一个聪明的女孩子为什么宁愿躲在"铁幕"后面？我早就读过《斯大林时代》，我知道"肃反"时死了许多人，可是我又不愿意看到西方世界把这件事扩大做宣传。我无法改变自己就像无法改变自己的血液一样，血液是从母胎中带来的。因此，当我在电视中看到东欧某个国家将列宁像套上钢缆推倒时，我就像失去了一个亲人一样难过。我哭泣起来，我甚至想用自己的双手去阻止这股如山洪暴发般的汹涌波涛……

但是，现在在东德，除了街头上随处可见的列宁雕像外，我们看到的是与西德截然不同的情景：破旧的街道，年久失修的博物馆，沾满铁锈和污迹的皇家庭园，汉白玉雕像上尽是鸟屎和涂鸦，商店里空空荡荡，街头上的人寥寥无几，人们没有表情，垂头丧气。而成千上万的东德人如潮水般地拥往西德，把靠近边境的超级市场抢购一空，排着长队等待获得一张工作卡或居留卡，甚至有些东德老人伸出一双颤巍巍的手，在大街上行乞："行行好吧……看在上帝面上给一个马克……"这时我的那些欧洲亲戚们就伸手到一个精致的钱袋里，拿出一个马克放在老人手中……

在东德一家咖啡馆，我遇到一个俄罗斯老人，他离开俄罗斯到这里已经三年了。他会说英语，这位近80岁的老头一面喝咖啡，一面和我们聊了起来，我越来越对他充满敬意，因为他不是一个普通的人。他告诉我们他已经从俄罗斯"逃"出来五次，可是过不了几年总是又回到那里去。他讲到在"肃反"时，他写了一千三百页的检讨，才避免了被枪毙的命运。那时他是莫斯科大学的一名普通讲师，教俄罗斯文学，他说"肃反"时他吓坏了，完全像孩子一样不知所措。后来他写了一首诗交给整肃他的那些人，从这位老人的口中听出，这首诗的大意是这样的：

> 不管你们讲我有什么罪
> 我有罪
> 不管你们什么时候讲我有罪
> 我有罪
> 不论罪名多深，负荷多么沉重，也不论多久
> 我有罪
> 因为我说我无罪便是对你们的不忠
> 为了表示我由衷的效忠
> 我奉献上我的整个灵魂：
> ——我有罪

别人大概被这首"诗"感动了，没有要他的脑袋（肃反中枪毙了成千上万的人）。我望着这位俄罗斯老人，他留着像托尔斯泰那样的长胡须，并且总是把咖啡搞到胡须上。他用英语说"I'm guilty"时，带着浓重的俄国口音，以至于总是把"我有罪"讲得含糊不清。他的眼中没有泪花和忧郁，他好像在讲一个童话故事，并且不时发出爽朗的俄罗斯人的哈哈大笑。他讲他的许多同事走出监狱时，不是重病缠身，就是疯了，完全失去了任何与人生搏斗的力量。更糟糕的是还要向释放他们的人说一声"谢谢"。他说整个咖啡馆都知道他的故事，他的三个儿子都跑到了美国或者西欧，有的在大公司，有的做生意，常给他寄钱，他生活得无忧无虑。他说他很感谢他年轻时的明智，没有"拿原则和脑袋开玩笑"，他保住了脑袋。

那天傍晚回到饭店，我心情感到很沉重。那个俄罗斯老人的那首诗总是在我脑子中挥不去，我不知怎么联想起在延安时写了《野百合

花》的王实味，他一向清高，桀骜不驯，写文章很尖刻。但是在被逮捕一年之后，他一看到人就卑躬屈膝地连连表白："我有罪……我有罪……我是热爱党的，我听任处理……我有罪。"

不过他没有那位俄罗斯老人那么幸运，别人还是枪毙了他。我也想到我自己，一看到那些批判我的一封信的大字报，我就心惊肉跳，工宣队逼我写检讨，他们要我写二十页，我心里虽然不服，却写了四十页，后来统统被装进我的档案袋！

多么能扭曲人性的政治运动啊！那是一只"肮脏的手"，它能把你扭曲得连自己都不认识自己！那是因为你血液中有一种与生俱来的、神圣的东西，别人让你认为你已经亵渎了它，当这个别人不是一个人，而是那股能主宰你的命运、你无法抵抗的力量时，你便软弱了。你愿意把自己的心肝肺腑全部掏出来，在精神上跪下，说一声：

"我有罪！"

这是多么可悲啊！

在东欧大街上的漫步与思考，使我真正感到了"困惑"这两个字的含意，或许应当用"觉醒"——如果我能用麦克那种思维方式来思考的话，我需要"重新思考"。

这些"重新思考"像一些尖锐的玻璃碴在刺扎着我的心，也许童年的梦是根本不存在的，人们可以因为一个思想被杀。我们这一代人总是在理想主义和现实主义两者之间徘徊。当听到老人和他的同伴们的悲惨遭遇时，我是在现实主义之中；而看到列宁雕像，我又陷入于理想主义之中，这两者是如此水火不相容：一方面是丑恶、残酷，是血污、谎言和欺骗；另一方面则如诗境一样美丽，像早晨的太阳一样神圣光辉。

列宁仍然坚如磐石。但列宁却被千万个叛徒、虚伪卑鄙的政客或残忍无情的秘密警察所践踏。记得小时候，我们多么盼望"帝国主义灭亡的日子"在一个早晨到来，当我们神气活现地走向街头，挥舞小拳头，只要美国出一个总统，那个总统就立即出现在我们标语牌的漫画上，肯尼迪是"啃泥地"，约翰逊是条龇牙老鬼。那时候，"我们的世界"是多么光辉、多么光明！直到"文化大革命"，才发现到处是血流成河，到处是批判会场，每天耳畔响着自杀者悬梁前、跳水前、跳楼前、割手腕前、开煤气前那种凄惨的哀鸣和冤屈的呼喊……

列宁，我为你哭泣。

我又想到我居住了五年的美国，有一件事始终让我深感惊讶：越是反对美国国家政权的电影，越是能获得奥斯卡大奖！

如由达斯汀·霍夫曼主演的《水门事件》，揭露了美国总统竞选的丑闻，迫使尼克松遭弹劾下台；如由凯文·科斯特纳主演的《与狼共舞》，以诗一般的悲壮画面重现了美国军队对印第安人的杀戮和毁灭，因而获 1990 年奥斯卡最佳影片大奖；同样，由凯文·科斯特纳主演，奥利佛·斯通导演的《刺杀肯尼迪》则以电击般的震撼手法和精细的逻辑剖析、案情跟踪，说明并不是奥斯华单独一人杀了肯尼迪，而是由美国政治联邦调查局（FBI）、军火商和黑社会邪恶势力携手一起杀了"对共产主义心慈手软，企图阻止越战"的美国总统肯尼迪。1991 年电影一出，立即造成轰动，并被提名为奥斯卡最佳影片。

奇怪的是，这些影片丝毫没有影响美国人民的爱国情绪，也没有造成任何社会动乱。

离开波兰的那一天，我们在电视中看到红场上示威游行的报道，抗议叶利钦的俄罗斯人高举着列宁的头像，高喊着："叶利钦是犹大！"在镰刀斧头红旗的一片红色海洋中，一幅醒目的标语上写着：

"今日菜单：没有糖的茶，没有肉的汤，没有油的粥。"

一辆白色汽车中播放着二次大战时《起来，伟大的祖国》的乐曲，游行队伍中的示威者扛着巨大的牌子，上面写着："列宁万岁！工人阶级万岁！"

而在红场的另一处，则聚集了一两万支持俄罗斯总统的示威群众，他们挥舞着沙皇时代的三色旗，呼吁大家给政府更多的改革时间，他们围绕在俄罗斯国会大厦外面，用喇叭竭力大声喊着："宁可吃白面包喝白开水，也不过共产主义生活！"

随着电视镜头，又转移到已改为圣彼得堡的列宁格勒，在冬日的斯莫尔尼宫广场上，也聚集着两派截然不同观点的示威群众，一派喊着："列宁格勒！列宁格勒！"另一派喊着："圣彼得堡！圣彼得堡！"镜头渐移到圣彼得堡的上空，没有红旗，也没有三色旗，只有一片澄蓝明净的天空。

圣彼得堡——俄罗斯帝国的明珠，暮色掩盖不了这座彼得大帝时代故都的泱泱气魄。瞬间将逝的太阳余晖为巍峨的古老建筑宫殿镀上一层薄金。我梦寐已久的列宁格勒！在高喊口号的示威人群中，我突然看见一个穿黑衣服的女人拔出一把小手枪，对准了列宁的胸膛！

"列宁！你不要倒下去！"幻觉中的我不顾一切地冲上去，却被一样东西绊倒：是90年代被钢索推倒的列宁铜像。

我的心被一层白雪覆盖……

美国

我飞回了纽约，首先立即感到与欧洲的不同：这里生气勃勃，各种肤色、各个种族的人在大街上匆匆地走来走去，有擦肩而过的金发女郎，有向你打招呼的非洲裔黑人，推着宝宝车过马路的亚洲人，西装革履的印度人或是披着面纱的沙特阿拉伯妇女……这是一个各个民族融洽共处、平等竞争的世界大熔炉。这里以白人为主，但你皮肤的颜色并不能保证你会比其他种族的人生活得更好。闻名遐迩的联合电脑公司由中国人一手缔造，而另一家同样出名的电脑软件公司的总裁竟是印度人！这在欧洲、在日本几乎是不可想象的。如果把美国叫作"第一环球国家"，那么可以把欧洲和日本叫作"清一色"。

麦克的一位好友收养了两名黑人儿童作为养女养子，肯尼迪家族也收养了一名韩国的穷女孩为养女。

美国人善良得可爱。

周游世界！我终于实现了我儿时的梦想！用我的心，用我的思索去拥抱世界，这是件多么令人陶醉的事情！

我还要去非洲，去印度，去中东沙漠。我希望能和印第安人共度一段时光，我总觉得，在千百万年前，我和印第安人有共同的血源……我也想住进夏威夷土著居民的茅舍，和他们一起狩猎、一起爬树、一起冲浪……

曼哈顿之夜，猎户星座灿烂地点缀了半个天空，我远眺着那个白色的月亮，不由想起第一位登上月球的那个美国宇航员的话：

"当我在宇宙太空观望地球时，它是那么小，同无数银色的星星一样，只是一颗蓝蓝的小钻球。在这样一颗小小星球上生活的现代人，为什么不可以互相亲密，更多地享受人类应得的和平与温馨呢？"

天堂见面

今天，当我躺在铺在草坪上的被单上，眼望着天空——如每年夏天这时一样，我脑子里的念头是：哦，像天堂一样——这万籁俱寂若无一人的中央公园草坪，虽有十几万人在观赏大都会歌剧院的露天演出，但仿佛一根针落地都能听得见，秩序井然，这静美的天地之间就像是天堂，我望着头顶天空的云，耳畔是美妙的歌声，就这么遐想起来……

如果我到天堂去，首先要看一个人：车尔尼雪夫斯基。当我脑子里一想到"车尔尼雪夫斯基"这个名字，我的泪水不由慢慢地沿面颊流淌下来。这位已经去世了一百多年，对我的童年和少年产生了很大影响的伟人。车尔尼雪夫斯基，这位被沙皇政府下令流放和苦役了整整二十一年的俄国理想主义者，最近这些日子以来在我的生活中复活了。我知道他几乎已经被当今世界上所有的人忘却，我甚至有一种感觉他的血白流了。我相信他此刻一定在天堂。我幻想着自己插上雪白的双翅飞向天堂，飞到他面前，让他接受一个陌生的中国女子对他的最诚挚的敬意。

我脑海中涌现出车尔尼雪夫斯基的日记，其中记录了他对未婚妻、"活泼的小鸽子"奥莉加·索克拉托夫娜说他选择了一条危险的人生道路，"我想，我必须时刻有所准备，不知什么时候宪兵来了，把我关到彼得堡，送进监狱，天知道，要关多久……"。奥莉加毫不犹豫地嫁给了他——她那自34岁起，在西伯利亚覆盖着冰雪的矿井和潮湿寒冷的荒原苦役流放了整整二十一年的丈夫。

车尔尼雪夫斯基永远不会想到，在他逝世后一百多年的今天，一个根本不懂俄语的中国女子，会在纽约中央公园的星空下为他给她带来的一切祈祷，为他不朽的灵魂和伟大的人格祈祷，特别是想到他几乎已被世人彻底遗忘，她的泪水不禁缓缓流下……

他在天堂。他一定在天堂！

此刻，我闭上眼睛，身体从纽约中央公园的草坪上升起，云层越来越近，伴随着那位大都会歌剧院女歌唱家美妙的歌声，我整个灵魂、身体均在升腾，一片黄昏的浅蓝色、晶莹的星星在前面指路。"啊，到了，这就是天堂了！"天堂是由闪光的云霓、洁白的云层和连绵无尽的琼楼玉宇组成的，完全现代化的建筑和巨大的图书馆、音乐厅宛如凝冻住的音乐，巨大的冰块和金色的阳光构成大理石柱和风窗，有不少建筑上刻着巨大的"M"字母，那是天堂建筑总督米开朗琪罗的缩写。天堂的玫瑰比地面上要大出十倍，天堂的风是多么和煦啊！

我要去见他——车尔尼雪夫斯基！我手里拿着他的地址：天堂乌托邦大街，实验工场1号。我得知他和《怎么办?》一书中的人物：薇拉、拉赫美托夫、罗普霍夫等人一起的实验工场继续实现他在久远的人间时所存的梦想。

当车尔尼雪夫斯基放下手中的工作走到我面前时，我惊讶地发现，他和一百多年前他去世前的照片几乎一模一样：他仍然穿着那身深色的旧燕尾服，浓密的淡褐色的头发齐耳根，蓄着学者胡子，镜片后的蓝眼睛闪烁着睿智深邃的光芒。他的夫人对我讲："地球上的一百年等于天堂里的一年，因此他才刚刚62岁，而这个岁数在天堂是非常年轻的年龄。这里有83岁的托尔斯泰，也有39岁的普希金，他们比离开人间时只增加了1岁，所有的人在天堂交换他们在地球上创作的作品，也能了解地球上发生的一些事情。"

我用几乎颤抖的双手从手提皮箱中取出已经磨烂书角的一本《怎么办?》，深情地、久久地注视着车尔尼雪夫斯基。我想说："车尔尼雪夫斯基，是你的《怎么办?》这本人生教科书，给我的一生指引了道路……我一直梦想着亲眼见到你，梦想着这一天的到来……"

但我什么话也无法说出，因为这时我开始哭泣起来。

"你为什么要哭泣! 周励?"

我十分惊诧，他怎么会知道我的名字?

我听到他又叫了一下我的英文名字"Julia"，我更像遇到了久别重逢的亲人，只是一味地望着他，泪流满面。

"朱莉亚，我听说你写了一本书《曼哈顿的中国女人》，并且为此受了许多委屈，是吗?"

我这时已经不再感到惊讶了，他已经知道了一切。我低垂下头沉思了一会儿，说："是的。车尔尼雪夫斯基，我比您脆弱多了，当一开始遭受诽谤诬陷时，我是那么震惊、愤怒，我盼望天空响起电闪雷鸣，去吓唬放毒箭的恶魔及用谣言来卖钱的记者。后来，有一天，我突然想起来，应当再看一看您的小说《怎么办?》和鲍戈斯洛夫斯基著的《钦定死刑犯——车尔尼雪夫斯基传》，我贪婪地读着，一有空就读，短短几天啊，犹如暴风雨中盛开了一朵玫瑰花朵，鲜红的，晶莹透亮，散发着馨香，我摘下这朵玫瑰，深情地吻着、吻着……"

我完全平静了下来，我甚至隐隐地感到羞愧：

"我为什么不能像您车尔尼雪夫斯基那样? 在二十一年的流放苦役中，您每天为俄罗斯人民的命运担忧，而您一共花过几分钟去想那个出卖了您、为沙皇制造假口供的叛徒柯斯·托马罗夫，或去想您所受到的'同行'们的诽谤与攻击? 与您的遭遇比起来，我的遭遇又算得了什么呢? 我不是仍然充实快乐地冲刺在纽约商场上吗? 我不是仍然一有空就让这颗'不是商人的灵魂'沉浸在先人留在人间的丰富的精神遗产中吗？我和麦克、小安德鲁及朋友们时常在纽约中央公园的湖中泛舟，听小安德鲁和他的小伙伴用稚嫩的声音唱歌……

"我的美国的和中国的朋友们不仅一个没有减少，反而愈来愈多，像今晚这样在月光下野餐之后开心地一起躺在中央公园大草坪上聆听大都会歌剧院的美妙歌声……我为什么不用更多的时间去想一想我的每一位读者的命运？或者是为他们的命运祈祷？"

车尔尼雪夫斯基伸开臂膀，将我紧紧地抱在他宽阔的胸怀中，由于相差120岁，所以我一点也不羞怯，反而紧紧地依偎着我最敬爱的这位长者。他喃喃地说："朱莉亚，我很高兴有你这样一位中国朋友。你一定还记得我被关押后，在彼得保罗要塞写给奥莉加的一封信吧？"

这时车尔尼雪夫斯基夫人走过来，于是，我们两个人——奥莉加和我，不由自主地共同吟诵起他的那封"诀别信"：

> ……等待我的是严酷的命运和考验。我想和你说明一点，我和你的生命是属于历史的，几百年过去以后，我们的名字仍将使人们感到亲切，当和我们生活在同一时代的人已被遗忘的时候，人们还会怀着感激的心情想起我们。因此，我们应该精神振奋，不要让后人失望……

这时候，我们三人——车尔尼雪夫斯基、奥莉加和我互相环视着对方，我们都微笑了。

此刻，天堂钟声响起，夜幕降临了。车尔尼雪夫斯基夫妇催促我快换上夜礼服去参加今晚在天堂5号广场的盛大晚会。一想到我将见到贝多芬、莫扎特、肖邦、柴可夫斯基，一想到我将见到雨果、托尔斯泰、陀思妥耶夫斯基、罗曼·罗兰、乔治·桑、海明威……我的心就高兴得发抖。我突然问："我还想见苏格拉底！他今晚也来吗？"我的成长过程中，也一直印着他判服死刑之前那份荡人心旌的不朽的《辩护词》。

"你来得正是时候,"车尔尼雪夫斯基说,"明天,苏格拉底大师和他的学生柏拉图要来我家做客,你会有机会和他们作一番长谈,他们一定会很感兴趣:在今天20世纪的中国,还有人在读公元399年一位古希腊人写的东西。我相信苏格拉底在写《辩护词》的时候,绝不会想到这点。就像我绝不会想到你——一个中国女子对我一百多年前写的《怎么办?》怀有如此深厚的感情一样。"他的语气相当坦率。

"是的,"我说,"你永远不可能认识你所有的读者。但是,当你接触到他们的心时,你会发现他们的心就是你的心。"

……

不知何时,我又回到了纽约中央公园的人间天堂,万籁俱寂,星光闪烁,只有那位女歌唱家在委婉地唱着:

> 让心灵变得更高尚吧,因为有高尚的人在天堂等着与你见面……

1994年6月写于纽约

情燃埃及
——再吻金字塔

周游世界是一种精神享受,犹如古埃及底比斯人用以祭祀诸神的火把,在地球不同的经纬线、不同的国度照亮浩瀚无际的历史长河,也照亮你的心灵。生活在纽约,或生活在上海的你会变成几个、十几个,乃至几十个不同的你;遨游在全然不同,时而令人惊喜、时而令人深思的辉煌的精神宫殿之中。诸如在雅典的帕特农神庙和爱琴海上希腊诸岛的古迹之中,你试图与古希腊思想家柏拉图作心底交流;你的大脑思维感情变成了公元前的古希腊人,在倾塌的大柱长廊间苦苦思索,有时为在书中翻到一个答案而兴奋不已;在古埃及帝王图坦卡蒙法老王的墓穴中,在屹立了两千多年的安斐赛斯大理石柱廊图书馆,考古学家"冷静"的热情在你的每一根血管奔涌激荡……诸如在罗马，你捧着一本《罗曼·罗兰与梅森堡书信录》，寻遍他俩探讨过的文艺复兴早期的雕像建筑、收藏室和博物馆，从梵蒂冈的西斯廷教堂、拉斐尔工作室出发去寻找他艺术生涯的足迹，从佛罗伦萨那些带着旧时辉煌的僧侣主教庭园到他弥留之际告别女友的小屋，直到埋葬拉斐尔年轻的灵魂的位于罗马中心的万神殿。

你又幻想着成了拉斐尔、米开朗琪罗同时代的人，从那里出发，你又回到公元前，试图寻找凯撒大帝的一切残留足迹和遗存人间的精神光辉，你寻找他所征服的地球角落时，看到了一个熟悉的名字：克娄巴特拉——那位以爱情征服凯撒并保住了埃及的女王，于是你又幻想自己成了那个著名罗曼史的女主角，把自己套在巨大的波斯地毯中，送到企图征服她的国土的罗马凯撒王面前……而在彼得赫夫的千万座喷泉和青铜骑士的雕像前，你的精神又为彼得大帝、叶卡捷琳娜二世、亚历山大一世所吸附。苏沃洛夫·波尔塔瓦战役中的波将金，1812年反拿破仑卫国战争中的库图佐夫如一片灿烂的云，目不暇接地在你面前浮动，在晚餐桌上与团友们——美国的教授、律师或商人、艺术家们做热烈的讨论。

在南非，在北欧、南美、中东、东欧、南欧、大洋洲、南极……这探究的火焰燃烧成一种特殊的生命激情。你的心灵高高地悬挂在人类历史与文明的灿烂宫殿中，忘记掉了凡俗世间的一切，再大的股市动荡也震撼不了你的心。岁月消融，你心中的嫩芽却一层层发绿，所谓不失赤子之心，正是指这弥足珍贵的心灵宝藏。

九年前，面对着胡夫金字塔，脑海中出现了一位爬到金字塔顶端的人：公元前330年的亚历山大大帝，两千三百年前的希腊马其顿国王亚历山大是以解放者的雄姿被底比斯阿蒙神庙的祭司们迎入埃及的，如中国古代"开了大门迎闯王"一样，古埃及人将年仅23岁超群绝伦的亚历山大大帝奉为将埃及人从波斯人手中解放出来的阿蒙神的儿子。在大流士逃窜之后，全城欢腾地封这位金发王子为埃及法老王，他见到金字塔时，赞叹之余的第一个愿望，就是要登上金字塔塔尖，向古埃及法老王的地下威严挑战！

亚历山大大帝向上攀爬时，每个台阶都与他齐胸高，当爬上一半时，他解开金制胸甲，那胸甲飘飘悠悠地向下坠落，瞬间掉入万丈深渊，触目惊心。他终于爬完几百个台阶，两位将军和士兵们也陆续上来了。亚历山大心情激动地说："我只要一伸手就能碰到太阳！"23岁的他要向全世界证明：昨天，他是希腊与马其顿联军统帅，现在，他是脚下这个叫埃及的国土的法老王。明天，他将是波斯皇帝和亚细亚的统治者，是世界的主宰！可惜他在大军纵横一万九千三百一十二公里后染上疟疾，33岁英年早逝。否则，人类的历史将会重写。

我伸出手，紧紧扒着金字塔的第一块岩石，纵身一跃，跳上去了，再攀缘第二块巨石……我在幻觉中成了一位年轻的马其顿女兵，追随着亚力山大那在晓风中飘逸的金发，一步一跳地向上攀缘……可惜，我们才爬到半腰就被当地管理人员吆喝住，我恋恋不舍地站在亚历山大大帝站过的巨石上，闭着眼睛，向远方的尼罗河作感恩祈祷，再迅速一阶阶跳下，在距地面最后一个石阶，我突然撑开双臂，像拥抱一个情人一样拥抱这四千四百年的巨石，努起干燥的红唇吻了一下被阳光晒得滚烫的、金黄色的岩石。

九年后，面对气势磅礴的金字塔，我又想了却未完的心愿：爬上金字塔顶！这时在脑海中出现的是1798年攻打埃及的年仅29岁的拿破仑。他被眼前的世界奇观震惊，对古埃及人的智慧佩服得五体投地。像当年的亚历山大一样，他亲自登上胡夫金字塔顶。下来后，他推算：如果把三大金字塔所有二百三十万块巨石石块加在一起，可以砌一条三米高、一米厚的石墙，把整个法国包围起来！最令人感兴趣的是随他登上金字塔顶的不仅有他的将士，还有几位学者，在他那包含三百二十八艘战船、三万八千名军人的征服埃及的队伍中，还有一百七十五名学者，其中有天文学家、几何学家、矿物学家、东方学者和画家、诗人。所以，当拿破仑登上了金字塔顶峰时，他的军事战果产生了一个意想不到的结果：重现古代埃及文明。在这里，在胡夫金字塔塔尖，他和两千年前的亚历山大大帝会师了！

如果说，亚历山大大帝的爱将托勒密写了《埃及远征史》，亚历山大大帝的随员，亚里士多德的侄子卡利斯瑟尼写了《埃及亚历山大城建记》，及托勒密一世（公元前306—公元前282）当政时期（亚历山大死后，托勒密被封为埃及国王）的一位祭司，以高层次的希腊语与希腊科学积累起来的知识编写了一部《埃及史》，其中有三十个王朝的法老名单以及王朝和国王年表；如果说亚历山大大帝创立了以希腊语言文字撰写埃及史，那么，法国统帅拿破仑的一位懂得希腊语、受过良好教育的士兵，在1799年距亚历山大城四十八公里的罗塞塔镇发现了一块被誉为"通往古埃及文明的钥匙"的罗塞塔碑就显得更为重要。这尊同时刻有古希腊与古埃及文字的石碑，被法国天才的历史学家、语言学家商博良（1790—1832）破译，并发表了《关于象形文字拼音问题致达西尔先生的一封信》（1822），书中论述了象形文字成功破译的方法及要点，使古埃及语与希腊文互通互释。1809—1813年间，随拿破仑远征埃及的这群学者，汇集所有的成果，陆续出版了二十四卷本的《埃及记述》，这是世上第一套关于埃及考古的系统化科学论著。——从亚历山大大帝到拿破仑，横跨二千年就这样有机地连结起来！

我一时觉得眼前的三座金字塔回肠荡气，赏心悦目，抬头望去，胡夫塔顶上的那个阳光照射下的阴影，仿佛是拿破仑在百日王朝期间召见潜心钻研的法国语言学家商博良。拿破仑当场宣布：从此将科普特语（与古埃及语较近的东方语言）定为埃及的正式语言。后人称，他们俩的碰头，"是埃及两位征服者的会见"。

这次，我爬上了金字塔的近半腰，没人阻拦是因为我骑着骆驼到了孟考拉金字塔的背后，这里游人很少，大部分游客在正面洞穴入口处。趁无人注意，在牵骆驼人的帮助下，我一个劲儿地往上攀缘，爬了几十阶巨石时，终于被人喊住。在往下爬之前，我又思忖着这是不是亚历山大和拿破仑下塔时的路线。这两位巨人，他们一个以古希腊语记载埃及史，另一个以天才学者破译古埃及象形文字。

从此之后，"死的"文物、"死的"金字塔一变而成"活的"向导，引领现代人的视线进入数千年前的 "文明世界"。从此后，埃及考古呈现一片蓬勃生机。尼罗河那碧绿晶莹的水波在欢唱：金字塔复活了！法老王复活了！中断了千年的色彩斑斓的古埃及文明复活了！——功归众神！

现在，我正在巨石上一阶阶往下跳，引领我的是太阳神——阿蒙神的儿子们：一个是古希腊马其顿人，一个是法国人，他们因再现了埃及的历史而创造了历史。

我递给管理员20美元作为道歉小费，难为他破嗓门向我喊了几分钟，他和颜悦色地递给我一瓶矿泉水，我咕噜噜地喝下几大口，胸中顿觉灵气荡漾。我跳上头裹白巾的当地人套来的骆驼，弓下腰，将脸贴在金字塔的巨石上仿佛在等候神祇召唤，心中充满了甘甜与纯净。我又侧过脸，深情地吻了一下巨石那凹凸不平的表面，仿佛吻了两位巨人的面颊，然后骑着骆驼向那一望无际的撒哈拉沙漠飞奔而去……

打入欧洲市场

小时候，"欧洲"这个字眼，或者是英文发音中的"欧罗巴"，在我印象中一直像幅美丽的油画。直到我以后亲自置身在这幅美丽的油画中，我才发现，它有一个缺点，就是物价昂贵。在橱窗中展出的一件皮大衣或一个麂皮包，比在美国要昂贵一倍以上，甚至两倍！而且在款式和式样上也远不如美国那样新颖多姿。比起美国来，欧洲确实太保守、太古典，犹如一枝在夕阳中永不凋谢的紫罗兰，闪烁着永不衰退的古老的光芒。可是比起千万朵色彩斑斓、千姿百态的野花来，却显得多么单调啊！

美国开阔、慷慨，每天充满创新精神。美国人的自豪是可以理解的。几年来往返穿梭于美国、欧洲、日本，我才发现，原来欧洲人和日本人也那么羡慕美国人。在慕尼黑麦克父母举办的任何一次宴会上，只要"老警官"一说"我儿子媳妇从纽约来，从曼哈顿来！"换来的就立即是一片全场肃静，和一个个说不上是羡慕还是什么别的目光。在东京，只要你一用美式英语问路，立即就有许多人围上来热情地为你指路，有的还跟着你送出好远。1991 年，当美日因为贸易逆差而打起一场各方激发民族情绪、有声有色的"贸易战"时，当东京电视中主播人询问一百多位日本人，如果他们能够选择的话，他们宁愿做日本人呢，还是做美国人，结果70%以上的日本人举起手，异口同声地说，他们宁愿做美国人。

欧洲人把我当美国人也好，日本人把我当美国人也罢，只有我自己知道我是一个地地道道的中国魂。随便我脑子里产生出一个什么主意，或者一个什么念头，最后总是不知不觉地和中国联系起来。既然我用我手中的中国产品，打开了美国社会的高档市场——像"Lord & Taylor""Saks Fifth""Bloomingdale's"，那么我为什么不能去打开价格比美国昂贵得多的欧洲市场呢？欧洲人可以不相信中国的产品，可是欧洲人相信美国的橱窗啊！为什么不把那些陈列在第五大道上漂亮橱窗中的中国产品，拿到欧洲去推销呢？打开欧洲市场！——在欧洲我下了这个决心。

我首先做的是抽纱窗帘。

在德国，无论在哪个城市，柏林、慕尼黑、法兰克福、科隆、波恩、纽伦堡，随便你走到哪里，抬头一看，总是见到每家明净如新的玻璃窗前，种植着色彩鲜艳的窗台小花。你无法看到室内，因为所有的玻璃窗上，不论是二十层楼也好，二层楼也好，全部千篇一律地挂上一层白色——绝对是白色的、细质透明的抽纱窗帘。甚至你到饭店，到高级酒店或周末酒吧，你也会发现同样的情景——每个窗子都是一样的。全德国的窗子都挂着白色的抽纱窗帘，简直可以编成一首爱国歌曲了。麦克说那是"德国居民的传统"，阳光可以射进抽纱窗帘，陌生人的眼睛却不会透过。

在房间里又有一种明亮舒适洁净的感觉。

不用说，这些图案各异、质地相同的抽纱窗帘，每一幅的价格都要比美国高好几倍，更不要讲与中国同类窗帘的价格相比了。问题是：怎么去找一个愿意进口中国抽纱窗帘的德国进口商？

我隐隐中充满了兴奋：千家万户的窗口啊！而且德国人爱干净，每年都要换一幅窗帘。能够用一半的价格买一幅同样精致的窗帘，人们是不会注意窗帘后面小角落里那个"Made in China"的小标签的，如果中国产品能打入这个市场，该有多么巨大的潜力可挖！

我在休假的旅游中去了慕尼黑图书馆，查找抽纱工艺的厂商和进口商。和麦克结婚后，我只学会了一些日常德语口语，做生意是根本不行的。我手中拿着德英字典，一家家地先翻德国厂商，翻出德语介绍后，立即用英语字典对照。遇到一些十分专业化的名词，再翻开英汉字典查中文。这样整整搞了几天，我整理出一份英文的德国抽纱窗帘进口商名单。接下来就是给德国进口商打电话，我首先总是用德语问一声好，自我介绍一下，我在纽约曼哈顿的 JMF 公司，然后一转即换上英语，如果对方进口商表示不懂英语，那么我说声对不起，客气地将电话挂掉。不懂英语我是无法打交道的，特别是今后传真函电中都要用英语，我的电脑中没有德语和法语贸易系统。幸亏德国教育程度很高，做生意的商人几乎都懂英语，只是程度不同罢了。

那些德国商人一开始都惊讶地说："什么？中国窗帘？……你是美国人，还是中国人？……你把中国窗帘从美国运来吗？"我要了传真号码，立即就把我拍下的那些第五大道橱窗中的不同产品及漂亮昂贵的名牌标价传真过去。"从第五大道运来！"我在电话中说，"或者从中国运来，都是一样的！……美国市场上已经有无数的中国产品，为什么德国人就不能学一学美国人呢？"

那些德国商人看来从未与中国人打过交道，现在是该他们搞一下开放政策和经济改革了。

汉堡的窗帘商诺比尔先生给了我一块样品："让中国打出同样图案、同样质地的样品来，如果合格，我就下订单！"德国商人讲话一板一眼。他讲他早就听说中国什么都能做，而且价格便宜，但是做出的东西老是走样。我刻不容缓地将这片样品放进国际快邮信封，加上我几张大纸的详细解释、图案整体描绘，全部寄给中国抽纱进出口公司。中国的手工抽纱是全世界有名的，第五大道橱窗中一块中国手工抽绣的精致女帕，要卖到20多美元！可是德国窗帘全部要求机绣。而窗帘的图案仅是各种不同的细部，自成一体的图案、对角图案、花边、网眼镶饰就有二十多种！

我当然不能在汉堡等回样，我的曼哈顿的客户每天都在找我。我的一个美国客户、第五大道上家族相传的股商，每次看到我要去欧洲，或者回中国，总是拿出一张10美元，折叠成小三角状，往我口袋里一塞："快去快来！回来后把这钱给你看到的第一个街头穷人，上帝会保佑你一路顺风的！"我的那些曼哈顿客户的白发苍苍的总裁们，总是那么慈祥地对待我，像对自己的亲生女儿一样。可有时也会暴跳如雷，特别是质量出了问题，或者是交货晚了的时候。不过到头来那些老头子们总是说："那不是你的错，朱莉亚，我们要找他们好好算账！"账一笔笔地算，生意还是一笔笔照做，谁也不能否认中国产品的巨大魅力。

从1987年到1991年，短短五年间，中国产品的质量、包装简直可以和韩国、日本的产品不相上下了！我亲眼看着随着贸易的不断增长，产品已经向越来越高的档次迈进。我到了一个美国朋友家，她打开衣橱，她的丈夫和两个孩子的冬秋服、鸭绒衣，有60%是中国制造，而且有的是从Macy's、Bloomingdale's高档商店买的。

现在那位德国商人诺比尔要我打样，我也信心十足。可是当我回到纽约一个月后，我收到了样品，完全愣住了！这是什么样的样品啊！粗糙的花纹图案，面料像台布，与我手中那剪下一半的客户小样相比，除了窗纱图案是一模一样的之外，整个质量和外观相差万里。国内的信函说："我们需要进口设备，如果用先进机绣设备代替我们60年代的国内老化机器，我们一定能拿出让德国人满意的东西。"这家公司的总经理也来了信，说许多美国欧洲的类似品种订单不能接，关键是没有一套好机器。他委托我的公司为他们与德国厂商协商，能不能向他们购买一套抽纱机绣设备。

进出口公司，不仅要做出口——把中国的产品献给美国、欧洲，也要做进口——将西方国家的先进设备引进到中国去。于是我立即根据在慕尼黑整理出来的电脑记录找到了一家抽纱机械公司。这家公司有二百多年历史，技术每年更新，但他们的报价把国内总经理吓得一个星期没有回电：一套设备要3000万美元！"这不是卖一台机器！"德国厂商强调说，"这等于是卖一家工厂给你！全套设备，从电脑图案设计系统到成品工序，机器上的每一根钉子，每一套不同图案的模具，都是你的！……瑞士是向我们买的，西班牙也是向我们买的，都是这个价格！"国内对价格望而生畏。

国内虽然买不起，我还是不甘心，不久后我收到了一份法兰克福国际机械博览会的邀请，我毫不犹豫地动身了。果然，在那个博览会上，我得到了一个意外的消息：在法兰克福的一家中型抽纱厂因竞争激烈，负债累累，要倒闭了！厂方正在拍卖机械设备和生产流水线，并在博览会贴出了广告！我一看，认为时机大好，一向讲究质量的德国人即使工厂倒闭，但机械设备仍然是第一流的。我一面给国内拍去电报，告诉他们这个消息，问他们是否准备买"二手货"，一面又在当天赶到法兰克福这家名为赛特的工厂，果然不出意料，整个流水线加设备技术才卖500万美元不到！可是同时我又大吃一惊：原来科威特的抽纱商已经在那里抢先一步，排上了队！

我从法兰克福给国内抽纱总经理（分公司）打了电话，详细汇报了这个"十万火急"的战情，问国内要不要先下手为强，拍板拿下。而国内公司为了今后能每年挣几千万美元到上亿美元，一听说能500万美元买下一个工厂，立即雀跃，连夜开会。每隔几小时我去一次电话，那一夜在法兰克福希尔顿饭店，花了几百美元的电话费。第二天一大早，国内拍板了，让我——JMF公司作为国内代理，立即拍下板，并且由国内立即电汇10%的押金，抢在科威特的抽纱商前面！

当天我跑到赛特公司，向即将退位的总裁出示了国内传真过来的购买意向书，并告诉他我们可以立即支付——50万美元的押金，可是他的回答又让我大吃一惊：科威特人已经付20%的押金！看来全部完蛋了。我突然问："他们和你签合同了没有？"

"没有，"赛特老板讲，"他们昨天都飞回国去了，去带他们的人来看设备，检验生产系统。"

"那好啊！"我叫了起来，"我这10%押金先放下。谁先到，谁先签合同，这个工厂就是谁的，行吗？"

赛特老板指着他的文件说："我们以签合同为准，签不了合同，押金一分也不要，全部退还。"

我真恨不得当天飞回国内，再第二天把国内的验货小组拉到德国来。但我必须在这里守住阵地，如果我们的人马能在一周内到，验货签字，那么这个工厂就是我们的了！以后抽纱窗帘就可以如大江东去，一泻万里地发展起来！

国内接到我的电话后，立即获得了当地外经贸委的批准。小组五个成员——外经贸委副主任、抽纱经理、技术专家、工厂厂长和翻译拿着我在法兰克福发的商务邀请信，风风火火地赶着办签证、领外汇，匆匆忙忙整理了材料，就登上了飞往东京，再由东京转法兰克福的班机！

这下可把我忙坏了，我将在谈判中担任主角——因为我是代理，可机械的许多名词我还说不上来——我一直搞轻纺工艺进出口，机械还是第一次接手。四十八小时中我只睡了两三个小时，困极了就不断地喝浓咖啡。我把工厂拿来的机械图纸铺满了希尔顿饭店我的客房的地板，在笔记本上用英、德文写下各种数据和纺织机经纬度参考指数，再对照美国的、瑞士的类似产品的说明书，分门别类地归纳出哪些是过了时的、一般化的机械设备；哪些是80年代至90年代适应新市场的现代设备。德国人要价500万美元虽然不高，但是也许我们还可以再杀价。为了使我的谈判对手更重视我们，我还和汉堡抽纱商诺比尔先生通了电话，我向他讲了我们打算买赛特公司的设备，再生产高质量抽纱窗帘供应给他的计划。他一听大为起劲，用德国的设备、中国的人工，不是能给他带来加倍的利润吗？而且他对中国的抽纱基础很有信心。当他看到我给他带去的那块打进美国第五大道橱窗的20美元一块的抽纱女帕时，他曾拍着大腿叫好，并问我要不要带一套设备去中国投资开工厂。现在中国人自己来买设备了！连他投资办厂都不用了，他只要下订单就够了！现在他协助我谈判，他搞抽纱窗帘已三十多年，对机械部分了解得比自己的家当还要清楚，于是他成了我不用一分钱雇来的义务技术顾问。我的谈判阵容是强大的：中方五人小组，我，诺比尔先生。

中方小组刚下了飞机，我们就直奔赛特公司，我们商定了一个方案：一、一定要买下，赛特的名誉在欧洲市场一直不错；二、要杀价，争取杀到400万！

谈判室像一条密封的船。谈判室中全是男人，就我一个女的，男人们香烟一支接着一支把我熏得够呛。整整八个小时，从流水线上最微小的细节——工人机绣时用的高低椅，直到大机器中每一个精确的数据，反复核查，翻阅赛特过去几十年的有关工艺历史档案、赛特购买的机械的厂方证明、出厂证书、耗损指数……从每一个小节上着眼，最后都归纳到原点：压价。我看到坐在面前的赛特老板面色镇静，从容应战，他还有科威特做后盾，他恨不能再涨点价才好。他那暗蓝色的血脉在白皙的手背上跳动着，抖落了烟蒂，捏灭，再吸一根。他没有想到中国人这么难对付，可是有他过去的老顾客——诺比尔先生在场，使他在心理上对面前的谈判对手稍增敬意：毕竟，他想让自己的"女儿"找到一个好点的"娘家"啊。他在谈判中有时几乎要落下眼泪，他对每一部机器都像对儿女一样有着深厚的感情，从25岁到65岁，它们伴随他——这个老抽纱生产商走过了一生的旅程，现在他面对静穆的晚年，他要和"儿女们"告别了。

我把在希尔顿饭店准备了两天两夜的一套耗损资料放在他面前，说："400万！我们只能出400万美元，这是您应当得到的最高价钱了……您可以把机器卖给科威特人，但您的机器不能很好地发挥作用；我们买去，您仍然会在德国的商店中看到它们制造出的产品！……而且，中国方面三个月之内全部付完现金！"诺比尔先生也大力鼓劲："我马上就下订单！让那些挤垮你的人看看，你的产品还在这里！还在市场上！还在千家万户的窗台上！"

到工厂检验回来后，赛特老板收到了科威特商的加急电报，告诉他班机第二天到法兰克福。他看了一下电报，把它扔在一边："定了！卖给中国了！"他长长地叹了一口气。接下来我们立即乘上轿车，和赛特老板一起上法兰克福律师事务所，于当天签下了全部合同。

正在大家举杯欢庆这场鏖战成功时，一个消息把我们震蒙了，中国驻西德大使馆商务处转告我们：因故外汇一律暂时冻结。

在国内经常是这样，一个文件下来说冻结就冻结，买一套设备要打几十个图章，只要一个图章"冻结"，就全部冻结。我的上帝！我们的心血全部完了，那个科威特人已把一大群穿着白色中东沙漠长袍的长老带来！五人小组带队的外经贸委副主任让我们绝对保密，不要对赛特透露半点风声。"我们已签合同，我们有三个月的时间。"他说，"实在不能解冻，到那时再通知他也不晚。" 五人小组飞回国后，在外经贸委副主任的斡旋之下，这 400 万美元终于在一百多天后"解了冻"。又过了一百天，全部工厂设备顺利运到中国！

1991 年，我回国参加春交会。随便走进哪一家大工厂，都有从德国、瑞士、日本、美国或奥地利进口的先进设备。这些机械、这些设备就是像这样一台一台，如同把一个个外国女儿改嫁一样引进到中国婆家来的！中国的高档抽纱窗帘如今已遍布美国和欧洲市场，甚至连法兰克福希尔顿大饭店也换上了"中国制造"的白色柔软细质抽纱窗帘！有位欧洲商人说："中国的手指在梳理世界。"是的，在中国的手指下，将有千万朵绚烂的"中国制造"之花在世界各个角落催生开放！

与美国相比，欧洲无论是伦敦、巴黎还是柏林，总是被满天阴霾、阴雨绵绵所笼罩，一年中阴天雨天大大多于晴天。而美国则一年四季阳光灿烂，下雨或下雪，不出二十四小时，阳光就会出来扫除阴霾，美好顺调的气候带来一片绿草如茵的美洲大地。

据1991年美国报刊报道：加拿大野雁每年总会依循一定路线，南北迁徙，可是近来它们突然开窍了，竟然有愈来愈多的雁群在迁徙途中择良而栖，不再作徒劳奔命。据估计，目前至少有十三万只加拿大大雁在美国境内落户不走。而且这批偷渡客眼光倒很高，经常栖息在湖光山色、绿草如茵的高尔夫球场。聒噪的叫声常让打高尔夫球的美国人心神不宁，打不准球。有些加拿大雁群则定居在有水源、河流的公园绿地，附近的居民以鞭炮驱赶。但加拿大野雁太热爱这片新大陆，过不了几天又飞回来了——反正不要"绿卡"，这些野雁的下一代，按照法律就是出生在美国的"美国公民"了。大雁尚且如此，何况人呢？

有位老人春天往后院里撒了把种子，说："其余的事托上帝来关照。"结果到了秋天竟瓜果满园！美国的土壤肥沃得出油。在美国偏僻的乡村，处处可以看到小河环绕、绿草如茵、开阔宜人的高尔夫球场。美国人爱在晴朗的天空下打高尔夫球，并以当今副总统丹·奎尔最著名。现在，正是美国总统大选年间，前几天《国家询问报》在全美五个大城市各选了男女共一百个选民，问他们："如果布什总统遭意外违和，暂时不能执政，你希望由谁暂代？副总统奎尔，或者是第一夫人芭芭拉？"结果81%的美国人说宁可让布什夫人芭芭拉接掌国政。46岁的芝加哥教师哈佛坎说："只要奎尔继续打他的高尔夫，世界就会更安全。"

在和煦的阳光下打高尔夫球，或是野餐，或是聚会游戏，使生性开朗的美国人感到穿得越简单越好，越舒服越好，越随便越好，越是来自纯质自然的面料越被封王称冠。在这种市场导向下，砂洗丝绸应运而生。所谓砂洗，即是将真丝通过化学浆洗处理，使丝绸在化学柔和作用下变得如细质棉布一样柔软，而不再是传统的细腻如丝、滑溜溜的触摸感，并且可以随时用手或机器洗涤。当丝绸成了像棉布一样既随和又高贵舒适的成衣面料时，全美的消费者们把双手都伸向了中国:"砂洗丝!我要砂洗丝背心!""我要砂洗丝裙子!""我要砂洗丝夹克衫!"全世界的丝绸,几乎都来自中国啊!

可是当美国人穿着橘红色的砂洗丝背心开着跑车在阳光下奔驰时,欧洲人还穿着传统古典的长裙、撑着把伞在细雨中赶路。欧洲人穿得不随便,花得也不随便。一件真丝裙要卖100美元以上,普通百姓连碰都不碰。而在美国,一件砂洗丝夏日衫只卖15美元,中国的出厂价呢?只有八九美元!

我动员我的客户名牌TAHAYI公司上阵,去打开欧洲人的概念,用TAHAYI的名牌威望,用TAHAYI的时装模特表演,用TAHAYI的推销人员,一句话,用TAHAYI的力量,来打开中国砂洗丝绸服装的欧洲市场!

1989年我的公司又将另一项产品——Bandanna(大尺寸的印花围巾)推向美国和欧洲市场。

在纽约曼哈顿,我喜欢把客厅布置成既具有西方现代艺术色彩,又有东方传统艺术风格的"东西混合式"。玻璃橱中是一尊罗丹《思》的塑像,面对中央公园的窗前放着优雅清新的仿明代古瓷花瓶。我喜欢室内设计,我也喜欢设计自己的真丝裙衫。但是,当第五大道SHIMA'S公司的艾伦老板将一块四分之一大小的Bandanna图案放在我面前,让我去完成设计并且要向中国订五万打时,在那个时刻,我却完全不知所措。

这些美国客户为了省钱,也为了试试中国人的本事,他们常常会扔给你一些莫名其妙的东西:半截羊毛围巾,一只剪口的织袜,从手套上裁剪下来的一只手指……现在他们交给我这样一个完全不成型的Bandanna,只有四分之一手绘的图案,或者说是图案的大致轮廓。他们让我的公司去发展,把它变成一块完整的22英寸×22英寸的围巾图案,再交给大陆去印染打样。我接过了"任务"。

做Bandanna,整整耗去我两年时间。现在美国、欧洲、日本,到处是Bandanna!它出现在美国歌坛巨星迈克尔·杰克逊、保罗·

西蒙的脖子上，出现在大广告中，出现在讲究新潮的美国人的千家万户！

我不是设计师，但我又不能把到了手的有前途的订单推掉！我拿着 Bandanna 图案初稿，立即找了我的朋友——画家陈逸飞、陈逸鸣兄弟的夫人，她们俩都是美术设计师，受聘于美国大公司。我请她们在最短的时间内将正式图稿画出，一个星期后，一个22英寸×22英寸的 Bandanna 新潮图案漂漂亮亮地出来了。交给国内哪家公司去做呢？

我拿出《中国对外贸易企业名录》，一家一家地查翻着，然后给国内三家纺织品进出口公司、三家工艺品进出口公司去了函并附上图案的彩色复印件。我从市场上买了一打美国制的全棉 Bandanna，一个快邮信封放一条，统统寄到国内，过了一段时间后，江苏、天津、西安的打样陆续到了，各省市的进出口公司都花了很大力气，可是雕白部分达不到美国客户要求的水平，制出的样品正面很漂亮，反面却是一片模糊发白，见不到清晰的图案。而美国人是将 Bandanna 当成花头巾系在头上、发上、手腕上。在纽约举办的世界网球锦标赛，网球选手也是将红红绿绿的 Bandanna 往前脑门一扎，以防止汗水下滴，Bandanna 必须是双面图案清晰。

我回到了国内，一家一家谈，并且把我在美国客户那里得到的工艺渗透知识讲给国内的技术人员听。经过几个月的努力，雕白和渗透总算解决，接下去又解决了褪色、印特殊商标和美国海关注册号码及精细的缝边、包装等一系列问题，客户终于收到了十分满意的样品，印制外观简直可与美国制造的相比。而美国出厂价是一打6.5美元，中国是一打3.50美元，于是大批订单下到工厂。为了使中国 Bandanna 打入美国高档市场，我让美国第五大道的 SHIMA'S 客户将美国印制的 Sears、JC- Penny、Macy's 的包装运到中国，再要求中国工厂将 Bandanna 分别装入精美的美式包装袋中，如 Sears 的包装袋上印着一朵棉花，下面是 COTTON 几个大字，意思是精纺全棉！

Sears

Bandannas

100%Cotton

○ Naturally absorbent 100% Cotton with

finished design

○ Assorted design

○ Machine wash and tumble dry

Made in China

Sold by Sears Co,

Chicago： IL 60684

　　挂在全世界最高的大厦——Sears（希尔斯）公司属下千百家超级商场的 Bandanna，就这样从中国打入了美国！SHIMA'S老板艾伦高兴得直搓手，他关闭了自己高价投入、连年亏损的美国工厂，把所有的 Bandanna 都让中国各个不同口岸包下来。而后，艾伦又和我商量，将 Bandanna 卖到他在巴黎和东京的子公司去。在东京，一条 Bandanna 要卖3.5美元，这个价格足可以向中国进一打！我告诉艾伦我们可以一起去开发巴黎市场。巴黎是个花都，全棉的五彩缤纷的 Bandanna 可以把这个花都装点得更美丽。艾伦仍然让我帮他"扩大"巴黎的流行花案。

　　我们一起去了巴黎。

　　艾伦有四十七八岁，比我大8岁。他风度翩翩，干练而又文雅，算是一个很有魅力的美国男人。他在40岁上时，曾经当过美国众议员——美国许多政界人物都是商人出身。他的父亲是哈佛毕业的律师，在曼哈顿开了一家律师事务所，已经退休。他是普林斯顿商学院毕业的，后来又取得法律学位，在大学时他还专修过心理学和天文学。这位客户在TWA头等舱和我谈起他的私事来，我只好默默地听着：他和我一样结过两次婚，现在他和前妻的两个孩子及现在妻子的一个孩子生活在一起，他说他妻子在家照顾三个孩子和管理家务，参加了一个花卉俱乐部，但她常常烦躁不安。"有时她会突然哭泣起来，"艾伦说，"她常常这样，有时我们一起去参加晚会，她会挑出十几件衣服，却不知道究竟该穿哪件，然后她哭起来，说她哪里也不想去了……这就是我们的生活。"他把肩膀稍稍靠近了我，他衬衫领上的男人香水味直冲我袭来。他叹了口气，抬起眼睛看着我："我研究过人的天性，晓得在一切折磨人的痛苦中间，再没有比嫉妒更难忍受、更刺痛人的了……我太太一直嫉妒其他的女人，她甚至嫉妒我的前妻——不过我现在知道了，她为什么这样痛苦。我嫉妒你的先生，他是什么？只不过是个电脑设计师加上部门主管罢了，可是他拥有你，他拥有一个美妙的异国情调的东方女子，并且还能为他攒钱……"

他装得漫不经心地提起在华盛顿的一次宴会上，遇见了美国前总统里根、歌星约翰·丹佛、一位摩洛哥公主和一位法国少将。艾伦称公主为"卡洛琳"，而且还让所有的人知道他同她跳过几轮华尔兹……

这位前众议员完全不顾我的感觉，他把那只盛满香槟酒的高脚杯举起来说："今晚我要和你跳舞，在巴黎，我一定要和你跳舞，我想没有人会反对这件事。"

遇到这种情况，你是不能马上打他一记耳光的。他是你的顾客，他并没有非礼，所以你只能听着，只能装着什么都不知道的样子；这是我陪美国客户回国或去欧洲时常常碰到的困扰。特别是和一个美国男人单独在一起的时候，既不能太冷，又不能冒出半点热情，还要特别小心不要让客户误会了你的意思。而太古板的东方女孩子，美国人也是不喜欢的，他们会认为你没有幽默感，是不讨人喜欢的所谓"亚裔刻板形象"。巴黎的夜晚确实充满浪漫情调，醉人的春风吹进假日酒店的酒吧舞厅，大理石光得闪耀出两三对起舞的人影来。旁边是四个人的一支小乐队，在月光下吹奏着《我只对你说我爱你》。艾伦一手搂着我的腰，一手紧紧握住我的右手，他舞姿优雅，是个无可挑剔的舞伴。在悠扬的舞曲中，他用他带着演讲魅力的好听的英语对我说："朱莉亚，你是这里唯一不戴珠宝的，但你比这里的任何女人、任何闪耀的珠宝都更有魅力……你知道吗？这是我第一次和一个东方女子一起跳舞。"

他把我搂得越来越紧，我可以感觉到他衬衫下怦怦的心跳和带着香水味的急促的呼吸。我知道一切必须停止了，正当我要讲"对不起，我想回去休息了"，他先松开了我，用一本正经的口气说："我累了，明天一早你到我房间，我们一起研究法国流行款式，下午和三家批发商开会。"

第二天一早，当我挟着大包文件按时去敲他的门时，我心中既犹豫，又愤怒。我进门后的第一句话是："艾伦先生，昨天晚上你不该那样的……你应当像只熊一样搂紧你妻子跳舞才对。"

这位前众议员为自己斟了一杯酒，一饮而尽："Julia，别这么说……昨晚我搂你跳舞时，就像在梦里一样，我立即放下你，去房间给我妻子打电话。唉，昨夜我一夜失眠……我喜欢香槟也喜欢白兰地，我喜欢贝多芬也喜欢约翰·丹佛，为什么我就不能同时也喜欢一个美妙的中国女人呢？……这里只有我们俩人……"

他立即感到自己讲得太露骨了点，于是假装温柔地走到我身边。我正望着巴黎窗下的香榭丽舍大街，考虑应当怎样收拾一下这位前众议员。他伸出右胳膊，搭在我的肩上，然后猛地将我拥抱起来，那脖子里钻出的布明黛尔男人香水，浓烈得阵阵熏鼻。"Julia，一次，就一次！我求求你，这里谁也看不见！只有你和我！还有巴黎……我求求你！"我挣脱开他，冲到电话前，拨了麦克在纽约的电话。

"我先生，"我拿着电话望着艾伦，"我先生要和你讲话。"他无奈地接过电话。

麦克在电话那头叫道："Son of a bitch！如果你动我老婆一根毫毛，我就打断你的肋骨！我马上就来巴黎！我六小时就到巴黎！我要让你看看我带来一只怎样的筐子，来收拾你的骨头！把你那几根肋骨带回纽约去！"平时一向温柔的麦克大声叫嚷着，我听得一清二楚。

艾伦满脸涨得如夕阳般地通红，他放下电话后，我故意问他：

"我先生说什么?"

他耸耸肩膀,"哼"了一声,说:"你先生让你在巴黎带几根骨头回去喂狗!……"

他把酒一饮而尽,走到窗前,烦恼地挥了挥手,说了声:"Shit!"

我把手中一大堆文件朝他床上一丢,说了声:"你自己看着办吧。"就头也不回地走出了他的房间。我回到自己房间,在客房门上换上"请勿打扰"的牌子,又打电话告诉饭店总机:"我不接任何电话。"然后跳上床去,按着遥控器看起当天的巴黎新闻来。

从那以后,艾伦再也没有碰过我一根手指头。

在美国,在欧洲,我在生意上来往的都是男人。我和艾伦又多次一起飞往欧洲,我们已经合作了三年。欧洲市场给我带来了佣金,给他则带来了巨大的财富。在一次宴会上,他把我介绍给他那位娇媚年轻的夫人时说:"这是朱莉亚,一个非常非常厉害的中国女人!"

我也把艾伦介绍给麦克——他曾扬言要带一只筐子去巴黎收拾艾伦的几根骨头——麦克和他毫无拘束地笑着握了手。我出人意外地对艾伦的娇妻说了句:"你的先生,他是一个非常非常性感的男人!假如他再聪明一点就好了!"

然后我们四个哄堂大笑,高举酒杯,觥筹交错间庆祝我们成功地打开了欧洲市场。

每次去欧洲,我都不忘记去慕尼黑看一看"老警官"夫妇,或是给他们捎去一束鲜花。两位老人在晚年想念独子的心情是完全可以理解的,我的每次到来总是给郊外城堡带来生气和欢乐。有教养的德国中上层家庭喜欢举行私人音乐会和欧洲古典宫廷舞会。晚饭后,一支由"老警官"的几个朋友组成的四重奏弦乐队在客厅演奏起莫扎特的作品,一位胸脯丰满的女邻居演唱了舒伯特的歌曲,那柔美的抒情歌曲使我感到心旷神怡,德国人多么热爱音乐啊。每个城市乡镇都有灿烂辉煌、内部漆成乳金色拱顶的音乐厅!这是哺育了贝多芬、莫扎特、巴赫、海顿、瓦格纳、舒伯特、门德尔松、舒曼、勃拉姆斯的故乡。我走到钢琴旁，唱起了《重归苏莲托》。我当然仍是用中文唱的，这使那些参加晚宴的来宾们好奇不已。音乐会结束后开始跳舞，德国人一个接一个地邀我跳舞。在舞池中，我总是不断地向"老警官"投去一个微笑，他正目不转睛地凝视着我——他的中国儿媳。不久前他曾对麦克说，他觉得这简直有点儿不可思议——一个中国女子，离过婚，来美国才五年，就一会儿出现在欧洲富丽堂皇的客厅，一会儿又出现在纽约曼哈顿的社交场合。在他们眼中，我是个有点儿文学色彩和浪漫形态的女人，并不像一个女商人。对欧洲妇女来说，美丽、丰韵、妩媚就是她们的出身；天生的聪明，优美的资质，温柔的性情，就是她们的资本。而"老警官"却认为我的经历简直可以写畅销小说。——他们有时真的奇怪我这个黑眼睛黑头发的东方人，怎么就在蓝眼睛金头发的西方人中间成了中心！

确实，说到最终，人不是以肤色和种族来决定其社会地位和生活品质的。无论我在德国、在法国、在奥地利或是美国佛罗里达休假，我的西欧亲戚和美国朋友们唯一想做的事，就是使我——一个中国女孩子更加高兴。我则毫无一切顾虑，开怀大笑，讲着幽默的笑话。跳舞、骑马、滑雪，样样都很投入。白人可以让别人认为他们高贵，或自以为高贵，但那绝不是成功的因素。我在白人的圈子之中不仅完全没有丝毫拘束之心，而且还真正感到这群白人中的许多人不如我活得潇洒，无论精神上，还是事业上……有一次在法国，我们去麦克的一位亲戚家，当貌似高傲、肩披金穗的法国门卫当着邀请我来的那位亲戚的面问我怎么不会说法文时，我立即反驳说："我从美国来。我从小到大都生长在中国，可是我会讲英语，我还会讲德语，不会讲法语有什么了不起？你会讲中文吗？你懂几国语言？"他被我驳得哑口无言。后来麦克的亲戚叫来了大楼管理处经理，把那个门卫教训了一顿。我最不能忍受的就是那种对中国人不恭的目光，是该把他好好教训一顿才是。

欧洲古典保守，欧洲美丽安全。只有像麦克这样充满幻想和冒险精神的人，才会放弃欧洲，单独闯到美国来重新开辟生活道路。我们两个有极其相似的天性，都有点儿冒险精神。只要一有需要，他就会放下他公司的电脑程序设计，和我一起飞欧洲，像破晓的晨曦那样，把中国的产品在欧洲大陆一点点儿播撒开来，如阳光一样照耀得更亮一些……

发生在爱荷华大学校园

到过爱荷华的人都知道，那是一个芳草如茵、小河环绕、幽美宁静的城市，我的美国担保人威廉·柯比在服役参加越战前是一个富裕的股商，在爱荷华经营一家颇具规模、有点名气的建筑材料公司。他和州长是挚友，他那具有现代派风格的、由他自己设计的华丽住宅在这儿是第一流的。越战中他双腿残废，退役后迁往佛罗里达，虽然仍挂着公司董事长的头衔，但他委托一个朋友经管他在爱荷华的庞大业务。他每年来看一下业务，同时到爱荷华空军医院治疗一下他那两条早已失去知觉的、麻痹的双腿。

在那天，1991年11月1日，星期五。我和麦克从纽约飞往爱荷华，我们决定在感恩节前休假，是因为柯比正好在空军医院疗养，他邀请我们来他的老家陪他共度一段时光。"我准备了一个盛大的派对，"他在信中说，"朱莉亚，你会忘掉你那些烦恼的生意。"正好11月5日是乔治娅的生日，也是他们结婚二十五周年的纪念日。柯比打算好好地欢庆一下。

那天中午，艳丽的阳光照射着大地，使11月初的爱荷华仍有一股夏天的暖烘烘的气息。虽然刚下飞机，我一点也不累，精神十足，一吃好午饭我就对柯比说我要去游泳——医院后面有一个美丽清澈的小湖。游泳之后我请乔治娅带我们去附近的爱荷华大学看看，早就知道那里有一个闻名遐迩的国际写作计划中心，是聂华苓女士主持的，在国内时我读过不少中国作家从那儿写来的报告。麦克完全同意我的计划，不过他又马上问乔治娅哪儿可以打网球，这样当我在国际写作中心东张西望，甚至坐下来听一场什么演讲的时候，他和乔治娅就可以在外面打网球了。

那天上午我觉得浑身舒畅——每次和柯比、乔治娅在一起我都有这种感觉。自从他担保我来美国后，每一年我们都会相聚在一起——不是我们去佛罗里达，就是他们来纽约。和他们在一起是一种赏心悦目的精神上的愉快，那是因为他们外形高贵而内心善良。和麦克结婚之后，几乎每年的圣诞之夜，我们两家人都一起去教堂，我们一起祈祷，唱圣歌，内心没有一点儿杂念。在教堂的烛光和《平安夜》的歌声下迎来新的一年……

我们奔向湖畔的一条小船，乔治娅伴随着坐在电动轮椅中的柯比，在后面跟随着我们。我穿着一条白色牛仔裤，一件黑色无袖T恤衫，长长的头发用一条白色的丝巾系在脑后，我感到这样既自然又洒脱。麦克穿着一套"鳄鱼牌"的白色衬衫短裤，显得很潇洒。我带着泳衣，随时准备在明媚的阳光下洗一个舒舒服服的自然浴。

我和麦克划起那条白色的小木船，柯比和乔治娅在岸边微笑地望着我们，不一会儿我就憋不住了。

"太热了，"我掸去落在衣服上的松叶，"我想脱掉衣服下水泡一泡！"

"我没带泳裤，"麦克说，"水很凉，当心别抽筋。"

"我不怕，我喜欢这里的湖水。"我迅速埋在麦克身后换上泳衣，然后双腿踏在摇晃不安的木船边跳下湖去。水凉得使我打了个冷战，我开始一直向东游去。等我游了一圈回来，看到麦克和乔治娅两人已经把柯比抬到了木船上，他们三人一边随波荡漾，一边哈哈大笑地聊天。起风了，天空被宏伟的、白玉般的云层遮住了，太阳从云层中钻出，一丝丝光芒射到湖对面珍珠般的一幢幢小洋房上；绿色的湖水起浪了，汹涌地在我周围旋转，一个个小浪花向我扑面而来……

"麦克！抓住我的手！……"我好不容易游到船边，拉住了他那只大手，一个翻跃便跌进了小船。他们看着我的狼狈样子，哈哈大笑起来。我觉得他们三个人在太阳的照耀下，熠熠闪光。我一边梳理湿淋淋的头发，一边让太阳晒干身上的水滴，牙齿仍在不住地打抖。

"瞧你，像一只湿漉漉的小鹿！"柯比说着，把一块干浴巾丢给我。我把浴巾披到肩上，顿时感觉一阵温暖。我体会到一种纯真、饱满，吞噬我整个身心的快乐。

周围的一切是那么宁静，就像永远不会有人打扰似的。整个爱荷华市都宁静下来，只有湖面传来轻轻的潮水声。有一只黄莺在沿湖的灌木林中开始歌唱。

这时，生性开朗的麦克用德语唱起了舒伯特的《船歌》：

> 像天鹅那样，轻轻地摇晃着，
> 我们的小船荡漾在晶莹的水气中，
> 哦，心中多么爽怡和宁静，
> 没有一丝儿往昔困扰的踪影……
> 天空中燃烧着晚霞，
> 绯红的光辉笼罩着我们的小船。
> ……

突然，远远地，从爱荷华大学那个方向，传来了刺耳的警车鸣笛。

"是着火了吧？"乔治娅说，我们每个人都立即感觉不安，并且为这个宁静美好的下午就这样突然结束而感到一阵遗憾。

我们把船靠上岸，我迅速提了衣服，立即向爱荷华大学冲去。

是枪杀血案！

一个学生在校园开枪杀人，然后开枪自杀！

校园内，只见救护人员像一群气喘吁吁的公牛似的来回踱着奔跑。一面愤怒地噘着嘴喘息，一面一刻不停地来回跌撞着、蹭蹬着，一具具尸体用担架抬出！伴随着周围呻吟不绝的学生们的哭泣和一声声惊恐叫声！

410

"谁？……杀人凶手是谁？"我挤进惊恐的人群问。

"一个中国学生。"有人回答。

"什么？"我霎时间如被雷击一样地震愣了，"中国学生也杀人?!这怎么可能?!"

在美国开枪滥射时常发生，但还没有一个凶手是中国人啊！

一个美国学生告诉我，枪手是中国来的天文物理系的博士生。一个中国学生告诉我，他原是北京大学物理系的高才生，通过李政道博士的出国考试由政府公派来美的。

在一片混乱中望着担架上的一具具尸体，我大声问道："死了几个人？他向几个人开枪？"

一位美国警察回答我："现在所知，他枪杀了他的导师，枪杀了系主任、系里的另一位教授、一位副校长、副校长的秘书和同系的一位中国同学，共六人。"他指着运尸的救护车说："有五个已经死了，另一个在急救。"

那一瞬间对我的震撼，是我终生难忘的。休假是全部告吹了。我连忙拿出记者的本事调查了解这起事件。我记得一位外国作家说过："每一个人一旦融入那个社会，就不再是一个独自孤立的存在。他的悲剧和他周围的环境、人物融会在一起。"同时我脑子里也跳出了一位中国作家的一句话："我认为对一个记者来说，最重要的是个性，而不是社会性。"当我惊悉一个中国博士、北大高才生一连杀了六条人命之后，我并不是把它作为一项社会新闻来看的，我在这里也不是把这件事例作为一件社会新闻来写的。我调查了解这件事的目的是看看我们中国人——特别是今天年轻的一代身上都发生了哪些变化，以及试图对在美国的中国留学生的思考、思维、生活方式作出一种剖析，而我本人就是这其中的一个。

这种观察对我的一生是非常重要的。我认为这个事件与这本书的其他部分一起构成了一个惊心动魄和令人深思的一代人的真实整体。

1991年11月1日，这个震惊全美的事件的情景是这样发生的：

下午三点半左右，爱荷华大学凡·艾伦物理系大楼（Van Allen

Hall）三楼309室正在进行专题研究讨论会。在一片扬声争议与喁喁低语交织成的天文物理讨论会上，卢刚出现了。这个28岁的青年博士、北大物理系高才生穿着大夹克，带着一个提包，悄悄地推开门，像一块陨石般地急促而又无声地降落在309会议室，他装出世界上最无害的样子在角落里跷了跷脚。窗外，他能看到爱荷华城的一部分。他在这里生活了六年，从1985年出国直至现在，在这间房间里通过博士论文。整整六年，他没有离开过爱荷华大学，现在他就要和它告别了。

他望着窗外，天上刚刚起风，毫无趣味。一种恶心的、报复的快感笼罩着他。他把手再次伸进口袋，那里有一把0.38口径左轮小手枪，全部荷满了子弹。"只要够用就行。"他想。5月份他向爱荷华地方长官办公室申请到了枪支许可，6月份他跑到爱荷华市一家叫Fin & Feathers的渔猎商店花了200美元买下这支巴西制金牛星手枪。他仔细挑选过，这是一把仿制美国警方用的史密斯-威森牌的左轮手枪。从那时起他就想干这件事了。

"我早就有这个意思了，但我一直忍耐到我拿到博士学位。"他在给他二姐的最后遗书中写着，"你自己不要过于悲伤，至少我找到几个垫背的人给我陪葬。"光溜溜的手枪柄仍然有些冰凉，他脸上现出毫无表情的样子看着一切，看着所有的人。哪怕最靠近他的人，也不易察觉到他眼里闪过的一瞥阴冷凶狞的光芒。静静地旁听了约五分钟，他突然拔出手枪一个一个开枪射击！他首先开枪击中他的博士研究生导师、47岁的戈尔咨教授，戈尔咨教授应声倒下，他又在教授脑后补了一枪；继而他又朝史密斯教授身上射击了两枪。在场人士一时还未反应过来，以为他拿玩具枪恶作剧，直至看到两位应声倒地的教授的脑门和身上流出大摊鲜血才知他真在杀人！一位中国同学李新不堪刺激当场昏倒，另一中国同学吓得夺门而逃，跑到一处有电话的地方报警求救。这时卢刚已经冷静地将枪口瞄准他嫉恨已久的"竞争对手"——毕业于中国科技大学的高才生山林华博士。他朝山林华的脑门和胸膛连放几枪，山林华连哼都来不及哼一下就当场被枪杀。卢刚在第一现场枪杀了这三个人之后，又噔噔地从三楼跑到二楼，打开系主任的办公室，一枪射杀了44岁的系主任尼柯森。他确认系主任已经死了后，又跑回三楼第一现场以确定戈尔咨、史密斯、山林华三人是否已经都死了。室中有几名惊吓得目瞪口呆的证人，其中之一是研究科学家鲍·汉生，他和另两名同学正围着奄奄一息的史密斯教授——他还没有死，生命从他的眼里突然逃遁，刚才还那么灵活、大声地激烈雄辩的学者脸上一下子被死亡来临罩上一层灰白。卢刚没有打中他的心脏，他鲜血涌注，在书桌下面挣扎着。三个人正准备把他抬起来送去抢救，这时卢刚在309室门口挥舞手枪叫他们出去。鲍·汉生轻轻喊了一声"Stop it！"（住手！），卢刚不予理睬，然后走到躺在地上的史密斯教授面前，对准他惊恐万状、带着哀求的眼睛又补发了致命的一枪。他马上就死了。

这时卢刚跑下物理系大楼，持枪飞快地跑到邻边的生物系大楼，从一楼走到四楼，似乎在寻找一名女性目标（目击者见他进入女厕所寻人），在这个过程中他遇到生物系的几位师生，并没有开枪滥杀。在生物系大楼他没有找到他的"射击目标"之后，他又冲到大学行政大楼，推开副校长安妮·克黎利（Anne Cleary）女士的办公室，朝她胸前和太阳穴连射两枪，副校长的女秘书惊恐、本能地拿起电话要报警，他又向女秘书脖颈上射了一枪，然后举枪自杀。

整个凶杀过程只有十分钟。六人死亡，女秘书重伤。

凶杀内幕

《达摩因时报》说：爱荷华大学的天文物理系是全美知名的系，该系"理论太空物理组"事实上因三名主力教授的突然被杀害，可以说已经不存在了。报道讲损失无法估计。三名教授的课，研究计划及论文指导，都将完全停顿。其中卢刚的导师、47岁的戈尔咨教授是该领域顶尖学刊《地球物理研究》（JGR）的主编，被学术界公认是太空物理理论的大师。该系和全美国还需要很长一段时间才能再出现这样杰出的教授。

《今日美国》日报在报道中说，爱荷华大血案对美国未来的太空计划都可能产生影响。戈尔咨教授是美国太空总署的顾问，被杀的三名教授在国际学术研究领域里都颇有名气，他们的专业包括电浆研究。

卢刚

电浆是由自由的离子与自由的电子组成的电中性混合体，而宇宙的组成物质99%是电浆。美国国家太空总署同意拨款几千万美元在该校进行太空科学研究。

杀手卢刚也是研究电浆的。他的毕业论文是探讨临界电离速度。因为电浆是个极为专门的领域，目前全美只有三百名左右的科学家有能力从事电浆研究。卢刚在智慧上能够思索宇宙苍穹辽阔无涯的问题，可是在现实生活中却成了一名高智商低智能者。他以疯狂的行为来残害那么多师长同学以及自我的生命，造成永远无法弥补的悲剧。

那么，卢刚究竟是个怎么样的人呢？

卢刚绝对聪明。

他是北大物理系的高才生，工人家庭出身，是家里唯一的儿子。从小极为聪明，学习上一帆风顺。在北大物理系毕业后他参加了李政道主持的严格考试。在数百名佼佼者中脱颖而出，名列前茅，顺利考取由中国政府出资的公派生来到美国留学。以学业成绩相比，卢刚和山林华的水平不相上下。卢刚参加博士资格考试时与山林华同时并列第一，各门课目全都是"A"，他所获得的高分打破物理系历届纪录。要说卢刚和山林华仍分高下的话，乃是后者的博士论文更受学术界的首肯与赞扬，并因此被系方推荐获得 DCS 学术荣誉奖，而前者却落空。

卢刚和山林华都是爱荷华大学天文物理系1991年新出炉的博士。山林华比卢刚小1岁，比卢刚晚两年来到爱荷华大学，拿到学位的时间却比卢刚早上半年。毕业后，成绩优异、研究成果丰硕的山林华被系里留下来继续做博士后研究，并按照 Research Investigator（调研员）的职位领取薪水。而卢刚则没有那么幸运，当他今年5月拿到博士学位毕业后，找工作的事始终没有着落。全美各大学的研究经费都受到削减，根本没有什么机会，几位教授为他推荐也无任何结果。他认为是教授们冷淡的原因。卢刚曾对人表示，尽管是"公派"，他也不愿返回中国工作。卢刚的研究工作一直不太顺利，他的博士论文口试没能当场通过，相反，山林华不仅提前获得博士学位毕业，而且他的博士论文还得了论文奖，他还有一份安定的工作。这些都是卢刚最不能忍受的，亦为他最后愤而对山林华下毒手的原因之一。

卢刚是一个受过中美两国高等教育，有理智，具有分析和思辨能力的人。卢刚也并无精神失常或任何变态表现。他感情从不错乱，爱憎分明，也无酗酒、吸毒的习惯。因而他的行动绝不是一时冲动，而是冷静地思考，多次权衡的结果，是按照他所奉行的人生信念行事的结果。

据曾经与卢刚同住一室的爱荷华大学教育系博士生赤旭明回忆说：卢刚这种冷血杀人行为，不仅是由于妒恨，而且是因为他天性中潜伏着一种可怕的"杀机"，"性格决定命运"。

在同学们眼中，卢刚是一个刚愎自用、目中无人，时而埋头研究、时而放浪形骸的人。他十分孤独，没有什么人愿意和他来往。他的在北京市汽车配件厂当工人的父亲说："卢刚有两个姐姐，他是家中唯一的男孩儿。"卢刚出国前个性很强，孤僻，不合群；与父母亲也很少交谈，只有和二姐关系密切些。他通过越洋电话对记者说："卢刚赴美后经常给二姐写信，在出事前两天，卢刚曾与他在北京的二姐通过电话，聊了很久。"卢父说，几个月前，卢刚曾在家书中提及由于美国经济不景气，毕业后一直没找到工作。家人表示，打算为他在国内设法安排工作，但遭卢刚拒绝。

赤旭明说他在1987年夏天与卢刚、山林华合租一个一房一厅，他与山林华住卧房，卢刚住客厅。卢刚从不打扫屋子卫生，喝牛奶从不用杯子，打开盖对着嘴咕噜咕噜喝完就随手扔在地上。赤旭明比他大10岁，以长辈的口气告诫他，结果卢刚"目露凶光"，表现得非常凶恶。他形容卢刚根本不把别人放在眼里，自视甚高，经常以"物理尖子"自居。说话喜欢揭别人短处，以嘲弄别人为快乐，时常"出口伤人"。他说卢刚不仅人品素质极差，而且十分好色。他曾幻想所有的女孩子都拜倒在他这个"天之骄子"的脚下，也费了不少工夫追了许多女孩子，但屡遭挫折。他经常出入酒吧，把自己打扮得很"美国化"，以示与其他中国同学的"风度不同"。有一次他去拉斯维加斯赌城，想用90美元嫖妓，结果被拒绝。这使他恼羞成怒，耿耿于怀。

另一位物理系的学生说，卢刚与人合住一个公寓，夏天天热，他睡在客厅里，经常把冰箱打开一整夜，根本不顾别人存放在冰箱里的东西酸馊腐败。卢刚在很多留学生口中，是一个攻击性很强，让人下不了台，又十分自私的人。久而久之，几乎没有人愿意再和他来往。

即使你不断地试图想发现卢刚在个性上有何可取之处，却没有一个人予以肯定的答复。物理系的一位学生对卢刚的评语是最客气的："他是个思考问题的方式与一般人截然不同的人，凡事都想到阴暗面，喜欢走极端。"

纽约《世界日报》刊登了卢刚喜欢走极端、不给人留余地的性格的一个例子。和卢刚同属"空间物理理论小组"，在杀人现场昏迷的李新说，近来因为美国经济萧条，政府裁减预算的缘故，系里在毕业生中发起募捐。卢刚用支票开了一张捐款，面额是一分钱。

有一位在酒吧中认识卢刚的美国女孩子认为卢刚是个风流俊逸的人。她认为他很聪明，因为他还懂一点文学。在一次幽会中，他对她说了一位诗人的话："一切能分担人生痛苦的感情，我都不回避，一切能带来瞬息快乐的感情，我都愿接受。"

"他靠着我坐着，"她说，"他两臂拥抱着我，并把自己投进了一种非常甜蜜的情绪之中，那是一种分担了痛苦的感情……"

那位美国女孩子说，当她向卢刚表示再也不想见到他时，卢刚转过头去，"突然他变得像一个柔弱的孩子，泪水从他的眼角涌出来，在他的面颊上流着……"。她说他心地非常敏感，对自己内心的小天地怜悯感怀，呵护备至，却不是一个可以久交的人。

卢刚喜欢的小说有约瑟夫·海勒的《第二十二条军规》，他曾和酒吧的朋友描绘书中的情节：

> 中队司令官在尤索林飞满规定的三十二次之后又无休止地增加到四十次、五十次……最后尤索林恍然大悟，第二十二条军规原来是个大骗局，是无法逾越的障碍。而这个世界到处都是第二十二条军规，它像天罗地网一样铺天盖地地统治了整个世界。他感到全世界都发疯了，最后逃往瑞典。

《第二十二条军规》是60年代至70年代美国大学生必读的一部小说。美国评论家认为，约瑟夫·海勒那种富有喜剧意味又使人毛骨悚然的虚无主义，即黑色幽默，已成为行动的楷模。

卢刚1985年到美国，凭着他的敏慧迅速捡起了"黑色幽默"的人生信念：教授像资本家压榨工人那样地压榨他，不给他出路。爱荷华大学是第二十二条军规，天罗地网、铺天盖地地统治了整个世界。他只有像西部牛仔片中的枪手那样，拿起枪干掉妨碍他的道路的人，然后同归于尽。

5月买枪，11月杀人，他等了足足六个月。

山林华

"一个人要是没有在生活的韶光中看见过天使，在生活的灾难中看见过恶魔，他的心就永远不会开窍，也永远不会有情感。"

听爱荷华大学的同学谈卢刚以及被卢刚杀死的山林华，就像听人谈论白天与黑夜的差异一样。一位美国记者说，他们的叙述给人的感觉是：山林华似乎是上帝刻意制造出来，故意要向世人显示善与恶、美与丑、正与邪、光明与黑暗的对比有多么强烈。

山林华在爱荷华大学知名度颇高，是前任中国学生联谊会会长。而卢刚则由于性情孤僻，连中国学生联谊会也没有加入。山林华今年27岁，浙江省嘉兴人，毕业于中国科技大学。四年前通过美籍华裔物理学家李政道在国内主持的考试，进入爱荷华大学攻读物理博士学位。由于他成绩极为优异，在博士资格考试时与卢刚并列第一名。他人缘很好，系里教授对他大为赞扬。

卢刚的父亲是工人，山林华的父亲是农民，他来自浙江一个贫穷的农民家庭。他的弟弟山雪良在得到这个噩耗时在电话中失声痛哭："我哥哥是苦孩子出身，好不容易才熬到今天，我们全家以他为骄傲，那个人为什么要杀他这样好的一个人！"山雪良说他的在农村种地务农的父母身体不好，家中还有一位年逾古稀的老奶奶，视山林华如同命根子。他至今也不敢告知家人他哥哥的死讯。为到美国来料理后事，他只好撒了谎，说哥哥在美国生病需要人照料，才得以让家人放心，赶赴美国。

山雪良说山林华自幼就刻苦耐劳。由于家里穷，身为长子，吃了很多苦，但他一直自强上进。1981年，16岁就以优异成绩考取中国科技大学少年班。1987年赴美留学后，为了接济国内农村亲人，他长期省吃俭用，每次攒下一二百美元即往家乡寄。两个月前，家中父老还收到他一张200美元的汇票。他每次写信，都是"报喜不报忧"，以免让老奶奶及父母挂心。经常劝父母用他寄回的钱吃好些、补养身体。在他们那个村子里，山林华是个出名的好孩子，没想到会突遭惨祸。

山林华的岳父是安徽合肥的一位学者。在山林华被杀害前四十八小时刚刚抵达爱荷华市作访问，却不幸看见女婿身亡，女儿年纪轻轻成孤孀。

曾经同山林华、卢刚住一个公寓的赤旭明说，小山出身农民家庭，家里很穷，全凭个人努力奋斗登上国内一流学府中国科技大学的殿堂，并以优异成绩赴美深造，非常不容易。当他听说小山遇害的消息时，他难过得哭了好几场，因为他在与小山共住一室的日子里，发现了他身上有许多美德。他举例说，小山为了帮助仍在安徽老家的弟弟筹措结婚费用，省吃俭用，相当长一段时间天天喝牛奶、吃面包果腹。因为这两样东西在美国都很便宜。

受访的学生在谈到山林华时，没有人不是充满了感情与怀念的。几乎大家都不太能接受他就这样与中国同学们天人永隔的事实。在大伙心目中，与卢刚尖锐的个性相对的是山林华的宽宏。经常挂着微笑的山林华总是替别人着想，愿意对人伸出援手。与山林华一同毕业于中国科技大学的雪山在谈到他时几度哽咽不止。她说，只要同学开口，即使山林华自己已经买好了菜，他还是高高兴兴地开车送没车的同学去超级市场。许多到爱荷华大学念书的新同学，都是山林华到二十多公里外的 Cedar Rapids 机场接来的。作为中国学生联谊会主席，他热情地帮新到的同学找房子，买便宜生活必需品。哪个同学要搬家换房子借他的车，他也总是一句话："没问题！"质朴诚恳的个性，使他在爱荷华大学的三百四十多名中国大陆留学生中树立了很高的威信，大学都习惯亲切地叫他"小山"。

物理系的冯炜说，中西部大学与大城市学校不同，因为没有地方可以走动，中国留学生之间的来往十分密切，学生联谊会办的活动大家都踊跃参加。小山于1988—1989年担任中国学生学者联谊会会长，把联谊会活动办得有声有色。李新说，博士生课业都很忙，山林华自己做学问极为认真，但没有什么恃才傲物、高人一等的态度，没有学究气。凭着他的纯朴与义气吸引了一群"哥儿们"，大家同心协力为联谊会做事，举办各种活动，深得人心。

物理系几位比较熟悉山林华及卢刚研究工作的人都表示，山林华在事业上比卢刚得心应手，并不只是运气较好的缘故。一般人只能从山林华与卢刚截然不同的个性与作风去了解他们，山林华人缘好，常微笑，伸援手；卢刚则独来独往，作风怪异，脸上永远是阴霾笼罩。物理系的同学则进一步从个人专业去探讨两人之间的分野。他们说山林华的研究工作不仅在系里，即使在整个太空科学领域中都是十分出色。山林华的论文至少已有三四篇刊登在他们那一行最权威的、由戈尔咨教授所主编的 *JGR* 中。

山林华的毕业论文是他与戈尔咨教授共同研究的成果。他们率先从理论上解释土星的光环结构，并进而分析光环的年龄。这篇论文经系主任及其他教授们的推荐，获得了全校最佳论文奖，奖金2500美元，享有很高的荣誉。

系里的同学说卢刚对山林华得奖很不是滋味，几度向系里和校方提出抗议及申诉，但毫无结果，没有人认为他有道理。李新同学表示：其实这个奖是由教授直接选拔推荐的，并不是任何人都可以自由申请。

天文物理系的同学们说，山林华在得奖之后还不断"出活儿"。又与戈尔咨教授及史密斯教授共同在 *JGR* 上发表论文，对能够阻碍通信的"地球磁暴"现象提出解释与预测。冯炜认为，这个题目比土星光环更重要，更受学术界的重视。

以学业成绩相比，卢刚和山林华的水平不相上下。在博士资格考试时，两位来自中国的"天才生"并列第一名。可是，以研究能力而论，山林华做出的成果显然更受学术界肯定。"独行侠客"卢刚不肯下苦功做研究，与教授隔阂很深，却偏偏死心眼要和山林华争最佳论文奖，结果越搞越往牛角尖里钻，终于滋生杀机，选择一条玉石俱焚的毁灭道路。

11月7日，在山林华的追悼会上，杰逊成牧师用哀痛的语气说："山林华是一个热爱生命的人。运动是他仅次于物理的第二所爱，他尤其喜爱看美式足球——橄榄球。而且他恐怕是唯一真正懂得规则的中国学生。他不但懂而且乐于向人讲解，不会让人弄糊涂。"这句话让参加追悼会的人难得地笑出声来，好像小山就在眼前一样。

爱荷华市立公园旁 Park Lawn 学生宿舍里，小山家的灯光只能映出山林华的妻子杨宜玲哀伤的面容。从11月1日以来她眼泪已经哭干，精神状态也有些恍惚。山林华连一声叫喊都来不及发出，连一句话都没有留下，就这样骤然而逝。

伤逝啊！伤逝！那个喜欢朋友，喜欢在周末打篮球、踢足球、打桥牌，喜欢在电视机前向朋友们大声解释美国橄榄球规则和赛情的小山，那个喜欢与朋友说宇宙苍穹和地球经纬奥秘的小山，孤寂地躺在阳光永远也照不到的角落，等候着浙江老家的弟弟前来见上无言的最后一面。

他的父母，他年逾古稀的老奶奶，还在浙江农村的田地里盼望着他的来信，他们对着遥远的望不见的美国，呼唤着："小山啊……小山！"

卢刚遗书

11月4日——杀人血案发生三天之后的上午，爱荷华州约翰逊地区检察官公布了卢刚在杀人前准备向四家新闻机构——《纽约时报》《洛杉矶时报》《芝加哥论坛报》及当地电视台寄发的英文声明信。信是放在他随身背进第一杀人现场的大提包里的。卢刚信的题名为《声明》，然后署名是卢刚博士，并附上他在爱荷华市的地址。

遗书摘译如下：

我这一生意外地充满了政治插曲。我在上幼儿园时，因为称秃头的苏联共党之父列宁为"秃驴"而遭到保姆的处罚。在我初三的时候，曾奉令指派去瞻仰毛泽东纪念堂，但当时我因正要期末考而向班主任表示有点不想去，结果我的副班长、英文科及物理科学习委员职务全被取消。而我也被迫在全班同学面前自我批判，同学因怕遭到政治迫害而远离我。我恨政治，但是如果政治是我防护自己的唯一方式的话，我肯定会运用它。

我最喜爱的爱荷华市公共场所是"运动专栏酒吧"，五年来我常去那儿。在那儿交了不少好朋友，也免不了地有一些吃醋的敌人。那儿有一些城里最漂亮的女孩，有些像×××（警方未公布姓名）都令我难忘，当然我在其他地方也碰过一些女孩，像×××，就是其一，她是我这辈子碰到过的最甜的女孩。

我在美国看的第一部电影是《关于昨夜》，那天晚上，我通过博士资格大考。我最喜欢的电影还有《谍海军魂》《虎胆龙威》夺宝奇兵》及克林特·伊斯特伍德的西部枪战电影——都是一名牛仔大战一群欺负弱小及互相包庇罪行的坏蛋。

有关克里斯多夫·戈尔咨（卢刚指导教授），有一天他告诉我说："你负责管理这个密码，此外没有其他人知道这密码。" 因为现在只有我们拥有2—D密码。但是作为一个诚实的人，依据我执行这个密码的发现，所得到的某些结论与他原先设想的不同。结果，他变得非常生气，而在我有工作机会时拒绝让我及时毕业，并且在他当主编的 JGR 期刊中扣发我的论文结论。当他找不到什么借口来不让我毕业时，故意不依规定应事先通知论文口试的时间，在口试时一般应有十至十五分钟的时间给我为论文做综合陈述。但事实上他到我该做陈述的开始前一分钟才告诉我。我非常意外，只有立即开始向口试委员展开解说，而且只能利用黑板书写，而没有投影机。结果口试委员会决定我的博士论文不通过，而我当众遭受严重的个人羞辱以至产生愤怒的情绪。戈尔咨责备我自己应当为论文口试不通过负责……我并未要求他为我写求职介绍信，但之后，他从尼柯逊博士那里听到此事时，他立刻来找我，并坚称他愿为我写这种信。戈尔咨为我写的求职推荐信，大都在截止后才逾期寄出，而这正是我特别请他注意的地方。这就是我到今天仍然失业的主要原因。然后，他在5月份保证将支持我在学校工作，然而我从5月毕业到现在，已在这里工作了好几个月，却从没有看到薪水支票。然后我对我的论文扩大研究取得近期进展，提交给 GRL。审阅委员认为只要将几处稍作修改之后就很可能予以发表出版。戈尔咨一开始以文章太长不宜刊载在 GRL 期刊，而劝我改投 JGR 期刊。当我指出文章长度符合 GRL 的规定时，他又强迫我在文章内加一些材料，这样再将他的意见加进去时，可能就赶不上出版了，不然就要被迫在他的控制之下，将论文提交 JGR。

他（罗伯特·史密斯）是新到学校里来的，一直都渴望建立自己的学术领域。他得知山林华是个好学生，便说服戈尔咨，让他提早毕业，当然，这招来同学普遍反感气愤。山林华虽然错过毕业论文手续的截止日期，但是史密斯找到系主任尼柯森的关系，让山林华在错过日期后仍然毕业。为了替自己的行为辩护，史密斯闭起双眼，指责我研究多元电路分离电场的方法是完全错误的。

虽然他（德特·尼柯森）的学生不符合研究生的要求，仍贸然给他一个杰出研究生奖学金。尼柯森给×××一个半工的物理系的研究生助理的工作，尽管他连本科的工程学位都没有，何其令人发指。

系里提名 D·C 斯普顿特论文荣誉奖时（此奖后来颁予山林华），我曾在今年 6 月以来向研究院代理院长 Dr.Ruddlph Schultz、研究院长 Dr.Leslie Sims、学术副校长 Dr.Peter Nathan、学术助理副校长安妮·克黎利、校长 Dr.Hunter Rawlings 提出申诉。但是，学校各方官员给我的答复都令我失望。到目前为止，学校的调查工作仍在初步阶段。

若没有校方的掩盖与撑腰，上述人士的所作所为绝不会发生。我自 1991 年 6 月起一直都向下列人士揭发这些不道德的行为：研究院副院长 Dr.Ruddlph Schultz、研究生院院长 Dr.Leslie Sims、学术副校长 Dr.Peter Nathan、助理副校长安妮·克黎利及爱大校长 Dr.Hunter Rawlings。但是他们将我的申诉与证据置之不理，只相信尼柯森的一面之词。系、研究院和校方一直在合谋孤立我。

我感到很遗憾，我不得不采用这种非常的手段来解决这件事，但是，这完全不是我的过错。爱大校方应对这次不幸的结果负责任。如果校方能按照纳税人、缴学费的人和资金提供机构的意向，及时采取积极的行动，所有的一切都是可以避免的。尽管我已将我的事业孤注一掷，爱大仍尽力为尼柯森在 DCS 荣誉奖方面作辩护。

身为物理学家，我相信物质、精神、运动等永恒性，纵使我的血肉组成的身体似乎逝去，但是，我的精神仍是永恒，并且我将以量子式大跃进入世界的另一角。我已经达到自己在这里的目的——化非为是。我为自己在此所取得的成就自豪，对马上来到的远程更充满着信心。再见吧，我的朋友，或许我们能在另一个地方、另一个时间重逢。

旋涡

卢刚事件使美国社会震愕不已，亦由此激起一阵阵旋涡。

一位美国记者写道："时代发展得真快啊！中国青年居然学起美国西部牛仔片中的枪手，在十分钟内一下子干掉了六七个人！"

另一家美国电视台报道："由于中国学生间的竞争，进而使美国教授遭殃，该大学物理系失去了最好的教授。"

美国华人界的反应最为强烈，美籍华裔学者、教授、知名人士、留学生纷纷对此事唏嘘惊叹，在报上连篇累牍地发表感想。一时间，在美国的中文报纸大清早就售罄，沉痛而又恳切的讨论与反思一连持续了十几天。纵观人们心灵所受到的震撼与感想，归纳起来无非两个部分：以华裔学者或教授发表的文章来看，大部分为"论中国人的冷"；以中国留学生所发表的文章来看，大部分为"环境压力，生存竞争的恶性循环，导致'本是同根生，相煎何太急'的惊世悲剧"。

威斯康星大学教授L君说，卢刚是个踏着信仰危机边缘长大的青年，卢刚以同归于尽去"摆平"，准是他认为自己的功夫比同门师兄要高强，这种恩怨是非，常见于东西方各类武侠小说，想不到今天在现实生活中上演。卢刚有别于其他同学，正是因为他目无余子，唯我独尊。他并不是失败者，他跟同伴抢滩渡河，到了彼岸，看不惯别人比他快了半拍，吞不下这口气，就干下傻事。

黑格尔说："在一个深刻的灵魂里，即便是痛苦，也不失其之美。"如果卢刚是个孝子，不会做出让父母伤心的事。

如果他稍以国家为念，应知相忍为国。

他和山林华都是尖端的人物，自己轻生，于义有损。夺山林华性命，有伤于仁，也坏了国家的元气。

如果他敬己爱才，他应不忍在几分钟内把一个世界级的太空物理系的精英教授去其三。《芝加哥论坛报》报道，爱荷华大学这个学系名列全美学府五名之内，他这么在乎自己的功业，也应惺惺相惜，想到人家获得今天的成就也不容易，学术是不分国界的。

艾略特名著《空洞的人》，是20世纪初信仰破灭后西方知识分子空虚落寞心灵的写照。卢刚现年二十七八岁，是"文革"后长大的人。这一代念科技的学子，不知日常还有没有机会看到人文学科的书籍？人文学科救不了命，但最少也可以扩展视野。古籍虽是陈旧，但大体来说，要是卢刚能接受儒家的旷达，或道家的淡泊基本精神，说不定凡事会作退一步的想，不会走偏执的绝路。

一不如意，就走极端，看来卢刚空洞得可以。

加拿大博士生D君说：卢刚杀人事件是没有上帝的悲剧。他写道：爱荷华大学中国留学生卢刚的凶杀案新闻公布之后，大为震惊。他个人的行为无疑对海外中国留学生的整体形象造成了损害（近来据说中国留学生申请奖学金越来越难，助教位置也越来越少），不仅如此，通过这个案件，我们可以窥视到未来中国青年一代身上存在的某些令人担忧的倾向。

第一，中国青年一代，尤其是与卢刚年龄相仿的青年精英的心理承受能力（承受失败、挫折、苦难等等）正在不断下降。改革后的中国由于急功近利，没有在提高全民教育上下功夫，而是导入精英培养制度，从少年班到出国留学一路开绿灯，整个社会对这样的英才捧着、护着，造成他们极端的个人中心主义、风头主义特征，唯我独尊，目空一切，根本没有一种承受痛苦、挫折的心理准备，他们是公派出国，月月有支票进账，并不需要像自费留学生那样去洗碗当保姆打工挣学费，而即使属于"公派"，像卢刚这样的出了国也根本不想回国。毕业后失业，支票断档，他当然也不会想到先委屈一阵子打工攒钱，再寻找发展机会——像无数自费留学生那样，而是出现了"我走绝路，也要找几个垫背的人给我陪葬"的杀机。

第二，海外学子，不少人专业水平很高，但对自己赖以生存的西方社会文明了解却不够，龟缩在自己的内心世界和小圈子里，眼睛里只盯着自己的几个同胞，只要能把他们比下去，就会有一种安心感、满足感；放弃了在一个更大的范围里去竞争，去开辟新的天地，这些人往往产生挫败感，钻牛角尖。卢刚只是一个极端的例子而已。

华盛顿州的教授F君以《校园血案背后的省思》为题，写道：中国二十多岁的青年知识分子最热衷、最欣赏西方现代主义思潮：存在主义。黑色幽默，"他人即地狱"这些警句式的而非完整思想体系的只言片语对80年代大学生具有极大的吸引力和刺激作用。他们对70年代末中国的中老年知识分子、作家宣扬的西方古典人道主义不感兴趣，认为早已落伍。更有甚者，到了国外不但不设法调适文化上的差异，打入美国社会，反而把在中国的那一套搬到美国来。卢刚杀害山林华便是一个极端的恶例。

卢刚案件正是一个极大的警告：光发展经济、科技而无视道德纲常、真善美的重建，博士是可以变成杀人犯的；而一个蔑视人的权利、人的生命的社会是不会有明天的。从这个意义上说，卢刚的悲剧不只是他一个人的悲剧，而是整个社会的悲剧，是时代的疲惫和堕落。

不能让我们的社会再畸形发展了！海外的炎黄子孙们和国内的十亿同胞们一起大声疾呼：

救救孩子！

救救未来！

最后的祈祷

那几天在爱荷华市的心情，我只能用两个字来形容：震颤。除此之外，我还感到一种羞辱。早晨，当我到空军医院去看柯比和乔治娅时，眼睛总是微微有些红肿。我无法形容我记录下这件可怕事件的心情：我全身的汗毛因恐怖而嗖嗖发凉，心颤抖着。有时由于眼泪滴落下来不得不停住我的笔。爱荷华大学校长罗林斯下令停课一天，以使学生"有机会展开疗伤的程序"。爱荷华大学橄榄球队队员在11月2日以16：9击败俄亥俄州立大学的比赛中，每人都系黑布臂带。20岁的美国大学生麦基尔说："我们和罹难者的家属一样，为失去我们心爱的人而真正感到震撼和惊恐。"校内随处可见在风中飘扬的半旗，处处可以听见小型追悼会上传来的哀乐。罗林斯校长说："我们所受的伤害是毁灭性的。我们无法理解，我们感到茫然。"

校刊 *Daily Iowan* 刊出了《我们该如何伸出援手》的文章，呼吁大家"对自己所认识的华人亚裔或其他外国学生，展开主动谈话，把心里的感觉宣泄出来""让他们知道你关心他们""让他们有机会表达他们的感受"。

一位生化系中国留学生说，校方付出了很大的心力来安慰学生教职员，更是过来关心、安慰学校的中国同学。

"一切从爱的角度出发，"他说，"非常不容易。"

那天晚上晚餐之后，我们聚集在柯比疗养室的客厅中，像几天来一样，我默默无言。有人说，在爱荷华校园，中国人的声音一下子全消失了。

柯比说："还记得那天在我们家看奥斯卡金像奖颁奖典礼吗？同样是中国留学生的陈冲，走上舞台接受好莱坞的雷鸣掌声，美国人不会因为《末代皇帝》捧了九个金像奖，不会因为陈冲走上台而把中国人捧上天；也不会因为卢刚而把中国人赶下地狱……当漩涡消失的时候，水面就像平坦的大道一样平静了。"

11月4日，我们一起去参加了副校长安妮·克黎利博士的追悼会。这一天，爱荷华大学两万八千名师生全部停课一天。追悼会前，安妮·克黎利的三位兄弟举办了记者招待会。他们以她的名义捐出一笔资金，宣布成立安妮·克黎利博士国际学生心理学奖学金基金会，用以安慰和促进外国学生的心智健康，减少人类悲剧发生。

下午，圣派翠克教堂斜射进的阳光下躺着安妮·克黎利博士，棺木上放着呈十字架排列的红色玫瑰，她象征着生命而不是死亡。处处烛光映耀，人人脸上满是哀伤。安妮·克黎利的好友德沃·保罗神父在对安妮一生的回顾和追思礼拜时说："假若今天我们让愤怒和仇恨笼罩着这个日子，她将是第一个责备我们的人。"

柯比坐在轮椅中，一手扶着乔治娅，一手扶着我。他一直望着安妮·克黎利那张苍白、安详而美丽的脸庞，他脸上那种伤痛的表情是我所熟悉的——五年多前"挑战者"号航天飞机失事，一下子丧失了七名宇航员，当我们抬起头看天空中那团烟云时，他的表情正像现在这样悲痛莫名。

安妮·克黎利的兄弟宣读了一封写给卢刚父母的信："我们失去了自己的姐妹，卢家也失去了自己的一位儿子和成员；周五的血案是—— 共同的悲剧，共同的哀怨。让我们和你们一同祈祷，愿悲伤解除，让和平与信任早日来临。"

这时管风琴奏起了《弥撒安魂曲》，缓缓悲哀的、送人走上最后一程的旋律，深深震撼着我们的心灵。麦克、柯比、乔治娅和我，我们都潸然泪下。

现在，当我在纽约含着泪水打算结束《发生在爱荷华大学校园》这一章时，我拿到了今天——1992年3月2日的报纸，头版上有一幅太空船在宇宙苍穹中游移的美丽的照片，它立即吸引了我。法新社和美联社的报道说：

美国的"先驱10号"太空船在二十年前的3月2日射入太空，如今距地球已五十亿公里，仍然能把科学资料传送回地球，这是人类第一个飞离太阳系的人造物体。爱荷华大学物理学家凡·艾伦是"先驱10号"计划的负责人之一，他说："这个计划最伟大的科技奇迹就是，'先驱10号'只用八瓦的无线电力，就能把讯号传送到数十亿公里的地球上。"

"先驱10号"发射的无线电讯号需要七小时才能抵达地球，八瓦的电力等于一个床头小夜灯的电力。美国航空太空总署太空网络的巨型天线收到"先驱10号"的无线电讯号时，它的电力已非常微弱。

研究人员推测到公元2000年时，核子动力推动的"先驱10号"太空船就会与地球失去联络。不过，只要在太空中不发生碰撞的意外事件，"先驱10号"的太空探险将会无休无止地继续下去。

这具二百六十公斤重的太空船于1972年3月2日发射升空，美国航太总署的专家和爱荷华大学的天文物理系的教授们，当初估计它只能维持二十一个月，使它可以飞往木星，拍摄这座巨大星球的照片，并利用木星引力加速飞航。以前从来没有任何一具太空船胆敢尝试飞越火星和木星轨道之间满布岩石和太空尘的小行星带。可是"先驱10号"在长达十七个月的太空之旅中却毫无损伤地通过了小行星带，1973年12月又通过木星强烈的辐射带。

"先驱10号"在发回人类有史以来第一张木星的近距离清晰照片

后，于1983年飞越海王星轨道。至此为止，这个年满20周岁的太空船成为第一个离开太阳系的人造物体。

报上还登载了一张如梦境般遥远的照片：美国于二十年前发射的"先驱10号"太空船，已脱离太阳系飞向更遥远的太空。那个造型像现代艺术品的、闪烁着金属光芒的小小太空船，正竖着它身上与地球联络的金属天线，在星云霓海之中游移征空。宇宙苍穹闪烁着无数光点，有的像一颗颗星星，有的则如一束束小火花。一切都仿佛是稍纵即逝，而一切又都是永恒……

泪水模糊了我的视线。发明了这个美丽物体的人——爱荷华大学物理学家凡·艾伦，他的名字被用来命名爱荷华大学物理系大楼——Van Allen Hall。在这座大楼，1991年11月1日，卢刚杀害了美国太空总署顾问、美国太空物理理论大师、他的导师戈尔咨教授，系主任尼柯森教授、史密斯教授，杀害了这个大学主管学术理论的安妮·克黎利副校长，杀害了因为研究土星光环结构而获得最佳论文奖的山林华，也残害了自己年轻宝贵的生命。

六名研究宇宙太空的博士，就这样遽然消失……遽然消失……

愿他们的灵魂在宇宙太空中安息。

曼哈顿的中国女人

演说与专利

从爱荷华州回到纽约，我又投入到紧张的纽约商务活动中。有一天，我接到了《华尔街日报》所属美国商业新闻集团的电话，那位叫沃克曼的总裁让他们推销《全美进出口公司名录大全》。自1988年以来我就是这个年刊的订户，这样省去我不少泡在纽约图书馆里查找资料的宝贵时间。我也从这本《名录》中找到了不少客户，并且和《华尔街日报》、美国商业新闻集团建立了良好的关系。现在这个电话对我来说是一个挑战:华尔街的信息专家们眼看着中国对美出口 1989 年比 1988 年增长 50%,1990 年比 1989 年又增长 55%。在世界经济一片颓势中,中国却一跃成为令人瞩目的对美输出大国!他们眼看这股热浪经久不衰,于是干脆从贸易壁垒保护主义跳到"自由贸易,挽救零售"的实用主义。中国商品价廉物美,美国千家万户都有"Made in China"的实用商品。华尔街发出了这样一个信息:他们要让更多的人向中国买货,也要让更多的人向中国提供高科技产品和国际紧俏商品。这样一本《名录大全》就成了寻找客户的"百科全书",而他们看中了我的公司为他们作推销,这无疑将会为我的公司建立起一大群竞争者——客户是关键,客户落在谁手里,谁就能把握市场!

我怕竞争吗?我问自己:我难道害怕别人抢去自己的客户?我很快镇静了下来,我是不用担心的。在我手中已有五年的老客户,他们早已把我看成是须臾不可离的人物,他们是竞争不走的。即使我的价格比别人还高些,他们也仍然是要盯住我不放的,即使因为竞争而丢掉一二家客户,也没有什么了不起。我自己做生意已经做得累得要死,更多一些人一起做岂不更好吗?再说,那些新的市场,那些千千万万有待开发的市场,为什么不呼唤起一批新的人来,来和我一起竞争、一起开拓呢?既然我能两手空空在曼哈顿第五大道打出一片天地,那么我的那些同样聪明、同样能干的同胞们,他们难道不能和我一样,既改善本身的处境,同时又将大批的中国商品打入美国市场,让中国和韩国、日本那样靠贸易、靠来料加工的国家,在国际竞争的刺激下迅速富裕起来吗?

做美中贸易的人,是越多越好!在纽约像我的 JMF 这样的公司应当如雨后春笋般出现才是!

我做了《华尔街日报》美国商业新闻集团向华人市场推销《美国进出口公司名录大全》的总代理。我和麦克在报上登了昂贵的全页广告,号召中国人加入进出口贸易的洪流之中。我写了自己的亲身体会,我告诉大家,这本《名录大全》适用于各科博士生、硕士生、本科生及一切具有开创精神、有志经商的留美中国青年。《名录大全》中包括全美14000家进口商，19000家出口商的公司名称、地址、总裁与进出口部经理姓名、传真、电话、进出口商品分类以及进出口商品在全世界各地分布状况。这个广告登出的结果是搞得我几乎不能进行正常的工作，每天电话铃声不断，特别是我公司那个800全美各地免费电话更是不分昼夜地响。我突然发现自己陷入一片商业咨询、经商咨询甚至成立公司咨询的汪洋大海之中！我的心情是不平静的，有多少和我一样先后踏入美利坚这块土地上的中国同胞、中国留学生还在洗碗、送外卖，或是在失业大军的寒风中徘徊。他们想经商、想做生意，却不知从何入手！于是我和麦克商量，决定举行一次公开免费的美中贸易演说，地点就设在大西洋赌城特朗普广场。设在这里的意图很简单：一是纽约每天有免费车接送去赌场，不少车还送你10美元，这对不少经济拮据的中国留学生来说很实惠；二是开设了赌城的亿万富翁，我在本书序言中提到的那个出身百万富翁的纽约地产商亿万富翁，他以自己的经历写了一本盛销不衰的书，*The Arts of Deal*（《交易的艺术》），这本书在这个赌场有时作免费赠送。

大西洋壮丽的风光和五光十色的赌场一样具有吸引力。

我走上台，看到了一双双渴望的、睿智的、迫切的眼睛，可以说是一片眼镜片在强烈的镁光灯下闪烁。

我的演说是这样的：

下决心离乡背井到异国来拼搏的，95%都是聪明智慧的、有能力的人！不要小看自己！你们什么条件都不缺，缺的是行动！只要行动起来，只要向前进，前面就有路！……首先不要怕失败，要有承受失败的勇气，让别人讲你失败好了，别人爱讲什么就让他讲什么，如果一个人的活动总是以周围的舆论为转移，那么他是什么事情也做不成的！……记住，千万别拿别人对你的评价去设计自己，而要以自己的估价设计自己。我的一步步就是这么走过来的，我的公司就是这样站住脚的……

一定要记住！

在美国做生意，一定要去找看得见的客户，要让客户亲自为你下订单，要直接与总裁对话。因为只有公司总裁才有权开具信用证！要找看得见的客户，做看得见的商品。不惜从最小的、最具体的商品做起。

我们首先需要提炼谈话的艺术。英语第一重要，然后是你的气质以及是否具有自信心。每次我来到大西洋，在海天相接的地方，总是看见有许多等待进港的船舶："哪一条船上是我的货柜啊？"我总是让海风吹着头发，一边手指着远方的船兴奋地问麦克。

这是多么自豪的心情！通过你的双手，把中国商品打入美国市场，这就是一份成就感！

"哪一条是从中国来的船？哪儿是我的货柜？"我多么希望有几百个、几千个人和我一起站在大西洋畔，同样地，一边手指着，一边问。但是，请记住：货柜一定不要拉到你自己的仓库。实际上你根本没有仓库，也不需要什么仓库，货柜一进海关就直接到了你客户的仓库中。你只是代理，你把中国商品推销给你的美国客户。你的投资是你的智慧、你的吃苦精神。即使一家做不成，你还可以试另一家。金钱的投资与风险越小越好，而你找的美国客户则越大越好。生意做成后，国内进出口公司会付你佣金（因为在报价时已将佣金算入了）。货柜到了客户手中，佣金到了你的手里。这样一种商品一种商品地开拓，客户一家一家地增多。可是千万别直接进货。中国留学生本钱少，买下一个货柜的商品，通常要几万美元，也许你打工几年都不够。你四处借钱，可是买下的货柜进关后，根本无人问津，甚至连你原来讲好的客户也一甩手走了。你面对一个货柜，怎么办？你不能一家家地去找批发商，人家早有一个固定的销售网，你也不可能一家家小商店去跑，一个货柜要找一二千家商店，你一人跑得过来吗？美国推销员的工资是以时计算外加佣金，你也养不起。有一个朋友自己进了一货柜球鞋，中国卖1美元一双，他想在美国卖2美元一双，挣一倍。可是鞋进来后没有人要。为什么？进口商和批发商自己在中国开了工厂。他只好咬紧牙关一家家地卖给零售小店。根据美国法律，零售店可以欠账九十天，九十天后他再一家家去要钱，可别人已经挂出了倒闭的牌子。他打工多年的心血就付之一掷。心血白流，白白赔上了几万美元。

只有实力雄厚的公司，或是中国政府直接派来美国的公司，才适于直接进货柜，直接当进口商。中国留学生做生意，一定要从做代理、做中间商做起，等于在中国美国之间架起一座桥梁。等你干了多年之后，资本雄厚了，再直接进口属于自己的货柜。

我做到现在，一直在做代理，而且一开始就签代理合同。美国客户和中国进出口公司一般来讲都是很守信用的。每年不断翻单，每年增加新品种，你渐渐就在美国商场站稳了。你没有属于你自己的仓库，却有属于你自己的地盘、属于你自己的销售网。

台湾、香港面积不大，怎么一下子富裕起来了，而且成了世界经济举足轻重的角色？靠贸易！靠沟通！靠信息！台湾、香港的今天，就是大陆的明天！（我很高兴，党的十六大开幕之际，这句话已大致实现了。）美国是一个全方位开放的经济社会，看看这本《名录大全》中你所需要的客户吧！机械、五金、化工、纺织、抽纱、丝绸、食品……大胆地走上去吧！拿着你手中的中国产品，不要脸红，不要心跳。有第一次，就有第二次。第一年失败了，第二年就会成功！在美国这块土地上，经商的成功是最大的成功！花一点代价是值得的！……但是，请记住，如果你到美国六年之后还在替别人打苦工，还在靠体力干苦力、讨生活，那么，不管你拿到还是没有拿到学位，我劝你回去，打起背包回国。因为在美国不适于你的发展，你在美国已经毕业了，你应当回国另辟蹊径，走一条光明之路……

我的演说不时被那些由衷发出的掌声打断。我进一步地发挥，取出一本中国外经贸部编的《中国对外贸易企业名录》。在那一瞬间，我右手拿着《华尔街日报》的《全美进出口公司名录大全》，左手是一本中国外经贸部的《中国对外贸易企业名录》。我说：看一看，这就是商品！这就是信息！那些两手空空受政府委派来美国开拓市场的中国外销员、中国商务专家们，就是靠信息渠道找到了成百上千家美国客户。可是他们人手有限，他们的接触范围也远不如留学生广阔。听着，不要怕没有后门！不要担心没有关系！我以自己的经历保证，中国的每一家进出口公司都会认真对待你的首次询价，因为你在美国！你是在全世界最大、流通性最强的市场上！放心吧，你们的传真一定会有人答复的，中国有一支素质很好的、年轻精干的外销员队伍。我们素不相识，却成了关系密切的朋友。但要记住：一、做生意必须买传真机，这个80年代的发明是经商必不可缺的，还要会使用电脑，不能靠打字机来打合同单据，那已经太落后，必须用电脑英文文字处理系统制出各项合同条款和客户分类，建立一个精密无懈的数据库。那么你一个人就可以干几个人，甚至几十个人的事了！二、如果你几次生意都没有建立信誉，那么你的美国传真也好，电子邮件也好，就没有人再搭理了。

美国给每个有志经商的人提供了世界上最好的土壤，特别是在纽约。位于第十一大道32街的以Jacob K Javits命名、由华裔建筑师贝聿铭设计的贾维茨国际会议中心就是这种"最佳土壤"的最完美的体现。

看一看这张日程安排表吧：

贾维茨国际会议中心日程安排表（1—6月份）

1月：	
4—7日	国际时装装饰展
12—14日	男性日用品展销
12—15日	国际儿童用品展销
28—30日	电脑
31—2月1日	纽约国际摩托车展销

2月：	
14—17日	玩具展销
15—18日	全美杂货商品展销
20—23日	全美鞋展
22—26日	儿童用品礼品展销
23—27日	纽约国际礼品展销
3月：	
7—10日	国际时装
14—17日	国际化妆品展销
20—22日	国际光学仪器展销
22—25日	国际儿童服装展销
23—25日	国际时装面料展销
29—4月1日	男性用品展销
4月：	
3—8日	中国贸易展销会（全部展台从中国各省来美）
5—7日	美国女性用品出口展销
11—14日	全美床上用品展销
18—26日	纽约汽车展览
5月：	
6—8日	灯展
10—12日	时装及流行装饰品出口展销
17—20日	国际现代家具展销
17—20日	全美文具展销
18—20日	全美纺织品展销
6月：	
2—4日	医疗设计与制造展销
13—16日	全美杂货商品展销
22—24日	国际电器展销

这就是美国社会经济全方位开放、公开竞争的楷模！

我的许多客户就是在这类的纽约博览会、波士顿博览会、芝加哥博览会、拉斯维加斯博览会上找到的！如果你自己本身搞直接进口，你也可以花3000美元租一个展台，让美国五十个州和全欧洲、加拿大的客户都来到你本人专展的展台前洽谈购买，这时你胸前的牌子上就不是买主而是参展者。买和卖的关系像流水一般，既清纯又流畅无阻……台湾和香港的商人总是搭乘飞机赶来参加这样的展销会，却很少看到中国大陆来的"自费商人""自费留学生"。来吧，这里向你们全方位开放！

我最后讲：

恭维和赞扬是不同的。恭维是虚伪的，你切不可用任何虚情假意去恭维你的美国客户，那样你就立即变得连一分钱价值都没有了。我是学习商业管理的，但并不是商业硕士才能成功。事实上，根据《纽约时报》的报道，过去美国各大知名商学院的硕士学位（MBA）在企业界素享有极高评价，一纸顶尖学府的MBA文凭，无异是迈进高薪商圈的保证书。然而近年来这批恃才傲物的高才生，求职时却频频失意，风光不再。MBA的市场竞争力正面临史无前例的考验。

这个问题的症结是：行为科学的被忽略。

斯坦福大学商学院主任认为：MBA不再吃香的事实，短期内恐难扭转。著名的华盛顿商学院最近向各企业进行一次问卷调查，拟找出各公司减少聘用商学硕士的原因。结果发现，这些美国高才生们在沟通能力、谈判技巧、企业创见、外语能力及团队合作精神上，表现很差。匹兹堡大学商学院做的专门调查，也归纳出各大企业在选择商业人才时，首先注重沟通表达能力。其次是价值观、领导能力、合群性及商业伦理。令人惊讶的是，高才生专精的艰深理论知识，不包括在内。久居商学象牙塔的高才生和教授们向来把那些行为科学视为"软性技能"而不屑一顾，今日却成了商学院"初产品"的致命伤。美国G·E通用电器公司已经开始从自己甄选大学生中的人才进行密集训练。各大学商学院也进行"课程改革"。其中，芝加哥商学院最受瞩目，除了加强领导能力、谈判艺术、外语沟通等技巧训练外，还加入了野外意外事故求生训练课程，以培养高才生应变能力和团队合作精神，并聘请喜剧演员教导 MBA 准硕士如何自然流露喜悦仪态。在美国"市场"压力下，芝加哥大学商学院的改革课程使本学院排名由全美第十一名跃升到第四名。《纽约时报》的结论是：做一个正直诚实、大有作为的商人，行为科学和自信心是首位的！

那次演讲后，《华尔街日报》交给我公司推销的《全美进出口公司名录大全》即销售一空。直到今天，还不断有人打电话来要购买这套《名录大全》。我只好把美国商业新闻集团800免费电话给他们，让他们直接到编辑部去询问购买。我又同中国图书进出口公司驻美国的总经理在"银宫"见面，洽谈如何将这本《名录大全》打到中国各省市的对外开放企业中去。《华尔街日报》美国商业新闻集团对我的公司在如此短的时间内办成这件重要的"信息交易"，而大加赞赏。他们越来越重视中国人在美国商界的作用了。

不久前，我在纽约贾维茨国际会议中心的一次展销会上，一下竟遇到了七八个国内来的和我同龄的"老三届"留学生，其中有两个告诉我曾听过我的演说。我望着他们西装笔挺，充满自信的神态，和手中一箱箱包装精美的中国样品，我从内心为他们祈祷，祝愿他们和我一样——成功！

由于我的业务主要都与纺织品有关，因此我特别注意时装市场的流行趋势，这本身也是一种美的观察和美的享受。我去巴黎卢浮宫参加法国时装设计师的新设计时装展览时，得到了一种很好的启迪，不久后由于一种新的兴趣和冲动，我又开拓了另一个小小的领域：设计领域。巴黎的时装展，一向是世界各地的设计师，以及追求时尚妇女注目的焦点。特别是每年的春夏装秀，就像一场缤纷多姿的嘉年华会，令人眼花缭乱，目不暇接。现代设计师发挥想象力，以"自由即美"的原则，设计出千奇百怪、离经叛道的时装：如性感的胸罩当外衣穿，袒胸露背的夏日短裙、宽松的迷你裙、透明的衬里……蜚声国际的巴黎时装秀，也有在创造灵感上更上一层的名家作品：伊夫·圣·罗兰、克里丝汀·迪奥、瓦伦蒂诺设计的泳装、西装、长裤、夏裙，款式越来越简单，却仍能捕捉女性的特质，展现巴黎女人妖媚的风情。欧美人喜欢用从粉嫩柔美到灿烂绚丽的色彩，鲜艳热情的印花和可爱俏丽的小圆点，一切为了充分显示女性的魅力。而自然质料——全棉或全真丝最受欢迎。每次参加这样的展销会，我都充分体会到巴黎设计大师们的"自由即流行"的灵气！

　　回到美国，再仔细观察一下美国人，觉得更是舒适悦目。美国人的打扮是以舒适为先。大学里男孩子都穿 T 恤衫、牛仔裤。他们要穿那种可以天天换洗的衣服，如牛仔裤裙、绒格衫、纯棉 T 恤、球鞋、轮胎底工人鞋。一切以便利、干净、实用、舒适为原则。美国女孩子穿上深蓝的工作裤，脚蹬一双工人球鞋，露出脖子上的绒格衬领，女性的韵味一样十足，一样有上镜头的一股帅劲。美国人在穿着上最不装腔作势，除了上班必须西装革履外，下了班一个清洁工与一个教授、一个总统与一个售货员的外装几乎是一模一样的。从朴实无华的休闲服装上是难以辨认美国人的身份的。根据美国人穿着的特点，加上我在巴黎所得到的启迪，我设计了一种反传统的"自由 Fashion—Body free Bra"。我花费了两个月的业余时间完成了这项发明设计，终于在一年之后获得美国联邦国家专利总署颁发的专利证书。我希望在不远的将来，有朝一日能全面打开这一新的美国市场。

大峡谷（Grand Canyon）

　　Grand Canyon——如今，只要一提起大峡谷这三个字，我脑海中立即就电影般地浮现出浩然无际、雄壮无声的大片悬崖峭壁，这是我印象中最震慑人心的一幅自然图画。我和麦克到大峡谷过了一个星期的野营生活，我们带了帐篷和点火的松明，我们完全想要过一种像印第安人那样的生活。我还记得那天早晨，是一个令人愉快的秋日的早晨—— 我们刚从日本大阪的世界博览会回到美国后不久——我和麦克沿着长满牛蒡草和斑黑的野荨麻的大峡谷悬壁跋涉。我望着乳白色的浓云正从湛蓝的笼罩着大峡谷的天空中浮掠而去，我高声地用英文念起我非常喜爱的那位美国女演员，因扮演《矿工的女儿》而得奥斯卡奖的茜茜·斯派塞克的一句话：

> 我需要我的人生的创造力
> 我需要家庭
> 我需要大自然
> 这是三件最主要、最主要、最主要、最主要、最主要
的事！

麦克也同样高声地朗诵了他所喜爱的法国作家左拉的一首小诗：

> 我在鲜花盛开的山坡上，
> 流连忘返
> 青草和沙砾
> 都是我的朋友。

我们俩都太爱大自然了。我们经常驾车到纽约郊外，去捕捉春天的第一片云，秋天的第一片红枫叶。我们驾车从弗吉尼亚平原穿过肯塔基山脉，直至犹他州的沙漠地带，我们也曾经身背安全带攀登过加州优胜美地国家公园的仑巴岩。只有两个人的境界是多么令人欣喜若狂：我们俩面对大自然，虔诚，恬静，爱慕一切。拿自己心中的静谧去比拟大自然的静谧；从黑夜中去感受天上无数星斗有形的美和上帝无形的美。无论是万古长存的峡谷和山岭，或是开在阡陌小道边的一朵小野花，都能使我们欣喜赞叹。麦克被大峡谷的阳光照得频频眨动的蓝眼睛，如钻石般地放射着探究这个大自然奇

观的光芒。他有时"嘿嘿"一笑，像突然放了晴的天空一样荡人心旌。他总是喜欢那样无忧无虑地哈哈大笑。说来简直是不可思议，这个背景和经历与我截然不同的西方青年，竟成了最了解我的每一个心思，也最了解我的过去的人。

我的朋友们常问我，你们在一起，是说中文呢，还是德文呢？还是英文呢？我们在美国的家庭生活中当然是百分百用英文。可是每到中国，我都逼他学讲中文；每到德国，他都逼我学讲德语。这样做的好处是这三种语言，我们都能够运用一些。也有的朋友问我：你们平常是吃中国餐呢，还是吃西餐？在吃西餐还是吃中餐上，我们的确有过困扰。麦克是喜欢不时地吃一些中餐的，但有许多我非常喜欢吃的东西他却连碰都不能碰一下，如豆腐、米粥、香菇，还有诸如鸭蹼、海参等等。我最不爱吃奶酪，也不爱吃牛奶面包。在上海时我非常喜欢到几家美味的西餐馆："红房子""德大""上海西餐馆"和"天鹅阁"。他们制作的都是法国菜谱。可是无论那里的浓汤还是虾仁奶油沙拉，在美国却一律看不到。美国式的沙拉就是生卷心菜、西红柿、胡萝卜切成几片，再浇一点带醋味的意大利沙拉油拌一下便端上桌。我曾经一再坚持不吃这种只有兔子才吃的东西，我摇着头对麦克表示："你不能强迫我吃。"后来终于被美国人一再鼓噪的"营养价值"所说服，偶然也碰一下。

每次到欧洲或其他国家，我的第一件事就是找哪儿有中餐馆。遇到不得不与麦克家庭及亲友们和谐地度过几天完全西欧式生活时，最后一天麦克父亲总会开着奔驰轿车把我送到离得最近的一家中国饭店作"急救"。在纽约曼哈顿我们除了常常在外"开伙"外，一律由我亲自下厨。我会在端上一条喷香扑鼻的西湖醋鱼时，再端上一盘带红肠的法式奶油沙拉。麦克喝他的浓咖啡，我喝我的甜豆浆，两人边享用边聊天，完全是"中西结合"。有几家中国城的餐馆麦克特别喜欢，如"银宫""喜相逢""上海四五六"，有时我就打电话叫上几个中国菜，麦克也会和我一起一扫而光。有几次他打电话给我叫了麻婆豆腐和红烧海参，他叫了自己喜欢的葱烤龙虾和蚝油牛肉。

这种点菜式的晚餐，几年来已成了我们生活中的一部分。

麦克经常带他公司的一大群美国朋友到我们家来开派对，每逢中国新年和中秋节，我也常有一大群中国朋友到家里来聚会。我们的"语言原则"是：美国人多的场合，大家一律讲英文；中国人多的场合，大家一律讲中文。这使麦克有时不得不傻眼地待在一边"听"，有时他在听我们一大群中国人叽叽喳喳地讲着中国话，突然冒出了他听得懂的"麦克（Mike）"这两个音节时，他的一对耳朵就会立即像兔子那样地竖直起来。"麦克什么？"他急着问，"你们在讲我捕捉小山羊当早餐吗？"这种"语言原则"逼着他只好去下苦功学习中文，他在上海新华书店买了一大堆中文书籍和磁带。他听说人民公园有个"英语角"，就跑到那里去，人家要跟他练习英文对话，他却恳求别人和他"慢慢说中文"，还时常向我感叹：为什么中国没有一个外国人学中文的"中文角"？麦克毕竟是聪明的，他聪明就聪明在学中文发音准确，简直是标准普通话的发音。因此每到上海，他不让我们讲"上海话"，只准讲普通话。他目前已经具备了和任何一个中国人单独对话十分钟的能力。

一个中国女人和一个西方男人竟然可以全无隔阂，我和他一起参加每年秋天在纽约中央公园举行的全市马拉松赛跑；我们一起在暖和的清晨沿着中央公园水库跑步；有时穿着鲜艳的跑车运动服加入在中央公园几百部跑车队中猛骑猛冲。冬天我喜欢在洛克菲勒中心的溜冰场溜冰，他是我的溜冰教练。当他在大学时的那股冰球瘾上来的时候，我也会陪他到32街体育中心冰球场。我坐在钢丝篱笆外的长凳上，手端着下巴，聚精会神地看着身穿冰球服的麦克在冰球场上一会儿前冲，一会儿后退，一会儿穿绕过他的对手们的缠绕追踪，把那个冰球猛然打进对方球门。当他卸下他那顶白色的如盔甲一样大的冰球帽时，我总是看到他那张满面通红、孩子般的脸上发出尽兴尽致的笑容。没有什么比体育运动和大自然能把他这个公司部门主管从曼哈顿办公大厦中解放出来更美好的事了！

在中央公园万人攒动的保罗·西蒙演唱会上，我们随着歌手大声地唱。我们在百老汇撒着漫天纸屑，欢迎从波斯湾胜利归来的将军和士兵。有时麦克也爱带我去中央公园西边的森林中骑马，在84街驯马站中有一张肯尼迪夫人杰奎琳7岁时在中央公园骑马的照片，他说，像回到了慕尼黑一样。

麦克对"Macy's"的感恩节游行不感兴趣，对万圣节格林威治村万人鬼怪游行不感兴趣，有时对总统每年度的国会演说也不感兴趣。可是他却非常喜欢Ted Koeppel的 *Night Line*（《夜间新闻》），喜欢ABC的Primary节目和芭芭拉·沃尔特斯的20/20特访专题。他特别注意每周日上午十一点NBC的Mc—Langnlin的时事辩论，以及Mc Neal—Lehrer主持的 *News Hour*。我们常常边看边互相争论。有时则凝神屏息地陷入新闻中去，如海湾战争的日日夜夜，直到宣布全胜的最后一天，我们悬吊的心才落了下来；如布什总统提名的汤姆斯大法官遭到性骚扰控告的公开审理全过程；奥利弗·诺斯的售伊朗武器公听会；布什和杜卡基斯的总统辩论；罗马尼亚的政变和齐奥赛斯库从被捕到处死；柏林墙的倒塌到苏联八月政变流产……新闻媒介在这时，实际上已经操纵了许多美国人日常生活中的每一颗细胞。每一次起伏跌宕都是令人惊心动魄。我唯一的遗憾是"水门事件"那会儿，我不在美国，无法在电视机前去亲自体验它的扑朔迷离又震撼心灵的全过程，无法亲自听到尼克松讲的"I'm not a crook"（"我不是骗子"）这句精彩的话。

所谓美国上流社会在某种意义上来讲是对每一个人开放的。有些朋友问我，那些名人聚集的舞会或宴会，你是怎么"打"进去的？我曾经采访美国新闻电视界"女皇"芭芭拉·沃尔特斯，也曾与白宫的贵客、风靡全球的歌星约翰·丹佛畅快地交谈，这都是因为美国太"开放"了。如曼哈顿名流常爱去听音乐的林肯中心，你只要打个电话问一下，他们就会寄来一大套每年各季度的古典音乐、大都会歌剧、纽约芭蕾的套票，并且包括年终的大型圣诞舞会。这些票当然是要花钱买的，但并不是很昂贵。另外如布什总统竞选连任的晚宴，也是大张旗鼓地四处贴出每券1000美元的广告。你买下一券，换上漂亮的晚礼服，你就是总统的贵客了。好莱坞明星伊丽莎白·泰勒举行的慈善舞会，2000—2500美元一张票，你可以看到迈克尔·杰克逊的演唱，你可以和随便什么名流翩翩起舞。这些资金所得全部用来赞助艾滋病研究及救护被艾滋病毒感染的妇女和儿童。另外如各种各样的颁奖典礼，如格莱美奖、奥斯卡奖、普利策新闻奖、商界风云人物奖等等，这些都是要通过圈内的朋友介绍才能迈进的。我的曼哈顿的客户们常带我到纽约商界社交的各种聚会中去，我不无惊讶地发现有些石油商、地产商、股票商竟是演员、记者、教授出身！整个社会都是流动着的水，越是大胆地冲破羁绊追求自由的人，越是能获得最大的成功。

麦克和我是不同的，他非常讨厌社交。他认为最美的时候就是和我在大自然的怀抱之中，就像现在这样跋涉在大峡谷中一样。大峡谷的雄壮和静穆无声已经完全荡涤了我们心中的尘世痕迹，远远近近那些大红大紫的悬崖峭壁和群山，望不见底的深谷，广袤的四周被巨大的仙人掌和有芒刺的瘦果包围着的沙漠，以及从大峡谷托罗威峰往下俯视的科罗拉多河下游。这一切都使我们迷恋得如痴如狂。麦克突然指了指前方说："看，我们已经到了印第安人居住区了！……那就是哈瓦苏白印第安人村落！"

远远望去，只见峭壁耸峙之间有一块峡地绿田如茵，中间一条小河波光潋滟。我们兴奋地快步向那片"有人的地方"冲过去。哈瓦苏白在印第安语中是"碧波河岸的人们"的意思。峡谷边沿上的岩石遗迹表明，大峡谷在16世纪被西班牙人发现之前，早已有印第安人居住。我对美国印第安土著居民一直抱有极大的兴趣。小时候看《格兰特船长的儿女》时，就对书中不时出现的"当地土人"既迷惑又好奇。到了美国后才知道印第安人是如何被白人杀戮灭绝、赶出家园的。最近获得八项奥斯卡金像奖的影片《与狼共舞》就是以一个美国士兵的眼光叙述了这样一个血腥残忍、弱肉强食的悲惨故事。编导和主演凯文·科斯特纳讲：把印第安人的命运再次重现在舞台上，为的是重新审视美国人的价值观。如今，美国人已经为印第安人处处竖起雕像，并建立了美国印第安艺术学院。

我和麦克来到哈瓦苏白村落时，那里正在举行骑马竞技比赛，只见三四十名头饰鹰羽冠的印第安男子策马奔驰，用利箭射击在前面狂奔的一大群野生牦牛。一股强悍的野风伴着马蹄和牛蹄声在眼前刮过，令人心旌震荡得透不过气来！"好幸运啊！你还活着！"我心里对每一个骑马的印第安人说。当野牛倒地，鲜血流淌时，印第安人又奏起了凯旋的乐曲。部落寨子中的男女村民们用竹制的乐器和金属牛皮手鼓敲打起动人的音乐。我简直难以想象竟有这么优美并且充满与自然、与野生搏斗力量的乐曲！整个旋律中充满金属般的碰撞和短笛的尖鸣声。我听着听着不禁流下感动的眼泪……

我们不懂印第安语，只好打着手势和他们说话，他们那堆满刀刻般皱纹的褐紫色的脸膛上浮现着憨厚的微笑。他们举着铁叉，请每一个远道而来的人吃一块他们刚刚猎获的烤牛肉，焦煳的气味和野牛肉的喷香弥漫在这个人迹罕至的村落。他们不要游人的一分钱，他们只想把那一份大自然的馈赠和大自然的风情慷慨地与每一个来到这印第安土著峡地的人分享。

离开了哈瓦苏白村落，我们又跋涉了几小时，根据地图来到了印第安人花拉白部落。自大峡谷南沿望去，碧黛深渊，尽收眼底。只见科罗拉多河盘旋奔腾于大峡谷之中，泻入西端米德湖，流势放缓，水面如镜。19世纪鲍威尔少校所率领的第一支探险队中三名队员认为顺河而下寻找峡谷尽头已无希望，即在这里弃船登岸，却死于复仇的印第安人手中。鲍威尔少校则坚信不久即可下到峡谷尽头，而坚持下行。果然不出所料，探险队迅速通过大冲刷崖，而到达开阔的亚利桑那平原。我和麦克登上由印第安花拉白部落经办的木筏排，沿着鲍威尔少校探险的路线，顺科罗拉多河上游冲浪，木筏上还有另外八名美国人。峡谷中的浪花不时漫过木筏和我们身上的橘色救生圈，每个人全身湿漉漉的，有好几次印第安人拼命地奋力划桨才使我们的木筏冲离险滩转危为安。麦克哈哈的大笑声从未间断过，他的脸更像是在游戏中兴趣盎然的孩子的脸。他一直紧紧地抓住我，现在回想起来，就像一部电影一样。人类是多么需要有这种勇气、这种冒险精神啊！

上岸之后，我们全身的湿衣服很快被秋日的阳光晒干了。大峡谷山间小径中弥漫着一股苦艾和蒿草的香气，还有栀子花白色的淡馨。暖融融的亚利桑那阳光洒在大峡谷里，像一股荡漾的春风，又像一只巨大的母亲的手臂，温柔地抚摸着隐蔽于巍峨石峰间的每一棵小草。眼望米德湖，碧波万顷，荡涤胸怀。印第安人部落一片葱茏，好一片宜人景色！夕阳给大峡谷蒙上一层沉重的历史感。天上起风了，阳光底下竟下起了毛毛细雨。一簇簇潮湿的桦树叶不时在脸颊上掠过。我们已经来到大峡谷的托罗威峰，为了试一下峡谷回音，我高声地叫着："我的大峡谷！大峡谷！"麦克对我说："不要喊了，你还是唱一首歌好。"唱一首歌？唱什么歌呢？望着大峡谷南北两岸郁郁葱葱的茂密森林，望着高高的白杨林赤褐红黄、多姿多彩的树叶，远处的科罗拉多河与大峡谷周围的大片森林和广阔山峦交相辉映，这一切是多么像北大荒建边农场的秋天啊！那时候我最爱唱的是什么歌？对了！在1978年迎接新年到来的建边农场迎新会上，我不是抚摸着胸前两根又黑又长的大辫子，在台上演唱了一首《边疆的泉水清又纯》吗？于是，我放开歌喉，面对着大峡谷的黄昏暮色，唱起这支优美的、我在北大荒年代的歌曲：

> 边疆的泉水清又纯
>
> 边疆的歌儿暖人心，暖人心
>
> 清清泉水流不尽
>
> 声声赞歌唱亲人
>
> 唱亲人边防军
>
> 军民鱼水情意深，情意深

哎……哎……

唱亲人边防军

军民鱼水情意深，情意深

　　不知是由于久远的回忆，还是由于眼前这一片"大峡谷奇观"，我一边唱，一边已经泪水盈眶，事实上我经常爱唱过去岁月的歌曲。有一次，我在客厅一边弹钢琴一边唱我幼时的儿歌《小燕子》《听妈妈讲那过去的事情》，麦克听不明白我唱的是什么，但他却被歌声中优美纯真的旋律深深打动。我唱完一会儿停下弹琴，侧过头去看斜躺在沙发上倾听歌声的麦克，我惊讶地发现他眼睛里饱含着泪水。我跑上去，他挥了挥手，说："唱吧，唱下去。不要管我……这样的时候太美了……"

　　麦克一定又是被《边疆的泉水清又纯》打动了。我们俩默默无语，我们俩都含着眼泪。他知道，我又在想那些"城南旧事"了。几年来我在麦克身上学到了一种淡泊明志的作风。我确实对社交和种种排场越来越厌倦。林语堂在《生活的艺术》中说："观测了中国的文学和哲学之后，我得到了一个结论：中国文化的最高理想人物，是一个对人生有一种鉴于明慧悟性上的达观者。这种达观产生宽宏的怀抱，能使人带着温和的心境度过一生，丢开功名利禄，乐天知命地生活。这种达观也产生了自由意识，放荡不羁的爱好，傲骨和漠然的态度。一个人有了这种自由的意识和淡泊的态度，才能深切热烈地享受快乐的人生。"麦克一直抱有这种淡泊达观的态度。有一次他得到了一个精致的嵌在桦木框架中的金属奖状，那是他的公司在五名主管中，只颁发给了他一个人。他拿回家扔给我说："这块东西最好的用处就是把它翻过来当切菜板。"

　　晚上，我们在大峡谷的山野中搭起帐篷，点燃了一堆篝火，开始露营。不远处的野草中围着盖满苔藓的颓垣败墙，那是印第安人部落的遗迹。夜晚的大峡谷万籁俱寂，阒无人迹，沉浸在一片幽暗的朦胧之中。在丛星闪烁之下，几片淡云宛如天鹅般地在太空浮掠过去。当夜幕降临时，我仰望着从树影枝权中露出来的星星，给人带来一种轻絮一样飘忽而又连绵不断的思念。

雷马克在《凯旋门》中有一句话："黑夜把一切都扩大了。"这熊熊点燃的篝火使我充满了一种轻柔如水、飘忽如梦的欢悦之情。宝蓝色的天空中，群星灿烂。突然，一颗流星横过夜空，拖着耀眼的尾巴，不知坠落在何方……我心中充满着一种静默的感动：只有痛苦和幸福的因果循环，才造成了丰富的人生。此刻，月光照耀下的世界第一大峡谷震慑心魄，北沿的鬼怪牧场灯光明显可见，那是一种含磷矿物在夜间所引起的光照现象，远远看去像一座着火的森林，烈焰飞腾，四面八方射出惊心动魄的火光霹雳——"鬼怪牧场"上空的一轮圆月又像朦胧的银纱织出的雾纱一样。

熊熊燃烧的篝火映照着由于过度疲倦、枕着一截劈柴就倒地而睡的麦克，他那张轮廓分明的脸由于火光的照耀而熠熠发光。他的眼睛闭上了，长长的睫毛遮盖在被太阳晒成棕色的面颊上。远处那些若明若暗、晶莹灿烂的星光，多么像麦克钻石般的蓝眼睛啊。"他有一颗水晶般透明的心。"我充满柔情地想。在篝火映照下，这是一张多么温柔、多么美丽的男人的脸啊！霎时间我想起了十四年前，1976 年在北大荒小屋的那个夜晚，我也是这样深情地望着于廉。我凝视着火炉前靠在桦木椅上沉睡着的于廉的脸，柔和的火光洒在他浓密的黑发上，我那时是多么狂热地倾心于他，多么甘愿随他浪迹到世界上任何一个角落，甚至和他一辈子共享北大荒的山峦、流萤、春融、冬雪……

我的青春之爱在我心中没有消失过，它常常使我内心的感情世界汹涌澎湃。火光前于廉的幻影又变换成了麦克的脸。我说不上来他们两人有什么相似之处。但他们都是属于充满魅力、聪明而又勇敢的男人。在火光下，麦克像一尊阿波罗雕像那样地美而动人。我难以形容他高高的鼻子在脸上投下的侧影使他显得多么温柔高贵，就像在北大荒小屋的炉火映照下于廉沉睡的脸显得格外生动一样。

我一边遨游在这种"炉火重映"之中，一边写下当天的日记。一时间各种意念、童年的回忆一下子涌入我的脑海里，像火焰喷射出来的万朵火花，我的眼泪又一次不断地涌溢出眼眶……

不知什么时候，麦克睁开了眼睛。他说他觉得口渴，我站起身去帐篷中取水，可是刚站起来，却被一股酸味直冲喉头，我突然哇哇地呕吐起来，把印第安人的烤牛肉和白天喝的可口可乐全部吐光。麦克手足无措地一会儿拍我的背，一会儿擦我的脸，他以为我一定是累病了。

"你怎么啦？朱莉亚……你怎么啦？"麦克神色慌张地问。

我蓦然感到内心涌起一股热浪。

这么多年来，我一直想给他生一个孩子。我倒在他的手臂里，对他说了声："不要担心，我想我可能是怀孕了。"

在那一瞬间，麦克一把将我抱起，他的力气比《飘》中的克拉克·盖博还要大好几倍。他抱着我在大峡谷的月光下旋转着，"回纽约去！"麦克兴奋地叫嚷着，"回纽约去！"

是的，我需要我的人生的创造力，我需要家庭，我需要大自然。这是三件最主要、最主要、最主要、最主要的事情！

惊魂

有人说，当一个女人在创造另一个生命时，她对这个世界看得是特别清楚的。在小世界里我们的生活是那么美好，充满了阳光和希望。然而在大世界里，我们却无时无刻不提心吊胆，充满恐怖。纽约人流行一句话："九十九次没轮到你，一次轮到你，一切就完蛋！"没有任何人知道什么时候抢劫和凶杀的灾难会降临在你的头上。海湾战争结束时，布什总统的一句话令全世界吃惊："美国人死在波斯湾战争前线的比起同一时期死在自己家乡街头凶杀案中的，要少得多、少得多。"

怀孕的那些日子我不敢看电视新闻。有一次我拧到ABC台，正在报道一个青年随父母来纽约看网球。在地铁出口遇到歹徒抢他父亲的皮夹，他冲上前试图夺回父亲的皮夹，被凶手一刀捅死。我不忍看下去，又拧到NBC台。NBC的女主播正在叙述当天在纽约布朗士区发生的一位哥大学生被歹徒枪杀的案件：那位美国青年和女友去参加周末舞会途中遇到抢劫，他迅速掏出了所有的钱给他们，抢劫犯还是拔出手枪把他击毙。在那一时间我又调到CBS台，晚上的当地新闻每天都是以犯罪报道作为开始。CBS正报道一条大汉在郊外长途汽车登车抢劫，把所有人的钱物洗劫一空不算，还用机关枪扫射杀死了男女老少六人。平均每二十五分钟，就有一个人被抢、被杀。人们说，美国的大都市犯罪阶级是一支不需要工会、不受任何管束，为所欲为的庞大队伍。监狱是他们稍事休息、重振精神的最好地方。

美国一份报刊上登出《美国监狱的伙食》一文，其中写道：美国监狱的早餐，每星期吃三次鸡蛋，星期二水煮蛋，星期五荷包蛋，星期六是培根火腿炒蛋，外加果汁牛奶Cereal。中饭是三明治、奶酪及鸡肉、火鸡肉、牛肉、火腿、意大利腊肠、熏肠，任选两种，有时也会有鲈鱼三明治。而晚餐才是最精彩的，美国食物包括汉堡牛排、肉酱面、火鸡馅饼、比萨、辣椒碎肉、煎鱼片，有时有墨西哥玉米肉馅饼和中国鸡丁炒面。仅仅加利福尼亚州二十五所监狱，十几万名犯人，一年基本预算为26亿美金，平均每个犯人一天要花七八十美元。一名普通工人辛辛苦苦在餐馆打工一天后所得到的钱往往还没这么多，他还要负责家庭、个人、住房等一切开销。而犯人是一分钱也不要付的，理所当然吃喝全包。杀了人也不判死刑，只是让你在监狱多住多养。以上的伙食如果稍不注意，很容易与希尔顿一类饭店的住客伙食搞混淆起来。试想：有这么舒适无忧的"后备家园"，加入大都市犯罪阶层的人岂有不日益增多的道理？连那位撰写了《美国监狱的伙食》的释放犯人也不由得感叹道：上帝是否太不公平？

美国有一首风靡一时的流行歌曲,在歌的开头、结尾反复唱着:"这个世界有一点冷……"

美国人已经感觉到"寒冷",而全世界都在"美国化"。美联社的专门通信说:戴"旧金山四十九人队"球帽在欧洲是新流行,甚至连古巴的卡斯特罗都兴高采烈地做起美式波浪式"加油"动作时,美国流行文化征服全世界的现象已经不证自明了。一个由美国思潮和娱乐铸成的文化革命正在全球推展开来。"冷战"结束后,美国价值观成为当世的显学,在电影、录像带、《读者文摘》和MTV的传播下,美国企业研究所资深专家奥登伯认为,现在是提出"全世界都美国化了吗?"这一问题的大好时机。他的答案是无条件的"Yes!",他强调:全世界"美国化"是好事,因为人人有选择的机会。他说,历史上再没有比遥控器更民主的市场产品了,而美国文化的风靡证明美国并没有走向没落。

请看华盛顿经济学家苏威克举例证明美国流行文化的渗透力:

——全世界有三亿中国人争看美国"超级杯"足球赛。

——1990年,美国电影《漂亮女人》是德国、瑞典、意大利、西班牙、澳大利亚和丹麦票房电影第一名。

——在意大利和西班牙,收视率最高的五十个电视节目就是美国节目。

——全球一百二十二个国家都收看CNN(美国有线新闻网)。

——美国作家玛丽·希金斯、丹尼尔·斯蒂尔和斯蒂芬·金都是法国畅销书排行榜上的头几名常客。斯蒂芬·金两次登上法国畅销书排行榜榜首宝座。

美国名作家皮柯·艾尔说,去年他在西藏看《大白鲨》录像带;在平壤听美国"村民乐队"流行曲;在不丹这个"全球最封闭"的国家看艾迪·墨菲主演的《来到美国》。更有甚者,胡森靠CNN得知波斯湾战情;卡斯特罗和美国"亚特兰大勇士队"的球迷们做波浪式"加油"动作;越南人挤在顺化港口看梅丽尔·斯特里主演的《苏菲的抉择》……

哈佛大学的奈依教授补充说："当尼加拉瓜政府军在和美国支持的游击队大战时，尼加拉瓜的全国电视网上播出的正是美国节目。"

乔治城大学的教授伯罗斯认为：美国文化输出的不光是音乐、电影、新闻，还输出歌星、影星、摇滚歌手、饶舌歌者和一大堆麦当娜……

我在十月怀胎的日日夜夜里，一直担心着这种"社会上翻滚的恶浪"会影响到"胎气"。整整十年前我怀女儿时，那时中国流行的是《走在乡间的小路上》《外婆的澎湖湾》《踏着夕阳归去》以及邓丽君的《月亮代表我的心》；而现在无论何时，我只要一打开电视，一股血腥味就从屏幕上直冲我的心胸而来。我只好尽量避免看电视，把自己沉浸在莫扎特的小提琴和贝多芬的钢琴协奏曲中。我挺着大肚子在客户中奔走，以锻炼胎儿的"运动循环"。有时我坐下弹一段钢琴——十年前的那些流行歌曲来安抚腹中未来的宝贝。

可是终于有一天，让我惊魂出窍的事情发生了，厄运终于如长日来惶惶不安期待的那样降临到我的头上。那天夜晚，我和麦克从世界贸易中心"冬之花园"宴客回家，我们的白色轿车沿着公园大街——平时被认为最高贵、最安全的大街——开着，开到81街遇到了红灯，我们停住车，一边交换着那次晚宴的感想。我发现麦克的眼光有些异常，我一点也没有注意到和我们并排停住的那辆蓝色轿车中走下一个人。事实上他戴着滑雪面具，你无法看到他的面部。他敲打了一下我们紧闭的车窗，告诉我们车胎漏气了。麦克打开车门，我们打算下去检查后车轮胎，这时我们发现戴滑雪面具的人手中持着一把左轮手枪。他顶住车门，尽力压低声音说："Out！Get out！"（"出来！快滚开，听见了吗？"）麦克二话不说，立即拉着我钻出汽车，急急地向马路对面跑去。我回转头，看到那人钻进我们的车座，这时绿灯亮了，他和他的同伙一起驾着两部轿车穿过了81街，消失在曼哈顿的车流中……

那夜，我又一次呆呆地盯住天花板，我的脑海中，翻来覆去的全都是那个滑雪面具下低沉有力的声音和那把锃亮骇人的小手枪。我双手抱着脑袋，仿佛子弹已经爆炸，穿过我的胸膛。麦克紧紧地抱住我，说："报上讲，去年在曼哈顿上城有一百多部轿车被抢，今年只是轮上了我们……这才是'美国式'呢！一声不响地抛下车就逃命……你别无选择。"

我们无处可逃。我们生活在一个极端富裕文明而又极端罪恶的世界。我们永远在过去逝去的理想和眼前的现实之间徘徊，围绕着我们的是核爆恐惧症和《终结者Ⅱ》。电影《朱莉亚》中的一句话又跳入了我的脑际：

> 那些曾经使人不安、半明不白、遥远的传说，到了这个时候，已经变成恐怖的悲剧了，于是人们对自己过去的信仰，今后如何对待这一信仰，不得不赶紧做出新的评价了。我们的上一代，20年代的叛逆，现在只有在斯科特·菲茨杰拉德的作品中，还算得上是叛逆，他们的血白流了。

新的生命正在形成。由第一个胚胎细胞发展到手、脚和大脑。胎儿浸润于父母亲的津液和火红的血液中。——他的眼睛会是怎样的？会是蓝色的吗？我的孩子，你能否只看这头顶上湛蓝的天空、纯洁的白云，不看这罪恶的世界？我捧着我那越来越隆起的肚子，仿佛随时要捧着我的胎儿奔跑，逃到一个不为人知的角落中去……

人生凯撒奖

抵达医院时，我发着高烧，心律不齐，子宫壁层层剥裂；敌不过一波波的阵痛，我晕了过去。然后我听到有个遥远的声音喊道："我测不到她的血压了！"

就在这一瞬间，我飞到手术室的天花板上去了，我向下看，医护人员正忙着抢救我。一名医生沮丧地叫了声"Oh——Shit！"霎时，我发现自己置身于一片稠密、温暖及半透明的茫雾中，只觉得有风在耳边吹，但我没有耳朵，因为我没有身体。

我沉浸于灵魂出窍、不再痛苦的温馨中；我感觉到一道金光直泻而下，笼罩着我。在那光里，有一种智慧，而那智慧就是最后审判。片刻间，我的一生作为在眼前全部展现开来……我想永远留在那光里，但却被告知现世责任未了。顷刻间，我又回到了躯壳之中，回到所有的痛苦里，生下了一具窒息发青的婴儿。

接下来我听到一名医生兴奋地尖叫：她回来了！我却对将我从最宁静美好的宇宙中唤回尘世而愤怒不已！

这是一名女子的《垂死边缘经验》。几十年来全世界的心理学家都在研究这种濒死边缘。心理学家的结论是大多数经历过死亡的人都经历过一种像山洞的情境，有令人感动的光，思维出奇地清晰，以及浸浴在一种充满爱和静谧的气氛中。在那一瞬间死亡并不痛苦，反而像是充满诗境的梦。一个血癌末期的7岁女孩临死时紧紧搂着她的母亲说："天使——好美呀！妈咪，你看到她们了吗？你听到她们的歌声了吗？是那么地悦耳……"说着，她就死了。

我在这里并不有意探讨这种"与上帝邂逅"的现象。我被送进医院时的神志是清醒的。可是对于一个40岁的不惑之年的高龄产妇，子宫的张力似乎过于薄弱，在一阵阵收缩中似乎随时都有破裂的可能。那种钻心刺骨、层层剥裂的痛苦是男人们永远体会不到的。而一波接一波到来的剧痛已经变成了一片海洋，你不知道岸在哪儿，你找不到一块礁石喘息，你奋力地挣扎，却又被一阵阵剧痛的恶浪打入海底，等你冒出头来喘一口气时，周身却又立即被箱爪紧紧箍住。这下是自左而右，每一个细胞地挤榨、吮吸，任何高声嚎叫只能使这只钳爪越箍越紧。一小时、两小时、三小时、四小时……十小时……二十小时……子宫完全是在无力地阵阵收缩，而宫口却死死不开，就如一只野牛在没有洞口的山窟中四壁乱撞，用牛角拼命绝望地顶着四壁。我已经完全没有力气去抓住麦克的手臂了。二十四小时来，他一直配合医生在给我鼓气，他模仿产妇那样地做深呼吸让我跟他一起放松。到了美国我才知道当妻子生孩子时，丈夫是一起进产房的，并且每一分每一秒都在身边，亲眼看到小生命的降临。医学专家和伦理专家们说这样可以在将来密切婚姻关系和父子关系。麦克事后用"惨叫"和"揪心的哭泣"来形容我生不下来孩子时所遭受的痛苦。我只记得不知何时，迷迷糊糊中听到一个美国护士喊："她血压二百！……她神志不清了！"

接着好像是一阵忙忙碌碌的搬动、转移。他们把我放到了手术床上，罩上麻醉面具，医生拿起刀割我的肚皮。疼痛已经消失了，却可以感到尖利的刀在你腹壁上切开一道裂缝。我是全麻，很快我什么都不知道了。我不知自己是活着还是死了。不知过了多久，突然，我隐约中听到了一个婴儿的啼哭声，那响亮的哇哇啼哭把我从"死亡"中召唤出来。接着我听到医生说了声："是个男孩！"

我立即又昏迷过去。

在以后几天几夜的昏迷中，我全身如火焰卷着舌头舔灼着每一个神经细胞。烧和渴犹如另一片游不出边际的大海弥漫了我的全身。我的嘴唇干裂、出血，我舌根下陷无法做吞咽动作，我在焦渴和高烧中梦见一团火。我老是梦见有一团火在我的前头，后来幻觉中的那团火变成了一支火把。那些建边山民们骑着马接我去急诊，我总是在半夜披上白大褂，骑在山民的马背上飞驰而去。那支火把总是在马匹的最前面照亮道路。我跃下马冲进一间茅草房，给一个心脏病发作的妇女做人工呼吸，注射毛地黄毒苷、普鲁卡因……又一支火把在照亮，我又随着马匹四处飞奔，来到一个刚塌方的沙石山壑前，有五名知青已被塌方砸死。我和助手立即开胸挤压心脏。我的戴着乳胶手套的五个手指在知青的胸膛中拼命地有节奏地做挤压动作：血！血！循环的血不能停住！在兵团师部医院、在建边农场，挤了多少个心脏？那些年轻知青的心脏再也不会跳动了……老院长说："开胸的心脏重新能跳动，我从来没见过，可是抢救手册上有这一条。"挤呀挤！血像火舌般地喷射出来，到处是血、血、血……

"产后大出血。"医生对麦克说，"她的子宫收缩不良，血块瘀积又引起血液感染，她现在有毒血症的症状。"

我只觉得干渴，好干渴啊。我转动了一下好像已经不属于我的身子，两个护士钩着我的手臂把我拽起。雪白的床单上是一大摊鲜血，到处都是血、血、血……

只要一从昏迷和高烧中苏醒，立即又陷入伤口剧痛的汪洋之中。腹上的伤口正渗淌着血和白色液体，腹膜和破口缝合的子宫层层撕裂般地疼痛。神经一层层剥裂下来，和生产时不同的是，这种万箭穿心的疼痛没有间隙。持续疼痛使我呼吸困难，护士每隔几小时给我打一针杜冷丁。医院对剂量有严格限制，药劲过后人又仿佛在"炼狱"中挣扎。由于卧床过久，很快又发生了小块肺不张，右肺下角积水，肺面积缩小20%。为了使肺张开，医生护士不顾一切地把我像十字架一样地"拖"下病床，拖着点滴吊瓶到走廊上"走路"，而"走路"回来后却坐不下床，从腹裂部到肺部，只剩下一英寸牵拉剧痛的神经。一百六十六厘米的我在"被动体位"下成了一具龙虾。身材高大的美国医生用拳头猛击我背后的不张肺部，几个猛烈的拳击下，胸部似乎又能透过气了，而刚刚躺下，又昏迷过去……

我至今确信我到达过那个幻境，即现代医学心理学研究的"死亡临界点"。我的幻境山洞中开满了冰枝玉树，枝上的繁花全都是冰雪凝成。纷纷白雪像3月敬酒神节的彩屑似的飘落，冰枝玉树中间确实有一种令人感动的光芒，引导你走向深不见底的山洞，那个光芒在你前面那永远无法走近的洞口照耀。你突然感到一切是伸手可及的宁静与安然，仿佛有一个天使在你前面唱歌，并用手中的一根树枝点着一小团萤火，说："跟我来，你跟我来……"在那一瞬间，死亡是一种多么有魅力的解脱，就像一个孩子哭够了，终于安静地睡去那样。不知什么时候梦幻中又出现了一片雪地。雪地里走来一条狼，那是什么？它好像是杰克·伦敦《热爱生命》中的那条狼，它伸伸舌头舔我冰凉的周身，我毫无恐惧。如果天国里有狼，那么它也是我的天使了。我再次跟随狼去寻找那美丽迷人的冰雪森林和那闪光的洞口，可是彻骨的寒气如飓风般笼罩了一切，周围全是冰块、冰河和正在凝结成冰的不流动的水……后来麦克告诉我，医生在我的脑袋、脖颈和胸部两侧置满了冰袋，以防止发生高烧引起的产后惊风。

我终于苏醒了。我靠在麦克那如同大地般坚实的胸膛上，我说："我要宝宝，我的宝宝呢?"

麦克到婴儿室抱来了小宝宝——我的小安德鲁！八磅半的小男子汉！他长得多么像麦克啊：他的微微卷曲的头发在窗外射进的阳光下泛着金黄的色泽。他的眼睛大大的，在很长的睫毛下稍稍凹陷下去，眼睛的颜色不是蓝色的，是棕色的，在两道深深的双眼皮衬托下，如明亮的深潭。他的前额是那么光洁，两片小小的稍稍鼓起来的红嘴唇，好像在找奶吃。他那粉红色的面颊也并不苍白，是一种很迷人的中、欧混血的皮肤。他那两只稚嫩的小手不安地动来动去。我拨开他的拳头，在粉红色的小掌心中寻找他的"生命线""爱情线""艺术线"。我又把他粉红的十个嫩脚趾放在嘴唇上一一地吻过，将一对粉红色的小脚掌贴在我苍白的脸上。这是母亲的亲骨肉啊，十月怀胎，一团血肉落地成人，上帝创造人是多么奇妙啊！

我可爱的小宝贝！我有一个儿子了！这时一切的劫难都变得无足轻重。这"炼狱"中的十天，多么像是一个梦啊！我一直梦想的，就是他——我的小安德鲁！我甚至觉得我幼时在玩过家家时，就梦想着有这样一对儿女了！我的在上海的女儿不久后就见到了她的小弟弟，10岁的女儿欣喜若狂，比我更甚。她说："妈妈，我长大以后，也要有这样一个小孩！"

林语堂在《生活的艺术》中说："我们幼时的那些梦想并不是没有实现性。这些梦想和我们终身共存着。那是人类所能感到的最深沉最美妙的快乐。……无论一个孩子是在屋顶的小阁上，或是在谷仓里，或是躺在水边，随处都有他的梦想。而这些梦想也是真实的，我们一生中总是想把我们幼时的梦想说出来。"

世上还有什么比这更美妙的语言呢？林语堂仍在这本《生活的艺术》中说："一个女人最美的时候是她立在摇篮的面前的时候；最恳切最庄严的时候是她怀抱婴儿或拎着四五岁小孩行走的时候；最快乐的时候则如一幅西洋画像中一般：是在拥抱一个婴儿睡在枕上逗弄的时候。"

他还有一段更为确切的话："政治文学和艺术的成就所给予成功者的报酬，不过是空心的智力上的喜悦，但眼看自己的儿女长大成人，其愉快是出于衷心，而何等实在。据说斯宾塞在临终的前几天，将他所著的《综合哲学论》十巨册放在膝上，当他觉得其分量沉重时，颇有这分量若换上一个孙儿岂不更好的感情。聪明的伊丽亚不是愿意将他所著的论文去兑换一个梦想中的儿女吗？"

麦克打开了窗子，暴风雨过后的清新空气朝我迎面扑来。我没有死。我又看到了碧绿的树叶，看到窗外不远处纽约市政厅白色的欧洲风格建筑物。看到了街心花园中的喷泉和雕像。现在，我支起羸弱的身子，伸出双臂把我的小宝贝高高举起："感谢上帝！"我望着麦克，日日夜夜守护我未曾合眼的麦克正深情地凝望着我。我说："看看！上帝给了我这么漂亮的一个小安德鲁！这才是人生的凯撒奖啊！"

尼采说："我经历了一百个灵魂，一百个摇篮，一百次分娩的阵痛，我的创造意志和命运甘愿如此。"

对一个母亲应该付出的代价，任何一个母亲都会说："我甘愿！"

曼哈顿的中国女人

在我生产之后的几个月中，通过在中央公园进行慢跑、骑车、骑马等锻炼，我的体力和身材迅速得到了恢复。1990年圣诞节——我的小安德鲁诞生后四个月，我的美国客户们决定在中央公园"绿色酒苑"为我举行一次大型热闹的圣诞晚会，庆祝我的小宝贝诞生以及我又重新全力以赴地投入到美国商场之中去。这些客户们就是在我坐月子期间也没有停止过用电话、传真和无数合同、信用证来打扰我。麦克好几次气愤地要挂断电话，都被我夺了过来。"你是知道我的。"我对麦克说，然后支起尚还孱弱的身子回答客户一个个的问题。商场战车是不会因为一个女人的怀孕生子而停止呼啸的。这个事实使得我的美国客户们不免感到内疚和不安。他们请来了纽约州的商务顾问和纽约市长特别助理——这些人物总是轮流出现在纽约上层社会的各种圣诞晚会上——并且租下了"绿色酒苑"那具有欧洲宫廷气派的正厅和舞池，向我这个"小妇人"表示他们的善意和祝贺。

在我印象中的那个夜晚就和英国古典小说中描绘的圣诞舞会是一模一样的。"绿色酒苑"是一幢坐落在中央公园西大街的英国风格的庭园式城堡。伊丽莎白·泰勒的命名日、麦当娜的婚礼都和这座庭园有着密切关系。它古典却又不失现代化建筑风格，两翼朝前伸展，周围被中央公园环绕。前庭可见身披金穗、坐在高高的马车骑座上的几匹待客马车。这些马车完全保持了19世纪的欧洲风格。城堡的右边是一片大草坪，在分列两旁的一簇簇巨大的橡树前面，有一道白色的木栅栏。这里夏天张灯结彩，是曼哈顿人士的露天舞场。在这一片绿茵中完全呈现白颜色的典雅建筑南面，是一连成片、可以望见吊灯闪耀的巨大落地玻璃窗。窗台边是一丛丛小灌木、杜鹃花、百合花、鸢尾花和各种无名的花草，一年四季点缀着白色窗台，犹如迂回曲折的花铺小径。而窗台外则是圣诞的特殊景象：完全落了叶的几棵巨大的橡树伸出云伞般的巨掌，每一棵小枝上都是如星星环绕的闪烁银灯，这些小小的银色灯泡是一个个缠绕在古老的橡树枝上的。因此冬日夜晚的"绿色酒苑"，完全被城堡周围如梦幻般发亮的银色橡树包围，这座欧洲宫廷建筑完全成了在火树银花下面的一座童话式的小房子。前厅高大，四周回廊镶嵌着水晶玻璃，鲜红的地毯上嵌绣着乔治三世时期的英格兰徽号。大厅上有一幅年轻的乔治三世国王的年代深久的油画肖像复制品。在深暗的护壁板和一盏镀金壁灯下，悬挂在金色大画框中的油画上是身披鹿斑白色披风、穿着国王大红礼服的乔治三世。他那光洁高贵的前额和一对深蓝色的眼睛正在灯光笼罩下看着舞厅的欢宴嘉宾。灯光的暗影下照出"Allan Ransay 画于 1760 年"的字迹。乔治三世领导的军队于1755 年在纽约上州乔治湖击溃了法国军队和当地印第安人的联合进攻，奠定了英国在这块土地上殖民主义的地位。最早的美国人都是英格兰后裔，他们认为自己的祖先早已写入美国编年史。

晚上七点半，先是晚宴开始，我一走进餐厅就被一股热气和浓香笼罩，这是一股花的气息，与烤牛排和炸鸡翅、烤小山羊和烤乳猪、调味汁以及蘑菇、奶油沙拉混合在一起的热气。一簇簇鲜花排列在雪白的台布上，以至分不清哪些是鲜花，哪些是美肴。美国人爱把餐台搞得像花坛一样，在多面水晶器皿和银色烛台之间，他们将一颗颗圆巧克力堆成菠萝球，而菠萝球中间流的竟是椰子汁。还有那如喷泉四射而流淌下的西瓜、芒果、草莓各种果汁，鹌鹑、乳鸽，边上是鲜红爪子的龙虾，鳕鱼和鲈鱼的鱼片如海浪形那样拥着金黄色的奶酪，周围点缀着颤巍巍的肉冻。饰有花边制服、打着黑色领结的侍应生们在来宾的肩膀之间穿梭不停。每个人在用叉子挑中一块后都"啧啧"地赞不绝口："真是妙不可言！"

宴会上的人头马酒和杜松子酒是烈性饮料，威士忌、香槟、葡萄酒和各式各样的可乐苏打水更增加了宾客的大好食欲。眼下这锦绣如画的盛宴也让我胃口大开，我吃掉了那些醒目的龙虾中的一只小龙虾，并且吃了不少鳕鱼片。事实上我不得不停下吞咽而不断地和人们谈话。我的那些做纺织服装、丝绸领带、木珠门帘、欧洲抽纱的客户及他们那些美丽的夫人，一个个不断地挨近我身边问长问短。我们不时地爆发出哈哈大笑，因为他们发现我把龙虾的脑袋也放进嘴里了。彼埃尔先生问我："你最喜欢吃的是哪种呢？"我一本正经地回答："川式麻婆豆腐。"大家面面相觑之后又是一阵畅快大笑。

筵席结束，大家来到花园中稍事休息。乐队演奏员抱着金属铜管乐和大提琴上场，舞会即将开始。我在倒映如镜的玻璃上看到了我自己：我像往常那样没有戴耳环、项链和手链。我穿的是晚礼服丝质裙，真丝上镶满了一层层小金片，右肩膀和右上侧胸部完全裸露出来，左肩膀上只有一寸宽的丝质金片肩袖连着下身裙子，裙子是旗袍式的。麦克讲我穿上这种晚礼服，快变成一条金鱼了。我的长发全部卷到了前额之上，看上去像是一朵云，这样我觉得更能衬托出我的旗袍式的裸肩晚礼服。

　　一直伴随在我身边的乔治娅今晚也格外美丽。她和柯比是上星期直接从佛罗里达赶来的，乔治娅声称要做小安德鲁的"教母"。乔治娅那金色的头发盘成王冠形，使她显得格外端庄。她的晚礼服上佩着一朵象征节日的鲜红圣诞花，花叶上还留着一层晶莹的小水珠。她的裙袍是丝质黑色，完全裸肩，和这里几乎所有的美国女人一样。由于热气的冲击，她的脸变得像一朵夏天的蔷薇。柯比坐在轮椅中和麦克大声谈笑，他们正拿起镀金贝壳在品尝滴洒着杏红蜜酒的冰淇淋果冻。当乐队奏起一支序曲时，大家从庭园走进室内。这时，只见我的那位在 Park Ave 公园大道伯玛公司的总裁、白发苍苍的阿道尔先生——他曾是美国《新闻周刊》的年度风云人物。他由于购买我的仿敦煌壁画的手绘山水画丝绸领带而和我结成忘年之交——他走上由白色松枝和金色圣诞树环绕的讲台。他说："现在，让我给你们介绍一位女士——曼哈顿的中国女人。大家知道，她将是我们这次圣诞舞会的特邀女主人。"

　　接着他喊出了"朱莉亚！"的名字，在一片喧哗中，我走到他身边，向拼命鼓掌的我的曼哈顿的同伴们致意。这时他递给了我一只装潢极其考究的小礼品盒，下面立即是一浪浪的叫喊声："打开！打开！"我小心地解开白色缎带，打开盒子，里面竟是一双镀金的铜雕小金鞋！这双小男孩的皮鞋上系着鞋带，圆鼓鼓的皮鞋头和真皮鞋简直一模一样。下面的雕像座上写着："For Andrew And His Out-standing Mother（给安德鲁和他不平凡的母亲）。"

　　我把这双小金鞋紧紧地捧着，一时间全场寂静。我不知该怎么开头，我是这样说的：

"感谢你们为我举办了这样盛大的晚会，谢谢这双小金鞋——它象征着一个新的生命的诞生。人最大的幸福是他的生命得到了延续，而生命的价值在于成功。那种内在的而不是表面的成功——你们看到我如何第一次推开你们的门，签下第一笔合同时的喜悦至今还记忆犹新。还是让洛克菲勒导师卡耐基的那句话作为对我们的提醒吧：一个人事业的成功，只有15%是由于他的专业技术，另外85%要靠人际关系和处世技巧！他认为自信心与行为科学的结合，是事业成功、人生快乐的基础。中国——不要忘记我在中国度过了三十四年——还有你们在座的所有的人，构成了我这85%！五年来我和你们在一起，在曼哈顿这个战场上，我和你们一样找到了自己的位置。是的，我要自豪地说，曼哈顿的中国女人，这是一个多么美妙的名字啊！"透过晶莹的泪花，我望见我的那些放弃了高尔夫球赛从南方赶来的商业同伴、丝绸服装客户；望见了我的工艺品客户、轻工业品客户；那些身着礼服盛装、一个个白发苍苍的脑袋；望见了他们的夫人们闪光的礼服、熠熠生辉的金刚钻石项链和手链；望见了我的麦克那善良纯洁的蓝宝石般的眼睛；望见了从在上海宾馆第一次见面就答应当我担保人的柯比那凝视着我的含满泪花的目光；望见了乔治娅正用手帕拭去眼角的泪花。所有这些美国人都把我当作是一位典雅、高贵、简直差不多已经完全美国化的幸运的中国女人。但他们谁也不知道我是从哪条路上走过来的。我低垂了一下眼睛，抑制住心中激烈奔涌的情绪，然后睁开眼睛说："让我们开始跳舞吧！"

我像穿了红舞鞋一样不断地跳，短号吹起嘹亮的乐曲，乐队一会儿奏华尔兹，一会儿奏探戈，一会儿是古典伦巴。曼哈顿的商场绅士们个个是跳舞高手，在40年代我还没出世时，他们已在这里为庆祝二战胜利在同样的音乐伴奏下跳同样的舞步。舞伴接踵而来。有一回三个想跳华尔兹的舞伴同时行屈膝礼邀我跳舞，我选了在巴黎被麦克大骂要打断几根筋骨的艾伦先生，后来又和摩洛斯先生——我曾经自掏腰包赔了他5000美元——跳探戈舞。最后，大家在传统的《友谊地久天长》的乐曲声中紧挽手臂，摇晃着身子携手同歌。我——这里唯一的中国女人，被一只只热情的胳膊簇拥着。我知道他们对我的友情已远远胜过我为他们带来的商品和新的财富。他们已经完全把我看成了他们中间的一分子—— 一个既可以推心置腹，又可以大发雷霆的商界同伴；一个多日不见就会想念的友人。

我对他们心存感激。

午夜时分，"绿色酒苑"门口，客户和他们的夫人们和我拥抱亲吻，一一道别。不时有侍应生鞠躬打开超长型豪华车的发亮的车门。客人走后，我和麦克才最后上车。我们叫了部计程车，我们就住在离这儿不远的中央公园西路。这时天上飘起了茫茫雪花，整个天际笼罩上了一层朦胧的银白色。刚才还是像火树银花的橡树枝上，马上罩上了雪白又浑圆的曲线，远处中央公园的树林不再是黑黢黢的，而成了一片银枝玉树。

天空突然明亮起来，漫天的雪花和一望无际的旷野、树林，寂静无声的夜和耳畔飕飕呼啸着的冬夜的风，突然使我想起了北大荒的风雪，想起了邵燕琴。几个月前我收到她的来信，通过几年的辗转寻找，我们终于又互相联系上了。她寄给了我一张她的全家福照片，她的丈夫是鸡西煤矿的工段长，儿子已经6岁了。她说她等待着我再回到北大荒去和她见面。我坐在计程车中，望着车窗外的茫茫大雪，耳畔响起了那支在不太遥远的岁月曾伴随着我们度过那个艰难之夜的《小白菜》旋律：

　　　小白菜啊，
　　　黄又黄啊，
　　　三岁两岁
　　　没了娘啊，
　　　……

20岁的我紧紧抱住才18岁的女排长。我们两人对着猪圈饲养棚黯淡的灯光，目光凝滞，噙泪地唱着……

463

桃花开了

杏花落了

我想娘啊

谁知道啊，

亲娘想我

一阵阵的风啊

我想亲娘

在梦中啊……

　　轿车在中央公园西路飞驶，雪花纷纷飘落。透过邈远岁月，这支歌在我脑海中变得越来越清晰……我忘记了周围的一切，忘记了刚才的舞会，忘记了那双小金鞋，我完全陷入了经常发生的那种无法抵御的沉思之中。

　　这时麦克把他的手搭在我的手背上，他说："你又在想你的那些'城南旧事'了……"我把头靠在他的肩膀上，默默地低垂下头。这些年来，他是最了解我的。麦克说："你老是在往事中生活。"他是对的。

　　那天夜晚，我梦见我又回到了中国，和过去经常发生在梦中的朦胧情景一样，我又梦见了少年宫大草坪上的熊熊篝火，我摇晃着脑袋唱《金色的童年》；北大荒麦收时节的大草垛上，辉煌动人的晚霞笼罩着我们十几个只戴了各种颜色的胸罩、在草垛上累得呼呼大睡的女孩；风雪弥漫的荒原，我一个人为了档案袋在放声哭泣；奔驰的列车，撒落在铁轨上的馒头，死死抠住铁轨的手指，被列车挟带着呼啸的风吹得竖直的头发；北大荒兵团的冰雪大道上轱辘轧轧，老牛车送我去念大学；火把，马的嘶鸣，抢救心脏病人的注射针头；卡车摇摇晃晃地驶向通往上海的嫩江车站。高高的杨树林成了远处的地平线上的浑圆黑影……北大荒的风雪小路又变换成了上海虹桥机场的跑道，波音747飞机正在跑道上滑行，上冲，飞向天空，飞向大洋彼岸的美国……

……在云彩间，我又遇见了"闪色"——那个在黄山指路的山中少年。不知怎么，"闪色"在黄山的重峦叠嶂之间忽隐忽现，我跟不上他。我迷失在黄山的一片云海之中，当我抬起头仰望"天都峰"时，"天都峰"却突然间变成一座巨大的花岗岩塑像——列宁的塑像，套在脖子上的钢索将它拉倒下来；我什么也看不清，继续向前走，继续寻找"闪色"，山旋路转犹如一座迷宫，我突然发现自己置身于一个巨大的深渊峡谷面前，我高声地叫道：

"闪色！""闪色！"……

只有我自己的回音。他只在很远的地方忽闪了一下，又骤然消失，我要不顾一切地追上他。我在迷失的路途上四处奔跑，重峦叠嶂的山峰像黑云般向我压来。我完全迷路，我什么也看不见……

我在那场梦中惊醒了，我一骨碌爬坐了起来，喘息着，心怦怦地跳。在梦中惊醒时我常常是这样。天已熹微，麦克也被我惊醒了。他坐起身子，伸出双臂紧紧地抱住我的肩膀，我久久说不出话来。突然，我泫然泪下。

贝妮丝是对的：对一个理想主义者来说，活在今天的世上是很困难的。我承认我骨子里是个理想主义者，我有一种无法排遣的内心孤独。在那一瞬间，我决定了，我要写一本书。

我要写一本书，这本书就叫《曼哈顿的中国女人》。麦克早就说我该写了。我们一起看奥斯卡奖电影《大地》时，他就对我说我应当把自己的经历写出来。"赛珍珠因为在《大地》中描绘了30年代中国农村的面貌而获得了诺贝尔文学奖，你也应当把你们这一代人的面貌写出来呀！"他对我说。

越战已经过去了二十年，美国每年还在出越战的电影，《野战排》《现代启示录》《生于七月四日》，个个都获奥斯卡金像奖的提名榜首，那种震撼人心的力量引起人们不断的反思。我们过去流的血难道是水？难道我们的血没有美国士兵的血值钱？我要写！我要写我们这一代人的兴盛衰败，我要把我所经历的一切告诉我们的下一代，我们这一代人不是遭人唾弃的，我们过去的光辉一直在闪耀。我铺开了稿纸，一笔一画地写起来。是的，我要写过去的青春岁月，写一代人的史诗，写心中汹涌的波涛！

文学对我来说是世界上最壮丽的景象。

当我拿起笔时，我脑海中首先浮现了获诺贝尔文学奖《老人与海》的作者，曾经是"二战"战地记者的海明威。《海明威传》中有这样一段话：

> 海明威自始至终处在这场浴血奋战中，……他一边大发雷霆，一边随第四师向希奈埃菲尔和卢森堡挺进，同行的记者说："他不带枪，只带一支铅笔和几张脏纸片。他的全部武器就是两只铁罐，一只装满伦敦杜松子酒，另一只装满法国淡味苦艾酒。这两样东西一起构成了海明威的'即兴马提尼酒'。"
>
> 海明威驳斥他们："他妈的，那些狗养的家伙全在胡说，我从小就抱枪睡觉。我到死也要抱着枪。我能证明他们在胡说，在出名的白兰地产地法国，谁也不会喝马提尼的。"
>
> 海明威遭受到一系列的创伤、枪伤和不幸，所以他说："我简直弄得遍体鳞伤。"他在战壕中写下《太阳照样升起》，他像一头勇敢的公牛，虽然被斗牛士刺得鲜血淋漓，被红绒旗逗得气急败坏，但依然站在斗牛场上。

我要拿起我的笔。没有比报道一代人的史诗更为神圣的事了。

激励我写出这本书的第二个人是美国作家斯托夫人。她开始写作时已近 40 岁，她也是受到不可压抑的正义感的冲动拿起了笔。那时，她已受够了疾病和穷困的折磨，家里有六个孩子，负担很重，家务完全由她负责，忙得不可开交。从 1851 年 6 月起，她的作品在《国民时代》上连续发表，第二年 3 月，《汤姆叔叔的小屋》出版。

《汤姆叔叔的小屋》出版后立即出现奇迹，几天之内售掉一万册，到年底为止，在美国国内销售三十万册以上。这个奇迹，就是这位一向在"穷""忙"中讨生活的中年家庭妇女创造的。小说出版后，长期以来重压着她的灵魂的愤慨、怜悯和痛苦，从她那里传给了读者，使她获得如释重负的安慰。

她的这本书受到全世界的欢迎，它感动过海涅、狄更斯、乔治·桑。后来斯托夫人到华盛顿访问林肯，这位总统见到她时，热烈地祝贺她说："原来你就是写了引起这场伟大战争（南北战争）的那本书的小妇人！"海明威也好，斯托夫人也好，对这些人物的景仰和崇拜，激起了我如烈火般燃烧的激情。我白天的工作一刻也不能停下，夜晚又要照看不满周岁的襁褓中的小宝贝。我一生无缘当专业作家，但我下决心写，就要全力以赴！我常常是在晚上十点待宝贝睡去之后，在面对中央公园的窗前铺开稿纸，刷刷地写起来。我不打草稿，不满意的就撕下随手扔掉。思绪如泉水奔涌，笔尖赶不上思维的跳跃，有时写着写着就流下了泪水，有时甚至不得不搁下笔，痛哭一场之后再继续写。

许多日子从夜晚十点一直写到凌晨五点。半夜里小宝贝醒了，我就一手抱宝贝哄他快睡，一手仍在刷刷地写……有时写着写着就不知不觉地困得趴在稿纸上睡着了，而早上九点整，我又要重新整装，奔向纽约商场第五大道我的客户那儿，为一个订单、一份信用证和他们洽谈，与美国海关代理争执不休。有时我开会时会走神，因为想到了一个细节。有时和客户一起走在曼哈顿大道上，我会突然说一声"对不起"，折进一家有座位的厅堂，在纸片上匆匆记下突来的灵感，然后再跑步赶上我的客户的步伐。在从纽约飞往欧洲的机舱中，在布鲁塞尔、慕尼黑、日内瓦，我都在写、写、写……我处于两种截然不同的生活形态之中：一边是出版社在催稿〔我后来决定将此书交给北京出版社，由王洪先责编、谢大钧总编辑（《十月》总编）负责出版，他们俩在收到我的部分稿件后在1992年《十月》第一期刊登了本书的第一章《纽约商场风云》〕，另一边是曼哈顿客户在催货、国内的进出口公司在催信用证！

在这万籁俱寂、通宵达旦的深夜，在中央公园对面这幢黑黝黝的大厦中，有一扇窗彻夜通明。我俯瞰着纽约全城，远处一扇扇高大的窗户映衬着深蓝色的天空，即便是在深夜，纽约也是这么美。我望着中央公园呈浑圆曲线的层层树林，当我从那些树杈间隙中看到闪烁的星星，好像看到了历史上那些思想巨人深邃的眼睛。一切伟大、美好的事物都源出于人的内心深处的一种思想、一种感受。只有在这个时候，在凌晨四点，鱼肚白渐渐地露出照耀大地的第一丝光芒时，我才感到，在这里，在这个窗口上，我找到了世界上最适于我的那个位置。

现在，我终于写完了中文版的最后一章。我眼前浮现了那本《曼哈顿的中国女人》，并且看到这本书合上了封面。这是一个晴朗的早晨，小安德鲁向我跑来，那孩子正要到公园去，他充满了快乐，他穿着黑色骑马装，像西部小牛仔一样，颈上系着一条雪白的丝巾，可爱的柔软头发披在耳垂旁，闪耀着希望的光辉。

"Mommy！I want ride pony, please go with us!"快满两岁的他叫着，当他看到我那特殊期待的目光，他又赶紧用中文重复了一遍，"妈咪！我要骑小马了！你和我们一起去骑小马！"

从他一开始学说话时，我就教他说中文，这样他长大了，才能够了解中国，了解他的中国母亲，了解她那一代人的脚步。天空是高洁的，麦克骑在高高的马背上，他前面是小安德鲁，他们俩的头发在初春的阳光下闪烁着金色的光芒。我骑在他们身后的棕色母马背上，深情地望着他们父子俩，马蹄嗒嗒地走进刚刚爆出新芽、婆娑一片的垂柳之中。中央公园满山遍野开着初春的野百合花，那朵朵白色的花瓣旖旎多姿地在风中摇摆，叶瓣上滚着清晨的露珠。金黄的丁香花在崖壁中如瀑布般垂下，点缀着一望无际的原野。这时中央公园水库的音响中柔和地传来了电影《金色池塘》中的主旋律，每每听到这音乐都是那么激动着我的心。那是一连串似水波的琶音，带着池塘清纯的水波的气息，我想起了凯瑟琳·赫本在《金色池塘》中的一句话："要知道他已经尽了最大的努力，他只是想要发现一条他要走的路而已。"

我心中涌起一股柔情，那是一种从多灾多难走向绚烂，又从绚烂走向宁静的心境。不管人富有还是贫穷，人总是按照自己的本质在生活。又是一个明媚的春天，太阳依然在照耀，鲜花仍然开遍大地，不管有多少丑恶的东西存在，生活仍然是美好的。每个人都创造自身的价值，这个世界就会更有价值。这也许是对今天的理想主义者最好的解释了。

我又想起我的梦魂萦绕的祖国，想到那片遥远的度过我青春岁月的北大荒黑土地，好像她就在不远处的中央公园那端。曼哈顿距离北大荒并不远，我们从东方到西方，奋斗在这个世界上，只有奋斗，才会带来更持久巨大的幸福；只有奋斗，才能创造出人生的价值和尊严，创造激情和人生的快乐！

我的耳畔回响起一个声音，那是七十年前在美国留学的闻一多写下的诗篇：

> 别看五千年没有说破，
> 你猜得透火山的缄默？
> 说不定是突然着了魔，
> 突然青天里一个霹雳
> 爆一声：
> "咱们的中国！"
> ……

我抬起头。一瞬间，在中央公园高阔的天空下，在曼哈顿的每一幢大厦间，都回荡着一个振聋发聩的声音，仿佛是六万名中国留美学生在天边、在大地、在这一望无际的原野呼应着我，一起和声呼唤着：

　　"咱们的中国！"

1992 年 3 月 25 日正午

完稿于纽约

（京权）图字：01-2022-0903

图书在版编目（CIP）数据

曼哈顿的中国女人／（美）周励著．-- 北京：作家出版
社，2022.4
ISBN 978-7-5212-1755-1

Ⅰ．①曼… Ⅱ．①周… Ⅲ．①长篇小说 - 美国 -当代
Ⅳ．①I712.45

中国版本图书馆CIP数据核字（2022）第018712号

曼哈顿的中国女人

作　　者：［美］周　励
责任编辑：丁文梅　朱莲莲
封面设计：鲁麟锋
出版发行：作家出版社有限公司
社　　址：北京农展馆南里10号　　邮　　编：100125
电话传真：86-10-65067186（发行中心及邮购部）
　　　　　86-10-65004079（总编室）
E-mail:zuojia@zuojia.net.cn
http://www.zuojiachubanshe.com
印　　刷：三河市紫恒印装有限公司
成品尺寸：152×230
字　　数：410千
印　　张：30.5　　　插　　页：4
版　　次：2022年4月第1版
印　　次：2022年4月第1次印刷
ISBN　978-7-5212-1755-1
定　　价：65.00元